BASTEI
LÜBBE
TASCHENBUCH

Über die Autorin

Susan Price hat in England mehr als fünfzig Bücher, meist für jüngere Leser, veröffentlicht. Sie wurde vor allem bekannt durch ihren Roman *Die Starckarm-Saga*, der den renommierten Guardian Children's Fiction Award gewann und für die Carnegie Medal nominiert wurde.

Susan Price

DIE ELFLING SAGA

BASTEI
LÜBBE
TASCHENBUCH

BASTEI LÜBBE TASCHENBUCH
Band 20676

1. Auflage: September 2012

Vollständige Taschenbuchausgabe

Bastei Lübbe Taschenbuch in der Bastei Lübbe GmbH & Co. KG

Deutsche Erstausgabe

Für die Originalausgabe:
Copyright © 1995 by Susan Price
Titel der Originalausgabe: »Elfgift«, »Elfking«
Originalverlag: Scholastic Ltd., London, New York, Toronto etc.

Für die deutschsprachige Ausgabe:
Copyright © 2010 by Bastei Lübbe GmbH & Co. KG, Köln
Lektorat: Helmut W. Pesch
Titelillustration: Jennifer Wüstling, www.izaskun.de
Umschlaggestaltung: Guter Punkt, München
Innenillustrationen: (1) Celtic Designs CD Rom and Book,
© Dover Publications, Inc., 1996, 1997; (6) Mallory Pearce,
Celtic Borders on Layout Grids, © Dover Publications, Inc., 1990.
Satz: Urban SatzKonzept, Düsseldorf
Gesetzt aus der Goudy
Druck und Verarbeitung: CPI – Ebner & Spiegel, Ulm
Printed in Germany
ISBN: 978-3-404-20676-6

Sie finden uns im Internet unter
www.luebbe.de
Bitte beachten Sie auch: www.lesejury.de

DER ERBE
DER KRONE

Aus dem Englischen von
Edda Petri

INHALT

ERSTES KAPITEL

TOD EINES KÖNIGS

In der Mitte des Raums, wo das Licht der Kerzen und Lampen am hellsten erstrahlte, stand ein breites Bett, dessen Pfosten mit geschnitzten Drachen und ineinander verschlungenen Greiftieren verziert waren. Im Bett, von Kissen gestützt und unter einer mit glitzernden Goldfäden bestickten Decke, lag der sterbende König. Sein Atem ging schwer und langsam, als laste ein schweres Gewicht auf seiner Brust, welches die Rippen bei jedem Atemzug stemmen mussten.

Um das Bett herum war die Königssippe versammelt, die führenden Mitglieder der Zwölfhundert. Ihre Schatten zeichneten sich lang und verzerrt auf Wänden und Decke ab.

An der einen Seite des Betts stand Athelric, allein, der einzige überlebende Bruder des Königs. Die starken Schatten ließen das kantige Kinn und die Falten in seinem Gesicht noch schärfer erscheinen, als sie waren. Obgleich schon in die Jahre gekommen, war er bei Tageslicht immer noch ein gut aussehender Mann; sein helles Haar und der helle Bart waren eher verblasst als ergraut. Wie der Dichter sagt: Erreicht ein Mann die vierzig, verändert der Klang jedes eingeschlagenen Sargnagels sein Gesicht. Athelric war über vierzig, doch wenn sich die Ältesten des Rates versammelten, um den nächsten König aus der Königssippe zu wählen, würde die Wahl auf ihn fallen. Das war so gut wie sicher. Immer noch war er ein starker, kraftvoller Mann, der sich im Kampf und im Rat bewährt hatte. Auch die Tatsache, dass er als Bruder des gegenwärtigen Königs bis zum heutigen Tag überlebt hatte, sprach für sein politisches Geschick. Könige wurden leicht nervös und eifersüchtig, und weniger talentierte Brüder als Athelric starben häufig jung. Seine starke Ähnlichkeit mit dem sterbenden König würde bei den sentimentaleren Mitgliedern des Rates gleichfalls zu seinen Gunsten sprechen – ebenso wie die Tatsache, dass er nach dem Tode seines Bruders der einzige Heide in der Königssippe sein würde. Unter den Ratsältesten gab es nicht viele, die dem neuen Christus-Glauben folgten.

Auf der anderen Bettseite hatten sich die Christus-Anhänger versammelt – die Athelinge, ihre Mutter, die Königin, und der Christus-Priester aus fernen Landen, Vater Fillan.

Königin Ealdfrith saß auf ihrem vergoldeten Sessel mit so viel Würde, wie man von einer edlen Frau, die schon so lange tot war, erwarten konnte. Im Kerzenschein schimmerten ihre Gewänder aus golddurchwirktem Stoff, und auf den schwarz gewordenen knochigen Fingern glänzten Juwelen. Ihr immer noch volles Haar war unter einem leinenen Kopfputz zusammengebunden, der durch einen juwelenbesetzten Stirnreif gehalten wurde. Unter dem weißen Linnen war ihr Gesicht schwarz und runzlig geworden, und sie bleckte gegen ihren Gemahl und die Söhne die Zähne. Von ihr ging ein starker Geruch aus, welchen Vater Fillan den Duft der Heiligkeit nannte, doch für nicht so Gläubige oder gar Heiden stank es wie Verwesung.

Zu Lebzeiten war Königin Ealdfrith für ihre Güte und Gelehrsamkeit berühmt gewesen. Als sie von dem Christus-Glauben gehört hatte, sandte sie Boten in die fremden Königreiche im Norden und bat, man möge einen Priester schicken, der sie mehr darüber lehre. Vater Fillan war zu ihr gekommen, und seine Lehre hatte sie mit Eifer für Christus erfüllt. Etliche – darunter auch Athelric – hegten allerdings den Verdacht, dass ihre Begeisterung mehr mit Vater Fillans glatt rasiertem Gesicht und seinen dunklen Augen als mit seinen Predigten zu tun hatte. Doch musste man mit derartigen Bemerkungen von Heiden – und Männern – rechnen. Aber wie dem auch sei, es hatte schließlich dazu geführt, dass Ealdfrith den alten Göttern abgeschworen und ihr Leben der Buße dafür gewidmet hatte, dass sie ihnen je Opfer dargebracht hatte, und noch weitere Buße für die Sünden ihrer unbekehrten Landsleute. Von dem Tag an, als Fillan sie taufte, nahm sie nie mehr als eine Mahlzeit am Tag zu sich, und diese bestand aus Brot und Wasser. Sommers wie winters trug sie nur ein Gewand aus rauer Wolle, und ihre Gemächer wurden nie von einem Feuer erwärmt oder nach Einbruch der Dunkelheit von Kerzen erhellt. Vater Fillan zufolge war sie eine Heilige. Nur eine Heilige konnte die Kraft haben, so fromm, so gläubig zu leben. Doch vielleicht machte gerade das Übermaß ihrer Frömmigkeit es anderen so schwer, ihrem Beispiel zu folgen. Kälte, Hunger und Dunkelheit mochten für die Königssippe ganz neue Erfahrungen sein, doch für die meisten Untertanen der Königin waren sie zu alltäglich, um eine besondere Anziehung auszuüben, und so blieb die Zahl der Christus-Anhänger im Lande klein. Der Königin war es nicht einmal gelungen, den eigenen Gemahl zu bekehren. König Eadmund hatte ihr die Erlaubnis gegeben, eine kleine Kapelle zu errichten und dort zu beten, wann immer sie wollte, doch er blieb seinem Ahnherrn, Woden, und auch dem Glauben an Thunor, Ing und Freyja treu. Als Königin Ealdfrith starb, verlor Vater Fillan

11

mehr als nur eine Freundin. Er verlor seine größte Fürsprecherin und das bedeutendste Mitglied seiner Gemeinde und – falls gewisse Gerüchte der Wahrheit entsprachen – auch eine Geliebte.

Daher hatte er sie bei sich behalten. Er behauptete, es sei der Wunsch der sterbenden Königin gewesen. König Eadmund, der mit seiner Gemahlin seit Jahren kaum ein Wort gewechselt hatte, war verblüfft über Vater Fillans Ansuchen gewesen, aber Vater Fillan hatte ihn in vielerlei Hinsicht verblüfft – das bartlose Gesicht, der kahl geschorene Schädel, das Gekrieche und Geflehe vor seinem einzigen Gott. Aber schließlich kam Fillan aus der Fremde und hatte fremdartige Sitten. Und so war es gekommen, dass Königin Ealdfrith, als halb mumifizierter Leichnam, in Prachtgewänder gekleidet, die erste und einzige christliche Heilige des Königreichs geworden war – und was für eine Heilige! Sehr viel eindrucksvoller, als man sie in Fillans christlichem Land im Norden fand. Sogar beeindruckender als viele Reliquien in den großen Kathedralen auf dem Festland. Fillan war stolz auf seine königliche Heilige und stellte sie bei jeder Gelegenheit zur Schau.

Ealdfriths jüngster Sohn, der Atheling Wulfweard, konnte nicht umhin, immer wieder einen Blick auf sie zu werfen. Er gab sich zwar Mühe, seinem sterbenden Vater die gebührende Aufmerksamkeit zu widmen, sah aber immer wieder unvermittelt zu der Heiligen hin, als erwarte er bang, sie könne sich plötzlich vom Sessel erheben und ihn in die Arme schließen. Er hatte sich in Gegenwart seiner Mutter nie recht wohl gefühlt. Unwin, der Älteste der Athelinge, legte den Arm um die Schultern des Jungen und drückte ihn mit seiner großen schwieligen Waffenhand beruhigend an sich. Alle Athelinge besaßen das gute Aussehen ihres Vaters und Vatersbruders, doch Unwin, ein Mann von achtundzwanzig, wenngleich groß und stark an Gestalt, hatte das Familiengesicht in der schroffsten Form geerbt. Das Kerzenlicht betonte die vorspringenden Wangenknochen und die vollen Lippen, die sich wie schmollend über den Pferdezähnen schlossen. Die buschigen Brauen hüllten die Augen in tiefe Schatten. Wo sein Haar das Licht auffing, glänzte es in einem dunklen Kupferrot. Er trug es aus dem Gesicht gekämmt und zu einem dicken Pferdeschwanz zusammengebunden, der ihm über den Rücken fiel. Auf diese Weise war es ihm nicht im Weg, was seiner Natur entsprach, doch diese strenge Haartracht machte seine harten Gesichtszüge nicht weicher.

Obgleich Wulfweard so groß war wie sein Bruder, war er erst sechzehn und wirkte neben dem massigen Unwin schlank und biegsam wie eine Gerte. Er trug das Haar modisch offen, und es reichte ihm fast bis zum Gürtel. Offenbar war ihm unbehaglich, denn er konnte nicht still stehen, wodurch sein Haar im Licht bei jeder Bewegung wie Rotgold schimmerte. Die Brosche an der Schulter, der Reif um seinen Hals und die Schnalle am Gürtel glänzten hell.

Hunting, der dritte Atheling, stand hinter seinen Brüdern, halb im Schatten. Er stand ruhig mit verschränkten Armen da, den Blick ständig auf das Bett geheftet.

Als der König wieder einen rasselnden Atemzug tat, blickte Unwin zu Vater Fillan am Fuß des Betts. Er machte eine auffordernde Kopfbewegung. Der Priester nahm die Hände aus den Ärmeln und trat näher. Er hielt eine kleine Flasche.

Athelric sah sie und fragte: »Was ist das?«

Niemand antwortete ihm. Der Priester trat ans Kopfende des Betts und beugte sich über den König. Er murmelte etwas und zog den Stöpsel aus dem Fläschchen.

Athelric packte den Priester am Handgelenk. »Was tust du?«

»Nichts, Vatersbruder«, erklärte Unwin, aber Athelric runzelte die Stirn und zog den Priester vom Lager des Königs weg.

Vater Fillan, der viel kleiner und schmächtiger war als Athelric, erklärte: »Ich werde den König jetzt taufen.«

»Das wirst du nicht!«, sagte Athelric.

»Damit er gerettet wird und in das himmlische Königreich eingeht«, fuhr Fillan fort. Er blickte in Athelrics zorniges Gesicht und versuchte, sich die Schmerzen nicht anmerken zu lassen, welche der Hüne ihm zufügte, indem er ihm den Arm verbog.

Unwin nahm den Arm von Wulfweards Schulter, trat vor und beugte sich über das Bett, um die Hand seines Vatersbruders vom Handgelenk des Priesters zu lösen.

»Es ist unser Wunsch«, erklärte er und schloss mit einer Kopfbewegung seine Brüder ein, »dass unser Vater durch die Taufe in unseren Glauben aufgenommen wird.«

»Ich spucke auf eure Wünsche«, sagte Athelric. »*Sein* Wunsch war das nicht!«

Unwin blickte von seinem Vatersbruder zum Priester und sagte: »Mach weiter mit der Taufe.«

Vater Fillan, sorgsam darauf bedacht, sich außerhalb von Athelrics Reichweite zu halten, trat mit seinem Fläschchen erneut ans Bett heran.

»Das ist nicht recht!«, erklärte Athelric. Unwin sagte nichts, nickte nur dem Priester zu. Wieder trat Wulfweard zu seinem ältesten Bruder, wobei er aus dem Augenwinkel den stocksteifen Leichnam seiner Mutter im Sessel beobachtete.

Der Priester beugte sich über das Bett, murmelte fremdartige Worte und hielt das Fläschchen hoch, um das heilige Wasser auszugießen.

Athelric streckte die geballte Faust über das Bett. Der Schein einer Lampe warf den Schatten der Faust, das Zeichen von Thunors Hammer, riesengroß über die Decke und den ganzen Raum.

Das Wasser rann über die Stirn des Sterbenden.

Einen Augenblick lang stockte der Atem des Königs. Dann öffnete er die Augen, die im schwachen Licht durchdringend blau leuchteten, und starrte blind ins Leere. Wieder holte er tief und rasselnd Luft und gab einen Laut von sich.

Vater Fillan richtete sich auf und wich erstaunt zurück. Hatte das geweihte Wasser dem König Heilung gebracht? Schnell umringten die anderen im Raum das Bett und beugten sich darüber.

Athelric fragte: »Eadmund?«

Der starrende Blick des Königs richtete sich auf ihn. Vielleicht sah er ihn. Womöglich erkannte er auch nur die Stimme. Jedenfalls sagte er: »Athelric –«

Unwin beugte sich von der anderen Seite vor und versuchte, seinen Vatersbruder beiseitezudrängen. »Vater!«, sagte er.

Athelric stieß ihn weg und sagte: »Still!« Der König wollte etwas sagen.

Alle schwiegen und verhielten sich so still, dass nicht einmal die Gewänder raschelten. Sie hielten den Atem an, damit die halb erstickte, schwache Stimme sich Gehör verschaffen konnte.

»König ... nach mir«, brachte Athelric mühsam hervor. »Elfling. Nach mir. König. Elfling.« Seine Hand suchte unter der Bettdecke, fand Athelrics Hand und umschloss sie schwach. Er starrte in das vom Kerzenrauch erfüllte Dunkel über ihm. Vielleicht sah er das Gesicht des Bruders, vielleicht aber auch nicht, aber er wiederholte noch einmal: »Elfling!« Dann senkten sich die Lider, und die Kraft wich aus der Hand, die Athelrics hielt. Nur das qualvolle rasselnde Atmen zeigte an, dass noch ein wenig Leben in ihm verblieben war.

Unwin richtete sich auf und starrte über das Bett hinweg seinen Vatersbruder an, der ebenso entgeistert dastand. Dann lachte Unwin und sagte: »Elfling, Vatersbruder! Er hat den Bastard zu seinem Nachfolger erkoren.«

»Darüber muss der Rat entscheiden«, erklärte Athelric.

»Aber das Wort des Königs hat Gewicht. Vielleicht wirst du doch nicht unser nächster König.«

»Ein Gutes hätte es«, meinte Athelric. »Der König wäre wenigstens kein Christus-Anhänger!«

»Das wäre grauenvoll«, warf Vater Fillan ein. »Was für eine große Sünde, sollte dieses – Geschöpf – König werden.«

Athelric fuhr ihn aufgebracht an. »Was weißt du schon! Der erste König unseres Geschlechts war ein Sohn der Anderswelt – der Sohn Wodens!«

»Aber es geht hier um den *nächsten* König«, meinte Unwin und lachte, als Athelric ihn verblüfft anschaute.

König Eadmund hatte viele Beischläferinnen gehabt und viele Bastarde gezeugt – die genaue Zahl war nicht bekannt. Waren die Mütter verheiratet oder unter den Zwölfhundert, den Adligen, gewesen, trugen die Kinder den Namen des Gatten ihrer Mutter, selbst wenn wohl bekannt war, wer ihr wahrer Vater war. War die Mutter von hoher Geburt, aber unverheiratet, war es nie schwierig gewesen, einen Ehemann für sie zu finden, bevor das Kind geboren wurde. Bauersfrauen und Bauernbastarde konnte man vergessen oder allenfalls mit einem kleinen Stück Land bedenken oder sogar mit der Freilassung aus der Leibeigenschaft. Unter dem Landvolk waren viele uneheliche Kinder, und niemand hatte etwas gegen ein weiteres Balg einzuwenden, das man zur Arbeit schicken konnte.

Königin Ealdfrith hatte nie an den Geliebten ihres Gemahls Anstoß genommen. Die beiden hatten eine politische

Ehe geführt, und sie hatte weder Liebe noch Treue von ihrem Gatten erwartet. Und nachdem Vater Fillan Christus an ihren Hof gebracht hatte, war sie ihren eigenen Interessen gefolgt: Beten und Fasten. Aber dieses *Ding*. Das Ding war nicht einmal eine Frau gewesen.

Es war eines der Geschöpfe gewesen, welche der Teufel in die Welt schickte, ein Dämon, dessen ganzes Streben darauf ausgerichtet war, Menschen zum Lügen und Stehlen, zu Mord und Gier, zu Lust und Neid und zu allen anderen Sünden zu verleiten, welche das Leben auf Erden so elendig machten. Der Dämon war in Gestalt einer Frau aus dem Wald gekommen, diesem wilden, unheiligen Ort – doch nur in der äußeren Gestalt –, und weil das nicht seine wahre Gestalt war, war er imstande gewesen, eine Erscheinung von unirdischer Schönheit vorzugaukeln. Er hatte den König in Bann geschlagen. Als die Geschichten an den Hof der Königin gelangten – von den Erzählern romantisch ausgeschmückt, versteht sich –, wie der König die Schöne auf einer Jagd im Wald gefunden und sie vor sich hoch zu Ross heimgeführt hatte, hatte die Königin vor Empörung laut aufgeschrien. Das war eine Beleidigung nicht nur für sie, sondern auch für ihren neuen Glauben. Der Teufel, der sich durch die Wiederkunft Christi bedroht fühlte, versuchte den neuen Glauben zu vernichten, solange dieser noch schwach war.

»Die Elfenfrau war wunderschön«, sagte Athelric und blickte auf das Gesicht seines sterbenden Bruders hinab. »So schön – geradezu unheimlich schön. Wenn man sie anblickte, lief es einem kalt über den Rücken.«

»Hast du je ihren Rücken gesehen?«, fragte Unwin, und Hunting lachte. Die Waldgeister – man behauptete das jedenfalls, ganz gleich, ob man sie Elfen oder Teufel nannte – vermochten sich nie ganz als Menschen zu verkleiden. Deshalb wandten sie einem nie den Rücken zu, denn, wie schön sie auch zu sein schienen, von hinten sahen sie wie gespaltene, verfaulte, ausgehöhlte Bäume aus.

»Was weißt du schon!«, sagte Athelric. »Du hast sie nie gesehen. Du hast ja ständig mit deiner Mutter auf den Knien gelegen.« Höhnisch lächelnd winkte er ab und deutete auf Vater Fillan und den mit Juwelen geschmückten Leichnam.

Unwins großer Mund schmollte noch mehr, als er die vollen Lippen fest zusammenpresste und sich eine Antwort verbiss. Er verstand die Schmähung. Laut Athelrics Meinung war jeder Mann, der zu einem Friedensfürsten betete, welcher seine Anhänger aufforderte, auch die andere Wange hinzuhalten, wenn jemand sie schlug, ein Feigling und ein Schwächling.

»Das Geschöpf war eine Teufelin«, erklärte Vater Fillan mit fester Stimme. »Beweis ist, dass sie bei der Geburt des Sohns des Königs starb. Sie vermochte nicht den Funken von Gottes Schöpfung zu ertragen, nicht einmal in einem halbsterblichen Kind.«

Athelric wollte gerade fragen, ob jede Frau, die im Kindbett starb, demnach eine Teufelin sei, als der König hustete und erneut die Aufmerksamkeit aller auf sich zog. »Ich muss ihm die Letzte Ölung verabreichen«, sagte Vater Fillan.

Athelric hielt mit ausgestrecktem Arm den Priester zurück. »Du bleibst fern von ihm! Solltest du dich nähern und auch nur ein einziges Wort deiner üblen Zaubersprüche von dir geben, schlag ich dich nieder!« Dann beugte Athelric sich über den König und küsste ihn auf die Stirn. »Geh, mein Bruder! Geh deinen Weg sicher zu Wodens Halle.«

Leise begann Vater Fillan ein Totengebet zu sprechen. Der rasselnde Atem des Königs verstummte. Man hörte nur das geflüsterte Gebet. Wulfweard rang hörbar nach Luft, ansonsten herrschte Schweigen. Unwin drückte den Jungen an die Brust. Das Kerzenlicht waberte über dem Leichnam, der so zerbrechlich war, dass er sich kaum unter der Bettdecke abzeichnete.

Das Gebet war zu Ende. Tiefe Stille herrschte im Gemach. Unwin räusperte sich, ehe er sprach. »Der Rat darf nie und nimmer den Bastard wählen.« Er hustete abermals. »Es gibt keinen Grund zu erwähnen, dass unser Vater je –«

»Ich werde den Ältesten seine letzten Worte vortragen«, unterbrach ihn Athelric. Er und Unwin wechselten Blicke über das Bett. Als Antwort auf Unwins unausgesprochene Frage fuhr Athelric fort: »Mein Bruder, der König, hat Elfling zum Nachfolger benannt. Es ist meine Pflicht, seinen Namen vor dem Rat bekannt zu geben, und das werde ich tun.« Er trat ans Fußende des Betts, machte eine Pause und blickte den Priester an. »Mein Bruder wird *geziemend* bestattet. In einem Schiff, mit den kostbaren Beigaben für einen König.« Mit diesen Worten verließ Athelric den Raum.

Wieder breitete sich Schweigen aus. Wulfweard lehnte den Kopf an Unwins Schulter, welcher die Arme um den Bruder geschlungen hatte. Hunting, der geringfügig größer war als Unwin, stellte sich Schulter an Schulter mit ihm. »Das Halb-Ding ist womöglich gar nicht mehr am Leben«, sagte Hunting.

»Ich fürchte doch, edle Herren«, erklärte Vater Fillan. Hunting und Unwin blickten ihn an. Wie viele Christus-Priester konnte auch Vater Fillan lesen und schreiben und wusste oft verblüffende Dinge. »Als es geboren wurde und die Teufelin starb, übergab euer Vater das Ding einer Amme – einer Frau von niederer Geburt. Aber er übereignete ihr ein Stück Land, um dem Ding den Lebensunterhalt zu sichern. Ich habe die Urkunde gesehen. Das Land war in Hornsdale.«

»Das bedeutet aber nicht, dass es noch lebt«, meinte Hunting.

»Nein, Herr, aber vor einiger Zeit – vielleicht vor einem Jahr oder länger – hörte ich Gerüchte über einen Heiler in Hornsdale. Und dieser Heiler sei angeblich – nun ja – unheimlich. Nicht ganz menschlich. Das hat mir zu denken gegeben.«

»Der Teufel ist Heiler geworden?«, fragte Unwin.

»Der Teufel scheint oft Gutes zu tun, um uns hinters Licht zu führen und zur Sünde zu verleiten. Seine Berührung vermag vielleicht die Schmerzen des Körpers zu lindern, doch verdammt und vernichtet sie die Seele.«

»Hornsdale«, wiederholte Unwin, und der Priester nickte.

Die Tür öffnete sich. Dienerinnen kamen herein. Die Frauen brachten Leintücher und Schüsseln mit Wasser, um den Leichnam des Königs zu waschen und ihn für die Aufbahrung vorzubereiten. Vater Fillan sah, wie Unwin Hunting anblickte und ihm mit den Augen das Zeichen gab, ihm zu folgen. Unwin führte Wulfweard mit sich und verließ das Gemach. Hunting folgte ihnen.

Fillan nahm seinen Platz hinter dem Sessel seiner toten heiligen Königin ein und stimmte Gebete für den toten König an. Er hatte den Mann getauft und fühlte sich daher für seine Seele verantwortlich. Und falls es ihm gelänge, würde der König auch ein christliches Begräbnis bekommen.

Unwin hatte seine eigenen Gemächer innerhalb der Gebäude, aus denen die Königsburg bestand, doch führte er die Brüder nicht dorthin, auch nicht zu deren Gemächern. Er führte sie in den Teil der Burg, wo die königlichen Schweinekoben, Hühnerställe und Schafpferche waren. Selbst hier hielt er großen Abstand zu den Stallungen, wo Schweinehirten oder Hühnerfrauen wach sein konnten. Einen ungestörten Ort zu finden, wo man nicht belauscht wurde, war in einer Königsburg sehr schwierig. Selbst in den Privatgemächern, wo man sich allein wähnte, war man nie sicher, wer draußen unter dem niedrigen Ried der Dachvorsprünge stand und lauschte.

Unwin legte die Arme um seine Brüder und zog sie an sich, sodass er sich flüsternd mit ihnen verständigen konnte. »Hunting, ich will, dass du eine Schar Männer zusammenstellst. Zehn dürften mehr als genug sein. Bei Tagesanbruch macht ihr euch auf nach –«

»Hornsdale«, unterbrach ihn Hunting.

In der Dunkelheit konnte man Unwins Gesicht kaum sehen, als er nickte.

Wulfweard fragte: »Warum?« Da die Bestattung ihres Vaters so kurz bevorstand, hielt er es nicht für richtig, dass Hunting mit einem Auftrag davonritt.

Beide Brüder lachten. Hunting beugte sich hinüber und küsste ihm die Wange. »Deshalb hat er nicht dich gebeten loszureiten, sondern mich.«

Unwin schüttelte den Umhang aus und warf ihn halb um Wulfweard. Eng beisammen standen sie in der Wärme, unter einem Umhang als Schutz gegen die feuchte Kühle der Nacht.

»Denk mal nach!«, befahl Unwin.

»Dieser Elfling ist für euch keine Gefahr«, sagte Wulfweard. »Er ist doch nur ein Bastard – er zählt nicht einmal zu den Zwölfhundert. Er kann nicht zum König gewählt werden.«

»Aber unser Vater hat ihn als Nachfolger benannt«, erklärte Unwin. »Und Athelric wird für ihn vor dem Rat sprechen.«

»Aber das spielt doch keine Rolle. Der Rat entscheidet,

und der Rat –« Wulfweard brach ab, als er spürte, wie Unwins Arm ihn enger umschloss.

»Warum?«, fragte Unwin. »Warum spricht Athelric für diesen Bastard, diesen hergelaufenen Elfenbalg? Athelric will König werden. Warum bringt er den Namen dieses Bastards vor den Rat?«

Unwin neigte den Kopf und schaute Wulfweard an, als erwarte er eine Antwort. Hunting stand mit verschränkten Armen daneben.

»Ich weiß es nicht«, sagte der Junge.

Unwin schüttelte ihn sanft. »Denk mal genau nach. Athelrics Sohn ist tot. Er hat nur Töchter. Er ist ein alter Mann. Er kann nicht hoffen, lange zu herrschen. Wen wird der Rat nach ihm erwählen?«

»Dich«, flüsterte Wulfweard.

»Und ich bin für Christus. Ich erkläre dir, was Athelric plant. Er will dem Rat sagen, dass unser Vater Elfling als Nachfolger benannt hat, und er wird das Ding vor die Zwölfhundert bringen. Sie werden ihn trotzdem zum König machen. Da ist er sicher. Er wird eine seiner Töchter mit dem Ding verheiraten. Und dann, wenn die Zeit gekommen ist, dass er stirbt, wird er alle so bearbeitet haben, dass sie nach ihm den Bastard zum König wählen – einen *heidnischen* König. Aus einem heidnischen Geschlecht.« Aus der Ferne hörten sie plötzlich von den Mauern des Königssitzes wie eine Wache laut in der Dunkelheit husten.

»Und lange vor Athelrics Tod liegen wir alle in unseren Gräbern«, fügte Hunting hinzu.

»Du brichst dir auf einer Jagd den Hals, Hunting«, sagte Unwin.

»Du wirst etwas Verdorbenes essen und dich zu Tode kotzen.«

»Und unser kleiner Wolf«, sagte Unwin und drückte den jüngeren Bruder, »wird vielleicht von einem tollwütigen Hund gebissen.«

»Was für eine Schande – nicht ein christlicher Atheling bleibt übrig«, sagte Hunting.

»Niemand, den man wählen kann – außer Elfling.«

Verstört sagte Wulfweard: »Das würde Vatersbruder Athelric niemals tun!«

Hunting stieß ein kurzes Lachen aus. »Dummkopf!«

»Nein«, widersprach Unwin, der den Unterschied zwischen Dummheit und Unschuld kannte. Er drückte Wulfweard noch fester an sich und blickte Hunting über den Kopf des Knaben an. »Viel Glück bei deiner Jagd in Hornsdale – dann währen unsere Leben noch ein Weilchen länger.«

Er sah trotz der Dunkelheit, wie Hunting nickte. Dann verschwand die Gestalt des Bruders schnell in der Nacht. Er küsste Wulfweard auf den Kopf und ging mit ihm zurück zu ihren Gemächern. Er ging davon aus, dass er seinen Brüdern noch trauen konnte, solange es unwahrscheinlich war, dass der Rat einen von ihnen zum König wählte. Es würde ihm furchtbar, ja, ganz furchtbar leidtun, falls Wulfweard für ihn je zu einer Bedrohung werden sollte … Aber er wäre ein Schwachkopf, diese Möglichkeit auf Dauer auszuschließen.

ZWEITES KAPITEL

DER ELFENGEBORENE

Jeden Tag gab es Brot zu backen. Getreide wurde zu grobem Mehl zermahlen, mit Wasser und einer Prise Salz gemischt und zu ungesäuertem Brotteig geknetet. Der Teig wurde zu flachen, dünnen Fladen geformt, damit er die Hitze schneller aufnahm, und auf einem heißen Stein am Feuer gebacken. Man brauchte viel davon, um den Hunger von allen zu stillen, und es war eine zeitraubende, langweilige Arbeit. Man musste das Getreide aus dem Vorratsspeicher auf der anderen Seite des Hofes holen und die schwere Last zum Haus schleppen. Die Steinmühle war im Haupthaus hinter der Tür. Hild sagte stets, sie hätten Glück, eine solche Drehmühle zu haben: zwei große Mahlsteine, einer auf dem anderen, mit einem starken Holzgriff, um den oberen zu drehen. Aber Hild musste die Mühle auch nie bedienen.

Mit der hohlen Hand wurde das Getreide aus dem Korb in das Loch in der Mitte des oberen Steins geschüttet. Danach packte man den hölzernen senkrechten Griff mit beiden Händen und drehte – mit viel Kraftaufwand – den Stein, was ein schabendes Geräusch verursachte. Stein- und Mehlstaub stiegen auf. Das zermalmte und zu Pulver gemahlene Getreide, das zwischen den Steinen als Mehl herausdrang, fiel auf eine glatte Lederplane unter der Mühle. Das Knien und die Anstrengung, den schweren Stein zu bewegen, verursachte Krämpfe in den Beinen und Schmerzen in Schultern, Armen und im Rücken. Hin und wieder gab es eine Pause, ein kurzes Ausruhen, wenn das Mehl von der Plane in eine Schüssel geschaufelt wurde.

Die Arbeit hatte kein Ende. Mehl hielt sich nicht so gut wie Getreide, daher musste man jeden Tag mühsam aufs Neue mahlen. Tag für Tag der gleiche langweilige Gang zum Vorratsspeicher, denselben schweren Korb über den Hof schleppen, die gleiche eintönige Schufterei an der Mühle, bei der die Beine verkrampften und der Rücken schmerzte. Und da es so eine ermüdende und langweilige Arbeit war, oblag sie dem Mitglied des Haushalts, das auf der untersten Stufe der Rangleiter stand, der blonden Leibeigenen Ebba. Tagtäglich die Mühle zu drehen war ihr gesamter Lebenszweck.

Ebba war nicht so verwegen zu glauben, sie könne je dieser Arbeit entrinnen. Hätte sie sich geweigert, eine ihrer täglichen Arbeiten zu verrichten, wäre ihre Herrin Hild so verblüfft gewesen, als hätte der Türpfosten gesprochen – und danach wäre sie furchtbar zornig geworden. Ebba hatte Angst vor Hilds Wutausbrüchen. Daher erduldete sie die tägliche Schinderei und bemühte sich, während der Arbeit an andere Dinge zu denken. Sie konzentrierte sich auf die Bilder in ihrem Kopf und bemühte sich, nicht darauf zu achten, was sie gerade tat, nicht das monotone Geräusch der Mahlsteine zu hören und die Schmerzen im Rücken nicht zu fühlen. Zuweilen erzählte sie sich Geschichten oder sang leise Lieder, doch meistens dachte sie an Elfling, da sie ohnehin eigentlich immer an ihn dachte. Gedanken an ihn tauchten in ihrem Kopf auch dann auf, wenn sie gerade beschlossen hatte, dass er ihr nichts mehr bedeutete. Sie liebte ihn. Beim Mahlen hatte sie ihn so oft angeschaut, dass sie seine Gestalt mit offenen Augen deutlich vor sich sehen konnte. Sie sah, wie der Schein des Feuers und die Schatten seine schönen Gesichtszüge betonten. Sie sah sein dichtes Haar, braun im Schatten, aber wie goldene Bronze leuchtend, wenn er vom Haus in den hellen Hof trat. Runde um Runde drehte sich der schwere Mühlstein, während Elfling vor ihrem inneren Auge dahinschritt und lächelte. Er war größer als alle anderen und breitschultrig, doch wenn er sich zur Seite drehte, glich er einem schlanken Jagdhund. Und sein Lächeln!

»Schwachsinnige Träumerin!«, würde Hild sagen, die wusste, woran Ebba dachte. »Vergeudest deine Zeit mit sinnlosen Gedanken an ihn. Warum sollte er dich dürres, komisch aussehendes Ding mögen? Warum sollte überhaupt ein Mann dich begehren, wenn ich mir's recht überlege. Kein Fleisch an dir, keine Rundung. Er würdigt dich nicht mal eines Blickes.«

Aber da irrst du dich *gewaltig*, dachte Ebba und drehte mit aller Kraft am Mahlstein. Elfling hatte mehr getan, als sie nur anzuschauen – und das *drei Mal!* Einmal hatte er einfach ihre Hand ergriffen, als sie alle ums Feuer saßen, sie auf die Beine gezogen und auf den Hof geführt. Von dort aus waren sie in das kleine Haus gegangen, das er allein für sich gebaut hatte und wo er zuweilen allein aß und schlief. Aber nicht in jener Nacht! Beim zweiten Mal hatte er sie zu sich gerufen und ihr gewunken, als sie über den Hof ging, und sie war zu ihm gegangen. Beim dritten Mal hatte er einen der Knechte geschickt, um ihr auszurichten, sie solle in sein kleines Haus kommen. Sie war gerannt! Jedes Mal hatte sie gedacht: Jetzt wird er sagen, dass er mich liebt. Jetzt wird mein Glück beginnen. Er wird mich heiraten, und ich werde seine Frau sein und keine Leibeigene mehr. Dann müssten alle mich ganz anders behandeln als jetzt.

Doch nichts von alledem war geschehen. Er hatte nicht gesagt, dass er sie liebte – er hatte überhaupt nicht viel mit ihr gesprochen. Er hatte ihr nicht wehgetan und war auch nicht unfreundlich zu ihr gewesen – aber freundlich auch nicht. Sie hatte ihn so sehr geliebt, war so begierig gewesen, ihm zu gefallen, dass es schmerzte – aber er hatte ihr nicht mehr und nicht weniger Beachtung geschenkt als zuvor. Sie war und blieb Ebba, die Magd, die das Mehl mahlte und all die schmutzigen und schweren Arbeiten verrichtete, zu der Hild keine Lust hatte. Gelegentlich lächelte er sie an, aber für gewöhnlich schritt er an ihr vorbei, als sähe er sie überhaupt nicht. Wochen und Monate waren vergangen, ehe er sich zum zweiten und zum dritten Mal an sie erinnerte. Es war besonders hart zu ertragen gewesen, weil sie genau wusste, wie tief sich ihre Hand in sein Haar vergraben konnte und wie dicht und weich es war. Sie wusste, wie samten die Haut auf seinem Rücken und seiner Brust war – doch nie konnte sie die Hand ausstrecken und sein Haar oder seine Haut berühren. Sie konnte sich nur danach verzehren, ihn zu berühren. Wenn sie die Tränen zurückhielt, schwoll ihr Hals an und schmerzte, doch sie konnte nicht weinen, sonst hätte Hild das bemerkt. Außerdem musste sich der Mahlstein ständig drehen.

In Augenblicken klarer Einsicht war sie sich bewusst, dass sie unmöglich für Elfling irgendeine Bedeutung haben konnte. Er war frei geboren, und der Hof und alles, was dazugehörte, war sein. Owen, der Großknecht, und alle Männer, die auf den Feldern arbeiteten und das Vieh versorgten, auch die beiden anderen Frauen auf dem Hof – alle waren sie seine Leibeigenen. Sogar Hild, die ihn von Kindesbeinen an aufgezogen hatte und sich seine Mutter nannte, war in Wirklichkeit nur eine seiner Leibeigenen, und wenn sie ihn verärgerte, konnte er sie das spüren lassen. Ebba erinnerte sich an etliche Gelegenheiten, wenn Hilds Gesicht hochrot angelaufen war, weil Elfling ihre Nörgelei nicht mehr ertragen konnte und sie vor allen anderen scharf zurechtgewiesen hatte. Einmal hatte er sogar gefragt, ob sie Prügel wolle, wozu er als ihr Besitzer das Recht hatte. Es war eine furchtbare Erniedrigung für Hild, die gern wie eine Königin über den Haushalt herrschte. Insgeheim war Ebba entzückt gewesen, obgleich ihr unwillkürlich die arme Hild auch ein wenig leidgetan hatte. Zudem hatte es ihr Angst eingeflößt. Wenn Elfling Hild so übel behandeln konnte, was hatte sie dann zu erwarten als das wertloseste und unwichtigste seiner Besitztümer?

Aber sie würde ihn *zwingen*, sie zu lieben. Das musste sie; denn wenn sie das nicht tat, gab es keinen Grund zu leben. Dann wäre ihr Leben ebenso eintönig wie das tägliche Mahlen des Getreides. Sie hielt das Schluchzen zurück, doch Tränen fielen auf den Mahlstein, und ihr Hals schmerzte noch mehr. Drei Mal hatte er mit ihr das Lager geteilt, also musste er sie doch ein klein bisschen mögen. Das war ein Anfang. Sie würde ihm zeigen, wie sehr sie ihn liebte. Bei den Mahlzeiten würde sie ihm alles reichen, was er begehrte, noch ehe er danach fragte. Sollte das Mahl kärglich sein, würde sie ihm ihren Anteil geben. Sie würde – sie würde – alles für ihn tun. Irgendwann würde er sehen, dass sie ihn wahrhaftig liebte, und dann würde er sie lieben, und es würde ihm gleichgültig sein, dass sie dürr war und komisch aussah. Er würde sie lieben. Wenn er sah, wie sehr sie ihn liebte, dann *musste* er sie lieben.

»Liebe!«, sagte Hild. »Du denkst zu viel an die Liebe – und er weiß nicht, was Liebe ist! Er liebt nicht einmal mich, und sieh, was ich für ihn getan habe seit der Zeit, als er noch ein Säugling war. Das Volk seiner Mutter kennt keine ...«

Das war es: Elflings Mutter war eine Elfenfrau aus dem Wald. Von ihr hatte er seine große Schönheit und seine Gabe zu heilen, außerdem das Talent, etwas zu wissen, was geschehen würde, noch ehe dies Ereignis geschah. Aber von ihr kam auch seine besondere Art. An einem Tag pflegte er das kranke Kind einer Bettlerin hingebungsvoll, welche ihn weder mit Gütern noch Gunst bezahlen konnte, und dann wies er einen reichen Landbesitzer schroff ab, der nur eine Warze entfernt haben wollte – was er locker hätte tun können. Zuweilen sagte er armen Leuten, die ihn um Hilfe baten, weil sie gehört hatten, dass er anderen geholfen hatte, sie sollten sich fortscheren, ehe er seine Männer auf sie hetze. Ihn schien weder Mitleid noch Besitzstreben oder Angst vor Missbilligung zu leiten.

Manchmal fütterte er eine der Hofkatzen mit Leckerbissen, streichelte ihren Kopf und kraulte sie hinter den Ohren und auf dem Rücken, bis das Tier den Kopf an ihn lehnte und so laut schnurrte, dass man es im ganzen Haus hören konnte. Es kam aber auch vor, dass er das Tier, wenn es beim nächsten Mal in seine Nähe kam, verärgert beiseitestieß oder schlichtweg übersah. Ebenso behandelte er Ebba. Wenn er zärtlich war, war er sehr zärtlich, und sie reagierte ebenso prompt wie die gestreichelte Katze. Doch wenn seine Laune sich änderte, änderte seine Haltung sich vollkommen, und dann hatte er keine Verwendung mehr für sie.

»Oder wenn er Liebe empfindet«, fuhr Hild fort, »ist es nicht, was wir unter Liebe verstehen. Sei froh, dass er dich nicht liebt. Das wäre nicht gut für dich. Ihn zu lieben bringt kein Glück.«

Aber Hild war eifersüchtig auf Elfling und wollte nicht,

dass er eine Frau liebte oder heiratete; denn dann würde sie ihren Platz als Haushaltsvorstand auf dem Hof einbüßen. Trotzdem wird er *mich* heiraten, dachte Ebba und zerrte so hart am Mühlstein, dass ihr Rücken schmerzte. Dann werde ich keine Leibeigene mehr sein und über Hild stehen. Dann kann ich *ihr* einen Tritt geben, wenn ich dazu Lust habe. Doch insgeheim wusste sie, dass sie nie den Mut aufbringen würde, Hild zu treten, selbst wenn sie Elflings Frau wäre.

Sie hörte Hilds laute Stimme im Hof. Der Klang ihrer Stimme ließ sie aufhorchen. Hilds Stimme klang zornig und dringlich. Etwas Ungewöhnliches musste draußen vor sich gehen. Ebba merkte immer sehr schnell, wenn sich etwas außer der Reihe ereignete.

Hild stampfte ins Haus, wobei sie den Kopf unter dem niedrigen Türsturz einziehen musste.

»Diese verdammten Leute!«, schimpfte sie. »Ständig kommen sie her, schnüffeln herum und belästigen uns. Keiner hat sie hergebeten!«

Ebba ließ den Kopf wieder sinken und drehte weiter den Mühlstein, ohne nachzufragen. Wenn man Hild Fragen stellte, wurde sie sauer. Sagte man nichts, rückte sie früher oder später mit allem heraus, was es zu erfahren gab.

Hild schaute sich in dem düsteren Haus um. Es war trocken, warm und gemütlich, aber keineswegs schön oder ordentlich aufgeräumt. Zum Schlafen gab es Strohschütten auf Bänken mit darübergeworfenen Decken, dazwischen lagen verstreut Teller und Schüsseln. »Ja, das wird wohl reichen müssen«, sagte sie. »Wenn Leute ohne Voranmeldung kommen, müssen sie damit vorliebnehmen, wie es ist.« Ebba sagte immer noch nichts, sondern drehte weiter den Mühlstein. »Owen wird nicht begeistert sein«, fuhr Hild fort, »wenn man ihn um diese Tageszeit von der Arbeit wegholt.

Ich schätze, Elfling wird überhaupt nicht kommen. Und das ist *seine* Schuld.« Danach ging Hild wieder hinaus auf den Hof.

Ebba wusste alles, was sie wissen wollte, und arbeitete mit frischer Kraft und besserer Laune weiter. Bald würde es eine Pause geben. Bald würde Owen kommen, dann die Besucher, und niemand würde von ihr erwarten, dass sie weitermahlte, nicht einmal Hild.

Seit die Gerüchte über Elfling sich im Land verbreitet hatten, waren immer mehr Besucher zum Hof gekommen, ohne Ankündigung oder Einladung. Immer waren die Menschen wegen Elfling neugierig gewesen, vor allem wegen der Geschichten, die man sich über seine Eltern erzählte. Die Leute fanden irgendwelche Vorwände, um herüberzukommen und sich ihn anzuschauen. Doch oft waren sie enttäuscht, weil er keine grünen Haare oder Pferdeohren oder Ziegenaugen oder Hörner auf dem Kopf hatte. Sie zogen von dannen und berichteten, dass er ungewöhnlich gut aussah, und so tauchte immer wieder jemand mit einer fadenscheinigen Ausrede auf und lungerte herum, in der klaren Erwartung, einen Blick auf Elfling werfen zu können. Das war nicht leicht, weil Elfling es nicht mochte, wenn man ihn begaffte.

Die Besucher waren noch schlimmer geworden, als sich die Nachricht verbreitet hatte, dass Elfling heilen konnte. Zuerst waren es nur die ärmeren Menschen aus den Tälern und Bergen der Umgebung. Sie tauchten nach dem langen Marsch erschöpft auf, brachten ein krankes Kind oder eines, das ins Feuer gefallen oder mit einer Missbildung geboren worden war. Manchmal hatten sie auch eine kranke Frau in einer Decke herangeschleppt oder jemanden mit einer tiefen Schnittwunde oder einen, der sich bei einer Schlägerei oder einem Sturz den Kopf verletzt hatte. Was dann geschah, hing einzig und allein von Elfling ab. Gewöhnlich warf er zumindest einen Blick auf den Kranken. Manchmal linderte oder heilte er mit großer Sanftmut und Freundlichkeit, ja sogar liebevoller Güte. Was immer er tat, stets nahmen die Besucher eine gute Geschichte mit nach Hause, was dazu führte, dass noch mehr Menschen kamen – sogar von noch weiter weg. Es schien keine Rolle zu spielen, dass er manchen Menschen die Heilung verweigert oder ihnen brüsk gesagt hatte, dass sie in wenigen Tagen sterben würden. Manche brachten sogar kranke Tiere. Elfling heilte diese ebenso wie die Menschen.

»Am liebsten wär mir, er würde sie alle wegschicken«, sagte Hild. »Wenn sich das erst herumspricht, würde das Gerenne bald aufhören. Aber solange er einigen hilft – und ich so blöd bin, sie durchzufüttern, und wir alle zusammenrücken, um ihnen einen Platz am Feuer zu gewähren –, ja, so lange kommen sie *natürlich* weiter her. Eine Plage!«

Die von weiter her kamen, waren in der Regel wohlhabender als die aus der näheren Umgebung. Sonst hätten sie sich die Reise nicht leisten können. Hild hasste sie, weil sie sich so offensichtlich für etwas Besseres als sie hielten und weil sie erwarteten, dass alle auf dem Hof die Arbeit stehen und liegen ließen und sich um sie kümmerten. Jedenfalls behauptete das Hild stets. Ebba fand einige ganz nett. Und wenn Elfling ihnen half, ließen sie für gewöhnlich ein Geschenk zurück. »Sie kommen her«, klagte Hild, »bringen ein ganzes Rudel mit, fressen unsere Vorräte auf, verbrennen unsere Kerzen und halten uns von der Arbeit ab – und dann geben sie dir irgendeinen nutzlosen Tand und tun dabei so, als würden sie dir das ganze Land und den Himmel darüber schenken! Diese Reichen sind längst nicht so großzügig, wie sie glauben.«

Aufgrund von Hilds Verärgerung vermutete Ebba, dass eine Gruppe von reichen Reisenden auf den Hof kam. Hild hatte einen Bauernjungen losgeschickt, um die Männer vom Feld zu holen. Nun los, mach schon, dachte Ebba und drehte die Mühle schneller als zuvor. Schnell, schnell! Sie wollte die Ankömmlinge sehen. Vielleicht trugen sie prächtige Kleidung. Vielleicht brachten sie etwas Gutes zu essen mit, um es mit ihnen zu teilen. So sehr war sie von der Aussicht, die Reisenden zu sehen, begeistert, dass sie ein paar Minuten fast Elfling vergaß. Aber nicht ganz. Gewiss brachte die Reisegruppe jemanden mit, der krank war – wahrscheinlich ein kleines Kind. Und Elfling würde diesmal freundlich sein und das Kind heilen. Dann würden die Eltern furchtbar dankbar sein. Und sie, Ebba, würde stolz auf Elfling sein. Sie genoss es immer, wenn andere Menschen ihn bewunderten. Und wenn alle in so guter Stimmung waren, würde Elfling sich ihr zuwenden und erklären: »Und ich werde Ebba heiraten…«

Sie hielt in der Arbeit inne, als sie eine andere Stimme im Hof hörte. Es war Owen. Er beklagte sich, dass man ihn von der Arbeit geholt hatte: Die Äcker mussten gepflügt, eingesät und gedüngt werden.

»Kommt er?«, fragte Hild. »Die sind gleich hier.«

Owen lachte, und Ebba erriet durch den Tonfall seines Lachens, dass Elfling nicht kommen würde, um die Gäste zu begrüßen. Nur wenige Augenblicke später brach der Lärm der Ankunft herein: Pferdehufe trappelten, die Zuggeschirre klirrten, Wagen quietschten, Menschen schrien – ein gewaltiger, aufregender Lärm. Das mussten in der Tat reiche Leute sein. Ebba sprang auf, wischte sich den Mehlstaub von ihrem schlichten grauen Kittel und lief in den Hof. Niemand beachtete sie. Sie war klein und unwichtig, und die Aufmerksamkeit aller war auf anderes gerichtet.

Vor allem auf die Pferde mit den Männern in Rüstung, die durch die schnatternden, auseinanderlaufenden Gänse in den schlammigen Hof trabten. Jeder Mann trug ein mit Metallringen benähtes Lederwams und eine lederne Kappe. Einer der Männer hatte einen Speer, ein anderer einen Köcher mit Pfeilen und einen Bogen über den Rücken geschlungen. Außerhalb der Dornenhecke um das Gehöft war ein Wagen vorgefahren, auf dem Wagen saßen noch weitere Bewaffnete. Das war wirklich eine reiche Gruppe, möglicherweise die reichste, die je hierhergekommen war. Ebba war begeistert. Was sie nicht alles sehen würde!

Ein weiteres Pferd kam durchs Hoftor, und ein Mann schwang sich aus dem Sattel. Er trug einen Umhang aus feinem blauem Tuch über einem Untergewand mit grau-grünem Karomuster. An den Handgelenken und Fingern glänzten goldene Ringe. Was für ein Reichtum war allein der Stoff! Wochen und Monate mussten Frauen dafür arbeiten, spinnen und weben. Der Mann musterte die Hofgebäude, die Vorratsspeicher, die kleinen Hütten für das Geflügel, die Kuhställe und Schweinekoben und auch das kleine Haupthaus. Offensichtlich hielt er nicht viel davon. Auch Hild und Owen schienen ihn nicht zu beeindrucken. Ebba freute sich, dass er Hild verachtete, zugleich ärgerte es sie aber auch ein wenig. Schließlich gehörte der gesamte Hof, Hild und alles andere, Elfling, und niemand hatte das Recht, irgendetwas zu verachten, das Elfling gehörte.

»Ist das das Haus des Heilers?«, fragte der reiche Fremde. »Des Elfengeborenen?«

Hild und Owen versicherten ihm, dass dem so sei, und wollten ihm eben erklären, dass Elfling gerade nicht zu Hause sei, als der Fremde sie rüde unterbrach.

»Ich werde eine Zeitlang hierbleiben, bis der Heiler meinem Weib geholfen hat. Ich bin Morcar Sweynssen, ein Händler aus dem Danelaw –« Während er sprach, drehte er sich um und blickte zu dem Wagen, wo einer der Bewaffneten seiner zierlichen Frau beim Heruntersteigen half. Ihr Haar war von einem schmucken weißen Leinenkopfputz bedeckt, und dazu trug sie einen leuchtend roten Umhang. Ebba schlich ein Stückchen weiter vom Haus weg, um alles besser sehen zu können. Der Umhang hatte Armschlitze, und als die Frau zu ihrem Mann geführt wurde, sah man, dass er vorn mit kleinen Silberknöpfen geschlossen war. Ebbas Neid war ebenso groß wie ihre Bewunderung. Sie wollte auch so einen schönen warmen Umhang haben, wünschte sich ihn so sehr, dass es wehtat – aber sie wusste, dass sie nie und nimmer einen besitzen würde.

»Meine Frau, Aldgytha«, sagte Morcar und nahm sie bei der Hand. Wieder schaute er umher. »Ich hoffe, es gibt hier einen Ort, wo wir bleiben können.«

Owen trat einen halben Schritt zurück und sank in sich zusammen, um klarzumachen, dass er nichts zu sagen hatte. Das ließ Hild das Sagen, aber selbst sie war vom Reichtum der Leute eingeschüchtert. Sie zeigte aufs Haus und setzte sich gleichzeitig in Bewegung. »Bitte«, sagte sie, »tretet ein!« Aldgytha lüpfte den Umhang und den Rock, damit sie nicht schmutzig wurden, und trippelte mit kleinen Schritten los, um den schlimmsten Schlamm und Dreck zu vermeiden. Morcar legte den Arm um sie, um ihr zu helfen.

Ebba war in Panik und rannte schnell vor ihnen ins Haus. Dann huschte sie über die Decken und Strohmatratzen bis ans andere Ende. So sah sie sie hereinkommen. Sie zogen den Kopf tiefer ein, als es nötig gewesen wäre, und blickten dann um sich. Auf ihren Gesichtern mischten sich in gleichem Maß Höflichkeit und Abscheu.

Auch Ebba blickte sich um. Keines der Hofgebäude war viel höher, nämlich so, dass man aufrecht stehen konnte, und alle hatten niedrige Türen, weil es einfacher war, sie so zu bauen. Aber alle waren daran gewöhnt. Erst als Ebba sah, wie diese reichen Leute sich so tief duckten und beim Aufrichten so überrascht waren, kam ihr der Gedanke, dass es vielleicht bequemer wäre, höhere Häuser mit höheren Türen zu haben.

Auch hatte bisher immer ein Raum für alle ausgereicht, bis sie sah, wie Morcar und Aldgytha alles mit so ausdruckslos höflichen Mienen musterten. Da fiel auch ihr der grobe Verputz an den niedrigen Wänden auf und wie Rauch und Ruß im Laufe der Jahre die Wände, die dürren Dachsparren und das Stroh darauf geschwärzt hatten, sodass jede Berührung einen schwarzen Schmierfleck hinterließ. Aldgythas schöner Leinenkopfputz und der scharlachrote Umhang würden allein davon schmutzig werden, dass sie in diesem Haus Platz nahm. Kein Wunder, dass sie so bestürzt dreinschaute.

Die Gäste standen im Mittelgang, der sich durchs gesamte Haus zog. Vor ihnen war der Raum, wo alle lebten, aßen und schliefen. Hinter ihnen auf der anderen Seite war ein Stall, in dem man nachts Tiere unterbringen konnte. Von dort drang der starke Geruch nach Dung und Schweiß herein. Morcar blickte über die Schulter zu dem Stall und sagte zu Hild: »Habt ihr nichts Besseres als das hier?«

Genau das hasste Hild an solchen Leuten am meisten. Und auch Ebba war aufgebracht, obgleich sie es üblicherweise genoss, wenn Hild in Verlegenheit war; denn es war Elflings Haus, das diese Menschen kritisierten.

»Tut mir leid, Herr«, sagte Hild. »Das ist unser Haus. So leben wir nun einmal.«

Morcar nickte. Dann führte er seine Frau über die auf dem

Boden verstreuten Decken und Strohsäcke und fand für sie ein warmes Plätzchen beim Feuer. »Hast du Hunger?«, fragte er sie. »Oder Durst?« Sie antwortete irgendwas. »Hab einen Augenblick Geduld«, sagte er. »Ich sorge dafür, dass alles ausgepackt wird.«

Ohne Hild einen weiteren Blick zu gönnen – Ebba hatte er überhaupt noch nicht bemerkt –, ging Morcar in den Hof und erteilte seinen Leuten barsch Befehle. Dinge wurden vom Wagen abgeladen und ins Haus gebracht. Felle, Kissen, Becher, Teller, Lederbeutel mit Getränken und kleine Päckchen mit Essbarem. Mit Kissen machte man es Aldgytha bequem, und einer von Morcars Männern bereitete ein kleines Mahl für sie zu. Ebba versuchte von ihrem Versteck hinten im Haus zu sehen, was Aldgytha aß, doch ohne Erfolg. Sie hatte aber Angst, diesen Platz zu verlassen, weil sie dachte, dass Morcar böse werden würde, wenn er sie sah.

Morcar wandte sich an Hild, die immer noch außer sich vor Zorn im Mittelgang stand, und sagte zu ihr ganz freundlich: »Ich habe gesehen, dass in den Außengebäuden noch viel Platz ist.«

Hild funkelte ihn an. »Du meinst in den Ställen, Herr?«

»Für deine Leute«, erklärte er und deutete auf seine Frau am Feuer. »Wir nehmen diesen Raum. Deine Leute können eine oder zwei Nächte in den Ställen schlafen. Nur bis wir mit dem Heiler gesprochen haben.«

Hild stand der Mund offen. Sie starrte ihn sprachlos an.

»Also, wo ist der Heiler?«, fragte Morcar.

»Draußen, Herr«, brachte Hild hervor.

»Draußen?« wiederholte er, als sei das für ihn eine Überraschung.

»Auf den Feldern, Herr«, fuhr Hild fort. »Um diese Jahreszeit wird gepflügt. Und gesät und gedüngt. Es gibt viel zu tun,

Herr.« Und ihr haltet uns von der Arbeit ab, ließ ihr Tonfall verstehen.

»Natürlich«, meinte er. »Nun, je früher wir ihn sehen, desto besser.« Er schaute sie an und schien auf etwas zu warten. »Nun?«

»Was, Herr?«, fragte Hild.

»Lass den Heiler herholen.«

Mit gewisser Befriedigung erklärte Hild: »Er weiß, dass ihr hier seid, Herr. Das haben wir ihm schon gesagt. Aber er kommt nicht.«

Morcar traute seinen Ohren nicht. »Er kommt nicht?« Vielleicht erinnerte er sich jetzt daran, dass der Heiler frei geboren war, und sagte: »Zeig mir, wo er ist. Dann kann ich zu ihm gehen und mit ihm sprechen.«

Hild ging in den Hof, und Morcar folgte ihr. Da Ebba Hild sehr gut kannte, sah sie an der Art, wie diese sich bewegte, dass sie entzückt war, dem Mann Anweisungen zu geben, wo er Elfling finden konnte. Sie wusste, was für eine Antwort er erhalten würde, sobald er von Elfling forderte, alles stehen und liegen zu lassen und zum Haus zurückzugehen, welches er dann für die Besucher räumen und in den Stallungen schlafen sollte.

Von draußen rief Hild Ebbas Namen. Diese vergaß jede Angst und stürzte zurück zur Mühle. Aldgytha sah überrascht von ihrem Mahl, einem kleinen Bier und einem Stück Weißbrot, auf, als das Mädchen aus dem Nichts auftauchte und weiter den knirschenden Mühlstein drehte.

Hild kam zurück ins Haus und meinte: »Ach, da bist du. Wann ist das Mehl fertig? Es ist dir doch recht, wenn das Mädchen weitermahlt, Herrin? Wir müssen Brot backen, und die Mühlsteine sind zu schwer, um sie nach draußen in einen Stall zu tragen.«

»Oh nein, nein!« antwortete Aldgytha leise.

Ebba hielt den Kopf gesenkt und mahlte weiter, während Hild übellaunig eine Suppe aus gekochtem Hafer und Gemüse in einem eisernen Topf anrührte. Auf diesen Topf war Hild stolz. Aber Ebba sah aus dem Augenwinkel den schockierten Blick, den Aldgytha auf die alten, am Rande angetrockneten Essensreste warf. Aldgytha hatte den roten Umhang nicht abgelegt. Ebba betrachtete voller Bewunderung die mit Stickerei gesäumten Armschlitze und die kleinen Silberknöpfe. Ihr entging auch nicht, wie Aldgytha dasaß, mit angelegten Armen, als wolle sie von der Umgebung so wenig wie möglich berühren.

Morcar kam zurück, als Ebba das Mehl, das schließlich fertig gemahlen war, mit Wasser vermengte, um Brot daraus zu bereiten. Er beachtete das Mädchen nicht, sondern setzte sich neben seine Frau und nahm von ihr eine Scheibe Weißbrot entgegen, das sie mitgebracht hatten. Es war nicht richtig weiß, aber das hellste Braun, das Ebba je gesehen hatte. »Er kommt«, teilte er seiner Frau mit. »Ich habe mit ihm geredet, und er kommt.«

Ja, dachte Ebba, er wird kommen, aber zusammen mit den anderen Männern am Ende des Tages, um zu essen, wie immer – nicht vorher. Sie wartete noch sehnlicher auf seine Rückkehr als sonst.

Die Männer kamen spät nach Hause, als es bereits dunkelte. Sie traten geduckt ins Haus; im Feuerschein sah man sie wie Schattengestalten. Sie trugen Kittel aus grauem, ungefärbtem grobem Wollstoff, die so alt waren, dass sie wie Säcke herabhingen. Sie brachten einen Geruch mit, der schnell das Haus füllte: ein starker salziger Geruch von Schweiß, der sich in ihrer Kleidung festgesetzt hatte, ein Geruch von Erde und Dung. Aldgytha hielt sich ihre zarte Hand vor die Nase.

»Was?«, fragte Morcar. »Warum kommt ihr herein? Hat mein Diener euch nicht Bescheid gegeben?«

Die Männer blieben an der Tür stehen und beäugten scheu die Neuankömmlinge. Hinter ihnen trat Elfling ein. Er war größer als alle anderen und konnte nur direkt unter dem Dachfirst aufrecht stehen. Das letzte Licht, das durch die Tür hereinschien, ließ sein Haar rotgolden aufleuchten. Er schob sich durch seine Knechte, beugte sich hinab und ergriff eines von Morcas Kissen. Dann schleuderte er dieses durchs ganze Haus. Es traf einen Diener des Dänen, der aufschrie. Doch da hatte Elfling bereits ein Fell ergriffen und warf es hinterher – es folgten noch ein Fell und ein Kissen.

Morcar hatte es die Sprache verschlagen. Dann schrie Hild: »Elf! Das Feuer!« Sie hatte ständig Angst, dass etwas ins Feuer fallen könnte. Im nächsten Augenblick würde das ganze Haus in Flammen stehen, und alle müssten in den Außengebäuden schlafen.

Elfling kümmerte sich nicht um sie. Weitere Kissen und Felle flogen durch die Luft. Eines traf das dünne Dach und fiel auf Aldgytha. Sie quietschte. Morcar stand mühsam auf, was in dem engen Haus mit den vielen Fellen und Kissen auf dem Boden nicht einfach war.

Elfling schaute ihn an. Als Morcar etwas sagen wollte, schnitt er ihm das Wort ab. »Dies ist mein Haus. Meine Leute schlafen hier, wo sie immer schlafen. Aber ich bin großzügig; sie können den Raum mit euch teilen.« Danach wandte Elfling Morcar den Rücken zu und verließ mit eingezogenem Kopf das Haus.

Morcar wollte ihm folgen, doch Owen stellte sich ihm in den Weg. »Ich würde ihn in Ruhe lassen, Herr.« Morcar versuchte, sich an ihm vorbeizudrängen, aber Owen fuhr fort: »Heiler können ebenso verwunden wie heilen, Herr.« Morcar zeigte Einsicht und ging zurück zu seiner Frau. Er befahl seinen Dienern, ihre Sachen in den hinteren Teil des Hauses zu schaffen, um für Elflings Leute Platz an der Tür zu machen. Er setzte sich neben Aldgytha, legte den Arm um sie und sagte ihr, sie brauche keine Angst zu haben. Ebba bot ihnen von dem noch warmen Brot an. Da hörte sie, wie er sagte: »Schau, der Mann ist schlichtweg ein Flegel und weiß nicht, wie man sich benimmt. Aber ich werde ihn schon überreden. Du wirst schon sehen.«

Ebba ging zu Hild zurück und sagte: »Ich werde Elfling sein Essen bringen.«

Hild blickte sie scheel an. »Du lässt auch keine Gelegenheit aus, was?« Aber sie füllte eine Schale mit dem Eintopf, fügte ein paar Stücke Brot hinzu und gab alles Ebba, die es nach draußen trug.

Hinter dem Haupthaus war Elflings kleines Haus, das eigentlich nur eine Hütte war. Ebba stapfte durch den Schlamm und hielt Schüssel und Brot dabei krampfhaft fest. Bei der Hütte klemmte sie beides in die Armbeuge und klopfte mit der anderen Hand an die Tür. Dann hob sie den Riegel und stieß die Tür auf.

Drinnen war es dunkel, sodass sie kaum etwas sah. Es brannte kein Feuer.

»Ich habe dir etwas zu essen gebracht, Herr.« Die kleine Hütte hatte eine Schlafbank aus festgestampfter Erde. Sie stellte die Schüssel an ein Ende und legte das Brot daneben.

Sie wartete auf eine Aufforderung, doch erst nach geraumer Zeit ertönte Elflings Stimme aus der Dunkelheit. »Danke, Ebba! Das ist sehr freundlich von dir.«

Ebba errötete und sehnte sich danach, noch mehr Lob zu

hören. »Es ist kalt, Herr. Ich könnte dir Feuer aus dem Haus holen. Soll ich?«

»Geh jetzt, Ebba.«

»Soll ich nun Feuer holen, Herr?«

»Ebba. Geh!«

Ebba zog die Tür zu und ging über den Hof zurück ins Haus, aber sie beschloss, ihm Feuer zu bringen, ob er es wollte oder nicht. Das würde ihm zeigen, wie sehr sie ihn liebte, selbst wenn er zornig wurde.

Im Haus sagte sie zu Hild, Elfling wolle Feuer.

»Und warum hat er keines mitgenommen, verflucht noch mal?«, meinte Hild. Aber sie sammelte aus der Feuerstelle Glut ein und ein paar brennende Scheite, legte alles in einen Topf und schickte Ebba damit über den Hof.

Draußen zitterte Ebba im kalten Wind und klopfte wieder an die Tür der Hütte. »Ich bringe dir Feuer, Herr.«

Von drinnen war ein Geräusch zu hören, dann öffnete sich die Tür. Ebba konnte Elfling nicht sehen, weil es zu dunkel war. Sie ging mit dem Feuertopf hinein. Elfling schloss die Tür hinter ihr. Im Herd war bereits Holz aufgeschichtet – wie immer –, und sie kniete nieder und entzündete es mit der Glut aus ihrem Topf. Als das Feuer brannte und den kleinen Raum erhellte, wollte sie gehen; aber Elfling lehnte, von einem goldenen Lichtschein umgeben, am Türrahmen.

»Soll ich bleiben?«, fragte sie und lächelte ein wenig einfältig.

Sie sollte bleiben. Das war alles, was sie in der Welt wollte.

Ebba war glücklich.

Drüben im Haupthaus schliefen die Knechte und Mägde, satt und nach einem langen Tag erschöpft, schnell ein. Sie hatten sich unter den Decken aneinandergedrängt und schnarchten seelenruhig vor sich hin.

Für Morcar, Aldgytha und Begleitung war die Nacht nicht so gut. Das elende kleine Haus war nicht das, was sie gewohnt waren, und ihr Besitzer schien ein jähzorniges Gemüt zu haben. Kein Wunder, dass sie sich in ihrer Haut nicht wohlfühlten. Außerdem waren die Flöhe im Haus des Heilers viel aktiver als ihre eigenen und schienen den Geschmack neuen Bluts ausgesprochen zu mögen.

Morcar schwor sich, morgen den Heiler dazu zu zwingen, seine Frau zu heilen. Danach würden sie diesen Ort so schnell wie möglich verlassen. Heute hatte ihn der Heiler überrumpelt, doch morgen würde er darauf gefasst sein und wissen, wie man mit einem solchen Kerl umzugehen hatte.

Erst in den kühlen Morgenstunden schliefen auch Morcar und Aldgytha ein und waren deshalb keineswegs ausgeschlafen, als sie der Lärm weckte, den die Hausbewohner beim Aufstehen machten. Durch die offene Tür kam ein eisiger Windzug herein und klärte den Dunst der Nacht. Ringsum wurde gehustet, gefurzt und sich mit langen Nägeln der Schorf am Grind gekratzt. Mit Rufen und Pfeifen trieb man die laut trampelnden Tiere hinaus. Im Hof herrschte auch viel unnötiger Lärm.

Drinnen kümmerte sich Hild derweilen ums Feuer, entfachte es neu. Bei jeder Bewegung stöhnte sie laut und seufzte tief. Sie stapfte zwischen Feuer und Hof hin und her und begann, den Eisentopf zu füllen. Dann setzte auch das teuflische Quietschen der Steinmühle wieder ein.

Morcars Diener erhoben sich schließlich und fingen mit Hild einen Streit darüber an, wie und wo sie für ihre Herrschaft das Frühstück auftischen sollten. Herr und Herrin konnten bei all dem Lärm nicht weiterschlafen.

Morcar setzte sich mit verquollenen Augen auf, und Aldgytha lugte unter ihrer Decke hervor und kratzte sich heftig.

»Wo ist der Heiler?«, fragte Morcar barsch. »Er muss sich heute noch meine Frau anschauen.«

Die alte Frau am Feuer musterte ihn mit zusammengekniffenen Augen durch den Rauch, der eine weitere Rußschicht auf Wände und Dach legte. »Du hast ihn verpasst, Herr. Er ist bereits aufs Feld gegangen.« Das Mädchen, das hinter der Tür kniete und den Mahlstein drehte, warf Morcar über die Schulter einen Blick zu, den er schlichtweg als unverschämt empfand. Was ging diesen Trampel sein Gespräch an?

»Aber gewiss kommt er zum Frühstück zurück. Dann kann ich mit ihm sprechen.«

»Wie du meinst, Herr«, sagte Hild und bereitete weiter den Brei zu, der mit dem von gestern übrig gebliebenen Brot das Frühstück darstellte.

Morcar und Aldgytha aßen ihr eigenes Frühstück: helles braunes Brot, Käse und ein wenig Bier. Nachdem sie etliche Stunden gewartet hatten und es heller Tag war, kamen die Leute von der Arbeit zum Frühstück. Als Letzter trat der Elfengeborene ein und blieb unter dem Dachfirst stehen, während sich die anderen die Schüsseln füllen ließen. Jeder Mann und jede Frau holte sich den eigenen Löffel aus einem Gestell an der Wand und suchte sich auf dem Boden einen Sitzplatz. Nach dem Essen leckten sie die Löffel sauber und steckten sie zurück ins Gestell.

Der Heiler drehte mit absichtlicher Unhöflichkeit den Gästen den Rücken zu. Trotzdem war Aldgytha von seiner

Größe, seinen breiten Schultern und dem langen Hals beeindruckt. Sein dichtes Haar war mit einem Messer auf Schulterlänge gestutzt und leuchtete golden im Türrahmen. Aldgytha senkte ihren Blick in den Schoß und widmete sich ausschließlich ihrem Frühstück.

Das Mädchen, das die Mühle betätigt hatte, sammelte das letzte Mehl von der Lederplane ein und holte sich von Hild eine Schüssel mit Brei, welche sie zum Heiler hintrug. Der Heiler nahm sie und ging, sich unter dem Türsturz hindurchduckend, hinaus auf den Hof.

Morcar machte eine unwirsche Bemerkung, kam mühsam auf die Beine und ging ihm nach, wobei er das Mädchen auf dem Gang grob aus dem Weg stieß.

Der Heiler stand mit dem Rücken zum Haus auf dem Hof und löffelte sein Frühstück aus der Schüssel. Morcar trat hinter ihn und sagte laut: « Meine Frau braucht deine Hilfe. « Der Heiler drehte sich nicht einmal um. Morcar trat vor ihn. »Du bist doch der Heiler, oder?«

Der junge Mann – eigentlich war er noch ein Junge, was seine Unhöflichkeit noch aufreizender machte – drehte den Kopf zur Seite.

»Zehn Jahre und kein Anzeichen für ein Kind«, erklärte Morcar. »Du bist ein Heiler. Du kannst ihr helfen.«

Einen Augenblick lang blickte der Heiler zum Haus. Morcar glaubte, das zeige ein gewisses Interesse, und er sagte eindringlich: »Es macht sie unglücklich. Ich gebe dir Gold, wenn du ihr hilfst.«

Der Heiler aß weiter, trat aber einige Schritte von Morcar weg und sagte dabei: »*Du* machst sie unglücklich.«

Diese unverschämten Worte versetzten Morcar in Wut. »Was fällt dir ein, so mit mir zu sprechen! Ich bin nicht hergekommen, um deine Meinung zu hören, wie ich meine Frau behandele, sondern um Hilfe für sie zu bekommen. Was ist mit dir los, Elfengeborener? Behandelst du nur Wesen, die wie du sind?«

Elfling, der bisher die Schultern hochgezogen hatte, wandte den Kopf und blickte Morcar ins Gesicht. Ebba, die vom Haus aus zuschaute, sah, wie Morcar verblüfft vor der Kraft dieses Blickes zurückwich, als hätte man ihm einen Stoß gegen die Brust versetzt. Sie bedeckte den Mund mit einer Hand und lächelte. Sie kannte die Kraft dieses Blickes.

Morcar trat einen Schritt vor, doch dann hatte er sich wieder im Griff und blieb stehen. Er vermochte es nicht zu begreifen, was ihn so aus der Fassung gebracht hatte. Aber eigentlich kannte er den Grund genau. Als sich der junge Mann umdrehte, sich aufrichtete und Morcar mit den Augen fixierte, war dieser ob so viel Schönheit geschockt gewesen. Aber das allein konnte es nicht sein ... Nie im ganzen Leben hatte Morcar bei einem Mann nach Schönheit gesucht, das entsprach nicht seiner Neigung. Nein, es musste noch etwas anderes sein ... Aber für jetzt wusste er lediglich, dass diese Schönheit ihn so getroffen hatte.

Der Kopf des Elfengeborenen saß auf einem langen, schlanken Hals. Sein Anblick glich dem eines prächtigen Rehs. Die Züge des Gesichts waren perfekt angeordnet und ausgeprägt. Das schlecht geschnittene Haar leuchtete hell an den Rändern, wo das Licht hindurchschien. Ansonsten glänzte es mit der warmen Farbe rötlichen Bernsteins.

Doch am auffälligsten waren die Augen. Sie waren schöner als die Augen irgendeiner Frau, die Morcar je gesehen hatte. Laut aufstöhnend trat er noch einen Schritt zurück, als er sich dies eingestand. Die Augen waren klar wie Glas, wechselten jedoch die Farbe, je nachdem wie das Licht sie traf. Aber nie war es eine Farbe, die man eindeutig hätte benennen können. Zu viel Blau oder sogar Violett, um sie grau zu nennen, aber zu viel Grün, um sie als blau zu bezeichnen, und zu viel Grau, um grün zu sein. Als Morcar nach festem Halt suchte und Elfling ihn nicht aus seinem zwingenden Blick entließ, traf das Licht aus einem anderen Winkel darauf und entzündete gelbe Fünkchen wie bei ockerfarbenen Flechten auf Felsen.

Der böse Blick, dachte Morcar und fühlte, wie sein Herz schneller schlug und hämmerte. Und der böse Blick bedeutet, dass er mich damit töten will. Er wird mein Herz zerbersten lassen ...

Doch da entließ ihn Elfling unvermittelt aus dem Bann seines Blicks und ging zurück zum Haus. Er schob Ebba am Eingang beiseite und ging hinein. Morcar hatte Angst um seine Frau, rang nach Luft und eilte ihm hinterher.

Der Innenraum lag im Dunkeln, nur teilweise erhellt durch das Herdfeuer und die wenigen Lichtstrahlen, die, vorbei an den Leuten, die dort im Weg standen, durch die offene Tür drangen. Doch vermochte das Licht kaum die dichten Rauchschwaden zu durchdringen, sodass man nur undeutlich sah, was vor sich ging. Elfling stand aufrecht unter dem Dachfirst. Sein Haar glänzte in einem Lichtstrahl, als Aldgytha die Arme ausbreitete, sie ihm entgegenstreckte und lächelte.

Ehe Morcar ein Wort herausbrachte oder sich durch die Knechte einen Weg bahnen konnte, erhob sich Aldgytha schon und ging zu dem Elfengeborenen – und in seine Arme –, schneller, als es Morcar gefiel. Und alle schauten zu, nicht nur die Knechte und Mägde vom Hof, sondern auch Morcars eigene Dienerschaft. Er spürte, wie sein Gesicht vor Wut und Angst weiß wurde und sich versteinerte.

Elfling schloss Aldgytha in die Arme, legte sein Kinn auf ihre Schulter und grinste Morcar an. Dann wiegte er sich hin und her, wobei er Aldgytha wie ein Kind in den Armen hielt. In Morcar stieg eine stille Wut auf, welche nur durch das laute Hämmern seines Herzens unterbrochen wurde. Elfling stimmte ein lautes, fröhliches Gelächter an, so natürlich, als habe er soeben einen sehr lustigen Witz erzählt. Er hob Aldgytha in die Luft. »Morcar! Nicht deine Frau braucht meine Hilfe!«

Morcar verschlug es die Sprache.

Elfling stellte Aldgytha auf die Füße und ließ sie los. Mit völlig verdutztem Gesicht schaute sie ihren Mann an. »Zumindest weißt du, dass sie dir treu gewesen ist«, sagte Elfling. Einige der Knechte lachten, und – Morcar glaubte es jedenfalls – sogar seine Diener kicherten leise.

»Zehn Jahre?«, fuhr Elfling fort. »Mit jedem anderen Ehemann hätte sie inzwischen zehn Kinder!«

Elflings unirdische Schönheit und seine Verachtung trafen Morcar tief. Mit Abscheu in der Stimme sagte er: »Du solltest tot sein!« Während er dies sagte, zog er sein Messer aus dem Gürtel, um die Worte in die Tat umzusetzen.

Im Haus gab es wenig Platz, weder für Verteidigung noch für Angriff. Morcar prallte gegen die Leute, die sich am Feuer versammelt hatten. Schreiend schlugen sie auf ihn ein. Elfling war gleichermaßen behindert, dem Messer auszuweichen. Aldgytha schrie, und Hild übertönte alle: »Das Feuer! Das Feuer!«

Morcar packte den Stoff von Elflings Kittel und versuchte, Elfling in Richtung seiner Messerklinge zu ziehen, doch hatte er nicht so viel Bewegungsfreiheit, wie er es sich gewünscht hätte. Ebba drängelte sich durch die Menschen, drückte sich an der Mauer vorbei – wodurch sie eine Lawine aus Schlammverputz auslöste –, packte Morcars Messerhand und hängte sich mit ihrem gesamten Gewicht daran.

Jetzt waren noch mehr Leute auf den Beinen und brüllten und schrien wegen des Feuers. Morcar ließ Elfling los, um sich mit Ebba zu befassen. Sie war schwer genug, seine Messerhand zu behindern, aber sobald er beide Arme benutzen konnte, machte ihm ihr dürres Gestell keine Mühe. Während sie noch an seinem Arm hing, hob er diesen und schleuderte sie in die Mitte des Raums. Fast gleichzeitig drängte Elfling nach vorn, um sich auf Morcar zu stürzen. Einige Männer hielten ihn zurück. Ebbas Griff löste sich, sie segelte durch die Luft – und landete direkt im Feuer.

Innerhalb von Sekunden krabbelte sie heraus, aber ihr Kleid brannte schon lichterloh, und ihre Haut war voller Brandwunden. Ihre Schreie, aus Angst und Schmerz geboren, waren entsetzlich, aber sie beendeten den Kampf. Morcar stand fassungslos da, mit offenem Mund. Aldgytha verbarg ihr Gesicht. Andere schienen ebenfalls noch nicht begriffen zu haben, was geschehen war, oder schrien, während sie Flammen austrampelten, die durch die herausgeschleuderte Glut vom Herd entkommen waren. Hild schließlich warf Ebba zu Boden und schlug mit bloßen Händen auf deren brennendes Kleid ein. Dabei rief sie: »Elf! Elf!«

Elfling lief zu den beiden Frauen, seiner alten Amme und der jungen Leibeigenen. Mit seiner Kraft fiel es ihm leicht, Ebba auf dem Boden zu rollen, bis sämtliche Flammen erloschen waren. Dann nahm er ihren kleinen verbrannten Körper auf die Arme. Als sie vor Schmerzen aufschrie, flüsterte er ihr tröstend zu: »Liebling, Liebling!«, und drückte seinen Kopf gegen ihren.

Alle im Haus sahen staunend zu, selbst Aldgytha wagte den Blick zu heben, als er Ebba, deren Kleid verbrannt war und deren bloße Haut tiefrote Brandwunden zeigte, hochhob, was ihr mit Sicherheit große Schmerzen bereitete. Schnell ebbten

Ebbas Schreie zu Schluchzen und Wimmern ab, bis sie schließlich ganz still war. Alle hielten den Atem an, als sie sahen, wie Elfling mit geschlossenen Augen das Mädchen hielt, als konzentrierte er sich angespannt. Eine Ewigkeit schien vergangen, in der Ebba still in seinen Armen lag, als er die Augen wieder öffnete und begann, behutsam über die Wunden des Mädchens an der Hüfte und im Rücken zu streichen. Dabei flüsterte er ohne Unterlass unverständliche Worte, immer noch äußerst konzentriert.

Ebba war sich kaum bewusst, was mit ihr geschehen war. Erst die Angst um Elfling, dann der Kampf mit Morcar und die freudige Erregung, dass sie kämpfte, um ihren Geliebten zu retten – und dann plötzlich die schrecklichen Schmerzen, unerträglich, Hitze und Flammen ringsum. Ihre Panik war durch Hilds Schreie und Schläge noch gesteigert worden. Sie hatte geglaubt, Hild wolle sie bestrafen. Als Elfling sie hochgehoben hatte, waren die Schmerzen entsetzlich gewesen. Es war ihr gleich gewesen, dass es Elfling war; ja, sie hatte nicht einmal gewusst, dass er es war – nur, dass es unsäglich wehtat. Doch dann hatten die Schmerzen sehr schnell nachgelassen. Kühle hatte sich auf die Brandwunden gelegt, als hätte jemand kaltes Wasser darübergegossen. Und dann hörte sie Elfling sagen: »Liebling, Liebling ...« Das hatte die größte Linderung gebracht. Eine wohlige Wärme hatte sie eingehüllt, nicht die sengende, brennende, schmerzliche Hitze der Feuerzungen, sondern eine sanfte Wärme, welche sie an Elflings Schulter friedvoll einlullte.

Morcar stand an der Hausmauer, den Kopf unter den mit Stroh gedeckten Dachvorsprung geduckt. Eine Magd kümmerte sich schweigend um das Feuer und sammelte die verstreute Glut ein. Sie bemühte sich, die Konzentration des Elfengeborenen nicht zu stören. Als Morcar sich umschaute, sah er, dass das Gesinde über die Handlungen seines Herrn nicht übermäßig erstaunt war. Seinen eigenen Dienern hing die Kinnlade herab. Er blickte zu Elfling, der immer noch das junge Mädchen hielt, aber auch die Hände der alten Frau, welche sie sich verbrannt hatte, als sie die Flammen ausschlug. Elfling zog die alte Frau an sich, küsste ihre Hände, richtete sie gerade und strich sanft darüber. Schließlich schloss er sie in die Umarmung mit dem Mädchen ein.

Morcar spürte, wie sein eigener Zorn verflog. Er schämte sich sogar und steckte das Messer zurück in die Scheide. Der Heiler hatte ihn beleidigt – das war wahr, aber was konnte ein Mann gegen eine solche Macht ausrichten? Er musste die Beleidigung herunterschlucken und demütig um Hilfe bitten.

Elfling ließ Hild los und legte Ebba behutsam auf eine der unordentlichen Schlafstellen im Haus. Er deckte sie zu, kniete neben ihr nieder und betrachtete sie. Das Mädchen schien zu schlafen.

Hild zeigte Owen ihre Hände, schloss und öffnete sie, um ihm vorzuführen, wie mühelos die Finger sich bewegten. Keine Spur mehr von den schweren Brandwunden. Ein Wunder, dachte Morcar.

Als Elfling aufstand, trat Morcar vor. Auch die Knechte bewegten sich nach vorn, doch Morcar hielt die Hand hoch, um seine friedlichen Absichten kundzutun. »Herr«, sagte er zu Elfling. »Ich gestehe offen, dass mir alles leidtut, was ich gesagt und getan habe, das dich kränken musste. Ich habe mich schwer geirrt und falsch gehandelt. Ich hoffe, du kannst mir verzeihen.«

Die Entschuldigung war überaus höflich und hätte eine ebenso höfliche Antwort verdient, mit der Elfling die Verzeihung und Freundschaft annahm. Der Elfengeborene blickte ihn jedoch nur mit diesem durchdringenden Blick seiner sich farblich stets verändernden Augen an, mit denen er jegliche Macht hätte ausüben können, wenn er gewollt hätte.

»Ich gebe meinen Fehler zu«, fuhr Morcar fort. »Und ich bitte dich als Heiler um Hilfe für mich, sollte ich diese brauchen, nicht für meine Frau.«

Elfling griff zu den dünnen Dachsparren aus Zweigen hinauf, welche das Stroh stützten, und holte einen Langbogen und ein Bündel Pfeile heraus. Dann erklärte er: »Ich gehe auf die Jagd. Pack deine Sachen und verschwinde von meinem Land. Ich möchte dich hier nicht mehr sehen, wenn ich zurückkomme. Scher dich weg und suche anderswo nach Heilung.« Er steckte die Pfeile in den Gürtel und ging zur Tür. Morcar starrte ihn sprachlos an. Elfling schwankte ein wenig, als sei ihm schwindlig. Sofort packte ihn einer seiner Knechte, um ihm Halt zu geben. »Wenn irgendjemand kommt und um Heilung bittet, sagt ihm – sagt ihm, ich sei mit den Elfen unterwegs«, sagte er zu dem Mann.

Nachdem er fort war, blickten die beiden Parteien – auf der einen Seite das Gesinde des Hofs, auf der anderen die Dienerschaft Morcars – einander unsicher an.

»Er ändert seine Meinung nicht«, erklärte Hild nach einer Weile. »Hat er mal gegen jemanden eine Abneigung gefasst, ändert sich das nie.«

»Wir werden morgen aufbrechen«, sagte Morcar. »Ich danke dir für deine Gastfreundschaft, Herrin.«

Hild nickte.

»Es gibt noch ein paar andere Sachen, die du ausprobieren kannst«, sagte sie. »Brennnesseln. Mit Brennnesseln schlagen soll gut sein, habe ich gehört.«

Danach trennten sich die beiden Gruppen. Morcar befahl seinen Leuten, alles zu packen, und die Knechte und Mägde gingen wieder aufs Feld. Hild fragte sich, ob sie selbst mit dem Mahlen beginnen oder Ebba wecken sollte. Sie beschloss, das Mädchen für den Rest des Tages schlafen zu lassen.

Als Morcars Männer den Wagen beluden, sichteten sie als Erste die Schar Bewaffneter, die auf den Hof zugeritten kam. Schnell holten sie Morcar, und dieser zögerte nicht, Hild und die Knechte zu alarmieren. Die Bewaffneten glitzerten im Sonnenschein, als sie näher ritten. Sie trugen nicht nur lederne Wämser. Offenbar waren sie keine Schutztruppe für einen Handelsreisenden. Morcars Erfahrung nach bedeuteten Männer wie diese Ärger.

DRITTES KAPITEL

DIE WALKÜRE

Die bewaffneten Reiter näherten sich in leichtem Trab. Ihre Rosse waren groß, wertvolle Tiere, und jeder Mann trug einen Helm mit Metallplatten, Nasenschiene und Wangenschutz. Keine einfachen Lederkappen. An jeder Schulter hing ein Schild, und die Hälfte der Männer hatte einen Speer in der Hand, welche nicht den Zügel hielt. Alle trugen Wämser aus dickem Leder, auf das Metallringe aufgenäht waren, dazu ein besticktes Wehrgehänge, an dem ein Schwert hing. Die Brosche auf der Schulter eines jeden Umhangs glänzte in der Sonne.

Was ist denn das?, wunderte sich Morcar. Mit Sicherheit ritt ein Reicher mit seiner Garde, aber … Obgleich er noch nie einen König gesehen hatte, kam ihm der Gedanke, dass diese so vortrefflich berittene und bewaffnete Leibgarde einem König gehören musste.

Aber was wollten sie hier? Bei diesem Gedanken lief es ihm kalt über den Rücken. Nein, gewiss machte er sich unnötig Sorgen, versuchte er sich einzureden. Es war sicher nur jemand, der herkam, um sich heilen zu lassen – wie auch er –, ein reicher Mann oder eine reiche Edelfrau, sicherheitshalber von einer starken Leibgarde begleitet. Aber es beschlich ihn ein ungutes Gefühl. Die Art, wie diese Männer ritten und wie sie aus dem Schatten unter dem Helm umherblickten, machte ihm Angst. Die Knechte waren eilends vom Feld hergekommen, nachdem er sie hatte rufen lassen. Sie hatten Werkzeuge als Waffen: Äxte und Sicheln. Seine Männer waren etwas besser bewaffnet. Aber diese Reiter, die näher kamen ... Es bedurfte mehr als ein paar großer Kerle mit unhandlichen Schwertern und ein paar Knechten mit Werkzeug, um mit denen fertig zu werden. Seine Gedanken gingen zu Aldgytha ... Wie konnte er sie in Sicherheit bringen?

Als die Reiter näher kamen, konnten sie über die Hecke in den Hof hineinschauen. Das Pferd an der Spitze stieß Morcar beiseite und trabte in den Hof. Das Gesinde lief sofort auseinander, um ihm Platz zu machen. Einige duckten sich in den fragwürdigen Schutz der niedrigen Außengebäude. Morcar erblickte Aldgytha in der Tür des Hauses und gab ihr ein Zeichen wegzulaufen, damit man sie nicht mehr sah.

Der Führer der Reiterschar trug einen Helm, welcher seinen Kopf vollständig mit glänzendem Metall bedeckte. Eine brünierte Maske verbarg das Gesicht bis auf den Kinnbart. Dicke silberne Brauen überschatteten die Augen, ein goldener Schnurrbart hing über einem goldenen, grimmigen Mund. Ein zähnefletschender Drache mit gekrümmtem Rücken und Rubinaugen zierte den Helmkamm. In den tiefen Schatten der Augenhöhlen sah man gelegentlich das Glitzern der Augen, ansonsten blieb das Gesicht des Mannes verborgen. Es war unmöglich festzustellen, ob er einen anschaute oder welchen Gesichtsausdruck er trug. Die Kälte, die Morcar über den Rücken gelaufen war, verwandelte sich in einen Magenkrampf.

Hunting, hoch zu Ross, blickte durch die Helmschlitze auf den Haufen schmuddeliger kleiner Hütten, in denen er nicht einmal seine Hunde halten würde. Und das Wesen, das hier lebte, behauptete, sein Halbbruder zu sein? Die niedrige Dornenhecke war für Hunting fast eine Beleidigung, da sie für ihn den Anschein erweckte, man würde ihm zutrauen, diesen Misthaufen ernsthaft angreifen, wollen, oder dass sie ihn vom Eindringen abhalten könnte.

Neben dem Eingangstor stand ein Mann, der sich von den Menschen, die im Hof auseinandergelaufen waren, unterschied. Ein großer Mann mit Kleidung aus gutem, glattem Tuch, wenngleich ein wenig in Unordnung. Der Mann trug eine Goldkette um den Hals und Ringe an den Fingern.

Die Maske wandte sich an ihn. »Wie heißt du?« Die Stimme hinter den goldenen Lippen klang unmenschlich und eisig.

»Morcar Sweynssen, Jarl.«

Die Augen hinter der Maske funkelten. Nach kurzer Pause sprach die hallende Stimme wieder. »Ein Däne.«

»Aus Northanhymbre, Jarl. Ich treibe Handel – in diesem Lande genieße ich den Schutz des Lehnsherrn Alnoth, Jarl.«

Die Maske schwieg längere Zeit und schien ihn nur anzustarren, doch genau wusste er das nicht. Das glatte Gold des Gesichtes schimmerte, die Silberbrauen waren zusammengezogen, der Drache mit den Rubinaugen fletschte die Zähne. Hinter der Maske überlegte Hunting. »Treibst du hier Handel?«

»Nein, Jarl, nein! Ich bin mit meiner Frau hergekommen, wegen ihrer Krankheit. Hier lebt ein Heiler.« Es war so frustrierend, so untertänig sein zu müssen und diese gleißende Maske anzustarren, die keinerlei Hinweis auf das Gesicht dahinter gab.

Hunting erwog, den Mann zu töten. Niemand würde sich einen Dreck darum scheren, wenn er das ganze Volk auf dem

Hof über die Klinge springen ließ. Doch dieser Mann könnte Probleme bereiten, auch wenn er ein ausländischer Händler war. Wenn seine Verwandten erfuhren, wie er gestorben war, könnten sie sich bei diesem Lehnsherrn Alnoth beschweren, und dieser beim Ältestenrat und dem König … Doch wie sollten die Verwandten des Fremden je etwas erfahren, wenn er an diesem verlassenen Ort starb? Besser, keinen am Leben zu lassen.

»Wo ist der Elfengeborene?«, fragte Hunting.

Morcar blickte umher, ob jemand die Frage beantworten würde, doch die meisten der Knechte und Mägde hatten sich außer Sicht versteckt. Nur ein Mann stand auf dem Hof, der älteste, der Owen hieß, aber außer Hörweite. Wieder blickte Morcar zu dem berittenen Jarl empor, der von oben auf ihn herabsah, und überlegte, was er am besten antworten sollte. Der Jarl wollte den Heiler. Würde er fortreiten, wenn er ihm sagte, dass der Elfengeborene nicht hier sei? Beinahe musste Morcar lachen. Ein Mann kam nicht mit einer solchen Reiterschar her, um wieder abzuziehen. Aber würde er – ? Morcar gestand sich ein, dass er genau das befürchtete. Würde der Jarl alle sofort umbringen, sobald er hörte, dass der Heiler nicht hier war, oder – ?

»Antworte!« herrschte Hunting ihn an.

Nein. Er würde abwarten. Und wie jeder Jäger wollte er seine Beute nicht alarmieren. Er wünschte nicht, dass der armselige Hof anders als immer aussah.

»Der Heiler ist nicht hier, Jarl. Er ist auf die Jagd gegangen. Heute morgen erst. Er kommt vielleicht erst in ein paar … Tagen zurück.«

Hunting saß schweigend auf seinem Pferd, das unruhig mit den Hufen scharrte. Morcar dachte: Vielleicht lässt er mich und meine Leute fortgehen.

Hunting wandte sich an den Reiter, der ihm am nächsten war, und sagte: »Treib alle zusammen!«

Etliche Reiter saßen ab. Einer packte mit seiner großen Hand Morcars Arm, um ihn auf den Hof zu stoßen. »Jarl!«, schrie Morcar. Ein zweiter Reiter kam seinem Kameraden zu Hilfe, und gemeinsam schleppten sie Morcar mitten auf den Hof.

Die Bewaffnetenschar stieg aus dem Sattel, zückte die Schwerter. Beim Klang des Klirrens von Metall gegen Metall durchlief Morcar eine Welle der Angst. Sie gingen über den Hof, duckten sich in die kleinen Hütten und holten die Leute in ihren armseligen Kitteln heraus und stießen sie in die Mitte des Hofs. Morcar sah, wie etliche seiner Männer mit den billigen Schwertern, mit denen er sie ausgestattet hatte, aus dem Haupthaus auftauchten. »Legt die Schwerter nieder!«, brüllte er. »Legt sie nieder! Kämpft nicht! Thor schützt uns, kämpft nicht!«

Die Männer schauten verblüfft von ihm auf die Bewaffneten. Doch auf erneuten Befehl Morcars ließen sie die Schwerter fallen. Alle Männer Morcars kamen aus dem Haus, legten die Schwerter nieder und ließen sich widerstandslos in die Mitte des Hofs treiben. Morcar wurde von Übelkeit erfasst, ja, von einem regelrechten Brechreiz. Die Schmerzen waren wie eine Kolik und rührten daher, dass er bezweifelte, das Richtige getan zu haben. Vielleicht hätten sie kämpfen sollen? Aber jetzt war es zu spät, und überhaupt Waffen erheben gegen solche … Jetzt wurde vor seinen Augen Aldgytha von einem Bewaffneten aus dem Haus geführt. Ohne nachzudenken, drängte er sich an ihre Seite und wollte sie wegbringen.

»Alles in Ordnung, wirklich!«, erklärte er dem behelmten Krieger, der fluchte, und legte den Arm um Aldgytha. Er führte sie in die Hofmitte. »Alles ist in Ordnung, Liebling«, sagte er. »Alles wird gut.« Er spürte, wie sie zitterte. Auch er zitterte am ganzen Leibe. »Ich spreche noch mal mit dem Jarl«, sagte er.

Alle, die zum Hof gehörten, und Morcars Männer wurden in der Mitte des Hofs zusammengetrieben und von Huntings Bewaffneten umringt. Sie standen so eng beieinander, dass sie ihre Arme nicht bewegen konnten und kaum Platz zum Atmen hatten. Das ist nicht gut, dachte Morcar. »Jarl«, sagte er. »Darf ich etwas sagen – ?«

Plötzlich begann die eng zusammengepresste kleine Gruppe, zu der er gehörte, zu schwanken. Stöhnen wurde laut, dann verzweifeltes Schluchzen. Und wieder dieses Zittern. Aldgytha drückte sich noch enger an Morcar und bebte vor Angst. Es hatte begonnen! Morcar bekam eine Gänsehaut, sein Gesicht erstarrte, als ihm klar wurde, was dieses Beben und Schluchzen der Gruppe bedeutete. Die Bewaffneten hatten angefangen zu töten! Sie stießen die Schwerter den Menschen in die Leiber und rissen sie wieder heraus. Die Toten fielen zu Boden. Als die Menschen fliehen wollten, behinderten sie sich gegenseitig, oder Huntings Schergen standen vor ihnen und bildeten eine feste Mauer aus Schilden – und davor waren ihre Schwerter.

Morcar presste Aldgytha an sich und schrie verzweifelt: »Jarl! Jarl!«

Huntings Antwort lautete: »Ihn!« Er zeigte auf Morcar. Dieser wurde durch ein Schwert zum Schweigen gebracht; eine scharfe Klinge aus Stahl bohrte sich in seinen Leib. Nach Luft ringend sank er auf die Knie, wobei er Aldgytha mitriss, die seinen Namen murmelte.

»Und das Weib!«, befahl Hunting. Bei dieser Mission konnte man keine Zeit wegen eines Weibs verschwenden. Aldgytha wurde niedergemacht.

Morcar, auf dem Rücken liegend und zum Himmel hinauf-
blickend und Aldgythas Gewicht auf ihm, dachte: Falsche
Entscheidung. Wir hätten kämpfen sollen.

»Und jetzt beendet die Sache!«, befahl Hunting. »Und
schafft die Kadaver irgendwohin, wo man sie nicht sieht, und
versteckt auch die Pferde.«

Ein Teil seiner Gewappneten zückte die Dolche und
schlitzte denen, die noch nicht tot waren, die Kehlen auf.
Der andere Teil trieb die Pferde in die Ställe. Ein paar Männer blieben bei ihnen, um sie ruhig zu halten.

Nachdem das Gemetzel vorbei war, schleppten die Männer die Leichen ins Haus.

Ebba lag, unter Decken versteckt, an der Mauer und hörte
sie hereinkommen. Endlose Minuten hatte sie die schrecklichen Schreie draußen hören müssen, die so verzweifelt geklungen hatten, dass sie ganz verzagt wurde. Sie konnte sich
auch nicht einreden, dass es Schreie vor Freude oder Überraschung waren. Als einer sie aus dem Schlaf riss, hatte sie
sofort gewusst, dass etwas Schreckliches geschah. Sie hatte die
Knie angezogen und den Kopf zugedeckt. Mit den geballten
Händen vorm Mund hatte sie mucksmäuschenstill verharrt.
Jemand wurde verletzt, jemand war völlig verzweifelt. Das
wusste sie. Doch nicht, weshalb.

Dann war es verhältnismäßig still geworden. Sie lag in
ihrem Versteck und atmete nur flach, um die Decken über
ihrem Kopf nicht zu bewegen. Sie ließ die Augen in der
kleinen dunklen und warmen Höhle umherschweifen, die
sie sich gemacht hatte, als könne sie etwas sehen. Brachte
Elfling Morcar und dessen Männer um? Tötete Morcar Elfling? Sollte sie hinauslaufen und versuchen zu helfen? Die
Schreie, die sie gehört hatte, ließen nicht auf ein Handge-
menge schließen, wo sie sich an den Arm eines Mannes hän-

60

gen und so einen Schlag verhindern konnte. Obgleich ihr wegen ihrer Feigheit richtig schlecht war, blieb sie, wo sie war.

Dann war der Lärm ins Haupthaus gekommen. Ihre Gliedmaßen hatten vor Angst wild gezuckt, ehe sie sich zwang, wieder still zu liegen. Männer schnauften und fluchten. Schwere Lasten fielen nur wenige Schritte vor ihr zu Boden. Jemand trampelte über die Strohsäcke und setzte sich mit einem Plumps hin. Die Füße traten direkt neben ihr auf den Saum ihrer Decken. O Eostre, Göttin, lass sie nicht die Decken wegreißen! O Eostre, rette mich!

Wieder wurden schwere Lasten auf den Boden geworfen. Sie spürte den Aufprall durch den Boden und hörte, wie ein Mann stöhnte, als machte er mitten in einer schweren Arbeit eine Pause. Dann trat ein Fuß auf sie.

Sie unterdrückte einen Schrei, indem sie die Hand auf den Mund presste. Mit angehaltenem Atem wartete sie. O Eostre, Eostre ...

Es wurde hell. Jemand hatte die Decken von ihrem Kopf genommen. O Eostre ...

Ohne den Kopf zu bewegen, rollte sie die Augen nach oben und sah einen Mann, der sich vornüberbeugte. Im düsteren Haus war er ein riesiger dunkler Schemen. Von seinem Gesicht konnte sie nicht viel sehen; es wurde von dem Helm, den er trug, überschattet. Sie war so verängstigt, dass sie die Angst gar nicht mehr spürte. Mit angehaltenem Atem lag sie reglos da und starrte ihn nur an.

Und er grinste sie an. Sie sah, dass sich die Schatten seines Gesichts zu einem breiten Grinsen verzogen. Dann hob er die Decken über ihr noch weiter an und betrachtete ihren Körper. Sie war nackt, da ihr Kleid ja verbrannt war. Der Mann hielt die Finger vor die Lippen und warf die Decken wieder über sie, um sie zu verstecken. Dann hörte sie ihn fortgehen.

O Eostre, danke! Der Soldat würde sie nicht töten – jedenfalls nicht gleich. Sie hatte eine Chance. Danke, Eostre, danke! Nur Eostre, die Göttin der Lust und der Liebe, konnte sie gerettet haben.

Als sämtliche Leichen ins Haus geschleppt und am hinteren Ende aufgestapelt waren, endete das Getrampel rein und raus. Hunting betrat das Haus und machte es sich so bequem, wie es in dieser Flohfalle möglich war. Die Männer, welche er nicht als Wachen hinausgeschickt hatte, warfen sich auf den Boden und reinigten die Waffen. Dann begannen sie zu essen.

Ebba lag in ihrem Versteck und lauschte den Gesprächen und dem Gelächter. Sie war in den Zustand ständiger, stiller Angst verfallen. Arme und Beine waren steif, jeder Muskel angespannt. Plötzlich lehnte sich ein schwerer Körper gegen sie. Es war ein Mann, der sich neben ihr niederließ. Da er keinerlei Überraschung zeigte, war es wohl der Mann, der sie bereits gefunden hatte. Eine Hand betatschte sie besitzergreifend, vielleicht tröstend. Nach einer Zeitspanne, die sie nicht einschätzen konnte, während sie nur wartete und lauschte, wurde eine Ecke ihrer Decke hochgeschlagen, und ein Stück Brot flog ihr entgegen. Sie nahm es und verzehrte es dankbar in der Dunkelheit ihrer warmen Höhle. Ihr war bewusst, dass der Soldat als Dank für diese Freundlichkeit beabsichtigte, ihren Körper zu benutzen, und sie war mehr als bereit, ja sogar glücklich, diesen Preis zu zahlen, wenn es bedeutete, dass sie diesen Ort unversehrt und lebendig verlassen würde.

Hunting blickte von der Türschwelle aus auf den Hof, wo Gänse und Hühner umherflatterten und nach Nahrung suchten. Die mit Blut getränkte Erde störte sie nicht. Vom Kamin stieg Rauch auf. Aus der Entfernung würde der Hof wie immer aussehen, dachte er. Lediglich die verlassenen Felder konnten die Anwesenheit seiner Truppe verraten.

Elfling hatte Pfeile und Bogen genommen und war in den Wald gelaufen. Allmählich verfiel er in einen ruhigen Schritt, dann rannte er wieder, bis er am Ende des am weitesten entfernten Feldes tief im Wald war und man ihn vom Hof aus nicht mehr sehen konnte. Ohne echte Absicht, ein Wild zu erlegen, schlenderte er zwischen den Bäumen dahin, stets bergauf, bis er vom höchsten Punkt der bewaldeten Hügel aus in die Täler schauen konnte. Er sah den Rauch von seinem Gehöft aufsteigen und hielt sich von da an auf der Seite des Berges, wo keine Möglichkeit bestand, den Hof zu sehen.

Irgendwann am Nachmittag, als das Licht bereits schwächer wurde und sich in den dichtesten Teilen des Waldes die Abenddämmerung ausbreitete, fühlte er plötzlich, dass etwas nicht stimmte. Er vermochte es nicht klar zu deuten. Es war kein Schmerz in einem Teil seines Körpers, sondern eher eine Unruhe, die er überall verspürte, ein dumpfer Schmerz des Geistes oder der Seele. Er war in seinem Kopf, den Schultern und den Knien. Er setzte sich am Hang nieder und beschloss zu warten, bis die Tiere ringsum vergaßen, dass er hier war … aber das Sitzen, selbst das Liegen befreite ihn nicht von diesem dumpfen Schmerz. So etwas hatte er schon früher erlebt. Sobald er aufhörte, dieses Gefühl zu ignorieren, und zuließ, dass es sein Bewusstsein erfüllte, kristallisierten sich Worte heraus: etwas sehr Schlimmes.

So eine Warnung hatte er schon früher erhalten. Er fragte sich: Was? Was ist es?

Als Antwort kam: ein stärkerer Schmerz. Etwas sehr Schlimmes. In ihm war ein Ziehen heimzukehren, das der Kraft eines Magneten glich, der das Eisen anzog.

Er stand auf und wollte einen Schritt in die Richtung seines Gehöfts tun. Doch dann verharrte er. Er wollte nicht heimkehren, und er hatte keine Möglichkeit herauszufinden, wie schlimm »etwas sehr Schlimmes« war. In der Vergangenheit hatte ihm dieses Gefühl angezeigt, dass eine Gans von einem Fuchs gerissen worden war oder dass ein plötzlicher Schneesturm aufkam oder eine Krankheit auf einem Hof in der Nachbarschaft. Erst wenn das angezeigte Ereignis geschehen war und die Spannung wie Kopfschmerzen nach einem Gewitter wich, wusste er genau, wovor er gewarnt worden war.

Er wollte nicht nach Hause. Daheim fühlte er sich oft, als würde er mit dem Geflügel auf dem Hof leben: umgeben von ständigem Gegacker, Raufen, Picken, bis er sich wie ein Huhn vorkam, dem man die Federn so ausgerupft hatte, dass auch die leiseste Berührung schmerzte. Alle fassten ihn an – ständig –, alle wandten sich an ihn: Schlichte diesen Streit, sag uns, was wir tun sollen, mach, dass sie damit aufhört, mach, dass er aufhört, das zu sagen, sag ihnen, dass ich recht habe, sag ihnen, dass sie unrecht haben. Teilweise war das, weil er der Besitzer und Herr des Hofes war, aber auch, weil er das Unglück hatte, ein Elfengeborener zu sein – jedenfalls sagten sie ihm das. Sie schienen zu erwarten, dass er die Lösung für jedes Problem, die Antwort auf jede Frage hatte. Und das waren nur die Menschen, die ihn sein gesamtes Leben kannten und an ihn gewöhnt waren. Schlimmer waren die Besucher.

Einige kamen lediglich, um ihn anzugaffen und Locken seines Haares mitzunehmen. Warum? Mit verschlagenem, spöttischem Ausdruck stellten sie ihm ganz einfache Fragen und taten völlig überrascht, wenn er diese in der Tat beantworten konnte. Offenbar hielten sie ihn für eine Art oberschlaues Tier, wie ein Schwein oder ein Pferd, das so abgerichtet war, dass es Fragen mit dem Klopfen des Hufs beantworten konnte. Diese Besucher hasste er; oft erschreckte es ihn, wie sehr er sie hasste. Da er größer als die meisten von ihnen war und auch stärker – Elfen waren angeblich viel stärker als normale Menschen –, war er durchaus imstande, ihnen körperlichen Schaden zuzufügen.

Noch schlimmer waren die Besucher, die Kranke anschleppten. Es war eine Erleichterung, jemanden mit einem Fieber zu finden, das er herausziehen, oder mit einer Schnitt- oder Brandwunde, die er dazu bewegen konnte, sich selbst zu heilen. Allerdings waren diese Bemühungen oft anstrengender als die Arbeit auf dem Feld. Allzu oft brachten sie ihm jemanden, der bereits im Sterben lag: eine Frau mit bösartigen Geschwülsten in der Brust, ein Kind, dessen Krankheit schon zu weit fortgeschritten war, einen Mann, dessen vergiftetes Blut ihn erstickte. Elfling vermochte das Grau des Todes zu sehen, das in ihre Haut kroch, und die wachsende Dunkelheit in ihren Augen. Er konnte nicht verstehen, warum niemand sonst das sehen konnte. Aber sie konnten es nicht. Sie erwarteten dennoch, dass er ihr Kind, ihr Weib, ihren Freund rettete. Sie starrten ihn an, lehnten sich an ihn wie Spürhunde, und flehten ihn stumm an, ihnen diesen schlimmsten aller Verluste zu ersparen. Wenn er erklärte, dass man nichts tun könne, weigerten sie sich, ihm zu glauben. Sie flehten ihn an, beschimpften ihn, beteten zu ihm, als sei er ein Gott, boten ihm Geld, Dienste, Geschenke, Gefälligkeiten – und wenn er trotzdem erklärte, er könne nichts tun, erklärten sie ihn für nicht menschlich. »Elfengeborener«

nannten sie ihn, anfangs lobend, staunend, sogar anbetend, doch zum Schluss beleidigten und verachteten sie ihn mit demselben Wort: »Elfengeborener«.

Es war leichter, jemanden von vornherein abzuweisen. Jedoch wurde er dann den Gedanken nicht los, es hätte eine einfache Krankheit sein können, welche er hätte heilen und die Schmerzen hätte lindern, oder ein Leben, das er hätte retten können.

Aber es waren nicht nur die Besucher. Jedes Mitglied seines Haushalts bedrängte ihn mit seinem alltäglichen Schmerz. Sie waren alle so traurig, und es gab kein Heilmittel gegen ihre Traurigkeit. Sogar ihre Hoffnungen, selbst die kleinen Vergnügungen, führten nur zu mehr Schmerzen – und das würde ewig so bleiben. Owen, der auch als alter Mann die Mägde betatschte und traurig war, weil sie ihm einen Korb gaben. Das stolze Kind, das zur Mutter rannte, um ihr das Ei zu zeigen, das es gefunden hatte, hinfiel und es in der Faust zerdrückte, worauf es ausgelacht und beschämt wurde. Und Hild und Ebba.

Hild litt unter dem Gedanken, alt zu sein, und fürchtete um ihr Ansehen als erste Frau auf dem Hof. Sie sog ihre Kraft aus ihm und war ständig darauf bedacht, dass er sie stärkte und ihr die Zuneigung entgegenbrachte, welche allen verdeutlichte, dass sie – nach ihm – als Erste kam. Sie begriff nie, dass sie so handelte, als würde man vor einer Katze einen Strohhalm hin und her wedeln: Es irritierte ihn und weckte in ihm eine naturgegebene Grausamkeit, die sich – beinahe unfreiwillig – mit Klauen und Zähnen wehrte.

Und was Ebba betraf: Sie war wie eine warme, lebende Maus, die über den Boden huschte. Die Katze konnte dem Drang nicht widerstehen, sich auf sie zu stürzen, zu kratzen und zu beißen. Das taten Katzen nun einmal, sobald sie sahen, dass etwas sich bewegte, und sie die Maus witterten.

Er würde Ebba, die ihn anbetete, ihn einfältig anlächelte und sich alberne Hoffnungen machte, sehr wehtun. Das war das Schicksal von Mäusen, die sich in Katzen verliebten.

In Wahrheit hegte er durchaus Gefühle für Hild und Ebba, aber gleichzeitig waren sie ihm auch völlig gleichgültig. Er liebte beide, und es tat ihm weh zu sehen, dass sie verletzt wurden. Er wollte ihnen Schmerzen ersparen. Aber er blickte durch sie hindurch und sah mit düsterer Klarheit, dass sie unwichtig waren. Ihre Schmerzen gingen unter in dem Morast von Schmerzen, der überall existierte – die Schmerzen der Hühner mit den gestutzten Flügeln im Hof, die gereizten, gezähmten Pferde auf der Weide, die Mäuse, die im Wald gejagt wurden, die Menschen in den Dörfern mit ihrem kurzen Leben. Ringsum, überall, gab es beinahe greifbar Hoffnung, welche nur zu Enttäuschungen führte, Freude, die immer in Verzweiflung, Angst, Schmerzen und Verlust endete. So unwichtig wie ein Grassamen war es, ob Ebba oder Hild litten oder nicht, ob sie lebten oder starben, ob sich ihre Hoffnungen erfüllten oder nicht.

Nie vermochte er seine Liebe und Sorge für sie von dem kalten Wissen trennen, dass sie nicht wichtig waren. Er ebenso wenig. Oder sonst irgendetwas. So kämpfte er mit seiner eigenen Natur und wünschte, er könnte allein sein – immer.

Anstatt heimzugehen, schlug er die andere Richtung ein und kletterte den steilen Berghang ins Tal hinab. Bei jedem Schritt pochten die Schmerzen in ihm, vor allem in seinem Blut, und wurden schlimmer. Etwas Schlimmes. Das zehrte an ihm. Etwas sehr Schlimmes zu Hause.

In dieser Nacht schlief er im Freien. Es war eine kalte Nacht mit Reif auf jedem Blatt und Halm, aber er spürte die Kälte weniger als die meisten Menschen. Und er fand ein schützendes Dickicht, wo er sich in seinen Umhang aus geöltem Leder einrollte. Die Schmerzen waren vergangen. Was immer sie angekündigt hatten, war inzwischen geschehen, und es war sinnlos, sich weiterhin Sorgen darüber zu machen. Zweifellos war es eine Nichtigkeit gewesen.

Die Kälte weckte ihn schon früh am Morgen. Das erste dünne graue Licht zeichnete sich am Himmel ab, und die Vögel sangen am Waldrand. Er setzte sich auf und erschrak, als er sah, dass neben ihm eine andere Person, ein dunkler Schemen, hockte. Verblüfft saß er reglos da und starrte den Fremden an.

Er hielt ihn für einen Mann, da er den schwachen Schimmer der Metallringe sehen konnte, die auf das Wams genäht waren. Zudem hielt er in der Hand einen langen Speerschaft. Doch bei genauerem Hinsehen stellte er fest, dass es ein weibliches Gesicht war. Das Wams war so dünn, dass es wie Stoff auf ihren Brüsten lag. Das rote Haar war zu einem langen Zopf geflochten, mit grauen und weißen Strähnen, der über eine Schulter fiel. Neben der Frau lag auf dem Boden ein Helm.

Elfling starrte sie stumm vor Staunen an, während seine Seele sie, vor Freude hüpfend, begrüßte, wie die Flammen eines Feuers emporlodern, wenn man eine Tür öffnet und ein Luftzug hereindringt. Kein sterbliches Weib durchstreifte allein und noch dazu nachts mit einer solchen Bewaffnung das Land. Ihm kamen die Sagen über Wodens Walküren in den Sinn, Elfinnen, welche auf Rossen auf den Windstraßen ritten und auf dem Schlachtfeld Panik verbreiteten oder Mut machten, je nachdem, was ihr Gebieter wollte. Sie trugen Namen wie Hlokk, die Töterin, Goll, die Schreiende, und Skogul, die Wüterin. Ihre Lust und Laune bestimmte, wer die Schlacht überlebte und wer starb. Doch war diese Frau wirklich eine Elfin, eine vom Volk seiner Mutter? Er sagte: »Guten Tag, edle Frau. Mit Freuden teile ich alles, was ich habe, mit dir.« In den Sagen hieß es, dass es klug sei, überaus höflich mit Elfen zu sprechen, wenn diese erschienen. »Warum seid Ihr zu mir gekommen, edle Frau?«

Sie erwiderte seinen gebannten Blick ruhig und sprach mit einer Stimme, welche für eine Frau tief war: »Um dich zu wecken, Elfling, und dich in die Schlacht zu führen. Deine Heimstatt ist gefallen.«

»Gefallen?« Sein Hof war klein und ärmlich. Niemand interessierte sich besonders dafür.

»Denke an Hild«, sagte die Walküre.

Als sie den Namen aussprach, musste er an Hild denken. Das Bild wurde schärfer und deutlicher. Hild lag hingestreckt da, ein tiefer Schnitt in ihrer Kehle, ringsum alles rot. Ein lauter Schrei entrang sich seiner Brust, und er sprang auf. Von ihren Nestern aufgeschreckt, flatterten unzählige Holztauben lautstark durch die dunklen Bäume.

Die Walküre streckte ihren Speerschaft zwischen seine Beine und brachte ihn zu Fall.

»Ehe wir in den Kampf stürmen, sollten wir die Pfeile in unseren Köchern zählen«, sagte sie.

Der Pfad zu Elflings Hof wurde an etlichen Stellen von Rotdorn, Haselbüschen und Brombeerdickichten gesäumt. Elfling und die Walküre suchten in einem solchen Dickicht Schutz und spähten auf die Dornenhecke und die Gebäude und den sich emporkräuselnden Rauch. Man sah niemanden, was allein schon eigenartig war.

»Warum sind sie hergekommen?«, fragte Elfling flüsternd. Der Eilmarsch über den Berg, wobei sie ständig auf Deckung bedacht waren, hatte ihm keine Zeit gelassen, Fragen zu stellen. »Es gibt viel reichere Höfe.«

»Sie sind hergekommen, um dich zu töten.«

Das ließ Elfling verstummen. Er drehte sich um und setzte sich ins kalte, nasse Gras und überließ der Walküre die Wache.

»Dann muss der König tot sein«, sagte er.

Die Walküre lachte kurz. »Und hat dich zu seinem Nachfolger ernannt.«

Elfling blickte über das braune, frisch gepflügte Feld zum grauen Himmel empor und auf das graue Flechtwerk der kahlen Ulmenäste davor. Wie betäubt saß er da, während in seinem Kopf tausend Gedanken umherwirbelten. Das Staunen, dass der Vater, welchen er nie kennengelernt hatte, ausgerechnet ihn benannt hatte ... Die Gewissheit der Gefahr, welche ihm von der königlichen Sippe drohte, die das nie zulassen würde ... Eine leichte freudige Erregung bei der Aussicht: König! Er könnte König werden! Und Furcht. König zu sein, wie sollte das überhaupt gehen? Die Königssippe –

»Bist du ein guter Schütze?«, fragte die Walküre.

»In der Tat, edle Frau.«

»Dann rufe ich sie heraus, und wenn sie auf den Hof kommen, erschießt du sie.«

Sie erhob sich von den Knien und stand auf, aber immer noch im Schutz des Dickichts. Ihre mit Metall beschlagene Schwertscheide klirrte gegen ihre Rüstung, als sie sich hinabbeugte, um den Helm aufzuheben. Sie stülpte ihn über das rote Haar. Elfling sah ihr zu und spürte, wie Wut und Angst seine Brustmuskeln anspannten und ihm das Atmen und Schlucken erschwerten. »Sie werden nicht auf deinen Zuruf herauskommen, edle Frau.«

Sie lächelte. »Ich werde den Schlachtruf ausstoßen. Ich werde auf dem Dachfirst reiten und die Schlachtfesseln anlegen. Ich entscheide, wer stirbt.«

· Die Walküre trat aus dem Schutz des dichten Dickichts heraus. Vom Hof konnte sie jetzt jeder sehen. Während Elfling auf die Beine kam und die Sehne seines Langbogens spannte, schritt sie durch das Tor in der Dornenhecke auf den Hof. Elfling legte einen Pfeil auf die Sehne, ging an den Rand des Dickichts und stellte sich nach Art der Bogenschützen mit gespreizten Beinen, seitlich zum Ziel, auf.

Jetzt konnte er die Walküre nicht mehr sehen, nur ein Stück des schlammigen Hofs und die Lehmwände und schmutzigen Strohdächer der einzelnen kleinen Gebäude. Dann erschrak er so, dass er auf dem unebenen Gelände den Halt verlor und ins Stolpern geriet, als ein Schrei die Luft erschütterte. Dieser Schrei war so wild und frohlockend, dass jeder Laut auf dem Land ringsum erstarb. Jeder Vogel, jedes kleine Tier, Jäger und Beute, erstarrte bei diesem Schrei.

Es war die Walküre. Sie saß rittlings auf dem Hausdach, auf dem First, und schlug mit der Schwertklinge gegen die Speerspitze. Dann warf sie den Kopf mit dem Helm in den Nacken und schrie wieder und lachte und schrie erneut frohlockend den Schlachtruf.

Irgendwann während der langen Nacht hob ein Mann Ebbas Decken und kroch zu ihr. Sie verlor ein wenig von der Angst, welche ihre Nerven wie die Sehne eines mächtigen übergespannten Bogens gedehnt hatte. Diese Situation war vertraut, und sie konnte sicher sein, die nächsten Minuten zu überleben. Der Soldat war groß, schwer und heiß und stank unter der Decke wie ein Fuchs. Er tat ihr ein wenig weh, aber nur, weil er so schwer und ungeschickt war und es eilig hatte. Es war keine Bosheit dabei – nicht wie bei dem alten Owen, der sie gemein kniff, wenn sie nicht so viel Begeisterung zeigte, wie ihm vorschwebte. Ebba war erleichtert, als der Soldat von ihr abließ, sich vergewisserte, dass sie versteckt blieb, und neben ihr einschlief und schnarchte. Ohne diesen Soldaten – und Eostre – hätte sie nicht überlebt, und es wäre ihr jetzt nicht warm, und sie hätte auch nichts gegessen, sondern wäre jetzt wahrscheinlich tot und kalt. Die ganze Zeit, in der sie unter den Decken gelegen hatte, war keine vertraute Stimme an ihr Ohr gedrungen, und sie konnte die Verzweiflung in den Schreien nicht vergessen, die sie zuvor gehört hatte.

Sie lag wach da, mit zugedecktem Kopf, und fragte sich, wie lange sie schon so gelegen hatte und wie viel länger sie noch leben würde. Sie hatte keine Ahnung, ob es Tag war oder Nacht oder ob Stunden oder Tage vergangen waren. Bitte, Eostre, edle Göttin, lass sie einfach abziehen! Bitte, lass sie mich nicht finden! Wie würde es sein zu sterben? Würde es sehr wehtun – würde es lange dauern? O bitte, Eostre, edle Göttin, wenn du entschieden hast, dass ich sterben muss, dann lass es schnell geschehen und leicht, aber, bitte, Eostre, edle Göttin, lass mich leben …

Hunting schlief wenig und war schon vor Morgengrauen wach. Gelangweilt lag er zwischen Morcars Kissen und hasste seine Umgebung. Dreckig, arm, beengt – wie konnte jemand an einem derartigen Ort leben? Wie konnte jemand, vor allem jemand, der angeblich blutsverwandt mit ihm war, so antriebslos sein und sich mit einer solch armseligen Behausung, in der man mit Dung heizte und mit Tieren zusammenlebte, zufriedengeben? Hinter ihm an der Wand rührte sich einer der Schlafenden und seufzte und stöhnte.

Wie konnte irgendein Mensch zufrieden sein, das ganze Leben hindurch derartig eintönige, farblose und grobfaserige Kleidung zu tragen? Das fragte Hunting sich. Wie konnten sie sich mit diesem Fraß zufriedengeben? Diesem ungesäuerten Schwarzbrot? Da hätten sie gleich Lehm kauen können. Oder diesem geschmacklosen Brei? Diese Menschen standen wirklich kaum über den Tieren, welche sie hüteten. Völlig ohne Rückgrat. Er hatte ihnen einen Gefallen erwiesen, ihre Existenz auszulöschen.

Und dann stieg der Freudenschrei über seinem Kopf in die Luft. Ihm war, als hätte man ihm mit einem Messer ins Fleisch geschnitten. Unwillkürlich sprang er auf und starrte nach oben. Sein Herz raste. Er vermochte nicht zu atmen.

Das Dach über seinem Kopf erbebte, das Stroh raschelte, die Balken, die es stützten, knarzten und knackten. Etwas trampelte von einem Ende des Daches zum anderen. Unmöglich. Aber er hatte es gehört. Wieder ein Schrei, noch einer, dann ein wildes Gelächter, das fast noch furchteinflößender als der Schrei war.

Wer von seinen Männern mit ihm im Haupthaus war, schrak ebenfalls hoch. Sie starrten ihn an, als wüsste er, was zu tun sei. Dann ertönte ein neuer Klang, einer, den sie kannten, der Schlachtruf, wenn Klinge auf Klinge traf.

Ebba wurde gegen die Hausmauer gedrückt, als der Mann neben ihr aufsprang. Aus Versehen trat er sie dabei. Als Ebba Feuerschein sah, zog sie schnell die Decke wieder über sich, die er beim Aufstehen hochgehoben hatte. Als sie den Schrei hörte, packten sie die Angst und der Schrecken der vergangenen Nacht erneut. Sie rollte sich zu einem Ball zusammen und hielt den Atem an, während ihr Herz laut pochte.

Alle Männer Huntings, denen es erlaubt gewesen war zu schlafen, zogen eilig Brünnen über, stülpten sich Helme auf, ergriffen Speere und gürteten sich mit Schwertern. Hunting zitterte am ganzen Leib. Wie Wellen durchrann es seinen Körper. Sein Herz schlug laut und hart. Beim nächsten Schrei zitterte er noch stärker, doch zugleich verspürte er das dringende Verlangen, hinauszulaufen und sich in den Kampf zu stürzen. Aber die Angst, die ihm in die Magengrube fuhr, schwächte ihn so, dass er sich beinahe in die Hose gemacht hätte. Er stürzte von einer Empfindung in die nächste und war unfähig, einen klaren Gedanken zu fassen.

Weitere Schreie von oben ließen die Herzen der Männer erzittern und bohrten sich in ihre Köpfe. Der Klang rief sie zur Schlacht und legte ihnen gleichzeitig schreckliche Fesseln panikartiger Angst an, welche die Gliedmaßen lähmten und die Augen blendeten.

Beim nächsten Schrei stürmten Huntings Männer, ohne auf Befehle zu warten, auf den Hof. Etliche ließen die Panzerhemden zurück, die sie noch nicht angelegt hatten.

Am Hoftor wartete Elfling, einen Pfeil auf der Bogensehne. Die Schreie der Walküre hatten ihn so erregt, dass er jeden Schlag seines Herzens spürte, jede Bewegung seines Haars fühlte. Plötzlich sah und hörte er alles ringsum mit durchdringender Klarheit. Als der erste Mann in voller Bewaffnung auf den Hof stürmte, hob Elfling den Bogen, ohne zu denken. Er spürte, wie seine Muskeln durch die Bewegungen des Ziehens glitten. Er stemmte sich gegen den Bogen und streckte die Finger aus. Seine Fingerspitzen strichen über die Wange, als er den Arm zurücknahm – und der Pfeil flog ins Gesicht des Mannes, riss ihm die Lippen auf, schlug etliche

Zähne ein und blieb in der Kehle stecken. Hustend sank er auf die Knie, bereits halb tot.

Als Elfling den nächsten Pfeil aus dem Köcher holen wollte, ließ die Walküre vom Hausdach ihren Speer durch die Luft fliegen. Es war ein Kriegsspeer, mit Widerhaken, sodass man ihn nur mühsam aus dem Körper ziehen konnte. Der Mann, den sie sich als Ziel ausgesucht hatte, stürzte zu Boden. Der Speer hatte ihn von hinten bis in die Brust durchbohrt, mitten durchs Herz. Die anderen Männer, die auf den Hof liefen, erstarrten bei ihrem Triumphschrei. Wie gebannt blickten sie zu ihr hinauf. Elflings zweiter Pfeil erwischte einen am Hals und riss eine Arterie auf. Der Mann versuchte, den Blutstrahl abzupressen, doch gelang es ihm nicht.

Wieder stieß die Walküre einen Schrei aus, erhob beide Fäuste über den Kopf und stimmte einen Gesang an – durch ihren Gesang verloren die Männer auf dem Hof völlig den Verstand. Einer rannte zurück ins Haus, die anderen zu den Ställen oder wie Schafe in Panik auf dem Hof hin und her. Einer, dem ein Gefährte in den Weg geriet, machte diesen mit dem Schwert nieder. Elfling erledigte einen weiteren, der sein Panzerhemd im Haus gelassen hatte.

Die Walküre sprang vom Dach und bewegte sich zwischen den verängstigten Männern auf dem Hof, als sei sie unsichtbar. Sie riss ihren Speer aus dem Leib des Mannes, den er getötet hatte, und durchbohrte einen anderen. Elflings Pfeile surrten durch die Luft. Und dann stand, abgesehen von der Walküre, niemand mehr auf dem Hof. Die Walküre hörte auf zu singen und lachte mit der Heftigkeit und Ausgelassenheit eines kleinen Kindes oder einer Verrückten.

Elfling zitterte zwar noch, stimmte aber in das Lachen ein. Dann lief er zu ihr auf den Hof und sammelte seine Pfeile ein.

Drinnen im Haus stand Hunting, voll bewaffnet, am linken Arm den Schild, das gezückte Schwert in der Rechten. Sein Herz schlug unregelmäßig und schnell, und wenn er einen Schritt vorwärts tat, ging er sofort wieder einen zurück. Nie zuvor hatte er derartig gegensätzliche Impulse gefühlt: in den Kampf stürmen und fliehen. Die Eigenartigkeit dieser Panik in seinem Inneren schwächte ihn noch mehr. Bei ihm waren drei Mann. Mehr war von seiner Schar nicht übrig, und diese drei waren ebenso gelähmt durch die Panik wie er.

»Wer ist das?«, wollte Hunting wissen. »Athelric?« Sein Vatersbruder war der einzige Mann, der ihm einfiel, der eine derartige Macht gegen ihn aufbringen konnte.

Die drei Männer rangen nach Luft, antworteten jedoch nicht.

Hunting hielt den Schild vor sich und schlich zur Tür. Er rechnete damit, dass ihm Pfeile über den Schildrand ins Gesicht fliegen würden. Doch dann biss er die Zähne zusammen und zwang sich, über den eisernen Rand des Schildes in den Hof zu spähen. Er brüllte: »Hier spricht Hunting, Königssohn! Wer ist dort?«

Elfling hatte Schutz hinter der bröckelnden Wand des Schweinestalls gesucht. Er schwieg.

»Antworte mir!«, ertönte es vom Haus. »Ich bin Hunting Eadmundssohn, ein Atheling! Wer bist du?«

Die Walküre stand hinter Elfling und stieß ihn mit der Schulter an. »Antworte ihm!«

Elfling schaute sie an. »Warum denn? Soll er sich doch die Seele aus dem Leib brüllen.«

»Antworte ihm!«

Da rief Elfling: »Kennst du mich nicht, Bruder? Ich bin Elfling Königssohn! Nein! Ich bin Elfling Hildssohn und bin auf Rache aus. Komm heraus, Bruder, dann sende ich dir als Geschenk einen Pfeil!« Die Walküre hinter ihm lachte.

Hunting ging von der Tür weg, lehnte sich an die Wand und dachte über diese Antwort nach. Einer seiner Männer nahm seinen Platz ein und bezog mit hocherhobenem Schild an der Tür Wache.

Der Elfengeborene, dachte Hunting. Aber die einzige Streitmacht, die dieser zusammenbringen konnte, bestand aus armen Dorftrotteln wie jenen, die am Ende des Hauses aufgestapelt waren. Sie würden vor seinen Gewappneten die Flucht ergreifen, nicht aber sie töten. Er füllte die Lunge mit Luft und brüllte: »Wer ist bei dir?«

»Komm heraus und sieh selbst, Bruder!«

Es folgte ein langes Schweigen. Als Elfling einen Blick um die Ecke des Schweinestalls wagte, blockierte ein Schild den schmalen Zugang zum Haus, und ein Mann mit einem Helm stand dahinter. Er blickte zu der Walküre, als wollte er sie um Rat fragen. Doch sie lächelte nur.

Dann schrie Hunting vom Haus: »Elfenbalg! Hier ist ein Geschenk für dich!« Ein schwerer Gegenstand landete auf der Erde. »Schau dir mein Geschenk genau an, Elfenbalg! Gefällt es dir?«

Elfling riskierte einen hastigen Blick um die Ecke, so schnell, dass er den Hof nur verschwommen sah und auch Hunting hinter dem Schild in der Tür nur undeutlich wahrnahm. Solange der Schild die Tür blockierte, war es schwierig, irgendeine Waffe nach draußen zu schleudern, deshalb riskierte Elfling noch einen, diesmal längeren Blick. Er sah auf dem Hof runde Dinger mit Wuschelfell herumliegen. Er hätte nie erraten, was diese waren, hätte nicht zufällig ein blasses Gesicht in seine Richtung geschaut. Die abgeschnittenen Köpfe seiner Knechte.

»Und die Weiber hab ich hier drinnen, Elfenbalg. Willst du deren Köpfe auch, oder kommst du zu mir heraus?«

Die überschäumende Freude, die sich bei Elfling in lautem Gelächter gelöst hatte, war mit einem Mal verflogen. Er bebte am ganzen Leib vor Angst und Wut. Als er an der knarrenden Wand aus Lehm und Weidengeflecht lehnte, sagte die Walküre hinter ihm: »Biete ihm einen Zweikampf an. Vor seinen Männern kann er den nicht ablehnen.«

Elfling drehte sich um und schaute sie an. »Er wird mich töten. Er hat eine Rüstung – ich nicht. Er hat das ganze Leben lang den Umgang mit Waffen gelernt – ich bin nur gut mit dem Bogen. Es sei denn, du beabsichtigst, dass ich ihn niederschießen soll, wenn er herauskommt?«

»Nein«, erwiderte die Walküre. »Du vergisst, ich bin auf deiner Seite. Ich entscheide über den Ausgang des Kampfes.«

»Aber –« Elfling spähte noch einmal um die Ecke des Schweinestalls. »Er ist der Sohn eines Königs und ein Krieger – er gehört Woden.«

»Du bist der Sohn eines Königs und einer Elfin. *Er* ist ein Christus-Anhänger.«

Elfling schaute sie verblüfft an.

»Ich leihe dir meine Rüstung«, sagte die Walküre. »Wir haben ungefähr die gleiche Größe. Meine Brünne dürfte dir passen.« Sie nahm den Helm ab und setzte ihn Elfling auf. Er passte gut genug, um seinen Schädel vor einem Schlag zu schützen. »Ich leihe dir auch meinen Schild und mein Schwert.«

»Ich weiß aber nicht damit umzugehen.«

Sie nahm ihn bei den Schultern und drückte ihm ihre Daumen in die Mulden über den Schlüsselbeinen. Ihre Nase berührte beinahe die seine, als sie ihm tief in die Augen blickte.

Ihre waren so kalt wie grauer Winterhimmel, mit einem dunklen Rand um die Iris. Sie schüttelte ihn leicht und sagte: »Ich entscheide über Leben und Tod!«

Elfling spürte, wie sein Rücken und seine Gliedmaßen stärker wurden, und sein Mut stieg. Es war, als würde man an ein warmes Feuer kommen, nachdem man im kalten Regen gefroren hatte, als würde man nach einem Tag des Hungerns essen. Die Walküre sah die Veränderung über ihn kommen und nahm schnell das Gehänge ab, an dem ihr Schwert hing, dann ihr Kettenhemd. Es war so fein gearbeitet, dass sie es wie ein Leinenhemd zusammenrollte und ihm über den Kopf streifte – aber das Gewicht auf den Schultern glich dem von Eisen. Sie nahm den Schild von der Wand, wo sie ihn angelehnt hatte, und zeigte ihm, wie man den Arm durch die Schlaufe steckte und wie man den Griff hielt. Dann zog sie das Schwert aus der Scheide – auf der Klinge war das Muster einer Schlangenhaut eingraviert – und bot ihm das Heft. Der Griff war ein wenig klein für seine Hand und presste die Finger zusammen.

»Umso besser«, erklärte sie. »Dann lässt du es nicht so leicht fallen.« Ohne Rüstung wirkte die Walküre in der dunkelblauen Tunika schmächtig. »Jetzt ruf ihn, und biete ihm den Zweikampf an.«

Der schnelle Herzschlag ließ Elflings Körper erbeben. Die Walküre hatte zwar irgendwie seinen Mut gestärkt, aber er wusste, dass Hunting ihn töten würde – trotz allem. Aber vor der Walküre wollte er nicht feige davonlaufen. Er holte tief Luft und rief: »Bruder! Königssohn!« Er war überrascht, dass seine Stimme nicht versagte oder heiser klang. »Weshalb sollten die Frauen sterben? Weshalb sollten noch mehr Männer sterben? Der Streit ist zwischen dir und mir. Lass ihn uns austragen. Der Tod von einem von uns soll ihn beenden.«

»Ich kämpfe nicht gegen Bauerntrampel«, höhnte Hunting zurück.

»Hast du Angst? Du bist doch hergekommen, um mich zu töten – dann komm und töte mich.«

»Ich bin auch kein Metzger!«, rief Hunting, »und töte keine kleinen zahmen Hoftiere. Aber ich habe meine Metzger mitgebracht, kleines Schwein, und sie haben mir bereits etliche Schweineköpfe serviert. Und sie werden noch mehr auftragen, wenn du nicht zu mir kommst! Weiberköpfe! Kinderköpfe! Los, du kannst nur einmal sterben.«

»Zeig dich ihm!«, sagte die Walküre. »Tu, was ich dir sage.«

Elfling trat hinter dem Schweinestall hervor und auf den Hof, wo ihn jeder, der in der Tür des Haupthauses stand, sehen konnte. Er rief: »Wenn du kein Feigling bist, Bruder, dann komm heraus und kämpfe mit mir!«

Obgleich Elfling jetzt die Rüstung und den Helm sowie Schild und Schwert der Walküre trug, schien er für die, welche aus dem Haus spähten, gänzlich unbewaffnet zu sein. Für sie stand er mit bloßen Händen und ohne Waffen da, gekleidet in den schmuddeligen Kittel aus Wolle, Beinlinge und die gebundenen Schuhe eines armen Bauern.

Trotzdem vermochten die Männer aus dem Haus den Anblick kaum zu fassen. Sie bekreuzigten sich und murmelten etwas vor sich hin. Hunting starrte über den Schildrand hinweg mit offenem Mund auf Elfling.

Auf dem Hof stand Wulfweard. Auf den ersten und zweiten Blick war Hunting sich ganz sicher. Wulfweards Gesichtsfarbe, seine Größe und schlanke Gestalt, Wulfweards Antlitz. Erst bei weiterem Hinschauen sah er die Unterschiede. Statt des langen Haares, das bis zum Gürtel reichte, hatte dieser Bursche das Haar struppig kurz geschnitten. Es fiel ihm nur auf die

Schultern. Und dieser Bursche war größer als Wulfweard; ja – Hunting nahm es als Beleidigung –, dieses Halbding war größer als alle anderen Mitglieder der Königssippe. Aber es war Wulfweards Gesicht – einfach perfekt –, und in Hunting stieg erneut Wut auf, als er sehen musste, dass dieses Ding das Wort »Bruder« nicht einfach so verwendet hatte. Es war der lebende Beweis für ihre Verwandtschaft. Die Vaterschaft Eadmunds war bei ihm so eindeutig ausgeprägt wie bei Wulfweard oder Unwin und – noch mehr Wut – weitaus deutlicher als bei ihm selbst. Es verschlug ihm den Atem. Das Schwert in seiner Hand lockerte sich, als sich Schweiß auf seiner Handfläche bildete.

Dieses Etwas, welches ein Ungeheuer war, ein Halbwesen, ein Teufel, verbarg sich in so schöner Gestalt und behauptete lautstark, sein Bruder zu sein.

Hunting rannte los. Er würde keinen unbewaffneten Burschen niedermachen, sondern eine Ratte erschlagen.

Da Hunting an seinem Gegner keine Rüstung sah, führte er seinen stärksten Schwerthieb ohne die gebotene Vorsicht. Elfling wusste genug, um seinen Schild hochzuheben – aber der Hieb, der mit aller Wucht den Schild traf, war so mächtig, dass er den Halt verlor, seine Beine einknickten und er zu Boden fiel.

Von den Männern bei der Tür ertönte lautes Geschrei. Sie hatten gesehen, wie ein Schild am Arm des zu Boden gestürzten Burschen erschienen war, auch den Helm auf seinem Kopf. Hunting wich verblüfft einen Schritt zurück. Dann griff er wieder an – und sah Wulfweards Gesicht unter dem Schildrand. Er zauderte lange genug, dass Elfling ihm einen Fußtritt in die Kniekehlen versetzen konnte und ihn damit zu Fall brachte. Klirrend schlug die Rüstung auf den Boden. Hörbar entwich die Luft seine Lunge.

Auch Elfling keuchte, kroch ein Stück weiter und kam trotz der Behinderung durch Schild und Schwert wieder auf die Beine. Er drehte sich, um sich erneut Hunting zu stellen, der mit lange eingeübter Schnelligkeit aufsprang.

Die Walküre stieß einen Schrei aus. Schreierin und Wüterin hießen ihre Schwestern.

Der Ton, scharf wie eine gezahnte Säge, durchbohrte Huntings Kopf, und Angst lähmte seine Gliedmaßen. Elfling hingegen verlieh er neue Kraft und Stärke. Er schoss vorwärts und schwang das Schwert, das die Walküre ihm geliehen hatte. Das Schwert schien seinen Arm zu führen, als es auf das von ihm gewählte Ziel zusprang. Es biss tief in Huntings Bein, knapp unter der Hüfte, und durchschnitt mühelos den Rockschoß seines Kettenhemdes. Als Elfling das Schwert herausriss, stürzte Hunting zu Boden. Die Männer an der Tür stießen einen Schrei aus. Als der erste herbeilief, um Hunting zu rächen, tötete die Walküre – die nur Elfling sehen konnte – ihn mit ihrem Speer. Der Rest wich danach angstvoll zurück.

Hunting lag auf dem Boden. Blitzschnell stellte Elfling seinen Fuß auf den Schwertarm des Gegners und drückte ihn nieder. Aber Hunting schwang den Schildarm und brachte mit der Schwere des Schildes und dessen Metallbeschlag Elfling ins Stolpern. Trotz der schrecklichen Wunde im Oberschenkel mühte sich Hunting aufzustehen. Seine Männer jubelten. Vielleicht würde ihr Herr doch noch diesen Rotzjungen töten. Das hofften sie.

Doch Hunting konnte nicht mehr stehen, und Elfling schwang seinerseits den Schild, traf ihn mit dem Buckel voll ins Gesicht und schlug ihn nieder. Dann trieb die Walküre den Speer durch Hunting und nagelte den Toten am Boden fest. »Lass uns die Sache hier beenden«, sagte sie. »Hol deinen Bogen!«

Elfling ließ Schwert und Schild fallen und lief zurück zum Schweinestall, wo er seinen Bogen zurückgelassen hatte. Daneben lagen einige Pfeile. Er spürte, dass er sich ungeschickt anstellte, als er den Bogen nahm und die Pfeile in den Gürtel steckte. Aus solch geringer Entfernung hörte er die wütenden Schreie deutlich. Ein Mann tauchte an der Ecke des Stalls auf. Elfling lief in großen Sprüngen fort, um sich die Zeit und die Distanz zu verschaffen, den Pfeil auf die Sehne zu legen. Der Mann war beinahe bei ihm, als er den Pfeil losschickte. Er durchdrang ihn vollständig, doch das hielt ihn nicht auf. Der Axthieb, mit dem er nach Elfling zielte, hätte diesem den Arm abgeschlagen, wenn nicht die Rüstung das verhindert hätte – kein gewöhnliches Kettenhemd hätte diesen Schlag abhalten können. Elfling sprang beiseite, und der Mann stürzte zu Boden. Elfling hielt sich den geprellten Arm und schaute auf den Mann hinunter. Die Walküre gab dem Mann mit dem Schwert den Rest, ehe sie sich zu Elfling wandte.

Ihre Tunika war blutbefleckt, und Blut war um ihren Mund. »Sie sind alle tot«, erklärte sie.

»Du hast alle getötet?«

Sie lächelte ihn an. Blut drang durch ihre Zähne und lief über das Kinn. »Ich wähle die aus, welche getötet werden.«

Elfling rannte um den Schweinestall zum Haus. Bei der Tür lagen die Männer. Er näherte sich ihnen vorsichtig, falls sie doch nicht tot waren und ihn verletzen konnten. Doch keiner rührte sich. Er stieg über sie und betrat das Haus.

Die Walküre folgte ihm und fand ihn unter dem Dachfirst stehend in dem dämmerigen Raum, der nur vom Feuerschein kärglich erhellt wurde. Er starrte auf den Berg von Leichen, der das Ende des Hauses füllte. Langsam trat er näher und beugte sich darüber. Alle tot, Kehlen durchgeschnitten, alle seine Leute. Alle? Er richtete sich auf, blickte zurück und rief: »Hild! Hild!« Hunting hatte behauptet, die Frauen seien noch am Leben, oder etwa nicht? Wo konnten sie sein? Im Stall? »Hild! Wo bist du?«

Dicht bei der Wand hörte er einen leisen Laut, ein Quieken. Elfling sprang vorwärts, riss die Decken und Kissen hoch und schleuderte sie fort. In dem düsteren Lichtschein lag ein Mädchen. Es war nackt und verängstigt und hatte sich zu einem Ball zusammengerollt. Das schwache Licht fiel auf eine knochige Hüfte und auf den Arm, mit dem sie den Kopf bedeckte.

»Ebba!« Elfling nahm ihren Arm vom Gesicht. »Ist ja gut. Ich bin es – bist du verletzt? Liebling, haben sie dir wehgetan?«

Ebba, endlich von ihrer Angst erlöst, brach in Schluchzen aus. Sie hatte unter den Decken die schrecklichen, frohlockenden Schreie gehört, auch den Lärm des erneuten Kampfes. Sie hatte keine Ahnung gehabt, wer kämpfte oder weshalb oder wer siegte. Sie hatte nur den einen Gedanken: Schon bald, schon sehr bald würde man sie finden und einen Atemzug später töten. Ihr fiel kein Grund ein, weshalb nicht.

Und dann – nach der Stille, die alles noch schlimmer machte – hatte sie Elflings Stimme gehört. Sie war sicher, dass es seine Stimme war, wagte es jedoch kaum zu glauben. Wie konnte er im Haus sein? Und wenn er es war, dann gewiss als Gefangener. Sie hatte sich nicht gerührt. Doch dann hatte er wieder nach Hild gerufen, so laut, als brauche er vor niemandem Angst zu haben. Unwillkürlich hatte sie ihn da gerufen, allerdings nur ein Quieken herausbekommen. Im selben Augenblick glaubte sie, einen Fehler begangen zu haben, indem sie ihr Versteck preisgab, ja, es war ausgesprochen töricht, und sie hatte gleich wieder den Mund zugemacht.

Eine Sekunde später wurde sie gefunden, genau wie sie befürchtet hatte, aber es war Elfling gewesen. Sie fragte sich, ob sie den Verstand verloren hatte oder nur träumte. »Oh, ich danke dir, Eostre!«, stieß sie hervor. »Danke!« Dann schluchzte sie.

»Wo ist Hild?«, fragte Elfling. »Ebba? Kannst du mir das sagen? Und die anderen Frauen? Sind sie –«

Die Walküre hatte die Leichen herausgezogen und auf dem Boden ausgebreitet, auf Morcars Pelze und teure Kissen. Da lag Morcar, mit starrem Blick, tot. Und seine kleine Frau. Da war Owen. Und da war Hild. Alle Leute Elflings lagen hier: Die Pflegeeltern, die ihn aufgezogen und für ihn gesorgt, die Knechte und Mägde, die so geduldig gearbeitet hatten, Jahr für Jahr, für so wenig Lohn. Einigen fehlte der Kopf. Alle Menschen waren verletzt, verstümmelt, getötet von Männern, die sie überhaupt nicht gekannt hatten und die sie weitaus geringer schätzten als die Waffen, welche sie zu diesem Massenmord verwendet hatten.

Elfling stand auf und zog Ebba mit sich in die Höhe. Immer noch schluchzend lag sie in seinen Armen, während er die Leichen betrachtete. Eine Mischung aus Traurigkeit und unbändiger Wut erfüllte ihn. Eine heiße, brennende Traurigkeit, die an ihm zehrte und schmerzte; eine eiskalte, betäubende Wut.

Er hatte nicht bemerkt, dass die Walküre das Haus verlassen hatte. Er war sich kaum bewusst, dass er immer noch Ebba in den Armen hielt. Jetzt kehrte die Walküre zurück und legte behutsam die Köpfe, welche Hunting aus der Tür geworfen hatte, zu den entsprechenden Leichen. Sie richtete sich auf und sagte: »Wir werden das Haus in Brand stecken und alle auf ihren Weg schicken. Die anderen lassen wir im Freien als Futter für die Wölfe und Raben.« Als Elfling sich nicht rührte, beugte sie sich hinab und zerrte eine Decke unter einem Leichnam hervor. »Komm!«, sagte sie. »Wickle das Mädchen in die Decke und komm!«

Sie standen auf dem Hof, neben Morcars Wagen, und blickten zurück auf das brennende Haus. Das Stroh loderte mit hellen Flammen. Das Feuer griff mit lautem Getöse auf die Wände über. Das Vieh, das vor Angst weggelaufen war, kam jetzt zurück und blökte. Der Rauch stieg kerzengerade nach oben und bildete für die Toten im Haus eine gerade Straße in die Anderswelt. Ebba schien sich beruhigt zu haben. Sie hielt selbst die Decke und betrachtete das Schauspiel mit ernster Miene. Elfling schwieg. Seine Züge waren hart. Immer noch kämpften in ihm Trauer und Wut.

»Willst du dich rächen?«, fragte die Walküre Elfling.

Er nickte.

»Dann musst du mit mir kommen«, erklärte sie.

Man hörte Hufschlag, und ein weißes Ross erschien, ein Ross, so weiß wie Salz, abgesehen von den Ohren, welche rot waren. Es kam aus dem Nichts. Es war zwischen der Brise und dem Wind hergetrabt und trat an die Seite der Walküre. Sie sagte: »Komm mit mir. Ich lehre dich, so zu kämpfen, wie das Volk deiner Mutter kämpft. Danach benötigst du meine Hilfe nicht mehr.« Sie wandte sich zum Ross und sprang mit Hilfe des Speers auf seinen Rücken. Dann streckte sie Elfling die Hand entgegen. »Komm, schwing dich hinter mich.«

Er wollte ihr gehorchen, stieß aber mit Ebba zusammen, die sich ihm den Weg stellte. Er blickte hinab in Ebbas spitzes, schmales Gesichtchen, das mit riesigen angstvollen Augen zu ihm heraufstarrte. Ebba musste nichts sagen. Das arme kleine Ding hatte Todesangst, hier allein zurückgelassen zu werden. Sie machte keinen Versuch, Haltung zu bewahren, und die Angst floss aus ihr heraus, aus ihren Augen, aus ihrem angespannten Gesicht, so wie sie dastand. Elfling schämte sich für sie, und sie tat ihm so leid, dass es schmerzte. Er sagte: »Das Mädchen –«

»Bleibt hier!«, unterbrach ihn die Walküre.

Ebba schlang die Arme um Elfling und hängte sich an ihn. Sie war verzweifelt und wollte unter keinen Umständen allein bei dem brennenden Haus, den Leichen und den Wölfen zurückbleiben, die fraglos bald kommen und sie fressen würden. Elfling tätschelte sie auf den Rücken. Er hatte das Gefühl, als hätte jemand ihm einen seiner eigenen drei Fuß langen Pfeile durchs Herz geschossen.

»Wenn du Rache willst, musst du mit mir kommen«, sagte die Walküre. »Wenn du mit der flennenden Ebba hierbleibst, wird jegliche Chance auf Rache vertan sein. Entscheide dich! Schnell!«

Es war bitter und eiskalt, aber ihm war klar, dass die Walküre die Wahrheit sprach. Ebbas Angst, Ebbas Schmerz waren nicht wichtig. Ihre Schmerzen waren geringer als die, welche die Menschen gefühlt hatten, die an diesem Ort gestorben waren und jetzt nichts waren. Die Pferde, die Schafe, das Geflügel – alle litten, und sie hatten weniger Verstand als Ebba und waren in ihrer Angst völlig kopflos. Sollte er jede Henne und jedes Schaf lieben? Und was war mit den Mäusen, die im Strohdach verkohlten?

Es war, als würden er und die Walküre eine gemeinsame Sprache haben, welche Ebba nicht kannte, und die Walküre hatte darin mit ihm gesprochen. Schließlich war sie vom Volk seiner Mutter. Er schob Ebba beiseite und hob seinen

Bogen auf. Ebba zerrte an seinem Arm. In einem Anflug von Wut stieß er sie so heftig von sich, dass sie zu Boden fiel. Im Dreck liegend sah sie, wie er seinen Fuß auf den der Walküre stellte, deren Hand ergriff und sich hinter ihr aufs weiße Ross schwang.

Zum ersten Mal richtete die Walküre das Wort an Ebba. »Eostre ist mit dir«, sagte sie.

Dann wendete sie ihr Reittier. Noch in der Wendung verschwanden die Walküre und Elfling mitsamt dem Ross.

Hinter Ebba knisterte das brennende Haus, und sie spürte die Hitze. Das Vieh schrie und blökte. Und die Raben, Wodens Vögel, ließen sich in den kahlen Bäumen nieder.

VIERTES KAPITEL

THANE ALNOTH

Alle Gebäude standen lichterloh in Flammen. Es knisterte und krachte. Rauch stieg empor und stank nach verbranntem Fleisch. Die Raben krächzten in den Bäumen. Ebba spürte die Hitze des Feuers, wo sie stand. Es war ein kalter Tag, und es würde ein kurzer Tag werden. Die Wölfe kamen vielleicht nicht so nahe ans Feuer; aber sie würden kommen. Du musst fort von hier, sagte sie sich immer wieder. Du kannst hier nicht bleiben.

Aber sie blieb. Sie hatte Angst. Sie konnte sich nicht erinnern, jemals nicht auf diesem Hof gelebt zu haben, wo sie Essen und Kleidung bekam und Hild ihr sagte, was sie zu tun hatte. Obgleich sie den Leichnam gesehen hatte, fiel es ihr schwer zu glauben, dass Hild tot war. Noch schwerer war es zu begreifen, dass Elfling sie verlassen hatte.

Am liebsten hätte sie sich einfach auf den Boden gesetzt oder gelegt und getrauert. Die Trauerlast auf ihrem Rücken war zu schwer für sie, um sie irgendwohin zu tragen. Elfling war fort, hatte sich hinter der fremden Frau aufs Ross geschwungen und war verschwunden. Und Hild war tot. Ebba erinnerte sich, wie Hilds Leiche vom Haufen geglitten war, und fühlte mit der Hand, ob ihr eigenes Herz noch pochte.

Nie zuvor war ihr so klar gewesen, wie schnell dieses Pochen beendet werden konnte. Sie hatte nichts. Kein Heim, keine Familie, keine Sicherheit. Es gab nirgendwo mehr Sicherheit – abgesehen vielleicht vom Feuer. Sie sollte sich ins Feuer stürzen und verbrennen. Das war besser, als allein und unerwünscht zu sein – und besser, als in ständiger Angst zu leben.

Sie stand da, starrte in die Flammen und bemühte sich, den Mut aufzubringen, sich hineinzustürzen. Aber sie war nie tapfer gewesen, deshalb wich sie auch jetzt ein weiteres Stück von dem brennenden Haus zurück.

Als die Männer aus Brierley kamen, fanden sie Ebba auf dem Boden liegend, gerade am Rand des Feuerhauchs. Sie hielten sie für tot, bis sie sich plötzlich aufsetzte, als die Männer näher kamen. Dann umringten sie das Mädchen und fragten: Was ist geschehen? Bist du verletzt? Wie hat das Feuer angefangen? Wo waren alle anderen?

Ebba saß da, immer noch in die alte Decke gewickelt, und bemühte sich zu antworten, aber ihr Mund brachte nichts Zusammenhängendes hervor. Was war geschehen? Das wusste sie eigentlich gar nicht.

»Sie haben das Haus angesteckt ...«

»Wer?«

»Sie haben alle umgebracht ...«

»Wer?«

»Elfling ist weg, einfach verschwunden ...«

»Wohin ist er gegangen? Mit wem?«

Addi, der Dorfälteste von Brierley, sah, dass das Mädchen nicht bei klarem Verstand war. »Ist schon gut, meine Liebe«, beschwichtigte er sie. »Jetzt ist ja alles gut.« Krampfhaft versuchte er, sich an ihren Namen zu erinnern. Er kannte sie oberflächlich als eine von Elflings Mägden. Er schaute seine

Männer an. »Seht euch mal um.« Sofort machten sich die Männer auf die Suche nach etwaigen Überlebenden auf dem Hof, wobei sie sich aus der Reichweite der Flammen und der sengenden Hitze hielten. Ruß und brennendes Stroh flogen umher. Der brennende Hof schrie auf, als die Balken brachen und ein Raub der Flammen wurden.

Addi holte aus einem Beutel an seinem Gürtel ein Stück Seil, das er stets mit sich trug. Er half Ebba auf die Beine und machte aus dem Strick eine Art Gürtel, um die Decke zusammenzuhalten, die sie um sich geschlungen hatte. Dabei blickte er über ihre Schulter in die Feuersbrunst. Alles brannte so lichterloh, dass sie es unmöglich löschen konnten. Sie konnten keine näheren Nachforschungen betreiben, ehe nicht alles ausgebrannt war. Ein Wagen stand außerhalb des Hofs. Eigenartig. Und jetzt hatte der Wagen auch Feuer gefangen, und seine gesamte Ladung war verloren.

Addi lächelte Ebba beruhigend zu, nahm seinen alten Umhang aus gewebtem Gras und legte ihn ihr um die Schultern. Ihm war nach dem Marsch vom Tal warm, und er brauchte den Umhang nicht so notwendig wie dieses arme kleine Ding.

Die anderen Männer kamen zurück. »Es sind noch ein paar Schafe da«, sagte einer. »Und diese Ziege.« Ein Mann hielt die Ziege an der Leine. »Dann sind da noch eine Kuh und ein paar Schweine.«

»Nehmt die Ziege mit«, sagte Addi. »Da wir hier nichts tun können, gehen wir zurück, auch um das arme Mädel an einen warmen Ort zu bringen.«

»Was ist, wenn die Bäume Feuer fangen?«, fragte einer der Männer und blickte in das Flammenmeer.

»Bei diesem Wetter? Viel zu nass. Wir können wiederkommen, wenn alles ausgebrannt ist.«

Auf dem Weg durch das Tal zu der kleinen Ansiedlung

Brierley versuchten einige Männer, Ebba erneut zu befragen, aber Addi gebot ihnen Schweigen. »Lasst sie in Ruhe. Sie wird uns alles erzählen, sobald sie dazu imstande ist. Gönnt dem armen Mädel ein bisschen Ruhe.«

Ebba wäre am Ende des langen Marsches, nach so viel Angst, für irgendeine Ecke dankbar gewesen, in die sie sich hätte verkriechen können, aber Addi nahm sie mit in sein Haus, das größte und beste aller Häuser in Brierley. Man wies ihr einen warmen Platz dicht am Feuer an, gab ihr eine Schüssel mit Brühe und ein großes Stück Brot. Ihr war es peinlich, so gut behandelt zu werden. Schließlich war sie nur eine Magd.

Sämtliche Bewohner von Brierley hatten sich ins Haus des Dorfältesten gedrängt, und mit dem Herdfeuer und den vielen Menschen war es drinnen heißer als an einem Sommertag in der Sonne. Ebba wurde schläfrig.

»Kannst du uns jetzt erzählen, was geschehen ist?«, fragte Addi. »Fang am Beginn an.«

Der Halbschlaf half. Zu jeder anderen Zeit wäre Ebba zu scheu gewesen, um vor so vielen Menschen zu sprechen, aber schläfrig, wie sie war, mit vielen Pausen und unterstützt von Addis gelegentlichen Ermunterungen, gab sie die ganze Geschichte wieder, angefangen bei Morcars Besuch und seinem Streit mit Elfling und wie sie ins Feuer gefallen war und wie Elfling sie geheilt hatte.

Hier gab es eine lange Unterbrechung in ihrer Geschichte, weil viele andere sich zu Wort meldeten. Viele riefen Elflings Namen und erzählten die Mär, wie König Eadmund die Elfenfrau im Wald gefunden hatte, und berichteten von anderen Heilungen, die Elfling vollbracht hatte. Als alle mit ihren Beiträgen fertig waren, war Ebba fast eingeschlafen und musste angestoßen werden, um mit ihrem Bericht fortzufahren.

Sie war sich ihrer Sache nicht ganz sicher. Sie hatte im Haus geschlafen, als sie Lärm auf dem Hof hörte: Schreie und Fluchen. Und dann waren Menschen – Männer – ins Haus gekommen. Sie erzählte von dem Mann, der sie gefunden hatte, und dass er anscheinend einen Helm getragen hatte. Aber es war dunkel gewesen; deshalb war sie nicht sicher.

Und dann berichtete sie von den Schreien am Morgen. Sie versuchte nicht, den Dörflern zu vermitteln, wie lähmend und furchteinflößend diese Schreie gewesen waren – und das Lachen, das sich daruntergemischt hatte. Danach hatte es wieder Geschrei gegeben, viel Umherrennen und das Klirren von Metall – ein Kampf. Und dann war Elfling im Haus. Sie hatte die Leichen gesehen, die Leichen sämtlicher Bewohner der Hofstatt. Owen, Hild – und auch Morcar. Alle tot. Und auf dem Hof lagen Männer in Rüstungen mit herrlich glänzenden Helmen und prächtigen Schilden – alle tot. Dann hatte Elfling das Haus angezündet und war davongeritten. Mit einer Walküre. Er war verschwunden und hatte sie zurückgelassen. An diesem grauenvollen Ort.

Was sie nicht sagte, ergänzten die Leute und gaben ihr noch ein Stück Brot, und dann wies Addi ihr eine Stelle zum Schlafen an. »Morgen schaue ich nach, ob ich etwas Ordentliches finde, das du anziehen kannst«, sagte Addis Frau Eaditha.

Viele Bewohner von Brierley saßen noch um das Feuer herum und sprachen über das, was sie soeben gehört hatten. Männer in glänzenden Rüstungen mit prächtigen Schilden? Alle Menschen getötet? Eine Walküre? Sie konnten nur mit Mühe den morgigen Tag erwarten, um zu sehen, ob das Feuer schon ausgebrannt war.

Der folgende Morgen brachte noch mehr Aufregungen. Während der Nacht hatte der Regen das Feuer ausgelöscht, und sobald es hell wurde, sammelten sich die Leute, um zum Berg hinaufzuschauen. Dicker schwarzer Rauch stieg noch auf, aber niemand sah Flammen. Sobald Addi gegessen hatte, machte er sich mit drei Männern auf den Weg zu Elflings Hof.

Kaum hatte er das Dorf verlassen, kam Thane Alnoth, der Lehnsherr, mit einer Schar seiner Männer herbeigeritten. Sie trugen Rüstungen und hatten die Schilde auf dem Rücken. Auch sie hatten den Brand gesehen und waren gekommen, um herauszufinden, was geschehen war. Es war die Pflicht eines Lehnsherrn, in seinem Gebiet für Ordnung zu sorgen. Nachdem er von Eaditha eine Erklärung bekommen hatte, ritten sie hinter Addi her. Ebba schlief noch, und sie könnten das Mädchen befragen, nachdem sie sich den Brandort angeschaut hätten, meinte Thane Alnoth.

Die Berittenen holten Addis Gruppe schnell ein und erreichten den ausgebrannten Hof als Erste. Das Feuer war aus, aber die übereinandergestürzten und geschwärzten Ruinen waren immer noch heiß und schwelten. Die Männer des Lehnsherrn trugen gute, feste Stiefel und konnten sich in dicke Umhänge einwickeln. Daher vermochten sie leichter über die noch glimmende Asche auf den Hof zu gehen und die Hitze von den noch stehenden Wänden besser zu ertragen als die Dorfbewohner, die nach ihnen kamen.

Sie wechselten sich bei der Druchsuchung der Ruinen ab. Sie rissen ein, was von den Wänden noch stand, und stießen so im Haus auf das, was von den Leichen noch übrig war. Im Hof lagen weitere Leichen; sie waren weniger verbrannt, aber vom Feuer nicht verschont geblieben. Bei diesen waren Waffen, welche die Männer des Lehnsherrn mit ihren dicken Lederhandschuhen aufheben und mitnehmen konnten.

In einiger Entfernung sammelten sich die Männer, um die Dinge zu prüfen. Sie drehten einen Helm um. Er war zerbeult und hatte seinen Glanz verloren, aber kein gewöhnlicher Helm besaß eine Maske, auch keine Juwelen, die das Licht einfingen, wenn man die Asche mit dem behandschuhten Daumen wegrieb. Obwohl der Schild teilweise verbrannt war, sah man noch die goldenen Drachen und den mit Gravur versehenen Buckel. »Das ist die Wehr eines Fürsten«, erklärte Thane Alnoth. Und alle schauten zu den Ruinen hinüber und den Leichen, die darin lagen.

Wieder in Brierley, zwangen sie die verängstigte Ebba, ihre Geschichte noch mal zu erzählen. Thane Alnoth hörte aufmerksam zu. Viele erinnerten ihn eifrig an das, was er bereits wusste: dass der Besitzer des verbrannten Hofs Elfling, bekannt als Hildssohn, ein Königssohn war, wenngleich ein unehelicher. Das Rätsel war nicht allzu schwer: ein König, gerade verschieden, und ein Angriff auf einen seiner Bastardsöhne durch eine Schar Männer, die wie Königliche ausgestattet und von einem geführt worden waren, dessen Helm und Schild einem Atheling entsprachen ...

Thane Alnoths erster Gedanke war, heimzureiten und so zu tun, als wisse er nichts von dieser Angelegenheit. Wenn ein König starb, folgten unweigerlich Mord und Totschlag innerhalb der Königssippe. Wenn man ein Herr von hohem Stand war, eng mit dem Königshaus verbunden, dann wählte man sorgfältig eine Seite und hoffte, es würde die Siegerpartei sein. War man jedoch nur ein kleiner Lehnsherr über ein paar Dörfer, dann war es am besten, sich still zu verhalten und zu hoffen, der Ärger würde an einem vorbeigehen.

Doch der Ärger war zu ihm gekommen. Wenn seine Annahme richtig war, dass in diesem abgebrannten Hof ein toter Atheling lag, würde früher oder später die überlebende königliche Sippe von ihm eine Erklärung verlangen. Wenn der Verdacht aufkam, dass er etwas zu verbergen hatte, oder auch nur, dass er nichts unternommen hatte, obwohl es seine Pflicht gewesen wäre, dann war sein Land, vielleicht auch sein Leben in Gefahr. Deshalb hielt er es für das Beste, wenn er mit all seinem Wissen selbst zum Königshaus ging.

»Ich nehme das Mädchen mit«, erklärte er und wartete nicht einmal, bis Eaditha ein altes Kleid für Ebba herausgesucht hatte. In einem Dorf, das so arm wie Brierley war, konnte das eine Ewigkeit dauern. »Sie kommt mit, wie sie ist«, sagte er. »Ich sorge für Kleidung.«

Man hob Ebba, so wie sie war, immer noch in der mit dem Seil zusammengehaltenen Decke, hinter einem der Männer des Lehnsherrn auf ein Pferd. Das war der Anfang einer Reise, deren Ziel die Königsburg war.

FÜNFTES KAPITEL

ATHELINGSGOLD

Ebba hatte ihr gesamtes Leben auf Elflings Hof verbracht und war nur gelegentlich in ein kleines Dorf wie Brierley gegangen. Die Königsburg, umgeben von einer Palisade und einem Graben, daneben das Götterhaus mit eigener Palisade, war die größte Ansammlung von Menschen und Gebäuden, die sie je gesehen hatte. Sie hätte sich nie vorstellen können, dass man ein so großes Gelände einzäunen konnte oder dass die Gebäude so riesig sein konnten oder dass es überhaupt so viele Menschen gab.

Eine hohe Wand aus Holz, strahlend weiß gekalkt und so gebaut, dass Männer drinnen auf einem Wehrgang umhergehen und Wache halten konnten. Die Sonne schien auf ihre Helme. Ein Damm führte über einen tiefen Graben mit steilen Wänden zu einem riesengroßen Tor, einem Tor, das höher und breiter war als die meisten Häuser, die sie kannte. Und auch auf dem Tor standen Männer und blickten herab.

Thane Alnoths Schar ritt über die Brücke und erhielt von den Wachen die Erlaubnis, das Tor zu passieren. Ebba, die hinter einem der Männer saß, erschauderte, als das Tor über ihnen war, weil sie Angst hatte, es würde auf sie herabfallen. Sie begriff nicht, wie so ein mächtiges Ding sicher sein konnte.

Direkt hinter dem Tor klapperten die Hufe der Pferde laut auf dem Kopfsteinpflaster – der riesige Hof war gepflastert und sauber gefegt. Und auf der anderen Seite des Hofs stand ein Wunder, eine gewaltige Halle, ein so großes Gebäude, dass es Elflings Hof und sämtliche Katen in Brierley hätte in sich aufnehmen können. Wie konnten Menschen so ein Gebäude errichten? Wie konnte es dem eigenen Gewicht standhalten? Die Bäume, welch riesige Bäume hatten dafür fallen müssen! Nur ein König konnte so viel Holz fällen.

Die Halle war lang, so lang, dass Ebba den Kopf von einer auf die andere Seite drehen musste, um beide Enden zu sehen. Und die Wände hatten doppelte Mannsgröße. An beiden Dachenden waren Halbmonde aus vergoldeten Tierhörnern, die glänzten. Das Dach bestand nicht aus Stroh, sondern aus Schindeln, und jede Schindel war am Rand vergoldet, sodass das ganze Dach funkelte.

Der Eingang befand sich in der langen Wand ihnen gegenüber, und er war hoch und breit, mit einer Doppeltür, deren Paneele mit sich windenden, ineinander verflochtenen Schlangen verziert waren und mit Abbildungen von Helden und Göttern, an vielen Stellen vergoldet. Die Türangeln waren kunstvoll mit Gravuren verziert. Ebba konnte nur alles mit offenem Mund bestaunen. So viel Reichtum, so viel Schönheit! Das hätte sie sich in ihren kühnsten Träumen nicht ausmalen können, wenn sie Liedern und Geschichten gelauscht hatte.

Alnoths Gefolge stieg aus dem Sattel. Ebbas Reiter half ihr von dem hohen Ross herunter. Diener, in schlichtes graubraunes Tuch gekleidet, eilten herbei, um die Pferde zu nehmen. Doch Alnoth befahl zweien seiner Männer, mit ihnen zu gehen und dafür zu sorgen, dass die Pferde richtig versorgt wurden. Ein Diener, der sichtbar besser gewandet war, kam aus der glänzenden Halle zu ihnen und trug einen schimmernden Pokal, den er Alnoth kniend darbot. Dann kamen weitere Diener und brachten der Reiterschar Essen und Trinken. Sogar Ebba bekam ein Stück Brot, da sie offenbar zu Alnoths Schar gehörte. Ein König war anscheinend äußerst großzügig.

Ebba knabberte an ihrem Brot und schaute sich um. Sie sah wenig von der Begrüßungszeremonie, da ihre Blicke von den vielen weiteren Gebäuden der Residenz gefangen waren, die allerdings der Königshalle an Pracht weit unterlegen waren. Sie fragte sich, wofür diese dienten. Staunend sah sie auch die vielen Menschen, die auf dem gepflasterten Platz vor der Halle umherliefen: Ein Trupp Männer ritt in Richtung Tor; eine Schar Diener führte Hunde aus; eine edle Dame, die ein wunderschönes blaues Gewand trug, das von Goldfransen gesäumt und an den Schultern von goldenen Broschen gehalten wurde. Dazu der weiße Kopfputz. Sie wurde von einer Dienerin begleitet, die fast ebenso gut gekleidet war. Und dann gingen noch viele Menschen umher, viele zwischen den Gebäuden in der Ferne. Es gab hier mehr Menschen, als sie je an einem anderen Ort gleichzeitig versammelt gesehen hatte. Es war furchteinflößend. Sie hatte keine Ahnung, wie man sich an einem solchen Ort benahm. All diese Menschen würden sie auslachen und verachten.

Nachdem Thane Alnoth eine Zeitlang gewartet hatte, schritt er mit ein paar kostbar gekleideten Männern über den gepflasterten Hof. Seine Schar ging in die Königshalle. Sein Hauptmann gab Ebba ein Zeichen, sich ihnen anzuschließen. Sie erschauderte wieder, als sie durch das riesige Portal gingen, weil sie zum Teil nicht glauben konnte, dass so eine mächtige Menge Holz stehen konnte, sondern einstürzen müsse – und teilweise, weil sie fühlte, dass sie kein Recht hatte, so einen Ort zu betreten.

Drinnen war die Halle noch prächtiger als das Äußere. Was für eine Höhe! Was für ein riesiger Raum! Die Fenster hoch oben in den Wänden ließen das Licht auf das Strebewerk der Deckenstützen fließen, welche ebenfalls mit Schnitzereien verziert und vergoldet waren. Auf dem Boden lag eine dicke Schicht Stroh, mit duftenden Kräutern vermischt, und die Wände am oberen Ende der Halle waren mit Teppichen behangen, die von der Decke bis zum Fußboden reichten. Die Wolle wie vieler Jahre des Scherens und wie lange Stunden von Frauenarbeit waren wohl nötig gewesen, um diese Wandbehänge herzustellen? Kein normaler Haushalt konnte den Frauen für eine solche Arbeit Zeit gewähren oder so viel Wolle anhäufen.

Am oberen Ende der Halle war ein erhöhtes Podest und darauf ein Tisch, welcher stets gedeckt war – der Hochtisch, wo der König und die königliche Sippe zu sitzen pflegten. Vor diesem Podest loderte ein großes Feuer; kleinere Feuer brannten in Abständen entlang der Längsseiten der Halle. Wiederum, was für ein Reichtum! Wie viel Brennholz war wohl nötig, um all diese Feuer in Gang zu halten und eine so riesige Halle zu erwärmen?

Im Hauptteil der Halle wurden Tische und Bänke aufgestellt. Weitere Bänke reihten sich entlang der Wände. Dort nahmen Alnoths Männer Platz. Ebba hatte Angst, sich zu setzen, weil sie wieder das Gefühl hatte, kein Recht dazu zu haben, und blieb daneben stehen. Sie wagte kaum, den Kopf zu heben und sich umzuschauen, obgleich sie unbedingt alles sehen wollte, was es zu sehen gab. Doch so schielte sie aus den Augenwinkeln auf dieses und dann auf jenes. Ich bin in der Königshalle, dachte sie. Ich bin im Haus von Wodens Sohn! O Eostre!

Thane Alnoth hatte dem Beamten, welcher ihn begrüßt hatte, als er hereingeritten war, mitgeteilt, dass er mit der königlichen Sippe unter vier Augen sprechen wollte, mit den Athelingen Unwin, Hunting und Wulfweard.

»Selbstverständlich. Wenn du mir sagst, in welcher Angelegenheit?«, hatte der Beamte gesagt. Alnoth wiederholte, dass es sich um eine Privatangelegenheit handele, und hinzugefügt, dass es dringlich sei. Er deutete auf die Männer seiner Schar, die etwas trugen, das in Stoff eingewickelt war. Er müsse den Athelingen etwas zeigen, erklärte er. Dinge, welche diese zu sehen wünschten. Er brächte ihnen Neuigkeiten.

»Folge mir. Ich bringe dich zu Athelrics Gemächern«, sagte der Beamte.

Athelrics Halle war kleiner als die prächtige Königshalle, aber trotzdem viel größer als Alnoths eigene Halle. Er ging mit seinen Männern in den Teil, der für die Öffentlichkeit bestimmt war, und nahm mit anderen Bittstellern auf den Bänken Platz. Athelrics Verwalter, sein höchster Diener, kam auf sie zu, ein Mann mit gekräuseltem Haar bis auf die Schultern, gekleidet in ein langes dunkelblaues Gewand mit Pelzbesatz. Er trug eine schwere Goldkette um den Hals und goldene Armbänder. Er fragte nach ihrem Begehr und versicherte ihnen, dass er Athelric sogleich informieren würde. Dann erkundigte er sich, ob er ihnen etwas zu essen und zu trinken bringen lassen könnte, während sie warteten.

Da Alnoth nicht wusste, wie lange sie wohl würden warten müssten, nahm er das Angebot an.

»Wenn ich dir etwas gebe, könntest du dann dafür sorgen, dass diese Dinge den Athelingen nur ganz persönlich und insgeheim übergeben werden?«, fragte er.

»Ich werde persönlich dafür sorgen, dass das geschieht«, antwortete der Verwalter.

Alnoth beriet sich unter den neugierigen Augen des Verwalters mit seinen Männern. Aus dem Päckchen holte Alnoth vier kleine glitzernde Gegenstände. Einen davon legte er dem Verwalter in die Hand. Es war ein Zierbeschlag, ein zähnefletschender Drache, wunderschön aus Golddraht gearbeitet. Die Einschussstellen zwischen den Drähten waren mit glänzendem rotem Email ausgegossen, und das Auge des Tieres war ein leuchtender Granat. Der Verwalter war sichtlich beeindruckt: Vielleicht erkannte er, dass die Verzierung von einem königlichen Schild stammte. Er streckte die Hand nach den anderen Schmuckstücken aus, welche Alnoth noch hielt, aber Alnoth zog seine Hand zurück.

»Verzeih, aber ich habe meine Meinung geändert«, sagte Alnoth. »Statt hier zu sitzen und mich zu langweilen, werde ich den Athelingen diese Dinge selbst übergeben.«

Der Verwalter, immer noch höflich, doch mit einer Spur Verärgerung, neigte den Kopf und erklärte: »Wie du meinst. Falls du oder deine Männer etwas wünschen, sage Bescheid. Mein Gebieter Athelric würde nicht wollen, dass es seinen Gästen an irgendetwas mangelt.« Mit nochmaliger Verbeugung verließ er sie. Doch auf dem Weg durch die Halle ging er so schnell, als habe er es eilig, die Drachenverzierung zu überbringen.

Alnoth sah ihm nach, presste die Hand über die anderen goldenen Drachen und nickte. Er hatte gut daran getan, sie zurückzuhalten. Dieser Verwalter war Athelrics Mann. Er würde Athelric den Drachenbeschlag pflichtgemäß überbringen, aber die für die anderen Athelinge bestimmten Drachen würden diese aus seinen Händen nie erreichen.

Alnoth wandte sich an seine Männer und gab zweien ein Zeichen mit dem Kopf. Sofort standen diese auf und folgten ihm. Die anderen blieben in Athelrics Halle mit den Resten des Schilds und des Helms, die sie aus der Brandstätte geborgen hatten.

Draußen auf den Wegen, welche zwischen den vielen Gebäuden der Residenz verliefen, erkundigte sich Alnoth, wo die Unterkunft des Athelings Unwin sei. Als er dort angelangt war, ließ er einen weiteren Drachenbeschlag bei dessen Verwalter. »Du kannst mich in den Gemächern des Athelings Athelric finden«, sagte er. Dann ging er weiter zu Huntings und Wulfweards Unterkünften und gab dort den dritten und vierten Beschlag mit gleichlautender Botschaft ab. Danach kehrte er zurück zu Athelrics Halle und setzte sich zu seinen Männern. Er aß und trank mit ihnen und wartete ab, was geschehen würde. Er glaubte, es würde nicht allzu lange dauern, bis man ihn zu einer Audienz bei dem königlichen Verwandten rufen würde.

Vor den Mauern der königlichen Residenz, innerhalb einer Palisade und einem eigenen Graben, stand das Götterhaus. Eine große Halle, in Größe und Pracht mit der königlichen durchaus vergleichbar, barg drei riesige Holzstatuen von Woden, Thunor und Ing. Auf dem Altar vor jeder Figur loderte ein Feuer und warf Licht darauf, aber auch tiefe, dahinhuschende Schatten. Dunkelheit hing in den hohen Dachsparren und in den Ecken, die am weitesten vom Eingang entfernt waren.

Hier, vor den Altären, hatte der Leichnam König Eadmunds tagelang aufgebahrt gelegen, in Linnen gehüllt und auf einem Bett von wohlriechenden Kräutern. Die Menschen waren gekommen, um ihren König zu sehen und sich zu vergewissern, dass er tatsächlich tot war. Hier hatten die Priester und Priesterinnen von Eostre und Woden, von Ing und

Thunor Tag und Nacht Wache gehalten und dem König das Lied gesungen, das seine Seele sicher an ihren Ort in der Anderswelt geleiten würde. Ihre klaren Stimmen hatten sich zwischen den geschnitzten Säulen zu den Dachsparren emporgeschwungen.

Doch jetzt war der Leichnam des Königs fort. Man hatte ihn in sein Grab getragen, an den Ort unter der Residenz, wo in der Vergangenheit die Grabhügel seiner Vorfahren errichtet worden waren. Es war eine kleine Zeremonie gewesen. Man hatte den König mit seinen Waffen, Pferden und Hunden zu Grabe getragen, dazu Opfergaben von Essen und Gold. Schließlich hatte man ihn mit genügend Erde bedeckt, um den Körper vor wilden Tieren zu schützen. Es würde jedoch ein Jahr dauern, den ihm zustehenden Tribut einzusammeln. Erst danach war auch der Grabhügel fertiggestellt und würde man ihn mit vollen Ehren bestatten können.

Jetzt sangen der Chor der Priester und Priesterinnen im Götterhaus Hymnen und murmelten Segenssprüche, um die Seele des toten Königs zu trösten und um sicherzustellen, dass er die Lebenden nicht heimsuchte. Ein wenig hinter den Sängern stand Athelric mit den Söhnen seines Bruders, Unwin und Wulfweard. Vor dem Tode ihres Vaters hätten sie sich geweigert, einen heidnischen Tempel zu betreten, doch angesichts der Tatsache, dass ihr Vatersbruder höchstwahrscheinlich der nächste König werden würde, hatte Unwin es für klug gehalten, sich bei ihren Untertanen in gutes Licht zu rücken. Wenn man sah, dass sie ihren Vater vor seinen Göttern so ehrten, wie er es sich gewünscht hätte, würde es ihnen Lob einbringen. Christus würde ihnen vergeben, Vater Fillan wohl nicht so leicht. Aber schließlich standen sie nur im Tempel und brachten den Götzenbildern keine Opfer dar.

Athelrics Verwalter trat leise an die Seite seines Gebieters und zupfte ihn am Gewand. Dann flüsterte er ihm etwas ins Ohr und zog Athelric beiseite, fast bis zum Eingang des Götterhauses. Unwin glaubte, ein einziger verstohlener Blick wäre nicht zu unehrerbietig gegen seinen toten Vater, und schaute über die Schulter zurück. Der Verwalter zeigte Athelric etwas.

Beim nächsten Blick sah er, dass Athelric mit dem Verwalter das Götterhaus verließ. Als die beiden hinausgingen, fiel Licht auf die geschnitzten Säulen. Sobald die Tür wieder geschlossen war, versanken diese erneut im Halbdunkel.

Unwin blickte auf Wulfweard, aber der Junge schaute nur auf den Kreis der Sänger, welcher von Lampen beleuchtet wurde. Hinter ihnen ragten die hölzernen Götterstatuen aus den Schatten auf.

Unwin nahm wieder die Haltung des trauernden Sohnes ein. Mit gesenktem Kopf lauschte er dem eindringlichen Gesang, der in den Rauch hinein- und wieder herausschwebte. Im Inneren zerbrach er sich den Kopf, was Athelric wohl machte und welche Botschaft man ihm gebracht hatte. Die Tür des Götterhauses öffnete sich wieder und ließ helles Tageslicht durch den Rauchschleier der Feuer schneiden und auf die runden, großen Holzsäulen fließen. Jemand zupfte an seinem Ärmel – sein eigener Verwalter.

»Edler Herr, ich hielt es für das Beste, Euch das persönlich zu überbringen.« In der Hand des Mannes lag ein Juwel von erlesener Schönheit: ein Drache aus Golddraht und rotem Email mit glitzerndem Auge aus Granat. »Edler Herr, Thane Alnoth schickt Euch das und – «

»Unwin, das ist ein Drache von Huntings Schild«, unterbrach ihn Wulfweard. Er sah seinen Bruder mit angsterfüllten Augen an.

Unwin hatte das Juwel nicht erkannt, bis Wulfweard es aussprach. Dann sah auch er, dass es in der Tat ein Beschlag vom Schild seines Bruders war. Mit gerunzelter Stirn schaute er den Verwalter an.

»Edler Herr, der Thane sagt, er habe Neuigkeiten für Euch, und bittet um ein Gespräch. Er sagt, Ihr fändet ihn in der Halle Eures Vatersbruders.«

Unwin blickte sofort zur Tür. Das war es also, was Athelrics Verwalter ihm gezeigt hatte! Etwas, das Hunting gehörte! Wie immer die Neuigkeiten lauten mochten, Athelric kannte sie inzwischen. »Verdammt sei dieser Thane! Warum ist er nicht zuerst zu *mir* gekommen?«

»Was ist denn?«, fragte Wulfweard.

Unwin schritt schnell zur Tür und forderte Wulfweard wütend auf, ihm zu folgen. Der Junge fragte noch einmal: »Was ist geschehen?«

»Wenn ich die Zeichen richtig deute«, sagte Unwin, als sie aus dem Dunkel des Götterhauses ins helle Tageslicht getreten waren, »so ist Hunting tot.«

Nach dem Ritt vom Götterhaus gingen sie die letzten Schritte zu Fuß. Unwin beeilte sich, denn er war sich sicher, dass seine Worte zutrafen. Tief in seinem Inneren fühlte er, wie Wut, eiskalte, rachsüchtige Wut, in ihm aufstieg. Andererseits dachte er: Jetzt muss ich mir nie wieder Gedanken machen, ob ich dir trauen kann, Hunting.

Ein Mann lief ihnen entgegen. Es war Wulfweards Verwalter. Er versuchte, um Entschuldigung bittend, Wulfweard an den Rand des Weges zu ziehen. Doch dann drehten er und Wulfweard sich verblüfft um, denn Unwin lachte schallend. Nur wenige Schritte vor ihnen stand Huntings Verwalter und schaute bestürzt drein, als Unwin auf ihn deutete und lachte.

»Ihr habt auch je einen wie diesen?«, fragte Unwin und hielt seinen Drachen hoch, der im Sonnenlicht glitzerte. »Ihr beide.«

Huntings Verwalter kam, öffnete die Hand und zeigte einen Drachenbeschlag. Wulfweards Verwalter wies einen dritten vor. Beide überbrachten die gleiche Botschaft von Thane Alnoth.

»Kommt«, sagte Unwin. »Wir gehen zu unserem Vatersbruder und leugnen alles mit eiserner Stirn.«

Thane Alnoth war in Athelrics privaten Gemächern oberhalb der Halle. Er saß auf einem Schemel neben dem eisernen Kohlenbecken und hielt einen wunderschönen Pokal aus grünem Glas, gefüllt mit köstlichem Wein. Er war mehr als nervös. Der Verwalter hatte ihn höflich gebeten, die Waffen in der unteren Halle zu lassen, zusammen mit seinen Reisigen. Jetzt war er hier ohne Unterstützung oder Schutz mit Athelric zusammen, dem Bruder des toten Königs und wahrscheinlich dem designierten neuen König.

Athelric saß ihm gegenüber in einem Armsessel und lächelte, doch dieses Lächeln machte Alnoth keineswegs glücklich. Er war sich allerdings ziemlich sicher, dass ihm keine unmittelbare Gefahr drohte. Schließlich hatte auch er einen gewissen Rang. Nicht einmal ein König konnte einen Thane ermorden, ohne dass es zu einem Schrei der Entrüstung gekommen wäre. Er hatte Athelric die Reste des Schilds und des Helms gebracht. Diese lagen jetzt dem Atheling zu Füßen. Eigentlich müsste ihm das eine Belohnung einbringen, nicht aber ihn gefährden. Tatsächlich lag zu Alnoths Füßen jetzt ein sehr schöner, mit Pelz gefütterter Umhang, den Athelric sofort von seinen eigenen Schultern genommen und dem Lehnsherrn gereicht hatte, als er Alnoths Neuigkeiten gehört hatte. »Als einen kleinen Teil der Belohnung, welche du dafür verdienst.« Aber die Zeiten mussten noch sehr viel ruhiger werden, ehe Alnoth sich in der Gegenwart eines Athelings wohlfühlen würde.

Schritte ertönten auf der Holztreppe vor der Tür. Dann öffnete sich die Tür, und die anderen Athelinge, Unwin und Wulfweard, wurden hereingeleitet. Alnoth stand schnell auf, da er sie aus der Zeit kannte, als er früher in die königliche Residenz gerufen worden war: Unwin, den älteren, hochgewachsen, kräftig, mit harten Gesichtszügen, und den jüngeren, hübschen Wulfweard.

Auch Athelric hatte sich erhoben, um sie zu begrüßen, und streckte ihnen den Drachen entgegen, den Alnoth ihm gebracht hatte. Alnoth sah, wie Unwin und Wulfweard den Schild und den Helm anstarrten, die auf dem hölzernen Fußboden lagen.

»Dieser gute Lehnsherr bringt mir Nachricht von einem Angriff auf einen Hof«, sagte Athelric. »Alle Bewohner tot und mit den Gebäuden verbrannt.«

Unwin drehte sich um und blickte Alnoth an. In dem Augenblick, als sich ihre Blicke kreuzten, wusste Alnoth, dass er einen Feind vor sich hatte. Es lief ihm kalt über den Rücken. Jeder gewöhnliche Mann hätte ihm keine Furcht eingeflößt, aber dieser gehörte zu den Zwölfhundert – und noch mehr, er war ein Mitglied der königlichen Sippe. Hinter seinen finsteren Blicken drohten Speere.

Unwin zog einen Goldring vom Finger und hielt ihn dem Thane lächelnd entgegen. »Du hast uns einen Dienst erwiesen.«

Alnoth lächelte, verneigte sich und nahm den Ring ungeschickt entgegen, da er in der anderen Hand den Pokal hielt. »Ich danke Euch, edler Herr.« Und wieder verneigte er sich lächelnd und bedankte sich ebenfalls bei Wulfweard, welcher ihm auch einen Ring schenkte. Dann richtete er sich wieder auf und schaute Athelric an. »Vielleicht, edler Herr, sollte ich jetzt zu meinen Männern zurückgehen.«

»Tu mir einen Gefallen, Thane«, erwiderte Athelric, »und bring mir das Mädchen her. Jetzt gleich.«

Wieder verbeugte sich Alnoth, stellte den immer noch vollen Pokal auf eine Truhe neben der Tür und verließ den Raum, so schnell er konnte.

Als man seine Schritte auf der Treppe hörte, wandte sich Athelric an seine Neffen und sagte: »Es ist nicht nötig, mir zu erklären, was Hunting mit einer Schar Bewaffneter in Hornsdale wollte.«

»Elfling Eadmundssohn eine sichere Eskorte anbieten«, sagte Unwin. Er hielt Athelrics zornigen Blicken stand. »Ich wundere mich, dass du nicht selbst nach ihm geschickt hast, Vatersbruder – du warst doch so erpicht darauf, dem Rat zu sagen, dass unser Vater ihn als Nachfolger benannt hat.«

Athelric beugte sich hinab und hob den Schild auf. Vom Schlag der Waffen zerbeult, teilweise verbrannt, der prächtige Zierrat zerbrochen oder herabhängend. »Was ist eurer Meinung nach mit dieser sicheren Eskorte geschehen?«

Wulfweard hatte dicht hinter Unwin gestanden. Jetzt trat er vor. »Ist Hunting tot?«

Als Antwort nahm Athelric den Helm auf und warf ihn Wulfweard zu. Dieser fing ihn und drehte ihn in den Händen. Der Helm war verdreckt und von Ruß geschwärzt. In der Höhlung und in den Intarsien hatten sich Schmutz und Blut festgesetzt. »Wer hat ihn getötet?«, fragte Wulfweard.

»Lasst uns warten, bis das Mädchen seine Geschichte erzählt hat«, meinte Athelric. »Vielleicht kann es uns mehr dazu sagen. Setzt euch, nehmt Platz.«

Athelric setzte sich in den Armsessel und schaute zu, wie seine Neffen auf den Schemeln neben dem Kohlenbecken

Platz nahmen. Schweigend saßen sie da und warteten. Athelric, bequem in seinem Sessel, genoss es offensichtlich zuzuschauen, wie Unwin sich bemühte, auf dem Schemel ohne Lehne eine entspannte und unbesorgte Haltung zu wahren. Wulfweard hielt den schmutzigen Helm auf den Knien und zog die Verzierungen mit dem Finger nach.

Auf der Treppe ertönten Schritte. Alnoth trat ein, gefolgt von einem kleinen, dünnen Mädchen in einem langen grauen Gewand, das viel zu groß war, sodass seine schmächtige Gestalt von Hals bis Fuß in Wolle erstickte. Man konnte das Gesicht nicht sehen, da die Kleine den Kopf gesenkt hielt, zu verängstigt, um aufzuschauen; aber ihre Haare waren ordentlich zu einem Zopf geflochten und so dunkelbraun, dass sie fast schwarz aussahen.

Thane Alnoth räusperte sich. »Das ist das Mädchen, edle Herren. Sie heißt Ebba und gehörte Elfling, dem Elfengeborenen. Meine Leute stöberten sie nahe der Brandstelle auf.«

»Gut«, meinte Athelric. »Ebba? Steh gerade, Mädchen, und berichte uns alles, was geschehen ist. Alles.«

Das Mädchen senkte den Kopf noch tiefer. Es krümmte sich fast zu einem Bogen und umfasste die eigenen Ellenbogen.

Alnoth stieß es an und flüsterte: »Nun rede schon!« Als einzige Antwort zitterte das Mädchen.

»Hab keine Angst«, versicherte ihr Athelric. »Wir werden dir nicht wehtun.« Weil du nicht wichtig genug bist, dass man dir etwas antut. Das hörte man deutlich aus seinem Tonfall. »Wir wollen nur hören, was geschehen ist, als der Hof in Flammen aufging.«

An dem Mädchen war keine Veränderung zu erkennen. Es war völlig verstört, weil es mit drei Söhnen Wodens in dem kleinen Raum war. So viel Reichtum, so viel Macht!

»Gütiger Jesus!«, stieß Unwin hervor. »Genauso gut könnte man eine Kuh fragen!« Doch dann erhob er sich von dem Schemel und ging zu dem Mädchen. Als es seine Nähe fühlte, zuckte es zurück, jedoch ohne den Kopf zu heben. »Nein, nein«, sagte Unwin, plötzlich freundlich. »Hab keine Angst.« Er zog einen goldenen Ring vom Finger und hielt ihn Ebba auf der offenen Handfläche vor die Augen, damit sie ihn sehen konnte. »Erzähl uns, was du weißt, dann bekommst du das – als eine Belohnung für das Überbringen der Mitteilung.«

Ebba starrte den Ring an. Es war alles, was sie sah: der Ring, der im Schein der Lampe rot, gelb und weiß glänzte und auf den dicken Schwielen in der Hand des Mannes lag. Aber das war ja nicht nur ein Mann, nein, das war einer von Wodens Söhnen. Sie zitterte am ganzen Leib wie im Fieber. Es war ein grausamer Scherz. Nie und nimmer würde man ihr so ein kostbares Kleinod schenken.

»Hier.« Unwin löste einen der dünnen Arme und entfaltete die kleine Hand, welche keinerlei Widerstand leistete, legte den Goldring hinein und schloss die Finger darüber. »Er gehört dir. Und jetzt erzähle uns, was du auf dem Hof gesehen hast.«

Sie hatte den Ring! Sie spürte die Härte in der Hand. Aber man würde ihr nie erlauben, ihn mitzunehmen. Sie spürte eine warme Berührung auf der Schulter, als Wulfweard seine Hand darauflegte. Sie musste etwas sagen. Sie konnte nicht schweigend vor den Söhnen Wodens stehen. Atem zu schöpfen war schwer. Ihre Stimme klang erstickt und bebend. »Bitte, töte mich nicht!«

Unwin lachte und fragte: »Weshalb sollte ich *dich* töten wollen?« Seine Verachtung war tröstlich. Sie stellte sie so tief unter ihn, dass sie außerhalb seiner Reichweite war. Er hatte ihr den Ring gegeben, weil dieser für ihn nichts bedeutete. Das begriff sie. Weshalb sollte er sie töten wollen? Sie bemühte sich, die Gedanken zu ordnen und zu verstehen, was die Männer von ihr wissen wollten. Sie war so verwirrt, dass es ebenso gut darum gehen könnte, wie viele Eier die Hühner auf Elflings Hof legten.

Ruhig, mit einem Hauch von Ungeduld, fragte Unwin wieder: »Wieso ist der Hof in Flammen aufgegangen?«

Sie bemühte sich, diese Frage zu beantworten. Elfling hatte den Hof angesteckt, nachdem ... Es folgten weitere Fragen, und sie beantwortete diese, wobei sie sich verhaspelte und verwirrt wurde; aber sie antwortete, und niemand wurde zornig, niemand schlug sie, obwohl sie jederzeit auf einen Schlag eingestellt war ... Langsam fühlte sie sich sicherer, hob sogar den Kopf ein wenig, und ihre Antworten wurden klarer und geordneter. »Und dann ist Elfling hinter der Frau aufgesessen – auf ihrem Ross –, und sie sind fortgeritten«, endete sie. »Ich meine, nicht fort. In die Luft. Heraus aus dieser Welt.« Ihr Blick streifte flüchtig Unwins harte Züge, sofort schlug sie die Augen wieder nieder. »Das ist alles. Alles, was ich weiß. Ich bin einfach beim Hof geblieben, während er abgebrannt ist.«

Im Raum herrschte Schweigen, und Ebba zitterte wieder, weil sie fürchtete, die Männer würden ihr zürnen. Und in der Tat, einer der Wodengeborenen – nicht der, welcher ihr den Ring gegeben hatte, auch nicht der Alte, sondern der dritte Mann, den sie nur aus dem Augenwinkel gesehen hatte – sagte: »Der Bastard hat Hunting ermordet!« Die Wut in seiner Stimme jagte Ebba Angst ein.

Der alte Mann lachte. »Und das, als Hunting ihm sicheres Geleit anbot!«

Der Hüne neben Ebba sagte: »Der Bastard hat den Sohn deines Bruders getötet!« Die Bedeutung seiner Worte war für alle verständlich, sogar für Ebba. Die Pflicht der Rache für das Leben des Neffen fiel auf den alten Mann: Er musste Elfling töten.

Ebba wurde noch mehr klar: Der Mann, den Elfling getötet hatte, der Mann mit der kostbaren Rüstung, war ein Mitglied der königlichen Sippe gewesen! Jetzt hatte sie zu viel Angst, um zu zittern. Sie war zu Eis erstarrt.

»Hier«, sagte der dritte Mann, und streckte ihr die Hand entgegen, um ihr etwas zu geben. Sie schaute auf in sein Gesicht – und erstarrte mit offenem Mund. Magie, dachte sie. Elfling! Vor ihr im Lampenlicht stand Elfling. Er war aus der Anderswelt zurückgekehrt.

Wulfweard amüsierte sich über ihr verblüfftes Gesicht und lächelte. Da wusste sie, dass er nicht Elfling war – dennoch war sie über die Ähnlichkeit erstaunt. »Hier«, sagte er nochmals und schenkte ihr auch einen Ring. Trotz ihrer Angst und Verwirrung dachte sie: Zwei! Ich habe zwei goldene Ringe!

Thane Alnoth zog sie von hinten am Arm und führte die immer noch mit offenem Mund staunende Ebba aus dem Raum. An der Treppe versetzte er ihr einen leichten Stoß, um sie zum Weitergehen zu ermuntern. Sie hob die Hand und betrachtete die beiden Ringe darin. Zwei goldene Ringe!

»Wenn ich du wäre, Mädchen, würde ich niemanden sehen lassen, dass du sie besitzt«, sagte Alnoth leise.

Schnell schloss sie die Hand um den Schatz. Ihr Herz schlug schnell. Ihr war speiübel. Zwei goldene Ringe, und was konnte sie damit tun? Sobald jemand wusste, dass sie dergleichen besaß, würde man sie ihr stehlen. Wenn sie versuchte, die Ringe zu verkaufen, würde man sie betrügen.

Am Fuß der Treppe, in Athelrics Halle, sagte Alnoth: »Gib sie mir. Ich werde sie für dich sicher aufbewahren.«

Sie hielt die Ringe fest und sah ihn an.

Lächelnd streckte er die Hand aus. »Sie sind kein Vermögen wert, wenn du das denkst. Du könntest nicht einmal ein Schaf dafür kaufen. Aber sie könnten genügen, um einen freien Mann zu verlocken, dich zu heiraten. Wer weiß? Lass sie mich für dich aufbewahren.«

Ein Ehemann, dachte sie. Elfling!

»Ich will sie behalten«, erklärte sie fest.

»Kannst du, wenn du willst«, sagte Alnoth. Nach einem entnervten Seufzer fuhr er fort: »Glaubst du, ich hätte es nötig, dir zwei dünne Goldringe zu stehlen? Ich bin kein Atheling, aber so schlecht geht es mir nun auch nicht. Unwin und Wulfweard haben dir die Ringe geschenkt, und ich werde dafür sorgen, dass du den entsprechenden Gegenwert dafür bekommst. Wenn du sie behältst, verlierst du sie gewiss.«

»Ich will sie behalten.«

Er ergriff ihr Handgelenk, zwang sie, die Hand zu öffnen, und nahm ihr die Ringe weg.

»Flenn, so viel du willst«, sagte er. »Später – wenn du eine freie, verheiratete Frau bist – wirst du mir dankbar sein.«

Weinend folgte sie ihm durch die lange Halle. Eine freie, verheiratete Frau? Gab es so etwas? Und überhaupt – sie wollte Elfling, nicht irgendeinen Hirten, den Alnoth für sie aussuchte. Obgleich es aussichtslos erschien, wollte sie nur Elfling haben und niemanden sonst.

In dem Gemach über der Halle lehnte sich Athelric in seinem Sessel zurück und lächelte seine Neffen an. »Diese Frau, welche das Mädchen erwähnt hat ... diese Frau in Kriegsrüstung, die dem Bastard versprochen hat, ihn zu lehren, wie man kämpft ... Ihr beide seid wohl zu vollgestopft mit christlichen Gebeten, um *sie* zu kennen.«

Unwin betrachtete die Stickereien der Wandbehänge, die Schnitzereien, alles alte Götter- und Heldensagen. »Ich müsste schon blind und taub aufgewachsen sein, um nicht eine Walküre zu erkennen, wenn man sie beschreibt.«

»Ich möchte derjenige sein, der ihm den Kopf abschlägt«, sagte Wulfweard. »Ich weiß, dass du der Ältere bist, Unwin, aber ich will es selbst tun. Ich allein.«

»Der Bastard ist in die Anderswelt entschwunden, wo keiner von uns ihn erreichen kann«, meinte Unwin.

»Dem ist keineswegs so«, erklärte Athelric. Erstaunt schauten sie ihn an. »Eure Priester sind an diese Welt gebunden, aber die Priester Eostres und Ings Frauen – und auch Wodens Priester – können alle in andere Welten reisen. Sie können den Bastard finden. Vielleicht sind sie so sogar imstande, ihn für uns zu töten. Wir sollten sie befragen.«

»Ich will nicht Teil daran haben, mit Geistern zu sprechen!«, sagte Unwin.

Wulfweard erhob sich mit weißem Gesicht vom Schemel und baute sich vor seinem Bruder auf. »Um Huntings Mörder zu finden – ja!« Er wandte sich an seinen Onkel. »*Ich* will Elfling töten. Ich will nicht, dass ein Priester dies für mich erledigt.«

Auch Athelric stand auf und legte den Arm um Wulfweards Schultern. Beide standen da und blickten auf Unwin herab, plötzlich gegen ihn verbündet. »Du wirst dem Bastard den Kopf abschlagen. Das verspreche ich.« Er küsste den Jungen auf die Stirn. »Ich bin stolz, dass du so entschlossen bist.« Zu Unwin sagte er: »Vielleicht würdest du lieber für den Mörder deines Bruders beten wie ein guter Christ.«

Bei dieser Beleidigung sprang Unwin auf und ging zur Tür.

115

Doch zuvor warf er Wulfweard noch einen Blick zu, worauf sich dieser von seinem Onkel löste und ihm folgte. Athelric hielt ihn am Arm fest. Wulfweard wandte sich um.

»Ich werde dich holen lassen, sobald ich mit den Priesterinnen gesprochen habe«, sagte Athelric. »Wir werden eine Geisterbeschwörung abhalten.«

Wulfweard entwand ihm den Arm und folgte seinem Bruder die Treppe hinunter.

SECHSTES KAPITEL

EBBAS PROPHEZEIUNG

Da Thane Alnoth sich ohnehin in der Königsburg aufhielt, hatte er beschlossen, so lange zu bleiben, bis der neue König zum Schreienden Stein ging. Ebba stellte fest, dass das Leben in der Königsburg recht gut sein konnte. Man musste sich wegen eines Schlafplatzes oder wegen Essen keine Sorgen machen: Die königliche Halle war für alle offen. Alnoth musste allerdings die Mühe auf sich nehmen, passende Geschenke für königliche Bedienstete zu finden, die ständig herumlungerten und auf kleine Zuwendungen äußerst erpicht waren, um dem Geber eine gute, warme Schlafstelle, einen guten Platz bei einem Fest und so weiter zu besorgen ... Alnoth murrte, zahlte jedoch. Den König zum Stein gehen zu sehen war es wert. Da Ebba keinerlei Stellung im Leben zu wahren hatte, blieben ihr derartige Sorgen erspart.

Doch nachts, wenn sie auf dem Boden einer Gästehalle schlief, träumte sie von ihrer Todesangst unter der Decke und den Mördern auf Elflings Hof. Sie träumte von den Leichen Owens und Hilds und wachte dann niedergeschlagen auf. Doch je länger der Tag wurde, je mehr es von dem Leben ringsum zu schauen und zu hören gab, desto mehr vergaß sie die alten Freunde, zumindest eine Zeitlang. Wenn sie sich wieder an sie erinnerte, fühlte sie sich schuldig, aber das Leben ging weiter, und sie war jung – sie konnte nichts dafür, dass sie die Freunde vergaß. Wie das alte Sprichwort sagt: »Nach Leid musst du nicht weit suchen, es findet dich selbst.«

Soweit Ebba sich erinnern konnte, hatte sie zum ersten Mal im Leben keine Arbeit, und sie war froh darüber. Keine schweren Wassereimer schleppen, kein Mahlen, kein Ausmisten bei den Tieren, kein Eiersuchen. Sie hatte den ganzen Tag nichts, rein gar nichts zu tun, außer zu bummeln, zu staunen, zu bewundern, zu tratschen und zu essen. Es war, als sei sie ins Gesegnete Land gekommen.

Zum ersten Mal in ihrem Leben konnte sie so viel essen, wie sie wollte. Jeden Tag wurde zur Mittagszeit in der großen Halle für alle, die kommen und essen wollten, ein Mahl aufgetischt: Brot mit Butter und Käse, dazu Ale. Besonders vom Brot gab es Berge. Und abends wurde in der Halle noch eine Mahlzeit serviert, und wieder war jeder willkommen, mit Ausnahme, wenn ein Fest gefeiert wurde. Obwohl nur Adlige zum Fest zugelassen wurden, gab es für die Armen und die Dienerschaft der anderen Hallen der Königsburg jede Menge zu essen. Zu den niedrigeren Tischen, wo Ebba saß, wurden reichlich Brot und Ale gebracht, aber auch eine Brühe aus Knochen mit ein paar Fleischstücken darin, zuweilen auch Bohnen oder Eier. Für jemanden wie Ebba, die sich zwischen den Gebäuden frei bewegen konnte, gab es noch mehr Essbares: Eier aus den Hühnerhäusern, Milch aus den Kuhställen, eine Ecke Käse, aus der Meierei stibitzt, ein Kuchen aus den Küchen. Sehr schnell wurde sie fülliger. Ihre Knochen ragten nicht mehr so hervor. Die Brüste rundeten sich, die Hüfte wurden ein wenig ausladender. Darüber freute sie sich ungemein, auch wenn das graue Kleid, das man ihr gegeben hatte, immer noch zu groß war. Mit dem guten Essen im Bauch fühlte sie sich trotzdem lebendiger und stärker als je zuvor. Und jeden Tag dachte sie an Elfling. Er würde zurückkommen, und sie würde hier sein und auf ihn warten.

Nachts schlief Ebba in einer der kleineren Hallen der Burg, nahe Alnoth und dessen Männern. Auch eine Frau schlief dort, die Wilburga hieß. Sie kämmte Ebbas langes Haar, flocht ihr einen Zopf und schenkte ihr den hölzernen Kamm. Ebba steckte ihn in den Gürtel, damit sie ihn stets bei sich hatte. Wilburga hatte über ihre Freude über das Geschenk gelacht. Es war doch nur ein billiger Holzkamm. Sie lachte oft über Ebbas Unwissenheit, war aber immer freundlich.

»Ich hatte eine Tochter wie dich«, sagte sie. »Mit ebenso dunklen Haaren.«

»Ich wünschte, meine Haare wären hell«, sagte Ebba und dachte, hell wie Elflings und in der Sonne glänzend. Wenn sie ihm ähnlicher wäre, würde er sie vielleicht mehr schätzen. Auf alle Fälle wäre sie glücklich, wenn sie ein bisschen mehr wie er aussähe.

»Nein, nein«, widersprach Wilburga. »Meine Hosanna hatte genau solche Haare wie du.«

Wilburga nahm Ebba mit in eines der Badehäuser der Burg. Ebba hatte noch nie davon gehört. »Jeder sollte einmal in der Woche baden«, erklärte Wilburga. Und Wilburga hatte kleine Töpfe mit schwarzem und rotem Zeug. Sie zeigte Ebba, wie man sich damit die Wimpern schwärzte und die Wangen und Lippen rötete. »Du bist ein komisches kleines Ding«, sagte Wilburga. »Aber irgendwie hübsch – auf eine komische Art.«

Offensichtlich dachten auch andere Menschen so. Die Männer aus Alnoths Schar begannen sie zu rufen und ihr Komplimente zu machen – aber nicht nur diese, sondern auch Fremde. In der königlichen Burg waren Hunderte von

Männern: Bedienstete des Königs, Jäger, Falkner, Hundebetreuer, Hirten, dazu noch das Gefolge der edlen Herren, welche den Königssitz besuchten. Viele pfiffen Ebba nach. Sie lächelte zurück und freute sich, dass man sie für hübsch hielt. Aber sie ging mit keinem eine Bindung ein. Dazu konnte sie auch niemand zwingen, da sie nicht zu ihnen gehörte. Keiner von ihnen war bedeutend genug, um mit dem Lehnsherrn Alnoth Ärger zu bekommen, der – so nahm man jedenfalls an – ihr Besitzer war.

Auch Alnoths Männer hielten sich von ihr fern, da Alnoth klargemacht hatte, dass er für sie einen freien Ehemann finden wollte. Keiner riskierte, ihn zu verärgern, indem er diese Pläne störte. Ebba fühlte sich so frei wie eine große Adlige, die – nach ihrer Meinung – stets tun konnte, was ihr in den Sinn kam. Sie beschloss, mit niemandem das Bett zu teilen, bis Elfling zurückkehrte, und danach würde sie ihn haben. Warum nicht? Die Leute sagten, sie sei hübsch. Und er hatte für sie Gefühle gehegt – ein bisschen zumindest. Jetzt, da sie hübscher war, würde sie ihm noch besser gefallen. Sie ging ins Götterhaus, betete zur Göttin Eostre und erbat sich Elfling. Die Göttin hatte ihr schon früher geholfen.

Ihre Geschichte hatte sich verbreitet. Menschen, die sie nie zuvor gesehen hatte, sprachen sie an. »Du bist doch das Mädchen, dem die Athelinge Gold gegeben haben.« Männer fragten öfter nach: »Wofür war das? Würde ich das Gleiche bekommen, wenn ich dir Gold gäbe?«

»Nur wenn du ein Atheling bist«, lautete dann ihre Antwort, und beide lachten. Ebba war entzückt über ihren Wagemut, derartig schnippische Antworten zu geben – und damit davonzukommen! Dieses neue Leben in der Burg war herrlich.

Bei Tisch am unteren Ende der Halle oder in der Halle, wo

sie und Wilburga schliefen, erzählte sie zuweilen die ganze Geschichte – und immer öfter zu ihrem Erstaunen, je mehr es sich herumsprach. Immer wieder kamen Leute und wollten alles genau hören. »Sag uns, wie du zu dem Gold der Athelinge gekommen bist.« Ein langweiliger Abend verging wie im Fluge mit einer spannenden Geschichte.

Anfangs erzählte sie alles so, wie sie sich erinnerte, und durchlebte erneut die Angst, zitterte und weinte – aber je öfter man sie aufforderte, die Geschichte zu erzählen, und je öfter sie diese erzählte, desto weniger wirklich erschien sie ihr. Sie begriff schnell, welche Teile die Menschen am meisten in Bann schlugen, und baute diese aus, während sie langweiligere Passagen zusammenkürzte. »Und Elfling wird wiederkehren«, erklärte sie. »Die Walküre hat ihm Rache versprochen. Er wird in der Anderswelt lernen, ein großer Krieger zu sein, und wird in goldener Rüstung wiederkommen, wie ein Atheling, und dann nimmt er Rache an jenen, die Hild und Owen getötet haben. Und wenn er das vollbracht hat, wird er mich heiraten!« Den letzten Satz stieß sie trotzig hervor, weil sie eigentlich damit rechnete, dass ihr Publikum lachte. Sie war froh – hatte insgeheim aber auch ein bisschen Angst, als niemand lachte, sondern alle es als durchaus möglich ansahen, dass der Held, zu dem sie Elfling gemacht hatte, sie heiraten wollte. Vielleicht heiratet Elfling mich ja tatsächlich, dachte sie.

Danach begannen ihre Zuhörer sich zu unterhalten und teilten ihr Dinge mit, welche sie nicht gewusst hatte. »Der alte König wollte Elfling als neuen König, nicht wahr? Hat er ihn nicht als seinen Nachfolger benannt, als er im Sterben lag?«

»Und Hunting ist losgeritten, um ihm sicheres Geleit anzubieten!« Schallendes Gelächter.

»Also, wenn Elfling Eadmundssohn Hunting samt einer Schar Gewappneter töten konnte ... dann würde er gewiss nicht den schlechtesten König abgeben, oder?«

Alles, was Ebba hörte, fand Eingang in ihre Geschichte: »Elfling wird zurückkehren, um sich zu rächen! Er wird die Athelinge töten und zum König gekrönt werden, und ich werde seine Königin sein!«

Sie war anfangs über ihre eigenen Worte entsetzt, aber das Publikum war glücklich. Schließlich war es aufregend, derartige Dinge zu hören, zumal keiner von ihnen sich in Gefahr befand. Sie kamen und fragten Ebba: »Was ist das für eine Prophezeiung über den Tod der Athelinge?« Und wenn sie erklärte, das könne sie ihnen nicht sagen, boten sie ihr Bezahlung an. Nichts Großartiges: eine kleine Münze, ein billiges Schmuckstück, einen richtigen Gürtel für ihr Kleid, mit einem kleinen Messer, das daran hing. Für Ebba war das alles sehr schmeichelhaft und verführerisch, da sie nie zuvor so geschätzt worden war. Und wie konnte sie sich diese Dinge verdienen, ohne ihre Geschichte wieder zu erzählen? Also erzählte sie diese erneut. Allmählich wurden die Drohungen gegen die Athelinge blutrünstiger und die Krönung Elflings und die Hochzeit mit ihr immer prächtiger.

Wenn sie im Nachhinein Angst bekam, beschwichtigte sie sich damit, dass sie so tief unter den Athelingen stand, dass diese es nicht der Mühe wert ansahen, sie umzubringen. Sie war sicher.

Nur in ihren Träumen, wo sie sich mit Owen und Hild im Flammenmeer brennen sah, hatte sie Angst.

SIEBTES KAPITEL

EIN GEIST STEHT WIEDER AUF

Ings Priesterin schloss die Augen, beugte sich über das Kohlenbecken und atmete tief den Rauch ein, der daraus aufstieg. Dann hielt sie den Atem an und lehnte sich, immer noch mit geschlossenen Augen, in ihren Sessel zurück. Ihr Gesicht war schweißnass, und die Schminke, mit der sie die Augen umrandet hatte, rann ihr über die Wangen. Ihr langes, ungebändigtes Haar klebte an ihrem Gesicht und fiel über Schultern und Arme. Neben ihr auf dem Boden lag ihr Umhang aus Katzenfellen, und ihr langer Stab lehnte an der Mauer hinter ihr. Auf dem Schoß hielt sie eine Bronzeschale, gefüllt mit blutigen Herzen, von denen sie mit den Fingern aß. Blutflecken verunzierten ihr Gewand. Auch etliche Haarsträhnen hingen mit den Enden in die Schale. Umständlich leckte sie sich die Finger und beschmierte sich dabei das Gesicht mit Blut.

Ihre Dienerinnen, vier Frauen, saßen um sie herum auf dem Boden. Eine schlug eine kleine Trommel, die tiefe Töne von sich gab. Ihr Klang hallte von den Wänden, so stetig und quälend wie der Herzschlag in den Ohren. Alle vier Frauen sangen. Ihre Stimmen hoben und senkten sich, verflochten sich miteinander, ein schleichender Klang, welcher den Verstand der Zuhörer mitriss und benebelte.

Von dem Becken mit heißer, brennender Holzkohle stieg ein dichter Rauch auf, der den Raum wenige Fuß oberhalb des Bodens bis zu den Dachsparren und dem Stroh darauf füllte. Der Rauch roch streng, wie grünes oder nasses Holz. Das kam von den Kräutern, die Ings Dienerinnen auf die Kohlen gelegt hatten. Der Rauch kratzte in der Kehle und benebelte ebenfalls.

Auf drei Seiten in dem großen Raum, der zu Athelrics Privatgemächern gehörte, hatten sich die Zuhörer versammelt. Einige, wie Athelric und seine Neffen Unwin und Wulfweard, saßen auf den Kanten der Schlafbänke, während andere hinter ihnen standen. Alle waren Mitglieder der Zwölfhundert, Adlige, und Halsreifen, Armringe und goldene Broschen glänzten im Feuerschein. Einige sangen leise mit, sodass der Klang von überallher zu kommen schien.

Die Priesterin schöpfte lang und seufzend Atem und streckte die Arme in die Luft. Die Ärmel fielen zurück, und das Licht der Lampen flackerte auf ihren glänzenden Armreifen, welche auch ein wenig an den Armen herabglitten. Sie machte eine Bewegung, als wolle sie nach etwas über ihrem Kopf greifen. Dann stieß sie einen Schrei aus. Wulfweard fuhr erschrocken zusammen.

Die Priesterin erhob sich, die Schale fiel von ihrem Schoß, die blutigen Herzen landeten auf dem Boden. Unwin drehte mit einem angewiderten »Pfui!« den Kopf beiseite. Athelric und Wulfweard schauten weiter zu. Die Priesterin hob einen Fuß, dann den anderen, die Arme immer noch über dem Kopf, als klettere sie eine Leiter empor. Ihre Dienerinnen standen auf und senkten behutsam ihre Arme. Dann halfen sie ihr, sich auf den Boden zu legen. Im Liegen schwenkte sie die Arme und stieß plötzlich einen Eulenschrei aus.

Unwin lachte. Wulfweard und Athelric sowie viele andere

Zuschauer drehten sich um und blickten ihn unwirsch an. Unwin lachte nochmals über ihr Befremden.

»Jetzt ist sie in der Anderswelt«, erklärte Athelric leise. »Im Geiste. Sie fliegt in Gestalt einer Eule.«

»Ganz bestimmt«, meinte Unwin.

Die Priesterin rollte auf dem Boden zwischen Stroh und Kräutern umher und stieß wieder Eulenschreie aus. Unwin seufzte. Er war trotz Vater Fillans Angst vor Teufeln gekommen, auch trotz seiner eigenen tief empfundenen Abneigung gegen das ganze Unterfangen, weil die Priesterin in der Anderswelt nach dem Mörder seines Bruders suchen sollte. »Christus wird mir vergeben«, hatte er zu dem Priester gesagt. »Ich muss einfach dabei sein.« Er hatte erwartet, etwas Mysteriöses und Beeindruckendes zu sehen. Stattdessen hatte er – ihm kam es wie Stunden vor – zugeschaut, wie die Priesterin ihre blutige Mahlzeit verspeiste, zubereitet aus den Herzen vieler unterschiedlicher Tiere, und dem Gesang und Getrommel zugehört. Und jetzt, da die Priesterin endlich in Trance verfallen war, fand er das nicht überzeugender als die Schauspielerei von Kindern. Aber offenbar waren alle anderen in der Halle, ältere und keinesfalls dumme Männer, von diesem langweiligen Schauspiel geradezu gebannt.

Wulfweard saß neben Unwin und hatte sich immer mehr an ihn angelehnt, als der Rauch und das Trommeln stärker wurden. Jetzt sprang er auf, deutete mit der Hand und stieß einen lauten, unzusammenhängenden Schrei aus.

Auch Unwin war so überrascht, dass er ebenfalls aufsprang. Er schaute in die Richtung, in die Wulfweard zeigte, sah jedoch keinen Anlass für einen Schrei – nur die Zuschauer auf der Gegenseite. Alle starrten wie gebannt. »Was ist denn?«, fragte Unwin und packte seinen Bruder an den Schultern. »Wa–?« Kaum hatte er Wulfweard berührt, sah er es auch. In dem Gemisch von grünlichem und blaugrauem Rauch, welches die Luft im Raum erfüllte, stand Hunting. Er war nackt, sein langes Haar hing lose und mit Blut verschmiert über die weiße Brust. Unwin hatte schon viele Männer getötet und viele Leichen gesehen und erkannte daher die extreme Totenblässe, die blauen Schatten auf dem Fleisch und den Todesschweiß auf der Haut. In der Wärme des vollen, verrauchten Raums wurde es Unwin plötzlich eiskalt. Er erschauerte bis ins Mark.

Hunting hob die Hand – eine weiße Hand mit blauen Nägeln – und streckte sie Wulfweard entgegen. Die mit einem dünnen Film verhüllten Augen waren fest auf Wulfweard gerichtet. Unwin spürte, wie seine Hände herabsanken, als Wulfweard sich von ihm wegbewegte. Er sah, wie der Junge wie unter einem Zwang über den Boden der Halle schritt, um der Aufforderung des Geistes Folge zu leisten.

Blitzschnell trat Unwin vor, packte Wulfweard und hielt ihn fest. Der Junge versuchte, ihn abzuschütteln, aber Unwin rang mit ihm und stellte sich zwischen den Bruder und den Geist. Doch Wulfweard wehrte sich heftig, um zu dem Geist zu gelangen, und er war ein sehr kräftiger Junge. »Nein!«, rief Unwin, warf Wulfweard mit einem Hüftschwung zu Boden und hielt ihn dort umklammert.

Verblüfft stand Athelric da und verfolgte den Ringkampf seiner Neffen. Dabei schaute er wiederholt in die Richtung, in die Wulfweard gezeigt hatte, sah aber nichts. Erschrockene Schreie stiegen zu den Dachsparren auf. Männer deuteten und erklärten fassungslos, dass sie im Rauch eine Gestalt sehen könnten. Andere gafften nur.

Unwin hob den Kopf und sah den Geist, der über ihm stand. Er schrie ihn an: »Hier bin ich! Sprich zu mir!«

Doch falls Huntings tote Augen irgendetwas sehen konnten, dann nur Wulfweard. An ihm hing der Blick des Geistes wie gebannt und war so eisig, dass Wulfweard den Kampf aufgab. Unwin vermochte die weiße, blutige Brust des Geistes zu sehen, auch das blaurote Loch, das über seinem Herzen aufgerissen war. Die Lippen bewegten sich, aber Unwin hörte keine Worte, falls der Geist tatsächlich sprach. Vielleicht hörte Wulfweard etwas, denn plötzlich drehte er sich zum Geist und streckte diesem seine warme Hand voller Leben entgegen. Ehe sich die tote und die lebende Hand berührten, packte Unwin Wulfweards Handgelenk und riss den Arm des Jungen zurück, fort vom Griff des Geistes.

Wulfweard brüllte vor Wut und kämpfte erbittert gegen Unwin an – so hart, dass dieser trotz seines größeren Gewichts und seiner Kraft seine gesamte Aufmerksamkeit darauf richten musste, den Bruder festzuhalten. Daher sah er auch nicht, wie der Geist im Rauch verblasste und sich im Gewölk auflöste. Alle, die den Geist gesehen hatten, schwiegen betroffen und schauten zu, wie er verschwand. Diejenigen, die ihn nicht gesehen hatten, waren vom Schweigen ihrer Kameraden so beeindruckt, dass auch sie schwiegen. Stille breitete sich in der Halle aus.

Die Priesterin schwieg ebenfalls. Sie lag schlaff auf dem Boden der Halle, inmitten ihrer Dienerinnen. Wulfweard hörte auf, sich zu wehren. Unwin konnte den Griff lockern und den Kopf heben.

Er schaute in ernste Gesichter mit großen Augen. Doch von der furchteinflößenden Erscheinung im Rauch war keine Spur mehr vorhanden. Er sagte zu Wulfweard: »Steh auf!« und zog am Arm des Jungen. Keinerlei Reaktion. Er packte den Bruder an den Schultern und hob ihn auf. Wulfweard lag schlaff wie ein Mehlsack auf seinen Armen. Der Junge hatte das Bewusstsein verloren. Unwin runzelte die Stirn und legte den Kopf

Wulfweards behutsam gegen seine Schulter. Er wischte ihm das Haar aus der Stirn und erschrak, als er die Ähnlichkeit des blassen Gesichts, des schlaffen Mundes und der Schweißperlen des Jungen mit dem toten Gesicht im Rauch erkannte. War dies ein weiterer Bruder, um dessen Loyalität er nicht länger zu fürchten brauchte?

Ein Schatten fiel auf sie, und Unwin schaute auf. Sein Vatersbruder stand neben ihm. Athelric drehte mit seinem dicken Zeigefinger Wulfweards Gesicht ins Licht und winkte jemandem. Eine von Ings Frauen kam herbei. Sie kniete neben Unwin nieder, blickte prüfend in Wulfweards Gesicht und fühlte seine Kehle, wo der Puls schlug.

Sie schaute zu Athelric auf und sagte: »Er ist dem Geist gefolgt, edler Herr.«

Athelric nickte verstehend, aber Unwin rief: »*Was?*«

Die Frau sprach völlig gelassen, als würde die Anwesenheit von Königen, Athelingen und Geistern sie überhaupt nicht beeindrucken. »Der Geist hat ihn gerufen, edler Herr. Sein Geist ist aus ihm ausgetreten – und folgt dem anderen Geist.«

Unwin blickte auf den Kopf hinab, der jetzt auf seinem Arm lag, und spürte Entsetzen. Hielt er einen lebenden, aber leeren Körper? Das Herz schlug, die Brust hob und senkte sich, aber das wahre Leben hatte ihn verlassen. Er blickte hinauf und sagte: »Bring ihn zurück!«

»Das werden wir, edler Herr. Keine Angst.« Die Frau verschlang kniend die Hände im Schoß, schaute Wulfweard wieder an und erklärte: »Dieser Atheling ist ein Hexer, edler Herr.«

Athelric nickte, offensichtlich erfreut.

»Wir sind Christen!«, erklärte Unwin laut.

Die Frau schaute zu Athelric auf, ein Lächeln umspielte

ihre Lippen. Sie sagte: »Unsere edle Mutter Frideswide hat dem Geist den Pfad geöffnet – aber er führte zu dem Atheling. Und dieser sah es und folgte ihm.«

Unwin war zu wütend, um zu antworten; er stand auf und zog Wulfweard mit sich hoch. Er legte den Arm unter die Beine des Jungen und hob ihn auf. Er wusste, dass er ihn nicht weit würde tragen müssen, weil andere ihm zu Hilfe kommen würden. Einem Mitglied der Königssippe gebrach es nie an Hilfe. Ehe Unwin die Tür der Halle erreicht hatte, war er schon von Helfern umringt. Wulfweard wurde auf einer Bahre aus Armen zu seiner eigenen Unterkunft getragen und ins Bett gelegt. Unwin folgte; auch Athelric begleitete ihn und zwei der Frauen Ings.

»Den ganzen Tag über müssen bestimmte Lieder gesungen werden, und, wenn es nötig ist, auch die ganze Nacht hindurch, um ihn zurückzuführen«, sagte Athelric. »Es wäre klug von dir, sie singen zu lassen. Das heißt, wenn du Wulfweard zurückhaben willst.«

Unwin blickte ihn zornig an. »Ich *will* meinen Bruder zurück, Vatersbruder! Ich werde bei ihm wachen.«

Im goldenen Flackerlicht der Kerzen saßen die Frauen Ings die ganze Nacht an Wulfweards Bett und sangen seinen Namen. Sie sangen ein endloses Lied, welches die Pfade zwischen dieser und der nächsten Welt beschrieb. Unwin saß auf einer Bank, lauschte und döste vor sich hin. Gelegentlich stand er auf, beugte sich über das Bett und hielt seine Hand über die Nase des Bruders, oder er prüfte den Puls am Hals. Mehrmals stieß Wulfweard tiefe Seufzer aus, rührte sich aber kaum. Man konnte ihn nicht wecken, selbst wenn man ihn schüttelte oder in die Höhe hob.

»Geduld, edler Herr«, sagte eine der Frauen. »Er wird zurückkehren.«

Unwin würdigte sie keines Wortes, ging nur zurück zu seinem Platz. Der Tag brach an, die Fensterläden wurden geöffnet, doch auch das Sonnenlicht, das voll in Wulfweards Gesicht schien, vermochte ihn nicht zu wecken. Man brachte die Nachricht, dass Frideswide, die Priesterin, aufgewacht war. Später trat sie selbst mit einigen Dienerinnen ein und stützte sich auf ihren Stab.

Dann setzte sich Frideswide auf einen Schemel neben das Bett und begann zu singen. Unwin drehte ihr den Rücken zu, riss die Tür auf und schrie, man solle ihm etwas zu essen bringen. Singen, singen! Er hatte mehr als genug davon.

Aber Wulfweard folgte Frideswides Ruf und kehrte zurück. Er hatte die Augen geschlossen, aber die Lider flatterten. Farbe stieg in sein Gesicht. Die Priesterin winkte Unwin.

Unwin lehnte sich an den Bettpfosten und schaute Wulfweard an. Dieser hatte jetzt die Augen offen. Unwillkürlich überlief Unwin bei diesem Anblick ein eisiger Schauder, wie kaltes Wasser. Er fühlte, wie ihn Schwäche überkam. Vielleicht würde der Junge ihm eines Tages das Messer in den Rücken rammen, doch bis dahin war er nicht allein.

Wulfweard blickte zur Decke hinauf, dann zu der Priesterin und Unwin, als sei er nicht sicher, was er anschaute, ganz zu schweigen, wen. Langsam streckte er den Arm aus und berührte die Wand, als wolle er sich vergewissern, dass diese wirklich war. Unwin war über die Vagheit im Ausdruck des Jungen beunruhigt. Er beugte sich über ihn und sagte: »Wulf?«

Die Augen des Jungen schweiften zu ihm. Sie starrten ihn einfach an, als sei sogar ein Gesicht rätselhaft für ihn.

Unwin war zornig, weil er mit der Priesterin sprechen musste, deshalb fuhr er sie unwirsch an: »Was stimmt nicht?«

»Zeit, es braucht seine Zeit«, erwiderte die Priesterin. »Er ist weit gewandert. Überlass ihn mir. Lass ihn essen –«

»Ich habe die Königin gesehen«, sagte Wulfweard plötzlich.

Unwin erinnerte sich an die Geschichten, welche die alten heidnischen Sänger erzählten, von anderen Welten und anderen Höfen. Er fragte: »Was meint er?«

Die Priesterin stand jetzt fest auf ihren Füßen. Sie hatte so großes Vertrauen in ihre Macht und Autorität, dass sie Unwin mit der Hand vom Bett wegscheuchte und ihm bedeutete, er solle den Raum verlassen.

»Nein«, widersprach er. »Was meint er?«

»Überlass ihn mir, edler Herr. Ich weiß, wie es um ihn steht.«

»Ich werde nicht fortgehen –«

»Aber es ist das Beste. Wenn er gegessen und getrunken hat, werde ich ihn zu dir schicken. Ein bisschen später . . .«

Und dann stand Unwin vor dem Gemach, von kleinen wedelnden Gesten vertrieben. Die Tür schloss sich.

Kurz dachte er daran, in den Raum zurückzugehen, aber er wollte keinen Narren aus sich machen. Die Heiden wussten wahrscheinlich am besten, wie man mit dem Ergebnis ihrer eigenen Magie umzugehen hatte.

Er ging durch die Residenz zur Kapelle seiner Mutter, zog den Kopf ein und betrat den kühlen, düsteren Innenraum. Abgesehen von der kleinen Lampe auf dem Altar war es dunkel. Sie flimmerte auf dem Altartisch und ließ die Juwelen, die auf die Gewänder seiner Mutter aufgenäht waren, wie kleine Feuer schimmern. Sie saß neben dem Altar. Er kniete nieder und betete, dass ihre Mutter sich im Himmel für Wulfweards Sicherheit verwenden möge. Dann fügte er noch ein Gebet hinzu, dass der Himmel Athelric vernichten und ihm, Unwin, den Thron geben sollte. »Ich werde ein christlicher König sein und Gottes Willen auf Erden erfüllen. Ich werde die Menschen zu Christus führen und die himmlischen Hürden mit Schafen füllen ...« Seine Gedanken wanderten von den Gebeten zu Plänen. Das Einreißen von heidnischen Tempeln und das Verbrennen ihrer Götzenbilder. Stattdessen würde er Kirchen an diesen Orten errichten. Die Menschen würden zu ihm strömen. Christi Schafe.

In seinem Namen würde man eine Kirche bauen. Er würde ein Heiliger werden und im Himmel einen sicheren Platz bekommen.

Die Zeit schlüpfte vorbei, es wurde dunkler und kälter. Die Altarlampe brannte in der Dunkelheit heller, gab jedoch weniger Licht. Die Heilige schien sich in die Dunkelheit zurückgezogen zu haben. Nur ein gelegentlicher schwacher Goldschimmer zeigte an, wo sie saß. Mehrmals dachte Unwin daran aufzustehen und die verkrampften Knie und Beine zu strecken. Aber das wäre Schwachheit! Wer wahrlich Gott dienen wollte, musste länger beten, und so blieb er.

Er hörte, wie sich die schwere Kirchentür hinter ihm knarrend öffnete. Doch ehe er sich umdrehen konnte, erkannte er Wulfweards Schritt auf den Steinplatten im Boden. Demnach ging es dem Jungen gut.

Die Kapelle war so klein und schmal, dass die beiden sie beinahe ausfüllten. Unwin blieb knien und beendete sein Gebet. Als er schließlich aufstand und sich umdrehte, wartete Wulfweard nahe der Tür auf ihn. Unwin ergriff seine Hand und zog ihn nach vorn in den Lichtkreis der kleinen Altarlampe. Er spürte, wie der Junge zitterte, aber sein Gesicht war nicht länger so fahl und leer wie das eines Toten.

Ehe Unwin sprechen konnte, sagte Wulfweard: »Du musst mir einen Gefallen tun.«

Unwin wartete, aber Wulfweard sagte nicht, um welchen Gefallen es sich handelte.

»Sag mir, was es ist.«

»Du musst mir zuvor versprechen, dass du ihn erfüllst.«

»Kleiner Bruder, wenn du denkst –«

Unwin hielt eine Hand Wulfweards. Jetzt legte Wulfweard die andere über Unwins und hielt die Hand des älteren Bruders zwischen seinen. »Bitte, Unwin! Bitte, erfüll es mir!«

Unwin stand kurz schweigend da. Dann fragte er: »Worum geht es?« Sein Ton verriet, dass er bereit war, jeden Wunsch zu erfüllen, ganz gleich, worum es sich handelte.

»Lass mich derjenige sein, der dem Elfen den Kopf abschlägt.«

Unwin löste seine Hand und packte den Jungen bei den Schultern. »Streiten wir wieder darum?«

»Aber wir können es tun – wir können es! Die Priesterin – sie –« Unwin spürte das Beben, das durch den Leib des Jungen lief. »Hör zu, Unwin, die Priesterin sagt – es gibt andere Welten!« Wulfweard blickte Unwin mit großen Augen an, in denen sich das Licht fing, als könne er Unwin zwingen, ihm zu glauben, wenn er ihn nur durchdringend genug anschaute.

Unwin nickte. »Es gibt den Himmel, und es gibt die Hölle.«

Wulfweard schaute hinter den Bruder in die Schatten um den Altar. »Der Elf ist in die Anderswelt gegangen.«

Unwin lachte und zog Wulfweard an sich. Er umarmte ihn überschwänglich, klopfte ihm auf den Rücken und rieb ihn, um ihn zu wärmen und das Zittern zu vertreiben. »Dann ist der Bastard außer Reichweite! Lass uns ein Weilchen warten, ehe wir uns streiten, wer ihm den Kopf abschlagen soll.«

Wulfweard stieß Unwin von sich. »Nein!«, erklärte er und streckte seine Arme gegen die Brust des Bruders. »Nein!«

»Nein?«, wiederholte Unwin verwundert.

Ein dunkler Schemen bewegte sich bei der Tür im düsteren Licht. Abrupt drehte Unwin sich um. Wulfweard wandte sich langsam um, da er wusste, wer dort war.

Athelric kam näher und sah sich neugierig in der Kapelle um, welche er nie zuvor betreten hatte. »Es ist nicht nötig zu warten«, sagte er zu Unwin. »Wir wissen, wo der Bastard ist. Aber wir brauchen jemanden, der dem Pfad in die Anderswelt folgen und ein Schwert schwingen kann.« Athelric schaute Wulfweard an.

»Wir?«, fragte Unwin ungläubig. »Du willst den Kopf dessen, den der König zum Thronfolger ernannt hat?«

»Und der meinen Neffen getötet hat«, fuhr Athelric fort. »Ich würde ihn selbst einen Kopf kürzer machen, aber ich habe nicht die Gabe, in andere Welten zu reisen – wie Wulfweard.«

Unwin war unbehaglich, als er sah, dass Wulfweard wieder Schulter an Schulter mit Athelric stand. Es war so dunkel in der Kapelle, dass er seinen Bruder kaum richtig erkennen konnte: Nur helle Flecken in der Dunkelheit, wo Gesicht und Haar das Licht einfingen. Athelric bewegte sich in der Dunkelheit und legte Wulfweard die Hand auf die Schulter.

»Ich erfülle dir deinen Wunsch«, erklärte Unwin. »Schlag dem Bastard den Kopf ab – wenn du kannst.«

»Das Kreuz wird auf meinem Schild sein«, sagte Wulfweard. Es war, als wolle er zu seinem Bruder gehen, doch sein Vatersbruder hielt ihn zurück.

Unwin deutete auf den Altar. »Wir sollten für den Erfolg beten.«

Wulfweard rührte sich wieder, und diesmal ließ sein Vatersbruder ihn gehen. Die Brüder knieten Seite an Seite vor dem Altar. Athelric beobachtete sie kurz, dann verließ er die Kapelle.

Wulfweard murmelte leise Gebete in die gefalteten Hände. Unwin hielt den Kopf gebeugt und hatte die Hände ebenfalls gefaltet, doch betete er nicht, sondern betrachtete aus dem Augenwinkel, wie die Haare auf dem Kopf des Jungen im Licht der Altarlampe wie Goldfäden schimmerten. Er verspürte große Traurigkeit über den Verlust seiner Brüder.

Gut, Wulfweard konnte den Kopf des Bastards abschlagen. Gut, sollte er doch mit der Hilfe von Athelrics Weibern die Welten durchstreifen. Sollte es ihm gelingen, das Halbding zu töten – gut und schön! Sollte er verlieren und sein Körper sterben – auch gut, denn das ersparte Unwin eine unangenehme Aufgabe, welche er immer deutlicher sah und die er eines Tages in Angriff würde nehmen müssen. Ganz gleich, wie sehr du deine Brüder liebst, dachte Unwin mit Schmerzen im Herzen, du wärst ein Tor, würdest du dir erlauben, ihnen zu vertrauen.

ACHTES KAPITEL

JARNSEAXAS LEHREN

Das weiße Ross machte einen Satz und stürmte durch die Luft dahin. Die Stahlglöckchen an seinem Zaumzeug klingelten. Dann verschwand es von dieser Welt mit dem brennenden Gehöft ...

... und fiel hinein in einen weißen, nassen und kalten Nebel, welcher sich um die Reiter auf dem Pferd legte und den Klang der Glöckchen am Zaumzeug erstickte. Elfling hielt sich an der Walküre fest, das Gesicht gegen ihre Schulterrüstung gepresst, und spürte die Muskeln des großen Pferdes, wie sie sich unter ihm zusammenzogen und wieder streckten. Aber er spürte nichts vom Auftreffen der Hufe auf dem Boden und hörte auch keinen Hufschlag. Es war, als liefe das Pferd auf Luft. Er spähte vom Rücken hinunter, sah jedoch nichts. Der Nebel verbarg alles. Er war von der Weiße geblendet – vernahm aber einen Ton, ein ständiges Rollen oder Rauschen, wie Meereswellen in einer Höhle oder eine Muschel am Ohr. Es roch auch wie Meer.

Langsam löste sich der Nebel zu Strähnen auf, und er sah unter sich eine glitzernde Fläche aus Licht, die rollte und wogte. Nie zuvor hatte er Ähnliches erblickt. Es war wie ein Meer mit hohen Wellen und Tälern. Und über diese Wellen galoppierte das Ross. Jetzt, da der Nebel sich lichtete, ertönten die Glöckchen lauter.

Und dann kam aus dem Nebel ein weißes Reh gestürmt – nur für einen Augenblick sichtbar. Es war ein äußerst anmutiges Tier und weiß wie der Nebel. Es kam aus dem Nebel und lief über die Wellenspitzen wieder in den Nebel hinein. Dahinter rannte, stumm, ein Rudel weißer Hunde mit roten Ohren.

Elfling machte den Mund auf; aber er hatte gerade Luft geholt, als die Walküre dies hörte und rief:

»Schweig, kein Wort!«

Stumm beobachtete er, wie ein Reiter aus dem Nebel auftauchte: Der Reiter trug einen roten Umhang, saß auf einem weißen Ross und trug einen Zweig mit silbernen Blättern und goldenen Früchten. Schweigend folgte der Reiter den Hunden und dem Reh und verschwand im weißen Nebel.

Dann verflüchtigte sich der Nebel und löste sich vollkommen auf. Das Pferd trabte auf dem Sand eines hellen Strandes. Hagedornsträucher beugten sich im Wind, und eine starke Brise trug den Geruch von Land zu ihnen. Jetzt, da das Pferd auf festem Boden trabte, spürte Elfling jede ruckartige Bewegung.

Die Walküre drehte sich im Sattel halb um und sagte zu ihm über die Schulter: »Sprich kein Wort und stell keine Fragen, bis ich dir die Erlaubnis erteile! Behalte die Zunge zwischen den Zähnen.« Sie wartete auf kein Zeichen der Zustimmung, sondern trieb das Pferd weiter auf dem Pfad zwischen dem Hagedorn und durch einen Schauer weißer Blüten, bis sie eine weite, helle Ebene erreichten. Dort drückte sie dem Pferd die Fersen in die Weichen, dass dieses mit einem Satz vorwärtssprang. Die Glöckchen klingelten laut, und die Ebene wischte vorbei. Das Geklingel der Glöckchen wurde zu einem steten Lärm.

Es kam Elfling wie eine Ewigkeit vor, während ihnen ein stetiger Wind ins Gesicht wehte. Dann wurde das Pferd langsamer, und seine Hufe trafen erneut auf festen Boden. Immer noch klingelten die Glöckchen am Zaumzeug bei jedem Schritt und Tritt. Elfling sah Äste vor dem blauen Himmel. Es waren Apfelbäume, die in voller weißer Blütenpracht standen, aber auch rote und grüne Äpfel trugen. Aus den Blüten tropfte dicker Nektar. Bienen flogen langsam durch die Luft, von Blüte zu Blüte.

Elfling sog den Duft der Äpfel ein und bewunderte die weiße Blütenpracht und die rot-grün gestreiften runden Äpfel. Plötzlich griff die Walküre über ihren Kopf und pflückte einen Apfel von einem Baum. Sie hielt den Arm über die Schulter, wandte den Blick zurück und bot Elfling den Apfel an. »Sag kein Wort!«, erklärte sie, als er den Mund öffnete. »Beiß nur hinein!«

Elfling nahm den Apfel in die Hand. Er fühlte sich hart, kühl und klebrig vom Nektar an. Wieder machte er den Mund auf und wollte schon hineinbeißen, als ihm die Geschichten durch den Kopf schwirrten, die Hild und Owen ihm erzählt hatten: Geschichten über jene, welche über die Grenze in die Anderswelt gewandert waren und von den Speisen aßen, die ihnen dort angeboten wurden. Darin war ein schleichendes Gift enthalten, welches in ihre Körper eindrang und sie verwandelte. Sollte es ihnen gelingen, in ihre eigene Welt zurückzukehren, fühlten sie sich dort nie wieder wohl, sondern sehnten sich immer nach der Anderswelt zurück.

»Wovor hast du Angst?«, fragte die Walküre. »Du bist ins Land deiner Mutter gekommen. Iss!«

Er lachte. Weshalb hatte er Angst, im Land seiner Mutter ein Ganzes zu werden, da er in der Welt seines Vaters sich nie ganz wohlgefühlt hatte, weil er dort nur halb hingehörte? Er schlug die Zähne in den harten Apfel und biss ein Stück heraus. Der Saft war kalt und süß und drang in seinem Mund in die Haut. Als er über die Schulter der Walküre blickte, sah er etwas, das zuvor nicht da gewesen war: eine hohe Insel mit Terrassen von dicht belaubten Bäumen, welche vom Hauptland durch einen breiten Streifen grauen Meeres getrennt war. »Reiten wir dorthin?«, fragte er.

Die Walküre lachte und sagte: »Hab ich dir die Erlaubnis erteilt zu sprechen? Aber jetzt, nachdem du in den Apfel gebissen hast, kannst du reden, solange du willst – und ich kann dir auch meinen Namen sagen. Ich bin Jarnseaxa.« Dieser Walkürenname bedeutete »Eisernes Schwert«, ein eisernes Sax. »Ja, wir werden dorthin gehen, auf meine Insel.«

Als das weiße Ross vorwärtssprengte, sah Elfling nirgends einen Damm oder eine Brücke oder einen Landeplatz für ein Boot. Jarnseaxa grub dem Pferd wieder ihre Fersen in die Weichen, worauf es einen gewaltigen Satz machte. Die Glöckchen klingelten, und es sprengte so sicher durch die leere Luft wie jedes irdische Pferd auf festem Boden. Es galoppierte in der Luft über das graue Meer und tauchte durch die Äste und Blätter des grünen Baldachins der Insel, bis seine Hufe festen Boden berührten.

»Jetzt sind wir zu Hause«, erklärte Jarnseaxa, als das Pferd unter den Bäumen dahintrabte.

Neugierig schaute Elfling sich im strahlenden Grün des Waldes um. Hier hingen gelbe Blütenkätzchen neben braunen Nüssen an Haselnussbäumen, dort sah er die weißen Blüten des Brombeerstrauches zusammen mit roten und schwarzen Beeren. Eine Birke streckte ihre zarten grüngoldenen Blätter aus. Eine Vogelbeere, leuchtend rot vor Grün. Eschen, kraftvoll wie Männer, ebenso Erlen, Weiden und starke Eichen. Weißdorn prangte mit weißen Blüten, Stechpalmen mit roten Beeren, Eiben, schwarz und rot. Ulmen, schön wie Frauen. Er sah Holunder mit weißen Blütentrauben und schwarzen Beeren. Irgendwo rauschte Wasser.

Auf der Kuppe der Insel, von einer mit Bäumen bestandenen Klippe geschützt, stand eine kleine Halle. Jarnseaxa zog die Zügel an und blickte zufrieden umher. »Hier werde ich dich lehren, wie man kämpft. Steig ab!«

Elfling glitt vom Pferderücken und landete mit weichen Knien auf dem Boden, der dick mit Moos und Gras bedeckt war. Jarnseaxa führte das Pferd um ihn herum.

»Du sagst nichts?«, meinte sie. »Willst du nicht lernen, wie man kämpft? Willst du dich nicht rächen?«

Elfling blickte sich um. Licht flutete grün und golden durch die Blätter, die Waldblumen und die mächtigen Bäume. Er schaute zu der Walküre auf, vermochte aber gegen das hellere Licht hinter ihr nur ihre dunklen Umrisse auszumachen. Das Licht blendete ihn. »Nein«, erklärte er. Er runzelte die Stirn und gab sich Mühe, sich an seinen Hof zu erinnern und wer getötet worden war. Alles war so weit entfernt. Es war, als hätte die Entfernung die Erinnerung ausgelöscht. »Hier, edle Dame, will ich gar nichts.« Doch dann legte er die Hand über die Augen und schützte sich gegen die durchdringenden Lichtstrahlen. Da erinnerte er sich an den Brandgeruch, die rauchenden Lehmwände und den Gestank von verbranntem Fleisch. Er erinnerte sich an Hilds lebendiges Gesicht und an den schwarzen Schädel, zu dem dieses geworden war. Er nahm die schützenden Hände von den Augen, hob den Kopf und sagte entschlossen: »Ja, edle Dame, ich will kämpfen. Ich will meinen Blutpreis.«

Die Walküre streckte ihm die Hand vom Pferd aus entgegen, legte die Finger um sein Kinn und hob sein Gesicht zu ihr hinauf. Sie schaute ihn an und sagte: »Oh, was für ein Kämpfer wirst du sein!« Er konnte ihr Gesicht im Gegenlicht immer noch nicht deutlich sehen.

Dann schwang sie sich aus dem Sattel, duckte sich unter dem Pferdehals hindurch und stand direkt vor ihm. Seine Augen wurden groß, als er sah, wie schön sie hier an diesem Ort war, viel schöner, als sie auf der Mittelerde ausgesehen hatte. Das Rot in ihrem Haar leuchtete so tief und hell wie Herbstlaub, obgleich es graue Strähnen aufwies. Ihre Augen waren weder grau noch blau, sondern beides, dazu ein Hauch vom tiefen Lila der Abenddämmerung. Sie war nicht jung, bei weitem nicht jung, aber wunderschön.

»Nimm dem Pferd das Zaumzeug ab, und reibe es gut trocken. Dann lass es frei laufen!«, befahl sie.

Nachdem er alles erledigt hatte und das weiße Pferd in den Wald gelaufen war, ging er zur Halle. Sie saß davor auf einer Bank und aß einen Apfel. Sie hob ein Bündel auf und warf es ihm zu. Es war ein lederner Umhang mit Kapuze, der um einen Beutel mit Brot und kaltem Fleisch gewickelt war. »Du schläfst hier draußen. Die Halle gehört mir.«

Elfling lächelte. »Und wann darf ich in der Halle schlafen, edle Frau?«

»Wenn du mit Schild und Stab so kämpfen kannst, dass du deinen Platz behauptest«, antwortete sie. »Morgen werden wir sehen, ob du das kannst.«

Elfling machte sich ein Feuer auf einem ebenen Platz vor der Halle, setzte sich daneben und verzehrte sein Brot und Fleisch. Danach wickelte er sich in den Lederumhang und schlief. Am nächsten Tag wachte er auf, noch ehe es hell war. Jarnseaxa war ebenfalls schon wach. Sie kam aus ihrer Halle und warf ihm einen leichten Schild aus Holz und einen langen, dicken Holzstock hin.

»Iss erst«, forderte sie ihn auf. »Dann sehen wir, wozu du fähig bist.«

Als sie sich später gegenüberstanden, sah er, dass sie keinen Schild hatte, nur einen Stab. Sie trug keine Brünne, auch keinen Helm, nur eine Tunika, Beinkleider und weiche Stiefel. Sie war zwar so groß wie er und für eine Frau breitschultrig und kräftig, aber sie war schlank wie ein Junge – und außerdem eine Frau. Als er ihr wunderschönes Gesicht sah und das lange rote Haar, das über eine Schulter fiel, ließ er die Arme sinken, und Schild und Stab entglitten ihm.

»Edle Frau, ich will Euch nicht wehtun«, sagte er.

»Du wirst mich nicht verletzen«, entgegnete sie. »Und jetzt pass auf!«

Er nahm den Schild und beabsichtigte, den Schlag seitlich abzuwehren, doch sie schlug mit solcher Kraft zu, dass er nach hinten taumelte und zu Boden ging. Während er dalag, schlug sie ihn mit dem Stab so kräftig, dass die Schläge im Wald zu hören waren und die Vögel aufschreckten, sodass diese aufgeregt flatternd und laut kreischend davonflogen.

»So«, sagte sie, stützte sich auf ihren Stab und schaute amüsiert zu, als er sich unter seinem Schild versteckte und die Beulen befühlte. »Unterschätze niemals einen Gegner. Und jetzt los, aufstehen!«

Er erhob sich, und sie griff wieder an. Diesmal gab er sich Mühe, sich zu schützen, aber wenn er den Schild hochhielt, um einen Hieb von oben zu parieren, schlug sie ihm stattdessen unten die Beine weg. Oder sie wechselte den Schlag und traf seine Rippen auf der ungeschützten Seite.

»Langsam!«, rief sie. »Langsam!«

Sie machte ihn so wütend, dass er seinen Schild wegschleuderte und versuchte, sie mit seinem Stab zu bekämpfen, um ihr die Schmerzen zurückzuzahlen, welche sie ihm zugefügt hatte. Doch sie tänzelte aus seiner Reichweite, lachte und betäubte seinen Arm und sein Bein mit Schlägen. Als er zu Boden fiel, versetzte sie ihm noch einen kräftigen Hieb über die Schultern. Dann reichte sie ihm die Hand, um ihm auf die Beine zu helfen. »Tut mir leid«, sagte sie. »Aber du musst kämpfen. Deine Schicksalsfäden haben es so für dich gewebt. Und in den für dich bestimmten Kämpfen hast du keine Stäbe, sondern scharfe Klingen. Du musst noch viel lernen, aber du wirst es schaffen.«

Sie ging in die Halle und holte einen Behälter mit einer Salbe, mit der sie ihm den Rücken und die Seiten einrieb. Dabei erklärte sie ihm, dass dieses Mittel die Blutergüsse lindern würde – was es auch tat. Die Blutergüsse, die am nächsten Tag blau gewesen wären und bei jeder Bewegung geschmerzt hätten, waren nur hellgelb.

Jeden Tag musste Elfling über die Waldpfade rennen und mit Schild und Stab üben. Jarnseaxa ließ ihn immer wieder üben, ihre Schläge mit dem Stab und mit dem Schild abzuwehren. Selbst nachts weckte sie ihn und ließ ihn im Mondenschein üben, wenn er schlaftrunken war. Sie setzte ihm so lange zu, bis sie keinen Schlag an seinem Schild vorbei landen konnte, ganz gleich, wie sehr sie sich bemühte.

»Jetzt darf ich in der Halle schlafen!«, rief er – und sie schlug ihm blitzschnell die Beine weg.

»Noch nicht.« Dann übte sie mit ihm, über die Hiebe, welche auf seine Beine zielten, hinwegzuspringen und alle zu parieren, wenn er auf festem Boden stand. Tage vergingen und abermals viele Tage – und endlich kam der Tag, an dem es ihr nicht mehr gelang, einen Hieb bei ihm zu landen und ihn zu Fall zu bringen. Zum ersten Mal zwang er sie in die Knie. Sie warf Schild und Stab von sich und hob die Arme, um ihre Niederlage anzuzeigen. Dann rief sie: »Heute Abend kannst du in der Halle schlafen!«

Während dieser vielen Tage der Ausbildung waren weder Tage noch Nächte länger geworden, und die Bäume im Wald standen immer noch in Blüte und trugen gleichzeitig Früchte. Elfling vermochte nicht zu sagen, wie lange er hier auf Jarnseaxas Insel schon weilte.

Die Halle war klein und schlicht. Auf der einen Seite befand sich neben dem Eingang ein Stall, wo nachts Schweine Schutz fanden. Auf der anderen Seite des kleinen Raums waren Schlafbänke, eine Feuerstelle und am Ende ein großer Alkoven mit dem Bett.

»Du schläfst beim Feuer. Das Bett gehört mir«, erklärte Jarnseaxa.

Elfling legte seinen ledernen Umhang auf eine Bank, grinste und fragte: »Und wann darf ich im Bett schlafen?«

Sie setzte sich auf eine Bank und antwortete: »Wenn du mit geflochtenen Haaren durch den Wald rennen kannst, verfolgt von dreißig bewaffneten Männern, und nicht gefangen wirst, nicht einmal verwundet, und nicht ein einziger Zopf zerzaust ist. Wenn du über einen Stock springen kannst, der so hoch ist wie dein Kopf, und unter einem hindurchlaufen kannst, der so niedrig wie dein Knie ist, und du dabei nicht an Geschwindigkeit verlierst. Wenn du dich nur mit Schild und Stab gegen dreißig bewaffnete Männer verteidigen kannst, ohne eine Wunde davonzutragen – dann Elfling, mein wunderschöner Junge, darfst du in meinem Bett schlafen.«

Elfling saß auf seiner Bank, blickte sie an und glättete den Lederumhang.

»Ich mache es mir lieber hier bequem«, meinte er.

Sie lachte und warf ihm den Lederbeutel zu, der stets mit Brot gefüllt war.

Anfangs hatte Elfling gedacht, sie würde das Brot backen, aber jetzt, da er in der Halle lebte, hatte er herausgefunden, dass jeden Morgen ein Rabe auf dem Dach der Halle landete, krächzte und den Beutel vor die Tür fallen ließ. Elflings Aufgabe wurde es, wann immer sie Fleisch brauchten, ein Schwein abzustechen. Die Haut mit den Borsten wurde sorgfältig abgezogen und beiseitegelegt. Auch die Knochen durften nie gebrochen werden. Sobald sie sauber abgenagt waren, wurden sie in die Schweinehaut gelegt, zusammengebunden und draußen hingelegt. Am nächsten Tag, bei Sonnenaufgang, erwachte das Schwein zu neuem Leben und trottete davon, um mit dem Rest der Herde zu fressen. Elfling hatte sich darüber gewundert, aber dann hatte er nur mit den Schultern gezuckt und gedacht: Ich bin ins Land meiner Mutter gekommen.

Seine Ausbildung ging weiter. Er aß die Früchte der Anderswelt und die Fische, die in diesen Seen und Flüssen schwammen, und das Fleisch der Vögel, die in der Luft flogen, ebenso das Wild aus den Wäldern. Dieses Essen verändert jene, welche es essen. Darüber war er froh. Er hatte in der Welt seines Vaters eine Rechnung zu begleichen, aber sobald das erledigt war, würde er in die Welt seiner Mutter zurückkehren, um für immer dort zu leben, wo die Apfelbäume blühten und gleichzeitig Frucht trugen, immer in der stets gleich bleibenden Jahreszeit.

Jarnseaxa nahm ein Bündel Stöcke aus einer Ecke der Halle und warf sie in die Luft. Als sie fielen, verwandelten sie sich in eine Schar kräftiger Männer, mit Speeren und Schwertern bewaffnet. Elfling konnte vor ihnen die Flucht ergreifen oder sie bekämpfen. Es war ein verzweifelter Kampf, bis Jarnseaxa die Worte rief, welche die Männer wieder in Stöcke verwandelten. Dann behandelte Jarnseaxa seine Wunden; aber die Wunden schmerzten, und er schämte sich ihrer. Jede Wunde, selbst der kleinste Kratzer, bedeutete, dass er immer noch auf der Bank schlafen musste – und die Walküre erschien ihm jeden Tag noch schöner.

Mit der Zeit kräftigte sich sein Körper, und immer länger vermochte er den Männern zu entrinnen – obgleich Jarnseaxa immer mehr Männer zu dem Haufen hinzufügte, der ihn verfolgte. Schließlich konnte er ihnen den ganzen Tag über entkommen, ohne einen Kratzer oder eine Beule davonzutragen. Wieder eine Zeitlang später gelang es ihm, sich gegen sie zu verteidigen, auf den Knien, nur mit dem Schild und einem Stab bewaffnet. Ihnen gelang kein Streich.

Jarnseaxa fing an, seine Haare zu flechten, welche so lang wie die Haare eines Athelings gewachsen waren. Sie flocht sie in zahllose kleine Zöpfe. Nach einer Hetzjagd strich sie ihm über den Kopf und sagte: »Hier ist ein Zopf in Unordnung – da noch einer. Du bist offenbar an einem Zweig hängen geblieben. Nein, heute Nacht schlafe ich allein.«

Elfling musste nicht nur den Männern und ihren Waffen entgehen, sondern sich auch ducken und Zweige abwehren – und trotzdem die Speere fliegen und die Schwertklingen blitzen sehen … eine Zeitlang musste Jarnseaxa ihn wieder einsalben und seine Zöpfe in Ordnung halten, wenn die eine oder andere Waffe ihn getroffen hatte. Doch im Laufe der Zeit lernte er, so blitzschnell zu reagieren, dass Jarnseaxa nicht ein unordentliches Haar in einem Zopf fand. »Aber morgen?« fragte sie. Doch das Ende des nächsten Tag kam, und jeder Zopf war in Ordnung. Er konnte zwar jetzt über einen Ast springen, der so hoch wie sein Kopf gehalten wurde, nicht aber unter einem kniehohen weiterlaufen, ohne an Tempo zu verlieren. Aber am dritten Tag waren seine Zöpfe ordentlich, und er sprang über den hohen Ast und lief unter dem niedrigen hindurch – alles ohne die Geschwindigkeit zu mindern.

Jarnseaxa trat zu ihm, umarmte ihn herzlich, küsste ihn und legte sein langes, in Zöpfe geflochtenes Haar um ihre Schultern.

»Ab jetzt darfst du die Heldenzöpfe tragen«, erklärte sie und streichelte sein Gesicht.

In dieser Nacht lagen sie gemeinsam in dem großen Bett, und Elfling fühlte, wie er schwach wurde vor Staunen und Liebe, denn noch nie hatte ein Mann eine solche Frau besessen. Sie bedeutete alles für ihn, eine ganze Welt. Sie war wunderschön und so weich, wenn er sie berührte. Sie war so liebevoll und zärtlich wie eine Mutter oder Geliebte – und dennoch feurig, stark und mörderisch – streng wie ein Feldwebel. War sie zärtlich, war es ein Segen, aber sie war so ehrlich, ihm eine Ohrfeige zu versetzen. Es war nicht leicht, ihr Lob zu gewinnen. Einst hatte sie Huntings Männer die Angstfesseln angelegt, jetzt spürte er, wie sich Liebesfesseln um ihn legten.

Er fragte nicht, weshalb sie so erpicht darauf war, dass Menschen eines kleinen Gehöfts gerächt wurden, dass sie ihn von der Mittelerde an diesen Ort gebracht hatte, um ihn auszubilden, sich zu rächen. Es war ihm gleichgültig, solange er bei ihr sein konnte. Obgleich er so viel gelernt hatte und sein Haar so lang gewachsen war, fragte er sich nie, wie lange er schon in der Anderswelt weilte. Es war ihm unwichtig. Er wollte nirgendwo anders sein.

Er ließ sich von ihr die langen, dünnen Heldenzöpfe an jeder Seite des Kopfes flechten. Er verflocht seine Haare mit ihren und wartete darauf, was geschehen würde. Ihm war alles gleich. Was immer sie wünschte, war auch sein Wunsch. Er gehörte ihr mit Haut und Haaren.

NEUNTES KAPITEL

REISE IN DIE ANDERSWELT

Wulfweard stand im Zentrum des Raums. Sein langes Haar hatte er nach hinten gerafft und zu einem Pferdeschwanz gebunden, der bis zur Hüfte reichte. Das Kerzenlicht flackerte über die vielen grauen Eisenglieder des schweren Kettenhemds, das er trug. Es spiegelte seinen Glanz auf dem Helm mit der Maske, welchen er unter dem Arm hielt. An einem reich verzierten Wehrgehänge hing ein Schwert von der Schulter, auf der anderen Seite schimmerte der Griff eines Saxes, eines langen Messers. Über den Rücken hatte er einen leichten Schild geschlungen, welcher mit dem Kreuzzeichen geschmückt war.

Er war für Rache ausgerüstet, eine dreifache Pflicht: für das Leben eines Mitglieds der Zwölfhundert, ein Leben, welches zwölfhundert Unzen Silber nicht hätten bezahlen können; für das Leben eines Mitglieds der Königssippe, dessen Blutpreis in Ländern entrichtet wurde; und – am wichtigsten – für das Leben eines Bruders. Wulfweard war stolz, dass ihm diese Pflicht übertragen worden war, und straffte die Schultern unter dem Gewicht des eisernen Kettenhemdes. Die Reise, die vor ihm lag, führte ihn aus dieser Welt hinaus – in welche andere, vermochte niemand zu sagen, ebenso wenig, welche Gefahren er dort allein würde bestehen müssen –, aber er wollte niemandem zeigen, dass er Angst hatte.

Frideswide kniete auf einer Seite des Raums und wiegte sich hin und her, während sie sang. Ihre Frauen waren um sie versammelt und schlugen Trommeln und begleiteten sie mit Gesang. Vom Feuer, das im Kohlenbecken brannte, stieg der Geruch des Holzes auf, mit dem auch die Wände verkleidet waren, ebenso ein einschläfernder Rauch. Die Trommeln schlugen, und die Priesterin »flog auf den Schwingen der Trommeln«. Athelric war auch da und saß in seinem Armsessel. Neben ihm saß Unwin auf einem Schemel. Frideswide hatte Unwin gebeten, dass er, als ein Ungläubiger, schweigen möge.

»Mein Bruder ist auch ein ... Gläubiger«, hatte Unwin gemeint.

Daraufhin hatte Frideswind den Kopf ein wenig beiseitegedreht und gelächelt.

Der Raum war eines von Athelrics Privatgemächern über seiner Halle. Während Wulfweard dem Gemisch der Töne der Trommeln und der Gesänge lauschte, schaute er zu, wie das Kerzenlicht über die in sich verschlungenen Drachen auf den Holzpaneelen der Wände huschte. Da war Tiw, der uralte Gott, welcher den Armstumpf zeigte, wo ein Wolf ihm die Hand abgebissen hatte. Dort setzte Ings heiliges Schiff Segel, und dort wiederum ritt die Walküre unter den ineinandergreifenden Dreiecken, welche die Schlachtfesseln darstellten. Langsam sank sein Kopf vornüber, und er vermochte alles nur noch undeutlich zu sehen.

Ings Frauen kamen zu ihm, nahmen ihm den Helm ab und halfen ihm, sich auf den Boden zu legen. Eine schob ihm ein Kissen unter den Kopf; eine andere legte den Helm neben ihn. Er fand das Heft seines Schwertes und packte es. Das

Trommeln und Singen und der Rauch würden seinen Geist aus dieser Welt herausheben und in eine andere bringen. Dort würde er seinen geistigen Körper in voller Rüstung finden, mit dem Schwert in der Hand. Als er das für seltsam gehalten hatte, hatte Frideswide ihn gefragt: »Hast du nie geträumt? Und war nicht im Traum Wasser nass, wenn du es berührt hast, oder Stein hart? Hast du nie im Traum ein Schwert geführt oder einen Hieb mit dem Schild abgewehrt?«

Das hatte er. Sogar sehr oft.

»Wohin, glaubst du, geht man in Träumen?«, hatte sie gefragt. »In eine andere Welt! Doch nun werde ich dich geleiten, statt dass du wie Distelsamen umherschwebst. Wenn du in dieser Anderswelt aufwachst, wirst du nicht das Gefühl haben, deinen Körper hiergelassen zu haben. Aber iss nichts und trink nichts! Wenn du auch nur eine Krume isst oder einen Tropfen trinkst, kann ich dich nie zurückholen.«

Athelric lehnte sich in seinem Sessel zurück und stützte den Kopf auf eine Hand. Er spürte, wie sich sein Herzschlag mit dem Rhythmus des Trommelschlags verlangsamte. Neben ihm schüttelte Unwin den Kopf. Er wollte den Rauch aus der Lunge blasen, weil er sich ärgerte, dass dieser heidnische Zauber auch ihn ergriff. Dunkelheit legte sich auf seine Augen. Er blinzelte aus Angst, blind zu werden. Doch es hatte nur eine von Ings Frauen einige Kerzen gelöscht, und die Schatten krochen aus den Ecken des Raumes hervor.

Die wenigen noch brennenden Kerzen warfen ihr Licht hauptsächlich auf die auf dem Boden liegende Gestalt Wulfweards und ließen Strähnen seines Haares und das Gold in der Verzierung des Wehrgehänges aufleuchten, hoben hell Schild und Helm neben ihm hervor. Er lag da, als sei er für sein Grab aufgebahrt, samt den Grabbeigaben um ihn herum. Und wie für eine heidnische Bestattung, fiel Unwin auf, nicht für eine christliche.

Der Klang der Trommel und der tiefe, kehlige Gesang der Priesterin brachen sich an den Holzwänden, dröhnten unter dem Strohdach und ließen sogar die Kerzen flackern. Athelrics Kopf sank vornüber. Jedes Mal, wenn er die Augen aufmachte, schlossen diese sich wieder. Als Wulfweards Gestalt waberte und sich im schwachen Licht auflöste, glaubte er, er würde nur dösen. Erst der scharfe Angstschrei einer der Frauen und Unwins Ausruf ließen ihn abrupt den Kopf heben und die Augen weit öffnen.

Wulfweard lag nicht mehr auf dem Boden. Nur die Mulde im Kissen verriet, dass er dort gelegen hatte. Auch Helm, Schild und Schwert waren verschwunden. Schwankend erhob Athelric sich aus dem Sessel, trat vor, sank auf ein Knie und legte die Hand auf das Kissen. Die Mulde war noch warm, und in der rauen Haut seiner Finger blieb ein langes blondes Haar hängen. Athelric schwieg. Er spürte in seinem Inneren eine tiefe Stille, voll Ehrfurcht und Verwunderung. Er schaute zur anderen Seite des Raums, wo die Priesterin Frideswide zusammengesunken lag und laut und rasselnd atmete. Aus ihrem Mund rann Speichel auf ein mit Gold besticktes Kissen. Mehrere ihrer Frauen beugten sich über sie. Andere starrten auf die Stelle, wo Wulfweard gelegen hatte.

Unwin war ebenfalls aufgestanden und stand neben seinem Vatersbruder, ein dunkler Schemen vor dem Kerzenlicht. Rauch umwirbelte ihn. Er blickte von einer Ecke zur anderen, nach oben und unten, sah jedoch nirgends seinen Bruder.

Athelric ging, immer noch leicht benommen, zurück zu seinem Sessel und ließ sich schwer hineinsinken. Er schaute von Ings Frauen zu Ings heiligem Schiff und Tiw mit seinem

Armstumpf, deren geschnitzte Darstellungen die Wände schmückten, während seine Gedanken verzweifelt – wie zuvor seine Hand – nach Hilfe suchten, alles zu begreifen. Dass ein Geist seinen Körper verlassen und in eine andere Welt reisen konnte, davon war er fest überzeugt. Aber dass ein Körper, Fleisch, Knochen und Blut, zusammen mit seinem Geist diese Welt verlassen konnte, war schlichtweg unmöglich. Wieder und wieder kehrte sein Blick zu dem Abdruck auf dem Kissen zurück.

Unwin beugte sich über ihn und sagte: »Nun bist du zwei Söhne deines Bruders los, Vatersbruder.«

In Athelrics Kopf formte sich ein klarer Gedanke, welcher besagte: Ich bin den falschen Brudersohn losgeworden.

Wulfweard hatte im Wirbel der Trommel und dem Gesang der Frauen vor sich hingedämmert, war tief in den Schlaf gesunken – und dann noch tiefer. Plötzlich war er hochgeschreckt, weil sein Herz sich vor Schmerzen zusammenzog. Es war, als sei sein Herz in dieser, seiner eigenen Welt verwurzelt und als werde er jetzt daraus fortgerissen. Er rang nach Atem und versuchte, aus dem Schlaf aufzuwachen, aber er schwebte dahin; die Welt drehte sich, und er kam, wie durch Wasser, auf die Beine. Er lag nicht mehr auf dem Boden, sondern befand sich an einem anderen Ort.

Kerzenlicht flackerte. Wie durch Wellen sah er einen kleinen Raum, der vom warmen Licht des Feuers und einer Lampe erhellt wurde. Ihm gegenüber stand ein Webstuhl, welcher sein gesamtes Gesichtsfeld und eine Seite des Raums einnahm. Er spürte jemanden – jemanden am Rande seines Gesichtsfelds –, doch er starrte wie gebannt nur auf den Webstuhl.

Kettfaden und Durchschuss waren weiß, blau, rot und gelb. Weich und glitschig. Alles roch nach Blut, und Blut tropfte herab. Die Fäden waren Gedärme und Sehnen. Die Gewichte, welche den Kettfaden straff hielten, waren abgeschnittene Köpfe mit herabhängenden blauen Lippen und Lidern. Kette und Schuss wurden durch einen großen grauen Speer auseinandergehalten. Das Weberschiffchen war ein Oberschenkelknochen.

Eine Frauenstimme ertönte, die Stimme der Gestalt am Rande seines Gesichtsfeldes. »Ich webe das Gespinst des Krieges.« Der Speer teilte die weichen Fäden, das Schiffchen flog hindurch. Wulfweard sah plötzlich ein feines Tuch aus Wolle, in das ein Muster eingewebt war: Männer mit erhobenen Äxten, in Rot, Gelb und Blau. Die Webgewichte waren runde durchbohrte Steine. Er legte die Hand an seinen benommenen Kopf und war keineswegs sicher, dass er zuvor etwas anderes gesehen hatte.

»Wulfweard, Atheling. Sei willkommen«, sagte die Frauenstimme.

Zum ersten Mal schaute er sie an und war ob ihrer Schönheit sprachlos. Rotes Haar hing über ihre Schultern, darin waren feine graue Fäden, aber auch rotgoldene, mit Silber durchzogen. Ein dicker Reif aus Gold lag um ihren Hals, und auf den Schultern hatte sie zwei ovale goldene Broschen, verbunden durch eine Kette aus Granatperlen und Bernstein. Von dem goldenen Gürtel um ihre schmale Körpermitte hingen Schere, Schlüssel und ein langes Sax, ähnlich dem an seiner Seite. Sie lächelte. »Hast du geglaubt, du könntest dich in meine Welt, in meine Halle, unbemerkt hereinschleichen wie eine Maus in eine Speisekammer?«, sagte sie. Dann verließ sie, immer noch lächelnd, den Webstuhl und ging mit offenen Armen auf ihn zu. Sie hätte ihn umarmt, wäre er nicht aus Angst, von ihrem Weben mit Blut befleckt zu werden, zurückgewichen. Aber sie war wunderschön und sauber, und sie webte nur Wolle. Daher ließ er sich einfangen. Sie presste ihren weichen Körper an ihn und küsste ihn auf die Wange. »So schöne junge Männer, wie du einer bist, sind auf den Bänken meiner Halle immer willkommen«, sagte sie. »Jetzt suche ich dir einen schönen Platz und bringe dir etwas zu essen und zu trinken.« Er zuckte zurück, aber sie lachte nur. »Oh, du gedenkst in meiner Halle nichts zu essen oder zu trinken.« Wieder trat sie ganz dicht an ihn heran und flüsterte ihm ins Ohr, wobei ihr Atem seine Haut kitzelte. »Ich weiß, weshalb du hergekommen bist und wessen Kopf du haben willst. Gut, du sollst deine Chance haben. Lange musst du nicht warten.«

Von draußen vor der Halle ertönten lautes Geschrei und Jubel. Sie hob den Kopf und lauschte. »Nein«, sagte sie. »Wirklich nicht lange.« Dann nahm sie seine Hand und führte ihn zu einer Tür, vor der ein Vorhang hing. »Komm und schau dir einen Wettkampf an. Dann kämpfe selbst, falls du den Mut dazu hast. Hast du Mut?«

»Ich hatte den Mut hierherzukommen.«

»Aber vielleicht hast du ihn aufgebraucht und keinen mehr übrig?«, fragte sie ihn und führte ihn durch die Tür in eine Halle mit vielen Menschen und Lärm.

ZEHNTES KAPITEL
WODENS VERSPRECHEN

Elfling wachte durch die Kälte und das laute Krächzen einer Krähe auf. Er befand sich im Freien in der kalten, grauen Morgendämmerung. Verwundert schaute er umher, sah aber weder Jarnseaxas Halle noch die vertrauten Bäume. Es wehte auch kein Wind in den Bäumen, ein Geräusch, an das er sich gewöhnt hatte. Er hörte auch nicht das Rauschen des Meeres um Jarnseaxas Insel. Nur die Krähe krächzte wieder.

Er stand auf und stellte fest, dass er in einen sackartigen Kittel aus selbstgesponnener Wolle gekleidet war, der durch den langen Gebrauch weich geworden war. Außerdem war er barbeinig und barfüßig wie ein Sklave. Es war kalt. Er schlang die Arme um sich und rieb die kalten Zehen eines Fußes an der Wade des anderen Beins.

Seine Waffen und seine Rüstung waren verschwunden. Er besaß nicht einmal ein Messer. Er suchte in dem Laubhaufen, in dem er gelegen hatte, fand jedoch nichts – keine Flasche, keinen Laib Brot, auch keinen Lederumhang, um den Regen abzuhalten.

Zitternd wartete er, bis es heller wurde, und erforschte seine Umgebung. Aber die Sicht war in dem schwachen Licht unter den Bäumen so schlecht, dass ihn nur die Geschicklichkeit, welche Jarnseaxa ihn gelehrt hatte, davor bewahrte, sich den Kopf an Ästen zu stoßen oder in Dornendickichte zu laufen.

Er befand sich in einem seltsamen Wald. Er kannte keinen Baum, auch keinen Pfad. Bei einem braunen Fluss blieb er stehen. Fingerhutstauden hingen über dem Wasser, von dem er trank. Dann zerbrach er sich den Kopf, wie er hierhergekommen war. Er vermochte sich nur zu erinnern, dass er neben Jarnseaxa eingeschlafen war, dass er sie im warmen Alkoven in den Armen gehalten hatte.

Als das Tageslicht stärker wurde, sah er viele Bäume, umgeben von Laubhaufen und abgebrochenen Ästen, niedriges, dichtes Buschwerk, verrottete Baumstümpfe voller Pilze. Kaltes Wasser tropfte herab, und er stapfte durch glitschiges altes Laub. Vor Kälte zitternd fragte er sich: Hatte es je eine wunderschöne Walküre und ein warmes Bett gegeben? Oder war das nur der Traum eines hungrigen Sklaven gewesen?

Dann blickte er an sich hinab und sah die starken Muskeln seiner nackten Beine. Er streckte die Arme aus und sah die Muskeln und die Schwielen an den Händen, welche vom Üben mit den Waffen herrührten. Und neben seinem Gesicht hingen die Heldenzöpfe, die Jarnseaxa ihm geflochten hatte.

Offenbar war er verstoßen worden. Er war ins Land seiner Mutter gekommen, aber anscheinend hier nicht erwünschter, als er in der Welt seines Vaters war.

Das Tageslicht wurde noch stärker, und die Blätter leuchteten grün. Um sich zu wärmen und seine Wut auszutoben, rannte Elfling, lief auf den Händen und schlug Saltos. Er rannte durch den Wald, mied jeden Ast und jede Ranke, die ihn zu Fall gebracht oder sich an ihm verhängt hätte. Er sprang so hoch wie sein Kopf und ging so tief wie seine Knie.

Dabei merkte er, dass er diese Dinge tatsächlich gelernt und nicht nur geträumt hatte, sie zu lernen. Aber die edle Frau, die ihn diese Dinge gelehrt hatte, wollte ihn nicht länger bei sich.

Warum? Warum war er verstoßen worden? Warum hatte man ihn mit nichts hinausgeworfen? Was hatte er getan? Er blieb stehen und setzte sich auf einen Laubhaufen neben einem Waldpfad. Ein Brombeerstrauch zeigte zarte grüne Blättchen und einen weißen Blütenteppich, auch eine Eberesche hatte prächtige rote Beeren an den grünen Zweigen. An einem Apfelbaum hingen rote Äpfel zwischen grünen Blättern und weißen Blüten. Aber er achtete auf nichts von alledem.

Hufschlag schreckte ihn auf. Der Boden erbebte unter den Hufen. Durch die Bäume kam eine Schar junger Reiter. Alle trugen goldene Reife um den Hals und Goldbroschen auf den Schultern. Als sie Elfling neben dem Pfad sitzen sahen, zügelten sie die Pferde und betrachteten ihn neugierig, während ihre Hunde zu ihm liefen und ihre nassen Schnauzen kräftig gegen sein Gesicht und seine Brust drückten.

Elfling musste aufstehen, ehe die Hunde ihn umwarfen. Sie sprangen um ihn herum und legten ihm die Pfoten auf die Schultern, gegen seine Brust und leckten ihm das Gesicht. Einer der jungen Reiter beugte sich aus dem Sattel und meinte: »Was für ein Sklave trägt Heldenzöpfe?«

Ein anderer meinte: »Auf alle Fälle ein kräftiger Bursche! Von dem bekommt man ein gutes Tagewerk! Wer bietet für ihn?«

»Der ist weggelaufen«, sagte ein dritter Reiter. »Ist in dem armseligen Kittel bis hierher gekommen.«

»Aber die Heldenzöpfe! Schaut doch, er trägt Heldenzöpfe!«

Ein junger Mann brachte sein Pferd ganz nahe an Elfling, blickte zu ihm hinab und fragte: »Warum hast du diese Heldenzöpfe in dein Haar geflochten, du nacktarschige Vogelscheuche?«

Ein großer Hund hatte seine Pfoten auf Elflings Schultern, und er bemühte sich, den schweren Hund von sich abzuwehren. Als der Hund ihm Hals und Gesicht leckte, schaute er zu dem Reiter auf und antwortete: »Die edle Frau Jarnseaxa hat mein Haar geflochten, nachdem ich mir die Zöpfe verdient hatte.«

Der junge Mann drehte sich zu seinen Gefährten und rief lachend: »Er behauptet, er habe sich die Zöpfe verdient.«

Jetzt lachten alle, aber keiner von ihnen trug die Zöpfe, wie Elfling sah.

»*Er* hat sich die Zöpfe verdient!«

»Wo ist dein Halsreif, Held?«

»Hast du dein Pferd aufgefressen?«

»Deine Waffen hast du auch verschenkt, was?«

»Nein, nein! Es ist wahr – er ist ein großer Held aus einem vornehmen Geschlecht. Er heißt Sklave, Sohn des Leibeigenen, Sohn des Flegels, Sohn des Gebeugten Rückens, Sohn des –«

Elfling hatte den Eindruck, dass sie von Jarnseaxa wenig hielten und sich über die Ausbildung, welche sie ihm gegeben hatte, lustig machten und sie anzweifelten. Obwohl sie ihn verstoßen hatte, versetzte ihn das in Wut. Vielleicht war er noch wütender, als wenn sie noch bei ihm gewesen wäre. Er stieß den Hund von sich und blickte alle an. »Gebt mir einen Stock, und ich verteidige mich gegen euch alle – und werde eure Schädel spalten.«

»Er ist verrückt! Ein wahnsinniger Sklave!«, sagte einer, worauf alle schallend lachten und ihre großen Pferde so nah an ihn brachten, dass er von ihnen herumgestoßen wurde und ihre kräftigen Muskeln zu spüren bekam.

»Vielleicht hat ihn sein Herr hinausgeworfen. Wer will schon einen verrückten Sklaven.«

»Nicht hier«, erklärte ein anderer. »Wenn du dein Recht auf die Zöpfe beweisen willst, komm zur Halle! Das wird eine prächtige Abendunterhaltung.«

Die jungen Männer ritten auf dem Waldpfad, gefolgt von ihren Hunden. Auch Elfling folgte, denn er war wütend und wollte, dass sie ihre Hohnworte zurücknahmen. Und weil er so wutentbrannt war, wollte er jemanden verletzen.

Er musste den jungen Männern nur eine kurze Strecke folgen; eigentlich kam es ihm wie ein oder zwei Schritte vor, als das Land ringsum sich veränderte. Statt sich einen Weg durch den Wald zu suchen, stiegen sie einen Hügel hinauf, auf dem jeder Baum gefällt war. Elfling blieb stehen und schaute zurück. Er sah den Wald unten in einem Tal. Es war, als seien sie schneller und weiter gekommen, als er sich erinnerte.

Vor ihnen, auf dem Kamm des Hügels, erhob sich eine hohe Palisade, die so weiß gekalkt war, dass sie glänzte. Die jungen Männer ritten durch das Tor der Palisade, nachdem sie den Wachen etwas zugerufen hatten. Sie senkten die Waffen, und auch Elfling wurde der Eintritt gestattet. Diener rannten herbei, um ihnen die Pferde abzunehmen. Die jungen Männer schritten in die Halle, gefolgt von den Hunden. Ein Diener schaute zurück und forderte Elfling auf, ihm zu folgen, als sei er ein streunender Köter.

Es war die Halle eines großen Herrn, vielleicht sogar eines Königs. Nie zuvor hatte Elfling so viele Bänke und so viele junge Männer auf den Bänken – und an den weiß gekalkten Wänden so viele Waffen gesehen. Am erstaunlichsten jedoch war die Mittelsäule des Gebäudes: Das Schatten spendende Dach war ein lebender Baum. Und bis zum Heft steckte in diesem Baum ein Schwert – das Licht von der offenen Tür ließ den Knauf blinken.

Einer der jungen Männer nahm von einem Freund einen Schild, der blank geputzt war, stieg auf eine Bank und schlug mit der eigenen Messerklinge gegen den Schild. Der Klang füllte die Halle, und alle Gesichter wandten sich ihm zu. Gelächter und Gespräche brachen ab.

»Schaut her!«, rief der junge Mann und zeigte mit dem Messer auf Elfling. »Wir haben hier einen Herausforderer! Er behauptet, rechtmäßig die Heldenzöpfe zu tragen!«

Die Männer in der Halle erhoben sich von ihren Plätzen, drängten sich um Elfling und starrten ihn neugierig an.

»*Der* ist ein Held?«, sagten sie. »Dieser barfüßige Sklave?«

»Was ist dein Blutpreis?«, fragten sie Elfling. »Eine Schüssel Eintopf?«

Der Wortführer schlug wieder mit dem Messer an den Schild. »Er ist bereit, sein Recht zu beweisen! Wer will gegen ihn kämpfen? Wer ist bereit, sich diesem furchteinflößenden Herausforderer im Kampf zu stellen? Los, tretet vor!«

Die Männer wichen zurück, lachten und schüttelten den Kopf. »Gegen *den* eine Waffe erheben?«

»Ich würde mein Schild und mein Schwert entehren.«

Ihre Verachtung, die höhnisch lächelnden Gesichter brachten Elfling zur Weißglut, aber er biss die Zähne zusammen und bezwang sich. Ein wütender Kämpfer ist ein schlechter Kämpfer.

»Ich höre Feiglinge, die Entschuldigungen vorbringen«, sagte er. »Ist nicht ein Einziger da, von euch allen, die ihr hier seid, der gegen mich kämpfen will?«

Wieder lachten sie und riefen. »Wer möchte gegen einen

Bauerntrampel kämpfen? Tretet vor! Wer möchte mit dem Sklaven auf der Wiese herumrollen?«

Von irgendwo aus der Menge ertönte eine schrille, quiekende Stimme: »Ich will! Ich will mit jedem Jungen auf der Wiese herumrollen! Lasst mich durch!«

Vorher hatten die jungen Männer gelacht, jetzt brüllten sie vor Lachen und machten jemandem den Weg frei. Und durch die Menge kam – ein altes Weib. Ein altes Weib, das die dürren Arme über dem Kopf schwenkte und wie ein Gockel krähte.

Elfling wich vor ihr zurück und schüttelte den Kopf. Er war bereit, sogar erpicht, jedes dieser Großmäuler zu verletzen. Er hätte selbst gegen Jarnseaxa gekämpft, wäre sie hier gewesen – aber gegen eine Frau anzutreten, die nicht ausgebildet war und höchstens kratzen und schlagen konnte – und noch dazu eine, die so schwächlich war ... Die Wut, die er verspürt hatte, verflog und bereitete ihm Übelkeit.

Das alte Weib löste sich aus der Menge. Jetzt konnte er sie deutlich sehen. Sie ging gebückt, war aber größer als er. Und ihre langen schwingenden Arme waren dünn, hatten aber starke Muskeln unter der Haut. Die Füße am Ende ihrer krummen Beine traten fest auf den Boden. Langes fettiges Haar hing in Strähnen vor ihrem Gesicht und bildete einen Käfig, durch den ihre glitzernden, gierigen Augen spähten. Und sie kam eilfertig herbei.

Elfling trat noch einen Schritt zurück, worauf die Zuschauer schrien: »Er zaudert, er rennt weg!« Daraufhin blieb er stehen und machte keinen Schritt mehr zurück.

Das alte Weib kam näher, und vor ihr wehte ein Gestank wie aus einem Kuhstall. Mit jedem Atemzug blies sie ihm die grauen Strähnen entgegen; es stank wie fauliges Fleisch. Elfling drehte den Kopf zur Seite. Er war entschlossen, jeden

Schlag von ihr hinzunehmen, aber nicht zurückzuschlagen. Nach ihrem ersten Hieb dröhnte es in seinem Kopf wie in einer Glocke. Er ging zu Boden.

Lauter Jubel der Zuschauer stieg bis in die Dachsparren. Elfling lag verblüfft auf dem Rücken. Ein Schatten fiel über ihn, und Gestank stieg ihm in die Nase. Es war das alte Weib, das ihn mit beiden Fäusten am Kittel packte und ihn wieder auf die Beine stellte. Der Griff der Finger der Alten zerriss den abgetragenen Wollstoff. Kaum stand er, ließ sie ihn los, holte mit den Armen aus, um ihm die nächsten Schläge zu versetzen. Diesmal hob er die Arme und blockierte die Schläge; aber sie brachte ihn ins Taumeln, und er hatte das Gefühl, als hätten Eisenstangen seine Arme getroffen. Dann sah er, wie sie erneut ausholte.

»Nach dem dritten Mal schlag ich zurück!«, rief er ihr zu.

Sie kreischte etwas, das im brüllenden Gelächter der Zuschauer unterging. Erst nachdem ihr dritter Schlag ihn in die Knie gezwungen hatte, begriff er, was sie gesagt hatte: »Unterschätze nie einen Gegner!« Da wurde ihm bewusst, dass er zurückschlagen musste, wollte er überleben. Er kam auf die Beine, während sich die Alte für den nächsten Schlag bereit machte. Diesem wich er geschickt aus. Sie bewegte sich schneller, als er ihr zugetraut hätte. Wieder schossen ihre langen dürren Arme nach vorn, um ihn zu packen. Er duckte sich, lief um sie herum, griff sie von hinten um die Mitte und hob sie in die Luft. Sie drehte und wand sich und versetzte ihm Stöße mit den Ellenbogen, doch schienen ihre Stöße schnell schwächer zu werden. Er spürte, wie sie erschlaffte, und warf sie auf den Lehmboden. Blitzschnell federte sie hoch und nahm ihn in einen Würgegriff. Sie stieß ihm ihren stinkenden Atem ins Gesicht, bis ihm davon schwindlig wurde, und er glaubte, das Bewusstsein zu verlieren. Ihm war klar, dass er schnell mit ihr fertig werden musste, ehe der Gestank ihn kampfunfähig machte. Er setzte seine gesamte Kraft ein und rang mit ihr, bis er spürte, wie seine Gelenke knackten – und sie teilte ebenso kräftig aus –, bis er spürte, dass ihre Kräfte ganz allmählich nachließen. Nach und nach knickte ihr linkes Bein ein. Er biss die Zähne zusammen und kämpfte weiter – dann berührte ihr linkes Knie den Boden.

Jemand schlug mit der Messerklinge gegen einen Schild und rief: »Aufhören! Schluss jetzt! Schluss!«

Elfling war froh, aufhören zu können und ließ das alte Weib los, sprang aber zurück, weil er mit einer Niederträchtigkeit rechnete. Doch die Alte erhob sich langsam, ließ sich auf eine Bank fallen und wischte sich den Schweiß von den Brauen. Schweißtropfen flogen ringsumher. Sie atmete schwer, wie ein Sturmwind. Der Jubel der Männer in der Halle war verstummt, und Elfling sah kein höhnisches oder lächelndes Gesicht. Alle schauten ihn ehrfürchtig an.

»Die Heldenzöpfe sind rechtmäßig dein«, erklärte der junge Mann mit dem Messer und dem Schild.

»Dir gebührt der höchste Sitz in der Halle«, sagte ein anderer.

Elfling glaubte, sie machten sich wieder über ihn lustig, und betrachtete argwöhnisch ein Gesicht nach dem anderen. Sein alter Kittel, den das alte Weib zerrissen hatte, fiel herunter und ließ ihn nackt dastehen.

Der junge Mann steckte das Messer in die Scheide, gab den Schild seinem Eigentümer zurück und sprang von der Bank.

»Wir müssen dir etwas zum Anziehen geben«, sagte er. »Und Waffen. Du darfst dir von unseren Waffen die besten auswählen.«

Elfling wich der freundlichen Berührung des Mannes aus,

der ihm auf die Schulter klopfen wollte. »Und das alles, weil ich ein altes Weib verprügelt habe? War es für euch Unterhaltung genug, die ihr die Ehre verloren hättet, indem ihr mit einem Sklaven kämpft?«

»Schau dir das arme alte Weib genau an«, sagte der junge Mann, und Elfling schaute an ihm vorbei, wo die Frau auf der Bank saß. Sie hielt den Kopf so gesenkt, dass ihr Haar bis auf die Füße hing und sie verbarg. Doch jetzt waren leuchtende rote Streifen in den Haaren, als hätte Regen den Rost herausgewaschen, und statt fettiger Strähnen fiel es in glänzenden Wellen herab.

»Kennst du sie nicht?«, fragte der junge Mann. »Als wir sahen, wie du sie in die Knie gezwungen hast, wussten wir, dass du dir die Heldenzöpfe verdient hattest.«

Die Frau hob den Kopf und warf ihr rotes Haar mit den wenigen grauen Strähnen zurück. Das Gesicht, das Elfling unter der Mähne anlächelte, war Jarnseaxas.

Einen Moment lang fühlte er Freude und Erleichterung, ein schwindlig machendes Glück, das in seinem Kopf umherschwirrte. Er starrte sie an und lächelte unwillkürlich erfreut zurück. Noch eine Probe. Das war alles. Er war nicht verstoßen.

Während er sie noch staunend betrachtete, drängten sich die Männer um ihn und brachten ihm Kleidungsstücke: ein feines Unterhemd und Beinkleider aus Leinen, eine Tunika aus feiner Wolle, scharlachrot gefärbt, einen Gürtel und Stiefel aus Leder.

Doch Elfling schenkte den Kleidungsstücken keine Aufmerksamkeit. Er starrte nur Jarnseaxa an, die sich von der Bank erhob und zu ihm schritt. Die Männer gaben ihr den Weg frei. Sie war nicht mehr wie eine Walküre gekleidet, sondern in ein langes Gewand aus scharlachroter Wolle. Auf ihrer Brust hing eine goldene Halskette aus vielen verschlungenen Gliedern, und um ihre Mitte trug sie einen Gürtel aus goldenen Platten. Sie legte ihm die Hand auf die Schulter und küsste ihn. Lächelnd sagte sie: »Ich habe dich zum Narren gehalten. Du solltest immer daran denken, dass auch ein Held zum Narren gehalten werden kann – vielleicht ist es bei Helden sogar noch leichter als bei anderen. Hasst du mich deswegen?«

»Ich liebe dich, edle Frau.«

Sie lächelte, als glaubte sie ihm nicht. »Selbst jetzt, wo du weißt, dass ich dieses stinkende alte Weib bin, gegen das du soeben gekämpft hast?«

»Ihr habt mir früher schon harte Hiebe versetzt, edle Frau. Und wenn Ihr Euch hässlich macht – nun, ich weiß, wie schön Ihr seid.«

Sie lachte und lehnte sich an ihn. Dabei stieg ihm ein Hauch des Gestanks des Stalls in die Nase, welcher die Alte umgeben hatte.

»Aber was wäre, wenn dieses meine wahre Gestalt wäre und ich mich nur verwandelt hätte, um schön auszusehen?«, flüsterte sie. »Was, wenn ich in Wahrheit hässlich wäre und auch hässlich bliebe? Würdest du dann immer noch sagen, dass du mich liebst?«

Ihre Worte klangen wahr und schienen eine Drohung zu sein. Ein leichter Schauder durchlief ihn. Er wusste nicht, ob sie die Wahrheit sprach oder nicht; aber er wusste, dass sie versuchte, ihn auf die Probe zu stellen. Deshalb legte er die Arme um sie, küsste sie und sagte: »Wenn dem so ist, Geliebte, dann ist es Salz zu Eurem Fleisch. Ich kann kein ungesalzenes Fleisch essen.«

Sie lachte und schob ihn liebevoll von sich. »So, und jetzt brauchst du richtige Waffen, keine Stöcke«, erklärte sie.

Die jungen Männer brachten Brünnen, Helme, Schilde und Schwerter in die Halle. Elfling wollte Jarnseaxa anschauen, nicht die Waffen, aber sie hielten ihm die Gegenstände hin und lenkten seine Aufmerksamkeit darauf, bis er etwas auswählte, um die Sache so schnell wie möglich hinter sich zu bringen. Er wählte ein Kettenhemd, das so fein gearbeitet war, das es sich wie Leinen falten ließ, dazu einen Helm mit Maske, wie ihn nur Könige und Athelinge trugen, außerdem einen Schild, der mit goldenen Drachen verziert war.

Dann verlangten sie von ihm, dass er sich ein Schwert aussuche. Viele legten sie vor ihn ihre Griffe waren mit poliertem Bronzedraht umwickelt, in welchen kostbare Steine eingefügt waren. Andere waren graviert oder mit Silberintarsien verziert. Wenn man sie aus den Scheiden zog, glänzten ihre Klingen mit den changierenden Mustern, welche die Schmiede kunstvoll hineingehämmert hatten: Schlangenmuster, Wellen, Weizenwogen. Die Schwerter trugen Namen: Wurm, Ernter, Fischzahn ... Während Elfling alle betrachtete, trat Jarnseaxa zu ihm und nahm seinen Arm.

»Lass mich dir das beste Schwert zeigen, das je geschmiedet wurde«, sagte sie.

Sie führte ihn ins Zentrum der Halle, zu dem lebenden Baum, welcher das Dach trug. Dort steckte das Schwert, das ihm schon zuvor aufgefallen war. Zwei Lippen des Heilholzes hielten es.

Das Heft war schlicht, schwarz, mit grauem Eisendraht umwunden. Es sah aus wie ein Schwert, wie es hundertfach hergestellt wurde, eines, bei dem man sich nicht die Zeit nahm, es zu verzieren. Aber Jarnseaxa behauptete, dieses Schwert sei das beste ... Elfling legte die Hand an den Hilt. »Warte«, sagte Jarnseaxa und legte ihre Hand auf die seine. »Sein Name ist Wodens Versprechen.«

Elfling zog die Hand zurück.

»Woden liebt mich«, erklärte sie. »Dies ist sein Geschenk – sein Versprechen. Er beaufsichtigte alles, als es geschmiedet wurde, und er rammte es in meinen Dachbaum – und ich habe es dort gelassen für den, der es wagt, es herauszuziehen.«

Elfling wusste, dass er das Schwert herausziehen sollte, dass sie es so wollte. Und wenn es das beste Schwert war, das je geschmiedet worden war, dann wollte auch er selbst es haben . . . Aber Woden war ein Gott, bei dem es ratsam war, vorsichtig zu sein. Er verlieh in der Schlacht Mut und Sieg, schickte aber auch Schrecken und Tod.

»Es gibt kein besseres Schwert als dieses«, sagte Jarnseaxa. »Es ist so kunstfertig gemacht, dass der Benutzer kein Gewicht in der Hand spürt – so scharf, dass die Luft stöhnt und ächzt, wenn die Klinge sie durchteilt. Und als Muster ist der Knoten der Schlachtfesseln in seine Klinge eingearbeitet. Es verbreitet Furcht und Panik unter denen, gegen die es benutzt wird.«

»Da ist doch noch mehr«, meinte Elfling argwöhnisch. »Woden gibt nicht einfach so ein Geschenk.«

Jarnseaxa lächelte. »Das Schwert bringt dem Besitzer Sieg – das ist Wodens Versprechen. Aber Versprechen sind dazu da, um gebrochen zu werden. Wer auch immer dieses Schwert benutzt, muss daran denken, dass die Klinge stets blutig werden muss, wenn man es zückt. Steckt man es ohne Blut zurück in die Scheide, wird es sich gegen den eigenen Besitzer wenden.«

Elfling blickte ihr tief in die Augen. »Und wenn der Pakt eingehalten wird?«

Sie lachte laut. »Ich habe dich zum Narren gemacht, aber du hast zu viel Verstand. Nein, selbst wenn du den Pakt mit dem Schwert getreulich einhältst, wird es sich trotzdem gegen dich richten – und du wirst nie wissen, wann. Woden hält seine Versprechen, aber er bricht sie auch stets.«

Elfling nickte. Der Gott Woden hatte viele Namen, welche die verwendeten, die Angst hatten, ihn einfach mit seinem Namen anzurufen. »Der heimtückische Gott« war eine Bezeichnung. Wodens Versprechen auf einen Sieg wurde immer, immer gebrochen und führte zu Verstümmelung oder Tod. Diejenigen, die dem Gott folgten und um Sieg beteten, mussten auch das akzeptieren. Elflings Hand fiel von dem schwarzen, mit Eisendraht umwickelten Schwertgriff.

Jarnseaxa beobachtete ihn. »So haben sich alle entschieden. Keiner möchte seinen eigenen Tod anpacken – daher bleibt das Schwert in der Baumscheide. Nimm eines der anderen Schwerter. Sie sind hübscher. Du wirst zwar nicht die Zukunft haben, welche du hättest haben können, aber deine wird dafür ruhiger und länger sein.«

Ihre Stimme klang kühl, und sie drehte sich etwas beiseite. Elfling vermochte das nicht zu ertragen. Er packte das Heft von Wodens Versprechen und zog die lange Klinge aus dem Holz. Sie glitt leicht heraus; auf dem Eisen glitzerte ein rötlicher Saft.

Elfling hielt die Klinge zwischen den Händen und musterte sie genau. Von einem Ende der Klinge zum anderen Ende der Blutrille in der Mitte sah er eng verschlungene dreieckige Knoten: Das Zeichen der Schlachtenfesseln. Angesichts der Arbeit, welche notwendig gewesen war, um dieses Muster ins Eisen zu schlagen, blieb einem der Verstand stehen. Wayland selbst musste dieses Schwert geschmiedet haben. Elfling schwang es durch die Luft. Tatsächlich stöhnte die Luft, und das Schwert schien in seiner Hand nichts zu wiegen.

»Du hast es herausgezogen, jetzt musst du ihm Blut zu trinken geben.« Sie hob die Stimme und rief: »Atheling!«

Elfling drehte sich um und sah, wie sich die vielen Männer, die sich in der Halle gedrängt hatten, plötzlich wie Rauch in Luft auflösten. Durch den Rauch schritt – Elfling wich erschrocken zurück, als er in der Gestalt sich selbst erkannte. Dieselbe Größe, derselbe kräftige, doch geschmeidige Körperbau, dasselbe Gesicht und langes helles Haar.

»Hier ist ein Lamm, bei dem du dein Schwert blutig machen kannst«, sagte Jarnseaxa. »Er möchte dich töten, daher brauchst du keine Schuldgefühle zu haben, ihn zu töten.«

Elfling stellte jetzt fest, dass der Junge kein Spiegelbild von ihm war, sondern jünger, und dass sein Ausdruck wie blind und benommen war. Keine Heldenzöpfe hingen an seinen Wangen, und Gold glitzerte auf seiner Kleidung und seinen Waffen. Der Junge blieb abrupt vor Elfling stehen, und sein Blick wurde klarer, dann aber fragend, als würde er sich über die Ähnlichkeit dieses Fremden mit ihm wundern.

Elfling tat er leid. Es war nicht leicht, verwirrt und ohne Zorn in einen Kampf verstrickt zu werden. Das Schwert in seiner Hand lechzte nach Blut, doch hielt er es für unmöglich, ihm das dieses Jungen zu trinken zu geben.

Jarnseaxa stand neben dem Jungen und sagte: »Das ist der Bastard, der deinen Bruder Hunting ermordet hat. Er ist das Halbwesen, dessen Kopf du haben wolltest. Jedenfalls hast du das geschworen.«

Der Junge richtete sich auf und hob den Kopf. Seine Augen glänzten vor Wut, in sein Gesicht kam mehr Farbe. Obwohl Elfling keinen Schritt zurückwich, sondern fest stehen blieb, spürte er eine verzweifelte Angst – nicht um sich selbst, sondern um den Jungen. Dieser Junge war nicht durch die harte Schule einer Walküre gegangen, die ihn im Kampf gestählt hatte. Wenn Elfling, bei seiner Waffenschulung, gegen diesen Jungen kämpfte, war das schlichtweg Mord, lediglich, um das schreckliche Schwert in seiner Hand zu füttern. Und dennoch – was spielte es für eine Rolle? Jarnseaxa, seine Gebieterin, wollte, dass er den Jungen tötete – das war offensichtlich –, und was bedeutete schon das Leben eines Jungen für das Gleichgewicht der Dinge? So ausgebildet, wie er war, würde ihn der Kampf nicht viel Mühe kosten. Und wenn ihm jetzt der Junge leidtat, würde er das bald vergessen. Wie oft hatte er flüchtiges Mitleid für das unbedeutende Leben von Schafen, Schweinen oder Pferden empfunden! Es hatte ihn nie davon abgehalten, sie zu töten oder zu essen.

Dennoch . . . Er warf das Schwert in die linke Hand und streckte die rechte dem Jungen entgegen. »Ich habe Hunting Eadmundssohn getötet, aber erst nachdem er meine Leute umgebracht hatte . . . und wenn er dein Bruder war, dann sind wir Halbbrüder, und ich möchte dich nicht töten, Bruder.«

Bei diesen Worten steigerte sich die Wut des Jungen. »Du bist nicht mein Bruder, kein Bruder von uns! Halbding! Bastard! Unfreier!« Der Junge zog sein Schwert mit Goldgriff aus der Scheide, schwang es, zauderte jedoch. Vielleicht war er sich doch nicht sicher, vielleicht auch nicht genügend zornig.

Elfling spürte, wie Wut in ihm aufstieg. Seine Muskeln spannten sich für den Kampf. Es war instinktiv, so wie eine Katze nicht lange nachdenkt, ehe sie sich auf eine dahinhuschende Maus oder einen flatternden Vogel stürzt. Er biss die Zähne zusammen und unterdrückte seine Wut. Er wiederholte: »Ich will dich nicht töten.«

Das steigerte nur den Zorn des Jungen. Er führte einen Schlag gegen Elfling, war aber – obwohl jung und flink – zu langsam. Elfling wich mühelos seitlich aus und stellte sich der nächsten Attacke des Jungen. Als dieser angriff, holte sein Arm mit dem Schwert blitzschnell aus, um den Todesstreich zu führen. Er brauchte seine gesamte Muskelkraft, um den Streich abzulenken und den Jungen unverletzt zu lassen. Er wusste, dass er den Jungen töten würde, wenn er das Schwert in der Hand behielt – und die Wut in ihm frohlockte bei diesem Gedanken. Einen Moment lang *wollte* er den Jungen töten.

Er öffnete die Hand und ließ Wodens Versprechen los. Mit beinahe musikalischem Ton landete es auf dem Boden. Als der Junge ihn erneut angriff, fing Elfling seinen Schwertarm ab und drehte ihn nach oben und hinten. Der Junge fiel zu Boden und rang nach Luft. Elfling trat auf seinen Schwertarm, beugte sich hinab, entrang das Schwert der Hand und schleuderte es beiseite.

»Ich will dich nicht töten«, wiederholte er.

Jarnseaxa hob Wodens Versprechen auf und hielt es Elfling entgegen. »Wenn du es unblutig zurück in die Scheide steckst, wirst du nicht leben, um es erneut zu ziehen.« Dann blickte sie auf Wulfweard auf dem Boden.

Elfling nahm Wodens Versprechen und schaute sie an. Sie blickte ihm in die Augen und lächelte. Seine Gebieterin wollte, dass er den Jungen tötete.

Er blickte auf Wulfweard hinab – seinen Feind und einen Bruder der Familie, die seine Leute, seine Familie, umgebracht hatte. Er packte Wodens Versprechen fester und schwang es über dem hingestreckten Jungen.

ELFTES KAPITEL

DAS WEBEN

Auf den Ruf der edlen Frau hin schritt Wulfweard vorwärts, und die Menge, die sich um ihn gedrängt hatte, verblasste wie Geister. Die Wände des großen Raums über ihm schienen sich zu falten und zu verändern, zugleich aber blieben sie feste Wände, wenn er sie anschaute. Die Andersheit der Anderswelt machte ihn schwindlig.

Er schritt vorwärts durch eine Halle. Er spürte, dass sie voller Menschen war, doch seinen Augen erschien sie leer. Und dann stand vor ihm ein großer junger Mann, nackt und langhaarig, ein stumpfes Schwert in der Hand. Nach einem Wimpernschlag voll Angst oder Erleichterung oder Hoffnung hielt er den Mann für einen seiner Brüder. Und dann sah er, dass er es selbst war. Und dann war er es selbst, und er war nicht nackt, sondern ein Mann, der ihm ähnlicher war als seine Brüder. Das Haar zu beiden Seiten des Gesichts dieses Mannes war zu mehreren feinen Zöpfen geflochten, der Rest hing lose bis über die Schultern. Der Körper war dünn, man sah deutlich die Mulden bei den Schlüsselbeinen, die Rippen und die Hüftknochen, aber auch muskulös. Und – nackt und bewaffnet mit einem Schwert – das beschwor Erinnerungen an alte Geschichten von Kriegern der Anderswelt, welche mit den Walküren ritten, sich Woden geweiht hatten und in Gestalt von Bären und Wölfen kämpften. Wulfweard zitterte vor kalter, abergläubischer Furcht, die in jeden wie kaltes Wasser einsickern kann, sogar in jemanden, der zum Kampf bereit ist.

Und dann sagte die edle Frau, offensichtlich amüsiert: »Das ist der Bastard, der deinen Bruder Hunting ermordet hat. Das ist das Halbwesen, dessen Kopf du haben wolltest. Jedenfalls hast du das geschworen.«

Seine Wut wuchs ständig, obgleich er befürchtet hatte, sie würde schwinden: Wut über den Verlust des Bruders, Wut über die Überheblichkeit dieses ... *Dings*, es zu wagen, zu einem Mitglied der Zwölfhundert zu sprechen, ganz zu schweigen, es zu töten; aber als das Ding redete und sich seinen Bruder nannte, wünschte er sich aus vollem Herzen, es zu töten, und zog sein Schwert aus der Scheide. Doch als das Schwert erhoben war, erwies es sich als schwierig, die Klinge gegen diese Gestalt zu führen – ob ihn eine Art von Liebe wegen der Ähnlichkeit mit ihm hinderte oder die Angst vor einem Geschöpf, das so sehr den geschnitzten Geisterkriegern im alten Götterhaus ähnelte, wusste er nicht.

Aber er war hergekommen, um das Ding zu töten. Er konnte nicht zurückgehen – falls das überhaupt möglich war für ihn – und bekennen, dass er Angst gehabt hatte, es anzugreifen. Man würde ihn einen Feigling und Wortbrüchigen nennen. Und da das Ding nackt war, ohne Schild oder Helm, nur mit einem Schwert bewaffnet, würde es leicht sein. Wulfweard holte für den Todesstreich aus.

Sein Hieb traf nichts. Das Ding, gegen das er kämpfte, dieses Geschöpf aus der Anderswelt, war schlichtweg vor seinem Schwert verschwunden. Er wirbelte herum, so schnell er vermochte, um es zu wiederzufinden, und dann schwirrte ihm der Kopf, sein Rücken schlug auf dem harten Boden auf, dass ihm die Luft wegblieb. Der bloße Fuß des Dings presste seinen Schwertarm gegen den Boden, und das Geschöpf beugte sich herab, das lange Haar fiel nach vorn und peitschte ihn, und dann entriss es seiner Hand das Schwert. Das Geschöpf richtete sich wieder auf, schleuderte das Schwert beiseite und erklärte: »Ich will dich nicht töten.« Es hielt auch sein Schwert nicht mehr in der Hand.

Das Geschöpf trat zurück, als wolle es ihm erlauben aufzustehen; doch dann trat die edle Frau an seine Seite. Sie trug das Schwert mit dem schwarzen Hilt, in dessen stumpfgraue Eisenklinge eigenartige Muster eingehämmert waren. »Wenn du es ohne Blut wieder in die Scheide steckst, wirst du nicht leben, um es erneut zu zücken«, erklärte sie. Sie schaute auf Wulfweard hinab. Er zuckte zusammen vor dem wilden Ausdruck in ihrem Gesicht und ihren hellen, harten Augen. Sie wollte ihn tot.

Wulfweard rang unter Schmerzen nach Atem, war nicht imstande, sich zu bewegen. So sah er nur zu, als der Elfenbalg das Schwert nahm und ausholte. Die Klinge war über ihm. Er hätte die Augen offen halten und dem Tod mit Mut begegnen müssen, was er auch versuchte. Doch als das Licht auf der scharfen Schneide der Klinge aufblitzte, durchschoss ihn ein derartiger Angstschmerz, als hätte das Schwert ihn bereits getroffen. Die halb eingeatmete Luft blieb ihm in der Kehle stecken. Blut rauschte in seinen Ohren; vor seinen Augen wurde alles zu Nebel. Er sah nichts.

Er hielt den Stoß vor die Brust für den Streich des Schwertes, das in ihn eindrang. Er spürte die Nässe und Wärme von Blut, mit dem typischen Eisengeruch, und wusste, dass er getötet worden war ... Doch dennoch hob und senkte sich seine Brust weiterhin, obgleich jeder Atemzug schmerzte.

Das Blut rauschte weiter in seinen Ohren und hämmerte in der Brust. Vielleicht war das der Tod in der Anderswelt? Abrupt bewegte er sich und rollte von dem Platz weg, wo er gelegen hatte; dann wagte er es, die Augen zu öffnen und sich umzuschauen.

Er musste sich Blut vom Gesicht wischen. Auch auf der Brust seiner Tunika war Blut, aber keine Wunde. Dann sah er in der Streu nicht weit von ihm eine Hand liegen. Sie sah sehr seltsam aus, vollständig mit Fingern und Daumen, ganz normal und erkennbar, aber sie endete am Handgelenk.

Dahinter sah er das Elfending knien. Es presste auf den Armstumpf, welcher Blutfontänen ausstieß, die den Lehmboden und die Streu durchtränkten und das Gewand der edlen Frau befleckten.

Die edle Frau fragte: »Waren deine Augen geschlossen, Held?« Sie lächelte Wulfweard an. »Der Elfenbalg zog die Klinge über den eigenen Arm, um dem Schwert Blut zu trinken zu geben, dich aber zu verschonen. Doch dieses Schwert lässt sich nicht leicht betrügen. Es hat ihm die Hand abgebissen.«

Wulfweard wandte die Augen zu dem Halbding, zu dem starren, erbleichenden Gesicht, welches beinahe seines war und welches starb.

Ohne sich die Mühe zu machen aufzustehen, kroch Wulfweard die geringe Entfernung zwischen ihnen und packte den Arm des Bastards mit seinen Händen. Er presste eine Hand gegen den Stumpf und drückte darauf, während Blut über sein Gesicht spritzte. Verzweifelt versuchte er, die Blutung zu stillen. Aber das Blut spritzte weiterhin zwischen seinen Fingern hindurch, und der Bastard wurde schlaff.

Die edle Frau trat mit ihrem blutbefleckten Gewand zu Wulfweard und legte ihm die Hand auf den Kopf. Er spürte, wie sich seine Haare bei ihrer Berührung aufstellten, eine Leichtigkeit, die ihn erschauern ließ, durchfuhr ihn. Sie beugte sich herab und sagte leise: »Du musst ihn nur mit seinem wahren Namen ansprechen.« Als Wulfweard den Mund öffnete und es kam kein Laut heraus, wiederholte sie: »Sage seinen wahren Namen. Sag die Wahrheit.«

Wulfweards Zunge stammelte die Möglichkeiten. Immer hatte er gehört, wie man diesen Mann »den Bastard«, »das Ding«, »den Elfenbalg« genannt hatte – aber irgendwo war in seinem Hinterkopf noch ein Name. »Elfling?«, sagte er erst leise, dann ganz laut. Aber die Blutung hörte nicht auf.

»Seinen *wahren* Namen!«

»Ich ...« Aber er kannte ihn. »Elfling Königssohn. Elfling Eadmundssohn.« Die Blutung war schwächer geworden und quoll langsamer. Hörte sie auf, oder war Elfling nur dem Tode noch näher? »Halbbruder – Bruder. Elfling Atheling.«

Die Blutung hörte auf. Elfling barg seinen verwundeten Arm an der Brust und hob schwer atmend den Kopf, um Wulfweard anzuschauen. Sein Gesicht war so weiß wie ausgebleichte Knochen, und daraus strahlten seine Augen in allen Schattierungen von Blau. Sein langes Haar fiel über Schultern und Brust, die jetzt mit Blut beschmiert war.

Halbding!, dachte Wulfweard und krabbelte auf allen vieren durch die Kräuter und das Stroh auf dem Boden davon. Dann setzte er sich wie ein Kind hin und starrte zurück in Elflings Augen. Er war jetzt wütend auf sich selbst, weil er das Ding nicht getötet hatte. Man hatte ihn hergeschickt, um es zu töten, und es schuldete ihm das Leben seines Bruders. Das Wissen, dass dieses Ding ihm das Leben geschenkt hatte, machte ihn noch zorniger. Noch schmerzlicher war die Erinnerung, dass er diesem Ding gegenüber zugegeben hatte, dass es der Sohn seines Vaters und damit sein Bruder war.

Elfling sagte: »Danke, Bruder.«

Wulfweard schnürte es die Kehle zu, als würde eine harte Hand ihn würgen. Tränen stiegen ihm in die Augen. Er war so unbändig wütend, weil er nicht wusste, weshalb – und dann, weil er wusste, weshalb. Ihm hatte das Wort »Bruder« gefallen. Er hegte nicht den Wunsch, Elfling zu töten. Aber dennoch war dieser ein Bastard und ein Halbding und schuldete ihm ein Leben.

Die edle Frau ging an ihnen vorbei; ihr langes Gewand wehte bei jedem Schritt und wirbelte die Kräuter auf dem Boden auf, sodass ein leichter süßer Duft ihr folgte. Sie bewegte die Hand in der Luft, als ziehe sie einen schweren Vorhang beiseite, und veränderte alles ringsum mit einer Handbewegung.

Sie hatte eine kleinere Halle um sie geschaffen, klein und dunkel, nur von der roten Glut auf der Feuerstelle in der Mitte erleuchtet. Obwohl alles so fest aussah, hatte Wulfweard Mühe, das zu glauben, weil er spürte, dass sich die festen Wände am Ende des Gesichtsfeldes in etwas anderes verwandelten – vielleicht in einen Wald oder eine Wiese am See oder schlichtweg in Leere, in die große, dunkle, kalte Leere, die hinter allem lag. Er drehte schnell den Kopf, als wolle er den Moment erwischen, in dem die Wände sich verwandelten, aber er sah nur schwarze Schatten, die über die Holzwände tanzten und huschten. Sie hüpften hinauf in die Dachsparren, je nachdem, wie die Flammen emporzüngelten oder versanken, oder kamen aus den Ecken, immer im Einklang mit den Flammen. Den Wänden entstieg durch die Wärme des Feuers ein angenehmer Holzduft, aber Wulfweard ließ sich nicht hinters Licht führen. Er wusste, dass er sich in der Anderswelt befand, und roch einen stärkeren, beißenderen Geruch, welcher sich unter dem Duft des Holzes, des Rauchs und der Kräuter verbarg – den Geruch von Blut.

Wieder drehte er den Kopf, obwohl er schon ziemlich genau wusste, was er sehen würde. Ja, da war er – der Webstuhl, mit den augenlosen Köpfen als Gewichte für die Fäden, das Blut, das von dem glitschigen Gespinst tropfte, der graue Speer, der hindurchgeschossen wurde. Doch direkt vor seinen Augen wurde das Gewebe zu einem Wollstoff, und die Gewichte wurden zu heiligen Steinen. Das gewebte Bild zeigte eine Schlacht, in der eckige Figuren Äxte und Schwerter schwangen. Schatten und Flammen sprangen empor und tanzten über das Gewebe.

»Du siehst mehr als die meisten«, sagte die edle Frau. »Jetzt weiß ich, weshalb man dich ausgewählt hat hierherzukommen.« Sie zeigte auf das Tuch im Webstuhl. »Dort siehst du die gewebte Zukunft.«

Wulfweard schaute auf die Reihen der Männer mit ihren Schilden und hochgehaltenen Schwertern, aber Elfling ergriff das Wort. Immer noch hielt er den Armstumpf vor die Brust, als er fragte: »Besteht die Zukunft nur aus Schlachten?«

Die edle Frau lächelte. »Wann hat man je etwas anderes gewebt? Und sagt mir: Woraus ist die Vergangenheit gewoben, wenn nicht aus Schlachten? Doch schaut genau hin – betrachtet die Kanten und die ganz eng gewebten Stellen –, dann seht ihr, wie Ernten hineingewoben sind und die Bewegung der Heringsschwärme. Ihr seht Ehen und Wagenspuren und den Tod auf dem Strohsack und Wälder, die aus Bucheckern wachsen – und gefällt werden. Und, Wulfweard, du wirst sehen, dass hier hineingewoben ist, dass Elfling König in deinem Land sein wird, weil ich es für mich behalten will – und um es zu retten.«

Wulfweard schaute Elfling an und spürte sofort wieder den schmerzlichen Kampf zwischen Liebe und Hass. Er zwang sich zu lachen und meinte: »Dieses Ding kann nicht König sein.«

»Ich wünsche es so«, erklärte die edle Frau.

»Er ist ein Krüppel. Ein König muss unversehrt sein. So steht es im Gesetz.«

»Dann muss man ihn unversehrt machen«, entgegnete die edle Frau. »Mach ihn unversehrt, Wulfweard.«

Es war, als zöge ihre Stimme seine Sehnen wie Marionettenschnüre. Wulfweard stand auf und fragte sich dann, weshalb er das getan hatte. Er schaute auf die abgehauene Hand, die in der Bodenstreu lag, dann auf Elflings bleiches Gesicht, so schön und ihm so ähnlich, und tat einen Schritt auf die Hand zu. Dann zwang er sich stehen zu bleiben. »Nein. Mein Bruder Unwin wird König sein.«

Die Frau trat blitzschnell zu ihm. Der Feuerschein flackerte über sie und ließ das Gold in ihrem glänzenden roten Haar aufleuchten, ebenso ihren goldenen Halsreif und den Gürtel. Er warf ein rotgoldenes Licht von unten auf ihr Antlitz, glitzerte in ihren Augen, hüllte aber alles darunter in tiefe Schatten. Sie packte ihn hart am Kinn und funkelte ihn an. Ihre Finger taten ihm weh. Keine Frau hatte ihn je so behandelt, er war vor Schock reglos.

»Wie nennst du *mich*?«, fragte sie.

Sie hatte ihm nie ihren Namen genannt. Er versuchte, den Kopf zu schütteln, aber ihre Finger umfassten sein Kinn zu fest.

»Wenn ich warme Tage und Blumen bringe, wenn ich Frucht wachsen lasse, wenn ich die Heringsschwärme ans Ufer treibe, wenn ich die Schafe mit Lämmern fülle und die Kühe mit Kälbern und die Frauen mit Säuglingen – dann nennt ihr mich Mutter und Göttin. Und wenn ich Eis und Dunkelheit bringe, wenn ich vernichte, im Frost erstarren lasse und töte, dann nennt ihr mich Hexe und alte Vettel und Tod. Ich –« Blut quoll durch ihre Zähne und lief über ihr Kinn. Wulfweard wehrte sich so heftig, dass er sich aus ihrem Griff lösen und einen Schritt zurücktreten konnte. »Ich bin die Muttersau, die ihre Jungen frisst. Ich bin der Wolf, der eure Jungen reißt. Ich bin die Erde, die euch verschlingt und über die euch Menschen keine Herrschaftsmacht verliehen wurde. *Ich* bin die Sau und der Wolf und das Korn und die Erde. So war es immer, und so wird es immer sein. Mein Wille geschehe!«

Wulfweard befand sich im Zentrum eines Sturms. Ringsum knisterte alles, die Flammen schlugen hoch und verbreiteten ihr Licht in der Halle. Er sah nur ihre glänzenden Augen, die mit der Wildheit einer Eule blitzten, die den Verstand verloren hatte. »Dein Bruder und sein Priester und dessen Reliquien! Glaubst du, dass ich aufhöre zu sein, nur weil sie neue Götter erfinden? Und was würdest du armes Ding anfangen, wenn es mich nicht mehr gäbe?« Sie deutete auf den Stoff im Webstuhl. Der Schatten ihres Arms fiel über die Wände. »Du siehst dort Schlachten eingewoben, aber du weißt nichts von dem Tod, der kommen wird, wenn Unwin mit seinen Anhängern, die sich zu Herrschern über die Erde aufschwingen, seinen Willen durchsetzt und Wälder abholzt, Sümpfe trockenlegt, Flüsse eindämmt. Sein Weg führt zu Gift in jedem Bissen und in die Wüste und zu noch mehr Tod – oh ja, mehr Tod –, als irgendeine Schlacht je gebracht hat, die mit dem Schwert ausgetragen wurde. Mehr Tod, als du dir vorstellen kannst.«

Wulfweard konnte es sich jedoch vorstellen; denn die flackernden Schatten um ihn herum bewegten sich in Todespein, vom verzweifelten Flattern einer kleinen Fliege bis zum

180

flippenden Fisch und zum Todeskampf eines angefallenen Hirsches. Als das Licht der Flammen und die Schatten, die es hervorrief, über den Stoff auf dem Webstuhl dahinhuschten, schienen sich die Gestalten zu winden und hinzusinken. Aus jeder Ritze in den Wänden, in jedem Zusammenfallen der Asche im Feuer, bei jedem Knacken grünen Holzes hörte er das Stöhnen und Seufzen und Röcheln der Sterbenden.

Mit geballten Fäusten sagte die edle Frau: »Herrscher der Erde! *Ich* habe euch die Herrschaft nicht verliehen – und wenn du dich von mir abwendest, werde ich meine Welt von dir reinigen und von neuem beginnen. Das schwöre ich.« Danach lächelte sie wieder, und das Feuer verlor an Hitze und Leuchtkraft. Ihr Gesicht wurde weicher, und die Augen funkelten nicht mehr so furchterregend. »Wulfweard, Liebling, komm zurück zu mir. Tu, worum ich dich bitte. Elfling gehört mir, und er soll für mich König sein. Mein Wille geschehe.«

Wulfweard ging zu dem Platz, wo die Hand in der Streu lag. Er fühlte sich so schwach, als bewegte sich sein Körper ohne seinen Willen. Er hob die Hand auf und brachte sie zu Elfling, der auf dem Boden saß. Kniend nahm Wulfweard Elflings Arm und legte die Hand an den Stumpf. Beide beobachteten staunend, wie sich Fleisch zu Fleisch fügte, die Hand an den Arm. Nur eine rote Narbe blieb. Elfling hob die Hand und spreizte die Finger.

»So, jetzt kann er König sein«, erklärte die edle Frau.

Elfling saß immer noch da, aber er hob den Kopf und schüttelte das Haar. »Ich muss noch eine Rechnung in der Welt meines Vaters begleichen, edle Frau. Dann will ich ins Land meiner Mutter zurückkehren. Ich verspüre nicht den Wunsch, König zu werden.«

Sie sagte: »Du bist mein Schwert, Elfling, und ich habe für

dich Verwendung. Hast du geglaubt, ich hätte dich kämpfen gelehrt, damit du den Tod eines Bauerntrampels rächen kannst? Jede Stunde sterben Tausende, und sie sind mir völlig gleichgültig.«

Elfling stand auf, noch etwas schwankend, und ging im Feuerschein durch den Raum. Wulfweard beobachtete ihn. Elfling war nackt, und seine Haut glänzte rötlich im Licht; sein Haar fiel herab. Unwillkürlich musste Wulfweard wieder an die alten Geschichten denken. Er glaubte, Elfling würde vor der edlen Frau niederknien oder vielleicht den Saum ihres Gewandes küssen, wie man das bei einer mächtigen Heiligen tut – aber stattdessen nahm er die Frau in die Arme und presste sie leidenschaftlich an sich. »Ihr seid mein gesalzenes Fleisch, und für Euch will ich König werden, wenn Ihr es so wünscht«, sagte er.

Wulfweard, der ein wenig entfernt von dem eng umschlungenen Paar stand, sagte: »Edle Frau, wenn du willst, dass der Elfengeborene König in Mittelerde wird, solltest du eine Armee mit ihm aussenden. Mein Vatersbruder ist ein Anhänger der alten Götter, aber er wird die Krone nie dem Mörder meines Bruders geben. Und mein Bruder Unwin...«

Die edle Frau löste sich aus Elflings Umarmung, trat neben ihn und legte ihm den Arm um die Mitte. Sie schaute Wulfweard an.

»Ich teile die Schlachtenernte mit Woden«, erklärte sie. »Mein König soll eine Armee haben. Und ich werde dabei sein und jedem, der ihn bekämpft, die Schlachtenfesseln anlegen.«

Elfling streckte die wiederhergestellte Hand Wulfweard entgegen. »Reite mit mir, Bruder.«

Wulfweard wandte den Blick von ihm ab und blickte auf

die eingewebten Schlachten auf dem Webstuhl. »Wenn die edle Frau mir erlaubt, zurück nach Mittelerde zu gehen, muss ich an der Seite meines Bruders stehen.«

»Ich bin dein Bruder«, sagte Elfling, immer noch mit ausgestreckter Hand.

Wulfweard würdigte ihn keines Blickes. »Du bist mein Halbbruder. Und du schuldest mir ein Leben.«

Elfling ließ die Hand sinken.

»Ich werde Elfling für den Kampf rüsten«, erklärte die edle Frau. »Und ich werde die Wege nach Mittelerde öffnen. Ich kann dich nicht hier halten, Wulfweard. Du wirst in Elflings Begleitung zurückkehren und an seiner Seite reiten.« Sie beugte sich vor. Ihr Haar schwang hin und her und glänzte im Feuerschein. »Danach kannst du dir die Seite aussuchen. Aber denk stets daran, Liebling, ganz gleich, welchen Gott du in deine Gotteshäuser stellst, ganz gleich, zu welchem Gott du betest: *Ich* erwähle die Toten.«

ZWÖLFTES KAPITEL

DER AUSERKORENE KÖNIG

Dicht gefolgt von Vater Fillan schritt Unwin durch die Tür seiner Privatgemächer in die kleine Halle, die daneben lag und wo die Dienerschaft und Verwalter lebten und schliefen. Man hatte Bettzeug und Bänke beiseitegeschafft, sodass sie jetzt als Empfangshalle diente. Eine Delegation der Ältesten drängte sich dort. Sie erfüllten die Halle mit Farben; alle trugen ihre Festgewänder und Umhänge, die mit teuren Essenzen gelb, rot, blau oder grün gefärbt und mit bestickten Borten verziert waren. Jeder Mann hatte das lange Haar gekämmt oder gekräuselt, den Bart sorgfältig gestutzt. Bei allen glänzten goldene Halsreife, Armbänder, Broschen und Ringe, blinkten Gürtelschnallen und Schwertgriffe. Dem Hofzeremoniell entsprechend knieten sie nieder, sobald Unwin erschien, wobei die Umhänge laut raschelten, Leder knarzte und Metall klirrte. Einige der älteren Männer atmeten schwer.

Unwin bat sie schnell, sich zu erheben, und lächelte so warm, wie er konnte. Er half sogar dem ältesten Mann, den er sehen konnte, auf die Beine. Auch der Atheling hatte sich mit seinem Äußeren große Mühe gegeben. Sein Haar war nicht wie üblich straff zurückgekämmt, was praktisch war, sondern hing lose um seine Schultern wie ein welliger rötlicher Umhang. Seine Tunika war scharlachrot, mit goldenen Fransen, und er trug dazu einen mit Goldplatten besetzten und mit einer goldenen Schnalle versehenen Gürtel, an dem ein Sax hing, dessen Hilt mit Granaten verziert war. An jedem Finger hatte er einen goldenen Ring, auch auf den Daumen, dazu einen goldenen Halsreif, und sein mit Pelz gefütterter scharlachroter Umhang wurde von einer großen runden goldenen Brosche gehalten. Seht her, was für einen jungen, mannhaften, gut aussehenden, anmutigen König ihr zurückgewiesen habt, lautete die stumme Botschaft seiner ganzen Erscheinung an die Ältesten. Schaut euch diese goldenen Ringe an, bereit, als Dank für jeden kleinen Dienst verschenkt zu werden. Schaut euch das Sax an, bereit, für die Verteidigung von Land und Volk eingesetzt zu werden. Was für ein Verlust!

Der Älteste und Sprecher des Ältestenrats, dem Unwin auf die Beine geholfen hatte, war ein wenig außer Atem. Doch ließ er sich davon bei seiner Rede nicht beirren. Er sagte so laut, dass man es in der ganzen Halle verstehen konnte: »Mein Herr Unwin, wir sind gekommen, um dich zu bitten, uns zu führen und für uns zu sprechen, wenn wir zu Athelric gehen und ihm die Krone antragen. Es ist recht und billig, dass du für uns sprichst.«

Geraschel und Geraune wurde in der Halle laut, gemischt mit zustimmendem Gemurmel. Vater Fillan, hinter Unwin, wartete mit Spannung auf Unwins Antwort, nicht so sehr auf die Worte als auf die Stimme.

Diejenigen, die direkt vor dem Atheling standen, beobachteten sein Gesicht ebenso genau. Mit jungem und sorglosem Lächeln antwortete Unwin: »Mit Freuden. Es ist mir eine Ehre. Eine bessere Wahl als meinen Vatersbruder hätte man nicht treffen können.« In Unwins Art war keine Spur von

Anspannung oder Bemühen zu spüren. Vater Fillan nickte beeindruckt. Selbst er fragte sich, ob Unwin vielleicht doch die Wahrheit sagte – aber dann wies er diesen Gedanken mit energischem Kopfschütteln von sich.

Die Ältesten wichen beiseite und machten Unwin Platz, als er mit schwingendem Umhang und wehendem Haar zwischen ihnen dahinschritt. Alle folgten ihm, Vater Fillan mit den Letzten in der Menge. Der Priester blickte sich um und fragte sich, wo Wulfweard stecke. Der jüngste Atheling sollte in Festtagskleidung hier sein, um gemeinsam mit seinem Bruder dem Vatersbruder den Treueeid zu leisten. Vater Fillan war sicher, dass er den Jungen nicht übersehen hätte, selbst in dieser Menschenmenge. Vielleicht war er noch in seinen Gemächern.

Die Prozession zog durch die Gärten der königlichen Residenz, beäugt von zahlreichen adligen Frauen, die ihre besten Kleider und den prächtigsten Schmuck angelegt hatten, umringt von Dienerinnen und Kindern. Weiter hinten verrenkten sich die Diener und Sklaven der Residenz den Hals, um auch etwas zu sehen und mitzujubeln.

Athelric wartete in seinen Gemächern. Ein großer vergoldeter und geschnitzter Armsessel war auf ein Podest gestellt worden. In diesem Sessel saß Athelric ruhig, aber königlich, in seine beste blaue Tunika mit Goldfransen gekleidet und mit ebenso viel Gold behängt wie Unwin. Sein Haar, immer noch lang und dicht, wenngleich bereits mit grauen Strähnen durchzogen, war um seine Schultern gelegt, um den Eindruck zu erwecken, dass immer noch genügend Kraft in ihm steckte. Sein grauer Bart war über die Brust gekämmt, um die Zuschauer mit seinem Alter und seiner Weisheit zu beeindrucken. Er hatte gewusst, dass sie kommen würden.

Unwin schritt zu dem Sessel und blieb hoch aufgerichtet

davor stehen, während sich sein Umhang und die Haare legten. Er wartete gerade so lange, dass alle hinter ihm in der Halle den Unterschied sehen konnten zwischen dem starken jungen Mann und seinem älteren Vatersbruder, der schon ein wenig in sich zusammensank und dem man das Alter ansah. Dann kniete Unwin nieder, und alle Ältesten, die bisher noch nicht auf die Knie gesunken waren, beeilten sich, es ihm nachzutun.

Unwin sprach laut. Alle sollten es hören: »Bruder meines Vaters, Athelric, es ist mir eine Ehre, dich im Namen meiner Landsleute zu bitten, die Krone anzunehmen und unser König zu sein.«

Athelric rutschte in seinem Sessel hin und her und beugte sich ein wenig nach vorn. »Die Krone ist ein schweres Gewicht auf dem Haupt eines Mannes, eine große Verantwortung. Ich glaube, ich bin in Jahren zu weit vorgerückt, um sie anzunehmen.« Aber seine Hand umfasste den Sesselarm so fest, als sei dieser die Krone.

Unwin ließ sich nichts anmerken, weder in Haltung noch Stimme, dass er diese Meinung teilte. Er fuhr fort: »Athelric, du bist aus der Sippe des Königs und stammst von ...«

Als er zögerte, hob Vater Fillan hinten in der Menge nahe der Tür zur Halle den Kopf und lauschte aufmerksam.

»... stammst von Woden ab«, erklärte Unwin laut und fest. »Und von Noah.«

Vater Fillan nickte. Die heidnischen Könige behaupteten, vom Gott Woden abzustammen. Es war nicht nur höflich, sondern auch aus politischen Gründen geboten, dies zu sagen. Aber die christlichen Könige beanspruchten die Abstammung von Noah.

»Du bist der Bestgeeignete der Sippe, uns zu regieren. Wir bitten dich noch mal, die Krone anzunehmen.«

Athelric erhob sich. Als er auf dem Podium stand, überragte er alle in der Halle. Gegen den Hintergrund des dunklen Holzpaneels gab er eine gute, kräftige Figur ab. Das Gold, das er trug, funkelte im hellen Licht, das durch die geöffnete Tür hereinfiel. »Wenn das der Wunsch von euch allen ist, nehme ich die Krone an.«

Die Zustimmung wurde durch lauten Jubel erteilt, welcher sich an den Holzwänden brach und zu den Dachsparren hinaufhallte.

Athelric breitete unterwürfig die Arme aus und neigte den Kopf. »Dann nehme ich an.«

Ein oder zwei Männer jubelten, wurden aber jäh zum Schweigen gebracht, als der Führer des Ältestenrats die Hand hob. Der alte Mann trat neben Unwin und stellte die rituelle Frage. »Erklärst du dich einverstanden, deinen Fuß als Probe auf den Schreienden Stein zu stellen?«

»Ich bin einverstanden, meinen Fuß auf den Schreienden Stein zu stellen.«

Jetzt brach wieder lauter Jubel aus, der die Vögel in den Dachsparren erschreckte und von den Wänden widerhallte. Die Dienerschaft hinter Vater Fillan draußen im Hof jubelte ebenfalls laut. Er drehte sich um und schaute in die aufgeregten Gesichter, während seine Miene immer düsterer wurde. Hier war nichts, das ihn froh machte. Wenn der Atheling Unwin, den er zu seiner Gemeinde zählte, sich bei seinem Vatersbruder auf die Abstammung von Woden berief, auch wenn er gleich darauf den Namen Noahs genannt hatte, so galt das auch für ihn selbst. Und jetzt war Athelric der nächste König und ein unbußfertiger Heide, der mit der vollen alten heidnischen Zeremonie die Königswürde anzutreten gedachte – indem er seinen Fuß in die Mulde im Stein stellte, welcher angeblich das Zentrum der Welt bezeichnete.

Dieser Stein schrie angeblich laut, wenn der rechtmäßige König – das heißt, derjenige, den die alten Götter erwählt hatten, um seinem Lande Glück zu bringen – den Fuß hineinstellte. Wenn ein anderer den Fuß hineinstellte, schwieg der Stein.

Der Schreiende Stein war wie alle anderen Steine auf ewig stumm, aber wenige Tage nach der Krönung verbreitete sich immer die Kunde, der Stein *habe* geschrien. Sollte der König sich später als Enttäuschung herausstellen, erzählte man eine neue Geschichte: dass der Stein völlig stumm geblieben sei, als er den Fuß hineingestellt habe.

Es war eine Lektion über Sünde und Eitelkeit in den Herzen und Köpfen der Menschen. Vater Fillan hatte ihnen von dem wahren Weg, von der jungfräulichen Geburt und der Auferstehung erzählt, aber dennoch waren ihnen derartiger Aberglaube und solche Lügen lieber.

Der Jubel war verstummt, und Unwin erhob wieder die Stimme: »Bruder meines Vaters! Gewähre mir diesen Gefallen – lass mich der Erste sein, der dir Gefolgschaft schwört.« Er hob die Hände wie zum Gebet. Athelric beugte sich vor, legte seine Hände um die Unwins und hörte mit bewundernswert ausdrucksloser Miene zu, als Unwin schwor, ihm stets getreulich zu dienen, im Rat und in der Schlacht, in Wort und Tat. Die versammelten Ältesten hielten den Atem an, als Athelric die entsprechende Antwort gelobte, in welcher er schwor, für Unwin zu sorgen und ihn als Gegenleistung für seine treuen Dienste zu schützen. Dann setzte wieder der Jubel ein und wurde noch lauter, als Athelric Unwins Handgelenke umfasste und ihn zu sich auf das Podium zog, wo er ihn umarmte und küsste. Verwalter und Diener drängten sich durch die Tür, wobei sie Vater Fillan gegen den Türpfosten drückten, um zu sehen, was drinnen vor sich ging.

Auch sie begannen laut zu jubeln. Wenn es solche Liebe und Loyalität unter der Königssippe gab, dann musste das Land sicher sein!

Als Athelric und Unwin sich auf dem Podium nochmals männlich umarmten, flüsterte Athelric Unwin ins Ohr: »Hast du die Prophezeiung gehört? Elfling, der Bastard, soll zurückkehren, dir den Kopf abschlagen und ein unfreies Mädchen heiraten.«

Ehe Unwin antworten konnte, breitete Athelric die Arme zur Menge aus und verkündete laut: »Kommt und feiert heute Abend in der Halle des Königs!« Er blickte zu den Dienern an der Tür, die ihm zuwinkten und jubelten. »Alle sollen heute Abend feiern. Auch an die Armen wird Essen verteilt! Ich werde einem Unfreien die Freiheit schenken.«

Der Jubel wurde grenzenlos. Unwin jubelte nicht mit, sondern stand nur lächelnd neben seinem Vatersbruder, um allen zu zeigen, wie glücklich er war. Hinter seinem lächelnden Gesicht dachte er an die Prophezeiung. Er hatte sie gehört. Er hatte bereits Pläne entworfen, wie man das Mädchen, welches diese Geschichte unter dem Volk verbreitete, zum Schweigen bringen konnte.

In dieser Nacht strahlten die weiß gekalkten Wände der Halle das Licht des Feuers, der Fackeln und der vielen Kerzen und Lampen wider, bis der gesamte Raum hell erleuchtet war. Das Licht fing sich in den Kannen, Schüsseln und Trinkbechern, ließ das Gold und die Edelsteine aufblitzen, die die Gäste trugen, und die Metallteller auf den Tischen blinken. Die Hitze von so viel Feuer und so vielen Gästen führte dazu, dass die Gesichter schweißnass waren und mit den Ärmeln abgewischt wurden. Der Lärm war auch unglaublich und ohrenbetäubend: Nicht nur die Gespräche und das Gelächter, untermalt von Harfenklängen, sondern auch unzählige kleine Geräusche vermischten sich, wenn Bänke und Stühle knarrten, Arme und Hände auf die Tische klatschten, Lippen schmatzten und Trinkbecher abgestellt wurden. Die Luft war erfüllt von den herrlichen Düften gebratenen Fleisches, Honigwein und Würzsoßen. Diener, die nicht das Recht hatten zu sitzen, liefen eilends hin und her, wenn Finger winkten, und waren sich selbst oft im Wege. Am hohen Tisch wurden die besten Speisen serviert, und die künftige Königin, Athelrics Gemahlin Osthrida, schenkte den Wein eigenhändig ein.

Unwin saß neben seinem Vatersbruder und lächelte, lachte, trank und redete, rief seinen Freunden Scherzworte zu und warf Brot nach ihnen. Keinen Wimpernschlag lang ließ er erkennen, dass etwas geschehen war, was er nicht gewollt hatte. Als man ihn fragte, weshalb der Atheling Wulfweard nicht anwesend sei, tat er so, als hätte er die Frage nicht gehört, bis der Fragesteller es für besser hielt, nie gefragt zu haben. Selbst dann noch nicht, als die Harfe die Runde machte und jeder Mann nacheinander ein Loblied auf die alten Götter oder das Lied eines Helden sang, der im Namen Wodens oder Thunots schwor – selbst dann schienen Unwins Beifall und Lächeln noch echt zu sein.

Vater Fillan saß an einem der unteren Tische, aß die Speisen für das gewöhnliche Volk, die es auch jeden Tag gab, und beobachtete alles. Langsam festigte sich in ihm die Gewissheit, dass Unwin keineswegs nur heuchelte, und das lag ihm schwer auf der Seele, denn hinter dem hohen Tisch auf dem Podium saßen die Priesterinnen des heidnischen Götterhauses, alle in bunter Kleidung mit Gold, wie Königinnen. Unwin hatte Christus verlassen und war zu seinem Ahnen, Woden, zurückgekehrt, weil er jetzt von einem heidnischen König mehr Vorteile hatte. Die Harfe wanderte die Tische entlang und kam zu Unwin. Mit Sicherheit würde man den Atheling auffordern zu singen. Wenn auch er ein heidnisches Heldenlied sang, konnte Vater Fillan gleich seine Sachen packen und das Land verlassen; denn dann gäbe es hier für einen christlichen Priester keinen Platz und keine Hoffnung mehr.

Die Harfe kam zu Unwin. Er nahm sie und schlug einige Akkorde an. Die gesamte Halle verstummte und wurde stiller als für alle vorigen Sänger. Nicht nur Vater Fillan war interessiert zu hören, was Unwin sang. Selbst die Diener verharrten und standen still, um zuzuhören.

»›Ein Knabe warst du, als du das erste wilde Ross rittest, jung warst du, als du zum ersten Mal den Raben zu fressen gabst. Den Jahren nach ein Knabe, dem Mut nach ein Mann. Du brachst den Schlaf des Schwertes ...‹« Füßescharren und gemurmelter Beifall kamen auf, als den Zuhörern klar wurde, dass dieses kein Götter- oder Heldenlied war, sondern ein improvisiertes Lob auf Athelric, ein nettes Kompliment vom Neffen für den Vatersbruder. »›Alt an Weisheit jetzt, wenngleich kein grauer Bart, laut schreien wird der Stein bei deiner Berührung.‹«

Vater Fillan stützte den Kopf auf die Hand. Als das Lied weiterging, kamen immer mehr heidnische Bilder von Schlachten und Schlachtengöttern, von Wölfen und Raben und Speeren. Darin gab es wiederholte versteckte Anspielungen auf Athelrics Alter, aber das Lied erklärte auch Unwins Loyalität seinem Vatersbruder gegenüber – mochte sie auch nur vorübergehend sein. Vor seinem geistigen Auge sah Vater Fillan bereits, wie sein Kreuz herabstürzte und seine kleine Kirche eingerissen wurde. Er fragte sich, ob er den Mut hätte zu bleiben und zu versuchen, die Kirche zu verteidigen und seine Herde zusammenzuhalten, und wenn es ihn das eigene Leben kostete. Früher hatte er diese Frage ohne Zögern und aus vollem Herzen bejaht. Doch jetzt, wo die Aussicht auf das Martyrium so nahe war, schrumpfte sein Magen, und ein kalter Schauer überlief ihn. Er sollte zu seinen Vorgesetzten zurückkehren, damit sie an seiner Stelle einen tapfereren Mann schickten. Aber er musste erst Unwin um Erlaubnis fragen, gehen zu dürfen. Zweifellos würde dieser sie ihm gewähren.

Ebba saß am Tisch in einer der kleineren Hallen der Residenz. Sie war vollkommen glücklich. Ihr war warm, ihr Bauch war voll von Brot und Suppe. Und um sie herum saßen Freunde. Wilburga war neben ihr und lächelte, als Ebba mit einem jungen Mann auf der gegenüberliegenden Seite des Tisches liebäugelte. Ebba bekam zuerst gar nicht mit, als zwei große Vertreter der Leibgarde hereinkamen und sich hinter ihr aufbauten. Erst als der junge Mann gegenüber plötzlich verstummte und über ihre Schulter schaute, bemerkte sie, dass auch alle anderen am Tisch schwiegen. Sie drehte den Kopf, um zu sehen, worauf alle starrten.

Die Männer trugen Helme, die ihre Augen überschatteten, und einer hatte den Schild auf den Rücken geschlungen. Ihre Umhänge waren mit glänzenden Bronzebroschen befestigt, und an den Seiten hingen Schwerter. Einer sagte: »Du bist doch die Ebba, die mit Thane Alnoth gekommen ist.«

Verängstigt blickte sie ihn an, bis er die Frage wiederholte. Dann nickte sie.

»Dann komm mit uns«, sagte er.

Ebba kam nicht auf den Gedanken, nicht zu gehorchen. Ohne zu denken, stand sie auf und kletterte über die Bank, auf der sie gesessen hatte. Sie hatte viel zu viel Angst, um zu denken.

»Warum nehmt ihr sie mit? Wer seid ihr?«, fragte Wilburga.

Einer der Leibgarde drehte sich um und schaute sie lange und durchdringend an, als wolle er ihren Stand einschätzen. Als er sicher war, dass sie keine wichtige Person war, antwortete er harsch: »Die Wache des Athelings Unwin, Weib. Wir haben den Befehl, dieses Mädchen zu holen.«

Sie führten Ebba aus der Halle.

Wilburga lief ihnen hinterher. »Warum?«

Der Soldat blickte über die Schulter. »Ich weiß es nicht, Weib. Atheling Unwin erzählt mir nicht alle seine Geheimnisse. Am besten ist es, du gehst zurück zum Tisch und isst weiter, Weib.«

Der andere Soldat hatte seine große Hand um Ebbas dünnen Arm gelegt. Das tat weh. Seine Schritte waren länger als ihre. Als er zur Tür ging, musste sie sich beeilen, um mitzuhalten. Die Leute an den Tischen sahen stumm zu, als sie vorbeigingen.

Sie erreichten die Tür und gingen von der erleuchteten Halle direkt in die dunkle, kalte Nacht. Keiner der Soldaten sprach, als sie mit ihr durch die Gärten der Residenz im Eiltempo marschierten. Ebba tat der Griff am Arm weh, und sie hatte große Schwierigkeiten, die Füße auf dem Boden zu lassen, als sie so dahingeschleppt wurde. Sie vermochte nicht zu denken. Sie stellte keine Fragen, weil sie Angst vor den Antworten hatte.

Ihr Geschichtenerzählen! Sie war sicher, es ging um ihr Geschichtenerzählen. Hatte Wilburga sie nicht gewarnt? Ihre eigenen Worte kamen zurück zu ihr: »Elfling wird aus der Anderswelt zurückkommen. Er wird sich an den Athelingen rächen. Elfling kommt zurück, und er wird König sein ...«

Vor ihnen ragte der schwarze Hauptteil der Königshalle auf. Gelbes Licht schien aus den Fenstern hoch oben in den Wänden. Lärm drang heraus – Gelächter, Rufe, durch die Kühle und Nässe der Nacht gedämpft. Die Soldaten marschierten geradewegs darauf zu und zerrten Ebba mit sich. Als sie sich den Türen näherten, wurde der Lärm noch lauter, und man roch die Speisen.

Während ein Soldat Ebbas Arm hielt, öffnete der andere die Türen der Halle. Eine dicke Wolke aus Wärme und dem Duft von Fleisch und Brot drang heraus. Drinnen war es sehr laut. Ebba wurde von den Wachen hineingezerrt, und die Tür hinter ihnen geschlossen.

Da stand sie nun, zwischen den Wachen, in der königlichen Halle, während ringsum ein Fest stattfand – ein Fest, zu dem nur die Adligen zugelassen waren. Selbst die Menschen an den niedrigsten, nächsten Tischen, welche sich alle umgedreht hatten, um sie anzustarren – selbst diese, die am wenigsten wichtigen Gäste, waren Adlige. Ebba blickte auf die Streu auf dem Boden. Sie kam sich schmutzig, hässlich vor: ein Objekt der Schande. Sie bedeckte das Gesicht mit der freien Hand und zitterte vor Angst und Scham.

Das Fest ging dem Höhepunkt entgegen. Alle lachten, die Gesichter glänzten vor Schweiß, die Münder waren fettig. Da ertönten Fanfaren und Trompeten. Athelric erhob sich und gab einer langen Reihe von Dienern ein Zeichen, worauf diese mit großen Körben voll Brot und Kuchen durch die Halle schritten, um diese im Hof und am Eingang zur Residenz an alle zu verteilen, die dort warteten. Die Menschen in

der Halle, die mit einem Sitzplatz geehrt worden waren, froh-
lockten über die Großzügigkeit ihres Königs und erhoben die
Trinkhörner und Becher, um ihm zuzutrinken.

Wieder erschollen die Trompeten ohrenbetäubend, aber
sie sorgten für Stille in der Halle. Jetzt kamen vom hinteren
Ende der Halle zwei Gestalten, ein Mann und eine Frau, die
sich unter den durchdringenden Blicken, abfälligen Bemerkungen und Scherzen am liebsten verkrochen hätten.
Sie waren Unfreie und trugen ungefärbte Wollkleidung, die
unter den farbenprächtigen Gewändern an den Tischen einen
Ruhepunkt bildeten. Als sie Athelric erreichten, knieten sie
nieder und erhielten aus seiner Hand die Pergamente, welche
ihnen die Freiheit garantierten, außerdem als Geschenke
neue Kleider – zwar immer noch aus ungefärbtem Wollstoff –
und neue Schuhe, neue Umhänge und einen Beutel mit Geld.
Als die Unfreien sich mit ihren Geschenken auf den Armen
zum Gehen wandten, brach erneuter Jubel aus, und einer
sprang auf und forderte alle auf, auf die offene Hand ihres
Königs zu trinken.

Nachdem der Jubel abgeflaut war, erhob sich Unwin von
seinem Platz an Athelrics Seite. Stille breitete sich aus. Als
er sprach, erreichte seine Stimme auch die letzten Sitze.
»Bruder meines Vaters, darf ich eine Gunst von dir erbitten?«

Athelric schaute ihn an und verbarg die offensichtliche
Überraschung über diese nicht vorhergesehene Unterbre-
chung sowie sein Unbehagen. Er hatte keine Ahnung, was
Unwin erbitten wollte, aber als König konnte er es sich nicht
leisten, ihm die Bitte abzuschlagen, ganz gleich, worum es
sich handelte. »Trage deine Bitte vor, Sohn meines Bruders.
Wenn es in meiner Macht liegt, werde ich sie dir erfüllen.«
Das kam einer Absage so nahe, wie er es wagen konnte.

»Ich bitte dich um dein Urteil, König.«

Wenn die Elfen doch diesen Kerl holen würden, dachte Athelric. Was führt er im Schilde? Aber Urteile zu fällen war eine der königlichen Aufgaben. »Ein Urteil worüber?«

Unwin blickte die Halle hinunter. Zum hohen Tisch kamen zwei von Unwins Soldaten der Leibgarde. Zwischen ihnen eine kleine Gestalt, mit weichen Knien und so schwach, dass die Männer sie unter den Ellbogen gepackt hielten und sie vorwärtsschleiften. Sie trug einen ausgebeulten grauen Kittel und hatte dunkle Haare und ein weißes, angsterfülltes Gesicht.

Athelric erkannte das Mädchen, das über den Brand von Elflings Gehöft berichtet hatte.

»Was hat sie verbrochen?«

Unwin lehnte sich auf den Tisch und sprach so laut, dass alle in der Halle ihn hören konnten. »Sie ist eine Unfreie und eine Prophetin. Sie behauptet, dass der Bastard Elfling der rechtmäßige König sei, nicht du, Bruder meines Vaters. Sie sagt, dass schon bald der Bastard kommen und uns alle töten wird, als Rache für den niedergebrannten Hof und den Mord an seinen Leuten. Und dann wird er König sein und sie heiraten!« Unwin deutete auf das Mädchen und lachte schallend.

Athelric lachte nicht. Er musste jetzt ein Urteil fällen und war sich immer noch nicht sicher, was Unwin mit alledem bezweckte. Er fragte: »Hast du diese Dinge erzählt, Mädchen?«

Ebba antwortete nicht. Einer der Soldaten drückte sie auf die Knie. Sie kniete und starrte auf die Streu auf dem Boden vor ihr, auf die getrockneten Blumen und die abgenagten Knochen. Sie konnte nur das eine denken: dass sie nicht nur in der Halle voller Adliger war, sondern auch vor den Söhnen Wodens persönlich. Sie würden sie töten. Sie wagte nicht zuzuhören, wagte nicht zu verstehen. Als Athelric zu ihr sprach, konnte sie nicht antworten. Sie konnte kaum den mit Streu bedeckten Boden sehen, auf den sie starrte, so gewaltig war ihre Angst. Sie würden sie hängen, sie würden sie in ein Moor bringen, zu einem Bündel zusammenschnüren und eintauchen, bis sie sank – sie spürte schon das kalte Wasser bis in die Knochen, das sie umgab. Sie schlang die Arme um sich – der einzige Trost, der ihr blieb – und zitterte und stotterte, vermochte aber kein Wort zu sprechen.

Athelric wiederholte die Frage zweimal; aber es war offensichtlich, dass aus dem Mädchen nichts herauszuholen war. Er hob den Blick von ihr und blickte in die Halle. »Kann jemand bezeugen, dass das Mädchen diese Dinge gesagt hat?«

»Ich kann es«, antwortete der Soldat links von Ebba.

»Ich ebenfalls«, erklärte der andere.

Niemand sonst sprach in der Halle. Viele kannten die Prophezeiungen, welche das Mädchen gemacht hatte, aber keiner war so töricht, es zuzugeben.

»Und ich«, sagte Unwin. »Bezweifelst du mein Wort, Bruder meines Vaters?«

Athelric schaute ihn an. »Welches Urteil soll ich fällen?« Es war töricht, dachte er, der Sache überhaupt ein solches Gewicht zu geben. Warum sollte man das Geplapper einer Unfreien so wichtig machen, um ihm Aufmerksamkeit zu schenken? Sie auszupeitschen würde das Mädchen in Zukunft schweigen lassen. Aber niemand würde je vergessen, was sie bereits gesagt hatte – insbesondere nachdem Unwin sie vor seinen Thron gezerrt hatte.

Unwin lächelte. »Ich erwarte von dir als Urteil – Freiheit! Ich möchte, dass auch sie freigelassen wird.«

Athelric machte den Mund auf, hielt aber seine Zunge im

Zaum. Stattdessen lächelte er und begann mit der Menge zu spielen. Er umarmte Unwin und küsste ihn auf die Stirn. »Eine Bitte, welche ich mit Freuden erfülle! Lass die Schreiber holen und den Freibrief für das Mädchen sofort ausstellen. Bringt ihm die Kleidung und den Geldbeutel.«

Gelächter und Beifall stiegen aus der gesamten Halle auf. Das war bestens gelaufen, gestand Athelric sich ein. Was das Mädchen gesagt hatte, war jetzt entwertet. Nur ein Mann ohne Furcht und ohne Schuld konnte die Anschuldigungen des Mädchens mit Freiheit und Geschenken beantworten. Falls das Mädchen wollte, konnte es seine Prophezeiungen wiederholen. Niemand würde ihr jetzt noch glauben.

Unwin war ein wahrlich gefährlicher Rivale. Das stand für Athelric fest.

Unwin beugte sich über den Tisch und bot Ebba einen Becher mit Wein und ein Stück Kuchen an, das mit Creme und Honig gefüllt war. Die Soldaten hatten sie auf die Beine gezerrt, aber sie schien noch zu benommen zu sein und zu verängstigt, um den Kuchen zu nehmen, ganz zu schweigen zu begreifen, dass man sie von der Leibeigenschaft befreit hatte. Ein Soldat nahm den Kuchen von Unwin und legte ihn Ebba in die Hand. Sie starrte darauf, unfähig zu begreifen, weshalb man ihn ihr gegeben hatte, wenn man sie doch hergebracht hatte, um zum Tode verurteilt zu werden.

»Auf den Bruder meines Vaters!«, rief Unwin. »Auf seine Krönung – und auf den Schrei des Steines!«

Ebba war von der Hitze in der Halle mit den vielen prächtig gekleideten Menschen, die mit den Bechern auf die Tische klopften, dem Stimmengewirr und Gelächter so verschreckt, dass sie ihren Kuchen fallen ließ. »Also wirklich!« sagte der Soldat, der ihren Ellbogen umfasste. »Der schöne Honig und die Creme, alles verschwendet.«

Später, als die Kerzen und Feuer immer noch brannten und die Hitze auf ihrem Gesicht Schweißperlen hervorrief, als ihre Ohren dröhnten und sich ihr Magen bei den Gerüchen von Essen und Getränken umdrehte – brachten sie ihr ein Pergament und legten es in ihre Hand. Und dann hing der Wodenssohn, den sie am meisten fürchtete, der jüngere mit dem langen rötlichen Haar, ihr eine Knochenscheibe an einem Lederriemen um den Hals. Sie scheute zurück, aber dennoch streifte er ihr den Riemen über. Wieder war schrecklicher Lärm in der Halle. Die Soldaten überreichten ihr einen Stoß Kleider, darauf ein Paar Schuhe und einen kleinen Lederbeutel, in dem Metall klirrte, wenn man ihn schüttelte. Der Jubel dauerte an, als die Leibgarde sie durch die Halle und durch eine Tür in die Dunkelheit führte. Es war empfindlich kalt. Sie versetzten ihr einen Stoß, schickten sie fort und ermahnten sie, in Zukunft den Mund zu halten. »Ein zweites Mal wird der Atheling nicht so freundlich sein.«

Wilburga, in ihren Umhang gewickelt, stand draußen in der Dunkelheit. Es waren auch noch etliche andere Leute dort: der junge Mann, mit dem sie geflirtet hatte, und viele Gaffer. »Du bist in Sicherheit, in Sicherheit. Eostre sei Dank!«, sagte Wilburga und wickelte Ebba in einen Umhang, den sie mitgebracht hatte.

Zurück in den Unterkünften, berichtete Ebba, soweit sie konnte, was geschehen war. Sie zitterte immer noch, und ihre Stimme überschlug sich oder brach ab. Zuweilen musste sie kichern, wenn sie sich erinnerte, wie verängstigt sie gewesen war, wie sie mit dem sicheren Todesurteil gerechnet hatte. Wilburga legte den Arm um sie und tätschelte ihre Schulter.

Wilburga erklärte ihr auch, dass das Pergament ihre Freiheit bedeutete und dass die Knochenplatte um den Hals der Beweis dafür war.

»Freiheit?«

»Du bist jetzt eine freie Frau, Liebling. Keine Leibeigene mehr.«

Ebba schwieg.

Wilburga entfaltete das Kleiderbündel und fand ein Untergewand aus guter Wolle, ein Oberkleid und einen Umhang. Der kleine Lederbeutel war voll Geld.

»Holt Ale!«, rief einer. »Wir müssen feiern!«

»Was immer ihr über Unwin sagt...«, begann eine Frau, brach jedoch ab und schüttelte den Kopf.

Wilburga lehnte sich dicht an Ebba und sagte leise. »Den besten Rat, den ich dir geben kann, ist: Halte den Mund und geh von hier fort – so weit und so schnell wie möglich.«

»Aber ich kann nicht«, widersprach Ebba.

Wilburga legte die Hand auf die Wange des Mädchens. »Du hast wohl keinen Ort, an den du gehen könntest, Liebes?«

»Ich könnte nach Alnothsstead gehen«, sagte Ebba. »Elfling wird mich dort finden.«

Wilburga seufzte.

»Oh Ebba«, sagte sie.

DREIZEHNTES KAPITEL

AM SCHREIENDEN STEIN

Das Landvolk marschierte bis zu zehn Meilen, um die Straße zu erreichen, auf der die Prozession reiten würde. Alle wollten den zukünftigen König sehen, der mit seinem Gefolge zum Schreienden Stein ritt. Andere ritten direkt zum Stein, der in den Hügeln lag, und übernachteten dort, um den Augenblick selbst zu erleben, wenn ein Mann der von Gott erwählte König wurde.

Die Parade war es in der Tat wert, so weit zu gehen und zu warten. Wenn jemand ein Pferd besaß, war es für gewöhnlich ein gedrungenes kleines Arbeitstier. Jetzt sahen sie Abteilung nach Abteilung der Truppen auf großen, gut gefütterten edlen Rössern, mit gebürstetem, glänzendem Fell, und an den Harnischen klingelten goldene und silberne Glöckchen. Auch an den Satteldecken und Zügeln glitzerten Fransen. Die einfachen Menschen vermochten nicht zu begreifen, wie es auf der Welt so viel Reichtum geben konnte, um diese Rosse zu kaufen, zu füttern und zu schmücken.

Unter denen, welche die Straße säumten und neben der Parade schritten, waren auch Reichere, die bunte Kleidung trugen, aber der Großteil steckte in den grauen und braunen Kitteln aus ungefärbter Wolle, die durch den Gebrauch vieler Jahre abgewetzt und formlos geworden waren. Ab und zu sah man auch Umhänge aus Leder, um den Regen abzuhalten, oder solche, die aus Stroh geflochten waren. Mit glänzenden Augen und offenen Mündern schaute die Menge zu, wie eine Reiterschar nach der anderen vorbeizog, alle festlich gekleidet, in Scharlachrot, Blau, Hellgelb und Grün. Die bunten Umhänge waren mit Pelz gefüttert. Und in der Sonne blitzte und glitzerte das Gold, das sie auf den Schultern, an den Hälsen, Armen und Händen zur Schau trugen. Sogar die Gürtelschnallen, Abzeichen an den Kappen und Fußschnallen blitzten. Wie konnte es in der Welt so viel Reichtum geben?

Auch Bewaffnete ritten in der Parade mit. Jeder Mann trug ein Kettenhemd, aus Hunderten von gedrehten Eisengliedern, einige mit goldenen Ziernägeln besetzt. Jeder Soldat trug einen Schild auf dem Rücken und auf dem Kopf einen Helm – einen Helm aus Eisen, keine Lederkappe. Alle hielten Speere in den Händen und Schwerter an der Seite. Etliche hatten auch Bogen und Köcher voller Pfeile auf dem Rücken. Wie konnte es in der Welt so viel Reichtum geben? Das waren die Krieger, welche die Landesgrenzen gegen Eindringlinge verteidigen und Bauern und Hirten schützen sollten. Handwerker und Handelsleute auf den Straßen fühlten sich sicherer, wenn sie diese lärmende, klingelnde, blitzende Reiterschar vorüberziehen sahen. Sie waren stolz auf ihre Truppen.

Dann kam der König höchstpersönlich. Die Schleppe seines purpurroten Umhangs hing über die Kruppe des Pferdes. Sein Neffe ritt neben ihm, ebenfalls in Scharlachrot. Beide waren wie für die Schlacht bewaffnet, um ihre Bereitschaft zu zeigen, ihr Volk zu verteidigen. Beide trugen Helme mit Masken, die sie in furchterregende Geschöpfe mit Gesichtern aus

Gold verwandelte. Ihre Juwelen, die goldenen Verzierungen ihrer Schlachtrüstung, Schnallen und Fransen ließen sie fast in einer glitzernden Wolke verschwinden. Die Steine und das glitzernde Metall blinkten wie Sterne.

Hinter dieser prächtigen Parade folgte ein langer graubrauner Schwanz niederen Volkes: Diener aus der Residenz, Landvolk, die sich der Parade angeschlossen hatten, nachdem diese vorbeigezogen war. Alle marschierten sie in ihren hausbackenen Kleidern aus grauer, brauner und schwarzer Wolle und plauderten und lachten. Sie teilten sich, was sie mitgebracht hatten: Brot und Ale und Wasser aus Krügen. Unter ihnen war Ebba, voll der Hoffnung. Elfling würde kommen. Das wusste sie. Ehe der König gekrönt wurde, würde Elfling kommen und an seiner Stelle gekrönt werden. Und sie würde da sein.

Der Hügel des Schreienden Steins war nur ein Hügel unter vielen des Landes; unauffällig, abgesehen davon, dass er als der Hügel des Schreienden Steins bekannt war und verehrt wurde. An seinen Flanken wuchsen Eichen, Eschen und Ulmen – jetzt alle kahl. Darunter wuchsen Ebereschen, grüne Stechpalmen, Haselnussbüsche, Buchen und Holunder. Alle waren unberührt, weil der Hügel als heiliger Ort galt. Als die Reiter unter die Bäume ritten, packten sie die Speere fester. Im Sommer, wenn das Laub den Blick versperrte, war dies ein hervorragender Ort für einen Hinterhalt, wenn es kein heiliger Ort gewesen wäre. Selbst die Schatten der kahlen Äste reichten, dass sich den Gewappneten die Haare im Genick aufstellten. Es war umso nervenaufreibender, weil hier, am Fuß des Hügels, alle absaßen, die Pferde der Fürsorge der Pferdeknechte überließen und zu Fuß den steilen Pfad emporstiegen, der zur Kuppe des Hügel führte. Athelric und Unwin gingen voraus, ihre Leibgarden folgten ihnen besorgt, mit den Händen an den Schwertgriffen, dicht auf den Fersen.

Auf der Kuppe des Hügels wurde der Baumbestand lichter, und im Zentrum einer kleinen Wiese lag ein großer grauer Stein, der von Gras umwachsen war. Kein Meißel hatte ihn berührt, und die Mulde in Form eines menschlichen Fußes in der Mitte war nicht von Menschenhand geschaffen worden. Es war die Göttin selbst, die ihren Fuß auf diesen Stein gesetzt hatte, um einen heiligen Ort zu schaffen. Sie hatte die Mulde gemacht – sie oder einer der anderen hohen Götter, Woden, Ing oder Thunor. Welcher Gott auch immer den Abdruck geschaffen hatte, es konnte nur ein Mitglied der königlichen Sippe den Fuß hineinstellen. Das erzählte man sich jedenfalls. Jeder andere würde in Stücke gerissen oder schrumpfte oder würde einen langsamen und qualvollen Tod erleiden. Und nur bei der Berührung des von der Göttin erwählten Königs würde der Stein einen Schrei ausstoßen.

Die Menschen versammelten sich um den Stein und zitterten im eiskalten Wind, welcher durch die kahlen Bäume blies, und zogen die dicken Umhänge enger um sich. Die ärmeren Leute, darunter Ebba, wurden den Abhang hinabgeschoben, sogar bis zum Fuß des Hügels, und konnten nur hoffen, den Jubel – und den Schrei – zu hören, wenn der König den Fuß auf den Stein setzte.

Ebba krabbelte entschlossen den Hang wieder hinauf. Leicht war es nicht, weil die über ihr sich nicht von ihrem Platz vertreiben lassen wollten. Als sie sich endlich geduldig hinaufgearbeitet hatte, stieß sie auf Bewaffnete, die dort aufgestellt waren, um das ärmere Volk davon abzuhalten, die Adligen zu stören, welche um die Kuppe des Hügels standen.

Ganz oben auf dem Hügel, auf dem freien Platz um den Stein, schob Athelric seinen Umhang zurück und schritt vorwärts. Die auf den Hängen konnten nur vermuten, was sich oben tat, aufgrund des Schweigens, das sich über den

Hügel legte. Daher schwiegen auch sie. Die Musikanten beobachteten alles genau und setzten die Hörner an die Lippen. Als Athelric den Fuß in die Mulde des Steins stellte, stießen sie eine ohrenbetäubende Fanfare aus, eher ein Gebrüll als ein Schrei. Diejenigen, die ihnen am nächsten standen, wichen zurück und hielten sich die Ohren zu. Die auf den unteren Hängen grinsten, als sie den Fanfarenstoß hörten, schauten sich an und hoben jubelnd die Arme in die Luft. Nur Ebba stand still, die Hände vors Gesicht geschlagen, dann starrte sie über die Köpfe der anderen, aber sie sah nur den Himmel durch die kahlen Äste, und sie fragte sich…

Athelric stand noch auf dem Stein und drehte sich, um den Beifall und den Jubel entgegenzunehmen. Er hob die Arme, sodass der Umhang in anmutigen Linien zurückfiel. Im hellen Sonnenlicht des Frühlingsbeginns gab er gewiss eine beeindruckende Figur ab.

Jedenfalls glaubte er das. Aber die Reaktion, die er erhielt, war nicht, was er gewollt hatte. Urplötzlich war der Jubel abgebrochen, und Schweigen hatte sich ausgebreitet. Mit schockierten Gesichtern starrten die Menschen auf etwas, das sich hinter ihm befand. Einige zeigten sogar mit den Fingern.

Athelric drehte sich blitzschnell herum und taumelte überrascht ein wenig zur Seite, als er feststellte, dass er nicht allein auf dem Stein stand.

Hinter ihm, auf der anderen Seite des Fußabdrucks, wo der Stein sich etwas höher wölbte, stand ein junger Mann. Auf den ersten Blick sah Athelric die kostbare Kleidung, feiner grüner Stoff, Goldborten und -fransen: alle Goldornamente eines Athelings.

Athelric trat einen Schritt zurück, um seinen Gegenspieler besser anschauen zu können. Mit diesem Schritt hatte er den Stein verlassen und stand im Gras. Er wäre schnell wieder auf den Stein getreten, wäre da nicht das Gesicht des jungen Mannes gewesen. Er erkannte es, und der Schock ließ ihn erstarren, so wie viele Zuschauer vor Schreck erstarrt waren.

Das Gesicht war das seines toten Bruders Eadmund, doch nicht des alten Mannes, der gestorben war. Hier stand der junge Eadmund, hochgewachsen, schlank, stark und muskulös, mit einer golden schimmernden Haarwolke um das Antlitz. Athelric wollte sprechen, vermochte aber kaum zu atmen. Missbilligte Eadmund seine Nachfolge – war er als ein Geist erschienen? Doch warum in dieser Gestalt? Es musste aber ein Geist sein. Kein menschliches Wesen konnte hinter ihm auf den Stein gelangen. Die Bewaffneten hätten dies nie und nimmer zugelassen …

Als die Menschen auf den Hängen des Hügels hörten, wie der Jubel plötzlich abbrach, schauten sie sich fragend an. Da das Schweigen andauerte, wagten die Tapfersten, den Hang hinaufzukriechen, um durch die Phalanx der Bewaffneten einen Blick zu erheischen, was geschehen war. Ebba war sich nicht bewusst, was sie tat. Sie warf sich gegen die Reihe der Bewaffneten und versuchte hindurchzubrechen. Einer packte sie am Arm und schleuderte sie zurück. Sie rollte den Hang hinab und riss andere mit sich. Benommen und voller Prellungen lag sie da und schaute durch die Äste zum Himmel.

Diejenigen in den ersten Reihen der Menge standen und starrten in atemlosem Schweigen. Vor ihren Augen war die Gestalt des Jünglings hinter Athelric erschienen, als sei er durch eine unsichtbare Tür getreten oder durch einen unsichtbaren Vorhang gekommen. Wie Unwin konnten sich viele nicht mehr an den alten König als jungen Mann erinnern und glaubten, dass nicht Eadmund dort stünde, sondern der Atheling Wulfweard. Die Männer am dichtesten neben Unwin hatten ihn sprechen hören, als der Jüngling erschienen war, aber niemand hatte verstanden, was er gesagt hatte.

Als der Jüngling sprach, wusste Unwin über jeden Zweifel hinaus, dass es nicht Eadmund war und auch nicht Wulfweard. Er war nicht sicher, ob er erleichtert oder enttäuscht sein sollte. Mit einer Stimme, welche im Freien von allen gehört wurde, die die Krone des Hügels umstanden, sagte der Jüngling: »Ich hörte Hörner blasen, aber ich hörte keinen Laut vom Stein.«

Athelric war so unfähig zu antworten, dass er hilfeheischend seinen Neffen Unwin anschaute, als wolle er, dass dieser für ihn spreche. Doch niemand auf dem Hügel gab eine Antwort. Es gab welche, die geschworen hätten, dass der Stein bei der Berührung mit Athelrics Fuß aufgeschrien hatte, aber die Erscheinung des jungen Mannes aus der Luft brachte sie zum Schweigen. Und diejenigen, die wussten, dass die ganze Sache mit dem Stein lediglich eine Darbietung war, um die Dummen zu beeindrucken, plagten jetzt Zweifel und Unsicherheit.

Unwin schritt näher zum Stein, wobei seine Schwertscheide klirrend gegen das Kettenhemd schlug, aber er konnte nichts sagen. Er betrachtete nur fasziniert das Gesicht, das dem seines verschollenen Bruders so ähnelte.

Der Jüngling legte die Hände auf die Griffe der Waffen, die an seiner Seite hingen: auf das schwarze Heft eines Schwertes und den mit Goldintarsien geschmückten Griff eines Sax. Er schaute in die Runde, auf die Bewaffneten, auf die gaffenden edlen Frauen und Herren. Dabei hoben sich die dünnen Zöpfe neben seinem Gesicht und drehten sich im Wind. »Wer ist sonst noch hier aus der Königssippe?« Er lächelte freundlich. »Es soll doch eine gerechte Prüfung sein, richtig? Jeder Mann aus der Königssippe soll seinen Fuß auf den Stein stellen. Dann werden wir hören, bei wem der Stein schreit.«

Unwin brüllte: »Mein Name ist Eadmundssohn, Atheling! Athelric und ich sind die einzigen Männer der Königssippe hier. Jetzt lass uns *deinen Namen* hören!«

Der fremde Jüngling lächelte wieder. »Das kann warten, Bruder. Warum kommst du nicht her und probierst dein Glück? Stell deinen Fuß in den Fußabdruck der Göttin!«

Unwin hatte die Hände an den Griffen der Waffen und sagte: »Ehe du mich ›Bruder‹ nennst, sag uns deinen Namen.«

Mit laut schallender Stimme erklärte der Jüngling: »Wir haben denselben Vater, Bruder. Ich bin ebenfalls Eadmunds Sohn und ebenso ein Atheling.«

»Du bist *nicht* Wulfweard!«, schrie Unwin. Es gab Geschichten, wonach Wesen aus der Anderswelt die Gestalt von Sterblichen annahmen, sogar einen Schimmer über Baumstümpfe oder Strohbündel warfen, sodass Menschen – zumindest eine Zeitlang – glauben, sie seien ihre Freunde.

Der Jüngling hinter ihm lachte, und aus einer Lufttasche erschien plötzlich Wulfweard. Er blickte sofort zu Unwin, als hätte er schon seit geraumer Zeit unsichtbar seinen Bruder beobachtet. Er war so gekleidet, wie er diese Welt verlassen hatte, in voller Rüstung; allerdings trug er den Helm mit der Maske unter dem Arm, und sein Haar glänzte hell im Sonnenlicht. Als man sie so Seite an Seite sah, war der fremde Jüngling trotz der verblüffenden Ähnlichkeit der Schönere. Neben ihm war Wulfweard wie eine goldene Brosche, die von einem fähigen Gesellen vorzüglich nachgearbeitet worden war, doch nur die Imitation des Originals seines Meisters blieb.

Wulfweard schaute von seinem Bruder zu seinem Vatersbruder und rief: »Dies ist der Nachfolger, den unser Vater benannt hat!« Er sprang vom Stein und sagte zu seinem Bruder und seinem Vatersbruder: »Er soll der nächste König sein.«

Jetzt wechselten Athelric und Unwin Blicke. Ihre Antwort lautete: Schwerter. Die zwei Waffen wurden beinahe gleichzeitig klirrend aus den Scheiden gerissen. Unwin lächelte hämisch.

Hinter ihnen wiederholte sich das Klirren und wurde lauter, als die Männer der Garde ebenfalls ihre Schwerter zückten, bereit zu tun, was ihre Gebieter von ihnen forderten, obwohl ihnen keine andere Gefahr drohte als ein einziger junger Mann. Es folgte eine kurze, hektische Aktivität, als Frauen und Kinder sich schnell von der Front zurückzogen und eilends den Hügel hinunterliefen. Bewaffnete folgten ihnen mit dem Befehl, sie zu schützen. Weiter unten kam es zu Schieben und Stoßen unter dem niedrigeren Volk, weil viele so schnell wie möglich hinunterwollten, andere jedoch sich nach oben kämpften, weil sie sehen wollten, was immer es dort zu sehen gab, um später für den Rest ihres Lebens davon zu erzählen. Ebba krabbelte von dem Platz, wo sie nach dem Sturz gelandet war, nach oben. Sie war durch das Durcheinander ringsum verwirrt, kletterte aber zielstrebig weiter nach oben, als die Menge lichter wurde.

Elfling lächelte immer noch hinreißend, machte einen kurzen Schritt und stellte seinen Fuß in den Abdruck im Stein.

Der Klang durchbohrte die Zuhörer. Ihre Muskeln verspannten sich, Hände öffneten sich und ließen Waffen fallen, Knie wurden weich, Blasen entleerten sich. Es war ein knirschender, lang gezogener, kreischender Ton, wenn man eine Klinge am Wetzstein schärft oder Schiefer über Schiefer schiebt. Ebba fiel auf die Knie, dann legte sie sich auf den Bauch und hielt sich mit beiden Händen die Ohren zu. Noch nie hatte sie einen so schrecklichen Ton gehört.

Auf dem Hügel drehten sich die Menschen in Panik und suchten nach dem Ursprung des Schreis. Als sie ihn entdeckten, verbreitete sich eine noch größere Verwirrung. Für etliche, sogar unter der Leibgarde, war die Tatsache, dass der Stein tatsächlich den Schrei ausgestoßen hatte, zu viel. Keine Angst vor Feigheit, kein Gedanke an Ehre vermochte sie zu halten. Sie ließen die Waffen dort liegen, wohin sie gefallen waren, und rannten kopflos davon. Auf der Flucht versetzten sie weitere Neugierige in Panik, welche ebenfalls losliefen, ohne nach dem Grund zu fragen. Als der Schrei des Steins abebbte, erhob sich an seiner Stelle lautes, angsterfülltes Gebrüll.

Doch andere erfüllte der Schrei des Steins mit Ekstase. Ihre Herzen und Köpfe öffneten sich für das Wunder: Es war wahr! Es bedurfte keines weiteren Beweises, um sie zu überzeugen. Vor ihnen stand auf dem Stein der von der Göttin erwählte König! Die Männer legten die Waffen nieder, da sie diese nicht mehr brauchten, umringten den Stein, um das Wunder aus der Nähe zu sehen und den Stein und den Jüngling zu berühren, der darauf stand, und aus ihm Stärke zu ziehen. Sie lachten alle laut. Ihre Gesichter waren voll Freude. Unter diesen war auch Athelric. Die Freude, seine Göttin so nahe zu wissen, ließ ihn den Thron vergessen. Auch Wulfweard war am Rand der Menge der glühenden Verehrer. Sein Körper war Unwin zugewandt, aber er blickte zurück zum Stein und zu Elfling.

Der Atheling Unwin war erschüttert, aber er lief weder vom Stein fort noch dorthin. Der Schrei des Steins hatte ihm nicht nur Angst eingeflößt, sondern auch teuflisch, unnatürlich und widerwärtig geklungen. Er spürte, wie Furcht in ihm aufstieg, und reagierte darauf mit Wut. Dies war der Teufel, der den Kampf gegen den Gott beginnen wollte, welchem er Treue geschworen hatte, und dieser Teufel musste bekämpft werden. Er schaute umher und sah einige seiner Männer auf dem Weg nach unten und etliche, die sich in die Schar der Ungläubigen einreihten. Aber es waren viele, meist Christen wie er, die verwirrt mit offenem Mund dastanden. Er hob sein Schwert vom Boden auf und rief ihnen zu: »Ihr habt geprahlt, was ihr in der Schlacht für Ruhmestaten vollbringen würdet, während ihr mein Ale geschluckt habt! Steht jetzt zu euren Worten, oder sollen sie euch beschämen?«

Die verwirrten Gesichter wandten sich ihm zu. Er zeigte ihnen sein Schwert, das er wieder in der Hand hielt. »Ich habe euch ein Dach über dem Kopf, Kleidung, Essen und Trinken versprochen, Waffen und Belohnung – und ich habe mein Wort gehalten!« Jetzt erholten sich seine Männer. Sie brachen in Jubel aus, schlugen mit den Schwertern gegen die Schilde und waren entschlossen, die Erinnerung an ihre Angst durch umso wilderes Kämpfen auszulöschen. »Eine Belohnung für den Mann, der mir den Kopf des Elfen bringt!«, schrie Unwin. Gerade als er seine Leute vorwärtsführen wollte, sah er seinen Bruder und rief: »Wulfweard! Atheling! Zu mir!«

Wulfweard hörte ihn, wandte sich um, drehte sich wieder zum Stein – und rannte dann zu Unwin, um sich in dessen Reihen einzugliedern und seinen Platz an der Seite des Bruders einzunehmen.

Unwin lief auf den Stein zu, seine Männer hinter ihm. Alle schlugen mit den Schwertern auf die Schilde und machten einen Höllenlärm, dazu schrien sie wild. Diejenigen, die am Stein standen, schienen abgelenkt zu sein – eine leichte Beute. Doch als die Angreifer näher kamen, veränderte sich die Luft, und aus ihr traten auf wunderbare Weise Krieger hervor. Bewaffnete, mit hocherhobenen Schilden. Unter den Helmen waren bleiche, blutlose Gesichter von Toten. Einige hatten keine Augen und wiesen Risswunden auf, wo Raben und Wölfe, Wodens Geschöpfe, sich an ihnen gütlich getan hatten. Die Hände, mit denen sie die Speerschäfte hielten, waren bläulich verfärbt, auch die Nägel waren blau. Als sie die Münder öffneten und den Schlachtruf ausstießen, kam von ihnen ein Luftzug, der faulig stank. Bei diesem Anblick sank auch dem Tapfersten der Mut, und Unwins Leibwachen hatten bereits mehr als zum Reißen gespannte Nerven. Sie blieben stehen und wichen erneut zurück.

Unwin spürte, wie sein Leib vor Furcht schwach wurde, aber er war ihr Herr, ihr Anführer. Ihm war bewusst, sobald er einen Schritt zurückwich, würde der Rest fliehen. »Mein Gott ist das Leben!«, schrie er und schlug mit dem Schwert auf den nächsten Krieger der Anderswelt ein. Während sein Schwert noch in der Luft war, ehe es traf, fragte er sich, was geschehen würde. Würde die Kreatur in Knochenteile und Fleischbrocken zerfallen? Würde sie wie ein Traum verschwinden? Ehe der Gedanke zu Ende gedacht war, hatte er bereits die Antwort, als sein Schwert mit aller Kraft gegen einen Schild prallte, der so fest war wie der, den seine Männer hielten. Auch der Krieger dahinter war ebenso stark. Gerade noch rechtzeitig gelang es ihm, den eigenen Schild zu heben.

Hinter den Reihen der Walkürenkrieger sammelte Elfling die Männer, die sich zu ihm gesellt hatten. Hektisch hoben sie Schwerter vom Boden auf, schlangen Schilde auf den Rücken und stülpten sich Helme auf die Köpfe. Elfling zog

Wodens Versprechen aus der Scheide. Er spürte das Schwert in seiner Hand zittern und zum Leben erwachen. Heute brauchte er sich keine Sorge zu machen. Es würde genügend Blut zu trinken bekommen, ehe es wieder in die Scheide gesteckt würde. Es würde sich nicht an ihm gütlich tun müssen.

Beide Seiten trafen mit den Schilden aufeinander, Eisen schlug gegen Eisen, dazu laut hallende Schreie: Wodens Musik. Als mehr und mehr von denen, die Elflings Seite ergriffen hatten, ins Kampfgeschehen eingriffen, verschwanden allmählich die toten Krieger und traten zurück in die Anderswelt, aus der sie gekommen waren. Die verletzbaren sterblichen Männer, deren Leiber durch eiserne Klingen gespalten werden konnten, die sterben konnten, rannten wieder gegeneinander an. Die Schläge auf die Schilde erschütterten ihre Körper und dröhnten in ihren Ohren. Der Metallbuckel eines Schildes vermochte ein Gesicht zu Brei zu schlagen, es zu blenden und Nase und Jochbein zu brechen. Die schweren Schwerter und Äxte ermüdeten die Hände, die sie führten. Mit voller Kraft geführt, vermochten die Klingen das Fleisch bis zum Knochen zu zerteilen, den Knochen zu brechen und sogar ihn zu durchtrennen. Die Krieger warfen sich in die Schlacht im vollen Bewusstsein, dass sie zerhackt und in Stücke geschnitten werden mochten, dass ihr Blut verströmen, dass ein Schwerthieb gegen Knie oder Hüfte, Schulter oder Ellbogen sie zum Krüppel machen konnte. Aber sie hatten sich ja gebrüstet, als sie betrunken waren ... Jetzt galt es, diese Prahlereien unter Beweis zu stellen.

Es war nicht leicht zu wissen, ob der Mann, den man angriff oder der einen niederhauen wollte, Freund oder Feind war. Alle Männer trugen die gleiche Rüstung. Die Athelinge erkannte man an den Helmen mit Masken und dem Gold, das bei ihnen blitzte, und ihre Krieger scharten sich um sie.

Elfling zeichnete sich durch sein ungeschütztes Haupt aus und durch die Geschwindigkeit, mit der er sich bewegte und zur Seite auswich, ebenfalls durch die Schnelligkeit und Härte, mit der er zuschlug. Anscheinend brauchte er keinen Helm, da kein Hieb an seinem Schild vorbeikam. Wenn er sein Schwert in die Höhe schwang, fing es das Licht ein. Dann sah man auf der dunklen Klinge ein kompliziertes Muster aus Knoten. Bei diesem Anblick zog sich das Herz der Männer, die gegen ihn antraten, zusammen, und Panik schlug in ihrer Brust. Als Elflings Männer ihren Anführer ohne Helm und lachend kämpfen sahen, dass die Gegner wankten, lachten sie ebenfalls laut vor Stolz und Freude über die eigene Kraft. Sie warfen sich erneut vorwärts, aber diesmal kam es zu keinem Klirren der Schilde, denn ihre Gegner, Unwins Leibgarde, die Christus-Anhänger, machten kehrt und flohen. Dies war auch keine Finte, um die Feinde aus dem Schilderwall zu locken, denn sie warfen auf der Flucht ihre Schilde weg, ließen ihre Speere auf dem Boden zurück und schleuderten alles von sich, was sie bei der Flucht behindern könnte.

Elflings Männer verfolgten sie auf den Wegen, die den Hügel hinabführten, aber auch auf unwegsamem Gelände. Die Verfolger lachten beim Töten, erfüllt von Wodens Kraft, und waren nicht in der Stimmung, ihre Klingen zu schonen. Die Fliehenden wurden niedergemacht und in Stücke geschlagen, desgleichen viele Zuschauer, die so töricht gewesen waren, zu nahe am Kampfgeschehen zu bleiben.

Als Elfling sah, dass der Kampf gewonnen war, verließ er die Hügelspitze nicht. Er betrachtete die Toten oder blutenden Sterbenden, die um den heiligen Stein lagen, und es kam ihm überhaupt nicht seltsam vor. Die Walküre teilte die Toten mit Woden. Sie war eine liebende Frau und eine hartherzige alte Vettel zugleich. Man musste sich freuen, wenn sie lächelte und einen liebte, solange es währte. Die Toten, das Blut und Leid und die verstümmelten Männer scherten sie wenig – eigentlich gar nicht.

Mit dem schweren Schwert noch in der Hand schritt er durch die Leichen. Er wollte die Klinge nicht säubern und in die Scheide stecken, bis er sicher war, dass er sie an diesem Tag nicht mehr benutzen musste. Seine Hand schmerzte und zitterte, weil er das Heft so lange gehalten hatte. Auch seine Arme bebten immer wieder von den Schlägen, die er mit Schild und Klinge abgewehrt hatte. Sein Rücken schmerzte von der Mühe, einen schweren Gegner zu Boden zu werfen, der auf seinem Schild gelandet war. Seine Beine zitterten und schmerzten von der gewaltigen Anstrengung. Sie würden noch stundenlang zittern, so wie seine Ohren, ja, und sein ganzer Kopf weiterhin vom Kampfeslärm dröhnten, der darin widerhallte. Er kam zu einem Mann mit einer Bauchwunde. Einen Augenblick lang schaute er auf ihn hinab, dann setzte er die Schwertspitze an dessen Kehle und stieß zu – ein Akt der Menschenliebe. Er schritt weiter und kam zu Wulfweard.

Der Junge lag halb unter einem Toten, der auf ihn gefallen war. Auf Elflings Nicken hin kamen zwei seiner Männer, die ihm auf dem Hügel gefolgt waren und alles fasziniert bestaunt hatten, und zerrten den Toten beiseite. Elfling bückte sich über seinen Halbbruder.

Der Schild des Jungen war zerbrochen und hatte ihn schutzlos gemacht. Das Schwert, das er noch in der Hand hielt, hatte eine Klinge mit vielen Scharten. Blut quoll unter der goldenen Helmmaske hervor. Wulfweard blutete aus

Wunden in der Brust und am Arm, wo sein Kettenhemd aus dicken Eisengliedern wie Leinen durchschnitten war. Nur *ein Schwert* in diesem Kampf konnte solche Wunden beibringen, aber Elfling erinnerte sich nicht, im Kampf die goldene Maske vor sich gesehen zu haben. Er erinnerte sich nicht, den Schild gespalten zu haben oder das Schwert des Jungen niedergeschlagen zu haben. Aber eigentlich erinnerte er sich nur wenig an den Kampf, abgesehen davon, dass Wodens Versprechen seinen Arm geführt hatte, und von der Begeisterung über seine Schnelligkeit und seine Kraft, die ihn antrieben.

Behutsam hob Elfling den Kopf Wulfweards und nahm ihm den Helm ab. Unter der goldenen Maske erschien sein eigenes Gesicht, aber jünger und schwächer und jetzt mit Blut beschmiert. Die Augen waren halb offen, und die Lider flackerten. Atem drang aus dem Mund. Noch lebte Wulfweard, allerdings nicht mehr lange.

Elfling war müde und schreckte vor der Mühsal einer Heilung zurück. Er legte den schweren Kopf wieder auf die Erde und stand auf. Der Junge starb. Sollte er doch sterben. Sein Geist war schon so weit entfernt, dass er still in den Tod gehen würde, ohne Schmerzen und ohne das Bewusstsein wiederzuerlangen ... Und auf einem Hügel, der von so vielen toten und blutenden Körpern entstellt war, war ein weiterer toter Junge keinen Gedanken oder eine Bemerkung wert.

Elfling ging weiter. Seine faszinierten Anhänger folgten ihm auf den Fersen. Wulfweard war zwar nicht auf Elflings Hof gewesen und hatte an dem Massaker dort nicht mitgewirkt – aber er war ein Blutsverwandter derer, die es getan hatten, und das machte es gerecht, sein Leben als Bezahlung für die Blutschuld zu nehmen. Außerdem – Elfling schüttelte den Kopf, und die Heldenzöpfe schlugen gegen sein Gesicht – hatte der Junge seine Seite verlassen, um für seinen Bruder Unwin zu kämpfen. Mochte er in Unwins Diensten sterben.

Elfling machte kehrt und bahnte sich einen Weg durch die, welche ihm so dicht folgten. Er ging zurück zu Wulfweard und kniete neben dem Jungen nieder. Er warf Wodens Versprechen beiseite und drückte seine Hände kräftig auf Wulfwearde Brust. Er holte tief Luft, schloss die Augen und bemühte sich, ruhig zu werden und den Ruhepunkt in seinem Kopf zu finden, von dem seine Kraft ausging. Unter seinen Händen war kaum Bewegung zu spüren, kaum Atmen, aber das Herz schlug schnell, wenngleich schwach. Elfling schien es nicht nur zu fühlen, sondern auch zu hören: Der Puls schien in seinem eigenen Körper zu schlagen. Er nahm seinen eigenen Atemrhythmus und verlangsamte diesen; dabei lauschte er auf sein eigenes Herz und den Pulsschlag in den Ohren. Er biss die Zähne zusammen, setzte seine gesamte Willenskraft ein und konzentrierte sie wie einen Hammerschlag: So, wie ich will, so *muss* es sein! Kraft seines Willens schloss sich das offene Fleisch und versiegelte den Blutstrom. Mittels seines Willens flößte er Wulfweard die Kraft ein, von seiner Kraft zu nehmen. Mit seinem eigenen Herzschlag rief er den wandernden Geist zurück. Seine Hände glühten wie an einem kalten Wintertag: Die Hitze stieg ihm in den Kopf, dass ihm schwindlig wurde.

Männer sammelten sich um ihn und sahen, wie sein Haar sich aufstellte und Funken sprühte. Sie spürten die Hitze, die von ihm ausging, und wichen voll Furcht zurück.

Elfling blieb neben Wulfweard knien und presste die Hände auf dessen Brust, bis er spürte, das seine Kraft nachließ. Ihm war übel, und eine große Kälte lief durch seinen ganzen Körper. Er hob die Hände von Wulfweard und sank zur Seite. Er konnte sich gerade noch mit den Armen abstützen, sonst hätte er flach auf dem Boden gelegen. Langsam und mühsam hob er den Kopf, als jemand ihn am Arm berührte. Er schaute durch sein wirres Haar nach oben. Athelric stand neben ihm und hielt seinen Helm in der Armbeuge. Er betrachtete Elfling wie verzückt voll Staunen.

Völlig erschöpft blickte Elfling von ihm zu Wulfweard. Es war ihm nicht gelungen, die Wunden vollständig zu schließen, aber die Blutung hatte aufgehört, und der Junge atmete kräftiger. »Tragt ihn fort«, sagte Elfling zu wem auch immer in seiner Nähe; er schaute nicht hin. Er besaß kaum die Kraft zu sprechen. »Vorsichtig. Kümmert euch um ihn.«

Mehrere Männer kamen und hoben Wulfweard auf ihre Arme. Elfling schaute ihnen nach, als sie ihre Last vorsichtig und mit unsicheren Schritten davontrugen. Er spürte immer noch Athelric an seiner Seite und sagte, ohne ihn anzusehen: »Zähl die Toten.«

»Das ist bereits geschehen«, antwortete Athelric. Beide wussten, dass der Hauptgrund für die Zählung der Toten war herauszufinden, ob Unwin darunter war.

Athelric seufzte und setzte sich neben Elfling. Erschöpft ließen sich beide auf den Boden sinken. Sie hatten sich nichts zu sagen. Beide fühlten, wie ihre Gliedmaßen immer wieder zitterten.

Ebba hatte auf dem Hang des Hügels ganz still gelegen, als der Kampf über ihr lautstark tobte und die Flüchtenden an ihr vorbeigerannt waren. Erst als der Lärm aufgehört hatte, wagte sie es, den Hang zur Kuppe des Hügels hinaufzukriechen. Sie hatte Angst und zuckte bei jedem Laut, bei jeder Bewegung zusammen; sie hatte keine Rüstung, die sie vor scharfen Klingen schützte, und sie bewegte sich zwischen Männern, denen der Schrecken des Kampfes noch in den Knochen saß und die bereit waren, auf alles einzuschlagen, was in ihre Nähe kam. Als sie sich der Kuppe näherte, lagen überall Tote und Verwundete. Sie musste über sie hinwegsteigen. Ringsum Wunden und Blut. Sie wandte schnell den Blick von den zerschlagenen Gesichtern und zerschnittenen Muskeln ab. Sie wanderte weiter und bemühte sich auf dem Weg, die schrecklichsten Anblicke zu meiden. Und dann – auf der Kuppe – sah sie Elfling. Sie lief geradewegs auf ihn zu und stieg dabei über alles, was ihr im Weg war.

Er saß neben einem schwereren älteren Mann auf der Erde. Eine kleine Schar Bewaffneter stand bei ihnen und starrte sie an. Elfling trug ein Kettenhemd, dessen Glieder im Sonnenlicht glänzten. Dann hob er den Kopf. Ebba starrte ihn an.

Sein Haar war länger, als sie es je gesehen hatte, und hing hinten offen und an den Seiten in dünnen Zöpfen herab. Die Sonne fing sich darin und verwandelte es in Weiß und Gold. Jeden Tag und jede Nacht hatte sie sich bemüht, sich zu erinnern, wie er aussah. Doch jetzt erkannte sie, wie verschwommen und unvollständig ihre Erinnerung gewesen und wie wunderschön er in Wirklichkeit war. Sie spürte, wie die Liebe aus ihrem tiefsten Inneren aufstieg, warm, süß und verzehrend: Sie spürte, wie ihr Herz zu ihm strebte. Sie war sicher, dass er sie lieben musste. Denn wie konnte sie so viel empfinden und er nicht das Gleiche?

Sie wagte sich etwas näher heran. Auf dem Gras lag nahe bei Elfling ein großes Schwert mit schwarzem Griff. Die Klinge war dunkel vom getrockneten Blut. Sie würde das Schwert für ihn säubern, dachte sie, obgleich es für sie ein schrecklicher Anblick war, dick mit Blut beschmiert. Aber sie würde Grasbüschel ausreißen und es reinigen – um ihm die Arbeit abzunehmen.

Sie ging noch näher und schaute ängstlich zu den Männern, ob diese sie nicht vielleicht verjagen würden. Elfling hatte wieder den Kopf gesenkt und sah sie nicht. Noch ein Stückchen näher, dann konnte sie in die Hocke gehen und die Hand nach seinem Schwert ausstrecken . . . Gerade als sie es berühren wollte, hob Elfling ruckartig den Kopf und sagte: »Lass das!«

Ebba zuckte zurück und blieb einfach stehen und schaute ihn an. Sie hatte Angst, dass sie ihn irgendwie beleidigt hatte, und wusste nicht, was sie sagen sollte.

Elfling runzelte die Stirn, als er Ebba erkannte. Ebba aus seinem alten niedergebrannten Gehöft. Er fragte sich, wie sie hergekommen war, aber er war zu müde, um darüber nachzudenken. Doch diesen starren Blick kannte er, das Flehen, die dösigen Augen, und wäre er nicht so erschöpft gewesen, wäre er zornig geworden. Dieses dämliche Mädel lief ihm wieder hinterher, demütigte sich und weckte in ihm eine Verärgerung, die er nicht fühlen wollte. Und jetzt gehörte er der edlen Frau, die zu Rivalinnen keineswegs freundlich sein würde. Mehr als je zuvor brachte es Ebba kein Glück, ihn zu lieben.

Ohne Zorn sagte er nur: »Geh fort von hier, Mädchen. Geh zurück nach Hornsdale, wo du hingehörst.«

Er hob Wodens Versprechen auf, rupfte Gras aus, um die Klinge selbst zu reinigen; aber ein Mann trat vor und nahm sie ihm eilfertig aus der Hand. Elfling erhob sich mühsam. Zwei oder drei Männer boten ihre Hilfe an. Er nahm die Hilfe des einen an, da er so müde war. Als Elfling auf den Beinen stand, seufzte er und sagte: »Zeigt mir, wo ich schlafen kann.«

Athelric stand auf und rief: »Eine Eskorte für den König!«

Männer eilten mit klirrenden Rüstungen herbei. Ebba stand da und schaute zu, als sie Elfling den Hügel hinabgeleiteten, wo man die Pferde zurückgelassen hatte. Um sie, um den heiligen Stein herum, wurden Männer fortgetragen, oder, wenn sie tot waren, den Hang hinabgerollt und gestoßen. Elfling schaute nicht zurück. Er hatte Ebba bereits vergessen.

Sie setzte sich zwischen die Toten auf den Hügel und schluchzte. Elflings glasklare Augen hatten sie genau angeschaut. Er hatte sie erkannt, aber verschmäht. Seine Stimme war so ausdruckslos und kalt gewesen. Seine Augen, seine Stimme hatten ihr gezeigt, was sie war. Sie hatte geglaubt, ein bisschen hübsch zu sein, aber jetzt wusste sie, dass sie mager und gewöhnlich war. Sie hatte sich so viel auf die beiden Goldringe und ihren Beutel mit dem Gold der Athelinge eingebildet: Jetzt wusste sie, dass sie damit nicht Elflings Schwert kaufen konnte, auch nicht den Helm. Es reichte höchstens dafür, dass sie ein armer Bauer eines zweiten Blickes würdigte. Mit einem Schlag erkannte sie die harte Wirklichkeit: ihre Torheit, ihre Einsamkeit – sie hatte weder Eltern noch Schwestern oder Brüder, auch keinen Herrn oder Geliebten.

Ein großer schwarzer Rabe ließ sich schwer neben ihr auf dem Boden nieder und pickte in der Erde, die Wulfweards Blut getränkt hatte.

VIERZEHNTES KAPITEL

DAS WEBEN GEHT WEITER

Die hohen, kahlen Bäume ragten schwarz vor einem glühenden roten Band auf. Über dem Rot war der Himmel tiefblau, beinahe schwarz. Unwin blickte zurück in die Richtung, aus der sie gekommen waren, zurück in den Sonnenuntergang, und fragte: »Ist mein Bruder tot?«

»Ach, edler Herr«, sagte der müde Mann auf dem Pferd neben ihm. »Wie können wir das wissen?«

Unwin hatte Wulfweard fallen sehen, niedergemacht von diesem Elfenbalg mit dem schwarzen Schwert. Es gab nichts, was er hätte tun können. Seine Männer waren besiegt und geflohen. Wäre er geblieben, wäre er ebenfalls gestorben, und dann gäbe es niemanden mehr, der den Blutzoll für Wulfweard und Hunting hätte eintreiben können.

Unwin drehte sich im Sattel um und drückte seinem Pferd die Fersen in die Weichen. Schnell hatte er seine kleine Schar eingeholt. Sie waren geflohen und bis zu den Pferden gekommen. Sie hatten sich selbst Pferde genommen und den Rest auseinandergetrieben, um die Verfolger aufzuhalten. Im letzten Licht ritten sie nach Norden, denn wenn sie den Norden erreichten, gelangten sie zu den Besitzungen der fremden Nordleute. Diese waren Christen – Vater Fillan war von dort gekommen – und würden einen christlichen Atheling willkommen heißen.

Im Norden konnte Unwin in Sicherheit abwarten, bis er die Nachricht vernahm, ob er der einzige überlebende Atheling war oder nicht.

Im Norden konnte er eine Armee aufstellen, um sich zu rächen.

In den Unterkünften der königlichen Residenz schliefen die erschöpften Krieger. Aber in anderen Hallen wurde gefeiert und wurden begeistert Reden geschwungen, die sich von einer Unterkunft zur nächsten verbreiteten und die Leute zusammenschweißten. Ein neuer König – von einer Göttin auserwählt, ein Elfengeborener! Die Zukunft konnte nur gut werden.

Wulfweard lag in seinem eigenen Bett in seinen Privatgemächern in der Residenz. Man hatte ihn entkleidet und seine Wunden gewaschen und verbunden. Neben dem Bett saßen die Priesterinnen von Ing und Woden, welche die passenden Runen aus Holzstücken geschnitzt und unter das Kissen und die Bettdecke gelegt hatten. Während sie Wache hielten, sangen sie Zauberlieder. Aber beide hatten dieses röchelnde, stockende Atmen schon früher gehört. Eine steckte die Hand ins Bett und suchte den Blick ihrer Gefährtin, dann schüttelte sie den Kopf, als sie fühlte, wie kalt die Finger des Athelings waren. Schon bald würden sie ihren Gesang von einem Heilungszauber zu einem Lied wechseln müssen, welches die entfliehende Seele auf den Weg in die Anderswelt führte.

Der neue König, der Elfengeborene, war gekommen, um nach seinem Halbbruder zu sehen, und hatte wieder die Hände auf ihn gelegt und nochmals versucht, ihm zu helfen – doch hatte ihn das so geschwächt, dass seine Knie weich wurden und er zusammenbrach. Er hatte Wulfweard auf dem Schlachtfeld vor dem Sterben gerettet, doch jetzt konnte er nach seinen eigenen Worten nichts mehr für ihn tun. Die Priesterinnen sangen weiter in der vom Kerzenlicht erhellten Nacht. Während sie sangen, beteten sie, der Morgen möge kommen. Oft kam mit dem neuen Tag neue Stärke, selbst für die Sterbenden. Doch sollte der Tod kommen, dann sollte es so sein. Es lag im Ermessen der Göttin, die Toten auszuwählen.

In einer dunklen Ecke neben einem Vorratsraum lag Ebba im Schmutz und weinte, bis ihre Kraft sie verließ. Ruhiger geworden, setzte sie sich auf, wischte das Gesicht ab, wobei sie es noch schmutziger machte, und schwor wild entschlossen, dass sie nie wieder eine Träne vergießen würde, nicht für Elfling oder einen anderen Mann. Aber dann flossen die Tränen erneut. Oft schrie sie, halb von Tränen erstickt, dass sie ihm so wehtun würde, wie er ihr wehgetan hatte – und sogleich nahm sie die Worte zurück. Doch der Wunsch kehrte stets wieder.

Elfling lag in den Privatgemächern des Königs, in dem geschnitzten und vergoldeten Bett, in dem sein Vater gestorben war. Er lag in den Armen der edlen Frau, der alten Vettel, der Geliebten, der Jungfrau und der Walküre. Im Halbschlaf flüsterte sie ihm ihre Pläne für die Zukunft ins Ohr. »Unwin ...«, flüsterte sie und: »Athelric ...«

Elfring rührte sich und fragte: »Und Wulfweard?«

»He!«, sagte sie lachend und flüsterte: »Ich erwähle die Toten.«

Susan Price

ELFLING

DAS HEER DER TOTEN

Es herrschte so dichtes Schneetreiben, dass selbst die Dunkelheit weiß war. Der Reisende, dessen Kleidung der Schnee weiß getüncht hatte, rutschte aus, als er an seinem unglücklichen, erschöpften Esel zerrte. Beide waren völlig durchnässt, hungrig, mitgenommen, und ihnen war so kalt, dass sie sich kaum noch bewegen konnten.

Als sich Mauern und Torhaus der königlichen Festung in den weißen Wirbeln des Schneesturms düster abzeichneten, weinte der Reisende und schickte ein Dankesgebet gen Himmel. Ihm war nicht bewusst gewesen, wie nah er ihr schon war, aber als er mit seinem Esel das Tor erreichte, fand er es verschlossen vor.

Vor dem Tor hing eine Laterne, deren schwaches Licht im Schneesturm kaum zu erkennen war. Neben ihr hing ein Glockenstrang, und der Priester zog daran, obwohl seine Finger ihn kaum zu greifen vermochten. Der Schnee dämpfte das laute Dröhnen der Glocke zu einem leisen Bimmeln.

Ein kleines Viereck auf Augenhöhe öffnete sich klappernd. Im Lichtschein der Laterne war eine Nase zu erkennen, die neugierig durch die Öffnung gesteckt wurde.

»Wer begehrt Einlass?«

Der Reisende lehnte sich an die Tür. »Ich bin Priester. Mein Name ist –«

»Was wollt ihr, Priester?«

»Lasst mich herein. Ich –«

»Das Tor ist bis zum Morgengrauen verschlossen und verriegelt. Es wird beim ersten Sonnenstrahl wieder geöffnet.«

»Aber ich kann nicht – wartet, wartet!« Die kleine Öffnung begann sich zu schließen. »Es ist kalt, es schneit –«

»Morgen beim ersten Sonnenstrahl«, sagte der Torwächter.

»Nennt Ihr das Gastfreundschaft?«, schrie der Priester.

»Erreicht das Tor vor Sonnenuntergang«, meinte der Torwächter, »und Ihr werdet in allen Würden empfangen. Aber wir sind hier in einer königlichen Festung, nicht in einer heruntergekommenen Kaschemme. Bei Sonnenuntergang wird das Tor verschlossen. Beim ersten Sonnenstrahl wird es wieder geöffnet.«

»Ich werde hier draußen erfrieren.«

Ein verärgertes Zischen war durch die kleine Öffnung zu hören. »Geht zur Brücke zurück und überquert sie. Zur rechten Hand werdet Ihr ein Gästehaus finden, in dem Ihr Decken, etwas zu essen und Holz finden werdet, alles, was Ihr braucht. Aber dieses Tor öffnet sich nicht vor Sonnenaufgang.«

Das Türchen begann sich wieder zu schließen. »Ich muss aber hinein!«, schrie der Priester. »Ich habe eine Nachricht zu überbringen – ist es denn nicht wahr, sagt es mir, dass Unwin Sassenach sich unter Eurem Dach befindet?« Das Schweigen des Torwächters war ihm Antwort genug. »Ich habe Nachrichten für Unwin. Sagt ihm, dass ich hier bin, dass Vater Fillan hier ist. So wahr Gott Euer Schöpfer ist, bitte ich Euch, tut wenigstens das!«

»Unwin Sassenach ist nicht unser König – er ist niemandes König«, sagte der Torwächter.

»Aber er ist Eures Königs Gast!«

Der Torwächter seufzte schwer. »Begebt Euch zur Hütte, Vater, und wartet dort, während ich für Euch nachfrage. Das kann sehr lange dauern.«

»Ich werde hier warten«, sagte Vater Fillan und zog den Mantel enger um sich. Er war halb erfroren, glaubte aber fest daran, dass Gott und König Lovern ihm seinen Wunsch eher gewähren würden, wenn er litt.

DAS HEER DER TOTEN

Aus dem Englischen von
Marcel Bülles

INHALT

ERSTER TEIL

ERSTES KAPITEL

UNWIN SASSENACH

Es herrschte so dichtes Schneetreiben, dass selbst die Dunkelheit weiß war. Der Reisende, dessen Kleidung der Schnee weiß getüncht hatte, rutschte aus, als er an seinem unglücklichen, erschöpften Esel zerrte. Beide waren völlig durchnässt, hungrig, mitgenommen, und ihnen war so kalt, dass sie sich kaum noch bewegen konnten.

Als sich Mauern und Torhaus der königlichen Festung in den weißen Wirbeln des Schneesturms düster abzeichneten, weinte der Reisende und schickte ein Dankesgebet gen Himmel. Ihm war nicht bewusst gewesen, wie nah er ihr schon war, aber als er mit seinem Esel das Tor erreichte, fand er es verschlossen vor.

Vor dem Tor hing eine Laterne, deren schwaches Licht im Schneesturm kaum zu erkennen war. Neben ihr hing ein Glockenstrang, und der Priester zog daran, obwohl seine Finger ihn kaum zu greifen vermochten. Der Schnee dämpfte das laute Dröhnen der Glocke zu einem leisen Bimmeln.

Ein kleines Viereck auf Augenhöhe öffnete sich klappernd. Im Lichtschein der Laterne war eine Nase zu erkennen, die neugierig durch die Öffnung gesteckt wurde.

»Wer begehrt Einlass?«

Der Reisende lehnte sich an die Tür. »Ich bin Priester. Mein Name ist –«

»Was wollt ihr, Priester?«

»Lasst mich herein. Ich –«

»Das Tor ist bis zum Morgengrauen verschlossen und verriegelt. Es wird beim ersten Sonnenstrahl wieder geöffnet.«

»Aber ich kann nicht – wartet, wartet!« Die kleine Öffnung begann sich zu schließen. »Es ist kalt, es schneit –«

»Morgen beim ersten Sonnenstrahl«, sagte der Torwächter.

»Nennt Ihr das Gastfreundschaft?«, schrie der Priester.

»Erreicht das Tor vor Sonnenuntergang«, meinte der Torwächter, »und Ihr werdet in allen Würden empfangen. Aber wir sind hier in einer königlichen Festung, nicht in einer heruntergekommenen Kaschemme. Bei Sonnenuntergang wird das Tor verschlossen. Beim ersten Sonnenstrahl wird es wieder geöffnet.«

»Ich werde hier draußen erfrieren.«

Ein verärgertes Zischen war durch die kleine Öffnung zu hören. »Geht zur Brücke zurück und überquert sie. Zur rechten Hand werdet Ihr ein Gästehaus finden, in dem Ihr Decken, etwas zu essen und Holz finden werdet, alles, was Ihr braucht. Aber dieses Tor öffnet sich nicht vor Sonnenaufgang.«

Das Türchen begann sich wieder zu schließen. »Ich muss aber hinein!«, schrie der Priester. »Ich habe eine Nachricht zu überbringen – ist es denn nicht wahr, sagt es mir, dass Unwin Sassenach sich unter Eurem Dach befindet?« Das Schweigen des Torwächters war ihm Antwort genug. »Ich habe Nachrichten für Unwin. Sagt ihm, dass ich hier bin, dass Vater Fillan hier ist. So wahr Gott Euer Schöpfer ist, bitte ich Euch, tut wenigstens das!«

»Unwin Sassenach ist nicht unser König – er ist niemandes König«, sagte der Torwächter.

»Aber er ist Eures Königs Gast!«

Der Torwächter seufzte schwer. »Begebt Euch zur Hütte, Vater, und wartet dort, während ich für Euch nachfrage. Das kann sehr lange dauern.«

»Ich werde hier warten«, sagte Vater Fillan und zog den Mantel enger um sich. Er war halb erfroren, glaubte aber fest daran, dass Gott und König Lovern ihm seinen Wunsch eher gewähren würden, wenn er litt.

In König Loverns Festsaal saß man gerade beim Abendessen zu Tisch. Bei Feierlichkeiten war er hell erleuchtet, doch heute brannten nur wenige Feuer und Kerzen, die aber zumindest Wärme spendeten. An den Tischen in Eingangsnähe drängelten sich Sklaven und einfache Bürger und machten einen Höllenlärm. Sie redeten und schrien wild durcheinander, ließen die hölzernen Tische und Bänke knarzen, schlugen ihre Becher aneinander und klapperten mit den Messern. An der Tafel des Königs saß fast niemand, denn König Lovern hatte sich dazu entschlossen, heute in seinen Privatgemächern zu speisen. Neben dem leeren Thron saß der riesige Sassenach, Unwin Eadmundssohn, und bei ihm der junge Däne, Ingvi Jarlssen.

An diesem Abend gab es schlichte Kost, doch davon mehr als genug: Brot und Butter, eine ordentliche Gemüsebrühe mit Hammelfleisch, Fisch, Käse und Milch zum Trinken. Obwohl sie ihren Hunger bereits gestillt hatten, lümmelten sie noch an der Ehrentafel herum, denn im Festsaal war es warm. Ingvi vertrieb sich die Zeit, indem er seinen Dolch mit der rechten Hand hochwarf und mit der linken wieder fing, um ihn anschließend mit der Linken zu werfen und rechts aufzufangen. Unwin gefiel dieses Spiel weniger, denn der Dolch lag schwer in der Hand und hatte eine scharfe Klinge. Irgendwann würde Ingvi danebenwerfen, und Unwin hielt es für nicht unwahrscheinlich, dass der Dolch dann *ihn* treffen würde. Trotzdem bewegte er sich nicht, denn damit hätte er Ingvi die Gelegenheit geboten, lauthals behaupten zu können, dass die Dänen offensichtlich mutiger seien als die Sachsen.

»Ich kann das wirklich gut. Ich habe den Dolch noch nie fallen lassen, oder? Und ich habe ihn jetzt schon mindestens fünf Dutzend Mal hochgeworfen«, sagte Ingvi, als er ihn erneut in die Luft warf und wieder auffing.

Bei Ingvi bedeutete »Dutzend« lediglich »viel«. Dass er gerade mal bis zwölf zählen konnte, gehörte zu den Dingen, die Unwin an ihm mochte. Als sich der Dolch wieder in der Luft befand, meinte Unwin nur: »Es wird sich im Kampf als nützliche Fähigkeit erweisen.« Sie konnten sich recht gut miteinander verständigen, denn ihre Sprachen waren nah miteinander verwandte Dialekte. Doch bei Sarkasmus stellten sich Ingvis Ohren auf Durchzug.

»Nun, es macht dem Feind Angst«, sagte er, »wenn er sieht, wie leichthändig man mit seinen Waffen umgeht. Ich kann das auch beim Reiten.« Und wieder befand sich der Dolch in der Luft.

»Ich hätte auf jeden Fall Angst«, sagte Unwin.

Ingvi wandte sich an Unwin, anstatt den Dolch noch einmal hochzuwerfen. »Die Leute sagen, ich wäre ein Elfenkind. Das bin ich aber nicht. Nicht so wie *dein* Elfenkind.«

»Dieses Ding ist nicht *mein* Elfenkind«, antwortete Unwin.

Ingvi schenkte ihm keine Beachtung. »Das liegt bloß daran, weil ich so dunkelhäutig bin.« Ihn unter seinen Verwandten zu erkennen wäre eine leichte Aufgabe. Die Dänen waren weithin bekannt für helle Haut, helle Augen und blonde Haare, aber auch für ihre Größe und einen massigen Körperbau. Ingvi hingegen war zwar groß, aber schlank, und seine Haut hatte den Braunton einer reifen, polierten Haselnuss. Seine Augen glichen in ihrer Färbung einem dunklen Flusslauf im Moor, wenn auch mit grünen und gelben Einschlägen, und seine Wimpern waren lang und dicht. Unwins Volk hatte sich immer über die Dänen lustig gemacht, die ihre Haare nur deswegen so schnitten, um »ihren Hals zu entblößen und damit den Feind zu blenden.« Ingvis Haare waren tatsächlich so geschnitten und ließen seinen gesamten braunen Nacken frei, während sie vorne unkontrolliert über die Augenbrauen fielen. Sie waren grob wie Hundefell, so dick wie Reet und so schwarz wie Ruß. Unter Loverns Nordwalisern fanden sich viele dunkelhaarige Männer, aber selbst ihre Haut und Augen waren hell, und niemand unter ihnen hatte so tiefschwarze Haare wie Ingvi. Ingvis große, starke Zähne wirkten im Kontrast zu seinen Haaren weiß wie Schnee, und das Weiß in seinen Augen blitzte ständig auf. »Ich bin auf gar keinen Fall ein Elfenkind«, plapperte er weiter. »Meine Mutter kam aus einem anderen Land. Sie –«

Ein schwacher kühler Lufthauch wehte durch die Hitze im Festsaal und ließ die Flammen von Feuern und Kerzen kurz flackern. Die Tür war geöffnet worden. Hunde bellten, und der Lärm am Saaleingang hatte einen anderen Klang angenommen. Unwin setzte sich in seinem Stuhl auf und schaute zum Eingang. Ingvi hielt mitten im Satz inne.

Der Torwächter durchmaß den Saal mit großen Schritten, um den Gästen des Königs seine Ehrerbietung zu erweisen, wenn auch sein König nicht anwesend war. Vor der Ehrentafel verbeugte er sich tief und sagte etwas in seiner Sprache. Ingvi antwortete ihm, und der Mann wandte sich ab.

»Halt!«, sagte Unwin. »Was ist los?«

»Er hat eine Nachricht für den König«, antwortete Ingvi, als der Torwächter zögerte.

Unwin erhob sich. »Ist jemand am Tor?«

Ingvi übersetzte die Frage und die Antwort des Torwächters. »Ein Mann erbittet den Zugang zur Festung – er muss dies dem König mitteilen.«

»Warum?«, fragte Unwin. »Frag ihn, warum er den Mann nicht zum Gästehaus geschickt hat. Frag ihn, was so wichtig ist, dass er den König selbst darüber in Kenntnis setzen muss.«

Ingvi stellte ihm die Fragen. Der Torwächter wandte sich den beiden Männern wieder zu, und seine Art zu antworten schmeckte Unwin nicht – zu trotzig, zu aufsässig. Ingvi grinste, als er ihm seine Antwort übermittelte. »Er sagt, dass dies König Loverns Burg ist, und dass König Lovern als Erster erfährt, wer an seinem Tor steht.«

Unwin ging an der Königstafel vorbei nach vorn zum Torwächter. Ingvi folgte ihm. »Wer bin ich?«, fragte Unwin den Torwächter.

Nachdem diese Frage übersetzt worden war, schien der Mann einen Augenblick lang verwirrt. »Ihr seid ein Sachse!«, lautete dann seine Antwort, und das verstand Unwin sehr wohl ohne Übersetzung.

»Wer bin ich?«, wiederholte er seine Frage und ging einen Schritt auf den Mann zu.

Der Torwächter antwortete, und Ingvi lachte. »Er sagt, wenn Ihr nicht wisst, wer Ihr seid, dann solltet Ihr einen weiseren Mann, als er es ist, um die Antwort bitten.«

Einen Augenblick lang war Unwin still. Dann lächelte er,

legte seine Hand auf die Schulter des Manns und tätschelte sie leicht. »Bin ich der Gast deines Königs?«

Ingvi übersetzte, und es war leicht zu erkennen, wie der Mann mit sich selbst kämpfte, um nicht erneut eine patzige und unwirsche Antwort zu geben. Da Unwin ihn anlächelte und an der Schulter festhielt, gab er widerwillig zu, dass der Sachse des Königs Gast war.

»Bin ich nicht von königlichem Geblüt? Bin ich nicht der Sohn eines Königs? Dann wirst du mir jetzt sagen, wer am Tor steht, und vielleicht können wir es König Lovern ersparen, die Wärme seines Kamins verlassen zu müssen.«

Der Torwächter wich einen Schritt vor Unwin zurück und murmelte etwas.

»Ein Priester steht vor dem Tor«, sagte Ingvi. »Er behauptet, sein Name sei Fillan.«

»Fillan!«, rief Unwin. Der Torwächter ging durch den Festsaal zur Tür.

Einen Atemzug lang blieb Unwin stehen und folgte dann dem Torwächter. Ingvi rannte ihm nach. »Wohin gehst du?«

»Zum Tor.«

»Warum?«

»Um es zu öffnen«, sagte Unwin.

Sie wuchteten die Eingangstür des Festsaals auf und verließen dessen Wärme, als sie in die Nacht hinausgingen. Die Luft war so kalt, dass ihre Haut sich buchstäblich zusammenzog. Schnee knirschte unter ihren Füßen, wirbelte um sie herum und legte sich auf ihre Kleidung.

Ihre Ankunft am Torhaus störte die Wachleute, die aufsprangen und ihr Essen und ihre Getränke zu verstecken und dabei Aufmerksamkeit zu heucheln versuchten. Es war ihnen nicht erlaubt, Unwin aufzuhalten oder ihn am Öffnen des Gucklochs zu hindern, und das gefiel ihnen nicht.

Unwin starrte in den Vorbau des Torhauses. Der Schnee wirbelte umher, nur um kurz im Laternenlicht hell zu schimmern und dann wieder in der Dunkelheit zu verschwinden. »Fillan?«, rief er in die Finsternis.

Vater Fillan hatte sich in einer Ecke des Vorbaus zusammengekauert, denn Erschöpfung und Unterkühlung hatten ihm schwer zugesetzt, und er hörte zunächst gar nicht, dass jemand nach ihm rief. Als er es begriff, schreckte er auf und fiel fast um, denn er konnte sich kaum noch bewegen. »Hier!«, sagte er und krabbelte zum Guckloch.

Unwin erkannte ihn im Laternenlicht sofort wieder – Vater Fillan, der Priester seiner Mutter; der Mann, der ihn im christlichen Glauben unterwiesen hatte. Er wich vom Tor zurück und befahl den Wachen: »Öffnet das Tor!«

Selbst nachdem Ingvi das übersetzt hatte, weigerten sich die Männer, auch nur einen Finger zu krümmen. Die Tore der königlichen Festung wurden vom Sonnenuntergang bis zum Sonnenaufgang verriegelt. Fremde, sollten sie auch von noch so edlem Geblüt sein, hatten ihnen nichts zu befehlen, schon gar nicht, wenn einer von ihnen ein Flüchtling und der andere eine Geisel war.

»Grundgütiger!«, sagte Unwin und machte sich daran, das Tor selbst zu öffnen. Ingvi half ihm dabei. Sie wuchteten den schweren Riegel hoch und stellten ihn zur Seite, und Unwin nahm den Schlüsselring von der Wand.

In diesem Moment wurden Befehle auf Walisisch erteilt, und ein Mann rannte zur Festung zurück. »Der ist auf dem Weg, um dem König zu sagen, was wir hier anstellen«, meinte Ingvi.

»Was soll's«, sagte Unwin, als er die verschiedenen Schlüssel an den Schlössern ausprobierte. »Sassenachs und Dänen, die sind doch sowieso alle verrückt.«

Ingvi lachte laut auf und schätzte es, von Unwin auf seiner Seite eingerechnet zu werden.

Schließlich fanden sie den richtigen Schlüssel, das Schloss öffnete sich, und Ingvi half, das schwere Tor nach innen zu ziehen. Vater Fillan stolperte durch die schmale Öffnung. Als Unwin ihn auffing und ihm half hineinzukommen, sprang Ingvi in den Schnee hinaus, um auch Fillans Esel hereinzuschaffen. Nicht dass das kleine Tier Hilfe benötigt hätte. Es stapfte willig durch das Tor, denn es wusste, dass es auf der anderen Seite Futter und Schutz finden würde. Sobald Ingvi wieder drinnen war, sprangen die Wachen vor und verriegelten das Tor wieder.

»Der Esel«, keuchte Vater Fillan. »Das Bündel.« Obwohl er völlig unterkühlt war, taumelte der Mann zum Esel hinüber und versuchte, sein Gepäck mit Fingern aufzuschnüren, die vor Kälte steif waren.

»Lass ihn und komm mit uns ans Feuer«, sagte Unwin. »Einer der Wachmänner kann es uns bringen.«

»Niemals! Niemals! Es ist zu ... zu ...«

»Ich werde es mitbringen«, sagte Ingvi und begann das Bündel zu lösen.

»Bringt es in mein Zimmer«, sagte Unwin und geleitete Fillan ins Haus.

Die Wallburg bestand aus mehreren Gebäuden, die von einem tiefen Graben und einem Schutzwall umgeben waren. Neben der königlichen Halle befanden sich dort Ställe und Küchen, Scheunen und Werkstätten und viele kleinere Häuser, in denen die bedeutenderen Mitglieder des königlichen Gefolges und ihre Untergebenen untergebracht wurden. Unwin hatte als Königssohn und königlicher Gast eines dieser kleineren Häuser zugeteilt bekommen, dazu auch einige Bedienstete. Einige von ihnen sprachen sogar ein wenig Eng lisch. Unwin führte Vater Fillan zu diesem Haus und gab ihn in die Pflege seiner Diener. Er befahl ihnen, trockene Kleidung und Essen herbeizuschaffen und warmes Wasser, damit der Ankömmling sich waschen konnte, und dann sollte er sich an das Feuer setzen.

Unwin rief seinen Hausverwalter zu sich und schickte ihn mit einer Nachricht zu den königlichen Gemächern, die seine Willkür beim Öffnen des Tors entschuldigte und eine umfassende Erklärung am nächsten Morgen versprach. »Sag ihm, dass der Mann vor dem Tor mir Nachricht brachte, und dass ich ihn in mein Haus aufgenommen und versorgt habe.« Der Hausverwalter beeilte sich, dem König zu versichern, dass weder seinem Haus noch seiner Ehre Schaden drohte.

Ingvi kam herein und trug dabei das Bündel vom Rücken des Esels in den Armen. Unwin nahm es ihm ab und führte ihn durch das Haus, wo sich die meisten Bediensteten bereits auf dem Boden zum Schlafen niedergelegt hatten, in sein Zimmer. Dort legte er das Bündel am Rand seiner leicht erhöhten Bettstatt nieder.

Ingvi brachte eine Kerze, und gemeinsam untersuchten sie das Bündel, dessen Umhüllung aus gewebtem Stoff bestand. Die Reise hatte dem Stoff nicht gut getan, doch obwohl er abgenutzt und verdreckt war, war er noch weich und fest, und im Kerzenlicht blitzten Goldfäden auf.

»Ein Altartuch«, sagte Unwin. Er wusste plötzlich, was sich in diesem Bündel befand. Er nahm sein Messer heraus und durchtrennte die Schnüre, die es zusammenhielten, und fing an, es auszupacken. Mit jeder Stofffalte, die sich löste, schlug ihnen ein stärker werdender Gestank entgegen.

»Bah!«, sagte Ingvi. »Das stinkt nach Tod.«

Als Unwin das letzte Stoffstück abgenommen hatte, bot

sich ihnen der Anblick eines langen, zerbrechlichen Objekts, das in Seide eingehüllt worden war. Ingvi erkannte es nur zögerlich als Seidengewand mit Verzierungen aus Goldfäden und Edelsteinen. Und dann erkannte er, dass der Inhalt dieses Gewands menschlichen Ursprungs war – oder gewesen war. Aus den Ärmeln quollen schwarz angelaufene Hände hervor, und die Seide umflog dünne Stiele, die einst Beine gewesen sein mochten. Das runde Ding am anderen Ende war ein Kopf, der auf die Größe eines Schädels geschrumpft und mit einem Schleier aus Leinen bedeckt war. Die Lippen hatten sich von den Zähnen zurückgezogen.

»Bei Gottes Gebeinen!«, sagte Ingvi. Er hatte während seiner Zeit am Hof König Loverns einige christliche Flüche aufgeschnappt.

Unwin legte Ingvi eine Hand auf die Schulter und deutete mit der anderen auf den Leichnam. »Ingvi – das ist Königin Ealdfrith, meine Mutter.«

»Mutter?«

Unwin ließ sich neben dem Kopf des Leichnams auf den Bettrand nieder. »Deine Mutter war eine Fremde. Meine war eine Heilige des Herrn. Hier liegt sie. Fillan ist ebenso ein Heiliger, denn er hat uns wieder zusammengeführt – oder hat er sie als Geschenk für König Lovern mitgebracht, damit sie seiner Kapelle als wertvolle Reliquie dienen soll?«

Jedes seiner Worte sprach Unwin überdeutlich aus, fast abgehackt, und jedes wurde mit solcher Wut gesprochen, dass Ingvi ihm eine Antwort schuldig blieb.

Unwin erhob sich und sprach in einem ruhigeren Ton weiter. »Ich muss mir Fillans Nachricht anhören.«

Ingvi stellte die Kerze auf einer Truhe ab und folgte ihm. Er schaute kurz zum Bett zurück und fragte: »Willst du nicht –?«

»Was?«, bellte Unwin, als er sich abrupt umdrehte.

Ingvi blieb stehen. »Aber . . . wirst du sie einfach so – ?« Er nickte in Richtung des Leichnams.

»Was soll ich denn mit ihr machen? Mutter, möchtest du etwas zu essen haben? Möchtest du ein wenig Musik hören? – Siehst du? Sie will nichts. Also lassen wir sie in Ruhe. Andere aber –«, fügte er hinzu und öffnete die Tür, »– nicht.«

Die meisten Bediensteten im Saal schliefen bereits, denn es widerstrebte ihnen, die wenigen Stunden Schlaf und Wärme aufzugeben. Eins der Feuer aber hatte man geschürt, und dort fanden sie Vater Fillan. Er fror immer noch, obwohl er trockene Kleidung am Leib trug und offensichtlich auch gegessen hatte, denn neben ihm stand eine leere Schale.

Unwin war Ingvi so wütend vorgekommen, dass er von ihm nun gleichfalls zornige Worte erwartete. Aber Unwin setzte sich neben den Priester auf die Bank und sagte leise: »Nun, Vater? Wie lautet deine Nachricht?«

Der Priester ließ den Kopf hängen und seufzte schwer. »Die Nachricht? Ah, die Nachricht«, sagte er auf Englisch. »Es ist nichts Gutes an meiner Nachricht, mein Sohn. Der Teufel treibt in Eurem Land sein Unwesen und sucht nach jenen, die er verschlingen mag. Die kleine Kapelle Eurer Mutter hat man abbrechen lassen, die Erde, auf der sie stand, abgetragen und eine Eibe an ihrer Stelle gepflanzt. Ich sage Euch, in diesem Land ist kein Licht mehr zu sehen, denn die Dunkelheit ist zurückgekehrt.«

Unwin blinzelte langsam und sagte geduldig: »Und meine Familie?«

»Euer Vatersbruder, Athelric!«, sagte der Priester und wandte sich zu ihm. »Er war immer ein Heide, ohne jede Reue! An der Seite des Teufels findet Ihr ihn! Er folgt diesem Ding wie ein zahmer Hund und gehorcht ihm auf jedes Wort!«

Unwin musste wider Willen lächeln. »Das hört sich nicht nach Athelric an.«

»Ich schwöre es Euch!«, rief der Priester aus. »Sein eigener Wille hat sich in Nichts aufgelöst. Sein Geist ist verhext. So wie er vor dem Ding katzbuckelt, muss man glauben, er wäre darin verliebt!«

Ingvi machte es sich auf dem strohbedeckten Boden bequem, denn die Bänke waren zur Seite geschoben worden, damit die Leute sich schlafen legen konnten. Er hörte den beiden fasziniert zu. König Lovern war ein christlicher König, der zwischen den heidnischen Sachsen im Süden und den heidnischen Dänen im Osten lebte, und er verwendete viel Zeit darauf, sich von den Geschehnissen in beiden Königreichen berichten zu lassen. In den letzten fünf Jahren hatten ihm die Dänen wenig Sorgen bereitet, nachdem er sie geschlagen und Ingvi als Geisel genommen hatte, um den Frieden sicherzustellen. Seine Aufmerksamkeit beiden Völkern gegenüber ließ aber nie nach. Neuigkeiten wurden immer willkommen geheißen.

Vor Jahren hatte Lovern Vater Fillan zu den Mittelsachsen geschickt, zu ihrer Königin Ealdfrith, um sie im christlichen Glauben unterrichten zu lassen. Jetzt saß er neben Unwin auf derselben Bank und faselte von Orten und Namen, die Ingvi nichts sagten. Das Kaminfeuer tauchte den Priester in ein glühendes Rot, und in seinem Schein waren die Falten unter seinen Augen, die ersten grauen Strähnen im schwarzen Haar deutlich zu erkennen. Vater Fillan war kein großer Mann; er wirkte nicht wie ein Held. Er schien nicht die Sorte Mensch zu sein, die den Mut aufbringen könnte, sich unter die heidnischen Sachsen zu wagen – die bei Weitem nicht so freundliche und zivilisierte Heiden waren wie die Dänen –, um ihnen die frohe Botschaft des christlichen Glaubens zu bringen, die keiner von ihnen hören wollte.

»Und meine Söhne, Vater?«, fuhr Unwin fort.

Der Priester wischte sich müde mit der Hand übers Gesicht. »Sie waren bei ihrer Mutter, nicht wahr – in Unwinsburg? Ich habe nichts von ihnen gehört, mein Sohn, aber –« Er schüttelte den Kopf. »Sie sind Christen, nicht wahr, sie und ihre Mutter? Dies ist keine gute Zeit für Christen.«

Unwin richtete sich auf. »Meint Ihr, ich muss um sie fürchten?«

»Der Teufel hasst alles Christliche. Alles Heilige erregt seinen Zorn, und er zerstört es. Es bekümmert mich sehr, mein Sohn«, sagte Vater Fillan und griff nach Unwins Hand, »aber ja, ich fürchte um Eure Frau und Eure Kinder.«

Unwin starrte unentwegt geradeaus, direkt in das knisternde Feuer. Ingvi bewunderte, wie er bei diesen Worten ruhig bleiben konnte. Seine Bewunderung wuchs, als er Unwin in gleichfalls ruhigem Tonfall fragen hörte: »Und wie steht es um meinen Bruder?«

Vater Fillan drückte Unwins Hand. »Es tut mir leid, mein Sohn, aber ich glaube, Wulfweard ist tot.«

Unwin richtete seinen Blick auf den Priester. »Bist du dir dessen sicher?«

»Wer kann sich in solchen Zeiten sicher sein? Ich weiß mit Gewissheit, dass Wulfweard halbtot vom Schlachtfeld getragen wurde. Und vor nicht allzu langer Zeit, als ich mich auf den Weg machte, hörte ich die Leute sagen, der Atheling sei gestorben. Vielleicht meinten sie damit ja Athelric? Aber Athelric war bei bester Gesundheit, als ich ihn das letzte Mal sah. Ich befürchte – und tief in meinem Herzen spürte ich es –, dass der Atheling, der gestorben ist, Wulfweard war. Ich habe für ihn gebetet.«

»Und Ihr werdet weiter für ihn beten«, sagte Unwin. »Das werde ich auch tun. Und Gott habe ich für eines zu danken.« Unwin lächelte. »Ich muss mir nicht länger Gedanken darüber machen, welcher Bruder mir zuerst in den Rücken fallen wird und wann.«

Vater Fillan tätschelte seine Hand. »Ach, ich weiß, Ihr habt Eure Brüder geliebt.«

Unwin entzog dem Priester seine Hand und hielt das granatverzierte goldene Kreuz hoch, das er um seinen Hals trug. »Bei diesem Kreuz schwöre ich«, sagte er, »vor Euch und meinem Gott, dass für das Blut Huntings und das Blut Wulfweards Blut fließen soll. Für ihr Blut werde ich Elfenblut vergießen. Ich werde ihm den Kopf abschlagen.«

»Unwin –«, begann Vater Fillan.

»Und auch Athelric, dem Bruder meines eigenen Vaters. Ich schwöre –« Er überging die Widerworte des Priesters. »Ich schwöre bei diesem Kreuz, vor Gott, dass ich die Hand abschlagen werde, die sich gegen uns erhoben hat, und seinen Kopf ebenso.«

»Unwin! Wenn Euch jemand auf die rechte Wange schlägt, dem bietet auch die andere dar. Vergebet Euren Feinden! Tut Gutes denen, die Euch hassen! So lautet die Botschaft unseres Glaubens!«

Er merkte, wie Unwin und Ingvi ihn ausdruckslos anstarrten. Ingvi hatte diese Botschaft während seiner Zeit am Hofe Loverns hundertmal gehört, doch auf ihn als Heiden hatte sie wenig Eindruck gemacht. Er war dennoch immer wieder überrascht, Christen kennenzulernen, die ernsthaft von einem verlangten, dem eigenen Feind zu vergeben – nicht irgendwelchen, vielleicht möglichen Feinden, sondern den Feinden, die jemandes Sippenbrüder getötet hatten.

»Ich bin weit davon entfernt, vollkommen zu sein, Vater.

Ich hatte zwei Brüder. Jetzt bin ich allein. Die Elfenbrut hat sie getötet, und mein Vatersbruder hat sie verraten. Ich werde sie beide töten.«

Ingvi richtete sich auf seinen Knien auf. »Schneide ihnen den Blutadler in den Rücken!«

Das Entsetzen stand Fillan ins Gesicht geschrieben, doch er schwieg.

»Den Blutadler...« Unwin nickte. Wenn er jemals sein Land zurückerobern wollte, so benötigte er die Unterstützung von Ingvis Bruder Ingvald. Der feierliche Schwur, Elfling den Blutadler in den Rücken zu schneiden, würde die Dänen sicherlich beeindrucken. Und es würde sich herumsprechen, wenn er die dänische Armee in sein Land führte. Vor jeder Schlacht würden die Dänen einen Speer über die feindliche Armee werfen – den Speer, der jeden Mann unter ihm Odin weihte. Dieser Speer würde den Sachsen klarmachen, dass sie bei einer Niederlage bis auf den letzten Mann für Odin hingerichtet werden würden. Und ihr Anführer, ihr König, Elfling, würde den Blutadler erleiden. Sie würden bald schon merken, wie treu die neuen Untertanen der Elfenbrut wirklich waren, wenn der Schwur erst bekannt wäre. »Ich schwöre –«, er grinste, als er Ingvis begeistertes Gesicht sah, »– ich werde den Blutadler in den Leib der Elfenbrut schneiden.«

»Unwin –«, begann Vater Fillan. »Unwin...« Ihm fielen keine Worte ein, die an der Situation etwas ändern konnten. Wenn die Dänen den Blutadler vollzogen, dann nahmen sie sich einen lebendigen Mann und trennten die Rippen von seinem Rückgrat, bogen sie nach außen und zerrten die Lungenflügel hervor, in der Form der Flügel eines Adlers. »Wie könnt ihr nur so etwas sagen?«

»Wäre es Euch lieber«, fragte Unwin, »wenn ich ihn kreuzigte?«

»Oh, nun lästert Ihr Gott! Ihr habt Jesu Worte gehört – habt Ihr jemals wirklich zugehört? Ein Mensch – Gottes Schöpfung! Wie könnt Ihr davon sprechen, ihn zu verstümmeln, ihn zu töten, und dennoch Gottes Worte in Eurem Herz tragen?«

»Er ist ein Teufel«, sagte Unwin. »Kein Mensch. Ihr selbst habt ihn den Teufel genannt.«

»Dann habe ich gesündigt! Denn er ist zur Hälfte Mensch! Er ist Euer Halbbruder, Unwin! Der noch für die Sache Jesu gewonnen werden kann!«

Unwin drehte sich blitzschnell zu ihm um, beugte sich vor, sodass der Priester zurückwich. »Es hat meine Brüder getötet. Ich trage nichts ›in meinem Herzen‹ außer Rache. Ich habe einen Schwur geleistet, und ich werde vor einem halbwüchsigen Dänen keine Schande über mich bringen, indem ich mein Wort breche. Danach werde ich zu Euch kommen, Vater, und meine Sünden beichten und meine Buße leisten. Aber ich werde meinen Schwur erfüllen. Versucht nicht, mich davon abzubringen.«

Unwin erhob sich und wäre gegangen, hätte Fillan nicht nach seiner Hand gegriffen. »Mein Sohn, wenn Gott solch große Veränderungen in unserem Leben bewirkt, wie er es bei Euch getan hat, dann liegt es an uns zu fragen, was er uns damit sagen will.«

Unwin blickte für einen kurzen Moment schweigend auf ihn herab. Dann sprach er. »Vater, es scheint mir, als Gott mein Königreich in die Höhe warf und es in den Händen der Elfenbrut landete, dass er doch kein guter Jongleur ist. Das Beste für mich wird sein, mich auf des Königs Thron zu setzen, der mir rechtens zustand. Vielleicht wird dann niemandem auffallen, wie ungeschickt Gott sein kann.«

Vater Fillan ließ seine Hände in seine Ärmel gleiten.

»Dann werdet Ihr nicht bei mir Eure Beichte ablegen. Ich werde nicht eine Nacht unter diesem Dach verbringen – ich werde im Königssaal nächtigen. Und morgen werde ich den König um Erlaubnis bitten, mich in mein Kloster zurückziehen zu dürfen, das ich, so wahr Gott mir helfe, nie wieder verlassen werde. Ihr mögt Euch einen Christen nennen, Unwin, aber tief in Eurem Herzen seid Ihr ein größerer Heide als dieser Teufel von einem Elfen.«

Unwin, der sich abgewandt hatte, warf einen Blick zurück auf den Priester. »Dann werde ich einen anderen Beichtvater finden. Von euch Pfaffen gibt es mehr als genug.« Unwin ging in sein Zimmer.

Ingvi, der auf dem Boden gekniet hatte, erhob sich. »Eine gute Nacht, Vater«, sagte er und eilte Unwin hinterher. Er wollte ihn fragen, ob er nicht in seinem Haus bleiben könne, anstatt auf der Suche nach einem Schlafplatz die kalten, dunklen Höfe zu durchstöbern.

Unwin, so dachte er bei sich, war ein großer Mann, genau wie sein Bruder, Jarl Ingvald. Er hätte nicht erwartet, dass ein Christ mit so deutlichen Worten die Pflicht der Rache hochhalten würde. Wenn Unwin König Loverns Hof verließ, um sein Land zurückzuerobern, gedachte Ingvi neben ihm zu reiten.

ZWEITES KAPITEL

DIE ELFENBRUT

Eiskalt blies der Wind über das Tordach. Eine bewaffnete Reiterschar näherte sich ihnen, und es wirkte beruhigend, dass sie offen auf der königlichen Straße heranritten. Wer würde das tun, wenn er einen Angriff plante?

Der Wind zerrte an Kendidras Schleier und an den Nadeln, mit denen sie ihr Haar befestigt hatte. Sie zog den Mantel enger um die Schultern. »Glaubt Ihr ...«, es erschien ihr töricht, eine so hoffnungsvolle Frage zu stellen, »– glaubt Ihr, es könnte mein Mann sein?«

Der Hauptmann der Leibgarde neben ihr glaubte offensichtlich nicht daran, dass Unwin Eadmundssohn die Reiter anführte, wollte es aber nicht laut aussprechen. »Uns hat keine Nachricht von ihm erreicht, Herrin. Wäre er so nah, dann hättet Ihr gewiss davon gehört.«

Keine Nachricht? Das hätte sie leichter ertragen können. Unzählige Nachrichten hatten sie erreicht, aber sie widersprachen einander alle. Unwin und sein Bruder Wulfweard lebten und versteckten sich. Beide waren nach Norden geflüchtet und lebten am Hof König Loverns. Wulfweard war getötet worden oder war gestorben – oder beide Brüder waren im Kampf mit der Elfenbrut gefallen ...

Wenn Unwin tot war, wie sollte sie dann ihre Söhne beschützen? Niemals zuvor hatte es sie so sehr danach verlangt, ihren Mann zu sehen.

Sie schauten zu, wie die Reiter näherkamen. Bald konnten sie die Hufschläge auf dem harten Boden vernehmen. Die Sonne schien nur schwach, aber dennoch spiegelte sich das Licht auf Helmen und Speerspitzen. Dem Reitertrupp folgten einige Nachzügler, die auf und neben der Straße gingen. Wenn sie Soldaten waren, dann waren sie sehr undiszipliniert.

»Mehr als fünfzig Mann zu Pferde«, sagte der Hauptmann. »Und dann noch die dahinter. Das ist nicht Unwin, Herrin.« In keiner der vielen Abwandlungen der Geschichte war die Rede davon gewesen, dass Unwin die Schlacht am Schreienden Stein gewonnen hätte, und bei diesen Männern handelte es sich nicht um die kläglichen Überreste einer Kriegsschar. Sie ritten wohlgeordnet heran, und sie waren alle gut gerüstet.

»Glaubt Ihr, *er* ist es?«, fragte sie.

Wieder ließ er sich mit der Antwort Zeit. Er wusste von ihrer Angst um ihre Kinder. Da es seine Pflicht war, sie zu beschützen, teilte er ihre Angst. »Ja, Herrin. Ich glaube, er ist es.«

Sie schaute sich um, blickte auf den tiefen Graben hinab und den aufgeschütteten Deich davor, betrachtete die Holzmauern um sie herum. Genug, um entschlossene Angreifer abzuwehren?

Sie wollte sich vor den Leibwachen keine Blöße geben und ermahnte sich, gerade zu stehen. In ihrem Kopf schrie ihre Stimme: *O Gott! O Gott, hilf uns! O Heilige Jungfrau!* Und dann: *Eostre, Heiligste, hilf mir, wenn der Christengott es nicht will. Ing, wenn du helfen kannst, bitte.* Sie zitterte am ganzen Körper, und panische Angst schnürte ihr die Kehle zu. Dies war keine Heldensage. Der König war tot, und solange der Kampf um die Frage, wer der nächste König sein würde, noch nicht endgültig entschieden war, gab es weder Recht noch Gesetz. Bei Sonnenuntergang könnten die Männer in ihrer Nähe schon abgeschlachtet worden sein. *Den Raben ein Festmahl*, das würde ein Dichter sagen. *Als die Krieger dem Wolf opferten.* In der Vergangenheit hatte sie solche Gedichte gehört, und ihre Pracht hatte ihr Herz beflügelt. Jetzt war von diesem Gefühl nichts mehr übrig.

Wären die Leibwachen erst tot, dann würde das Blutbad ihre Söhne als nächstes Opfer fordern, ihre kleinen Jungen mit ihrer sanften Haut und ihren zerbrechlichen Knochen. Um ihres Vaters willen würden sie niedergemacht, von Speeren durchbohrt, zerhackt werden. Ihre Gedanken drehten sich nur noch um ihren Tod. Das Zittern, das von ihrem Körper Besitz ergriffen hatte, entriss ihr fast ein Schluchzen, aber sie schluckte es hinunter.

Die Reiterschar kam näher. Jetzt konnten sie das Knarzen des Zaumzeugs hören, das Scheppern der Schwerter auf Kettenrüstungen, und sie konnten erkennen, dass es sich um einfache Menschen vom Land handelte, Männer und Frauen, selbst Kinder, die ihnen folgten. Kendrida spürte neben ihrer Furcht Wut in sich aufsteigen. Waren diese Menschen hierhergekommen, um ihre Ermordung zu bezeugen?

Zwei Männer führten die Schar an. Es war leicht zu erkennen, dass diese beiden die Anführer waren, aber wer sie waren, ließ sich nicht so leicht sagen. Beide trugen Mäntel über ihren Kettenhemden. Beide trugen Helme, die ihre menschlichen Gesichter hinter Fratzen aus glänzendem Metall versteckten, aus denen durch umschattete Öffnungen ihre Augen starrten. Beide trugen Schwerter. Einer der Schwertgriffe blitzte im Sonnenlicht immer wieder auf: hochglanzpoliertes Gold – das Schwert eines Athelings. Doch obwohl das eine Schwert golden im Licht schimmerte, war es die andere Klinge, von der sie ihren Blick nicht lösen konnte. Deren Schwertgriff wirkte düster und matt.

Ihr ältester Sohn, Godwin, hatte ihr eine Geschichte erzählt, die er über den Elfensohn gehört hatte. Der Teufel hatte von einer Kriegsmaid alles über das Kämpfen gelernt, und sie hatte ihm ein Schwert gegeben, das dunkel und hässlich wirkte, wertlos und ohne Seele, dem schlichten Werkzeug eines Bauern gleich. Doch es war von Woden, dem Teufel, geschmiedet worden. In der Hand seines Trägers wog das Schwert nichts, und seine Klinge war so scharf, dass sie den Wind entzweischneiden konnte. Mit ihr durchtrennte er alles. Und wenn es einmal gezogen war, dann schrie es laut auf und sang den mächtigen Zauberspruch der Todesfesseln, die Magie des Teufels Woden, welche die Feinde des Schwerts vor Todesangst erstarren ließ. Godwins Augen hatten vor Begeisterung gestrahlt, als diese Geschichte aus ihm herausgesprudelt war. Das Schwert, Wodens Versprechen, brachte seinem Träger immer den Sieg, und jedes Mal, wenn es gezogen wurde, musste es mit Blut bezahlt werden – dem Blut eines Menschen. Es gab keine Möglichkeit, es zu betrügen. Wenn sein Besitzer es je zog, ohne Blut zu vergießen, dann würde es sich gegen ihn wenden und ihm den Tod bringen.

»Godwin, dein Vater würde es nicht gutheißen, dass du solchen Geschichten zuhörst und sie sogar wiederholst«, hatte sie gesagt. »Du bist ein Christ.«

»Aber jeder erzählt sie!« Godwin wünschte sich nichts sehnlicher, als seinem Vater zu gleichen. Doch die Vorstellung eines solchen Schwerts faszinierte ihn. »Glaubst du, es schreit wirklich, wenn es gezogen wird?«

»Wir sind Christen«, hatte sie geantwortet, aber sie war

erst mit ihrer Heirat zum christlichen Glauben übergetreten. Woden hatte sie ihre gesamte Kindheit lang begleitet, eine schattenhafte Gestalt, mit einem blauen Auge und einer leeren, ausgekratzten Augenhöhle: Das Auge richtete seinen Blick auf Leben und Wachstum, die leere Augenhöhle konnte in der Dunkelheit sehen und erkannte die Welt jenseits des Todes. Sie hatte vor jedem Menschen Angst, der von sich behauptete, mit diesem Gott zu tun zu haben. Ein Teil ihrer selbst fürchtete, dass alles, was Godwin ihr über das Schwert berichtet hatte, der Wahrheit entsprach.

Die Reiterschar hielt am Graben vor Unwins Burg an. Einer der Anführer trieb sein Pferd über die Brücke, bis er sich unter dem Torhaus befand. Kendidra beugte sich über die Palisade und blickte auf die metallene Maske hinab. War dies der Elfengeborene?

»Im Namen des Königs, öffnet das Tor!« Der Ruf des Reiters hallte laut aus seinem Helm.

Kendidra, die nicht brüllen konnte, wandte sich an ihren Hauptmann. »Sagt ihm, da König Eadmund tot ist, wissen wir von keinem König.«

Der Hauptmann atmete tief ein und wiederholte ihre Worte in einer Lautstärke, die den Lärm der unruhigen Pferde und klirrenden Zaumzeuge übertönte.

Der Reiter griff mit den Händen an seinen Kopf und riss mit einem Ruck den Helm herab. Dichtes, aber schwindendes blondes Haar kam zum Vorschein. Er richtete seinen Blick nach oben, ein verhärmtes, gealtertes Gesicht, das Kendidra wiedererkannte. Erneut erzitterte ihr Körper, diesmal aus Hoffnung und Erleichterung – Athelric, der Vatersbruder ihres Mannes. Ein Mitglied der königlichen Familie und ihren Kindern blutsverwandt. Aber als sie noch darauf hoffte, dass er sie beschützen würde, wurde sie wieder von Angst ergriffen.

Die Geschichte der königlichen Familie war von vielen Gelegenheiten gekennzeichnet, bei denen sie ihr eigenes Blut vergossen hatte, und Athelric hatte sich auf die Seite der Elfenbrut geschlagen. Als Unwins Halbbruder hatte der Elfensohn genügend Gründe, Unwins Kinder tot sehen zu wollen.

»Treibt kein Spiel mit uns!«, rief Athelric. »Öffnet das Tor! Im Namen des Königs!«

Die Garnison benötigte aber mehr als das, sie brauchte Gewissheit. Der Hauptmann brüllte zurück: »In wessen Königs Namen sprecht Ihr?«

In diesem Augenblick richtete sich der Reiter, der auf der anderen Seite des Grabens zurückgeblieben war, auf und rief: »In meinem Namen!« Die Stimme wurde durch den Helm zugleich gedämpft und lauter. Kendidras Blick heftete sich voller Angst auf ihn. Das war also der Elfengeborene! Und das war das Schwert. Während sie ihn anstarrte, brachen die Landbewohner, die sich um die Reiterschar versammelt hatten, in lauten Jubel aus.

Der Hauptmann sprach leise mit Kendidra. »Herrin, wir können diesen Ort nicht lange halten. Es ist besser, ihren Befehlen Folge zu leisten, als gegen sie zu kämpfen.« Er erhob erneut seine Stimme. »Die Familie des Athelings Unwin befindet sich in meiner Obhut. Wenn ich das Tor öffne, habe ich Euer Wort, dass ihr nichts geschehen wird?«

Athelric wollte gerade sprechen, als ihn die Stimme des Elfensohns zum Schweigen brachte. Er ließ sein Pferd einige Schritte auf die Brücke gehen und richtete sich in seinen Steigbügeln auf. »Wenn ich mir meinen Weg durch dieses Tor erkämpfen muss, dann schwöre ich bei Thunor, dass ich jeden Einzelnen von euch töten werde! Aber wenn mir das Tor geöffnet wird, dann schwöre ich bei Woden, dass keinem ein Haar gekrümmt wird!«, rief der Elfengeborene.

Seine Worte ließen ein Raunen durch die Menschenmenge gehen, auch durch die Truppen – vielleicht war es sogar der Anfang eines Lachens. Doch wenn dem so war, dann wurde das Lachen schnell unterdrückt, und Stille senkte sich wieder auf alle. Niemand drehte mehr seinen Kopf, niemand hob mehr die Hände. Totenstille herrschte nun.

Kendidra, die als Heidin erzogen worden war, verstand den Grund für das Gelächter und die plötzliche Stille. Thunor war der Gott, in dessen Namen verpflichtende Schwüre geleistet wurden; es wurde erwartet, dass einem solchen Schwur Folge geleistet wurde. Doch ein Versprechen im Namen des verräterischen Gottes Woden war ein zweischneidiges Schwert. Woden, der Gott der Schlachten, versprach seinen Anhängern den Sieg im Kampf, und hielt sein Versprechen – bis er es brach. Oder er hielt sein Versprechen und verband es mit Tod oder Verstümmelungen. Als Kendidra die Worte des Elfengeborenen hörte, kam sie nicht umhin zu denken, dass es für ihre Kinder keinen sicheren Platz gab außer in ihrem Grab. Nichts konnte ihnen Schaden zufügen, wenn sie erst dort lagen.

Sie wandte sich ihrem Hauptmann zu, als dieser sich gerade zu ihr umdrehte. »Herrin, wir müssen das Tor öffnen«, sagte er in dem Augenblick, als sie ihm befehlen wollte, niemals dieses Tor öffnen zu lassen. »Herrin –« Er legte ihr seine Hand auf den Arm. »Wir können sie nicht lange aufhalten. Wenn sie im Blutrausch die Burg stürmen . . .«

Kein Wort kam über ihre Lippen. Sie nickte, und dann lief sie zur Leiter, die vom Tordach nach unten führte.

Als sie den Innenhof erreichte, wurden die schweren Torflügel gerade nach innen gewuchtet. Während die Reiter die Brucke überquerten und mit schwerem Hufschlag durch das Tor kamen, rannte sie mit gerafftem Rock über den Hof zu ihrem Haus, ohne auch nur auf ihren angeheirateten Verwandten Athelric zu warten. Sie wollte ihre Kinder finden. Wenn diese Männer, die gerade zu Pferd in ihr Heim eindrangen, den Befehl hatten, die Kinder des Athelings zu finden und zu töten, dann wollte sie vor ihnen stehen und, solange sie es konnte, für sie kämpfen.

In Friedenszeiten hätte es zu ihren Pflichten gehört, sich um die Unterbringung der Gäste zu kümmern, um deren Verpflegung, die Stätten, wo die verschiedenen Truppen der Leibgarde nächtigen konnten. Aber nun wurde ihre Hilfe nicht benötigt. Die Truppen ritten herein und begannen mit viel Geschrei und Hufgeklapper die Ställe und Gasthäuser selbst in Besitz zu nehmen, unter Anweisung ihrer eigenen Hauptleute. Sie wusste, dass sie die Nahrungsvorräte überprüfen und ihren Hauptmann seines Postens entheben würden. Sie würden seine Männer unterschiedlichen Truppen zuordnen, um ihre Treue zu schwächen. Dann würden sie die Pferde im Stall zählen, die Schweine in ihren Koben, die Hühner in ihren Ställen. Hätte man sie gefragt, dann hätte sie den gesamten Vorgang gründlicher und schneller erledigen können, aber in diesem Augenblick gedachte sie ihren Kindern nicht von der Seite zu weichen. Auch nicht ihren vier Kammerzofen, die sie in ihren Räumen um sich versammelt hatte. Sie waren alle Mädchen aus gutem Hause, die man zu ihr geschickt hatte, um ihnen das Führen eines Haushalts beizubringen. Sie konnte sie kaum draußen in der Residenz umherirren lassen, wenn sich dort fremde Truppen herumtrieben.

Und so sprachen die Frauen, eingesperrt in Kendidras kleinem Zimmer, zum Wohle der Kinder über Belanglosigkeiten. Sie erzählten sich Geschichten und sangen, während sie wie jeden Tag Garn spannen. Als Schreie von draußen die Kinder an die Fenster laufen ließen, holten sie sie wieder zurück und versuchten, sie abzulenken, mit Witzen, Spielzeug, Nüssen, allem, was ihnen in den Sinn kam. Der Älteste, Godwin, wusste, warum seine Mutter und ihre Mädchen so nervös waren, warum ihre Stimmen so schrill klangen, während sie Geschichten erzählten, warum sie so häufig lachten, sich aber aus furchtsamen Augen anblickten. Er wusste, dass sie sich alle in Gefahr befanden und dass sein Vater vielleicht schon tot war. Dieses Wissen erfüllte ihn mit einer ungeheuren, von Entsetzen getriebenen Kraft, und er stand an der Seite seiner Mutter, während sie in ihrem Stuhl saß. Er war entschlossen, all das zu sein, was ein ältester Sohn für seine Mutter sein konnte: entschlossen, für sie zu kämpfen, für seinen jüngeren Bruder und seine Schwester, wenn es dazu kam. Er atmete schwer und fingerte am Heft seines kleinen Dolchs herum, während er in Gedanken die Bewegungen durchging, die er zu ihrer Verteidigung durchlaufen musste. Oder er eilte von Wand zu Wand in seinem Zimmer, oder er ging hinunter in den Saal zu den Dienern, um zu hören, was sie erzählten. Er traute sich sogar bis zur Haustür, um in den geschäftigen Innenhof zu blicken, bevor er wieder an die Seite seiner Mutter zurückkehrte, um sicherzustellen, dass sie in Sicherheit war.

Die jüngeren Kinder, Godhelm und das kleine Mädchen Godhilda, waren über die spürbare Anspannung um sie herum einfach nur verwirrt, über den schrillen Klang der Stimmen, die schlechte Laune ihres älteren Bruders, die Langeweile, schon den ganzen Tag eingesperrt zu sein. Godhilda machte dies nervös und weinerlich und Godhelm mürrisch.

Kendidra wollte aufstehen und wie Godwin hin und her gehen, wollte mit ihrer Faust auf das Holz einschlagen. Aber sie schluckte all ihre Wut und ihre Ängste herunter und zwang sich, still sitzen zu bleiben, um Fingerspiele mit Godhilda zu spielen. Insgeheim fragte sie sich, ob sie ihr Kind heute noch lebend zu Bett bringen würde. Doch wenn sie tot ist, dann werde ich auch tot sein, dachte sie, und dann muss ich auch nicht trauern.

Sie versuchte, sich einzureden, vor nichts Angst haben zu müssen und dass eine sächsische Frau mutig zu sein hatte. Aber sosehr sie es auch versuchte, so kehrte die Angst doch immer wieder zurück, als beklemmendes Gefühl unter ihrer Haut, eiskalt und quicklebendig. Sie wusste genau, wenn ihr eigener Ehemann, Unwin, in derselben Lage gewesen wäre, dann hätte er die Ermordung der Kinder seines Rivalen mit derselben Leichtigkeit angeordnet, wie sie das Schlachten der Lämmer für ein Festmahl anordnete – als etwas Notwendiges, an das man seine Gedanken nicht zu verschwenden brauchte –, und wirklich, je weniger sie darüber nachdachte, umso besser. *O Gott, o Gott!*, dachte sie und begann in ihrem Stuhl vor- und zurückzuwippen. Dann bemerkte sie, dass Godwin sie beobachtete, und hielt wieder still. Sie ballte ihre Hände zu Fäusten, zu Hämmern, und dachte dabei: *Thunor, lass uns dies überleben, und ich schwöre dir, ich werde dem Christengott entsagen und zu dir zurückkehren. Woden, du wirst meine Kleinen noch bald genug bei dir haben; verschone sie diesmal, und ich werde dir opfern, ich werde für dich bluten. Eostre, Herrin, Heilige, du warst bei meiner Hochzeit dabei, obwohl ich dich für Christus verlassen habe; du warst bei mir, als ich meine Kinder gebar. Drei Kinder, alle gesund, und ich habe keins verloren, ich habe nicht zu sehr gelitten. Du hast mir mehr die Treue gehalten, Heilige, als ich dir. Aber lass meine Kinder dies überstehen, und lass mich überleben, und ich werde dein Götterhaus wiedererrichten, ich werde dir wieder opfern, ich verspreche es dir, egal, was mein Mann sagt.* Und Ing, der junge Geliebte Freyas – einige behaupteten, er wäre auch ihr Bruder oder ihr Sohn. Er war immer Kendidras Liebling unter den Göttern gewesen, seit ihrer Kindheit, so schön, so sanft. *Ing, so wie du dich um die*

jungen und hilflosen heranwachsenden Dinge kümmerst, bitte ich
dich, flehe ich dich an, kümmere dich um meine Kinder. Sprich für
mich mit deiner Herrin: Helft uns, helft uns, ihr Götter, helft uns,
und ich werde nie wieder vor einem christlichen Altar knien, ich
schwöre es, ich schwöre es bei Thunor.

Als sie diese Worte in ihrem Kopf ständig wiederholte, mit
gesenktem Blick, geschlossenen Augen, geballten Fäusten,
wurde es im Saal unter ihr laut. Schritte und Stimmen waren
zu hören. Sie schaute zur Tür hinüber, während auf der
Treppe Männer heraufkamen. Viele Männer, auf dem Weg in
ihr Zimmer.

Sie sprang auf und spürte, wie Wut und Angst ihr Kraft
gaben. Godwin eilte an ihre Seite, stocksteif, mit der Hand am
Heft seines Dolchs. Kendidra griff nach Godhilda und zog sie
zu sich heran, und dann deutete sie Godhelm hektisch herbei-
zukommen, bis er an die Seite seiner Schwester rannte.

Niemand schlug an die Tür, was ihr noch mehr Angst
bereitete. Der Riegel wurde hochgehoben und die Tür aufge-
schoben. Im Türrahmen zeichnete sich der Umriss eines großen, schlanken Mannes ab, ein Schattenspiel zwischen dem
schwachen Licht des großen Saals und dem heller erleuchteten Raum Kendidras. Sein Haar fiel ihm lang über die Schultern, und das Licht hinter ihm ließ die Spitzen seiner Haare
zu einem hellen Feuer werden. Er war ihr fremd.

Sie öffnete den Mund, um ihn zu fragen, wie er es wagen
konnte, ihren Raum ohne Erlaubnis zu betreten, doch die
Stimme versagte ihr den Dienst.

»Darf ich hereinkommen, Herrin?« Der Fremde trat durch
die Tür. Kendidras Kammermädchen erhoben sich von ihren
Schemeln und eilten hinter sie. Als der Fremde in das volle
Licht ihres Zimmers trat, bewegte sich sein Haar anmutig
über seine Schultern und verlor seinen grellen Schein, bis es

einen wärmeren Blondton annahm. Ihre Angst ließ ihre Gedanken blitzschnell rasen, sodass unzählige Überlegungen durch ihren Kopf jagten, zurückkehrten, wie Fische in ihrem Becken, die man aufgescheucht hatte. Er war wunderschön – sie kannte ihn. Seine Kleidung war nicht angemessen genug, um ihr seine Aufwartung zu machen – sie kannte ihn, und er war wunderschön. Er trug das schwarze stumpfe Schwert, doch er wirkte, als ob er gerade von der Arbeit käme – sie kannte ihn ...

»Wulfweard?«, fragte sie mit heller, hoffnungsvoller Stimme. Sie hatten gehört, dass Wulfweard tot sei, aber nichts war gewiss, und Wulfweard war immer ein ansehnlicher Junge gewesen, mit genau diesem langen blonden Haar. Das Gesicht erinnerte sie an ihren Ehemann, doch mit weniger Härte in seinen Zügen, in jeder Hinsicht sanfter, die Augen größer, die Nase gerader, der Mund voller und mit mehr Lachfalten. Aber in den letzten Jahren hatte sie Wulfweard so selten gesehen, dass sie sich nicht sicher sein konnte. »Bist du es ... Wulfweard?«

Er lächelte und schüttelte kaum merklich den Kopf. Feine Zöpfe zu beiden Seiten seines Gesichts folgten seiner Bewegung, und die offenen Haare fielen ihm über die Schultern. Er schritt in den Raum hinein. Er trug nur schlichte Reitstiefel, eine Hose und ein Hemd, die Ärmel aufgerollt, am Hals offen, obwohl es recht kühl war. Einen solchen Mann, der so schlichte Kleidung trug, mit einem Schwert am Gürtel zu sehen, war seltsam, aber das Schwert wirkte ebenso schlicht. Sein Heft war in einem stumpfen grauschwarzen Ton gehalten, wie bei einer Axtschneide, sodass es fast schon wieder passte. Der schwache Duft von Schweiß erreichte Kendidra, auch eine Note von Heu und eine merkwürdige Wärme.

»Ich bin Elfling Eadmundssohn«, sagte er und schien Scheu zu haben, es auszusprechen.

Sie war verblüfft, wenn auch das Gesagte Sinn machte. Darum ähnelte er Wulfweard und Unwin so sehr, natürlich – sie hatten denselben Vater. Und die Elfen hatten ihm ihre Schönheit geschenkt. Aber er, der den Königstitel für sich beanspruchte, war wie ein Landarbeiter gekleidet gekommen – wenn man von Kleidung sprechen konnte –, ohne jede Zeremonie. Seine Eskorte schien aus nicht mehr als ein paar bewaffneten Männern und einem Haufen Neugieriger zu bestehen, die sich auf dem Absatz vor der Tür drängten und hineinstarrten – *ihn* anschauten, *ihn* anstarrten.

Kurz blitzte der Gedanke in ihr auf, das er beabsichtigen könnte, ihren Kindern eigenhändig die Kehle durchzuschneiden. Darum war er ohne Begleitung erschienen, ohne Männer von Bedeutung. Nun, war dieser Bastard nicht als Bauer erzogen worden, daran gewöhnt seinen Hühnern die Hälse umzudrehen und seinen Ferkeln die Kehle durchzutrennen? Mit einer Hand versuchte sie Godwin hinter sich zu schieben, doch er bewegte sich nicht und erwiderte den Druck.

»Ja, Ihr habt Wulfweard Eadmundssohn getötet«, sagte sie. »Das haben wir vernommen.«

Er wirkte verwirrt, hob aber dann das Kinn und nickte. »Oh, ja. Ich habe ihn getötet, ich bedaure es. Mein Schwert schrie und sprang in meine Hand, durchbohrte ihn, und er brach vor meinen Füßen zusammen.« Während er sprach, wanderte sein Blick zu Godwin, aber er lächelte nicht. Godwin versuchte, den finsteren Blick zu erwidern, aber er konnte seine Augen nicht von dem Schwert losreißen, das an Elflings Seite hing. Schrie es wirklich?

Kendidras Blick war auch für eine Sekunde zu dem Schwert geglitten. »Seid Ihr gekommen, um uns dasselbe anzutun?«

Sie musste es wissen. Diese Frage vermochte sie nicht in feinere Worte zu kleiden.

Mit einem Fuß zog Elfling einen Schemel zu sich heran, schob das Schwert hinter sich und setzte sich, die Ellbogen auf den weit gespreizten Beinen. Er schaute sich um, sah die vier verängstigten Kammermädchen, den widerspenstigen, wütend dreinblickenden Jungen, die furchtsame und dennoch trotzige Frau, und betrachtete dann lange und aufmerksam die beiden jüngeren Kinder, die ihn aus dem Schutz des Rocks ihrer Mutter anstarrten.

»Herrin, ich bin gekommen, um Euch mein Bedauern mitzuteilen, dass ich Euren Frieden gestört habe, doch diese Burg gehört nun mir. Ich werde neue Hauptleute ernennen – und werde das Götterhaus wieder den Göttern widmen.«

»Und die Priester Christi?«, fragte sie. Sie gehörten zu ihr, auch wenn sie mit ihrem Glauben nie wirklich viel hatte anfangen können.

»Sie dürfen gehen, unversehrt«, antwortete er. Er betrachtete die Kinder weiterhin. »Oder wenn sie ihren Altar neben die anderen stellen wollen, dürfen sie bleiben.« Während er auf dem Schemel saß, die Ellbogen auf die Knie gestützt, betrachtete er Godhilda, ohne dabei zu lächeln. Er wirkte aber auch nicht nachdenklich oder böse. Er schaute sie an, wie er eine Biene an einer Blume anschauen würde, interessiert, doch unbeteiligt.

Godhilda befreite sich aus dem Klammergriff eines der Kammermädchen und trat vor, um ihn besser sehen zu können, doch ließ sie den Rock ihrer Mutter nicht los.

Kendidra schaute auf ihre Tochter hinab und sah zu, wie Godhilda Elflings Blick mit demselben Ernst erwiderte. Zuerst balancierte das Mädchen auf einem Fuß und schwang das andere Bein, während sie mit ihrem Rock spielte. Dann wagte sie sich einen Schritt vor, einen weiteren, mit ihrer Hand immer noch Kendidras Rock umklammert. Elfling tat nichts, um sie zu sich zu rufen. Er lächelte nicht. Seine Hände blieben regungslos, hingen lose herab, während seine Arme auf den Knien auflagen. Er betrachtete sie einfach. Aber Godhilda – die sich oft weigerte, auf Menschen zuzugehen, die sie anlächelten und gurrten und ihr die Arme entgegenstreckten – schien seine kühle Stille zu faszinieren. Sie ließ den Rock ihrer Mutter los und tapste auf ihn zu.

Kendidra wollte sie einfangen, unternahm aber dann doch nichts, obwohl sie Godwins Überraschung an ihrer Seite spürte und wie er völlig erstarrte.

Godhilda versuchte, sich zwischen Elflings gespreizten Knien aufzurichten. Sie ergriff eine Hand und hob sie in ihren eigenen schmalen Händen hoch, untersuchte sie, Finger um Finger, Nagel um Nagel. Vielleicht suchte sie nach den Ringen, die die meisten Männer der Zwölfhundert trugen, aber Elfling trug keinen. Er ließ sie seine Hand nach Belieben bewegen und senkte seinen Blick, um sie zu betrachten, wodurch seine Haare herabfielen und im Sonnenlicht wieder blendend weiß wurden. Sie ließ seine Hand los und widmete sich seinem Arm, glitt spielerisch durch den Flaum, der auf ihm wuchs. Als sie ihr Gesicht seinem Arm näherbrachte und ihre Nase an dem Haar rieb, lächelte er unvermittelt kurz auf, aber als sie sich aufrichtete und ihm in die Augen blickte, war er so ernst wie zuvor. Nicht abweisend, nicht desinteressiert, aber er lächelte einfach nicht.

Sie griff nach oben und packte seine langen Haare, durchkämmte sie mit ihren Fingern, spielte mit ihnen. Er schaute sie an und ließ sie gewähren.

Godhelm war schüchterner als seine Schwester, da er älter war, aber auch er kam hinter seiner Mutter hervor, knabberte an einem Fingernagel und beobachtete, wie seine Schwester mit den Haaren des Fremden spielte.

Godhilda langte nach oben und legte die Spitze ihres Zeigefingers genau in die Mitte von Elflings Oberlippe, wo die Rille von seiner Nase herablief. Langsam und mit großem Ernst öffnete Elfling seinen Mund, sodass ihr Finger hineinrutschte, und er knabberte sanft an ihrer Fingerspitze. Sie kicherte – auch jetzt lächelte Elfling nicht – und zog ihren Finger schnell zurück, nur um ihn fast sofort wieder beißen zu lassen.

Kendidra betrachtete atemlos diese Szene und dachte: *Er will ihnen kein Leid zufügen. Er wird ihnen sicherlich kein Leid zufügen.* Godhelm ging einen weiteren Schritt auf Elfling und seine Schwester zu, und sie ließ ihn los.

Godhilda streckte Elfling nun beide Arme entgegen, um sich von ihm hochheben zu lassen, doch als er dies nicht zu verstehen schien, begann sie selbst auf seinen Schoß zu krabbeln, hielt sich vorne an seinem Hemd fest und zerrte dabei an seinen Haaren. Er hob sie hoch und setzte sie auf seinen Oberschenkel, wo sie voller Vorfreude auf das Spiel lachte, während sie mit den Fingern die Form seines Munds nachzeichnete. Er bewegte seinen Kopf zur Seite, öffnete und schloss seinen Mund leicht, als er versuchte, mit seinen Zähnen ihre Finger anzuknabbern. Dabei war er die ganze Zeit ernst, obwohl ihr Kichern mit jedem verpassten Biss hysterischer wurde und bei jedem Erfolg ein lautes Kreischen hervorrief. Er schüttelte den Kopf, als ob er ihr damit zusetzen wollte, was seine langen Haare um sie wirbeln ließ.

»Wolf!«, rief sie. »Wolf!«

Godhelm hatte sich neben Elflings rechtes Knie begeben. Elfling hörte auf, mit Godhilda zu spielen, und drehte sich zu ihm. Er betrachtete ihn mit demselben langen nachdenk-

lichen und ernsten Blick. Seine Schüchternheit ließ Godhelm zu Boden starren, aber dennoch näherte er sich ihm
und lehnte sich zuerst an Elfling, bevor er den Mut fand, ihn
anzuschauen.

Kendidra war fassungslos und konnte sich nicht erklären,
was ihre Kinder an ihm finden konnten. Sie empfand eine
Art schmerzliche Mischung aus Erleichterung und Hoffnung.
Würden Kinder, *konnten* Kinder jemandem so vertrauen, der
ihren Tod plante? Aus der Tiefe ihrer Angst ertönte die Antwort: Ja, die Unschuldigen vertrauten oft denen, die sie ver-
führten. Und dennoch wollte sie hoffen.

Godwin verfolgte angewidert die Spielereien seines Bruders und seiner Schwester. Dies war der Mann, der eingestan-
den hatte, ihren Vatersbruder Wulfweard getötet zu haben,
und der vielleicht ihren Vater umgebracht hatte! Godhilda
war vielleicht noch zu jung, um das zu verstehen, aber Godhelm! Aber auch Godwin spürte die Anziehungskraft des
Elfengeborenen wie die wohlige Wärme eines Feuers. Es war
die Stille, die sie faszinierte, seine ruhigen Augen ... Godwin
spürte sein eigenes Verlangen, ihm näher sein zu wollen. Er
schüttelte sich und fragte: »Hast du unseren Vater genauso
getötet wie Wulfweard?«

Kendidra legte ihre Hand auf die Schulter ihres ältesten
Sohns in der Hoffnung, ihn zum Schweigen zu bringen, sagte
aber nichts. Sie wollte die Antwort auf diese Frage ebenso
hören.

Elfling schüttelte Godhildas Finger von seinem Mund und
hob den Kopf. Sein Blick richtete sich auf Godwin, während
das kleine Mädchen auf seinem Oberschenkel saß und Godhelm an seiner Seite lehnte. »Atheling, dein Vater lebt und
ist im Norden bei König Lovern. Aber er schuldet mir ein
Leben. Ich werde ihn töten.«

»Wenn du es kannst!«, schrie Godwin und ging einen Schritt auf Elfling zu, obwohl seine Mutter ihn zurückzuhalten versuchte.

»Ich werde ihn töten«, wiederholte Elfling.

Godwin zog seinen Dolch, befreite sich aus der Umarmung seiner Mutter und stürzte sich auf die Elfenbrut, in der vollen Absicht, sie zu töten.

Seine Wut machte den Jungen ungeschickt, und die einzige Gefahr, die von ihm ausging, war, den anderen Kindern aus Versehen Schaden zuzufügen. Während Kendidra aufschrie und die Kammermädchen kreischten, erhob sich Elfling und schwang Godhilda herum, als ob er mit ihr spielen würde. Seine Bewegung stieß Godhelm zur Seite, eins der Mädchen packte sich den Jungen und brachte ihn in Sicherheit.

Godwin stürmte an Elfling vorbei und prallte an die Holzwand des Zimmers. Er drehte sich blitzschnell um, sein Gesicht schrecklich verzerrt vor Wut und Tränen, denn er verstand nicht, warum Elfling nicht tot war. Er hielt den Dolch in seiner Faust, wie es ihm beigebracht worden war, mit der Spitze nach oben, bereit, mit ihm nach oben zu stoßen. Wütend schaute er sich um, wunderte sich, warum er seinen Feind nicht sehen konnte, und stürmte erneut drauflos, ohne zu warten oder nachzudenken. Elfling packte ihn von hinten und drehte ihm die Dolchhand so lange gegen das Gelenk, bis er die Waffe fallen ließ. Ein anderer Mann, ein völlig Fremder, bückte sich und hob sie auf.

Elfling stieß den Jungen von sich weg. Kendidra, die auf die Knie gefallen war, umarmte ihn und drückte ihn fest an sich. »Tut ihm nicht weh! Bitte tut ihm nicht weh!« Sie musste schreien, um sich bei dem erregten Geplapper der Leute verständlich zu machen, die im Türrahmen standen.

Elfling hätte ihr geantwortet, wenn der Junge sich nicht erneut aus den Armen seiner Mutter befreit und auf ihn gestürzt hätte, diesmal mit Schlägen und Tritten. Elfling hob seine Arme hoch in die Luft, die Hände geöffnet, und bewegte sich von ihm weg, seinen Schlägen mit kurzen Bewegungen ausweichend. Der andere Mann schnappte sich den immer noch wütenden Jungen und übergab ihn einem der Männer aus Elflings Begleitung, der vom überfüllten Treppenabsatz hereingekommen war.

Godhildas Gesicht war rot angelaufen, und sie weinte. Godhelm wirkte, als ob er selbst jeden Augenblick zu schluchzen anfangen würde, wenn er sich auch bereits für zu groß hielt. Ihr Weinen machte Kendidra Angst: Es störte, und sie fürchtete, es könnte noch mehr Zorn verursachen und Unheil über sie bringen. Sie packte eins ihrer Kammermädchen an der Hand und zog sie in Richtung Godhilda. »Nimm sie mit!«, befahl sie. »Nehmt sie mit, beruhigt sie. Alle – geht!«

Die Mädchen flohen und scheuchten die Kinder vor sich her. Auf der Treppe wurde ihnen Platz gemacht. Unten befanden sich die Räume, in denen die Kinder und die Kammermädchen normalerweise lebten, und dort war es ruhiger.

Kendidra verschloss die Tür vor den neugierigen Gesichtern auf der Treppe und wandte sich an Elfling. Er stand mit dem Rücken zum Fenster, und das Licht verwandelte seine Haare in ein strahlendes, funkelndes Weiß, dessen Helligkeit sein Gesicht im Schatten versinken ließ. »Bitte, seid nicht zornig auf ihn. Er ist doch nur ein Kind. Er glaubt, er müsse uns verteidigen. Ihr seid unverletzt und –«

Er hielt seine Hände hoch, um sie zum Schweigen zu bringen. »Herrin, Ihr habt nichts zu befürchten.«

Sie näherte sich ihm und faltete die Hände. »Tötet meinen Ehemann«, sagte sie. »Er ist mir gleich.« Da sie allein waren, konnte sie es ihm sagen, und es erleichterte sie, die Wahrheit einfach auszusprechen. Es gab ihr Hoffnung. Sie schaute zu ihm auf und bemerkte, dass er sie mit derselben Ernsthaftigkeit anschaute, mit der er auch die Kinder bedacht hatte. Ihr Herz schlug schneller, als sie dieselbe Anziehungskraft verspürte, die auch Godhilda gespürt haben musste. Da sie ihm nun näher war, erkannte sie die Farbe seiner Augen, das grünlich-gräuliche Blau von Lavendel, Farbtöne, die ineinander zu verlaufen schienen, mit kleinen ockerfarbenen Einschlägen, wie sie bei Flechten vorkamen. Sie waren klar und wunderschön. Elfenaugen, dachte sie. Der böse Blick. Mit diesen Augen konnte er sie verfluchen oder gar töten. »Es klingt vielleicht falsch, dies zu sagen, aber … es bestand nie wirkliche Liebe zwischen mir und meinem Ehemann. Ich musste mein Zuhause verlassen, mein Volk und meine eigenen Götter. Ich habe ihm drei Kinder geschenkt – zwei Söhne –, und ich bin ihm immer treu gewesen. Er ist mir nie treu gewesen. Aber, König – Ihr merkt, ich nenne Euch ›König‹ –, ich liebe meine Kinder. Bitte verschont meine Kinder. Sie sind Euch keine Gefahr.« Sie ergriff seine Hand, deren Wärme sie überraschte. »Bitte, werdet Ihr bei Thunor schwören, dass Ihr ihnen niemals Schaden zufügen werdet?«

Elfling erkannte ihre Verzweiflung in ihrer ganzen Deutlichkeit. Mit dem Herzschlag ihrer Hand fand sie ihren Weg zu ihm. Er verstand ihre Angst um ihre Kinder. Er verstand, dass ihre Welt düster und kalt werden würde, sollten sie sterben. Und er sah tiefer und weiter und erkannte, dass es ohne Bedeutung war, ob ihre Kinder starben oder überlebten. Auf der Welt gäbe es immer noch Hunderte von Kindern.

Aber sie sah nur Verständnis in seinem Blick, als sie zu ihm aufschaute, und packte seine Hand noch fester.

Er sprach zu ihr. »Herrin, warum sollte ich mich um Eure Kinder sorgen?«

Sein Gesicht war so jung: Es lagen nur wenige Jahre zwischen ihm und Godwin. Sie wollte seine Worte nicht verstehen. Das Sonnenlicht ließ ockerfarbene und hellgrüne Flecken in seinen Augen aufblitzen. »Aber sie sind doch noch so klein, sie können niemandem –«

»Ich meine, Herrin, warum sollte ich mich mehr um Eure Kinder sorgen als um die der Sklaven in Euren Dörfern? Sie sterben jeden Tag, Ihr kennt nicht einmal ihre Namen.«

Natürlich, er war unheimlich. Er würde noch jung aussehen, wenn er bereits so alt wie Athelric war. Sie wich von ihm zurück, wütend und brüskiert. »Meine Kinder gehören zur königlichen Familie!«

»Ich bin auch ein Mitglied der königlichen Familie, ein Bastard, der auf einem Bauernhof im Gebirge von Ziegen und Sklaven erzogen wurde.« Sie warf ihm einen schnellen ängstlichen Blick zu und war entsetzt, als sie verstand, dass er wusste, was über ihn geredet wurde. Sie sah ihn lächeln, mit diesem jungen und sanften Gesicht. »Herrin, ich werde Euren Kindern genauso wenig ein Leid antun, wie ich es den Sklavenkindern antun würde.«

Ein Stöhnen der Erleichterung entrang sich ihrer Kehle. Wärme durchströmte sie; sie bekam weiche Knie, sie musste sich auf einen Hocker setzen. Tränen rannen ihr übers Gesicht, und die Wärme verwandelte sich in Liebe für Elfling.

Er war zum Fenster gegangen, wo sich sein Körper als Umriss gegen das Licht abzeichnete. Draußen wurde es lauter, Hufschläge waren zu hören, das Rumpeln und Knarzen von Karren, Schreie und Gebrüll. »Mein Tross ist eingetroffen«, sagte er. »Herrin, werdet Ihr für mich Blumen auf Wulfweards Grab legen?«

DRITTES KAPITEL

WULFWEARDS GRAB

Kendidra streute getrocknete Lavendelblüten über die Laken, in denen Wulfweard bald liegen würde. So legte sie Blumen an seinem Grab nieder.

Elfling hatte sie auf den Hof geführt, wo ihre und seine Leute sich hin und her schoben, aneinander zerrten und sich gegenseitig anschrien. Das Gedränge wurde noch schlimmer, als der Tross durch das Tor kam und sich das Durcheinander um zahlreiche Packpferde, Ochsen und noch mehr Menschen verschlimmerte. Elfling bot ihr den Arm, und sie nahm sein Angebot an. Als ihre Haut sich berührte, wunderte sie sich über die Wärme, die seine und ihre Kleidung durchdrang.

Anfangs drängten sich die Leute an Elfling vorbei, rempelten ihn sogar zur Seite, denn sie sahen nur seine ärmliche Kleidung. Zuweilen war sie es, die sie als Erste erkannten, und dann wichen sie vor ihrer Herrin schnell zurück. Erst dann warfen sie einen Blick auf ihren Begleiter. Bald schon zog seine Größe die Blicke auf sich, auch seine langen Haare, denn sie wehten um seine Schultern, wie es nur bei den Reichen üblich war, trotz seiner grob gewirkten Kleidung. Und wenn sie ihn einmal angeschaut hatten, dann hatten sie nur noch Augen für ihn.

Die Menschen begannen miteinander zu flüstern, knufften andere in den Rücken und deuteten auf ihn. Sie folgten ihm, stießen und drängelten in der Masse, um ihn besser sehen zu können. Im Stimmengewirr konnte Kendidra immer wieder dieselben Worte hören. Nicht »der König«, sondern »der Elfensohn ... der Elfling ... der Elf ...«

Während sie an Elfling gedrückt wurde, blickte sie zu ihm auf, denn sie fragte sich, was er über die Menschen dachte, die sich an ihn drängten, über ihr Flüstern. Er schaute sich um, als ob er lediglich nach dem Weg suchte. Er überging die Menschen, die mit ihm zusammenstießen, als ob sie Bäume in seinem Weg wären – er hätte genauso gut auch allein auf dieser Welt sein können.

In der Menge standen auch Krieger, die Kettenhemden, Helme und Schwerter trugen. Als sie Elfling erkannten, kämpften sie sich zu ihm durch, warfen sich Blicke zu und formierten sich zu einer Eskorte. Mit gepanzerten Ellbogen, Stößen, Drohungen und Gebrüll hielten sie die Menge von ihm fern. Kendidra dankte den Männern mit einem Lächeln, denn es wurde sofort leichter für sie zu stehen. Sie bemerkte, wie die Männer zu Elfling schauten, und wusste, wie wenig ihr Dank im Vergleich zu seinem bedeutete – er aber starrte durch die Männer hindurch und beachtete sie genauso wenig wie die Menge um ihn herum. Die Männer wussten sich nur zu helfen, indem sie noch unerbittlicher wurden, noch wichtigtuerischer. Sie riefen: »Macht Platz für den König!«, und drohten jedem mit ihren Speeren, der sich ihnen näherte. Doch es schien so, als ob Elfling glaubte, sie würden es für jemand anderen tun.

Sie zu übergehen ist ein Fehler, dachte Kendidra. Sie werden sich daran erinnern. Ihr Ehemann hätte jeden Einzelnen von ihnen nach seinem Namen gefragt, ihm gedankt, verbunden vielleicht mit einer kleinen Belohnung. Aber Elfling hatte nie die Erziehung eines Mitglieds der Zwölfhundert erhalten, auch wenn er als einer von ihnen geboren worden war – oder auch nicht?

Elfling führte sie alle zu einem der älteren Viertel der Residenz, wo Kendidra normalerweise die weniger bedeutenden Gäste unterzubringen pflegte. Ein Planwagen mit Ochsen war vor dem vermutlich kleinsten, ältesten und schäbigsten Gästehaus zum Stehen gekommen. Kendidra bemerkte bestürzt, dass eine Priesterin neben dem Wagen stand.

Die Frau war mittleren Alters und fiel mit ihrer ruhigen, aufrechten Haltung inmitten des Stimmengewirrs und der Hektik um ihren Wagen sofort auf. Sie trug keinen Schleier, sondern die Haare offen, wie nur Mädchen es zu tun pflegten. Was sie aber unmissverständlich als Priesterin auswies, war ihr mit Federn verzierter Mantel aus dem Fell gestreifter Katzen und der große Holzstab in ihrer Hand. Eine Priesterin genoss allein aufgrund ihres Amts hohes Ansehen und konnte sogar eine Tochter eines der Zwölfhundert sein. Es bereitete Kendidra Unbehagen, sie in einem der ärmsten Viertel der Burg zu sehen. Selbst in Unwins christlichem Zuhause gehörte es zum guten Benehmen, einer Priesterin den nötigen Respekt zu erweisen.

Elfling ließ ihren Arm los und ließ sie stehen, als sie sich gerade fragte, wer in den besseren Unterkünften untergebracht worden war. Sie hätte all dies wesentlich besser handhaben können. Als er auf den Wagen sprang, kletterten ihm die Männer sofort hinterher oder versammelten sich an dessen Rückseite.

Ein großes Bündel aus Tüchern und Bettzeug wurde vom

Wagen in die Arme der wartenden Männer herabgelassen und auf vielen Schultern und Armen in das Gasthaus getragen. Die Priesterin folgte ihnen, bevor Kendidra sie ansprechen konnte. Dann sah sie Elfling vom Wagen herabspringen und folgte ihm eilig in das Haus.

»Wer lag in diesem Wagen? Wir haben bessere Häuser als dieses – es hat ja noch nicht mal ein Privatgemach!«

Er warf ihr einen Blick zu und wandte sich ab, bevor sie zu Ende gesprochen hatte. Sie hatte das Gefühl, dass eine Tür vor ihrer Nase zugeschlagen worden war. Wer war dieser »König«, den man ihnen aufgehalst hatte? »Von Elfen geboren« vielleicht, aber bestimmt nicht in eine gute Familie.

Drinnen hatte man Feuer angezündet, die die Luft erwärmten und ein flackerndes goldenes Licht warfen, das wie Wellen über die Holzwände glitt. Aber die Wände waren eben nur aus nacktem Holz! Es gab keine Wandteppiche, sie waren nicht einmal verputzt. Sie konnte nur hoffen, dass die Priesterin nicht mit vielen Bediensteten gekommen war, denn hier gab es ja noch nicht mal genügend Tische oder Bänke.

Quer durch das Haus hatte man an einem Ende einen Vorhang gespannt, um einen Raum abzutrennen. Aus gutem, wenn auch schlichten Stoff, dachte Kendidra, den Göttern sei Dank. Um das Tuchbündel und seinen Inhalt dort zu Boden zu lassen, hatte man den Vorhang zur Seite gezogen, und Kendidra eilte herbei. Es waren zumeist Stallburschen und Küchengehilfen, die sich nun ihrer Last entledigten.

Elfling näherte sich diesen Menschen, schenkte ihnen seine Aufmerksamkeit, berührte sanft einen Arm, die Hand eines anderen, dankte ihnen.

Sie liefen rot an, grinsten breit und sammelten sich um ihn, selbst hinter seinem Rücken. Sie klopften ihm auf die

Schultern und lachten mit ihm, aber ihr unangemessenes Verhalten war ja auch von ihnen zu erwarten. Er lachte mit ihnen. Nun, er war einer von ihnen.

Elflings Männer standen eng beisammen, und Kendidra hätte fast gelacht, so sehr stand ihnen die nagende Eifersucht ins Gesicht geschrieben, als den Sklaven ausgiebig gedankt wurde, sie als seine Leibwache aber nicht einmal beachtet worden waren. Sie schaute zu, wie die Krieger sich um Elfling scharten und ihre Rivalen beiseitedrängten – »um den König zu schützen«, so würden sie wohl sagen. Offensichtlich erhofften sie sich Lob für ihre Aufmerksamkeit, doch als sie Elflings Blick suchten, schaute er gerade den Sklaven hinterher und marschierte durch die Leibwache hindurch, als ob sie nur im Weg stehen würde wie lieblos hingestellte Hocker.

Kendidra schüttelte den Kopf. Du magst ein Elfenkind sein und von der Göttin erwählt, dachte sie, aber wenn du nicht schnell lernst, die Treue der Schwerter in deiner Umgebung für dich zu gewinnen, dann wirst du bald eins von ihnen in deinem Rücken wiederfinden.

Die Priesterin beugte sich über die Laken, und Elfling kauerte neben ihr. Kendidra stellte sich neben ihn und schaute auf den Patienten hinab, der in die Tücher gewickelt war.

Einen Augenblick lang dachte sie, sie sähe eine Leiche. Das Gesicht wirkte zerbrechlich wie ein Vogelschädel, seine Lippen waren so bleich wie die sie umgebende blasse Haut, die Augenlider waren blau angelaufen, dunkelblaue Schatten wie Blutergüsse unter seinen Augen. Es schien ein uraltes, erschöpftes Gesicht zu sein und zugleich das eines kranken Kinds.

»Lasst mich ihm ein besseres Haus finden«, sagte sie. Der Patient musste eine Persönlichkeit hohen Ansehens sein, wenn er in einem Planwagen reiste und von einer Priesterin begleitet wurde. »Ein Haus, in dem er einen eigenen Raum hat.«

»Hier ist es ruhig«, sagte Elfling und schien sich dabei mehr an die Priesterin als an sie zu wenden. Kendidra sah sie zustimmend nicken. »Ich habe es selbst ausgewählt. Es ist weit weg von der Schmiede und den Pferchen.« Sein Blick ruhte nun auf Kendidra, und er sprach sie direkt an. »Lasst in den Straßen Stroh auslegen.«

Wie er mit ihr sprach, nur um ihr einen Befehl zu urteilen, erzürnte sie, obwohl sie durchaus verstand, dass er nur die Geräusche von Pferden, Karren und vorbeigehenden Menschen dämpfen wollte. »Wir können das Stroh nicht entbehren«, sagte sie. »Wir brauchen es für die Unterkünfte und –«

Plötzlich starrte er sie mit einer Dringlichkeit an, als ob eine gewaltige Wucht in seinem Blick lag, und unwillentlich wich sie einen Schritt zurück. Elfenaugen! Sie schienen selbst die Farbe geändert zu haben, waren im schwachen Licht des Raums groß und dunkel geworden. »Legt Stroh auf den Straßen aus«, wiederholte er. Er wandte seinen Blick ab, wandte sich von ihr ab, als ob sie mit einem Mal aufgehört hätte zu existieren.

Wut kochte in ihren Adern, und sie spürte eine Hitzewelle durch ihren Körper rasen. Sie erinnerte sich, wie seine Stille ihre Kinder herbeigelockt, und wie sie dieselbe Anziehungskraft empfunden hatte, aber nun … Nun, das wurde ihr schmerzlich bewusst, fühlte sie sich wie die Soldaten, übergangen und eifersüchtig. Genau wie sie würde sie ihre Gereiztheit in dem Moment vergessen, wenn er sie anlächelte und seine Aufmerksamkeit ihr Inneres zum Strahlen brachte. Solche Gefühle, ihre eigenen Gefühle, überraschten und entsetzten sie.

Diener schoben den Vorhang zur Seite und brachten einen kleinen Kübel mit dampfendem Wasser, einen Krug und Handtücher.

Die Priesterin rief sie zu sich und begann den Patienten zu entkleiden, um ihn waschen zu können.

Kendidra schaute an ihnen vorbei zum Bett. In diesem schlichten alten Haus war es in eine Ecke gebaut worden, mit Türen, die es in ein kleines Zimmer verwandelten. Ein Bett, das sich ein wohlhabender Bauer leisten würde.

»Lasst mich nach einem anderen Bett schicken«, sagte sie. »Im Lager haben wir viel bessere. Ich könnte eins holen und in wenigen Augenblicken zusammensetzen lassen.« Dabei dachte sie an ein bestimmtes, mit kunstvoll geschnitzten und vergoldeten Eckpfosten, einem hohen Kopfende und einem Baldachin, an dem sich Vorhänge zum Schutz vor Zugluft befestigen ließen. Sie würde ihr bestes Leinen und ihre besten daunengefüllten Decken holen. Das würde Elfling gefallen.

»Er wird es auch in diesem Bett warm und ruhig haben. Mehr braucht er nicht. Lasst es gut sein«, sagte die Priesterin.

Elfling richtete den Patienten auf und lehnte ihn vorsichtig an seiner Schulter an. Kendidra blickte in die beiden Gesichter, die sich nun so nahe waren, und bemerkte verblüfft, wie ähnlich sie sich sahen, obwohl eins von beiden schwer von Krankheit gezeichnet war. »Oh!«, rief sie aus, und sowohl Elfling als auch die Priesterin schauten zu ihr auf. »Es ist Wulfweard!« Hatte sie Elfling nicht mit ihm verwechselt, als sie ihn zum ersten Mal gesehen hatte? »O Herr! Wulfweard!«

Sie rannte zum Bett hinüber, um die Türen zu öffnen. Ihr junger Schwager, so krank, dass er dem Tode nahe schien!

Wusste Unwin davon? Das Bett war bereits mit Leinenlaken und einer daunengefüllten Decke bezogen worden. Sie selbst hätte es nicht besser auswählen können, aber wirkliche Erleichterung brachte ihr diese Entdeckung nicht.

Im Schrankbett stand auf einem Regal eine Schüssel mit süßlich duftenden getrockneten Kräutern. Sie warf die Decke zurück und verteilte den getrockneten Lavendel auf Kissen und Laken. Sie streute Blumen auf Wulfweards Grab ... Wusste Unwin, dass sein jüngster, ihm liebster Bruder noch lebte – oder sollte die Nachricht besser lauten – starb?

Sie warf einen Blick über die Schulter zurück und sah, wie Elfling aufstand und Wulfweard in seinen Armen hochhob. Jeder der Soldaten drängelte nach vorne, um die ehrenvolle Aufgabe zu erfüllen, Elfling die Last abzunehmen, doch er überging sie, trug Wulfweard selbst zum Bett hinüber und legte ihn vorsichtig hin.

Im Augenblick, bevor die Decke über ihn gezogen wurde, erkannte Kendidra auf Wulfweards Brust dunkle, kaum verheilte Wunden, unter denen sich jede einzelne Rippe düster abzeichnete.

Die Priesterin setzte sich auf die Wandbank neben dem Bett und entnahm anschließend einem Beutel an ihrer Seite mehrere Holzstreifen, die sie auf die Bank neben sich legte. Dann nahm sie sie mit einem kleinen scharfen Messer auf, das an ihrem Gürtel befestigt war, und schnitzte heilende Runen ins Holz, das sie unter das Kissen und ins Bett gleiten ließ, direkt neben Wulfweards Herz und seine Füße.

Elfling lehnte am Bettrahmen und schaute auf seinen Halbbruder herab. »Es geht ihm nicht besser«, sagte er zur Priesterin.

Die Priesterin unterbrach ihre Arbeit und ließ Messer und Holz in ihren Schoß fallen. Sie lehnte sich an die Wand, seufzte, und legte ihre Hand auf Elflings Arm. Dann glitt ihre Hand nach unten, bis sie seine erreichte, und hielt sie fest. »Seine Seele hat ihn verlassen«, sagte sie. »Sein Herz schlägt, weil du es schlagen lässt – und dabei deine Kraft verschwendest.« Kendidra bemerkte, wie sich der Griff der Priesterin verstärkte. »Aber Wulfweard ist von uns gegangen. Sein Körper wird verhungern, sein Herz wird aufhören zu schlagen, egal was du auch tust.«

Elfling entzog ihr seine Hand nicht, bewegte sich nicht, sprach nicht.

Kendidra schnappte das Wort »verhungern« auf. »Er muss etwas Kräftigendes bekommen, was sich leicht essen lässt – ich werde Grütze machen, mit Sahne und Eiern, und sie mit Honig süßen. Wenn er nur ein wenig davon isst, wird es ihm bereits helfen«, warf sie ein.

Die Priesterin ließ Elfling los und nahm das Messer wieder zur Hand. »Wir sollten die Decken wegnehmen, die Feuer niederbrennen und ihn schnell sterben lassen«, sagte sie.

Eilig machte Kendidra einen Schritt auf sie zu. »Nicht unter meinem Dach.« Es bedeutete schon Unglück, einen Gast unter dem eigenen Dach sterben zu lassen, aber bei einem Mitglied der königlichen Familie, einem Sohn Wodens? Und was, wenn die Dinge sich so entwickelten, dass sie wieder mit ihrem Ehemann, Unwin Eadmundssohn, zusammenleben musste – und er herausfand, dass sie seinen jüngsten und von ihm geliebten Bruder hatte verhungern und erfrieren lassen? »Das werde ich unter meinem Dach niemals zulassen.«

Elfling kniete sich ans Bett und schlug die Decke zurück. Einen Moment lang befürchtete sie, er würde dem Vorschlag der Priesterin Folge leisten, und näherte sich ihm, um ihn aufzuhalten. Sie hatte den ersten Schritt noch nicht beendet, da erkannte sie, dass er die Innenflächen seiner Hände auf Wulfweards Brust gelegt hatte. Er senkte seinen Kopf, und seine Haare fielen nach vorn, verdeckten sein Gesicht und seine Hände.

Die Priesterin erhob sich, packte Elfling an den Schultern und stieß ihn zurück. »Du hast den ganzen Tag nichts gegessen«, sagte sie in vorwurfsvollem Ton, als er zu ihr aufblickte.

Elfling stand auf und ging. Er schritt an den Soldaten vorbei, ohne sie zu bemerken, und dennoch formierten sie sich und folgten ihm. Plötzlich drehte er sich um und blieb stehen. Er schaute jeden an und berührte zwei von ihnen an der Schulter, deutete zum Bett, in dem Wulfweard lag – sie sollten als Wache zurückbleiben.

Kendidra betrachtete die Gesichter der Männer, als sie zurückkamen und ihre Wache antraten. Ehrfurcht hatte sie ergriffen, Verzückung, dass ihnen diese Ehre zuteil wurde. Sie waren glückliche Männer. *Mich*, dachten beide, *er hat mich bemerkt!*

Und die anderen, die Elfling begleiteten, würden sich noch mehr anstrengen, würden alles tun, um seine Aufmerksamkeit zu erregen.

Vielleicht haben die Zwölfhundert dem Elfenkind doch nichts beizubringen, dachte Kendidra.

Sie ging zum Bett hinüber und zog die Decke bis an Wulfweards Kinn hoch. »Nicht unter meinem Dach«, sagte sie zu der Priesterin.

Kendidras Pflichten als Herrin der Residenz waren von Elflings Hauptleuten übernommen worden, aber sie fragte dennoch nach ihren Leuten. Ihren Hauptmann hatte man seiner

Befehlsgewalt enthoben, aber ihm bereits eine neue Aufgabe erteilt, und er würde Elfling begleiten, wenn die Truppen weiterzogen. Es tat gut zu wissen, dass er für seine Treue weder bestraft noch gedemütigt worden war. Außerdem schienen sich die fremden Krieger gut zu benehmen. Ihr kam kein Vorfall zu Ohren, bei dem ihre Leute ausgeraubt oder verletzt worden wären. Sie konnte beruhigt in ihre eigenen Räumlichkeiten zurückkehren und ihren Kammerzofen und den Kindern Mut machen. Sie waren in Sicherheit.

Sie befand sich in ihrem Zimmer, als die drei christlichen Mönche zu ihr kamen, die der Residenz dienten. Sie bettelten sie an, sie zu retten, weil man sie sonst hinauswerfen würde.

»Was soll ich tun?«, fragte sie sie. »Dieser Ort gehört nun Elfling – und er hat mir selbst gesagt, dass ihr bleiben könnt, wenn ihr euren Altar neben den der anderen Götter stellt.«

Sie starrten sie lediglich wortlos an.

»Was soll ich tun?«, wiederholte sie ihre Frage. »Eure Kirche war Ings Haus, bevor es zum Haus Christi wurde.« Das Götterhaus beherbergte früher eine wunderschöne Ing-Statue, das hatten ihr viele Menschen erzählt. Wenn sie sie doch wenigstens einmal hätte sehen können! Erneut wurde ihr klar, wie sehr sie die Feste ihrer Kindheit vermisste, die die Heirat mit einem Christen ihr genommen hatte. Das Fest zu Ehren Ings fiel genau in diese Jahreszeit, bevor alles dunkel und kalt wurde, und während dieses Fests bot sich Ing selber als Opfer an, dem allgegenwärtigen Sterben zum Trotz. Er breitete seine Arme aus und empfing die Speere. Sein Blut sickerte in den Boden, und seine Seele wurde in die Anderswelt gebracht, in Hels Halle. Aber es war immer ein fröhliches Fest gewesen, bei dem die Menschen Freudenfeuer anzündeten, sich betranken, und Speere auf eine Strohpuppe warfen, die hinterher verbrannt wurde – genau wie Ing, der auf seinem Scheiterhaufen verbrannt worden war. Sie waren sich Ings Rückkehr gewiss.

Das Julfest fand zur Wintersonnenwende statt, wenn die Dunkelheit schon so lange andauerte und noch so viel länger dauern würde, dass es fast unerträglich schien. Am kürzesten Tag des Jahres, in seiner längsten Nacht wurde es abgehalten. Danach würde es vielleicht noch dunkler und kälter werden, aber die Nächte wurden kürzer und die Tage länger, denn die Sonne kehrte zurück. Beim Fest der Toten begab sich der trauernde Woden in die Anderswelt, um bei Hel um die Freigabe seines Sohns Ing zu bitten. Hel weigerte sich, ihm Ing herauszugeben, aber sie erlaubte ihm, die anderen Toten für eine Nacht zurückzubringen. Kendidra erinnerte sich, mit welcher Zärtlichkeit sie die Tische gedeckt, Essen aufgetragen und mit ihren Toten gespeist hatte, auch wenn sie unsichtbar blieben.

Und Eostres Fest, das mit der Klage um Ing traurig begann. Jeder hatte für die Herrin auf ihrem Weg in die Anderswelt gebetet, wo sie mit ihrer Schwester Hel um die Freiheit Ings feilschte. »Alle müssen ihn beweinen«, forderte Hel, und so bedeckten die Frauen ihre Häupter, schmierten sich Asche ins Gesicht und hielten die Totenklage. Als junges Mädchen hatte sie darin geschwelgt zu weinen, mit dem Körper klagend hin und her zu wanken, während ihr die Tränen das Gesicht hinabbrannten und in ihren Mund flossen. Es fiel den Kindern leicht zu weinen, denn traurige Geschichten reichten oft schon aus. Selbst die Männer weinten, und die Verrückteren unter den Frauen und Männern schnitten sich mit Messern in ihre Arme, bis Blut aus ihren Wunden rann.

Am Ende dieses langen Tages voller Tränen hielt Hel ihr

Versprechen und ließ Ing frei, und die Menschen feierten ein noch wilderes und trinkfreudigeres Fest als Jul. Die ersten Eier des Jahres wurden rot gefärbt und Freunden mit den Worten geschenkt: »Ing ist mit uns!« Es waren hart gekochte Eier, und man ließ sie gegeneinanderrollen oder schlug sie in Wettbewerben aneinander, bis sie platzten. Die Menschen küssten und umarmten sich und deuteten auf Weidenkätzchen und Primeln, die aus dem Gras hervorsprossen, mit den Worten: »Ing ist zurück!«

Die christlichen Gemälde an den Mauern von Unwins Kirche hatten Friese von Ings Frühlingsritt, seiner Rückkehr auf die Erde, überdeckt. »Unwin hat die Götter verbrennen und den christlichen Altar aufstellen lassen. Nun, jetzt sind die Götter zurückgekehrt«, sagte sie.

»Herrin«, sagte der Abt, »es scheint Euch nicht besonders zu missfallen, dass Christus niedergerungen wurde und wir vor die Tür gesetzt werden.«

»Es bereitet mir große Sorge, euch in der Wildnis ausgesetzt zu sehen. Wollt ihr aber gehen, dann werdet ihr von mir Wegzehrung und Geld erhalten. Doch ihr könnt auch unter meinem Schutz hier bleiben.«

Die Mönche wandten sich wortlos von ihr ab und verließen den Raum. Dennoch wies sie ihren Hausverwalter an, ihnen Proviant und Geld zu geben, sollten sie der Residenz den Rücken zukehren.

Athelric suchte sie auf, denn er wollte die Kinder sehen, aber er konnte ihre Herzen nicht so leicht gewinnen wie Elfling. Godhilda, so sagten die Kammermädchen, hatte den ganzen Tag nur von »ihrem Wolf« gesprochen.

Athelric sprach in einer Art über Elfling, die auf merkwürdige Weise ständig zwischen Zuneigung und Ehrfurcht wechselte. Die Freude auf seinem Gesicht ließ ihn wie ein frisch verliebtes Mädchen wirken, das mal schwärmerisch von einem Helden sprach und dann wieder vom liebsten Neffen. Sie brauche sich keine Sorgen zu machen, meinte er. »Wir stehen nun alle unter dem Schutz der Göttin.«

Kendidras einziger Gedanke war: Sollten wir dann keine Angst vor der Göttin haben?

An diesem Abend war der königliche Saal überfüllt, und an den zahlreichen Bänken und Tischen sammelten sich die vielen Menschen, die sich nun in der Residenz aufhielten und verpflegt werden mussten. Als sie sich an ihrem Platz an der Ehrentafel umschaute, wusste Kendidra, dass sie ihre Vorräte sofort überprüfen müsste, sobald Elflings Truppen sie wieder verlassen hatten. Sie führte ihre Kammerzofen von Tisch zu Tisch und ließ sie Getränke ausschenken, aber sobald sie diese Pflicht erfüllt und dafür gesorgt hatte, dass ihre Kinder und die Mädchen wieder sicher in ihren Räumen untergebracht waren, befahl sie einen Bediensteten herbei. Im Lichtschein seiner Laterne eilte sie durch die dunklen Straßen zu dem kleinen schäbigen Haus, in dem Wulfweard untergebracht war.

Im Haus war es dunkel, denn die Feuer waren bereits abgedeckt, und die Diener hatten sich zum Schlafen auf den Boden gelegt. Sie schlüpfte an ihnen vorbei, um den Vorhang herum, und berührte ihn dabei kaum.

Hinter dem Vorhang brannte das Feuer noch, aber es war fast erloschen und schimmerte tiefrot. Die beiden Wachen blickten sie hellwach an. Sie saßen gegenüber voneinander auf den breiten Schlafbänken, und neben ihnen lag schlafend die Priesterin.

Die Wachen versuchten Kendidra nicht aufzuhalten, als sie sich dem Bett näherte, behielten sie aber im Auge, und deswegen näherte sie sich nur zögerlich. Ein Türflügel des

Betts stand halb offen, und sie erkannte im Inneren roten Feuerschein und dass Wulfweard gut zugedeckt war.

Jemand stand so nah neben ihr, dass er sie fast berührte, und sie atmete kurz und tief ein, bevor sie einen Schritt zur Seite wich. Sie war überrascht und wütend, denn die Wachen hatten kein Recht, ihr so nahe zu kommen. Aber es war Elfling.

Er schaute zu den Wachen hinüber und deutete ihnen zu gehen.

Als sie fort waren, ging er zum Bett hinüber und öffnete die Türen. Er setzte sich, beugte sich hinein und verschwand fast im Schatten.

Sie blieb neben dem Feuer stehen und fühlte sich erneut übergangen. Sie fragte sich, ob sie gehen sollte, und wünschte sich, dass *er* gehen sollte. Elfling drehte sich um und sah sie an. Schwarz schimmerten seine Augen im schwachen rötlichen Feuerschein. »Sie hat recht. Nur das Herz schlägt: Seine Seele ist verschwunden. Aber ich will einen Bruder.«

Ihre Augen füllten sich mit Tränen. Als sie heiratete, hatte sie ihr eigenes Land und ihre Brüder und Schwestern verlassen. Sie glaubte nicht, dass sie sie jemals wiedersehen würde. Ihr Mann hatte mit ihr Kinder gezeugt, und dennoch herrschte zwischen ihnen keine Liebe. Den ganzen Tag lang, jeden Tag, war sie von Menschen umgeben, die sie als die Herrin der Residenz bezeichneten, und sie hatte ihre Kinder, denen sie eine Mutter sein musste – aber es gab niemanden, der sie um ihren Rat fragte oder mit ihr scherzte, niemanden, der sie mal als gleichberechtigt behandelte, mal als Respektperson oder auch mal wie ein Kind. Keine echten Freunde, keine Schwester oder Bruder.

Sie hatte zugesehen, wie die Menschen Elfling hinterherliefen und ihn anstarrten und dabei etwas vom »Elfengeborenen«, murmelten – aber er musste genauso einsam sein wie sie selbst. Sie näherte sich ihm, und ihre Hand bewegte sich unbeabsichtigt, um seine Schulter zu berühren, um ihn wissen zu lassen, dass sie mit ihm fühlte. Noch bevor ihre Finger ihn berührten, spürte sie diese merkwürdige Wärme, die ihn umgab, und er sagte: »Herrin, warum helft Ihr mir nicht?«

Sie zog verwirrt ihre Hand zurück und bemerkte dann, dass er nicht mit ihr gesprochen hatte. Er hatte seinen Blick auf sie gerichtet, aber schaute nicht sie an. Es schien fast so, als ob sie gar nicht existierte oder einer der hölzernen Pfähle wäre, die das Hausdach trugen.

Sprach er mit der Priesterin? Aber die Priesterin lag schlafend auf der Bank.

Elfling schaute ins Leere. Seine kehlige Stimme schien in der rötlich schimmernden Dunkelheit zu vibrieren. »Herrin. Helft mir.«

Die Dunkelheit, der Rauch, die Flammen und umhersprühende Funken tanzten wild vor ihren Augen, verbanden sich zum Umriss einer Frau. Bevor sie überrascht ihre Hand schützend vor die Augen halten konnte, war die Frau im flackernden Schein wieder verschwunden – aber dann stand sie doch da, neben dem Bett. Eine hochgewachsene, stolze Frau, deren lange Haare über die Hüfte hinabhingen.

Kendidras Herz schlug ihr bis zum Hals, und sie versuchte, sich mit langen Atemzügen zu beruhigen. Die Frau war die ganze Zeit da gewesen, noch bevor sie sie hatte sehen können. Elfling hatte sie angeschaut. Es schien ihr fast, dass das Dämmerlicht und der Rauch wie ein Nebel gewirkt hatten, um sie zu verdecken.

Die Augen eines Elfen, dachte sie. Er hat die Augen eines Elfen.

Sie wich einen Schritt zurück, wollte eigentlich fliehen,

weil sie Dinge sah, die sie nicht sehen sollte. Aber vor Angst blieb sie stehen, wo sie war, wie ein Vogel, der sich auf den Boden kauert in der Hoffnung, der Fuchs möge weiterlaufen.

Diese Frau aus Schatten und Feuer näherte sich Elfling, und er stand auf, um sie zu begrüßen. Als sie ihn umarmte, erkannte Kendidra, dass sie gleich groß waren. Ihre langen, weich fallenden Haare schimmerten im Feuerschein rot und kupferfarben. Dunkelheit umfing sie, und ihr Flüstern durchbrach die Stille: »Er starb während der Schlacht am Schreienden Stein. Dieses Schicksal war ihm bestimmt.«

Elfling erwiderte ihre Umarmung nicht. »Herrin, ihr erwählt die Erschlagenen.«

»Bittest du mich an seiner Stelle um ein anderes Leben?«

»Ja. Nimm das seines Bruders. Nimm Unwin.«

Als Kendidra dies hörte, begann sie am ganzen Körper zu zittern. Sie schlang die Arme um sich und zitterte immer noch. Sie dachte, sie würde ihren Ehemann nicht lieben, aber dennoch waren solche Worte ... Es war gefährlich, nur daran zu denken, ein Mitglied der königlichen Familie zu töten. Ein solcher Tod zog immer Kriege nach sich und forderte unzählige Opfer. Das ist ein Traum, dachte sie. Ich liege schlafend in meinem Bett, und ich spähe in diese hellrot erleuchtete Höhle und höre diese geflüsterten, in meinen Ohren hämmernden Worte. Eine geträumte Weissagung, die uns nichts Gutes verheißt.

Die hochgewachsene Frau strich mit ihren Händen durch Elflings Haare und warf sie nach hinten, außer den fein geflochtenen Zöpfen. »Und du wirst Unwins Leben nehmen und mir geben.«

»Ja, und so, wie ich Euch diene, Herrin, so bitte ich Euch im Gegenzug um Wulfwards Leben.«

»Er gehört nun Woden. Sein Geist wartet vor Wodens Halle, bis sein Körper ihn freigibt und er seinen Platz neben den Helden einnehmen kann. Hast du keine Angst vor Woden?«

»Ihr seid mächtiger als Woden, Herrin.«

»Oh.« Sie kicherte in der Dunkelheit und strich über sein Haar. »Lass uns das nicht auf die Probe stellen. Ich bin Leben und Tod. Er ist Tod und Leben. Ich erwähle die Toten. Er erwählt die Lebenden. Und Wulfweard gehört ihm. Wenn du für deinen Sieg in der Schlacht von seinem Versprechen abhängig bist, hast du keine Angst, ihn zu verärgern?«

Stille folgte. Kendidra betrachtete regungslos die beiden Gestalten, die vom flackernden Licht umrissen wurden. Einen Augenblick lang blitzten die Haare der Frauengestalt rot auf, dann fuhr das Licht die Rundungen ihrer Schulter und ihres Arms entlang, nur um einen Moment später eine Falte in ihrem Kleid bloßzulegen, die Sekunden später erneut in Dunkelheit versank. Sie dachte: Das hier darf ich nicht sehen! Sie erinnerte sich an Geschichten über andere Menschen, die einen kurzen Blick auf solche Wesen geworfen und ihre Worte belauscht hatten. Sie waren getötet, geblendet oder in Stein verwandelt worden. Um sich herum spürte sie die unnachgiebige Kälte harten Steins näherkommen. Ihr Herz schlug nur noch schwach, ihre Füße spürten den Boden unter sich nicht mehr, ihre Finger waren taub.

Elfling sprach. »Herrin, den Tag meines Todes und die Art meines Sterbens habt Ihr bereits vor langer Zeit bestimmt. Bis zu diesem Tag muss ich vor nichts Angst haben. An diesem Tag wird mich nichts mehr retten. Aber wenn ich Euch wohl gedient habe, dann schenkt mir dies: Lasst mich einen Bruder haben, solange ich lebe.«

Erneut herrschte Stille. Kendidra sah ihre Umrisse im flackernden Feuerschein verblassen und wieder deutlicher werden. Elfling senkte seinen Kopf auf die Schulter der Frau und umarmte sie.

Sie hob seinen Kopf und hielt ihn zwischen ihren Händen, bevor sie ihn küsste. »Wähle. Wähle zwischen deinem Bruder und deiner Herrin.«

Elflings Kopf neigte sich zwischen ihren Händen nach unten, als ob er ihr nicht in die Augen schauen könnte. Kendidra wartete, erfüllt von Furcht, dass ein Blick auf sie fallen könnte. Sie hielt den Atem an und ballte ihre Hände zu Fäusten, bis sie schmerzten. Sie sah Elfling den Kopf schütteln, den die Frau immer noch in ihren Händen hielt.

Die Frau entließ ihn aus ihrem Griff. »Ich erfülle dir deinen Wunsch. Du wirst die Kraft allein finden müssen, damit zu leben.«

Sie ging zum Bett und beugte sich mit ihrem Oberkörper darüber. Ihre langen Haare fielen ihr über die Schultern und die Bettdecke und verdeckten alles, was sich im Bett befand. Dann wich sie zurück, und als sie sich aufrichtete, glitten ihre Haare über das Bett. Ihre Augen suchten Elflings, und dann drehte sie sich zu Kendidra um. Einen Augenblick trafen sich ihre Blicke, doch noch in der Bewegung löste sie sich auf. Kendidra stand bewegungslos da, ihr Atem ging nur in kurzen, keuchenden Stößen. Sie starrte auf die leere Stelle neben dem Bett, kniff sogar die Augen zusammen, aber aus den Schatten, der Dunkelheit und dem Feuerschein formte sich keine Gestalt mehr. Dort stand niemand. Niemand, den sie sehen konnte.

Elfling setzte sich auf das Bett und beugte sich darüber. Sein Kopf und seine Schultern waren von Schatten umgeben. Kendidra bewegte sich mit unsicheren, kleinen Schritten auf ihn zu.

Die Kraft des Feuers ließ nach, und der Raum wurde dunkel und kälter. Im Inneren des Schrankbetts war es dunkel, und sie konnte Wulfweard nicht sehen. Doch als sie nach dem Bettpfosten griff und sich anlehnte, erkannte sie vor sich ein Licht, das zuerst schwach schien, aber heller wurde, wie eine gerade angezündete Kerze, die erst flackert, bevor ihre Flamme ihre ganze Kraft entfalten kann. Im Schein dieses Lichts sah sie Elflings Hände auf Wulfweards Brust ruhen. Seine langen Haare verdeckten sein Gesicht und schmiegten sich an Wulfweards Brust und Hals, und einige Strähnen berührten dessen Antlitz. Langsam wurde Kendidra bewusst, dass das Licht, das Elflings Haare schimmern ließ, von seinen eigenen Händen zu kommen schien und nur deswegen zu sehen war, weil der Raum in völliger Dunkelheit lag.

Und da war diese Hitze, die nicht vom Feuer stammte, sondern von Elfling – ein stetiges Ansteigen seiner Wärme, die immer größer zu sein schien als die anderer Menschen. Mit ihr kam ein süßer Duft, der vielleicht nur dem frisch geschnittenen Gras in Wulfweards Matratze oder dem Holzgeruch der Hauswände zu verdanken war.

Sie hörte Wulfweard tief einatmen und leicht und sanft wieder ausatmen. Er bewegte sich und seufzte, und dann atmete er regelmäßig und tief. Das Licht verblasste und schwand dahin, zuerst an den Bettkanten und dann an Elflings Händen, wo es am hellsten geschimmert hatte, und ließ den Raum dunkler und kälter zurück als zuvor.

Kendidras Herz und Seele aber erstrahlten vor Freude, weil das Licht einen Weg in ihr Innerstes gefunden zu haben schien. Sie lächelte in der Dunkelheit, denn ein Glücksgefühl hatte von ihr Besitz ergriffen, das sich aus Ehrfurcht und Angst nährte. Götter, dachte sie. Was habe ich bloß gesehen!

Es ist wahr, dachte sie, alles wahr.

Was habe ich bloß gesehen!

Sie hatte geglaubt, dass all die Geschichten über ihn, über den »Auserwählten der Göttin«, sich nur auf die Krönungszeremonie bezogen, bei der er seinen Fuß in den Stein setzte und zugleich Trompeten erschallten. Aber was hatte sie hier gesehen! Die Bedeutung der Worte »Auserwählter der Göttin« war leicht und einfach zu verstehen, und weil sie so leicht und einfach zu verstehen war, war sie auch von unermesslicher Macht. Er gehörte der Göttin. Er war ihr Geliebter, ihr Ing. Der Tag seines Todes und die Art seines Sterbens waren bereits bestimmt.

Sie konnte nicht mehr stehen. Ihre Beine gaben nach, und sie musste sich hinknien. Und dann, als sie irgendwie ihre Dankbarkeit und ihre Ängste kundtun wollte, entdeckte sie mit ihren Händen seine Stiefel und beugte ihr Haupt.

Überrascht griff er unter ihre Ellbogen und zog sie hoch. Sie schluchzte.

Er stand auf und zog sie mit sich, durch den ganzen Raum und seine rot schimmernde Dunkelheit. Kleine züngelnde Flammen tauchten den Raum in ein schwaches gelbes Licht, als er mit seinem Stiefel in das Feuer trat, und ihre Gesichter wurden als undeutliche Umrisse sichtbar. »Was?«, fragte er.

Er ging neben dem Feuer in den Schneidersitz und zog sie mit sich. Die Flammen waren nun näher und erhellten nicht nur sein lächelndes Gesicht, sondern ließen seine langen Haare gelb und seine Augen grau erscheinen. Sie verwirrte ihn, und er schüttelte leicht den Kopf, als er lächelte. In seinem Gesichtsausdruck lag Verwunderung, sogar ein wenig Schüchternheit. Er war so schön und so jung, dass sie nach ihm griff, ihn umarmte und ihren Kopf auf seine Schulter legte. Sie wollte ihn fest in ihren Armen halten, ihn wie einen Geliebten küssen; sie wollte seinen Fuß küssen wie, sie es bei dem Standbild Ings im Götterhaus getan hätte; sie wollte ihn schützend liebkosen, wie sie es bei ihren Söhnen tat. Sie fühlte sich mehr als nur ein wenig verrückt und erinnerte sich, wie seltsam ihr Athelrics Mischung aus Ehrfurcht und Zuneigung erschienen war.

Er hielt sie fest, während sie sich an ihn lehnte, und er umarmte sie, berührte ihren Kopf, ihren Rücken, drückte sie fest an sich. Seine Wärme umflog sie, und sein Duft aus Heu und Moschus umgab sie, und seine Haare glitten über ihr Gesicht, sanfter als jede Berührung. Sie hatte sich niemals so sicher und so glücklich gefühlt.

»Was ist denn?«, fragte er.

»Was habe ich bloß gesehen!« Sie hob ihren Kopf von seiner Schulter, sodass sie ihm wieder in die Augen schauen konnte. »Ich *kenne* Euch! Ich habe solche Angst – und ich bin so froh!«

Er lächelte wieder, schüttelte den Kopf, jung und verwirrt.

»Jetzt, wo ich Euch kenne«, sagte sie und erwiderte sein Lächeln, »jetzt *weiß* ich, dass wir sicher sind.«

Sein Lächeln verschwand. Er entließ sie aus seiner Umarmung, stand auf und wich vor ihr zurück. Ohne seine stützende Hand fiel sie mit den Händen nach vorn auf den Boden.

»Herrin, mich zu kennen gewährt keine Sicherheit«, sagte er. »Weder Euch noch sonst jemandem.«

VIERTES KAPITEL

DER HARFNER

Ingvald war ein großer Mann mit breiten Schultern und einem breiten Brustkorb, mit mächtigen Armen und riesigen Händen. Er trug einen Bart, und wie alle Dänen schnitt er seine hellbraunen Haare, »um den Hals zu entblößen und den Feind zu blenden«, doch auf seinem Kopf prangte eine kahle Stelle. Die Feierlichkeiten dieses Abends wurden ihm zu Ehren abgehalten, und deshalb hatte er eine feine Hose mit grünen und gelben Streifen und einen teuren Überwurf aus gelber Seide angezogen. Nun saß er auf seinem Bett, beugte sich über eine kleine Truhe und wählte die Ringe aus, die er an jedem Finger und an beiden Daumen tragen würde.

Ingvi trug bereits das Beste, was er besaß, und hatte es sich an der Wand auf einem Hocker bequem gemacht. Die Brüder hatten sich über zwei Jahre nicht gesehen, und trotzdem hatte Ingvi kaum ein Wort verloren.

Ingvald warf immer wieder einen Blick auf ihn, während er Ringe über seine Fingergelenke streifte.

Alle zwei Jahre erschien Ingvald an Loverns Hof, um seinen Treueschwur zu erneuern, und Ingvi freute sich immer sehr auf diese Besuche. In Ingvalds Gesellschaft war er wieder Däne – der Sohn eines Jarls, der Bruder eines Jarls, nicht einfach nur eine von Loverns Geiseln. Ingvald brachte ihm immer Geschenke, und obwohl Ingvi fast nichts besaß, versuchte er, seinem Bruder ebenso etwas zu schenken: ein Wolfsfell oder ein Hirschgeweih, alles von Tieren, die er selbst erlegt hatte. Tatsächlich trug Ingvald ein Messer mit einem Heft aus geschnitztem Hirschgeweih, das Ingvi ihm vor vielen Jahren geschenkt hatte. Ob er es nun trug, weil er es immer mit sich führte, oder ob er es hervorgeholt hatte, um bei dieser Gelegenheit seinem Bruder die Ehre zu erweisen, war ohne Bedeutung. Ingvi liebte ihn dafür.

Aber bei diesem Besuch schämte sich Ingvi auch für Ingvald. Ingvi war dabei gewesen, als sein Bruder mit Unwin Sassenach gesprochen hatte, wobei es um die Männer und Waffen ging, die er ihm geben sollte. Doch stattdessen hatte Ingvald vor allen Anwesenden bezweifelt, dass es sinnvoll wäre, die Sachsen anzugreifen, und gemeint, dass Geduld mehr erreichen würde als Waffen. Er bezweifelte auch, dass das Elfengesindel die Sachsen unter seine Knute zwingen könne. Es wäre durchaus möglich, dass die Sachsen die Arbeit für sie erledigen würden. Dann könnte Unwin als König und Held in sein Land zurückkehren, und es wäre viel billiger.

Ingvald hatte sich direkt an König Lovern gewandt, während er Unwin die Schulter zeigte, als ob er damit ausdrücken wollte: Diese jungen Männer, ohne ein eigenes Königreich, können große Pläne schmieden und keinen Gedanken daran verschwenden, wie das alles bezahlt werden soll. Er selbst könne an so etwas überhaupt nicht denken.

Die letzten drei Ernten, hatte Ingvald gemeint, seien schlecht gewesen. Es falle ihm schwer, seine Männer vernünftig auszurüsten, und er wolle ihre Treue auch auf keine allzu harte Probe stellen. Er sei Loverns Untertan und werde jedem seiner Befehle gehorchen, aber ...

Nur die Pflicht seinem Bruder gegenüber hatte Ingvi davon abgehalten, in diesem Moment die Halle zu verlassen. Als sie alle auseinandergegangen waren, um sich in ihre Räumlichkeiten zurückzuziehen und auf das Fest vorzubereiten, waren Worte der Freundschaft zum Abschied gesprochen worden. Aber obwohl Ingvi seinen Bruder zu seinen Räumen begleitet hatte und auch wieder zum Fest begleiten würde, fiel es ihm schwer, auch nur ein Wort mit ihm zu wechseln.

Ingvald blickte auf und wartete. An jedem Finger trug er nun einen Goldring und an seinen Daumen größere Ringe, die mit Granaten besetzt waren.

Ingvi versuchte, hochmütig dreinzublicken, aber als er Ingvald lächeln sah, wandte er den Blick ab und rutschte unruhig auf dem Hocker herum, als ob *er* im Unrecht wäre.

Ingvald durchstöberte seine Schmuckschatulle. Er zog Ingvis Aufmerksamkeit mit einem Pfeifen auf sich und warf ihm etwas zu, das im Feuerschein glitzerte.

Ingvi fing es mit beiden Händen auf. Es war eine große runde Brosche, mit der sich ein Mantel befestigen ließ, und sie hatte die Form zweier ineinander verflochtener Drachen, die sich gegenseitig in den Schwanz bissen. Beide Drachen trugen einen Granat als Auge. »Trag sie«, sagte Ingvald. »Behalte sie.«

»Danke«, sagte Ingvi, nicht mehr.

»Komm her.« Ingvalds Worte klangen sehr nach einem Befehl, und Ingvi kam an seine Seite. Ingvald sortierte einige Ringe aus dem Durcheinander des Kistchens aus, ergriff die Hand seines Bruders und setzte sie ihm auf.

»Ich dachte, du wärst arm«, meinte Ingvi. »Ich dachte, die Ernte wäre schlecht und du könntest deine Männer nicht ausrüsten.«

Ingvald schüttelte grinsend den Kopf, während er das

Schmuckkästchen schloss. Jetzt verstand er, was nicht in Ordnung war. Ingvi war allein am Hofe Loverns und hatte dem Sassenach zugehört, wie dieser davon sprach, den Wölfen ein Festmahl zu bereiten. Er war wütend und trotzig, weil Ingvald nicht mit Freuden bereit war, die Schlachten eines Christen zu schlagen.

Aber Ingvi lebte natürlich unter Christen. Er war mit ihnen befreundet und versuchte, Loverns Gunst zu erringen. Der Gedanke schmerzte Ingvald, aber er zweifelte daran, ob er es sich leisten konnte, ehrlich zu seinem eigenen Bruder zu sein. Doch Ingvald war kein Narr, und auch dieser Gedanke musste in Erwägung gezogen werden.

»Hat Lovern mit dir schon über eine mögliche Heirat gesprochen?«

Ingvi schaute überrascht auf, denn er hatte nur Blicke der Bewunderung für die Ringe an seinen Fingern gehabt. »Nein.«

»Er will dich an irgendeine Christin verheiraten.« Ingvis Begeisterung für diese Idee schien sich in Grenzen zu halten. »Ich will dir eine Frau in Dänemark suchen.«

Nun war Ingvis Interesse geweckt. Als er aufschaute, erkannte Ingvald im Gesicht seines Bruders, wie es hinter dessen Stirn arbeitete. Ingvald selbst war mit der Tochter eines dänischen Jarls verheiratet. Wenn er für Ingvi eine ähnliche Heirat ins Auge fasste, die Verbindung zu ihrer Heimat also stärkte, könnte sich Lovern übergangen und gefährdet fühlen. Und eine dänische Hochzeit wäre eine heidnische Hochzeit, gesegnet von Thonur und Freya, nicht von Christus. Lovern würde niemals erlauben, dass seine dänische Geisel mit einer Frau aus Dänemark verheiratet wurde. Wenn Lovern dem also nie zustimmen würde ... Was hatte Ingvald vor?

»Wir müssen zum Fest.« Ingvald nahm seinen Umhang und warf ihn sich über. Zusammen gingen sie hinaus, zuerst in den großen Saal von Ingvalds Unterkunft, wo ihre Eskorte auf sie wartete, und dann hinaus auf den kalten Hof der Wallburg.

Ingvald hatte Ingvi angesehen, wie sehr ihn die drohende Zerreißprobe mitnahm – zwischen Lovern, an dessen Hof er groß geworden war, und Ingvald, dem er als Mitglied seiner Familie Treue schuldete. Also hatte er seine wirklichen Gründe, sich nicht auf Unwins Seite zu schlagen, für sich behalten. Warum sollte das kleine heidnische Reich eines Jarls, dessen Herr ohnehin schon in Diensten eines christlichen Königs stand, ein anderes heidnisches Reich bekämpfen, um es einem weiteren christlichen König zu übergeben? Dann gäbe es zwei mächtige Christenreiche, und das kleine heidnische Gebilde wäre zwischen Hammer und Amboss gefangen – und würde nicht lange überleben.

»Einen Gott über uns«, sagten die Christen, »und einen König für uns.« Sie würden die Verehrung anderer Götter nicht zulassen, nur ihren eigenen, und jeder christliche König wollte der eine König sein. Die kleineren Länder mit ihren eigenen Göttern, eigenen Bräuchen, eigenen Gesetzen, hatten kaum Hoffnung auf eine Zukunft.

Ingvald war nicht stark genug, um sich auf die Seite des Elfenjünglings zu schlagen, der von der Göttin auserwählt war, und mit ihm die Christen zu besiegen. Aber vielleicht konnte er den Krieg hinauszögern oder die Anzahl der Krieger vermindern, die gegen den Elfen in den Kampf zogen. Und vielleicht gab es, wenn er nur vorsichtig und achtsam genug war, eine Chance, sein Land zu befreien.

Als sie sich dem Festsaal näherten, fragte sich Ingvald, was im Fall eines Krieges mit Lovern geschehen würde. Auf wessen Seite würde Ingvi sich schlagen? Helles Licht strahlte aus den Fenstern und der großen Eingangstür hinaus in die Kälte.

Auf seine Seite – auf welche denn sonst? Es war undenkbar, dass Ingvi gegen ihn kämpfte. Ingvald legte seinen Arm um Ingvis Schultern und erwiderte Ingvis Lächeln, als dieser sich zu ihm wandte. Ingvis dunkles Wesen leuchtete im Fackellicht düsterer als Pechkohle. Seine fremdländische Mutter bedeutete, dass die beiden Brüder sich so ähnlich waren wie ein grauer Hahn und ein Rabe. Ingvald konnte nur hoffen, dass ihr gemeinsamer Vater ausreichte.

Helles, warmes gelbes Licht strahlte aus dem Saal, und lautes Stimmengewirr drang nach draußen. Die Wachen erkannten die beiden Jarls und wollten die Tür öffnen, doch ein weiterer Mann, groß und untersetzt, tauchte aus den Schatten an der Saalwand auf. Er war in einen Mantel gehüllt, der dort, wo ihn das Licht traf, blau schimmerte. Seine Kapuze hing ihm ins Gesicht und verdeckte es. In seinen Händen hielt er eine Harfentasche.

»Nehmt Ihr mich mit hinein, edle Jarls?«

Er sprach kein Walisisch, sondern ihre Sprache, das Dänische. Sie hielten inne, und Ingvald griff mit seiner Hand nach der Kapuze des Mannes, um sie zurückzuwerfen und sein Gesicht im Lichtschein zu betrachten. Sie erblickten einen Mann hohen Alters, doch gesund und kräftig, in dessen Gesicht und Haar die Zeit deutliche Spuren hinterlassen hatte. Sein Blick ruhte auf ihnen, und sein hellblaues Auge spiegelte den Feuerschein aus dem Festsaal. Das andere Auge jedoch lag im Schatten seiner Augenbraue verborgen.

»Dein Name?«, verlangte Ingvald zu wissen.

»Ud der Harfner. Ich reise umher, Jarl, bleibe nie lange an einem Ort. Ich bin nirgends zu Hause.«

»Dein Vater?«, fragte Ingvald. »Deine Familie?«

»Ud Udssen, Sohn des Ud, Sohn des Ud, Sohn des Ud.« Etwas in seiner Stimme deutete darauf hin, dass er sich über sie lustig machte. »Man nannte mich schon Ud den Schönen und Graubart und Langbart und Ud mit der dunklen Kapuze. Doch bin ich nur Ud mit der Harfe, und ich möchte für Euch heute aufspielen.«

»Ich habe einen Harfner«, sagte Ingvald, »und König Lovern hat viele.« Er zweifelte an den Fähigkeiten eines Harfenspielers, der keinen Herrn hatte, und es widerstrebte ihm, der Gesellschaft einen schlechten Musiker aufzuzwingen.

»Ich habe keinen«, sagte Ingvi. Er hielt es für kleinlich, den Mann abzulehnen. »Ich nehme dich mit, und solltest du gut spielen, so werde ich dich belohnen.« Dank Ingvald konnte er dem Mann einen der Ringe an seiner Hand geben.

»Ich bin Euch zu Dank verpflichtet«, meinte Ud mit der Harfe, verbeugte sich vor ihnen und zog die Kapuze über seinen Kopf. Als er ihnen in den Saal folgte, war sein Gesicht wieder verborgen. Nachdem er die Tür durchschritten hatte, entwich er seitwärts in den Schatten, wo er sich auf einer der Bänke an der Wand niederließ, um darauf zu warten, spielen zu dürfen. Ingvald und Ingvi gingen weiter zum Ehrentisch.

Im gesamten Saal waren so viele Kerzen und Fackeln angezündet worden, dass er hell erleuchtet und ungewöhnlich warm war. Die langen Bänke an den Tischen füllten sich langsam mit Männern in ihren teuersten Stoffen, deren Broschen, Armreifen, Halsketten, Gürtelschnallen und Ringe im flackernden Lichterschein aufblitzten. Ihre Ehefrauen und Töchter, die genauso herausgeputzt waren, saßen mit den Männern zu Tisch.

Ingvald gebührte als Ehrengast der Platz an der Seite des Königs. Ingvi saß ihm gegenüber, und Unwin hatte neben der Königin Platz gefunden. Als König und Königin hereinkamen, trugen sie lange, schlicht geschnittene weiße Gewänder, in die Goldfäden und Edelsteine eingearbeitet waren.

Auf ihren Köpfen trugen sie Diademe mit Edelsteinen, von denen an schmalen Ketten filigran gearbeitete goldene Kreuze herabhingen. Ihre Bewegungen wirkten steif und langsam, denn ihre schweren, starren Gewänder behinderten ihr Vorankommen, und sie glichen eher Statuen als lebenden Menschen.

Die Königin und ihre Hofdamen schenkten den Wein aus, während das Essen serviert wurde, und zahlreiche Trinksprüche wurden ausgebracht. Ingvi hatte seine üble Laune schon längst vergessen und stellte Ingvald mehrere wichtige Persönlichkeiten vor. Er gab allen Klatsch über sie weiter, indem er sich zum Ohr seines Bruders hinüberbeugte und leise und schnell auf Dänisch sprach. Ihren Gastgebern gegenüber mochte dies vielleicht unhöflich sein, doch das Geflüstere und ihre gemeinsame Sprache brachte die Brüder wieder einander nahe. König Lovern nickte ihnen leicht zu, als er sie miteinander tuscheln sah, was die juwelenverzierten Kreuze an seiner Krone zum Schwingen brachte und sie am Ende ihrer Ketten aufblinken ließ. Er war sich wieder sicher, eine wertvolle Geisel zu besitzen, nicht einfach nur einen teuren Gast. Während er Ingvi in seiner Hand hielt, kontrollierte er auch Jarl Ingvald. In ein paar Jahren würde es sich aber lohnen, Ingvi gegen einen der Söhne Ingvalds auszutauschen.

Unwin wurde erneut bewusst, dass er keine Brüder mehr hatte, als lautes Gelächter von den beiden Dänen seine Aufmerksamkeit erregte. Während sie hier saßen und schlemmten, brachte das Elfenbalg vielleicht seine Söhne um.

Ein gerösteter Eber wurde hereingetragen und vom Hausverwalter und seinen Bediensteten zerteilt. Die besten Stücke wurden erst dem König gebracht, damit er sie vor aller Augen Ingvald und Unwin geben konnte und nicht für sich behielt. Der Wein floss in Strömen, und die Königin ging mit

Körben durch den Saal, aus denen sie nicht nur das beste und weißeste Brot an die Gäste verteilte, sondern auch teure Geschenke: Broschen für Mäntel und Hüte, Ringe, Gürtelschnallen und andere Kostbarkeiten. Ingvald und Unwin erhielten Schwerter mit edelsteinbesetzten Griffen und vergoldeten Schwertscheiden. Als Waffen waren sie nutzlos, doch ihr hoher Wert ehrte den Gast.

Mittlerweile war es im Saal so heiß, dass auf allen Gesichtern Schweiß glänzte. Ständiges Gelächter und lautes Stimmengewirr zwangen die Leute zu schreien, wenn sie sich ihrem Sitznachbarn verständlich machen wollten. Der Rauch vieler Kerzen und Feuer schwebte über den Tischen, und der goldene Lichtschein schimmerte auf Broschen und Ringen, loderte in Edelsteinen auf, funkelte auf Glas. Die Harfe machte an den Tischen die Runde, und für kurze Zeit wurde es still, um der Musik und dem Gesang zu lauschen – nur um dem donnernden Krach von Fäusten auf Tischen und brüllendem Gelächter zu weichen, wenn ein gescheiter oder witziger Reim auf einen der Gäste losgelassen wurde.

Die Harfe erreichte die Ehrentafel, und an den Tischen des niederen Volks sorgte gespannte Neugier für Ruhe. Jeder im Saal wusste, dass der Prinz der Sassenachs um die Hilfe des dänischen Jarl gebeten hatte, um sein Königreich zurückzugewinnen. Jeder wusste, dass der dänische Jarl dieses Gesuch höflich abgewiesen hatte und dass ihr eigener König mit seinem dänischen Lehnsmann nicht zufrieden war. Die Spannung wuchs ins Unermessliche, als Lovern selbst die Harfe ergriff. Die Stimme des Königs und der Klang des Instruments waren in der folgenden Stille klar und deutlich zu vernehmen.

Das Lied des Königs war kurz und einfach. Es erzählte die Geschichte eines Fischs, der in reinem Wasser schwamm, und eines groß gewachsenen Baums im Sonnenlicht, dessen

Äste sich weit erstreckten und der seine süßen Früchte zu Boden fallen ließ. Ingvi sog die Luft ein und beugte sich zu seinem Bruder, um den Text zu übersetzen. In Ingvalds Ohren klangen die Worte hübsch, aber sinnlos, doch Ingvi erklärte ihm ihre Bedeutung: Der Fisch war das Symbol der Christen, und daher bedeutete die Reinheit des Wassers zugleich die Reinheit und die Vortrefflichkeit der christlichen Lehre. Daraus folgte, dass der Baum die christliche Kirche darstellte, die im Lichte Gottes beständig und erfolgreich wuchs und den Ländern unter ihrem Einfluss ihren Segen gab – das galt auch für die Königreiche Loverns und Unwins.

Ingvald ließ sich nichts anmerken, obwohl er nun die Bedeutung des Liedes verstand. Lovern machte nur deutlich, wem seine Sympathien galten.

Der König reichte die Harfe an seinen Gast Unwin weiter. Ingvald zwinkerte kurz mit den Augen – als Ehrengast hätte er erwarten dürfen, die Harfe als Nächster zu erhalten. Aber Unwin war ebenso ein hoch geschätzter Gast – es gab keinen wirklichen Grund, sich angegriffen zu fühlen. Die dänischen Brüder schauten sich nicht an. Sie warteten auf das, was Unwin singen würde.

Sein Lied begann in einem klagenden Ton, und die ersten Harfentöne erklangen, um in der aufmerksamen Stille zu verhallen. Ingvald und Ingvi gehörten zu den wenigen im Saal, die die Worte verstanden, und sie verstanden sie schon nach den ersten Zeilen. Es gab dänische Versionen dieser Geschichte. Sie erzählte von zwei Brüdern, die sich sehr nahe standen und sich unglücklicherweise in dieselbe Frau verliebten. Beide versuchten, sich ehrenwert zu verhalten, aber am Ende brachten sie sich gegenseitig um und brachen das Herz nicht nur ihres Vaters, sondern auch das der Frau, die sie liebten.

Am Ende des Liedes applaudierten Loverns Untertanen

höflich. Ingvald und Ingvi klatschten mit und lächelten weiter. Wir, die wir dieselbe Sprache sprechen, so lautete die Aussage dieses Lieds, sollten uns wie Brüder verhalten und zusammenstehen. Sich zu streiten führt in die Katastrophe.

Unwin stand auf und reichte die Harfe lächelnd über den Tisch an Ingvald weiter, der sie nahm, und mit seinen Fingern über ihre Saiten glitt, während er nachdachte.

Ingvi beugte sich schnell zu seinem Bruder hinüber und flüsterte: »Ruf den Harfenspieler!«

Ingvald hob den Kopf. »Mit der Harfe weiß ich nicht recht umzugehen«, sagte er, und obwohl es eine Schande war, dies einzugestehen, nahm er das lieber auf sich, als sich auf diesen Wettstreit der Lieder einzulassen. »Ich verschone eure Ohren mit meiner Ungeschicklichkeit und lasse einen echten Musiker spielen. Ud! Spiel für uns auf!« Die Liedauswahl eines fremden Harfenspielers würde nicht als eine Aussage seinerseits verstanden werden, selbst wenn das Stück zu wünschen übrig ließe.

Ud mit der Harfe erhob sich von seinem Platz an der Wand, wo er zwischen den Dienern gesessen hatte, und kam nach vorne. Er ging an den Tischen in der Saalmitte vorbei, bis er die Ehrentafel und das Feuer erreichte. Er hatte seinen Mantel und die Harfentasche zurückgelassen und stand im hellen Licht der Kerzen und Fackeln vor ihnen. Seine Kleidung war aus einfachem, aber gutem Stoff gewirkt, und er trug keine Waffen bei sich, außer einem Messer an seinem Gürtel. Seine Harfe war ein gewöhnliches, unverziertes Instrument, ganz im Gegensatz zum geschnitzten und vergoldeten Gegenstück in Ingvalds Händen. Er drehte sein gut aussehendes, faltiges Gesicht zu beiden Seiten, lächelte, und alle konnten erkennen, dass der Harfenspieler nur ein Auge hatte. Das Auge, das im Schatten tiefliegend gewirkt hatte, war ein vernarbtes, ausgehöhltes Loch. Die Königin hob abwehrend und angewidert ihre Hand, um ihren Augen diesen Anblick zu ersparen.

Kälte schien sich über Ingvis Haut zu stehlen, wie der kühle Wind, der ihn bei Sonnenuntergang in den Wäldern umwehte, und er erinnerte sich an Geschichten über Elffrauen mit hohlen Rücken. »Man nennt mich Graubart, Ud mit der dunklen Kapuze ...« Und Einauge auch und Wanderer ... und ... und ... Doch während Ingvis Gedanken noch nach diesen Bildern suchten, entglitten sie ihm und ließen ihn beunruhigt zurück. Während ihm sein Geist seine Furcht zu erklären versuchte, entlockten die Finger des Musikers der Harfe einen schnellen Strom an bezaubernden Tönen.

Die klarsten, saubersten Noten der Harfe schallten wie Trompetenstöße, und jeder auf den Stühlen und Bänken saß nun aufrecht. Weichere Noten flossen herab und flüsterten in alle Ohren, Nackenhaare stellten sich auf und Arme begannen zu zucken. Jeder Blick war auf den Harfenspieler gerichtet. Es wurde still, stiller noch als beim König.

Der Harfenspieler lachte mit tiefer, dunkler Stimme und sagte: »Nun, meine Freunde, trägt uns die Musik auf ihren Schwingen in eine andere Welt.« Und er entlockte der Harfe eine weitere Kaskade an Noten, die jedes Herz berührten. Ingvi saß aufrecht auf seinem Stuhl, das Kinn gereckt, und er spürte, wie sein Herz schneller schlug und seinem Körper Kraft und seinen Gedanken Klarheit verlieh – aber er schenkte dem Harfenspieler keine Aufmerksamkeit mehr, wer er war oder warum die Namen ihm so seltsam bekannt vorkamen. Stattdessen hörte er so gespannt zu, mit weit aufgerissenen Augen, dass er fast aufhörte, Ingvi zu sein. Dasselbe geschah mit jedem im Saal. Alle Anwesenden hatten aufgehört zu essen, zu trinken, zu reden. Sie saßen schweigend da und hielten den Atem an. Die Stühle unter sich spürten sie nicht mehr, auch nicht die Wärme des Feuers. Obwohl der gesamte Saal in hellem Licht erstrahlte, sahen sie nur den einäugigen Harfenspieler.

Aus der Harfe ertönten weiche, wellenartige Noten, und der Harfenspieler begann zu singen.

> *»Hier kommen meine Liebsten,*
> *Wunderschön,*
> *Gold auf ihren Brüsten,*
> *Und bringen Met für die Helden:*
> *Komm, Schildmaid,*
> *Komm, Wut,*
> *Süße Axtmaid, süße Speermaid,*
> *Komm, Schrei,*
> *Komm, Klage,*
> *Komm, Feindesfessler, komm, Donnerer, komm, Vernichter!«*

Dies waren die Namen der Kriegsmaiden, und mit jedem Namen spürten die Männer – und viele der Frauen – im Saal ihr Blut aufwallen. Sie atmeten lange zitternd ein, als ihre Herzen schneller schlugen und sich ihre Hände zu Fäusten ballten.

> *»Kommt, meine Liebsten,*
> *Spielt mir ein Lied.*
> *Ruft uns zur Schlacht!*
> *Tragt den Krieg in die Herzen der Fürsten,*
> *Den Hass in die Herzen der Jarls.*

Schilde müssen zersplittern, Todesschreie erschallen,
Das ist mein Lied.
Äxte müssen fallen, Wut muss herrschen,
Dies Lied ist mir das Liebste.
Füllt meinen Krug mit dem Met der Schlacht!
Speiset den Wolf, füttert die Raben!
Nichts anderes begehre ich.«

Jeder der anwesenden Männer spürte, wie er Mut fasste, wie
sich jeder Muskel anspannte. Sie hörten den Schlachtruf.
Die Harfenmusik wurde leiser und klang aus. Ingvi griff sich
verwirrt mit der Hand an den Kopf. Er konnte sich an kein
einziges Wort erinnern, aber das rauschende Blut in seinen
Adern, die Erregung blieb.

Ud mit der Harfe nahm sein Instrument unter den Arm
und näherte sich dem Ehrentisch ein wenig. In seiner dunklen Kleidung schien er sich im Zwielicht zwischen Rauch
und Schatten flackernder Flammen aufzulösen.

Ingvald stand im hellen Kerzenschein am Ehrentisch und
hielt Loverns goldene Harfe in der Hand. Ingvi erinnerte sich,
wie die Finger seines Bruders über die Saiten strichen, erinnerte sich an die Stimme seines Bruders, als er sang: »Tragt den
Hass in die Herzen der Jarls.«

Der Applaus ließ die Halle in ihren Grundfesten erschüt-
tern. Die Leute klatschten, johlten, schlugen mit Fäusten
und Krügen auf die Tische und ließen die Flammen mit
ihrem Gebrüll tanzen. Alle schauten zu Ingvald und preisten
ihn für das Lied, das sie so bewegt hatte.

König Lovern verlangte nach mehr Met, und die Damen
der Königin beeilten sich, mit den Fässchen umherzugehen,
um die Becher wieder zu füllen. Unwin stand auf und hielt

sein Glas Ingvald entgegen, um einen Trinkspruch auf den Jarl auszubringen, der den Wolf speisen und die Raben füttern wollte.

Ingvi sprang auf und rief: »König! Ich erbitte einen Gefallen von Euch!«

»Was immer es ist«, sagte Ud mit der Harfe, »ich werde es dir gewähren.«

Die Menschen im Saal waren überrascht, ihren König Lovern diese Worte sagen zu hören, denn er war ein schweigsamer Mann. Doch wenn ihr König ein solches Versprechen gab, musste er es auch halten.

»Lasst mich mit meinem Bruder und Eadmundssohn in den Krieg ziehen«, bat Ingvi. »Was ich erringe, soll Euer sein, König, wenn ihr mich gehen lasst.«

»Ich werde dir Pferde, Waffen und Rüstung schenken«, sagte Ud mit der Harfe. »Du hast meinen Segen, in den Krieg zu ziehen.« Ud hob seinen Arm, und jeder Mann und jede Frau im Saal brach in Applaus und Jubel aus.

König Lovern beugte gnädig sein gekröntes Haupt und wunderte sich über die Worte, die er sich selbst hatte sagen hören – und die er nicht mehr zurücknehmen konnte. Er hatte seine wertvollste Geisel verloren.

Ud mit der Harfe ging unbemerkt an den Tischen vorbei, um sich wieder zwischen den Dienern auf eine Wandbank zu setzen.

Es war eine lange Nacht, und manches Lied wurde gesungen und noch mehr Bier getrunken. Als die Gäste die Halle verließen und im Schein der Fackeln zu ihren Unterkünften geleitet wurden, stand Ud auf und trat Unwin in den Weg.

Unwin betrachtete ihn aus betrunkenen Augen und fragte sich, warum es dem Mann erlaubt worden war, ihm so nahe zu kommen.

»Atheling«, sagte Ud, »macht mich zu Eurem Harfner.«

Das Wort »Harfner« gelangte an Unwins Ohr. Harfner erhielten einen Lohn. Er zog einen Ring von seinem Finger, reichte ihm den Mann und ging weiter.

Ud lächelte, streifte den Ring über und folgte Unwin in seine Unterkünfte.

FÜNFTES KAPITEL

NEUES VON UNWIN

Ein heller Sonnenstrahl fiel durch die Tür in den kleinen Saal und auf seinen strohbedeckten Boden aus festgetretener Erde. Jenseits seines Scheins wurde das Licht schwächer, bis es im hinteren Bereich nur noch Schatten hinterließ. Auf der Feuerstelle in der Mitte züngelten Flammen hoch, und es roch nach Rauch und dem alten Stroh im Dach.

Godwin ging zum Saalende, wo der Vorhang den Raum in zwei Bereiche unterteilte. Auf dem Fußboden lagen direkt am Vorhang ein einfacher, abgenutzter alter Schild und ein Schwert in seiner Scheide, noch am Schwertgürtel befestigt, als ob man ihn einfach ausgezogen und zu Boden geworfen hätte. Ein Wächter stand von seiner Wandbank auf und senkte seinen Speer, bis Schaft und Spitze genau vor Godwins Brust schwebten.

Godwin blickte zu dem Mann auf, dessen Zähne ihn aus seinem Bart angrinsten, und betrachtete seinen Helm und Nasenschutz. »Ich bin hier, um meinen Vatersbruder zu besuchen. Ich bin Godwin Un–« Vielleicht wäre es am besten, den Namen seines Vaters nicht zu erwähnen, auch wenn es ihm schwerfiel. Sein Vater würde ihm zur Vorsicht raten. »Godwin Atheling.«

Der Speer schwang nach oben, und der Wächter lehnte sich darauf. »Ich glaube, er schläft.« Er nickte in Richtung Schild und Schwert, die in der Nähe auf dem Boden lagen. »Hat sich wohl verausgabt.«

»Ich werde warten, bis er aufwacht«, sagte Godwin und zog den Vorhang zur Seite.

Ein Windloch hoch oben in der Giebelwand sorgte dafür, dass die Luft hinter dem Vorhang frischer war als im restlichen Haus. Sanftes Licht drang durch den Rauch und Staub nach unten. Godwin schaute sich um. Seinen Vatersbruder konnte er nirgendwo sehen – aber die Türen des Eckbetts standen offen. Godwin ging hinüber.

Das Innere des Schrankbetts lag im Schatten, doch als er sich näherte, konnte er Wulfweard erkennen. Er hatte den Kopf zur Seite gedreht, und Godwin sah, dass seine Augen geschlossen waren. Den Oberkörper hatte man auf Kissen aufgestützt. Das lange, zusammengebundene Haar fiel ihm über die Schultern.

Der Junge wartete, denn er glaubte für einen Moment, dass Wulfweard sich nur ausruhte, aber die langen, langsamen Atemzüge bewiesen ihm, wie fest Wulfweard schlief. Godwin bedeckte seinen Mund mit der Hand, um nicht in lautes Lachen auszubrechen. Er fand es immer lustig, in der Nähe eines Schlafenden zu sein – man konnte ihm immer einen Streich spielen.

Godwin setzte sich auf den kleinen Hocker, der neben dem Bett stand. Er behandelte die beiden Eier, die er aus dem Hühnerstall gestohlen hatte, mit großer Vorsicht, denn der Schatz in seiner Gürteltasche war die Ausrede für seine Anwesenheit. Nachdem er nachgeschaut hatte, dass sie nicht zerbrochen waren, betrachtete er seinen schlafenden Verwandten von oben bis unten.

Wulfweard hatte dank Kendidras Kochkünsten zugenommen. Sie setzte ihm pochierte Eier mit Kräutern vor, ließ ihn Hafergrütze mit Sahne, Butter und Honig essen und warme Milch, mit Mandelöl gewürzt, trinken – aber er war immer noch mager, und sein Gesicht wirkte eingefallen.

Sein Leinenhemd war nicht verschnürt, und Godwin konnte die Narbe auf seiner Brust sehen. Sie heilte mittlerweile gut ab, doch auf seiner hellen Haut wirkte sie immer noch wie eine Flammenspur. Er fragte sich, wie sehr dieser Schlag geschmerzt haben musste, als er auf die Rippen prallte und mit scharfer Klinge das Fleisch spaltete; und er spürte, wie sein eigenes Fleisch auf den Knochen zuckte. Er besaß zwar einen kleinen Schild, aber sein Schwert war nur aus Holz, und bisher hatte er immer nur zum Spaß gekämpft. Eines Tages, das wusste er, würde er sich auch solchen Schlägen stellen müssen. *Woher nahmen die Männer nur den Mut?* Er setzte sich aufrecht hin und sagte sich, dass das mit dem Größerwerden käme. Je mehr sein Körper wuchs, umso mehr würde auch sein Mut wachsen. Sein Vater hatte keine Angst, im Schildwall zu stehen und sich den Speeren und Äxten zu stellen, auch die Männer aus der Familie seiner Mutter nicht. Ein Junge sah aus wie sein Vater und erhielt den Mut seiner Mutter, und seine Mutter entstammte einer Kriegerfamilie. Wenn es an der Zeit wäre, dann würde er schon kämpfen. Es war ihm angeboren.

Es fiel ihm aber schwerer zu verstehen, wie Wulfweard den Mut aufgebracht hatte, nicht nur in den Kampf gegen dieses Ding zu ziehen und von ihm verwundet zu werden, sondern es auch noch trotz dieser fast tödlichen Verwundung »Bruder« zu nennen. Die Elfenbrut hatte einen von Wulfweards Brüdern getötet und den anderen ins Exil verbannt, und dennoch nannte er sie »Bruder«. Wie konnte er nur so ehrlos sein?

Er musste mit Wergeld gekauft worden sein. Der Gedanke, dass ein Mitglied der königlichen Familie das Wergeld für einen Bruder angenommen hatte – von einem Bastard, von Elfenpack –, war so beschämend, dass Godwin im Sitzen rot anlief. Nicht einmal ein Königreich, dachte er, nicht einmal zwei Königreiche würden mich dazu bringen gegen mein eigen Fleisch und Blut zu kämpfen.

Während er Wulfweard betrachtete, dachte Godwin: Ich sollte ihn auf der Stelle erstechen. Es sollte ihm nicht erlaubt sein, weiterzuleben und uns mit seiner Anwesenheit zu entehren. Er ist widerwärtig.

Godwin packte eine der Betttüren und schlug sie hart zu, einmal, zweimal.

Licht und Lärm – ein Donnerschlag – störten Wulfweards Schlaf. Er öffnete die Augen und hob die Hand, um seine Augen vor dem schwachen Licht zu schützen. Eine Stimme rief seinen Namen, fand ihren Weg durch die Dunkelheit, die Stimme seines Bruders, die nach ihm rief ... Über ihm war Dunkelheit, und über der Heide erstreckte sich ein dunkler Himmel. Stammte das Licht aus den Fenstern des Saals, den er zu finden versuchte?

»Es tut mir leid, wenn ich dich geweckt haben sollte«, sagte Godwin.

Wulfweard senkte die Hand wieder und starrte den Jungen verwirrt an. Er versuchte, sich klar zu werden, wer er war und warum er auf der Heide lag, und merkte langsam, dass er sich in einem Saal befand – einem anderen Saal. Er sah das Holz seines Betts und legte eine Hand an seinen Kopf. Er lächelte.

Godwin wich seinem Blick aus. Wenn er lächelte, sah er dem Elfenpack ähnlich, und diesen Anblick hasste er. Er öffnete den Beutel und nahm die Eier heraus. »Ich habe dir Eier mitgebracht. Sie sollen dir guttun.«

Godwin brauchte beide Hände für die Eier, doch Wulf-weard konnte sie in einer Hand halten. Die Gelenke über seinen mächtigen Händen wirkten zerbrechlich. Wulfweard lächelte erneut, aber Godwin ließ sich nichts anmerken. Sein Gesicht blieb regungslos.

»Hat deine Mutter dir aufgetragen, sie mir zu bringen?«, fragte Wulfweard.

»Ich habe sie gebracht. Es war meine Idee.«

Wulfweards Gesicht wurde ernst, und er neigte förmlich seinen Kopf. »Ich danke dir, Brudersohn, für deine Güte.«

Godwin versuchte, nicht zu lächeln, konnte es aber nicht verhindern. Die Dankesworte waren mit großem Ernst ge-sprochen worden und wärmten sein Herz, aber seine Freude kam ihm lächerlich vor. *Auch der Reichste weiß Dankesworte für ein Geschenk zu schätzen* – aber das stammte aus einem heidnischen Gedicht, und er sollte sich nicht daran erin-nern.

Wulfweard hielt ihm eins der Eier hin. »Nimm du eins, und ich behalte dies. Dann werden sie uns beiden guttun.«

Godwin nahm die Hände hinter den Rücken. »Nein. Sie gehören beide dir.«

»Dann danke ich dir noch einmal.« Wulfweard legte den Kopf in den Nacken und zerschlug das Ei an seinen Zähnen. Er schluckte die zähe grau-gelbe Flüssigkeit hinunter. Als er den Kopf wieder senkte und lächelte, hingen Eigelb und Stü-cke der Eierschale an seinen Lippen.

»Ich bin gekommen, um dir Neuigkeiten zu überbringen«, meinte Godwin.

Wulfweard wischte sich den Mund mit dem Handrücken ab und hob neugierig die Augenbrauen.

Godwin beugte sich vor und stützte sich mit der Hand auf der hohen hölzernen Bettkante ab. »Dies weiß noch nicht jeder. Ein Reiter hat Mutter heute Morgen diese Nachricht überbracht. Sie hat sie mir erzählt, weil sie etwas mit meinem Vater zu tun hat, und sie hat mich schwören lassen, es niemandem zu erzählen – aber sie wird nichts dagegen haben, wenn ich sie dir erzähle.«

Wulfweards Augen wurden groß, und seine Lippen öffneten sich lautlos, bevor er sprach. »Unwin?«

»Er hat die Grenze überschritten! Er ist hier, in diesem Land!« Er beobachtete Wulfweards Gesicht genau und erkannte dort nur Entsetzen. Also war Wulfweard ein Feigling! Er hatte Angst vor den kommenden Schlachten. Wenn er jemals Mut besessen hatte, dann war er ihm abhandengekommen, als er diese Wunde erlitt.

Er betrachtete Wulfweard weiterhin genau und wollte ihm noch mehr Angst einjagen. »Vater hat die Nordwaliser und die Dänen bei sich. Er wird sich sein Land zurückholen«, fuhr Godwin fort.

»Weiß Elfling schon davon?«, fragte Wulfweard.

Godwins Begeisterung verwandelte sich in Abscheu. Das war also Wulfweards erster Gedanke: Weiß die Elfenbrut schon davon? »Die Dänen werfen über jeden den Speer, der sich ihnen entgegenstellt«, sagte Godwin. »Wenn sie den Elfensohn fangen, dann werden sie ihm den Blutadler in den Leib schneiden.« Er beobachtete Wulfweard. Die Erwähnung des Blutadlers würde den Feigling sicherlich erbleichen lassen.

Wulfweard hatte damit zu kämpfen, seine Beine aus den Bettdecken zu befreien, aber als er die wütende, erwartungsvolle Stimme des Jungen hörte, blickte er auf. »Unwin opfert Woden? Hat er sich denn von Christus abgewandt?«

Godwins Kopf ruckte nach oben. »Mein Vater würde niemals seinen Glauben verraten!«

»Aber ich habe es getan, meinst du?«

Godwin war nun gezwungen, offen zu sprechen, und das machte ihn unglücklich. Wulfweard war ein junger, doch erwachsener Mann, und Godwin konnte ihm nicht in die Augen blicken und vorwerfen, er wäre feige und untreu in seinem Glauben. Aber er erkannte, dass er selbst ein Feigling wäre, wenn er nicht antwortete, und daher sagte er, während er seinen Blick auf einen Strohhalm auf dem Boden richtete: »Der Elfengeborene hat deinen Bruder getötet!«

Er wartete auf Wulfweards Antwort. Er zog die Schultern nach oben, um seinen Hals zu schützen, als ob er einen wütenden Schrei oder einen Schlag erwartete.

»Hunting ist mit einer Schar Krieger ausgezogen, um Elfling zu töten. Er tötete Elflings Zieheltern und seine Leibeigenen auf seinem Bauernhof – er hat sein Haus niedergebrannt. Als Elfling ihn umbrachte, geschah es daher als Vergeltung«, lautete Wulfweards Antwort.

»Das waren nur Bauern!«, sagte Godwin. »Er hatte kein Recht, für sie Rache zu üben! Nicht an königlichem Blut – und wo er doch selbst nur ein Bastard ist!« Wulfweard setzte sich in Hemd und Hose auf die Bettkante und sagte nichts. Das offene Hemd ließ den Blick auf seine Narbe frei. »Hunting war dein Bruder!«

»Elfling ist mein Bruder.«

»Nein!«, schrie Godwin, schlug mit der Faust in die Luft und stampfte mit dem Fuß auf den Boden.

Wulfweard schien das erste Mal wütend zu werden. Er beugte sich vor, packte ihn am Arm und zog ihn mit einem Ruck zu sich. »Elfling ist der Sohn meines Vaters, und mein Vater hat ihn als seinen Nachfolger bestimmt.«

Godwin war so wütend, dass er nach Wulfweards Hand auf seinem Arm schlug und sich problemlos befreien konnte.

»Hunting war dein Bruder! Mein Vater ist dein Bruder! Die Elfenbrut ist ein Bastard und ein Ding – ein Teufel! Es hat dich deinen Glauben vergessen lassen! Du solltest es töten!«

Wulfweard versuchte nicht, ihn noch einmal zu fangen. Während er auf der Bettkante saß, sagte er: »Ich habe es versucht. Das erste Mal hätte er mich töten können, aber er schenkte mir das Leben. Beim zweiten Mal schenkte er mir das.« Er berührte die Narbe auf seiner Brust. »Und hielt mich am Leben.«

»Wenn er *meinen* Bruder getötet hätte ...«, sagte Godwin.

Wulfweard hob den Kopf. »Was? Wenn dein Bruder deinen Bruder getötet hätte, was würdest du dann tun? Wenn dein Bruder, der dir zweimal das Leben geschenkt hat, deinen Bruder getötet hätte, was würdest du tun – du, der noch nie mit etwas anderem als einem Holzschwert gekämpft hat?«

Godwin wusste, was richtig war, und er war wütend, dass richtig und falsch mit solchen feigen Fragen verdreht werden sollten. »Du hast deinen Schneid verloren. Du hast solche Angst davor, erneut verwundet zu werden, dass du dich hinter dem Elfenpack versteckst. Du würdest ihm – diesem Bastard – erlauben, uns alle zu töten, und würdest nicht das Geringste dazu sagen, weil du solche Angst hast. Du hast solche Angst, dass du deinem Herrn Jesus Christus abgeschworen hast.« Verzweifelt suchte er nach Worten, die noch schlimmer klingen könnten, und spürte nur ganz schwach seine eigene Angst, die von Wellen des Zorns überflutet wurde. Er konnte seinen Blick nicht von der rot schimmernden Narbe auf Wulfweards Brust lösen. »Du würdest auf Hände und Knie fallen, um dem Elfenschiss die Stiefel zu lecken, weil du so ein feiges Schwein bist!«

Wulfweards Gesicht war bei der Erwähnung des Blutadlers

nicht bleich geworden, aber jetzt war es kalkweiß, und seine Augen waren weit geöffnet, voller Wut und Entsetzen. Godwin wiederholte in Gedanken seine Worte und war bestürzt über das, was er gesagt hatte. Unerträgliche, unverzeihliche Beleidigungen! Er erinnerte sich an das Schwert auf dem Fußboden, direkt hinter dem Vorhang, und er dachte, dass Wulfweard es jetzt holen und ihn umbringen würde.

Wulfweard wuchtete seine Beine wieder ins Bett und zog die Tür zu. Godwin starrte plötzlich auf glatte Holzpaneele.

Er brach in schallendes Gelächter aus – über Wulfweards Feigheit, indem er sich vor ihm versteckte, über seine eigene Erleichterung, und weil er gewonnen hatte. Er drehte sich um, zog den Vorhang zur Seite und lief den gesamten Saal entlang und lachte. Doch als er den Ausgang erreichte, hatte er Tränen in den Augen, und er zwang sich zu lachen, damit er nicht zu schluchzen begann. Er hatte es verstanden. Ihm war nichts geschehen, weil er nur ein kleiner Junge war. Wulfweard würde ihn niemals herausfordern oder ihn schlagen, ihm nicht einmal antworten, weil er nur ein kleiner Junge war, der einen Wutanfall gehabt hatte. Kleine Jungs taten so was.

Wulfweard konnte nicht zugleich der Bruder der Elfenbrut und der Bruder seines Vaters sein. Der Elfengeborene und Wulfweard, dachte er bei sich, sind beide meine Feinde.

In der Dunkelheit des Schrankbetts hatte Wulfweard die Arme um seine Knie geschlungen und biss sich ins Handgelenk, um nicht weinen zu müssen.

In der Dunkelheit seiner geschlossenen Augen tauchte die dunkle Heide vor einem noch dunkleren Himmel auf. Er öffnete die Augen, und in der Dunkelheit des Schrankbetts verschwanden Heide und Himmel nur langsam. Auf dieser Heide würde er wandeln, wenn er wieder schlief, das wusste er, und alles wäre halb im Nebel verborgen, jedes Geräusch wirkte gedämpft und wäre verloren, bevor er es richtig gehört hätte.

»Die dornenberankte Heide dein letztes Ziel wird sein ...«, sagte der alte Grabgesang, der von der Reise in die Anderswelt erzählte. Lange Zeit war er dort umhergezogen und hatte kalte Bergflanken erklommen, dem grau schimmernden Himmel entgegen, war düsteren Strömen in leere Täler gefolgt, wo kein Vogelgesang erschallte. In weiter Ferne hatte er die gedämpften Geräusche einer Schlacht gehört, war ihnen unaufhörlich gefolgt, doch nie näher gekommen. Ein einziges Mal hatte er eine große Halle erspäht, deren Mauern mit der Abenddämmerung oder dem Nebel verschmolzen und deren Dach mit Schilden geschindelt war. An ihren langen Wänden schienen tausend Türen zu sein, und in einer hatte sich der Umriss einer Gestalt abgezeichnet, dunkel vor dem Flammenschein, und hatte ihm eindringlich zugewunken. Ihre Größe, ihre Statur, ihre Bewegung hatten ihm sofort verraten, dass es sich um seinen Bruder Hunting gehandelt hatte, seinen toten Bruder, und er war erwartungsvoll losgerannt, da er endlich zu glauben wusste, wonach er gesucht hatte. Er hatte endlich das Ende dieser kalten, düsteren Heide entdeckt ...

Aber dann war die Halle nicht mehr zu sehen gewesen. Egal, wohin er sich auch drehte, keine Spur war mehr zu finden, kein Geräusch mehr zu hören. Irgendwie hatte er sich, obwohl sie sich genau vor ihm befunden hatte, auf dem Weg zu ihr verlaufen.

Sein Körper, der nur noch eine Ansammlung von Knochen war, mit Haut überzogen, ein Käfig mit einem noch schlagenden Herz, hatte ihn gehindert, seine Seele zurückgerissen. Und jetzt, obwohl von ihm gesagt wurde, er wäre geheilt, spürte er die Dunkelheit und die Stille der Anderswelt immer noch in sich. Er wusste, wie dieses andere Land war: näher als seine eigene Haut, einfach nur auf der anderen Seite des Schlafs. Schwäche und Müdigkeit brachten ihn der Anderswelt näher. Wenn der Schlaf ihn übermannte, dann überschritt er die Grenze und wandelte wieder auf kalten, leeren Hügeln.

Er versuchte, seine Kraft wiederzuerlangen. Er aß alles, was Kendidra ihm brachte, und begann wieder mit Schwert und Schild zu üben, um seinem Körper die Stärke zu verleihen, die er einst besessen hatte. Doch Schild und Schwert waren so schwer, dass er nach wenigen Waffengängen auf allen vieren zurück ins Bett kroch, um Erholung zu finden.

Godwin war nur ein Kind, doch sein Körper war stärker und fester als seiner. Godwin hatte sich seinem Griff mühelos entwunden, hatte ihm Beschimpfungen mit mehr Atemluft entgegengeschleudert, als er in sich hatte.

Godwin war nur ein Kind, doch nach wenigen beleidigenden Worten brach er in Tränen aus. Die düstere Welt der dornenbewehrten Heide und schweigsamen Wasserläufe wartete auf die Schwachen.

Seinem Glauben untreu? Er war Christus nie untreu geworden. Es stimmte schon, er hatte ihm einst die Treue geschworen – aber das war so, als ob er einem Herrn den Lehnseid leistete, der sich später als Vogelscheuche entpuppte, einem alten Holzstock mit noch älteren Stoffresten. Der Eid war nichtig.

Ah, aber wie konnte er leugnen, seinem eigenen Bruder Unwin die Treue nicht gehalten zu haben? Erneut biss er in sein Handgelenk und hinterließ tiefe Spuren in seiner Haut. Der Schmerz ging nicht so tief wie der Schmerz der Schande und der Trauer in seiner Brust. Unwin hatte ihm eine wunderschöne Harfe geschenkt und ihm beigebracht, wie sich einige leichte Akkorde spielen ließen. Machte die Harfe die Runde im Festsaal, so würde sie sich immer beeindruckend anhören, selbst wenn er nie mehr dazulernte. Unwin hatte ihm seinen ersten Helm, sein erstes Schwert, seinen ersten Schild geschenkt und ihn bei unzähligen Übungskämpfen zu Boden geschlagen. Dem Anfänger tat man keinen Gefallen, wenn man ihn beim Kampftraining schonte. Unwin hatte ihn auch aufgehoben, ihn auf die Stirn geküsst, ihn an den Haaren gezogen und gesagt, dass er eines Tages der Sieger sein würde.

Es wurde ihm in aller Deutlichkeit klar, dass er zu Unwin gehörte, zu seinem Bruder, den er liebte. Nur um dann wieder für diese Vogelscheuche zu kämpfen – Christus? Elfling war auch sein Bruder.

Solange sich die Schatten der Anderswelt um ihn legten, konnte er Elfling nicht die Treue versagen. Aber selbst wenn er jemals wieder die Kraft erlangte, um Unwin zu schlagen, so würde er es in Diensten Elflings doch niemals tun.

Er ließ sich auf die aufgetürmten Kissen fallen und bedeckte seine Augen mit den Händen. Er sollte sich hinlegen und schlafen – er sollte sich in die Anderswelt fallen lassen und niemals wieder zurückkehren. Mit jedem Tag wuchs in ihm der Verdacht, dass er nicht mehr über die Kraft verfügte, in dieser strahlend hellen, brutalen Welt zu leben.

Am frühen Abend erreichte eine Reiterschar das Tor der Residenz, und ihre Pferde waren verschwitzt und staubverschmiert. Die Reiter hatten ihre Schilde auf den Rücken geschlungen, über die Kettenhemden, doch da niemand von ihnen einen Helm trug, wurde ihr Anführer sofort erkannt: Elfling. Das Tor wurde geöffnet.

Im Innenhof hatten sich zur Begrüßung mehrere Mägde mit Bier in Trinkhörnern und Körben mit frischem Brot versammelt. Als Elfling auf den Hof ritt, trat Kendidra aus der Gruppe nach vorne, um ihn zu begrüßen. Er zügelte sein Pferd, stieg aber nicht ab. Keiner seiner Männer durfte vor ihm absteigen. Die Stallknechte, die die Pferde entgegennehmen wollten, schauten sich ratlos an.

Elfling schaute auf Kendidra herab, und als sie zu ihm aufsah und seinen Blick erwiderte, spürte sie einen Schock, als ob sie leicht gestoßen würde. In seinem Blick lag eine Entschlossenheit – wie bei einer Katze auf der Vogeljagd –, die sie verstörte, und noch etwas, das sie nicht in Worte fassen konnte. Es Traurigkeit zu nennen wurde ihm nicht gerecht; dafür war es zu kalt und zu weit entfernt von allem.

Elfling betrachtete ihre hohe, feste Gestalt von oben bis unten. Sein Blick kehrte zu dem schlichten, angenehmen Gesicht unter dem weißen Leinenschleier zurück, der ihr Haare verbarg. Der Anblick ihrer Kleidung, wie der Stoff über ihre Brüste und Arme fiel, weckte schmerzhafte Erinnerungen in ihm – an Wärme, Duft, Berührungen. All das vermisste er. Die Göttin hatte gesagt, er müsse die Kraft finden, ohne sie zu leben – nicht, dass er von ihr frei wäre.

Sein Blick richtete sich auf das geschindelte Dach der Königshalle. Anstatt sie zu verteidigen, hätte er sie gerne niedergebrannt, wie auch sein eigenes Zuhause niedergebrannt worden war. Der Wind würde die Asche in alle Richtungen verstreuen. Und die Menschen? Sie konnten auf der gesamten Welt um ihr täglich Brot betteln. Sein eigenes Handeln konnte er aber nicht selbst bestimmen. Der Tag seines Todes und die Art seines Sterbens waren schon vor langer Zeit vorherbestimmt worden. Wie auch sein Leben.

Kendidra errötete und reichte ihm mit einem Willkommensgruß ein Trinkhorn. Er beugte sich nach unten, nahm das Horn, trank einen Schluck und gab es ihr zurück. Er stieg ab, und seine Männer taten es ihm unter erleichtertem Ächzen gleich, denn es verlangte sie nach ihrem Brot und Bier. Die Stallknechte kümmerten sich um die Pferde.

Kendidra hielt ihm einen Brotkorb hin. Als er sich eine Scheibe nahm, schaute er an ihr vorbei und sah einen finster dreinblickenden Jungen – ihren ältesten Sohn, der ihn angegriffen hatte. »Wie heißt du?«

Der Junge antwortete sofort und schrie dabei fast. »Godwin *Unwinssohn*. Atheling.«

Godwin – *Gottesfreund*. Aber kein Freund der Göttin. »Ich werde Unwin jagen, Atheling. Möchtest du dabei sein, wenn ich ihn töte?«

Einen Augenblick lang ließ der Schock den Jungen völlig ausdruckslos wirken, aber dann kehrte sein finsterer Blick zurück, gepaart mit Wut. Kendidra konnte nicht fassen, dass Elfling so etwas Grausames hatte sagen können.

»Pack deine Sachen«, sagte Elfling zu dem Jungen. »Du wirst mich bei Tagesanbruch begleiten.«

»Nein!«, rief Kendidra. Elflings Augen fanden ihre, und sie verstummte, als ob sie einen leichten Schlag ins Gesicht erhalten hätte.

»Bei Sonnenaufgang. Er kommt mit mir.« Er biss in sein Brot und ließ Kendidra einfach stehen. Seine Männer erwischte er auf dem falschen Fuß, denn drei von ihnen mussten nun hastig ihre Hörner zurückgeben und ihm als Leibwache folgen. Sie fluchten, aber Kendidra sah auch, wie sie sich gegenseitig angrinsten.

»*Mutter!*«, rief Godwin.

»Mach dir keine Sorgen – ich werde mit ihm reden. Vielleicht will er dich deinem Vater übergeben!«

»Wulf?«

Der schwarze Himmel und die schwarze Heide lösten sich im Flammenschein auf und verwandelten sich in den Anblick des hell erleuchteten Saals – Elfling lehnte am Türrahmen und schaute in das Schrankbett hinein.

Wulfweard lächelte und richtete sich auf. In Elflings Gegenwart war das Land der Schatten weit entfernt, weiter als bei jedem anderen. »Du machst Jagd auf die Dänen.« Nur das konnte der Grund für sein plötzliches Erscheinen sein.

Elfling nickte. »Wir reiten vor Sonnenaufgang.«

Wulfweard blickte zu Boden. »Ich bin zu nichts nutze. Ich kann Schwert und Schild kaum heben, ja nicht einmal auf Dauer tragen.« Ganz zu schweigen von Kettenhemd oder Helm, dachte er.

Elfling lachte. »Ich brauche dich nicht. Ich nehme Godwin mit.«

Wulfweard stand auf. »Warum?«

Elfling schüttelte den Kopf, und seine Haare folgten der Bewegung. Er lächelte sein sanftes, ein wenig schüchtern wirkendes Lächeln, das ihm so viele Herzen hatte zufliegen lassen. Aber es war Wulfweards eigenem zu ähnlich, um bei ihm dieselbe Reaktion hervorzurufen.

»Der Junge ist dir keine Gefahr!«, sagte Wulfweard. »Er ist nicht von der Göttin auserwählt! Er hat weder Athelric noch die gesamten Zwölfhundert hinter sich!«

Elflings Lächeln wurde breiter, und er schlug Wulfweard auf die Schulter. »Der Junge hasst mich einfach. Wenn er bei mir ist, dann wird er mich vielleicht besser kennenlernen.«

Wulfweard betrachtete ihn eingehend und runzelte die Stirn, während Elfling seinen Blick erwiderte und ihn anlächelte. So viele Menschen, auch Athelric und Kendidra, dachten, weil Elfling schön anzusehen war, Wärme ausstrahlte und die Kräfte eines Heilers besaß, müsste er auch ein gütiger Mensch sein. Wenn er dies nicht war, fanden sie schnell Ausreden. Wulfweard wusste genau, dass auf Elflings Güte so wenig Verlass war wie auf schönes Wetter. »Wenn du Godwin mitnimmst, dann begleite ich dich auch.«

»Du bist nicht stark genug.«

»Ich werde stärker.«

»Dann such deine Sachen zusammen.« Als Elfling im Begriff war zu gehen, warf er noch einen Blick zurück. »Du wirst auch dabei sein, wenn ich ihm ein Ende bereite.«

Wulfweard saß auf seinem Bett und vergrub sein Gesicht in den Händen. Er wusste, wessen Ende er meinte.

SECHSTES KAPITEL

DAS WAHNSINNIGE MÄDCHEN

Das Tor von Kingsborough stand offen. Ihren Namen verdankte die Stadt den Pachtgeldern, die sie in die königliche Schatztruhe einzahlte. Ihre Bewohner warteten schweigend auf dem Hof vor dem Königssaal. Es waren nur noch Frauen oder Kinder. Die Männer versteckten sich oder waren tot.

Das wahnsinnige Mädchen saß bei ihnen im Dreck und betrachtete sie, ohne eine von ihnen zu sein. Das einzige Kleidungsstück, das es am Leibe trug, war ein abgetragener Kittel aus grauer Wolle, und wo es im Schlamm gesessen oder gar im Dreck gelegen hatte, war der Stoff nach dem Trocknen steinhart geworden. Die ungekämmten Haare waren ein verfilztes, wildes Durcheinander, in dem Blätter und Äste steckten. Die seltsamen, leicht schrägen Augen starrten aus diesem Durcheinander hervor wie ein wildes Tier aus dem Schutz eines Dickichts.

Die Verwalterin der Stadt, Aeditha, stand vor ihren Untergebenen und hoffte, für sie Fürsprache halten zu können. Es war nur diese Pflicht, die sie davon abhielt, sich in den Schlamm zu werfen und verzweifelt zu heulen, obwohl sie Linnen und Seide trug. Und sie musste außerdem an die arme Wahnsinnige denken. Es wäre besser für sie – sicherer – bei ihnen zu stehen, als allein herumzuhocken. Die Herrin streckte ihre Hand nach ihr aus. »Ebba. Komm her zu mir.«

Ebba stand sofort auf und folgte ihrer Anweisung. Sie war nicht immer so fügsam. Die Herrin ergriff ihre Hand, als sie näherkam, und zog sie an ihre Seite, obwohl sie nicht wusste, ob ihr Verhalten vernünftig war oder nicht. Das Mädchen stank und war dreckig und hatte außerdem einen Hang dazu, andere anzuspucken und zu schlagen. Aber es stimmte auch, dass Woden, der Wüterich, die Wahnsinnigen bevorzugte. Die Gunst Wodens konnten sie gut gebrauchen.

Ebba brachte ihr Gesicht nahe an das der Herrin heran und starrte sie mit diesen irren, tiefgründigen dunklen Augen an. Dann sagte sie: »Die Dänen kommen.«

Aeditha biss die Zähne zusammen und schloss die Augen. Tränen fanden gegen ihren Willen einen Weg. »Ich weiß«, sagte sie.

Die Angst vor den Dänen hatte sie seit Wochen verfolgt. Gerüchte hatten sie erreicht – von niedergerittenen Ernten, von niedergebrannten Feldern und Häusern, von gestohlenem Vieh. Und als die Dänen ihnen nähergekommen waren, waren die Männer gegen sie ausgezogen. Der Ehemann der Herrin und ihr Sohn hatten sie angeführt.

Als sie gesichtet wurden, schienen es nur wenige Dänen zu sein, und beim ersten Angriff waren sie wie feige Hasen geflohen. Die Sachsen hatten sofort die Verfolgung aufgenommen und dabei ihre Formation aufgegeben. Plötzlich hatten sich die Dänen ihnen gestellt, die Schilde zu einem beeindruckenden Wall aus Speeren geformt, und hinter den von Panik ergriffenen Sachsen waren weitere Dänen dem Boden entsprungen, um ihnen ihre Äxte in die Leiber zu treiben.

Die meisten Sachsen waren arme Männer, die nur mit

selbst gemachten Speeren, Sicheln und langen Messern bewaffnet gewesen waren und ohnehin keine Helme oder Kettenhemden trugen. Sie hatten sich aus Verzweiflung dem Feind gestellt, aus Angst um ihre Familien und Felder. Die Dänen waren landlose Krieger, deren Leben nur aus Kampf bestand, und die sich gegen die Werkzeuge eines Bauern mit Kettenhemden und Helmen zu schützen wussten, ganz abgesehen von ihren Schwertern und Äxten. Sie hatten die Sachsen wie Schweine abgeschlachtet, die vor einem Festtag ihr Leben lassen mussten – Köpfe wurden abgehackt, Fleisch von den Knochen getrennt, Arme und Beine zerteilt, Körper ausgeblutet und entweidet.

Der alte Thane der Sachsen war getötet worden. Seinen Sohn hatte man lebendig gefangen genommen, und in seinen Körper hatten die Dänen den Blutadler geschnitten. Die Überlebenden berichteten, dass seine Schreie sie auf der Flucht verfolgt hatten, als sie die Hügel hinabstürmten, sich durch Dickichte einen Weg erkämpften, durch Bäche wateten und auf allen vieren davonkrochen, nur um zu entkommen.

Sie hatten Kingsborough die Nachricht überbracht. Es lag an der verwitweten Herrin, ihnen zu sagen, was sie nun tun sollten. Was konnte man tun? Ihr Herr war tot, und sie hatten nicht genügend unverletzte Männer zur Verfügung, um sich erfolgreich verteidigen zu können. Niemand würde ihnen zur Hilfe eilen. Auch wenn ihrem König elfische Kräfte nachgesagt wurden, so konnte er dennoch nicht an zwei Orten zugleich sein. Er und seine Armee jagten eine weitere Abteilung der Dänen und waren weit von der Stadt entfernt. Also hatte die Herrin das Öffnen des Tors befohlen, und sie hatte zur Begrüßung Bier und Brot bereitstellen lassen, als ob sie Gäste erwartete.

Die Dänen kamen. Sechzig berittene Männer. Ihre Pferde füllten den Innenhof und drängten die Frauen an die Königshalle. Der Krach wurde immer schlimmer, denn er hallte zwischen den Wänden: trampelnde und wiehernde Pferde, das Gebrüll der Männer, das Klirren von Metall auf Metall. Der Gestank von Pferdeschweiß, von Männern und der metallische Geruch von Blut. Plötzliche Hektik, als Pferde die Straßen entlangsprengten, um nach versteckten Männern zu suchen.

Die dänischen Anführer ritten in die Mitte des Innenhofs und saßen wartend auf ihren Pferden. Ebba hielt immer noch die Hand der Herrin und schaute zu dem Mann hoch, der ihnen näher stand. Es gab keinen Zweifel, dass er der Anführer war. Niemand sonst konnte solche Rüstung tragen – schwarz, poliert, und mit Goldtropfen verziert. Sein Helm war der eines Königs: Eine Maske mit grimmig dreinblickenden silbernen Augenbrauen und goldenen Lippen, die sein wahres Gesicht verdeckten, und über der Krone auf seinem Helm breitete ein goldener Drache mit Granataugen seine Schwingen aus. Sie hatte solche Helme zuvor gesehen, bei den sächsischen Athelingen. Entweder hatte dieser Mann den Helm in einer Schlacht gewonnen oder ... Als er sich im Sattel umdrehte, sah Ebba den langen geflochtenen braunen Zopf, der an seinem Rücken herabhing, und wusste sofort, wer er war. Unwin Eadmundssohn. Dänen trugen die Haare nicht lang.

Der Mann an seiner Seite musste auch ein Anführer sein, denn er brachte sein Pferd sehr nah an Eadmundssohn heran, wenn auch sein Kettenhemd nur aus schlichten grauen Kettengliedern bestand und sein Helm ein schlichter Eisentopf mit Nasenstück war. Er zerrte sich den Helm herunter und entblößte die kurzen Haare eines Dänen aber seine Haare waren schwarz wie der Boden eines Kochtopfs, und sein junges Gesicht war gebräunter als eine reife Nuss. Seine Haut war sogar dunkler als Ebbas, und sie starrte ihn an.

Ein Däne trat an den Steigbügel dieses düsteren Mannes heran und reichte ihm einen großen Lederbeutel, den er vor den versammelten Leuten entleerte. Aus dem Beutel fielen abgetrennte Hände und Köpfe. Sie gehörten dem alten Herrn von Kingsborough und seinem Sohn.

Ebba spürte, wie die Herrin ihre Hand fester drückte, ihr wehtat. Sie betrachtete ihr Gesicht, das so bleich wie ihr Linnenschleier war – aber dann fingen Frauen an zu kreischen, und der Lärm von Pferdehufen kam näher, und Gebrüll ertönte. Die bewaffneten Männer kehrten von ihrer Suche zurück und trieben sächsische Männer vor sich her. Einige der Männer waren so schwer verwundet, dass man sie über die Pferde geworfen hatte. Im Hof wurden die Gefangenen zu Boden geworfen oder niedergeschlagen. Die Schreie der Frauen in der Menge wurden lauter, und sie schoben sich vor. Mächtige Pferdeflanken drängten sie zurück.

Die Herrin ließ Ebbas Hand los, um nach vorne zu rennen. Sie klammerte sich an den Fuß Unwins, der immer noch auf seinem Pferd saß. »Atheling! Lasst sie gehen!«

Ebba sah, wie die goldene Maske nach unten schaute, auf die Herrin. Doch das Morden hatte bereits begonnen. Die sächsischen Männer wurden aufgespießt, vor den Augen ihrer Frauen und Kinder, ihre Kehlen durchgeschnitten. Die ungläubigen, verzweifelten Schreie der Frauen wurden so laut, dass selbst die Hunde in ihr Geheul mit einstimmten und die anderen Tiere in ihren Ställen es ihnen gleich taten. Pferde drängten die Frauen erneut zurück.

Ebba sparte sich das Betteln oder Schreien. Sie stand still da und betrachtete das Gemetzel durch ihre verfilzten Haare.

Niemals zuvor hatte sie gesehen, wie ein Mensch umgebracht wurde, obwohl sie schon öfter aufgehäufte Leichen gesehen hatte und wie sie anschließend verbrannt wurden. Und sie hatte viele Hühner und Schweine sterben sehen. Das Töten von Menschen schien ihr fast einfacher zu sein, denn die meisten standen einfach nur da und ließen sich hinrichten. Es war schon harte Arbeit, vielleicht wie Holzhacken, aber es schien keine besondere Kunst zu sein.

Ingvi Troll schaute von seinem Pferd aus ebenso zu. Der Gestank des Blutes ließ das Tier ein wenig unruhig werden, aber es war ein gut ausgebildetes Schlachtross, das ihm König Lovern geschenkt hatte, und weder der Geruch noch die Schreie konnten es ernsthaft aus der Fassung bringen. Er hatte festgestellt, dass es ihm nicht schwerer fiel, einen Mann sterben zu sehen, als das Sterben eines Ebers auf der Jagd zu beobachten. Wenn sich Stunden später die Dunkelheit herabsenkte und er ruhig am Feuer saß oder zu schlafen versuchte, erst dann ließen ihn ihre Gesichter und ihre Schreie am ganzen Leib erzittern, und in der Finsternis schien sich der Todeskampf vieler Männer zu wiederholen.

Den Wolf zu speisen und den Raben zu füttern brachte ewigen Ruhm. Er war gern bereit, diesen Preis zu zahlen.

Unwin hatte den Helm abgesetzt. Er rief: »Ich bin Unwin Eadmundssohn, aus dem königlichen Hause und Mitglied der Zwölfhundert, König dieses Landes! Diese Männer starben, weil sie gegen ihren König kämpften! Aber wenn alle hier meinen Befehlen Folge leisten, waren sie die Letzten, die sterben mussten!«

Er bewegte sein Pferd langsam vorwärts, während er die Menge überblickte, und zeigte dann auf einen mageren Jüngling von etwa zehn Jahren. »Ihn.« Soldaten stürmten in die Menge, um den Jungen hervorzuzerren. Da er fürchtete, genau wie die Männer umgebracht zu werden, wehrte er sich und schrie. Seine Mutter eilte ihm zur Hilfe und stimmte in seine Schreie ein, aber sie wurde zur Seite gestoßen.

»Die Jungen werden nicht getötet!«, donnerte Unwin, und seine Stimme war in der gesamten Stadt zu hören. Selbst seine Männer hielten in der Bewegung inne und starrten ihn an. In der darauf folgenden Stille sagte er: »Herrin, ich will diese Jungen als Geiseln. Ich will alle Jungen in seinem Alter und darüber. Sagt dies bitte euren Leuten.«

Die entsetzten Jungen wurden aus der Menge gezerrt und von einer Gruppe bewaffneter Männer zusammengepfercht. Von allen Seiten war das Weinen der Frauen zu hören. Ebba wandte sich von den Dänen ab und widmete den weinenden Frauen ihre Aufmerksamkeit. Warum weinten sie denn? Glaubten sie etwa, es würde einen Unterschied machen?

»Lady Aeditha«, sagte Unwin, »stirbt einer meiner Männer während unseres Aufenthalts in der Königsburg, werde ich zwei Eurer Jungen meinem blutrünstigen, jungen Freund hier übergeben, Ingvi Troll. Wisst Ihr, was ›Troll‹ bedeutet?«

»Ich glaube, alle Dänen sind Trolle«, antwortete die Herrin.

Als Ingvi daraufhin laut lachte, hoben sich seine weißen Zähne deutlich von seiner Hautfarbe ab.

»Ingvi wird Eure Jungen zu Odin schicken.« Ingvi tat das Seinige, um die Bewohner der Stadt einzuschüchtern, indem er ein unsichtbares Seil um seinen eigenen Hals legte, den Hals nach oben reckte und die Zunge herausstreckte. »Für jedes Pferd, das überraschend lahmt, werde ich ihm einen Jungen geben. Ihr werdet die Jungen auswählen, Herrin. Jetzt gebt mir Eure Schlüssel.«

Unwin beugte sich aus seinem Sattel und streckte die

Hand aus. Sie übergab ihm den großen Schlüsselbund, den sie an ihrer Seite trug und der die Schlüssel zu jedem Lagerraum und jeder Truhe enthielt. Er warf ihn einem seiner Hauptleute zu und stieg erst dann ab. Ingvi folgte seinem Beispiel.

»Ich werde in den königlichen Gemächern übernachten«, sagte Unwin gerade zu Aeditha, als Ebba eine der abgetrennten Hände vom Boden aufhob und ihm unter gackerndem Gelächter ins Gesicht schlug.

Unwin wich einen Schritt zurück, was sein Pferd nervös tänzeln ließ. Ingvi schritt auf Ebba zu, um sie zu töten, und andere Dänen rannten mit gezückten Schwertern in derselben Absicht herbei. Aeditha stellte sich den Männern entgegen, packte Ebba an ihren langen verfilzten Haaren und zerrte sie zurück. »Sie ist wahnsinnig, Atheling! Könnt Ihr nicht sehen, dass sie wahnsinnig ist?«

Die Dänen blieben auf der Stelle stehen. Obwohl sie noch an den Haaren festgehalten wurde, lachte und deutete Ebba auf die Männer, klatschte und johlte. Ingvi wich zurück. An Unwin gerichtet sagte er: »Sie gehört Odin.«

Unwin ging zu Ebba, verschränkte die Arme und betrachtete sie eingehend, während sie voller Freude über ihren eigenen Witz tanzte, ohne auf das Gezerre an ihren Haaren zu achten.

»Ich kenne sie«, sagte er. Er schaute zu Aeditha. »Bringt sie zu mir, wenn ich gegessen habe.«

Er ging zum Königssaal. Ingvi folgte ihm, nachdem er Ebba angestarrt hatte.

Erleichtert zog Aeditha Ebba in ihre Arme. Sie warf einen Blick auf die Dänen in ihren Straßen, auf die schluchzenden Frauen, auf die Köpfe ihres Mannes und ihres Sohnes, die auf dem Boden lagen, und sie hielt den Atem an, um nicht selbst in Tränen auszubrechen. »Ebba«, sagte sie, »oh, Ebba.«

Ebba war nicht wahnsinnig. Sie wusste das sehr wohl. Sie war . . . eine freie Frau. Sie war die freieste Frau auf dieser Mittelerde, und wenn es des Wahnsinns bedurfte, um frei zu sein, dann sollte es so sein.

Sie war als Sklavin geboren worden, und ihr Leben bestand aus Arbeit. Das hieß schwere Eimer zu tragen, die Schultern und Rücken schmerzen ließen; tagelang auf kalten, nassen Feldern zu stehen und die Vögel von den Samen zu verjagen; sich auf der Suche nach Steinen andauernd zu bücken; jeden Tag den Mahlstein zu drehen, um das Getreide in Mehl zu verwandeln.

Ihre Zukunft war mit Leichtigkeit vorherzusagen: endlose Arbeit, die ihr nichts einbrachte, die sie nicht tun wollte. Und sie wäre dem Willen eines jeden Mannes untertan, ob er nun Freier oder Sklave war. Unabhängige Frauen konnten sich ihre Geliebten aussuchen, heiraten und sich scheiden lassen, wie es ihnen beliebte. Eine Sklavenfrau durfte genauso benutzt werden wie ein Löffel und hatte genauso wenig Rechte.

Sie hatte über Flucht nachgedacht, aber welcher Sklave hatte das nicht getan? Aber wohin fliehen? Und wie Hild oft gesagt hatte: »Du schläfst im Warmen, du hast was zu essen. Worüber beklagst du dich eigentlich?«

Und weglaufen hätte bedeutet, Elfling verlassen zu müssen. Sie konnte sich nicht einmal mehr daran erinnern, wann sie ihn zu lieben begonnen hatte. Er gehörte zu ihren ersten Erinnerungen, als er wie sie selbst noch ein Kind gewesen war und mit ihr auf den Feldern gearbeitet hatte. Sie hatten zusammen gespielt, gegessen und zusammen geschlafen. Aber dennoch hatte man sie nie gleich behandelt. Hild hatte ihn länger spielen und schlafen lassen und ihm auch mehr zu essen gegeben. Sie hatte Elfling auf ihrem Knie sitzen lassen, ihn umarmt, ihn geküsst und über seine Haare gestreichelt, und Ebba hatte ihn beneidet. Eifersüchtig hatte sie nach Küssen verlangt, doch Hild hatte sie einfach weggeschubst. Ihre Enttäuschung war in Wut umgeschlagen, doch auf ihr Brüllen hatte Hild nur mit Schlägen reagiert und sie mit den Worten »Dreckige Sklavin!« aus dem Haus gejagt.

Elfling hatte nach ihr gesucht und sie in ihrem Versteck hinter der Scheune gefunden. Er hatte sie umarmt und geküsst und gesagt, er würde mit ihr kuscheln, wenn Hild es nicht tun wollte. Er hatte einen Apfel, den Hild ihm gegeben hatte, mit ihr geteilt. Sie waren damals beide noch sehr jung gewesen. Elfling hatte zuweilen solche Momente der Liebenswürdigkeit. Sie hatte nach und nach gelernt, dass es sinnlos war, auf sie zu warten.

Jahre vergingen, bevor sie verstand, dass Elfling nicht zu den Leuten vom Bauernhof gehörte, sondern ihr Herr war – der einzige Freigeborene unter ihnen. Selbst Hild war seine Sklavin, und sie war gar nicht seine Mutter. Man hatte sie ihm lediglich zur Verfügung gestellt, damit sie sich um ihn kümmerte, solange er noch klein war.

Zweimal im Jahr kamen Fremde auf den Bauernhof – reiche Fremde mit warmen Mänteln und goldenen Mantelspangen. Hild hatte Angst vor ihnen. Sie besuchten Elfling und trugen Sorge, dass man sich gut um ihn kümmerte.

Diese Fremden kamen vom Hof des Königs, denn Elfling war sein Sohn, wenn auch ein Bastard. Darum gehörte ihm alles – sie und der Bauernhof und alles andere, was darauf herumlief und wuchs. Sie hatte es zuerst nur geglaubt, weil man es ihr gesagt hatte. Es war eine große Überraschung gewesen, als ob man sich umdrehte und hinter sich ein aus Brot errichtetes Haus erblickte, zu dessen Tür eine Spur aus Brotkrumen führte. All diese Geschichten über Könige und verschollene Prinzen schienen sich zu bewahrheiten! Später hatte sie es bezweifelt, denn ihr Leben blieb genauso langweilig und eintönig wie zuvor – aber am Ende hatte es sich doch als die Wahrheit herausgestellt.

Sie verliebte sich in Elfling, als sie ihre volle Größe erreicht hatte, und sie konnte ihre Gefühle genauso wenig ändern, wie sie schrumpfen konnte. Wenn er ihr nur ein Viertel der Liebe entgegengebracht hätte, die sie ihm schenkte, dann hätte sie für ihr Leben genug gehabt. Die anderen Männer hätten sie nicht anrühren können. Sie wäre frei gewesen.

Aber Elfling war wandelbarer als das Licht. Jedes Mal, wenn er sie bemerkte, warf sie ihr gesamtes Ich in die Waagschale, um ihm zu gefallen, in der verzweifelten Hoffnung, dass er diesmal ihre Liebe erwidern und sie endlich glücklich sein könnte. Sie glaubte, dass feste Hoffnung allein genügen würde, um es irgendwann einmal wahr zumachen.

Es war nicht geschehen – und dann war der alte König gestorben und mit ihm Recht und Gesetz. Soldaten waren zum Bauernhof gekommen und hatten die Menschen rücksichtsloser niedergemäht als Getreide bei der Ernte. Und als der Bauernhof, der ihr einziges Zuhause war, und die Menschen, die ihre einzige Familie waren, in Flammen aufgingen, hatte Elfling sie im Stich gelassen. Tatsächlich verspürte er mehr Bedauern für das brennende Haus als für sie; so hatte es zumindest den Eindruck gemacht.

Und als sie ihn hier in Kingsborough wiedergefunden hatte, war er nicht nur ihr frei geborener Herr, sondern er war noch viel höher gestiegen. Selbst die Kette um ihren Hals mit dem

Anhänger, der ihre Freiheit bestätigte, half ihr nicht, geschweige denn das Gold, das sie erhalten hatte. Um einen König heiraten zu können, musste eine Frau ein Land als Mitgift haben. Und selbst wenn sie den magischen Mahlstein gefunden hätte, mit dem sich Weizen in Gold verwandeln ließ, würde ein Sohn Wodens niemals eine Freigelassene heiraten.

Also war sie in Kingsborough geblieben, als Elfling mit seiner Leibgarde ausgezogen war. Ihr Gold hatte man ihr bald abgenommen, aber das war ihr gleich. Selbst mit Gold war sie nicht freier gewesen als zuvor. Mit dem Gold sollte sie sich einen Ehemann kaufen, aber wenn sie Elfling nicht haben konnte, was wollte sie dann mit einem Ehemann, der doch nur ein neuer Sklaventreiber sein würde? Geh dahin, tu das, hol dies – und sie würde ihm gehorchen müssen.

In einer königlichen Stadt gab es für sie in den Gasthäusern immer einen trockenen und warmen Platz zum Schlafen, und sie hatte immer etwas zu essen. Aber wenn sie einfach als arme, freigelassene Frau geblieben wäre, dann hätte sich irgendwann sicher jemand an einen freigelassenen Mann erinnert, der seine Miete regelmäßiger zahlen würde, wenn er nur eine Frau hatte, die für ihn arbeitete.

Da war es besser, wahnsinnig zu sein. Woden schenkte Wahnsinn: Er war sowohl gefürchtet als auch hoch angesehen. Die Wahnsinnigen, von Woden getrieben, sahen und hörten Dinge, die andere nicht sehen oder hören konnten. Als Wahnsinnige durfte sie in den Häusern schlafen und essen, wurde aber in Ruhe gelassen. Wenn jemand die Frechheit besaß zu glauben, sie würde seine Befehle befolgen, konnte sie ihn anspucken, kreischen, zuschlagen, an seinen Haaren ziehen, und dann würde er sich aus Angst vor Woden genauso schnell zurückziehen wie aus Angst vor ihr.

Es war wunderbar. Sie machte einfach alles, worauf sie Lust hatte. Manchmal griff sie Leute einfach nur deswegen an, weil sie sie anschauten. Das, dachte sie bei jedem ihrer Schläge, ist für jedes einzelne Mal, als ich verprügelt wurde.

Da sie verrückt war, hatte sie jede Menge Zeit, an Elfling zu denken. Zauberei, die mächtiger war als seine, schien die einzige Hoffnung zu sein. Liebestränke, Liebestalismane, Zaubersprüche, Flüche – eines Tages würde sie schon eine Möglichkeit finden.

Die privaten Räumlichkeiten des Königs befanden sich über dem Saal. Auf einer Mauerbank in der Ecke saß Ud mit der Harfe, tief in den Schatten verborgen, und wiegte sein Instrument auf dem Knie.

In der kerzenbeschienenen Mitte des Raums saß Unwin auf einem Stuhl, während Ingvi es sich auf dem Schlafplatz an der Wand gemütlich gemacht hatte. »Es läuft gut«, sagte Unwin. »Wir leeren die Lager und lassen dem Elfenschiss nur noch leere Hülsen übrig. Wir haben den lokalen Widerstand zerschlagen und uns vor Elfchen zurückgezogen – und auf unserem Ritt haben wir die Ernte vernichtet!«

»Wenn er seine Armee aufteilt –«, sagte Ingvi.

»– werden wir uns vereinen und ihn vernichten. Er wird seine Männer nicht aufteilen; er hat nicht genug Leute. Auf diese Art werden wir ihn fertigmachen und ihm nichts übrig lassen außer Hungerleidern, um seine Felder zu bestellen, und die Ratten in seinen Lagern. Schauen wir doch mal, wie lange sie ihn den ›Auserwählten der Göttin‹ nennen, wenn sie Hunger haben.« Unwin nahm einen weiteren Schluck aus seinem Horn und legte seinen Fuß auf einen Hocker. »Die Erntezeit steht schon vor der Tür. Sobald das erste Getreide reif ist, hat er keine Armee mehr. Aber wir werden eine haben – dem Herrn sei Dank für landlose Männer!«

Ingvi lachte und brachte einen Trinkspruch auf landlose Männer aus.

»Bald schon werden Abgesandte zu uns kommen«, sagte Unwin, »und uns um einen Waffenstillstand bitten. Ich werde von ihnen Neuigkeiten über meine Söhne verlangen. Und über meinen Bruder.«

Es herrschte Stille. Ingvi, der sich mit den Händen unter seinem Kopf auf der Bank langgemacht hatte, begann sich zu langweilen und fragte sich, ob Unwin mit ihm Fuchs und Henne spielen würde. Sie könnten Spiel um Spiel hinter sich bringen, bis sie nicht mehr konnten und ohne zu träumen schlafen würden.

Ein Klopfen an der Tür versprach zumindest Ablenkung. Ingvi erhob sich auf einem Ellbogen. »Ja?«

Ein Mann schaute zur Tür herein. »Jarls, das Mädchen –«

Unwin drehte sich um die breite Lehne seines Stuhl zu dem Mann hin. »Bring sie herein!«

Er zog sich zurück, und Ingvi setzte sich auf, um seine Beine baumeln zu lassen.

Das wahnsinnige Mädchen wurde in den Raum geschoben, immer noch dreckig, ungepflegt wie immer. Ingvi stand auf und betrachtete sie mit großer Vorsicht. Die Angst, die er vor ihr empfand, war die Angst vor dem Gott, der sie mit dem Wahnsinn gesegnet hatte – Odin.

Ebba blickte über ihre Schulter zurück zur Tür, die hinter ihr geschlossen wurde, und erkannte im Schatten neben ihr einen Mann. Er hielt eine Harfe auf seinem Knie. Licht spiegelte sich in einem Auge und ließ es aufblitzen. Die andere Hälfte seines Gesichts lag im Dunklen. Er lächelte sie an.

Sie drehte sich und sah die beiden Söhne Wodens, wie sie

sie anstarrten – Unwin aus ihrem eigenen Volk der Sachsen, weshalb sie ihn aber nicht weniger fürchtete, und der mordlustige junge Däne, der sich sogar selbst als »Troll« bezeichnete.

Früher hätte sie sich geduckt und versucht, so klein zu werden, dass man sie nicht sehen konnte, aber jetzt war sie wahnsinnig. Und außerdem – wann hatte ihr das Ducken jemals etwas gebracht? Also ging sie mit hoch erhobenem Kopf voran und schenkte den Söhnen Wodens ein Lächeln. Mit ausladenden, tänzelnden Bewegungen glitt sie durch den Raum, was ihren dreckigen Rock ins Schwingen versetzte. Frech schaute sie sich die Waffen an den Wänden an und bückte sich zu einer Truhe hinab, um deren Schnitzereien genauer zu betrachten.

Ingvi stand von der Wandbank auf und lehnte sich an Unwins Stuhl, ließ Ebba aber nicht aus dem Blick seiner dunklen Augen.

Ebba lachte, als ob vor ihren Augen etwas existierte, das ihr wirklich gefiel. Unwin hielt ihr sein Trinkhorn hin.

Sie kam zu ihm, nahm es entgegen und trank daraus, während sie ihn anlächelte. Sie hatte noch nie zuvor Wein getrunken. Er ließ sie erschaudern, aber er war auch warm und süß und ebenso bitter. Er schmeckte ihr, und sie trank mehr.

»Erinnerst du dich an mich?«, fragte Unwin. »Bei unserem letzten Treffen hast du vorhergesagt, dass der Elfensohn König werden würde.«

Ebba war misstrauisch und sagte nichts, trank aber erneut und starrte ihn über den Hornrand an.

»Aber du hast auch behauptet, er würde mich umbringen, und das ist nicht eingetreten.«

Ebba setzte das Horn ab. »Es könnte aber noch geschehen.«

Ingvi lachte. »Es könnte«, stimmte ihr Unwin zu. »Du hast auch gesagt, der Elfenjüngling würde dich heiraten. Auch das ist nicht eingetreten.«

Da Ebba es danach verlangte, ihm das Horn an den Kopf zu werfen, tat sie es auch. Er duckte sich, und das Horn prallte an die Stuhllehne, wo es den Wein über beide Männer verspritzte, bevor es mit lautem Scheppern zu Boden fiel.

Als sich Ingvi den Wein vom Ärmel wischte, brach Ebba in angsterfülltes Gelächter aus.

Unwin erhob sich, um den Wein leichter von seiner Tunika wischen zu können. Er war nicht wirklich wütend: Seine Kleidung war aus einfachem Stoff gewirkt und schon von Schlimmerem befleckt worden. Aber sobald er aufstand, fing Ebba zu kreischen an: ein langgezogenes, schrilles Kreischen, das sich wie spitze Nägel in die Ohren bohrte.

Unwin zuckte bei dem Geräusch zusammen und hob seine Hände mit den Handflächen nach vorne, um zu zeigen, dass er ihr nichts Böses wollte. Doch sie hörte erst wieder auf, als er sich hinsetzte.

»Verrückt«, meinte Ingvi.

»Die mit den Augen der Elfen sehen, sind alle verrückt«, sagte Unwin. »Das stimmt doch, Ebba? Ich frage mich, was du in diesem Augenblick siehst. Was kannst du mir sagen? Gieß ihr noch mehr Wein ein, Ingvi.«

Während Unwin sie mit einer fast zärtlichen Neugier beobachtete, hob Ingvi das Horn auf, füllte es wieder und reichte es ihr mit ausgestrecktem Arm. Sobald ihre Hand sich darum schloss, zog er eilig seinen Arm zurück.

»Der Troll hat größere Angst vor dir als vor Speeren«, sagte Unwin. Sie schauten ihr zu, wie sie trank. »Was sagt dir deine elfische Gabe? Was ist mit meinen Söhnen?«

Ebba erkannte, dass sie dem Sohn Wodens gefallen und in

seiner Gunst steigen konnte, aber irgendetwas in ihr weigerte sich, es zu sagen, etwas, das zu schnell für ihre Gedanken war. »Tot!«, sagte sie.

Unwin beherrschte sich schnell wieder und zeigte ein ausdrucksloses Gesicht. »Und was ist mit meinem Bruder?«

»Tot!«

Unwin nickte. »Und das Elfenbalg? Was ist mit ihm.«

»Tot!«

»Das glaube ich kaum«, sagte Unwin. »Ich habe vor nicht allzu langer Zeit mit ihm gesprochen – zwischen uns lag ein Fluss, aber er war es bestimmt. Er war in bester Verfassung. Man braucht eine Menge Kraft, um so zornig zu sein.«

»Er wird bald tot sein!«, sagte Ebba.

»Ja? Wann?«

Wenn sie Unwin sagte, was er hören wollte, würde er sie belohnen. Er würde ihr Goldringe schenken, mit denen sie die ersetzen könnte, die ihr gestohlen wurden. Aber sie lachte nur und sagte: »Nachdem du tot bist!« Sie hielt das Horn hoch und tanzte wild im Kreis. »Nachdem er den Blutadler in dich geschnitten hat! Jahre später wird er sterben! Diese Prophezeiung ist die Wahrheit!« Sie trank erneut aus dem Horn, obwohl ihr schwindlig war, und sie stolperte und lachte ihn aus.

Unwin saß ruhig da, aber von einem Augenblick auf den anderen stand er auf, schlug Ebba das Horn aus der Hand und so hart ins Gesicht, dass es sie von den Beinen holte. Er drehte sich zu seinem Stuhl um. »Werft sie aus der Stadt.«

Ingvi blieb, wo er war, hinter Unwins Stuhl, und schaute zu Boden, wo Ebba hingefallen war und halb ohnmächtig lag. Ingvi hätte sich niemals getraut, das Mädchen zu schlagen, und wollte ihr auf keinen Fall zu nahe kommen.

»Schafft sie weg!«, sagte Unwin.

Ud erhob sich aus seiner dunklen Ecke. »Ich bringe sie hinaus, Jarl.«

Ingvi zuckte zusammen, und Unwin drehte sich blitzschnell um. Sie entspannten sich beide, als sie sich daran erinnerten, dass Ud schon die ganze Zeit da gewesen war.

Ud stellte seine Harfe auf die Bank und beugte sich über Ebba, um sie aufzuheben. Ingvi öffnete die Tür, und Ud trug sie hinaus, die Treppe hinunter in den Saal, wo die Männer immer noch im Rauch der Feuer trinkend zusammensaßen.

Ud ging unbemerkt an ihnen vorbei. Im Schatten der Wand setzte er sie ab. Er nahm ihr Gesicht in seine großen Hände und bewegte seine warmen Finger zärtlich über ihre Wangen und den Mund. Ihr verletztes Fleisch schmerzte unter seiner Berührung, und sie schaute in ein blaues Auge und eine vernarbte, im Schatten liegende leere Stelle.

»Nichts gebrochen«, sagte er. »Du wirst die Stadt durch das Tor verlassen – unter dem Schutz meines Mantels.«

»Was ist mit deinem Auge passiert?«, fragte sie.

»Ich habe es verkauft, meine Süße.«

Sie lachte und lehnte sich an ihn, umarmte ihn und schmiegte sich an seine Schulter.

ZWEITER TEIL

SIEBTES KAPITEL

WAFFENSTILLSTAND

Der Sommer lag in den letzten Zügen. Auf den Feldern, die noch nicht niedergebrannt oder niedergetrampelt waren, gedieh die Gerste und stand kurz vor der Ernte. Die Bäume standen in vollem Saft und strotzten vor Blättern, und zwischen den hohen Gräsern und dem Getreide blühten die Blumen dunkelrot, rosa, weiß, gelb und blau.

Über dem Fluss aber erstreckte sich ein Berghang, der von schwarz verbrannter Erde bedeckt war. Ein Dorf war in Brand gesteckt worden, und das Feuer hatte sich bis dorthin ausgebreitet, bevor der Wind es wieder zurückgetrieben hatte.

»Ich werde mich nicht bewegen«, sagte Unwin, »bevor ich erfahre, dass das Elfengezücht hier ist und wartet.« Er saß im Schatten seines Zelts auf einem Hocker. Auf einer Truhe hinter ihm saß Ud mit der Harfe, und auf dem Boden zu Füßen Uds saß das Mädchen, das ihm mittlerweile die Harfe trug. Niemand achtete auf sie. »Vielleicht lasse ich es einen Tag lang warten«, meinte Unwin. »Oder zwei. Während das Getreide auf seinen Feldern reift und seine Männer flüchten.«

Unwin hatte sich mit großer Sorgfalt für dieses Treffen angezogen und sich Kleidung und Juwelen aus den Truhen von Kingsborough mitgenommen. Er wollte alle, die ihn zu Gesicht bekamen, mit der Tatsache beeindrucken, dass er königlichem Geblüt entstammte. Seine Hosen waren hellblau und dunkelblau gestreift, seine Tunika aus blauer Seide. Um seine Hüfte trug er einen Gürtel, der mit Goldplättchen bedeckt war und an dem sich ein Schwert und ein Dolch mit reich verzierten Scheiden befanden. Um seinen Hals trug er ein Goldkreuz, das mit Granaten bestückt war, an seinen Armen Goldreifen und Ringe an jedem Finger. Sein langes Haar hing offen und wehte wie ein rotbrauner Umhang um seine Schultern.

Ingvald und Ingvi rannten, so schnell sie konnten, zu Unwins Zelt, als sie erfuhren, dass der Elfensohn die Friedensinsel von seiner Seite des Flusses aus betreten hatte und auf sie wartete. Ingvald hatte sich in Gelb gekleidet und ein reich mit Edelsteinen verziertes, doch völlig unnützes Schwert umgegürtet. Außerdem trug er goldene Armreifen und Thonurs Hammer aus Silber. Ingvi trug ebenso einen solchen Hammer über seiner roten Seidentunika, musste sie aber sehr eng schnüren, weil sie Ingvald gehörte und für ihn zu groß war. Um seine schwarzen Haare hatte er sich ein Stirnband aus roter Seide gewickelt.

Als sie das Zelt erreichten, machte sich die Morgensonne langsam bemerkbar. Ingvi blickte über den bräunlich schimmernden Fluss und sah, dass auf der Insel Zelte und ein Sonnendach aufgestellt worden waren. Er wollte hinunter zum Ufer, um den Elfengeborenen endlich zu sehen, von dem er schon so lange gehört hatte.

Unwin erhob sich aus seinem Stuhl, als sie hereinkamen. »Willkommen – hattet ihr bereits ein Morgenmahl? Wie wäre es mit einer Partie Schach?«

Diener brachten den Jarls Hocker und reichten ihnen Brot

und Bier in kleinen Krügen. »Der Elfenjüngling ist bereits auf der Insel«, sagte Ingvi.

Unwin schaute ihn an und stellte die Schachfiguren auf. Ingvald setzte sich und begann zu spielen.

Die Sonne sorgte für einen strahlenden, aber heißen Morgen. Das Schachspiel dauerte lange. Ingvi stand am Zelteingang und starrte über den Fluss. Auf der Insel wuchs kurzes Gras und nur wenige Bäume und Büsche. Elflings Männer waren leicht zu sehen, denn das Sonnenlicht spiegelte sich auf ihren Helmen.

Er blickte ins Zelt und sah, wie Unwin seinem Bruder einen Bauern abnahm. Mit leisen Schritten verließ er sie und ging zum Wasser hinunter.

Das schlammbedeckte Ufer der Insel wurde von Schilf und blassem Wiesenschaumkraut überwuchert, von Sumpfdotterblumen und anderen Pflanzen, die feuchte Böden lieben. Elfling schritt dort auf und ab, und in einigem Abstand folgten ihm zwei bewaffnete Wachen.

Elfling hatte die Insel noch in der nebelschwangeren Dunkelheit des frühen Morgens erreicht. Jetzt, wo es langsam heißer wurde, hatte er sich seiner gepolsterten gelbbraunen Lederjacke entledigt und trug lediglich ein Leinenhemd über dünnen Lederhosen. Seine Füße steckten in schlichten, abgetragenen Reitstiefeln. Er trug kein Gold. Nur sein langes Haar, das im Sonnenlicht weiß glänzte, bewies, dass er kein Bauer mehr war. Er trug es an den Seiten in schmalen Zöpfen und offen am Rücken. Einfache Arbeiter trugen ihre Haare weder lang noch offen.

Jenseits des Flusses lag die Wiese, auf dem sein kleines Heer lagerte. Neben einigen Pferden und Kühen grasten

Schafe und Ziegen zwischen den spärlich vorhandenen Bäumen. Von Kochfeuern erhob sich Rauch, und als Elfling ihm auf seinem Weg in den Himmel mit seinen Augen folgte, sah er über sich den niedergebrannten Berghang. Er wandte sich ab. Brennende Häuser und Schlimmeres. Brennende Felder, brennende Scheunen, Rauch, der sich bis an den Horizont erstreckte.

Er wandte sich zur Insel um und blickte auf das andere Ufer, wo sich Rauch über Unwins Lager erhob, und er ballte seine Hände zu Fäusten. Er musste einen Waffenstillstand haben.

Die Zahl seiner Leibwachen – Männer, deren einzige Aufgabe das Kämpfen war – war klein. Der Rest seiner Armee setzte sich aus einfachen Bauern zusammen, die nur schlecht gerüstet und von ihren Höfen gerufen worden waren. Sie sahen, wie das Getreide auf den Feldern reifte, und verschwanden heimlich, nicht einer nach dem anderen, sondern zu Dutzenden. Sie eilten nach Hause, um das Heu einzubringen, die Ernte – und nichts konnte sie aufhalten, weder Belohnung noch Strafe.

Er wäre ein Narr, sie aufzuhalten. Die Ernte versprach dieses Jahr gut zu werden, doch die dänische Armee fraß sich wie ein Heer von Heuschrecken durch das Land und zerstörte alles auf ihrem Weg. Stand das Getreide zu lange auf den Feldern und schlechtes Wetter verdarb es, dann würde im nächsten Jahr eine Hungersnot ausbrechen. Hungrige Menschen würden ihre Pferde und Ochsen schlachten, und dann gäbe es im darauf folgenden Frühjahr zu wenige Pferde für die Reiterei und zu wenige Ochsen, um Karren zu ziehen. Er hätte zu wenige Männer, zu schwache Männer – und Unwin würde gewinnen.

Er musste einen Waffenstillstand aushandeln, um Zeit für

die Ernte zu gewinnen – um eine Hungersnot zu verhindern.

Diese Sorgen hatte Unwin nicht. Seine Horde landloser Männer fraß sich an Elflings Land satt. Er hatte so viele Männer – aus dem Norden, aus Dänemark, aus Norwegen –, dass er seine Streitkräfte aufteilen und plündern lassen konnte, wo immer er wollte. Elfling war immer zu weit entfernt. Unwins Verluste wurden bald durch frische Rekruten ersetzt, und sie brachen Vorratskammern auf, schlachteten das Vieh und taten sich an ihm gütlich, ohne auch nur einen Gedanken daran zu verschwenden, wie das, was sie aßen, ersetzt werden sollte.

Elfling blieb zwischen dem Schilf und Schlamm am Rand der Insel stehen, schlang die Arme um den Leib und senkte den Kopf. Hinter ihm blieben seine Wachen stehen und lehnten sich auf ihre Speere. Sie merkten an seinen hochgezogenen Schultern, wie angespannt er war, aber sie sahen nicht, wie er sich in die Faust biss. Verzweifelt versuchte er diese Wut in seinem Inneren in Schach zu halten, die lichterloh in ihm brannte. Sie erfüllte die Muskeln seiner Arme und seines Rückens mit einer Energie, die ihm Angst machte. Er musste diese Wut unter Kontrolle halten. Er brauchte diesen Waffenstillstand.

Er ging weiter und löste sich dabei so abrupt aus seiner Regungslosigkeit, dass Teichhühner hektisch über das Wasser flohen und Enten sich kreischend in die Lüfte erhoben. Die Wachen hoben ihre Speere und beeilten sich, ihm zu folgen.

Er blieb dort wieder stehen, wo sich die Insel im Bogen vom gegenüberliegenden Ufer entfernte, und betrachtete die Lichtspiegelungen auf dem träge dahinfließenden braunen Wasser. »Herrin, ich verliere Euren Krieg«, sagte er.

Sie war ihm immer nah, gab aber keine Antwort. Ihre Stille umfing ihn, während Vogelgeschrei und Lagerlärm vom Wind herübergetragen wurde. Mittlerweile antwortete sie ihm gar nicht mehr – er hatte Wulfweard ihr vorgezogen. Bevor er diese Wahl getroffen hatte, hatte jeder seiner Tage in ihren Armen geendet, – getröstet, geheilt, gestärkt. Jetzt endete jeder Tag mit Einsamkeit, und aus dieser Freudlosigkeit musste er sich jeden Tag aufraffen, um den nächsten langen Tag zu überstehen. Es war hart, und er war dabei, den Kampf zu verlieren.

Aber er hatte Wulfweard.

Er drehte sich im Kreis – sein einziger Grund dafür war, einen Teil der Wut in ihm zu verbrauchen, die sich in ihm aufstaute – und folgte der Uferlinie, fast im Laufschritt. Seinen Weg wählte er weiterhin durch Schilf und Schlamm, denn dort war es schwerer voranzukommen.

Vor ihm überquerte ein Boot den Fluss, und es kam aus Unwins Lager. An seinem Bug saß jemand in Scharlachrot. War Unwin endlich gekommen?

Elfling blieb wieder stehen und betrachtete das Boot. Für den Augenblick musste er seine Wut vergessen und sich nur an die guten Sitten erinnern, die die Anwesenheit eines Gasts verlangten. Er musste diesen Waffenstillstand haben!

Er ging einige Schritte höher, wo der Boden trockener wurde, und beeilte sich dann, zum Landeplatz zu kommen. Seine Wachen sahen seine dreckigen Stiefel und sein Hemd, das er mit Schlamm beschmutzt hatte. Sie tauschten Blicke aus, und einer von ihnen schüttelte den Kopf. Sie fragten sich, wann ihr König es wohl lernen würde, sich so zu benehmen, wie es seinem Stand geziemte.

In der schwülen Hitze des Zelts war ein Tisch aufgestellt worden, auf dem sich Teller mit Brot und ein randvoll gefülltes Fässchen Met befanden. Hörner hatte man bereitgelegt, um sie den Gästen zu füllen. Diener standen herum, gähnten und warteten.

In einer Ecke brachte Godwin, der von allen unbeachtet blieb, seinem Welpen bei, sich auf Befehl auf den Rücken zu drehen und für sein Herrchen zu sterben, wie es jeder Krieger tun würde. Er wiederholte den Trick immer und immer wieder, mit Geduld und Entschlossenheit, und belohnte den Welpen mit Fleischbrocken.

Wulfweard hatte ihm den besonderen Wert von Geduld beigebracht. »Wenn dein Welpe sich dumm verhält und nicht lernen will und du ihn einfach nur treten willst – genau in diesem Moment musst du besonders viel Geduld aufbringen. Und wenn er es immer noch falsch macht, musst du noch freundlicher sein, noch gütiger und noch geduldiger.«

»Das kann ich nicht!«, hatte Godwin gesagt. Wenn man wütend war, was sollte man da noch anderes sein außer wütend?

»Du kannst es, wenn du es versuchst. Wenn du es nicht kannst, wirst du auf ewig ein Kind bleiben, ganz gleich, wie groß du wirst, und dein Welpe wird immer vor dir Angst haben.«

Das hatte Godwin zur Vernunft gebracht, und insgeheim hatte er sich entschlossen, Wulfweards Ratschlag anzunehmen, wenn er es konnte. Aber er hatte trotzig das Kinn gereckt und gesagt: »Mein *Vater* verliert die Geduld!« Und sein Vater war ein größerer, besserer Mann als Wulfweard und ein besserer Krieger.

Wulfweard hatte darauf etwas gesagt, das ihn seither zum Nachdenken gebracht hatte. »Ich kenne deinen Vater länger, und ich habe ihn niemals seine Geduld verlieren sehen. Ich habe gesehen, wie er so getan hat, als ob – aber das ist eine andere Sache.«

Waren dann all diese Wutausbrüche seines Vaters, die furchterregenden und die beglückenden, nur ein Vorwand gewesen? Warum sollte jemand eine Wut vortäuschen, die er nicht empfand? Es war doch mit Sicherheit mannhafter, der Wut ihren Lauf zu lassen und jeden um sich herum einzuschüchtern? Sicher unterdrückten nur Kinder ihre Wut, denn sie wurden bestraft, wenn sie sie zeigten.

Seinen Welpen zu unterrichten hatte ihn gelehrt, dass es möglich war, die Wut zu unterdrücken und sie nicht zu zeigen, wenn man sein Ziel fest im Auge behielt. Er streichelte dem Welpen über den Kopf und rollte ihn auf den Rücken. Das kleine Tier knabberte spielerisch an seiner Hand und wedelte mit dem Schwanz.

Elfling hatte ihm den Welpen geschenkt. In einer verregneten Nacht hatte Elfling das widerlich stinkende Bauernhaus betreten, in dem sie untergebracht waren, und hatte den Welpen in Godwins Schoß fallen lassen. Godwin erinnerte sich daran, wie er zu dem wunderschönen Gesicht aufblickte, das er als so einschüchternd empfand. Elfling hatte zaghaft gelächelt und war wortlos wieder gegangen. Godwin hatte nicht herausfinden können, wo der Welpe herkam oder warum er ihn erhalten hatte.

Die Elfenbrut versuchte, seine Treue zu kaufen, natürlich, aber das war lächerlich. Er nur hier, um seinen Vater zu sehen, und deswegen ertrug er die Langeweile in diesem heißen Zelt. Er saß allein in der schwülen Hitze, um deutlich zu machen, auf welcher Seite er stand. Er würde erst dann herauskommen, wenn sein Vater erschien. Bis dahin würde er sich nicht an *ihre* Seite setzen, zu diesen Verrätern.

Selbst der kleine Hund war ein Verräter, denn er arbeitete für Elfling. Er hatte ihm keinen Namen gegeben, nur »Hund«. »Stirb für deinen Herrn, Hund. Stirb!«

Am Ende dieses Tages würde er mit seinem Vater in sein Lager gehen. Er wusste, wie unwahrscheinlich das war, hatte sich aber entschlossen, fest daran zu glauben, damit es auch wahr wurde. Nur Gott wusste, wann er seine Mutter, seinen Bruder und seine Schwester wiedersehen würde. Aber Gott würde auf sie alle achten, solange sie getrennt waren.

Das Boot landete sanft am Inselufer. Binsenmatten waren auf den Schlamm gelegt worden, um die Schuhe des Athelings nicht zu verschmutzen, und Ingvi sprang darauf.

Die Wachen waren überrascht, Ingvi allein zu sehen. Er grinste. »Ich will mir nur den Elfenjüngling anschauen. Wisst ihr, wo er ist?«

Einer der Männer schaute an ihm vorbei und nickte kurz mit dem Kopf. Ingvi drehte sich um.

Ein großer Mann rannte durch das Schilf und den Schlamm am Ufer auf sie zu. Er trug die Kleidung eines Landarbeiters, und seine langen Haare wehten um seine Schultern und den Kopf, gleißend hell im Sonnenlicht. Ingvi wollte sich gerade abwenden – ein Landarbeiter konnte mit ihm nichts zu tun haben –, als er das Gesicht des Mannes erblickte.

Für einen Augenblick dachte er, er sähe eine Frau – eine Riesin, eine Trollfrau, von solcher Größe und mit breiten Schultern –, aber das Gesicht war so wunderschön! Er war zutiefst schockiert.

Der Mann kam näher und wurde langsamer, bis er auf ihn zuging und ihm mit einem Lächeln die Hand entgegenstreckte – einem seltsam schüchternen Lächeln, das Ingvi mit dem Gedanken schmeichelte, er könnte dieses verblüffende Wesen einschüchtern.

Ingvi begriff in diesem Augenblick, noch bevor die Wachen Haltung annahmen, dass er den Elfensohn vor sich hatte. Er spürte seinen Mund offen stehen und merkte, dass er dieses wunderschöne, scharf geschnittene, reine Gesicht anstarrte. Er zwang sich zu einem Lächeln und schlug ein, während seine Gedanken verwirrt rasten – Was kann ich bloß tun, damit er mich mag, was kann ich bloß sagen? –, als ob er in dem Moment vor einer wunderschönen Frau stand. Doch als sich ihre Hände trafen, zuckte es in seinem Rücken, und in seinem Inneren rumorte es. Unwin sagte, es wäre der Teufel – und sein Handschlag war fest und heiß. Ingvi fragte sich, ob es einen hohlen Rücken hatte, einem verrottenden Baum gleich?

Der Elfensohn blickte über den Fluss »Allein?«

Ingvi wurde sich bewusst, dass Elfling ihn bei der Begrüßung nicht zu küssen versucht hatte – und es war seine königliche Pflicht, den Kuss zu entbieten. Er antwortete nicht. Er spürte etwas, fast wie einen leichten Schlag ins Gesicht, als sich Elflings Blick in ihn bohrte. »Du bist Ingvi Troll. Du hast mir Kingsborough genommen. Bist du hier, um mir zu sagen, dass unsere Brüder heute nicht kommen werden?«

Ingvi hatte vergessen, dass diese Kreatur und Unwin Halbbrüder waren. Er betrachtete das Gesicht des Elfengeborenen eingehend und bemerkte die Ähnlichkeit. Erst als sich Elflings Gesicht zur Seite neigte und ihn schräg, ja fast schelmisch, anblickte, fiel es ihm ein zu antworten. »Sie spielen Schach.«

Elfling wirkte besorgt. »Sind sie gut?«

»Unwin ist es. Und mein Bruder ist gar nicht schlecht.«

»Dann werden wir lange warten müssen!« Der Elfensohn

ging voraus, um ihm den Weg von den Binsenmatten zur höher gelegenen Mitte der Insel zu zeigen. »Komm und trink mit uns. Dann halten wir eben unser eigenes Treffen ab.«

Sie kletterten an grün duftenden Brennnesseln und Wiesenkerbel vorbei, wo Schmetterlinge tanzend umherflatterten. Ingvi fühlte sich leicht benebelt, denn es schien alles so natürlich zu sein, obwohl er sich in der Nähe dieses seltsamen Wesens befand. Unter dem Leinenhemd schien sein langer Rücken menschlich zu sein – und weiter unten gab es auch kein Anzeichen eines Kuhschwanzes.

Plötzlich war der Weg vor ihnen voller Leute, die alle durcheinanderplapperten. Ingvi griff bereits nach seinem Dolch und suchte nach den Wachen, als ihm klar wurde, dass es nur Mädchen waren. Frauen. Mädchen mit unbedeckten Zöpfen und Frauen mit Leinenschleiern, die sich um Elfling drängten, alle lachend, alle mit erröteten, leicht verschwitzten Gesichtern und bloßen Armen – die Frauen von den Kochfeuern.

Sie streckten ihre Hände nach Elfling aus – nach seinen Schultern, seinem Haar –, aber vorsichtig, als ob sie fürchteten, sich zu verbrennen. Eine Hand hob aus der Menge einen Blumenkranz hoch, und Elfling neigte seinen Kopf, um ihn sich aufsetzen zu lassen. Dutzende Hände reckten sich, um ihm zu helfen. Das Gelächter und das Geplapper nahmen kein Ende.

Elfling richtete sich auf. Sein Kopf ragte aus der Menge heraus, und er lächelte auf sie hinab. Seine Krone bestand aus dem Weiß und Gelb von Gänseblümchen, verziert mit dem Blau der Kornblume und dem strahlenden Scharlachrot des Klatschmohns. Nach der Art Miklagards hingen an ihrer Seite kleine Ketten aus Gänseblümchen herab, und die Frauen machten viel Aufhebens um sie, bis sie zu ihrer Zufriedenheit aussahen. Und dann rannten sie alle plötzlich kreischend davon, wie ein ängstlich aufgescheuchter Vogelschwarm. Ingvi schaute ihnen ein wenig gekränkt hinterher. Einige von ihnen waren hübsch anzusehen, und er hatte sich trotz seiner fremdländisch wirkenden dunklen Hautfarbe nie als hässlich empfunden.

Doch nun war der Weg vor ihnen frei, und Elfling mit seiner Blumenkrone ging weiter. Als er zurückblickte, mussten Ingvi und die Wachen einige Schritte rennen, um ihn einzuholen.

Auf der Anhöhe in der Inselmitte wuchs kurzes Gras, das mit kleinen Blumen übersät war, einem Meer aus Weiß, Gelb, Rosa und Blau. Dort standen sich zwei Zelte gegenüber. Der Sonnenschutz zwischen ihnen bot drei großen Stühlen Schatten: einem vor dem sächsischen Zelt, zweien vor dem der Dänen.

In einem Stuhl der Dänen lümmelte ein älterer Mann, dessen verblasstes, früher blondes Haar die Schultern hinabfiel, und dessen Bart über eine Tunika mit gelb-grünem Karomuster wucherte. Er schien zu schlafen. Im sächsischen Stuhl saß ein junger Mann, mit einem Bein über seinem Arm, der aber schnell aufstand und zu ihnen kam, Elflings Krone betrachtete und darüber lachte.

Ingvi versuchte, Ordnung in seine vernebelten Gedanken zu bringen, und fragte sich, ob Elfling seinen Elfenzauber genutzt hatte, um sich aufzuspalten und von allen Seiten auf ihn zuzustürmen, wie es Geister angeblich taten. Denn dieser junge Mann, der auf sie zukam, war der Elfengeborene als Atheling: in rostroter Seide gekleidet, mit Gold an Armen und Fingern.

Dann erkannte er, dass es dem Atheling im Vergleich zu Elfling an Größe fehlte und er zwar gut aussehend war, seinem Gesicht aber die leuchtende Klarheit fehlte, die alle Aufmerksamkeit auf Elfling lenkte. Dennoch war sich Ingvi nicht sicher, ob er wüsste, wen er vor sich hätte, wenn er nur auf einen von ihnen träfe. Bei der Ähnlichkeit des jungen Mannes zu Elfling und aufgrund der Kleidung eines Athelings war es nicht schwer zu erraten, wer er war. »Wulfweard Eadmundssohn? Wir hatten gehört, dass Ihr tot seid.«

»Und dass ich ihn getötet hätte?«, fragte Elfling, als Ingvi und Wulfweard zur Begrüßung Küsse austauschten. Als sich Ingvi umdrehte, hielt ihm Elfling ein Methorn hin, während der Diener, der es gebracht hatte, neben ihnen stand – eine große Ehre, wenn er sich nur hätte sicher sein können, dass sie als solche verstanden wurde und nicht einfach nur geschah, weil der Elfensohn sich nicht zu benehmen wusste. »Dies ist Ingvi Troll«, sagte Elfling zu Wulfweard. »Sein Bruder und Unwin spielen Schach.«

»Wir haben ein Fuchs-und-Henne-Brett hier«, sagte Wulfweard.

Das Brett wurde herbeigebracht, und Ingvi setzte sich zum Spiel in den Schatten des Sonnenschutzes, wo es dennoch heiß war. Athelric wurde so weit munter, dass er ihnen zuschauen und Ratschläge erteilen konnte, aber Elfling lief lediglich um die Stühle herum. Seine Freundlichkeit hatte sich in Luft aufgelöst: Er schaute niemanden an und sprach auch nicht. Athelric schenkte ihm häufiger seine Aufmerksamkeit als dem Spielbrett.

»Er stößt dich damit nicht nur vor den Kopf«, sagte Athelric in diesem Moment, während sein Blick Elflings Bewegungen folgte. »Er beleidigt deine Ehre.«

Wulfweard schaute kurz zu Ingvi auf, als ob er fürchtete, Ingvi könnte sich angegriffen fühlen. »Euer Zug.«

Die Sonne brannte herab, trocknete die Luft aus, und entzog dem Gras seinen süßen Duft. Selbst im Schatten des Sonnenschutzes wurde ihnen sehr heiß, und um ihren Durst zu stillen, sandten sie nach Milch. Während sie tranken, fiel ihnen auf, dass Elfling verschwunden war – und dann hörten sie den Lärm von aufeinanderprallenden Schilden. Athelric folgte dem Krach und ging voran.

Unter den Augen seiner Leibwachen und der Frauen übte Elfling hinter den Zelten. Er hatte seine Blumenkrone abgesetzt, seine langen Haare zusammengebunden und kämpfte bei dieser unerträglichen Hitze mit drei Männern. Er trug keine Waffe außer einem Holzstab und nur ein Hemd und seine Hose. Die Männer hatten zwar die schweren Kettenhemden abgelegt, trugen aber Helme und Schilde und ihre Waffen: der Erste hatte eine Axt, der Zweite ein Schwert, der Dritte einen Speer.

Elfling wich all ihren Angriffen aus, indem er sich duckte, sprang, sich bog und drehte. Wieder und wieder jagte er seinen Stab gegen ihre Schilde oder entlockte ihren Helmen einen dumpfen eisernen Klang. Ingvi schaute ihm zu, und sein wachsendes Erstaunen verwandelte sich in eine Art Benommenheit. Über einen Axthieb zu springen und sich bei der Landung zur Seite zu drehen, um einem Speer auszuweichen und gleichzeitig den Stab derart in einen Schild zu rammen, dass sein Träger ins Taumeln geriet – diese Geschwindigkeit, diese Geschicklichkeit, dieser Einklang von Körper und Geist konnte von einem hervorragend ausgebildeten Mann in bester Verfassung ab und zu erreicht werden, aber immer wieder und wieder – und noch einmal – und das in dieser Hitze!

Ingvi dachte an seinen Bruder. *Dagegen* sollen wir kämpfen? Er erinnerte sich wohl, dass Ingvald diesen Krieg gegen den Elfengeborenen nicht gewollt hatte. Er war von Lovern dazu gezwungen worden. Ingvald war kein Narr.

Die drei Huscarls zogen sich keuchend und schwitzend zurück, um von drei weiteren ersetzt zu werden, aber ihr Kampf wurde durch Wachen im Laufschritt unterbrochen. Sie überbrachten eine Nachricht: Unwin war auf dem Weg!

Diener und Wachen eilten an ihre Plätze. Athelric ging zu Elfling hinüber und zerrte ihn hin und her, um ihm den Schweiß abzuwischen, die Haare zu öffnen und auszuschütteln, die Tunika glattzuziehen.

»Zieh was anderes an«, sagte er.

»Dazu ist keine Zeit mehr.«

»Lass sie warten.«

Elfling ließ ihn stehen. Ein Mädchen zupfte an seinem Arm, um ihn den Kopf beugen zu lassen, damit sie ihm die Blumenkrone wieder aufsetzen konnte. Die Hitze hatte die Blumen welken lassen, und der Klatschmohn war vertrocknet. Dennoch jubelten die Huscarls, und einer schlug Elfling mit den Worten auf den Rücken: »Ein König sollte wenigstens eine Krone tragen!«

Ingvi erinnerte sich, dass sein rechtmäßiger Platz bei den Dänen war, rief einen Abschiedsgruß und eilte an die Seite des Stuhls, in dem Ingvald sitzen würde. Er bereute es fast, seine neuen Freunde verlassen zu müssen.

Er schaffte es rechtzeitig an seinen Platz, um einen kleinen Jungen aus dem sächsischen Zelt rennen zu sehen, gefolgt von einem lebhaften Hund. Diener jagten sie, und einer von ihnen schnappte sich den Hund und brachte ihn weg, während ein anderer die langen Haare des Jungen kämmte und das Kreuz an seinem Hals zurechtrückte. Der Junge war wie ein Atheling gekleidet, und das Kreuz war aus Gold. Ingvi fragte sich, als der Junge sich an Wulfweards Seite aufstellte, wer er wohl sein mochte. War er Wulfweards Sohn? Oder Elflings?

Er schaute zu Elfling, der nun vor seinem Stuhl stand. Seine atemberaubende Schönheit, die Haare eines Athelings, die verschwitzte Kleidung eines Landarbeiters, die Blumenkrone – das alles ließ ihn unbeschreiblich seltsam wirken. Die Blumenkrone ... Entsetzt bemerkte Ingvi, dass die Blumen so strahlend bunt und frisch aussahen, als ob sie gerade erst gepflückt worden wären, selbst der Klatschmohn. Etwas wie Angst regte sich in ihm.

Unwin saß im Bug des Bootes, und seine langen Haare fielen ihm über die Schultern. Die Ruderer stöhnten, als die Ruder das Wasser teilten und sie mit willkommener Feuchtigkeit bespritzten.

Sonnenstrahlen tanzten auf dem braunen Wasser. Vor ihnen lag der Teil der Insel, an dem sie bald anlanden würden. Auf dieser Insel – Ebbas Herz schlug ihr bis zum Hals, sie konnte kaum noch atmen – war Elfling.

Sie saß mit Ud achtern und hielt seine Harfe in ihrem Schoß. Er hatte ihr die Hand gereicht, um sie ins Boot zu führen. Adlige waren zurückgewichen und hatten andere Boote bestiegen, als ob sie Ud nicht bemerkt oder ihn für jemand anderen gehalten hätten. Jetzt stieß das Boot an Land, und Unwin sprang auf die Binsenmatten, während Ingvalds Boot direkt neben ihm das Ufer erreichte. Einer der Ruderer reichte Ebba die Hand, um ihr beim Aussteigen zu helfen. Hinter ihr stand Ud, und niemand schenkte ihm Beachtung.

Der schmetternde Lärm von Hörnern verkündete ihre Ankunft. Unwin und Ingvald stiegen mit ihrer bewaffneten Eskorte den kurzen Weg zum Treffpunkt hinauf. Ud folgte

Ebba auf dem Fuße, die öfter den Pfad verließ, um den Adligen nicht im Weg zu sein. Ihr Herz schlug unkontrolliert, ihr Atem ging flach, ihr Blut raste durch ihre Schläfen, dass sich ihre Sicht verdunkelte und sie Kopfschmerzen bekam. Sie konnte kaum noch sehen, geschweige sich daran erinnern, warum sie eigentlich hier war. Sie folgte einfach dem glitzernden Gold vor ihr.

Als Unwin in den Schatten des Sonnenschutzes trat, war das Erste, was er sah – seine Augen wurden wie magisch angezogen –, das Gesicht seines Bruders, eingerahmt von sorgfältig geflochtenen Zöpfen und langem Haar, gekrönt mit Gänseblümchen, Kornblumen und Klatschmohn. Er war bestürzt: Er hatte Wulfweard nicht so schön in Erinnerung. Doch es gab zwei Wulfweards.

Unwins Blick hetzte von einem zum anderen. Einer von ihnen war wie ein Atheling gekleidet, sah gut aus und wirkte eher wie Wulfweard, denn der andere trug eine lächerliche Blumenkrone und sah aus wie ein verschwitzter Landarbeiter. Unwin wurde klar, dass er die Elfenbrut mit seinem eigenen Bruder verwechselt hatte, wenn auch nur für einen Augenblick. Er fühlte sich, als wäre ihm ein demütigender Streich gespielt worden.

Unwin schritt mit ausgebreiteten Armen über das Gras auf Elfling zu und beabsichtigte, ihm den Begrüßungskuss zu geben, da er Elfling überlegen und älter war. Er hatte von dem Elfengeborenen erwartet, dass er versuchen würde, als Erster diesen Kuss anzubieten, doch stattdessen wirkte er überrascht und wich verlegen zurück. Einen Moment lang herrschte eine unangenehme, peinliche Stille, bis Unwin zurückging und vor seinem Stuhl stehen blieb. Ingvald stellte sich vor seinen Stuhl, und ihre Männer sammelten sich hinter ihnen. Ud stand in der ersten Reihe, als ob es sein gutes

Recht sei, und niemand stellte dies infrage. Er legte seine Hand auf Ebbas Schulter, die vor ihm stand. Ihr Blick wich nicht von Elfling. Ruhe hatte von ihr Besitz ergriffen, eine Ruhe, wie nur grenzenlose Wut sie kennt. Sie hatte das Gefühl, ihr Herz würde ihr den Atem nehmen.

Sie hatte von Elfling erwartet, dass er gekleidet wäre wie ein Atheling, von ihr getrennt durch Reihen hoher Adliger. Die Tatsache, dass er wie ein Landarbeiter gekleidet war, schien ihr eine Beleidigung zu sein, trotz seiner langen Haare, den Haaren eines Athelings! Und die Blumenkrone? In der Vergangenheit hatte sie ihm Ketten aus Gänseblümchen umgehangen – wer hatte diese gemacht?

Unwins Haushofmeister begann die lange Auflistung seiner Titel und Ahnen, die König um König bis zu Woden und Noah zurückreichte. Unwin benutzte die Gelegenheit, um Wulfweard zu betrachten, und war erfreut, den Jungen kein wenig gealtert und bei bester Gesundheit zu sehen.

Wulfweard erwiderte den Blick und lächelte schließlich. Es fiel Unwin schwer, keine Miene zu verziehen.

Wulfweard blieb in Blickkontakt mit Unwin, schaute aber kurz zu einem kleinen Jungen hinunter, der neben ihm stand, und schaute dann lächelnd wieder zu Unwin. Der betrachtete das Kind nun eingehender – das hatte er bisher nicht getan, denn der Junge war nicht groß genug, um eine Bedrohung oder von Nutzen zu sein. Das Kind erwiderte seinen Blick mit grimmiger Entschlossenheit, und für eine Sekunde brach sich ein breites, aber schnell wieder unterdrücktes Grinsen Bahn. Aber erst als Wulfweard in seine Richtung nickte, verstand Unwin, dass es sein Sohn war. Sein eigener Sohn! Der ältere der beiden, Godwin. Es war über ein Jahr her, dass er seine Frau aufgesucht und ihn gesehen hatte. Er hatte also immer noch einen Erben.

Er lächelte seinem Sohn kurz zu, der errötete, grinste und von Kopf bis Fuß zu erbeben schien. Er war wie auf dem Sprung, als ob er im nächsten Augenblick zu Unwin rennen könnte, doch Wulfweard legte ihm eine Hand auf die Schulter, um ihn daran zu erinnern, sich gebührlich zu verhalten. Unwin runzelte die Stirn und wandte den Blick ab.

Unwins Haushofmeister war verstummt, und Ingvalds listete nun die Ahnenreihe seines Herrn auf, die nur bis Odin reichte, weil er nur ein Heide war. Unwin richtete seinen Blick auf die Elfenbrut und verzog angewidert den Mund zu verziehen. Die verblüffende Schönheit dieses Dings war widerwärtig, und er verabscheute es ob seiner Ähnlichkeit mit seiner Familie. Seine ärmliche Kleidung war sicherlich als Beleidigung gedacht, und die Blumenkrone spottete seinem Gold.

Er schaute dem Ding direkt in die Augen, die ihn groß und unschuldig anstarrten, und er erwiderte diesen Blick, um seinen Hass bewusst zu schüren. Er spürte so etwas wie einen Stoß, und eine Gänsehaut lief ihm den Rücken hinunter. Er hob die Hand und griff nach seinem Kruzifix, weigerte sich, dem Blick auszuweichen, und blieb standhaft.

Ingvalds Haushofmeister erreichte das Ende seiner Aufzählung, und nun war es an Athelric – dem Verräter –, die Titel und Ahnenliste vorzutragen, die die Elfenbrut für sich beanspruchte. Diese Anmaßung war unerträglich.

Unwin sagte: »Eine Königsliste ist nicht vonnöten. ›Elfenbrut‹, das reicht. Dem ist nichts mehr hinzuzufügen.«

Ingvald scharrte mit den Füßen ob dieser groben Unhöflichkeit. Auch Ingvi blickt peinlich berührt zu Boden.

Nur Godwin war beeindruckt. Elfenbrut! Das war das Wort dafür – und sein Vater hatte es ihm ins Gesicht gesagt! Er *musste* heute zu seinem Vater gehen. Ob man ihm wohl erlauben würde, seinen Welpen mitzunehmen?

Elfling drehte sich um und winkte seinem Haushofmeister. Diener traten vor, um Unwin und seinen Männern Met und Brot anzubieten. In Unwins Gesicht zeichnete sich Verachtung ab: Solches Benehmen waren doch nur Tricks, die Athelric seinem Schoßhündchen beigebracht hatte. Gutes Benehmen hatte er bei den Sklaven sicherlich nicht gelernt, die ihn auf diesem Misthaufen von einem Bauernhof großgezogen hatten. Eine Schande, dass Athelric ihm nicht auch noch beigebracht hatte, sich vernünftig anzuziehen!

Unwins Diener traten ebenso vor und hielten Hörner und Teller in ihren Händen. Elflings Bedienstete blieben verwirrt stehen und schienen auf einen Befehl von Athelric zu warten, wie Unwin bemerkte.

»Dieses Land ist mein Erbe«, sagte Unwin. »Ihr seid meine Gäste. Daher ist es nur recht, dass ich euch das Brot entbiete.«

In der Hitze des Sonnenschutzes war die Stille belastend. Sowohl Ingvi als auch Wulfweard wandten ihren Blick ab. Godwin konnte gar nicht mehr aufhören zu grinsen.

Elfling nickte und bedeutete seinen Dienern, sich hinter seinen Stuhl zurückzuziehen. Unwins Diener drängten sich vor, und Elfling nahm eins der angebotenen Hörner. Athelric hingegen wies das Horn ab.

Unwin nahm selbst eins in die Hand und sagte: »Ich trinke auf eure Gesundheit. Als Gast und Bittsteller werdet ihr nun eure Geschenke zuerst darbringen.« Er sprach mit ihnen, als ob sie nicht wüssten, was sich gehörte.

»Bin ich der Gast? Ist es üblich, den Gast einen Tag lang warten zu lassen?«, fragte Elfling.

»Ja«, sagte Unwin, »wenn der Gastgeber der König und der Gast ein Bastard und ein Bauer ist.«

Godwins schrilles Gekicher durchbrach die Stille. Er hielt sich schnell die Hand vor den Mund.

Unwin freute es, seinen Sohn zum Lachen gebracht zu haben, und der Ausdruck auf Athelrics Gesicht gefiel ihm noch mehr. Er erhob das Horn auf Elfling. »Einen Trinkspruch! Auf die Schönheit der Braut!« Der Blumenkranz sah wie der einer Braut aus. »Du gibst ein hübsches Mädchen ab.«

»Lauft Ihr vor hübschen Mädchen genauso schnell weg wie vor mir?«, fragte Elfling.

Athelric lachte laut auf, aber es war Wulfweards Lächeln, das Unwin am meisten missfiel – und wie das Grinsen aus dem Gesicht seines Sohnes verschwand.

Unwin war im Kriegsverlauf einer direkten Auseinandersetzung mit Elfling immer ausgewichen. Er hatte sich darauf konzentriert, die eilig ausgehobenen Truppen vor Ort zu verheeren und zu vernichten. Diese Entscheidung hatte er aus strategischen Gründen getroffen, nicht aus Angst, und er war davon ausgegangen, in seinem Alter über Vorwürfe der Feigheit erhaben zu sein. Es ärgerte ihn aber dennoch sehr, in Godwins Anwesenheit als Feigling gebrandmarkt zu werden.

Erst danach wurde ihm die andere Bedeutung von Elflings Aussage klar, und ihm blieb entsetzt der Atem stehen – er flüchtete vor Mädchen. Als er Elfling mit den Worten verhöhnte, er würde doch ein hübsches Mädchen abgeben, hatte es noch großartig geklungen, aber jetzt schien er es als Bewunderung gemeint zu haben. Vor seinem Sohn! Blut schoss in Unwins Gesicht, er knirschte mit den Zähnen, seine Hände ballten sich zu Fäusten.

Godwin fragte sich verängstigt, ob sein Vater wirklich die Kontrolle verloren hatte oder nur so tat, als ob. Er schaute zu Wulfweard hoch, aber Wulfweard schien nur beunruhigt zu sein.

Ingvald berührte Unwins Arm. »Es ist an der Zeit, über den Grund unseres Zusammentreffens zu sprechen. Was du von uns willst, Elfensohn, und was wir dir geben wollen.« Er setzte sich in seinen Stuhl, lehnte sich zurück und streckte die Beine aus. Ingvi rückte an ihn heran und legte seine Hand auf die Stuhllehne. Er war stolz auf seinen Bruder, der das Treffen vorangebracht hatte, als Unwin sprachlos war.

Unwin und Elfling blieben voreinander stehen. Dann wandte sich Unwin abrupt ab und ließ sich in seinen Stuhl fallen. »Wir wissen, was es will. Einen Waffenstillstand, damit es seine Ernte einbringen kann«, zischte er mit hochrotem Kopf.

Elfling setzte sich, und Athelric und Wulfweard nahmen an seiner Seite Platz. »Ich will diesen Krieg zu einem Ende bringen«, sagte Elfling. »Ich biete Euch erneut den Einzelkampf an. Einer von uns stirbt statt vielen.«

Unwin schnaubte und lachte. »Und erneut lehne ich ab.«

»Ist es dieses ›hübsche Mädchen‹, vor dem Ihr Angst habt?«, fragte Elfling. »Oder ist Euer einzelner Gott den Teufeln auf meiner Seite nicht gewachsen?«

Unwin lächelte und hatte seine Wut nun wieder unter Kontrolle. »Junge, du wirst mich mit Worten nicht herausfordern können. Kleine Jungs fluchen auf der Straße, und in der Scheune quietschen die Ratten. Für mich ist das ohne Bedeutung.«

»Wenn ich von so geringer Bedeutung bin, dann kämpft nur mit mir«, sagte Elfling. »Ihr werdet mich mit Leichtigkeit besiegen. Dann habt Ihr alles, wonach es Euch verlangt.«

»Die Ehre wäre zu groß für dich. Ich kämpfe nicht mit Bauerntölpeln.«

»Unser Bruder Hunting hat dasselbe zu mir gesagt.«

Unwin legte seine geballte Faust an seinen Mund, während er seinen Ellbogen auf die Armlehne stellte. Er schwieg eine Zeit lang. »Kein Einzelkampf, du Ding. Jetzt erzähl mir von diesem Waffenstillstand, den du brauchst.«

Elfling betrachtete den blumenübersäten Rasen zu seinen Füßen. Als er den Kopf wieder hob, sagte er: »Atheling, ich bedaure es, wenn ich Euch beleidigt haben sollte. Ihr habt mich erzürnt, und ich konnte mich nicht beherrschen. Wenn Ihr es gestattet, Atheling, schlage ich Euch einen Waffenstillstand bis zum nächsten Frühling vor.«

Ingvald nickte und wusste die Klugheit dieser Worte zu schätzen. Er wusste auch, was es ihn gekostet haben musste, sie auszusprechen. Athelrics Hand fand ihren Weg an der Rückenlehne vorbei auf Elflings Schulter.

Unwin lachte laut. »Wie wäre es mit einem Waffenstillstand bis in einem Jahr? Oder auch bis in zwei Jahren? Warum sollten wir überhaupt einen Waffenstillstand mit euch abschließen? Es ist nicht unsere Ernte. Wir verlieren keine Männer.«

Elfling beugte sich vor. »Ihr wollt hier überwintern. Ihr braucht Futter für die Pferde, Essen für Eure Männer. Ihr werdet die Ernte der Städte, die sich in Eurem Besitz befinden, einbringen müssen.«

»Warum? Kümmer du dich doch um die Felder, Bauernjunge. Wir ernähren uns von deinen Scheunen und Herden – und wir bringen deine Bauern und Hirten um.«

Ingvald hustete. »Ich würde es bevorzugen, volle Scheunen zu haben und Männer, die sie zu füllen wissen. Ich habe kein Interesse daran, wertlose Felder zu erobern.«

Unwin warf einen Blick zur Seite und entschloss sich zu einem Lachen. »Ich möchte dem Jarl eine Freude machen, und daher lautet mein Angebot wie folgt: ein Waffenstillstand bis Allerheiligen.«

Elfling schaute zu Wulfweard auf, der sich zu ihm hinabbeugte. »Er meint bis Ings Fest.«

»Und dann kämpfen wir weiter«, sagte Unwin. »Genügend Weizen für die Pferde und genügend Fleisch für die Männer. Krieg bis Mittwinter. Du möchtest doch lieber kämpfen als am Kamin sitzen, nicht wahr, Athelric?«

Das sollte ein Mann und König sagen, dachte sich Godwin.

Der alte Verräter Athelric antwortete nicht. Die Elfenbrut lehnte sich in seinem Stuhl zurück, ohne eine Miene zu verziehen.

Unwin lächelte Wulfweard und Godwin an. Der Junge lachte, aber Wulfweards Gesichtsausdruck blieb verblüffenderweise ernst.

»Einen Waffenstillstand bis zum Frühling könntest du dir erkaufen, Elfensohn. Was bietest du uns?«, fragte Ingvald.

Elfling hob ein Knie, schlang einen Arm darum und setzte die Ferse auf der Sitzfläche ab. »Was wollt Ihr?«

»Mein Land«, sagte Unwin. »Gib mir das, und ich gebe dir ewigen Frieden.«

Elfling wandte den Blick von ihm ab und schaute zu Ingvald.

»Zehntausend Pfund in Gold und Silber«, sagte Ingvald. Das würde reichen, König Lovern für seine Hilfe zu bezahlen, und die Nachricht von der Bezahlung würde weitere landlose Männer in ihre Reihen bringen. »Pferde. Waffen – oder Eisenbarren. Weizen, Bier, Schafe. Im Gegenzug geben wir dir deinen Waffenstillstand. Bis zum Frühjahr.«

»Bis Allerheiligen«, sagte Unwin. »Bis zum Frühjahr wird es teurer.«

Elfling drückte sein Knie an sich. Er stützte sein Kinn auf dem Knie ab, während der Klatschmohn und die Kornblumen und die Gänseblümchen immer noch in seiner Krone blühten. »Zehntausend Pfund in Silber für einen Waffenstillstand bis zum Frühjahr. Was die anderen Dinge angeht – nichts davon.«

»Der Bauernlümmel will einen billigen Waffenstillstand«, sagte Unwin. »Aber ich bin kein Bauer, und ich feilsche nicht. Ich habe meinen Preis genannt, und ich werde ihn nicht ändern.«

Elfling stand plötzlich auf und wandte sich scheinbar zum Gehen. Doch er drehte sich noch einmal um und schaute nur Ingvald an. »Werdet Ihr einem Waffenstillstand zustimmen oder nicht?«

Unwin schlug sich mit der Hand auf den Oberschenkel. »Der Bauernjunge will endlich in die Hände spucken und den Vertrag besiegeln!« Ingvald stand auf, ging an Unwins Seite und beugte sich zu ihm hinab, um leise mit ihm zu sprechen.

Elfling ging hinter seinen Stuhl, lehnte sich kurz an dessen Rückenlehne und war im Begriff, die Zusammenkunft zu verlassen, hätte Athelric nicht den Arm um ihn gelegt und ihn festgehalten. Er drückte Elflings Schulter und flüsterte: »Sie brauchen diesen Waffenstillstand auch. Sie können den Krieg während des Winters nicht weiterführen und zugleich die Pferde füttern. Auch sie müssen sich erholen, ihre Verwundeten pflegen, die Neuankömmlinge hart rannehmen und ausbilden. Bleib ruhig, mein Junge. Unwin will nur, dass du bettelst.«

Ingvald richtete sich auf. »Ein Waffenstillstand bis zum Fest des Ing im Austausch für zehntausend Pfund in Gold.«

»Silber«, antwortete Elfling.

»Wir haben noch nicht über Gefangene und Geiseln gesprochen. Gib mir meinen Bruder und meinen Sohn zurück, und vielleicht stimme ich dem Silber zu. Vielleicht stimme ich sogar einem Waffenstillstand bis zum Frühling zu«, meinte Unwin.

Godwin sprang begeistert auf und ab. Darauf hatte er gehofft! Sein Vater würde die Bedingungen für den Handel diktieren, und die Elfenbrut würde zustimmen müssen. Heute Nacht würde er gemeinsam mit seinem Vater diesen Fluss überqueren.

Über Godwins Kopf hinweg sprach Wulfweard. »Ich bin weder Gefangener noch Geisel. Ich stehe hier aus freien Stücken.«

Unwin schaute Wulfweard an und sah nur das Gesicht der Elfenbrut. Auch als sein Blick wieder klarer wurde und das Gesicht seines eigenen Bruders langsam wieder zum Vorschein kam, blieb ein beklemmendes Gefühl zurück. Er war nie dumm genug gewesen, seinen Brüdern zu vertrauen, nicht einmal dem jüngsten und liebsten von ihnen, aber Wulfweard hätte sich niemals so eindeutig gegen ihn gestellt. Vielleicht lag hinter der offensichtlichen Ähnlichkeit der beiden Gesichter mehr verborgen als nur die Tatsache, dass sie denselben Vater hatten ...

»Worauf wir uns auch immer einigen«, sagte Elfling, »ich werde niemals Euren Sohn aufgeben. Er dient mir als Pfand für Euer Wort. Brecht es, und ich werde ihn zu Woden schicken.« Wulfweard wandte abrupt den Kopf zu Elfling um. »Mit einem Seil um den Hals und einem Speer im Leib.«

Godwin holte tief Atem und hielt ihn an. Er ließ seinen Vater nicht aus den Augen. Noch musste er keine Angst haben. Das letzte Wort war noch nicht gesprochen.

Unwins Gesicht war ausdruckslos. »Es scheint, alle Geiseln sind dein. Wer wird mir für *dein* Wort bürgen? Du hast keine Familie, oder, Elfenbrut? Also haben wir wieder ein Patt. Zehntausend Pfund Gold für einen Waffenstillstand bis Allerheiligen.«

Elfling überlegte und stand dann auf. »Kein Waffenstillstand. Nicht zu diesem Preis.« Er wandte sich ab, blickte aber noch einmal kurz zurück. »Wenn ich den ganzen Winter lang Krieg führen muss, dann werde ich den Krieg wie ein Bauer führen. Ich werde Euch abschlachten.«

»Warte!« Unwin beugte sich in seinem Stuhl vor und streckte Elfling eine Hand entgegen, wie es ein Mann tun würde, um seinen Hund zu sich zu rufen. »Warte, mein Junge. Julsburg ist in deiner Hand, nicht wahr? Wirst du Jul dort feiern?«

Elfling schien nicht zu verstehen und wandte sich an Athelric und Wulfweard.

»Der König feiert Jul immer in Julsburg«, erklärte Athelric.

»Danke, Athelric. Hat er den Unterricht noch nicht gehabt? Weiß dein Schüler, dass Julsburg meiner Mutter gehörte, Königin Ealdfrith?«

»Welchen Handel schlagt ihr vor?«, fragte Elfling.

Unwin lehnte sich zurück. »Meine Mutter hat dort eine Kapelle errichten lassen – in Julsburg. Steht sie noch, oder hast du sie niederreißen lassen? Dort ist meine Mutter gestorben. Ich würde Weihnachten gern dort feiern – für dich heißt das Jul, Elfling – und zu ihr beten. Sie ist eine Heilige, weißt du. Du weißt doch, was eine Heilige ist?«

Elfling stand unentschlossen da und starrte ihn an. Dasselbe galt für Athelric und Wulfweard. »Ihr wollt ...?« Elfling zögerte. »Ihr wollt ... eine Burg, die ihr haltet, austauschen gegen –?«

»Nein. Wir behalten beide, was wir besitzen. Aber ich möchte die Christmette in der Kapelle meiner Mutter abhalten, ihr zu Ehren. Lasst mich euer Gast in Julsburg sein – ihr werdet meine Männer und mich bewirten. Das ist der Preis für einen Waffenstillstand bis zum Frühling.«

»Wir sollen unser Tor einer Schar eurer Männer öffnen?«, fragte Athelric.

»Genau, Vatersbruder. Es besteht keine Gefahr! Die Christmette und das Andenken an meine Mutter sind mir heilig – heiliger als euer Jul für euch ist. Es ist für beide Seiten eine Sünde, diesen Frieden zu brechen. Und ich lege mein Leben genauso in eure Hände, wie ihr die Gefahr eingeht, wenn ihr mir euer Tor öffnet. Wovor fürchtet ihr euch? Doch gewährt mir diesen Gefallen, und ich werde einem Waffenstillstand bis zum Frühling zustimmen.«

Elfling, Athelric und Wulfweard versammelten sich hinter der hohen Rückenlehne von Elflings Stuhl. »Das wäre tollkühn. Es wäre so, als ob die Schafe die Wölfe in ihre eigenen Reihen einladen!«, meinte Athelric.

»Sind wir Schafe?«, fragte Elfling. »Es würde uns den Waffenstillstand bringen.« Er schaute zu Wulfweard.

»Ich kann mich kaum noch an meine Mutter erinnern, als sie noch lebte«, sagte Wulfweard, »aber Unwin kannte und liebte sie. Er würde ihr Ansehen nicht mit einem solchen Trick beschmutzen. Und er ist seinem Glauben treu. Du kannst dich in dieser Sache auf ihn verlassen, Elfling.«

»Nun ist es Wulf, der zu leichtgläubig ist«, sagte Athelric. »Unwin liebt seinen Glauben deswegen, weil er ihm Macht gegenüber anderen Königen bringen wird, und nicht um des Glaubens willen.« Athelric hatte während des Treffens seinen Blick keine Sekunde von Unwin gelassen. Es war überdeutlich, dass Unwin Elfling hasste, wie ein Mann Spinnen oder Schlangen hasste: mit tödlicher Abscheu. Er legte Elfling seine Hand auf die Schulter. »Er will durch dein Tor und hinter deinen Schild gelangen.«

»Aber das würde uns den Waffenstillstand bringen«, sagte Elfling, löste sich aus Athelrics Hand und drehte sich wieder zu den anderen um. Vor seinem Stuhl sagte er: »Zehntausend Pfund Silber für einen Waffenstillstand bis zum Fest des Ing – oder Allerheiligen? Und ich werde Eure Männer und Euch während des Jul in Julsburg als meine Gäste beherbergen für einen Waffenstillstand bis zum Frühling? Sind das Eure Bedingungen?«

»So ist es recht!«, sagte Unwin. »Du hast die Bedingungen richtig genannt, und diesen Bedingungen stimme ich zu.«

»Dann haben wir einen Waffenstillstand?« Unsicherheit schwang in der Stimme des Elfengeborenen mit und ließ Unwin wieder lachen.

»Der Waffenstillstand ist geschlossen«, sagte Ingvald und stand auf. »Jetzt können wir essen!« Es war später Nachmittag. Obwohl es noch hell war, hatte die Sonne schon an Kraft verloren, und die Luft wurde auch wegen des Flusses merklich kühler. »Morgen leisten wir den Eid.«

Unwin erhob sich und lächelte Wulfweard und Godwin an. »Ihr werdet als meine Gäste mit mir speisen.«

»Ich werde in meinem eigenen Lager essen, mit meinen Freunden«, sagte Elfling. Er wandte sich von Unwin ab und ging zum Ufer. Athelric folgte ihm.

Wulfweard packte Godwins Arm, als der Junge zu seinem Vater zu gelangen versuchte, und hielt ihn zurück, den wütenden Schreien und Schlägen Godwins zum Trotz.

»Wulf!«, rief Unwin. »Wirst du heute mein Gast sein?«

Wulfweard, der sich über Godwin beugte, schaute zu seinem Bruder hoch und schien dann nachzugeben, denn er ließ sich von Godwin in seine Richtung ziehen. Unwin legte dem Jungen seine große Hand auf den Kopf, und Godwin schaute so bewundernd zu ihm auf, dass er sich zu ihm herabbeugte und ihn küsste. Als er wieder hochkam, streckte er seinem Bruder den Arm hin und hätte auch ihn umarmt und geküsst, doch Wulfweard war weit genug zurückgewichen, um dies unmöglich zu machen.

»Ich bin froh«, sagte Wulfweard, »dich heil und gesund zu sehen.«

»Meine Freude, dich zu sehen, Wulf, kann ich nicht in Worten ausdrücken. Man hatte mir gesagt, du wärst tot. Lass uns heute zusammen essen!« Wulfweard schüttelte den Kopf. Unwin streckte die Hand nach ihm aus und ergriff seinen Arm. »Ist dies wirklich deine Entscheidung? Du bist nicht – ?«

»Verhext? Nein. Ich habe diese Entscheidung frei getroffen.«

Godwin hatte seinen Vater mit den Armen umschlungen und klammerte sich an ihn.

»Ich kann nicht glauben«, sagte Unwin, »dass du dich auf die Seite dieses – «

Wulfweard zog an Godwin. »Wir müssen jetzt gehen.«

Godwin ließ nicht los. Er schluchzte und wiederholte immer wieder, dass er mit seinem Vater gehen wolle.

Unwin war peinlich berührt, denn er kannte die Gepflogenheiten in Kriegszeiten. Elflings Huscarls kamen herbei, um seinen Willen durchzusetzen. Die Situation war gefährlich.

»Bleibt diesen einen Abend bei mir«, sagte Unwin. »Du und der Junge.«

Wulfweard hielt den Jungen immer noch fest und schenkte Unwin einen kühlen Blick, der seine deutliche Ablehnung wortlos zum Ausdruck brachte. Er sah dem Ding jetzt noch ähnlicher als zuvor, und es lief Unwin eiskalt über den Rücken. Er war nicht länger sein Bruder, sondern nur ein Spiegelbild dieses Teufels, das seinem Befehl gehorchte.

Athelric kam zu ihnen. »Elfling befiehlt, dass ihn seine Männer begleiten. Gib den Jungen frei: Er ist unser Gefangener.« Als Unwin zum Reden ansetzte, fügte er hinzu: »Wenn du den Abend mit deinem Sohn verbringen willst, komm in unser Lager – als Elflings Gast.«

Unwin kniete sich hin, packte seinen Sohn an den Schultern und küsste das tränenüberströmte Gesicht. »Tränen sind nur was für Kinder.« Der kleine Junge bemühte sich redlich, sein Schluchzen zu unterdrücken. Er versuchte, sich sein Gesicht auf seinen Schultern abzuwischen. »Geh mit ihnen. Du bist ihre Geisel, aber das wirst du nicht auf immer sein. Hör jetzt auf mich.«

Unwin erhob sich und schaute zu, wie Wulfweard Godwin wegzog. Der Junge ging rückwärts und schaute seinen Vater so lange an, wie er konnte. Wulfweard schaute sich überhaupt nicht mehr um.

Ingvald zitierte mit verschränkten Armen Odin. »›Gibt es einen Mann, dem dein Vertrauen du nicht schenken kannst, doch Gutes von ihm willst, sprich wohlfeile Worte, auch wenn deine Absichten trügerisch sind ... ‹ Hättest du dich daran erinnert, dann hättest du heute Abend mit deinem Sohn speisen können.«

Unwin bewahrte Ruhe. »Mein Bruder hat sich verändert. Du kannst es nicht wissen, aber er ist nicht mehr er selbst. Er ist verhext.«

»Sie gleichen sich aufs Haar, muss ich sagen. Nicht wie ich und Ingvi.« Er grinste seinen Halbbruder an.

Unwin nahm Anstoß daran, dass ein einfacher Jarl solche Vergleiche anstellte. Er wandte sich ab und ging in sein Zelt.

Später, bei Tisch, plapperte Ingvald weiter darüber, was für eine gute Entscheidung dieser Waffenstillstand war und wie sie die Zeit am besten nutzen könnten. Während Ud auf seiner Harfe spielte, sprach er darüber, wie sie genügend Verpflegung und Waffen sammeln würden. Wie sie neue Männer gewinnen und ausbilden konnten. Und da der Waffenstillstand ja wahrscheinlich bis zum Frühling dauern würde, bis Freyas Fest . . .

»Bis zum Fest des Kreuzes«, sagte Unwin.

. . . dann hätten sie Gelegenheit, die Pferde nach den harten Wintermonaten aufzupäppeln. Und sie konnten die Felder in den Landstrichen, die ihnen gehörten, einsäen lassen, um die nächste Ernte sicherzustellen, wenn der Krieg noch ein Jahr dauern sollte. Oder auch nicht. Ob nun Krieg oder nicht, man brauchte immer eine Ernte. Es war nichts wichtiger als die Ernte.

Unwin wurde es überdrüssig, zuhören zu müssen, wie Ingvi unterrichtet wurde. »Der Krieg findet an der Christmette sein Ende«, sagte er.

»Woher weißt du das?«, fragte Ingvald. »Hat dein Gott dir diese Nachricht in den Geist gepflanzt?«

»Ich werde die Christmette damit feiern«, sagte Unwin, »dass ich der Elfenbrut den Blutadler in den Leib schneide. Um meinen Bruder von seinem Fluch zu befreien.«

Die Jarls reagierten nicht. Lediglich Uds Musik durchbrach die Stille. Unwin grinste den Dänen ins Gesicht.

»Du wirst den Waffenstillstand brechen?«, keuchte Ingvi. »Du wirst dein Wort geben und im Namen deines Gottes und deiner Mutter schwören und den Frieden am Jul brechen?«

»Ich bin Christ«, antwortete Unwin. »Der Waffenstillstand mit einem Teufel ist für mich nicht bindend. Ich bin ein Werkzeug Christi und kämpfe für seinen Sieg.«

Die Jarls starrten ihn immer noch an. Ingvi beugte sich über den Tisch, um Unwin genauer ins Gesicht schauen zu können. »Aber du wirst den Julfrieden brechen!«

»Mir bedeutet Jul nichts. Und wenn ich Julsburg in Gottesburg umbenannt habe, wird Christus mir vergeben.«

»Der Elfenjüngling ist kein Narr«, sagte Ingvald. »Und der alte Mann, der ihm als Ratgeber dient, schon gar nicht. Was immer du auch planst, sie werden auf dich vorbereitet sein.«

»Und sie haben deinen Sohn!«, sagte Ingvi. »Du hast gehört, was sie gesagt haben – sie senden deinen Sohn zu Odin!«

»Wie kann das Ding meinen Sohn töten«, fragte Unwin, »wenn seine Rippen und seine Lunge wie blutige Schwingen ausgebreitet sind?«

»Und wenn dein Plan fehlschlägt?«, fragte Ingvi.

»Er wird nicht fehlschlagen.«

»Aber wenn doch?«, hakte Ingvald nach.

Unwin lehnte sich in seinem Stuhl zurück. »Wenn er scheitert ... Ich habe noch einen Sohn. Und Söhne lassen sich leicht machen.« Die dänischen Brüder schauten ihn mit einer Mischung aus Ehrfurcht und Abscheu an und hatten keine Ahnung von dem Schmerz, den es Unwin kostete, so etwas zu sagen: demselben Schmerz, den er immer gespürt hatte, wenn er sich der Möglichkeit des Verrats durch seine Brüder gegenübersah. »Wulfweard ist mir von größerem Nutzen«, sagte er, »wenn der Fluch erst aufgehoben ist. Er ist alt genug, um zu kämpfen.«

Ud schlug einen letzten Akkord auf seiner Harfe.

Auf der anderen Flussseite, in Elflings Lager, lag Godwin in seinem Bettzeug. Sein Welpe lag neben ihm, in seine Decken eingerollt, und leckte sein Gesicht. Godwin legte seine Hand um den Hals des Tieres.

Er würde den Hund töten, denn er war wieder zurück-gebracht worden und hatte nicht mit seinem Vater gehen dürfen. Er würde den Hund umbringen und die Leiche vor Elflings Zelt legen. Nein, er würde den Hund unter seinem Umhang versteckt in Elflings Zelt tragen und ihn ins Bett-zeug der Elfenbrut legen.

Der junge Hund entwand sich seinem Griff und leckte seine Hand. Godwin streichelte über sein Fell.

Ebba kauerte auf der Anhöhe der Insel, knabberte Brot und atmete den Duft des Grases, des Thymians und des Wassers ein, während die Sonne an einem lauen Sommerabend un-terging. Sie blickte über das Wasser zu den Lagerfeuern und Lichtern von Elflings Lager und erschrak so sehr, dass ihr Herz fast aussetzte und sie ihre Arme schützend ausstreckte, als jemand ganz nah an sie herantrat. Ud kauerte sich neben sie. Sie hatte ihn nicht kommen hören.

Er lächelte, beugte sich zu ihr herab und küsste sie auf die Wange. Sein Bart streichelte über ihre Haut. Dann griff er in den Beutel, der an seinem Gürtel hing, und holte etwas wie ein Kerbholz hervor: ein Holzstück, länger, als es breit war, eben und glatt geschnitten. Er reichte es ihr.

Auf dem Holz waren scharfe eckige Muster eingeritzt. »Das sind Runen, Herr. Ich verstehe sie nicht.« Sie ver-suchte, es ihm zurückzugeben.

Er zog sie an sich heran und legte den Arm um sie. Er war so viel größer, dass er den Arm um sie legen und ihr immer noch das Runenholz hinhalten konnte. Mit der anderen Hand deutete er auf die Muster. »Das ist Esche ... das ist Birke ... das ist Eiche ... das ist Riese ... Und hier ist Eibe. Waffe, Fackel, Gabe, Grab, Not, Eis ...«

ACHTES KAPITEL

DER WELPE

Das Götterhaus zu betreten war wie einen Wald zu betreten: Seine Säulen bestanden aus den geraden, gemaserten Stämmen ganzer Bäume, und über ihr befanden sich die ineinandergreifenden Querbalken. Im Flammenschein der flackernden Kerzen blitzten vergoldete Schnitzereien für einen Augenblick auf, wurden der Dunkelheit entrissen, was die Schatten wie Äste im Wind schwanken ließ. Und für Jul hatte man Girlanden aus Stechpalmen und Efeu angebracht, die um die Säulen herum und zwischen ihnen aufgehangen worden waren. Ein grüner Duft erfüllte den Raum, und das golden schimmernde Kerzenlicht schien einen grünen Stich zu haben. Kendidra liebte diesen Ort. Im Götterhaus verspürte sie eine aus Ehrfurcht geborene Zufriedenheit.

Sie führte Godhelm und Godhilda an der Hand zu den Altären, kniete sich hin und hielt die Kinder an ihren Hüften fest. Es gab Geschichten, die sie ihnen schon vor Jahren hätte erzählen sollen. »Seht ihr, das ist Thonur, der mit dem roten Bart. Seht ihr seinen Hammer?«

Thonurs Gesicht war unter groben Axtschlägen entstanden. Den Bart hatte man rot angemalt und gerieft, um Haare anzudeuten. Weiter unten verwandelte sich der Bart in einen Hammer, und Thonurs Hände umfassten ihn. Um seinen dicken hölzernen Hals glitzerte ein goldener Ring: der Ring, an dem auf ihn Schwüre geleistet wurden. Es war keine schöne Figur, und sie wirkte auch nicht sehr menschlich, hatte sich aber die ganze Macht des Baums erhalten.

»Und das da, seht ihr, das ist Woden. Er hat nur ein Auge.« Wodens Gesicht entstellte ein tiefes ausgehöhltes Loch. Seine Zunge hatte man aus seinem Gesicht heraushängend geschnitzt – er war der gehängte Gott. In der Hand trug er seinen Speer, dessen Spitze vergoldet war. »Ich werde euch ein andermal erzählen, wie er sein Auge verloren hat. Und das da – schaut, das ist Ing. Seht ihr seine gelben Haare? Und das Korn in seiner Hand?« Bei Ings Gesicht hatte man sich am meisten Mühe gegeben, denn es sollte Jugend und Schönheit darstellen. Das Korn in seiner Hand bestand aus vergoldetem Eisen. Einige Statuen des Ing hielten Schwerter in ihren Händen, diese aber nicht.

In dunkle Schatten gehüllt ragten die drei Götterbilder über ihnen auf, in goldenes Licht getaucht, das sie golden zurückwarfen. Ein dreifaltiger Gott – genau wie Freya zugleich Jungfrau, Mutter und altes Weib war, so war ihr Herr Jüngling, Krieger und alter Mann: Schwert, Hammer und Speer. Kendidra schien es fast, als ob die Götter sie wieder in ihren Reihen aufnahmen, und sie beugte sich zur weichen, dicklichen kleinen Wange ihrer Tochter und dann ihres Sohns herab, um sie zu küssen. Mit ihnen hier zu sein war pure Freude, hier vor den Altären der wahren Götter. Sie wünschte sich nur, Godwin wäre bei ihnen. Aber Godwin wollte das Götterhaus nicht betreten.

»Gibt es Geschichten über Thonur?«, fragte Godhelm. Er hatte an seinem roten Bart und dem Hammer Gefallen gefunden.

»Es gibt über sie alle Geschichten – einige sind hier auf die Wände gemalt.« Sie stand auf und führte die Kinder zu den Wänden, die mit Zeichnungen übersät waren. Das flackernde Kerzenlicht und die Schatten der Säulen machten es schwer, sie zu sehen. »Schaut, hier ist Woden: Ihr könnt ihn immer an seinem blauen Umhang und seiner Kapuze erkennen. Er geleitet die Toten – schaut – zu uns zurück. Wir decken den Toten die Tische, damit sie auch Jul feiern können.«

Godhilda wirkte verängstigt, und sie schien den Tränen nahe zu sein.

Kendidra hockte sich hin und umarmte sie. »Du brauchst keine Angst zu haben! Das werden nur die *guten* Toten sein: Deine Großväter werden uns besuchen. Sie kommen eine Nacht im Jahr zu uns zurück.«

Als sie so klein wie Godhilda gewesen war, hatte sie die Heimkehr der Toten auch geängstigt denn sie fürchtete sich davor, dass sie nun jede Nacht im Jahr umherwandelnde Geister aufsuchten. Aber sie erinnerte sich auch daran, wie sie als junges Mädchen liebevoll mitgeholfen hatte, alles hübsch für die heimkehrenden Toten herzurichten. Sie freute sich darauf, dieses Jahr ihrem toten Vater wieder ein Gedeck auflegen zu können. Er würde ein Glas des besten Weins bekommen. Er war schon lange Jahre tot, und genauso lange hatte sie ihn aufgrund ihrer christlichen Hochzeit nicht willkommen heißen können.

»Wer sind *die?*«, fragte Godhelm. Er schaute sich das Gemälde zweier nackter Jünglinge an, die mit ineinander verschränkten Armen Seite an Seite knieten. In ihren freien Händen hielten sie Schwerter. Auf ihren Köpfen, über dem langen Haar, trugen sie Helme aus Hirschgeweih, ein Zeichen für ihre übermenschliche Herkunft.

»Das sind die Brüder.« Als Godhelm sie fragend anschaute,

bemühte sich Kendidra sehr, sich an etwas über sie zu erinnern, schüttelte aber den Kopf. Neue Götter kamen, und alte Götter gingen, und an den Wänden des Götterhauses versanken sie im Schatten und der Dunkelheit des Vergessens.

»Herrin?«, rief eine Mädchenstimme.

»Ich bin hier.«

Das Mädchen trat aus dem Schatten einer Säule ins goldene Licht. Es war eine der Dienerinnen der Residenzverwalterin. »Vergebt mir, Herrin, aber wir wissen nicht, welche Schüsseln und Krüge wir für Unwin Atheling decken sollen.«

Kendidra seufzte. Sie hasste es, vom Götterhaus und ihren Kindern weggezerrt zu werden, nur um sich um ihren Ehemann und seine Ankunft Gedanken machen zu müssen. Die Bewirtung Unwins und seiner Männer erwies sich für alle als große Belastung. Doch dies war der Preis für den Waffenstillstand gewesen, der ihnen den Frieden und damit die Gelegenheit geboten hatte, eine reiche Ernte einzufahren. Trotz vieler niedergebrannter Äcker und niedergetrampelter Feldfrüchte waren die Scheunen voll bis unters Dach, die Apfelspeicher zum Bersten gefüllt, und unzählige Nusskörbe brachten die Vorratsräume fast zum Platzen. Das Erntefest hatte seinen Namen diesmal wirklich verdient. Freya wachte über sie, und sie lächelte. Der Gedanke munterte Kendrida auf, und sie antwortete: »Doch sicher nur die wertvollsten?«

»Lady Matilde glaubt, die wertvollsten Sachen sollten den Räumlichkeiten des Königs vorbehalten bleiben. Aber sie hat Angst, den Atheling zu kränken, und sie macht sich Sorgen, dass die übrigen Dinge –«

»Bei allen Heiligen!«, sagte Kendidra und lachte über sich selbst, weil sie immer noch christliche Redensarten benutzte. »Ich komme ja schon.« Vielleicht hätte sie in ihrer eigenen

Burg bleiben sollen, wo sie sich keine Gedanken über Unwin hätte machen müssen, geschweige denn ihn zu treffen, aber sie wollte Godwin wiedersehen. Und dort Jul feiern, wo Elfling war.

Sie beugte sich über die Kinder und küsste sie, und erneut wünschte sie sich, es wären wieder alle drei vereint. »Bleibt hier und benehmt euch, ich bin nicht lange weg. Godhelm, kümmer dich um Godhilda.«

Sie folgte dem Kammermädchen vom Götterhaus in den Innenhof, dessen schwarzer Schlamm mit einer dünnen Schneedecke überzogen war. Es wehte ein eiskalter Wind. Sie hatte versucht, nicht daran zu denken, aber sie hatte Angst vor dem Moment, in dem sie Unwin treffen würde und er von ihr verlangte – und das würde er mit Sicherheit tun –, mit ihm die Christmette zu begehen. Sie würde ihm sagen müssen, dass sie das nicht mehr konnte.

Du bist die Tochter deines Vaters, sagte sie zu sich selbst, und du stammst über unzählige Ahnen von Woden ab. Du brauchst vor Unwin Eadmundssohn keine Angst zu haben.

»Eine Sache habe ich festgestellt«, sagte sie zu dem Mädchen. »Elfling wird es weder auffallen noch wird es ihn interessieren, *wie* man seine Räume einrichtet. Wir geben Unwin das Beste und halten ihn so bei guter Laune. Weißt du, wo Godwin ist?«

Im Zimmer über dem königlichen Saal nahm sich Godwin einen Stuhl und trug ihn in die Ecke, die von den anderen am weitesten entfernt lag. Sein plötzliches Verlangen, seinen Vater hier bei sich zu wissen, ließ ihn erschauern. Nach Unwins Ankunft würde er mit ihm zur Christmette gehen, und die Leute würden ihn an seiner Seite sehen und verstehen, dass er die rechte Hand seines Vaters war. Er würde seinem Vater berichten, wie seine Mutter Godhelm und Godhilda in Heiden verwandelte.

In der Raummitte stand ein gefülltes Kohlenbecken und daneben ein großer Stuhl mit Armlehnen und sehr hoher Rückenlehne, der dem König vorbehalten war – doch jetzt saß Athelric darin. Elfling saß auf dem Boden und lehnte sich an die Stuhlseite. Sein Kopf ruhte auf seinen angezogenen Knien und lag zwischen seinen Armen versteckt. Wulfweard kniete auf dem stroh- und kräuterbedeckten Boden und versuchte, mit seinem Dolch ein kleines Fass zu öffnen. Es war eins der vielen Geschenke, die Elfling an diesem Morgen erhalten hatte.

Godwin schaute aus seiner Ecke zu, wie der Dolch am Spund herumwerkelte, und dachte, dass dieses Faß seinem Vater gehören sollte. Sein Vater hätte Hof halten sollen. Wäre sein Vater hier, dann würde er in dem Stuhl sitzen wie ein König, und Athelric fände seinen Platz auf einem Hocker. Aber sein Vater *war* ein König und benahm sich auch wie einer – nicht wie ein Bauer, ein Bastard, ein *Ding!*

Der königliche Hof hatte Ähnlichkeit mit einem Jahrmarkt besessen. Der Hof war immer gut besucht, aber an diesem Morgen war der Saal so überfüllt gewesen, dass die Adligen in ihren goldenen, fransenbesetzten Tuniken gegen Bauern in Wolle und Leder gequetscht wurden und Edeldamen von stinkenden Schafhirten in ihren aus Gras gewobenen Mänteln angerempelt worden waren – oder sogar von Sklaven und Bettlern, von Menschen, die ihre Füße in Lumpen wickeln mussten. Die meisten von ihnen hatten keinen Grund, am Hof zu sein, nichts, was zu verhandeln wäre, kein Anliegen vorzutragen. Sie waren einfach nur gekommen, um einen Blick auf die Elfenbrut zu erhaschen.

Die Schäfer und Bauern und Leibeigenen hatten ihre Frauen mitgebracht, und kein Einziger von ihnen wusste, wie man sich am königlichen Hof zu benehmen hatte. Nicht nur, dass sie gafften und mit ihren dreckigen Fingern auf andere Leute zeigten. Sie hatten gepfiffen und gejohlt, mit ihren Händen gewedelt, laut »Elfling!« gebrüllt und sogar »Elfie!«

Ihr unaufhörlicher Krach war unverzeihlich gewesen. Dreimal musste Athelric als Hofverwalter den Wachen befehlen, ihre Schilde zu schlagen, bis die Menge zur Ruhe kam. Doch jedes Mal war die Stille einem stetigen Flüstern gewichen, das lauter und lauter wurde, bis Rufe und Geschrei und Pfeifen die Luft erfüllte und der Lärm genauso schlimm war wie vorher.

Die Menge hatte unzählige Dinge in Richtung des Throns geworfen – Beutel mit Nüssen, Stoffballen, zusammengerollte Tuniken, Borten, mit denen sich Ärmel und Säume verzieren ließen, und Stränge farbiger Wolle. Mehrere Wächter und Schreiber waren getroffen worden, und Wulfweard, der sich an die Rückenlehne des Throns gelehnt hatte, musste einmal in Deckung gehen, als ein Bündel an seinem Kopf vorbeiflog.

Einige Leute hatten es geschafft, die Wachen zu umgehen und den gesamten Vorgang durcheinanderzubringen, indem sie zum Thron rannten, um Elfling eigenhändig Bier- und Metflaschen, Käse, Spanferkel, Fisch und Apfelsäcke zu schenken. Als Athelric bekanntgab, dass die nächste derartige Unterbrechung bestraft werden würde, hatten sie ihre Geschenke einfach den Wachen überreicht und versucht, sie zu überreden oder gar zu bestechen, ihre Geschenke in ihrem Namen abzuliefern. Diese Leute kannten kein Schamgefühl. Nichts würde sie dazu bringen, sich ordentlich zu benehmen. Und das lag alles an Elfling. Die brüllenden und plärrenden Bauern und Sklaven waren nur wegen Elfling so zahlreich erschienen.

Das gemeine Volk wusste, er war einer von ihnen – soweit er überhaupt menschlich genannt werden konnte –, denn er war von Leibeigenen aufgezogen worden. Und er begünstigte sie. Bei jeder Anhörung entschied er zugunsten der Bauern und gegen die Adligen. Die Bauern und Leibeigenen jubelten ihm zu, und ihre Frauen hatten gejohlt, und ihr Lärm hatte die Vögel dermaßen aufgeschreckt, dass sie panisch kreischend zwischen den Dachsparren umherflatterten. Selbst mit seinen jungen Jahren wusste Godwin, wie dumm es war, die einfachen Leute so zu umschmeicheln. Sollte Elfling doch beim nächsten Krieg versuchen, eine Armee aus Bauern und Leibeigenen auszuheben! Er würde schon lernen, wie schnell und willens die Krieger der Zwölfhundert einem König folgen würden, dem Leibeigene wichtiger waren als sie.

Wulfweard schaffte es endlich, dem kleinen Fass ein Rinnsal zu entlocken, und sein Freudenschrei weckte Elfling, der auf den Knien herumkrabbelte und die Becher holte, die auf einer Truhe neben ihnen standen. Ein König, der auf Händen und Knien im Stroh herumkroch, um wie ein Diener die Becher gefüllt zu bekommen!

Elfling drehte sich auf seinen Knien, um Athelric einen wohlgefüllten Becher zu reichen. Als er Godwin in der Ecke sitzen sah, rief er: »Wo ist der Welpe?«

Godwin schaute auf, nur um das Ding lächeln zu sehen – dieses schüchterne Lächeln, mit dem es sich einschmeichelte, mit dem es einen fast glauben ließ, es bedauern zu müssen. Godwin wich dem Blick aus. Versuch nicht, mich zu verzaubern, dachte er. Ich bin ein wahrer Christ: Ich widerstehe deinem Zauber.

Als das Schweigen zu lange in der Luft hing, sagte Athelric vorwurfsvoll: »Godwin!« Sie waren alle von der Elfenbrut verflucht worden.

»Ich habe den Hund in meinem Zimmer gelassen«, sagte Godwin.

»Warum?«, fragte Elfling.

»Ich hielt es nicht für angebracht, ihn an den königlichen Hof zu bringen.« Und dabei war der Saal ein solch stinkender Jahrmarkt gewesen, dass er auch Terrier hätte mitbringen und Ratten jagen können, ohne dass es jemandem aufgefallen wäre.

»Komm und iss«, sagte Elfling. Auf der Truhe stand ein Teller voller Brot und ein Bierkrug. Godwin schaute kurz hoch und sah, wie Elfling einen Metbecher auf die von ihm entfernte Ecke der Truhe stellte, der Ecke, die Godwin am nahesten lag.

Godwin war nur Dünnbier erlaubt. Ob Elfling ihm nun den Met als Lockmittel anbot oder weil er nicht wusste, was er haben durfte, konnte Godwin nicht beurteilen. Doch er vermutete dahinter einen weiteren Betrug, eine weitere Verzauberung. Der Met machte ihm zu schaffen. Er wollte auf seinem Stuhl sitzenbleiben und Abstand von ihnen halten, aber die Gelegenheit zu einem Schluck mit den Männern würde so bald nicht wiederkommen. Und er hatte Hunger. Ein Krieger sollte jede Gelegenheit zum Essen nutzen, denn nur so bewahrte er seine Kraft. Es machte keinen Sinn, nur aufgrund einer Kränkung hungrig zu bleiben. Er stand auf und ging zu den Männern an der Truhe hinüber.

Elfling schob ihm den Teller Brot hin, doch Godwin griff sich den Becher und versuchte, gleichgültig zu wirken. Der erste Schluck wärmte und war süß, ließ ihn aber erzittern.

»Du hast dich bei dem Welpen gut geschlagen«, sagte Elfling.

Godwin biss die Zähne zusammen. Er wusste, dass er seine Sache mit dem Welpen ordentlich gemacht hatte, und Lob war immer willkommen, aber es bereitete ihm fast Schmerzen, diese Worte aus dem Mund der Elfenbrut zu hören. Er wollte ihn verspotten und so tun, als ob es ihn nicht interessierte, spürte aber ein zufriedenes Grinsen auf seinem Gesicht, das er zu verstecken versuchte, indem er sich über den Becher beugte. Mit jedem Schluck wurde der Met süßer und wärmer.

Er hatte einen Einfall. Wenn das Elfengesindel wirklich so sehr darauf aus war, seine Sympathie zu erringen, dann sollte er sich das wenigstens zunutze machen. Er knallte den Becher auf die Truhe und ging auf die Knie. Seine Bewegungen wirkten ein wenig ungeschickter, als sie eigentlich hätten sein sollen. Er kniete vor Elfling wie ein Mann, der von seinem König einen Gefallen zu erbitten suchte, obwohl Elfling dafür auf seinem Thron hätte sitzen und nicht daran lehnen sollen. »Ich habe eine Bitte, mein König!«

Elfling schien verwirrt. Athelric fuhr dazwischen. »Godwin, benimm dich.« Höfische Spielereien waren nichts für kleine Jungs.

Elfling aber, ehrlich und direkt wie ein Bauer, sagte: »Lass mich hören, was du zu sagen hast, bevor ich antworte.«

»Ich erbitte nur einen kleinen Gefallen, König – einen sehr kleinen Gefallen.« Er hatte diese Worte schon einmal in einer Geschichte gehört. Schnell sprach er weiter, bevor Athelric ihn unterbrechen konnte. »Wenn uns mein Vater nach Jul verlässt, darf ich mit ihm gehen? Ich bin sein ältester Sohn – ich sollte an seiner Seite sein!«

Wulfweard wandte den Blick ab. Athelric brüllte: »Godwin! Ich habe dir gesagt, du sollst dich benehmen!«

Elfling aber schaute ihn weiter mit diesem ernsthaften, aufmerksamen Blick an, der mehr Interesse und Verständnis zu enthalten schien als jedes Lächeln.

Godwin erwiderte seinen Blick und bemerkte, wie die Augen dieses Dings im Sonnenlicht ihre Farben wechselten, von einem Grau zum golden schimmernden Grün von Glas. Hoffnung keimte in ihm auf. Das Ding hatte sich noch nicht Athelrics Meinung angeschlossen.

Dann schüttelte Elfling so unmerklich den Kopf, dass es nicht einmal die feinen Zöpfe an seinem Gesicht in Bewegung versetzte.

Godwin hatte das Gefühl, verspottet worden zu sein. Er quälte sich mühsam auf die Beine und rannte wütend zur Tür.

Hinter ihm rief Athelric: »Wohin gehst du?«

»In mein Zimmer! Mit eurer Erlaubnis, Herr.«

Athelric stand vor dem großen Stuhl. »Du musst nicht mich um Erlaubnis bitten, sondern den König.«

Als Godwin vor Wut zitterte, weil das Ding »König« genannt wurde, hörte er Elfling sagen: »Lass ihn gehen.« Godwin öffnete die Tür und rannte die Treppe hinunter, um nicht noch einmal in diese Augen blicken zu müssen.

Godwin saß allein in dem Zimmer, das er sich mit Wulfweard teilte. Sein Welpe tollte durch den Raum, schnüffelte an den Ecken und wuselte zur Tür, um anschließend zurückzukommen und seine Pfoten auf Godwins Knie zu legen, denn es war wieder an der Zeit, mit ihm nach draußen zu gehen.

Als er ihm einen Klaps versetzte, schreckte der Welpe zurück und verkroch sich in der Ecke.

Godwin weinte, obwohl der Schmerz in seinem Herzen genauso sehr aus Wut als auch aus Kummer geboren war. Der Gedanke, dass sein Vater sie nach Jul verlassen und er hier mit diesen Verrätern und Heiden zurückbleiben würde, war unerträglich.

Er war von Feinden umgeben. Godhelm und Godhilda waren noch Kinder. Aber seine Mutter, sie verfiel wieder der Verehrung von Teufeln, vor denen sein Vater sie gerettet hatte, und sie riss seinen Bruder und seine Schwester mit sich. Sie hatte ihn sogar gebeten, sein Gelübde gegenüber dem Herrn Jesus Christus zu brechen. Sie war verhext.

Wenn er nur könnte, dann würde er sie alle umbringen. Er sollte sie alle umbringen. Selbst seine Mutter. Seine Augen füllten sich mit Tränen, und sein Herz schien von eisernen Krallen durchbohrt zu werden.

Er sprang auf, ging zu einer der Truhen und wühlte darin herum, bis er einen Gürtel fand. Tränen tropften auf seine Hände. Er bückte sich, streckte eine Hand aus und rief nach dem Hund, der sofort mit wedelndem Schwanz herbeigerannt kam, weil ihm offensichtlich verziehen war.

Godwin fädelte den Gürtel durch das Halsband und schnallte ihn zu. Dann hob er den Hund am Gürtel vom Boden hoch.

Das Tier trat aus und jaulte, was den Gürtel in seiner Hand hin und her zucken ließ. Eine seiner Krallen kratzte an seinem Arm entlang, konnte ihn aber durch seine dicke Winterkleidung nicht verletzen. Der Widerstand des Hundes ermüdete ihn, und er ließ ihn auf eine Wandbank fallen.

Verängstigt versuchte das Tier wegzurennen, aber Godwin hielt den Gürtel immer noch fest, und es blieb hängen. Als er nach ihm griff, schnappte der Hund nach ihm, duckte sich aber verschämt sofort wieder.

Godwin schämte sich für seine eigene Feigheit. Wie sollte er als Erwachsener Männer töten, wenn er noch nicht einmal einen Hund töten konnte? Wenn er sich zu etwas entschlossen hatte, dann sollte er es auch durchführen.

Er kletterte auf die Bank und hob den Hund erneut hoch. Er biss die Zähne zusammen und entschloss sich, seine Gegenwehr zu ignorieren. An der Wand war eine Lampenhalterung angebracht. Er hakte den Gürtel über der Halterung ein und sprang von der Bank herunter. Dann stellte er sich in die Raummitte und schaute zu.

Das Halsband grub sich tief ins Fleisch. Der Hund konnte nicht mehr jaulen. Er trat immer panischer um sich und zerkratzte die Wand. Godwin wischte sich die Tränen aus den Augen und nahm einen ruhigen und mannhaften Gesichtsausdruck an, während er gegen das unerträgliche Schluchzen ankämpfte, das in ihm aufstieg, und gegen den Schmerz. Er verweigerte sich der Erinnerung, wie der Hund an seiner Seite geschlafen hatte oder hinter ihm hergerannt war. Es gab keinen Unterschied zum Schlachten eines Huhns oder eines Schweins, und das machten die Leibeigenen jeden Tag. Es war nicht so schlimm wie das Töten eines Manns, und wenn er ein Mann war, dann musste er auch dem Todeskampf der Männer zuschauen können, wenn er Ruhm erlangen wollte.

Das Tier aber strampelte immer noch, als er aus dem Zimmer und auf den Hof rannte.

Wulfweard brachte Elfling den Leichnam des Hunds.

Elfling hob ihn am Gürtel hoch, der ihn erdrosselt hatte, und hielt ihn auf Armlänge von sich, während er die angeschwollene und entstellte Maske betrachtete, die Zunge, die wie hechelnd heraushing.

Elflings Gesicht wirkte vollkommen ruhig und sanft, als ob er in die Ferne schaute oder auf nichts.

Was bedeutete das Leben eines kleinen Welpen schon?

Dutzende von ihnen waren unerwünscht und wurden ertränkt. Im Vergleich zu all dem Leben und all den Schmerzen auf dieser Welt war die leblose Hülle dieses Hunds unbedeutend.

Aber diesem kleinen Körper hatte es viel bedeutet. Der Schmerz, die Verzweiflung, die Angst, die sich in diesem Welpen Bahn gebrochen hatten, flossen nun hinüber in Elfling und brachten Tausende und Abertausende von Echos mit sich. Hungrig leben, leben in Angst, verwundet leben, ertrinken, sterben – überall um sie herum. Und nichts davon war von Bedeutung, denn anderes Leben marschierte heran, ersetzte es, wuchs wie Gras über die Überreste eines niedergebrannten Hauses.

Als Elfling sich Wulfweard zuwandte, schenkte er ihm ein so schönes Lächeln, dass es den Atheling aus der Fassung brachte. »Ich glaube, Godwin hat seine eigene Zukunft vorhergesagt.«

Wulfweard konnte sein Lächeln nicht erwidern.

NEUNTES KAPITEL

SCHWERTTANZ

Ebba hatte den größten Teil ihres Lebens unter Menschen verbracht, die nur die Grau-, Schwarz- und Brauntöne ungefärbter Wolle trugen. Die vielen verschiedenen Farben im Saal faszinierten sie: Karomuster und Streifen, Fransen und bestickte Borten, alles in hellem Rot oder Blau oder Gelb oder Grün gehalten, das im Kerzenlicht zu flackern und zu pulsieren schien. Viele trugen auch Gold, welches das Licht zurückwarf und den Raum in ein ständiges Glitzern und Funkeln tauchte.

Der Saal war für das Julfest mit Girlanden aus grünen Blättern und hellroten Beeren geschmückt worden, die sich zwischen den goldenen Schnitzereien erstreckten. Sie saß mit dem Rücken zur Wand neben Ud auf einer Bank. Sein blauer Mantel lag zusammengerollt neben ihnen, und seine Harfe hatte sie auf ihrem Schoß. Niemand warf einen Blick auf sie, aber sie konnte sich so viel umschauen und Leute anstarren, wie sie nur wollte.

Der Ehrentisch machte den größten Eindruck. Kronen aus Stechpalmen, Efeu und brennenden Kerzen hingen an langen Bändern von den Dachsparren herab. Zahllose Kerzen flackerten entlang des Tisches und ließen Armbänder und

Broschen aufblitzen, und ihr Licht spiegelte sich ebenso an den Fingern gestenreicher Hände und auf goldenen Halsketten. Es glitzerte und sprühte auch von den grünen Glaskelchen, wenn sie erhoben und wieder abgestellt wurden. Ebba hatte noch nie zuvor Glas gesehen, und für sie ging von ihm eine größere Faszination aus als von dem Gold. Sie wollte es berühren, um herauszufinden, ob es sich kalt anfühlte, wie Eis.

Elfling war am Tag zuvor hinausgeritten, um seine Julgäste auf ihrem Weg zur Burg zu begleiten. Unwin war alles andere als erfreut gewesen, als er in den Innenhof ritt und seine Frau erkannte, die sie mit Brot und Bier begrüßte und dem Thronräuber als Gastgeberin diente. Aber er hatte gelächelt und seine Frau und Kinder mit Küssen begrüßt.

In Begleitung Athelrics hatte Kendidra die Gäste zu ihren Unterkünften geleitet. An diesem Abend würden sie unter sich speisen, in ihren Räumen, und an gutem Essen würde es nicht mangeln. Am nächsten Abend waren sie in den königlichen Saal eingeladen, um am Vorabend des Julfestes gemeinsam zu feiern.

»Tragt keine Waffen«, hatte Athelric gesagt.

Unwin hatte weiter gelächelt, obwohl er in einen Saal eingeladen worden war, den er als sein Eigen betrachtete. »Aber Athelric, der Frieden hat noch nicht begonnen. Es ist doch erst der Vorabend des Jul.«

»Der Frieden beginnt um Mitternacht. Keine Waffen.«

»Ich habe einen Waffenstillstand abgeschlossen, und ich halte mein Wort«, sagte Unwin. »Herrin, werdet Ihr uns heute Abend einschenken?«

Kendidra hatte mit gesenktem Haupt vor ihm gestanden, die Hände ineinandergepresst vor ihrer Brust. Nun hob sie ihren Kopf. »Ich will Euch nicht verärgern, Unwin, aber . . .

Ich habe vor Zeugen meinen Willen kundgetan und unsere Heirat aufheben lassen. Ich werde Mägde schicken, um Euch zu bedienen, aber ich bin nicht länger Eure Frau, und nein, ich werde Euch nicht einschenken.«

Auch während dieser Worte lächelte Unwin einfach weiter. Er sagte lediglich: »So soll es sein. Bis morgen Abend dann, beim Fest.«

Als Unwin seine Männer zum Fest führte, hinterließ er beachtlichen Eindruck, denn er trug blaue Seide, Gold um seinen Hals und an Armen und Händen. Der Gürtel um seine Hüfte hatte eine große goldene Schnalle und war mit Goldplättchen verziert, aber er trug keine Waffen – nur einen kleinen Dolch, um sein Fleisch zu schneiden. Hinter ihm schritten die Jarls und ihre Männer in den Saal: groß gewachsene Dänen und christliche Waliser in ihren dunklen Überwürfen.

Athelric trat vor, um Ingvald an den Platz neben sich zu führen, und Wulfweard geleitete Ingvi an seine Seite. Der Stuhl neben Elfling, in der Mitte des Ehrentischs, war Unwin zugedacht.

Als er sich seinem Platz näherte, schaute sich Unwin um, ob die Elfenbrut das hohe goldene Diadem trug, die sächsische Krone – aber Athelric stellte den Anspruch seines Lieblings auf die Krone nicht zur Schau, denn er war darauf bedacht, den Frieden zu wahren. Elflings Krone war eine Julkrone: Ein eng geflochtener Strohkranz schützte den Kopf seines Trägers vor den Spitzen der dunkel schimmernden Stechpalme, die mit scharlach- und karmesinroten Beeren verziert war. Abgesehen davon hatte Athelric sein Püppchen wie einen der Zwölfhundert gekleidet: Er trug eine Tunika aus scharlachroter Seide und einen offenen goldenen Halsring, dessen Endstücke mit Granaten verziert waren. Seine langen Haare hatte man von der Stirn zurückgekämmt, und sie fielen zu beiden Seiten bis unter die Schultern. Im hellsten Licht schienen sie weiß zu sein, im Schatten glänzten sie bernsteinfarben.

Unwin starrte diese Augen überrascht an. Das Wesen schien pures Licht auszustrahlen, umgeben vom Glanz der Seide, dem Glitzern des Goldes und dem Funkeln von Glas. Sein Gesicht war erstaunlich, denn kein anderes hatte so scharfe, so klar geschnittene Linien. Die ernst wirkenden Augen glimmerten dunkel, und dann spiegelten sie das Licht wider wie das grüne römische Glas. Das Dunkelgrün und Scharlachrot der Stechpalme strahlte heller, als es Gold jemals konnte. So musste ein Engel aussehen, dachte sich Unwin – und war erbost, dass ihm ein solcher Gedanke kommen konnte. Das war Elfenzauber, dieselbe Hexerei, die das Ding auch schon bei Wulfweard eingesetzt hatte. Aber er war stärker als Wulfweard.

Unwin hatte die Hände des Königs mit seinen eigenen ergriffen, ihn angelächelt und so laut gesprochen, dass es der gesamte Saal hören konnte. »Es ist mir eine Ehre, an Eurem Fest heute Abend teilnehmen zu dürfen. Ich hoffe, Ihr nehmt keinen Anstoß daran, dass ich und meine Gefolgsleute vor dem Eintreffen der Maskierten wieder gehen. Ich bin Christ, und mein Gelübde meinem Gott gegenüber verbietet mir, einen anderen Gott zu verehren.«

Der Blick der Elfenbrut änderte sich leicht, schaute ihm über die Schulter. Irgendwo hinter ihm stand Athelric. Er suchte nach seinem Lehrmeister.

»Ein Gast darf gehen, wann es ihm beliebt«, sagte Elfling. Seine Augen ruhten wieder auf Unwins Gesicht. »Wir werden keinen Anstoß daran nehmen.«

Unwin nickte und beugte sich vor, als ob er Elfling den Begrüßungskuss des Älteren an einen Jüngeren geben wollte.

Elfling wich vor ihm zurück und befreite sich aus seinem Griff. Als alle Platz genommen hatten, lächelte Unwin. Jeder hatte gesehen, wie er Elfling den Bruderkuss angeboten und das Ding ihn abgelehnt hatte.

Im Stimmengewirr und der Hitze des Fests hatte sich Ebba hingestellt, um Elfling besser sehen zu können. Er war so schön, dass sie am liebsten weinen wollte. Sie konnte nicht sagen, ob das, was sie empfand, Hass oder Liebe war. Sie bemerkte, wie viele andere Menschen in seine Richtung schauten, und dann loderte die Eifersucht in ihr auf, und sie wollte laut ausrufen, dass doch alle ihn anschauen sollten. Der Gedanke bekümmerte sie, dass diese Nacht vorbeigehen und mit ihr die Erinnerung verblassen, dass ihre Farben und ihre Pracht dem Vergessen anheimfallen würden. Und wenn der Blutadler geschnitten war ...

»Du solltest ein Lied über Elfling machen!«, rief sie zu Ud hinüber.

Wie immer schien das Loch in Uds Gesicht eindringlicher zu starren als sein heiles Auge. »Ja. Ich werde ein Lied für ihn singen.«

Kendidra und ihre Mägde eilten durch den Saal und schenkten den Gästen ein. Unwin achtete darauf zu lächeln, während er sie betrachtete. Sie hatte ihn schon immer irritiert – sie war zu groß, zu schlicht und tat immer das Richtige –, aber nachdem er sie geheiratet hatte, hatte er den Vertrag respektiert, sie immer als seine Frau anerkannt und ihr drei Kinder geschenkt. Sie vergalt es ihm mit der Beleidigung, ihre Ehe aufzuheben. Er sah sie lächeln, als sie Elfling Met einschenkte. Es war nicht schwer zu erkennen, welchem Einfluss sie erlegen war.

Die Frauen begannen Julkuchen zu verteilen – kleine Kuchen, die aus dem Getreide gebacken wurden, das während der Ernte als Letztes eingebracht wurde. Die Kuchen in Eberform wurden zu Ehren Ings gegessen, die in Form von Hirschen zu Ehren Wodens, die in Form von Vögeln zu Ehren Freyas. »Ich kann nicht länger bleiben. Aber es ist gut, dass wir Brot und Salz geteilt haben.« Diese Worte dienten der Beruhigung. Es gab keinen größeren Verrat, als diejenigen anzugreifen, mit denen man Brot und Salz geteilt hatte.

Elfling erhob sich auch. »Wir bedauern, Euch gehen zu sehen. Aber wir möchten Euch nicht eures Glaubens untreu werden lassen.«

In der gesamten Halle erhob sich das christliche Gefolge, von denen einige mehr als ein wenig betrunken waren. Unwin packte Elfling an den Schultern und küsste ihn auf die Wangen. Er spürte, wie sich das Ding unter seinen Händen verspannte, wie es sich zurückzog, und er war sowohl belustigt als auch verärgert. Wenn er es schon über sich bringen konnte, dieses Ding zu berühren, um des guten Benehmens willen, dann hätte Athelric ihm doch auch beibringen können, stillzustehen und einen Kuss höflich zu empfangen.

Als Unwin seine Nordwaliser aus dem Saal führte, schaute Elfling die Tische entlang, bis er Athelric sah. Der alte Mann nickte kurz, ein Zeichen, dass alles in Ordnung war.

Ud erhob sich von seinem Platz an der Wand, um seinem Herrn zu folgen. Er schlang seinen blauen Mantel um sich und schaute Ebba an.

»Können wir nicht bleiben?« Das Fest würde noch Stunden dauern, und sie könnte Elfling anschauen.

Uds Auge starrte sie an, und sie beeilte sich, seine Harfe zu nehmen und ihm zu folgen. Sie wandte ihren Blick immer wieder zurück, um Elfling, so oft es nur ging, an seinem Ehrentisch stehend sehen zu können. Die Seide seines Gewandes glühte rot im Licht, auch das Gold schimmerte rötlich, seine Stechpalmenkrone schimmerte, der Kerzenschein flackerte um sein Gesicht, das Glas funkelte. Dann durchschritt sie die Tür, und die Kälte ließ ihre Haut auf den Knochen zu Eis erstarren. Die Dunkelheit beraubte ihre Augen des Lichts. Nichts begehrte sie nun mehr als das Licht und die Wärme des Festsaals.

Am Ende des Ehrentisches trank Ingvi aus seinem Metbecher und blieb, weil Ingvald geblieben war. Als Wulfweard etwas zu ihm sagte – was bei dem Krach nicht zu verstehen war – und lächelte, fühlte er sich schrecklich. Es machte ihn krank, im Saal zu bleiben, wenn er doch wusste, was geplant war. Aber was war schlimmer? Einen Mann in seinem Haus zu verraten, in dem man als Gast willkommen geheißen worden war, oder den Herrn, dem man seine Treue geschworen hatte? Beides war unverzeihlich.

Dann kamen die Maskierten und mit ihnen mehrere Böen eiskalten, scharfen Winds, die die Kerzenflammen flackern und die Schatten tanzen ließen. Sie schlugen mit ihren langen Stäben auf den Boden und trugen rauchende Fackeln bei sich, die rote Funken sprühten. Ihre Körper waren unter einem Wirrwarr aus Lederschnüren verborgen, die sie mit Knochen und glitzernden Bronzeringen verziert hatten, und ihre Gesichter versteckten sie hinter Tiermasken: Eberfratzen mit Hauern, Hirsche mit hoch erhobenen Geweihen, gehörnte Ziegen. Zwei von ihnen trugen Schwerter – die einzigen Waffen im Saal.

Jeder stand auf, lachte und klatschte zum Lied der Maskierten, und die Menschen bildeten Reihen zwischen den Tischen, um den Maskierten bei ihrem Tanz durch den Saal zu folgen und hinaus in die Nacht. Ingvi konnte trotz seiner schlechten Stimmung nichts anderes tun als grinsen, denn das war fast wie Jul zu Hause am Hofe Ingvalds.

Draußen vor dem Saal standen die Leute, die nicht zum Fest eingeladen worden waren. Eingewickelt in viel Stoff warteten die Bedürftigen und die Frauen. Sie fingen zu lachen an, als die Maskierten wieder erschienen, und folgten der lauten, trunkenen Prozession, die sich nun durch die dunklen Straßen der Burg schlängelte.

Die Maskierten bildeten den Anfang des Umzugs, und kurz dahinter fanden Elfling und Athelric im Licht der roten knisternden Fackeln schnell zueinander. »Ich habe Wachen postiert«, sagte Athelric.

Elfling nickte. Bewaffnete Wachen aufzustellen hieß, den Julfrieden zu brechen, aber mit dem Feind innerhalb ihrer eigenen Mauern wäre alles andere selbstmörderisch.

Doch Elflings Haut kribbelte, durch seine Gedanken huschten dunkle Schatten, und kaltes Wasser schien sich durch seine Adern zu quälen. Es lag nicht am Met, den er getrunken hatte. Er kannte das Gefühl; es hatte ihn schon früher gewarnt. Wenn er ihm erlaubt hätte, sich seiner Zunge zu bemächtigen, so hätte es geflüstert: *Etwas Böses ist auf dem Weg.*

Er betete: *Freya, seid mit uns* – aber er wusste, dass sie nicht bei ihm war.

Also wiederholte er in Gedanken immer wieder: *Der Tag meines Todes und die Art meines Sterbens sind mir bereits vor langer Zeit bestimmt worden.*

Das Licht der Fackeln und Laternen sorgte für kurz aufblitzende Risse in der Dunkelheit, während sich die laut singende, johlende und grölende Meute am Tor vorbei durch die Obstgärten zu den Feldern bewegte und dabei rief: »Wir kommen, wir kommen!«

Sie marschierten und tanzten um die gefrorenen Felder, und zuweilen enthüllte der Fackelschein für Bruchteile einer Sekunde schwarze Erde und Schnee, bevor es das Geschehe wieder in Dunkelheit versinken ließ. Sie läuteten Glocken, klatschten, riefen und schrien, dass es Jul sei, Jul, und sie seien gekommen, um die Felder aus ihrem Winterschlaf zu wecken. Die Totenstille der Nacht wurde durch das Knirschen der Füße auf Schnee, lautes Pfeifen und Danksagungen an die Bäume durchbrochen.

Ud mit der Harfe sagte den Wachen: »Ich kann das Fest nicht zu euch bringen, aber ich kann euch ein Lied singen!

Oh, mit der Harfe spielen konnte er,
Besser als alle anderen zuvor,
Und die jungen Mädchen wurden wilder und wilder,
Mit den Saiten brachte er die richtigen Töne hervor.
Seine Harfe zauberte Fische aus dem Meer,
Ließ Blut aus kaltem Marmor fließen,
Und aus der unberührten Brust einer Jungfer
Sang er Milch, und ließ sie ersprießen.«

Er konnte einem Mann die Kälte in die Knochen spielen und Schlaf in seine Augen, und jede einzelne von Athelrics Wachen ließ er schlafend und frierend zurück. Als Unwin seine Männer vorsichtig durch die Straßen der Burg führte, gab es niemanden, der sie aufhalten oder eine Warnung rufen konnte.

Als Unwins Männer mit leichten Schritten leise über den harten Boden eilten, mit klirrenden Waffen, trat Ud aus dem Schatten einer Tür hervor und schloss sich ihnen an. Ebba war an seiner Seite, in seinen blauen Mantel gehüllt, und trug ihm seine Harfe.

Das Gräberfeld war der Acker, auf dem die Toten gesät wurden. Es war von einer niedrigen Steinmauer umgeben, und die Menschenmenge lehnte an der Mauer, saß auf ihr, stand sogar auf ihr. Die Fackeln hatten sie zwischen den Steinen festgeklemmt, und der Wind trug den Geruch verbrannten Holzes mit sich. An den Weißdornen, die als Wächter um das Gräberfeld standen, hatte man Laternen aufgehängt, und flackerndes Licht tanzte über die Grabhügel.

Die Maskierten sprangen über die Mauern und tanzten zur Musik von Flöten und Trommeln, die in der allumfassenden Dunkelheit nur leise zu hören war, auf den Gräbern. Ihre fantastischen Schnurkostüme wirbelten um sie und schlugen auf ihre nackte Haut. Ihre riesigen maskierten Köpfe sahen furchterregend aus. Dann zogen sich die Maskierten zur Mauer zurück, bis auf die beiden, die Schwerter trugen und die sich inmitten der Gräber einander gegenüber aufstellten.

Totenstille folgte. Kinder und andere Geschwätzige wurden zum Schweigen gebracht. Die Maskierten zogen die Schwerter und hielten sie hoch in die Luft. Jetzt würden sie ihre Masken und zerlumpten Gewänder ausziehen, sich entblößen und wie Neugeborene nackt vor den Toten tanzen, bevor sie die auferstandenen Geister in den Festsaal führten.

Doch stattdessen wandten sie sich Elfling und Wulfweard zu, die nebeneinander vor der Menge standen. Die Maskierten streckten ihnen die Schwerter entgegen.

Elfling und Wulfweard tauschten kurz Blicke aus und schüttelten schon halbherzig den Kopf, als die Menge erst zu murmeln und dann zu rufen anfing. Als Elfling seine Stechpalmenkrone von sich warf und seinen Gürtel öffnete, wurde aus den Rufen ein begeistertes Gejohle. Wulfweard entledigte sich grinsend seiner Kleidung.

Der Alkohol und die Verfolgung der Maskierten hatte sie aufgewärmt, doch als sie ihre Kleidung auszogen, biss die kalte Winterluft tief in ihren Leib. Der Schnee auf dem hart gefrorenen Boden schmerzte unter ihren nackten Füßen, und sie warteten nicht lange damit, den Maskierten die Schwerter abzunehmen und sich in der Mitte des Gräberfelds aufzustellen. Nur der Tanz konnte sie warmhalten, als sie über und für die kalten Toten tanzten.

Die Schwerter waren armselige, billige Dinger, ordentlich geschärft, aber schwerfällig. »Mit denen könnten wir uns gegenseitig umbringen«, sagte Wulfweard.

Elfling grinste. »Davon träumst du nur!«

Die Musik begann zu spielen. Unter offenem Himmel klang die Flöte sehr leise, und die Trommelschläge kamen wie aus weiter Ferne. Sie schlugen ihre Schwerter mit einem lauten Klirren aufeinander. Dann sprangen sie, sich drehend, voneinander weg, und in der Drehung sprang Wulfweard über einen Schlag Elflings, und dann sprang Elfling über Wulfweards Schwert. Die Schwerter prallten erneut aufeinander, und die Tänzer drehten und duckten sich, sprangen und machten die Schritte eines Schwertkampfs nach, riskierten mit jeder Bewegung eine Verletzung. Jungen Männern auf dem Weg zum Krieger wurde der Schwerttanz beigebracht.

Die Menge wurde mit jedem Augenblick stiller. Es schien, als ob Elfling mit sich selbst tanzte oder kämpfte. Die Haare der Tänzer wehten wild; ihre Gesichter, wenn sie das Licht erreichte, waren angespannt, aber sie lachten auch und sahen aus wie Zwillinge. Die Fackeln sprühten rote Funken, und rotes Licht floss wie Wasser über ihre Muskeln, über die Arme, ihre Rücken, ihre Beine. In einigen Köpfen regte sich die Erinnerung an eine Wand im Götterhaus, an eine verblichene Zeichnung, zu der es schon lange keine Geschichte mehr gab: zwei langhaarige, nackte junge Männer, bewaffnet mit Schwertern. Die Brüder.

Die Schwerter prallten erneut aufeinander, und während der Wind durch den Weißdorn heulte, ließ er die Fackeln Funkenregen sprühen. In den dunklen Ecken des Gräberfelds bewegten sich Schatten, und ein Raunen ging durch die Menschen, als sie die Blicke dorthin wandten, ohne jedoch Genaues erkennen zu können. Doch was dort geschah, war allen bewusst: Die Toten standen aus ihren Gräbern auf, um zusammen mit ihren lebenden Freunden und Verwandten den Schwerttanz zu sehen. Sie waren in kalten Berührungen auf Wange und Hals zu spüren, sie liefen eiskalt den Rücken hinunter. Sie standen nun zwischen den Lebenden, zitterten im Wind und hofften, dass die Tänzer ein paar Tropfen Blut vergießen würden, um sie zu speisen und zu wärmen, bevor sie an der Feier im Festsaal teilnahmen.

Unwins Männer fielen ohne jede Vorwarnung über die hinten in der Menge stehenden Menschen her. Schlachtrufe erschallten, und als sich Köpfe umdrehten, sahen sie sich Schilden gegenüber, erblickten Schwerter und Äxte, die auf sie eindrangen. Sie schrien, riefen nach Kindern und Freunden, krabbelten über die Steinmauer und stolperten über die Gräber. Die Soldaten folgten ihnen.

Die panische Flucht der Menschen warf viele zu Boden: Sie wurden zu Boden gestoßen, niedergetrampelt. Schwerter bohrten sich in die Körper der Gefallenen und Flüchtenden. Gellende und durchdringende Schreie des Schmerzes wurden nur von entsetzlicheren Schreien der Angst beantwortet. Das Gräberfeld war nun der Ort einer anderen Art wahnsinnigen Tanzes.

Die Leute, die über die Gräber zu fliehen versuchten, trieben Elfling und Wulfweard auseinander. Sie hatten Mühe, auf den Füßen zu bleiben. Sie hoben ihre Schwerter hoch, damit ihre Klingen die zu Tode verängstigten Menschen, die sich an ihnen vorbeischoben, nicht verletzten.

Als Ingvi den Schlachtruf hörte, schwamm er in der Menge, als ob er gegen eine starke Strömung ankämpfen müsste. Er blickte sich hektisch um und suchte nach Ingvald. Doch die Dunkelheit wurde nur kurz und dann auch nur schwach von den flackernden Fackeln erhellt, und Gesichter waren im Dämmerlicht kaum auszumachen. Ingvi konnte seinen Bruder nicht sehen, noch konnte er Elfling oder Wulfweard erblicken. Lebten sie noch, oder waren sie schon ein Opfer der Schwerter geworden?

Wenn ich ein Schwert hätte, dachte er, würde ich für Elfling kämpfen – aber am Vorabend des Jul hatte er zu dessen Ehren sein Schwert abgelegt. Er hob seine Hände hoch und brüllte: »Däne! Lovern!« Er hoffte, dass ihn dies schützen würde, während er versuchte, die Mauer des Gräberfelds zu erreichen.

Einige schafften es über die Mauern und an den Reihen bewaffneter Männer vorbei auf die Felder und in den Wald. Andere wurden gefangen genommen oder fielen und wurden zu Boden getrampelt oder mit dem Schwert niedergemacht. Nach und nach wurde die Menge kleiner, die Kämpfe wurden weniger, bis schließlich nur noch Elfling und Wulfweard in der Mitte des Gräberfeldes übrig waren.

Unwin stand auf der Mauer. Auf den goldenen Nieten seines Kettenhemds spiegelte sich das Fackellicht und ließ seine Helmmaske und seine Schwertklinge schimmern. Er nickte in Richtung Wulfweard und Elfling. »Nehmt sie lebend gefangen.«

Die Nordwaliser trugen an ihren Armen Schilde und

Schwerter oder Speere in ihren Händen, als sie das Gräberfeld betraten.

Wulfweard und Elfling stellten sich Rücken an Rücken und warteten. Selbst für Christen waren sie ein unheimlicher Anblick. Erhellt vom rotgoldenen Flackern und schwindenden Licht der Fackeln standen sie zwischen den Gräbern, und die langen Haare wehten um ihre Schultern. Sie waren nur mit Schwertern bewaffnet, sich ähnlich wie Zwillinge und nackt wie Geister. Sie weckten uralte Ängste in den Herzen der Christen.

Doch Unwin hatte seinen Befehl erteilt. Die mutigsten unter ihnen begannen die ungeschützten Seiten der Brüder auf die Probe zu stellen.

Kendidra schrie die Namen ihrer Kinder mit einem Schrei, der ihren Hals zu sprengen drohte, im verzweifelten Versuch, sich über dem Tumult, dem Klirren von Metall und Schilden, dem Lärm fliehender und brüllender Gestalten Gehör zu verschaffen. Menschen rannten mit voller Wucht in sie hinein, und sie schob sie aus dem Weg, setzte dabei ihre Fäuste und Fingernägel ein, um sich einen Weg durch die hin und her wogende Menge zu bahnen. Sie erhaschte kurz einen Blick auf ein Kindergesicht – dort! – nein, hier! – wieder! –, doch jedes Mal ging es sofort im Tumult unter, und ihr verängstigter Geist machte jedes Kind zu dem ihren.

Ihre Verzweiflung hatte sie unverletzt durch das Kampfgewühl getrieben – wie, das wusste sie selbst nicht, und sie wollte es auch nicht wissen. Sie musste auf den Füßen bleiben, denn sie musste ihre Kinder finden; alles andere war unwichtig.

Sie erinnerte sich dumpf an einen Helm, der vor ihr auftauchte, an ein erhobenes Schwert – selbst daran, dass sie das Schwert zur Seite stieß, weil sich dahinter ihre Kinder befanden.

Ihre Knie und Schienbeine trafen auf die harte Mauer, und ihre Hände kratzten über grob behauene Steine. Sie hob ihren Rock und kletterte hinauf. Der Wind packte sie, zerrte an ihrem Rock, hob ihren zerrissenen Leinenschleier hoch und stahl ihr die Kälte aus dem Leib. Aber sie sah Godhilda und Godhelm. Sie hielt den Atem an und starrte in die Dunkelheit. Sie verwandelten sich auch nicht in Fremde, während sie Blickkontakt hielt: Sie erkannte Godhilda an ihrem kleinen Köpfchen und der Art, wie ihre Haare herabfielen. Bevor sie irgendetwas anderes gesehen hatte, war sie schon von der Mauer gesprungen und rannte auf sie zu. Ihr Herz schlug ihr bis zum Hals, und ihr Verstand brabbelte nur unzusammenhängende Dankgebete an alle Götter in ihrer Welt.

Dann sah sie, dass sie unter einem Weißdorn standen, und eine Laterne in seinen Ästen schwang über ihren Köpfen, deren Licht wie Glühwürmchen auf ihren Körpern tanzte. Athelric war bei ihnen, stand vor ihnen und hielt die Männer von ihnen fern, die sie mit Schilden und Speeren bedrohten. Auf einem kleinen Messer in Athelrics Hand spiegelte sich das Licht – seinem Fleischmesser. Die einzige Waffe, die er am Vorabend von Jul bei sich trug, aus Respekt vor dem Julfrieden.

Kendidra raffte ihren Rock und schrie wie eine Walküre, als sie zu ihnen rannte, um sich auf Athelrics Seite in den Kampf zu werfen. Während sie noch rannte, sah sie den Speer in seinen Körper eindringen und ihn in die Knie zwingen. Er packte den Speer, und ein Schwert, dessen Klinge im Laternenlicht aufleuchtete, schlug von der anderen Seite auf ihn ein. Dunkle Gestalten sprangen über ihn hinweg, und

Godhildas kleiner Körper war nicht mehr zu sehen. Godhelm taumelte, als er am Arm weggezerrt wurde.

Kendidra warf sich mit voller Wucht in den Schild, hinter dem sich Godhilda befand, und es war so, als ob sie sich in eine Mauer geworfen hätte. Sie schlug mit ihren Fäusten auf den Schild ein, griff hinüber und nach dem Helm, der sich dahinter verbarg, versuchte, mit ihren Nägeln durch die Augenlöcher zu kratzen.

Der Mann hob seinen Schild hoch und warf sie nach hinten, aber sie blieb auf den Beinen und stürmte wieder auf ihn ein, packte den Schildrand und versuchte, ihn wegzuzerren, um dahinterzugelangen. Sie schrie Godhildas Namen, glaubte eine Antwort zu hören und zerrte mit der Kraft einer Wahnsinnigen weiter.

Sie wurde von hinten gepackt und hochgehoben. Männer lachten und brüllten Worte, die sie nicht verstand. Sie trat und zerrte an den Armen, die sie festhielten, kämpfte, bis sie spürte, wie ihre Gelenke nachgaben, aber es kamen nur noch mehr Männer, die denen halfen, die sie bereits festhielten. Sie wurde hochgehoben, auf den Boden fallen gelassen, gezogen. Nie war sie so misshandelt worden.

Man ließ sie los, und sie schlug schwer auf den Boden auf. Sie lag auf Händen und Knien im Schnee, und als sie aufsah, erkannte sie die Mauer des Gräberfelds. Eine Fackel zwischen ihren Steinen erhellte zwei kleine Gestalten neben ihr – sie sah nur sie. Godhelm und Godhilda, die beide laut weinten – o danke dir, Freya! Sie lebten! Godhilda versuchte, zu ihr zu laufen, aber ein Mann hielt sie zurück.

Ein anderer stand auf der Mauer. Das Licht glitzerte auf den Goldnieten seines Kettenhemds, erhellte aber nicht sein Gesicht, und für Kendidra war er praktisch ohne Bedeutung. Sie hatte Godwin neben ihm gesehen. Ihre Kinder waren in

Sicherheit, alle drei! Als sie sich auf den Boden kniete, schluchzte und zitterte sie.

Der Mann mit dem goldbewehrten Kettenhemd sprang unter lautem Metallklirren herunter, und bevor sie auch nur einen Gedanken fassen oder sich bewegen konnte, zerrte er sie an ihrem Leinenschleier auf die Füße. Der Schleier war an ihren Haaren mit Nadeln festgemacht, und seine Hand riss ihr Haarbüschel vom Kopf. Ungeschickt stolperte sie auf die Füße und schrie, während sie mit ihren Händen versuchte, seinen Griff zu lösen. Warum? dachte sie. Was habe ich getan? Selbst als sie auf den Beinen stand, ließ er nicht los, sondern zog sie an ihren Haaren in alle Richtungen. Sie konnte ihm nur taumelnd folgen, fiel bei jedem Schritt fast hin, während sich ihre Kopfhaut anfühlte, als ob sie vom Schädel gerissen wurde.

Erst als in ihren Haaren und Zöpfen keine Nadel mehr steckte und ihre langen Haare völlig zerzaust an ihrem Gesicht und an den Schultern herabhingen, ließ der Mann sie los und sagte: »Nun siehst du endlich wie die Hure aus, die du bist.« Sie erkannte Unwins Stimme.

Sie dachte bei sich: Wenigstens sind die Kinder sicher – er ist ihr Vater. Als sie ihren Kopf hob, schlug er sie ins Gesicht, so hart, dass sie auf dem Boden lag und sich sein Umriss über ihr gegen den schwarzen Himmel abzeichnete, bevor sie wusste, was geschehen war. Sie wusste nicht, ob der Schmerz von seinem Schlag oder dem Aufprall auf den Boden stammte. Ihr Mund schmeckte nach Blut.

Er hat mich geschlagen!, dachte sie überrascht. Mich, die Tochter eines Königs!

Unwin wandte sich ab. »Bringt sie zu den anderen Frauen.«

Kendidra kam gerade benommen auf die Beine, als sich Männer über sie beugten und aufhoben. Hinter ihr schrien die Kinder panisch auf, als sie weggezerrt wurde.

»Unwin! Lass die Kinder mit mir kommen – bitte!« Die Männer, die sie festhielten, blieben stehen, als ob sie Mitgefühl für sie empfanden.

Unwin brachte sein Gesicht auf wenige Zentimeter an ihres heran. »Was für Kinder? Du hast keine Kinder.« Sie glotzte ihn dumm an, denn seine Worte ergaben keinen Sinn.

Die Männer zerrten sie weiter. Einen Moment lang ließ sie sich fassungslos mitnehmen, aber dann flammte die Wut wieder in ihr auf, und sie wehrte sich, um zu ihren Kindern zu gelangen. Doch sie hoben sie einfach hoch und trugen sie fort, und sie konnte nichts daran ändern, all ihrer Wut zum Trotz.

Unwin stieg über die Mauer und ging in die Mitte des Gräberfelds.

Hinter ihm schluchzten zwei seiner Kinder und wurden daran gehindert, ihrer Mutter hinterherzurennen. Godwin aber stand auf der Mauer mit stolz erhobenem Kopf und sah seinem Vater nach. Wenn Unwin zu dieser Mauer zurückkehrte, würde er den Kopf der Elfenbrut in der Hand halten.

Der Schwerttanz ging weiter. Der erste Mann, der sich vorwärtsgewagt hatte, hatte Elflings Schwertstoß mit dem Schild abgefangen, aber seine Knie hatten unter dessen Kraft nachgegeben, und der Stoß hatte jedes seiner Gelenke zum Erzittern gebracht. Eschenholzsplitter flogen durch die Luft.

Die Angreifer sahen sich Elflings Kampfkünsten ausgesetzt. Ein Mann hatte nicht auf den Schwerthieb unter seinem Schild geachtet und ging mit einem verletzten Bein zu Boden. Der Schild eines anderen Kriegers zerbrach, und der Mann taumelte angsterfüllt zurück, denn er fürchtete, einen gebrochenen Arm zu haben.

Die Nordwaliser gaben auf. Sie hatten nichts von der Schnelligkeit gewusst, mit der sich Elfling bewegte. Sie ermahnten einander, dass er die Brut eines Teufels war. Weniger Mensch, als er zu sein schien. Und stärker. Er sah aus wie ein Junges mit der Kraft eines ausgewachsenen Bären.

Im Licht der Fackeln und Laternen wartete Elfling auf den nächsten Angriff. Seine Augen blickten aufmerksam in alle Richtungen, und wohin er auch schaute, schien es fast so, als ob er leichte Schläge verteilte. Seine Feinde wichen vor seinem Gesicht zurück – dem Gesicht von erschreckender Schönheit, das einem Helden oder einer Walküre gehören konnte.

»Wir lassen den Teufel lieber in Ruhe! Der Menschenjunge wäre leichter einzufangen!«

Doch obwohl Wulfweard keinen Schild trug, hatte er doch Elfling hinter sich. Jeder Angriff auf Wulfweards ungeschützte Seite hatte helmbrechende Schläge von Elfling zur Folge, der durch Speerschäfte schlug und Schilde zerschmetterte. Anschließend sprang er wieder an seinen Platz hinter Wulfweards Rücken und wechselte die Schwerthand, um diejenigen abzuwehren, die ihr Glück von der anderen Seite versuchten.

Die Waliser zogen sich erneut zurück und überlegten, was sie machen konnten. Während sie zurückwichen, beugte sich Elfling über einen Gefallenen, gab ihm den Todesstoß und entriss der Leiche ihren Schild. Er reichte ihn Wulfweard.

Finster schauten die Waliser zu, wie Wulfweard den Schild an seinem Arm befestigte. Nun würde er den Rücken des Teufels schützen, und sie trauten sich nicht, den Teufel von vorn anzugreifen.

Unwin schob sich an den Walisern vorbei. Er nahm seinen Drachenhelm ab und warf ihn einem seiner Männer zu, der sein Schwert fallen ließ, um ihn aufzufangen.

Unwin zog sein Schwert, doch ließ er die Spitze gen Boden gerichtet. Selbst seinen Schild hielt er am gesenkten Arm. Ohne Helm und halb entwaffnet ging er zu Wulfweard, der ihn über seinen Schildrand beobachtete.

»Es gibt keinen Streit zwischen uns, Bruder. Komm zu mir. Niemand wird dir ein Leid zufügen«, sagte Unwin.

Elfling spürte, wie Wulfweard einen schnellen, tiefen Atemzug nahm, denn er stand mit ihm Rücken an Rücken. Der Rand von Wulfweards Schild berührte seine Schulter, und Wulfweards Schwertarm gab ihm einen Ruck, als er ihn zum Schlag zurückzog. »Beweg dich nicht!«, sagte Elfling. Wulfweard war sein Schutz.

»Wir beide sollten Seite an Seite kämpfen«, sagte Unwin zu Wulfweard.

Wulfweard schaute Unwin ungläubig an. Er erinnerte sich daran, wie er sich mit Athelric gestritten, wie er behauptet hatte, dass Unwin niemals ein solcher Verräter sein könnte. Er fühlte sich betrogen, als ob ihm sein wertvollster Besitz gestohlen und mit wertlosem Tand ersetzt worden wäre. Und nun nahm Unwin auch noch an, dass er Elfling einfach sterben lassen würde, während er sich hinter Unwins Schild verkroch.

»Komm«, sagte Unwin und streckte ihm seinen Schildarm entgegen. Er entblößte seinen Körper, wohl wissend, dass Wulfweard zu schwach oder zu verängstigt oder seinem Bruder zu sehr zugetan war, um ihn anzugreifen. Doch Wulfweard schlug mit all seiner Kraft nach Unwin.

Unwin sprang zurück, während einer seiner Waliser sich mit seinem eigenen Schild dazwischenwarf. Ein weiterer

Krieger griff Wulfweard während seines Ausfallschritts an, stieß ihm mit dem Schild in die Seite und warf ihn zu Boden. Er konnte sich auf seinen Händen auffangen, aber sie wurden ihm weggetreten, und ein weiterer Angreifer trat ihm auf den Schwertarm, bevor er ihm das Schwert entriss. Ein Mann sprang ihm auf den Rücken und nagelte ihn auf dem kalten Boden fest.

Nun schützte niemand Elflings Rücken, und er trug keinen Schild, keinen Helm, kein Kettenhemd – nur ein Schwert, und das war auch nur ein schwerfälliges, schweres Spielzeug der Maskierten. Als Wulfweard auf die Beine gezerrt wurde und ihm seine Haare ums Gesicht wehten, schrie er vor Wut und Enttäuschung. Wäre Elfling Wulfweard gefolgt, so hätte er sich auf die Speere und Schwerter der Waliser gestürzt. Als er spürte, wie sich Wulfweard von ihm löste, sprang er stattdessen vorwärts, drehte sich in der Luft und erkannte bei der Landung, dass Wulfweard entwaffnet war und mit den Männern kämpfte, die ihn festhielten.

Unwin setzte seinen Helm wieder auf und bedeckte sein Gesicht mit einer goldenen Maske, auf der ein Drache mit Augen aus Rubinen die Zähne fletschte. Von allen Seiten kamen Männer zu ihm gelaufen. Elfling drehte sich um und sah das Fackellicht auf ihren Helmen und Schildbuckeln aufblitzen.

»Leg dein Schwert nieder – jedes Küchenbeil ist besser«, sagte Unwin. Elflings Aufmerksamkeit wechselte ständig zwischen ihm und den Männern, die ihn einzukreisen begannen. »Deine Leute sind tot oder gefangen. Deine Götter sind nur aus Holz. Du warst Athelrics Spielzeug.«

Elfling rannte kurz auf einen Mann zu, der eilig zurückwich. Wie beim Schwerttanz drehte sich Elfling und wehrte einen Angriff von hinten ab.

»Leg dein Schwert nieder«, sagte Unwin, »und ich werde dich zu deinem Bauernhof zurückkehren lassen.«

Elfling achtete auf die kleinste Bewegung im flackernden, unsteten Licht und lauschte auf den leisesten Tritt. Er drehte sich blitzschnell und schlug nach dem Kopf eines Mannes hinter sich, der seinen Schild nicht schnell genug hochreißen konnte und einen harten Treffer auf den Helm einstecken musste. Er ging in die Knie, aber wäre es Wodens Versprechen gewesen, dann wäre sein Schädel gespalten worden.

Erneut drehte sich Elfling und wehrte die Angriffe derer ab, die hinter ihn gerannt waren, sprang über einen Hieb auf seine Beine hinweg, hackte auf den Hals eines Mannes ein, schlug einen weiteren mit Treffern auf den Schild zurück. Die Waliser ließen sich zurückfallen und blickten zu Unwin.

»Ein Mann!«, rief Unwin. »Nackt! Praktisch waffenlos!« Es fiel seinen Männern aber auf, dass er selbst kein großes Interesse zeigte, sich mit der Geschwindigkeit und Stärke des Teufels zu messen. Die Waliser wichen zurück und ließen Elfling in der Mitte des Gräberfeldes stehen.

Um das Gräberfeld herum hatten sich die Überlebenden von Julsburg versammelt und wurden von Walisern oder Dänen bewacht. Aufrecht standen die Sachsen da und starrten ihre Feinde an, denn sie sahen ihren König mit dem Schwert in der Hand und unbesiegt. Die Dänen, die keine Christen waren, sahen zwischen den Gräbern einen nackten, langhaarigen jungen Mann stehen, der einer der Auserwählten Odins sein könnte oder der Gefährte einer Walküre. Sie schauten zu den Walisern hinüber.

Ingvi rannte die Mauerkrone entlang, entdeckte Ingvald und sprang neben ihm hinunter. Ingvald stand mit verschränkten Armen da und blickte zornig über die Gräber zu

Elfling. Ingvi sagte sich, dass Ingvald sich genauso schämte wie er selbst, nicht am Kampf teilnehmen zu können. Er sagte sich auch, dass Ingvald genau wie er selbst nur widerwillig für Unwin kämpfen würde.

Ud griff sich seine Harfe von Ebba und ging über die Gräber zu Unwin. »Ich habe ein Lied für den Elfenjüngling«, sagte er.

Unwin schaute ihn überrascht an, doch Ud spielte bereits die ersten Noten auf seiner Harfe. Flöte und Trommel waren unter dem dunklen, weiten Himmel kaum zu hören gewesen, doch jeder Ton von den Saiten dieser Harfe klang so laut, so klar und so eindringlich, als ob er in einem Raum gespielt würde.

Die Töne durchbohrten Elfling wie eisige Pfeile, und der Notenlauf der Harfe wogte schaudernd durch seinen Körper. Der heftige Kampf hatte ihn daran gehindert, die Kälte zu spüren, doch nun schien ihn die Musik mit eiskaltem Wasser zu übergießen. Der Frost der Winternacht biss sich in seine Haut; das Schwert war wie Blei in seiner Hand.

»*Der Becher der eisigen Nacht, mit Winterregen gefüllt,*
Vor Eis flüchtend fließt der Gebirgsbach die Schnellen hinab,
Unter deinen Füßen liegen die Leichen in der kühlen
Umarmung der Erde . . .«

Elfling schüttelte kräftig den Kopf und veränderte seine Schwerthaltung, um die Muskelkraft seines Arms zu bündeln. Er riss sich herum, bereit, jeden abzuwehren, der ihn von hinten angriff. Seine Bewegungen schienen eine dünne Schicht Eis zu zerbrechen, die sich um ihn gelegt hatte. Er war wieder frei, wie der Tau im Frühling.

Die Harfe schlug kalte Akkorde an.

»Ich fessle dich mit der Eisrune!
Kalter Edelstein, schmerzvoll im Griff.
Ich fessle dich mit der Hagelrune!
Kältestes Korn, Vernichter des Korns –«

Erneut schlich sich Kälte in Elflings Adern. Bis ins Mark ließ sie ihn frieren, seine Arme und Beine schwer wie Blei werden, und beugte sein Haupt. Er sammelte all seine Kraft und schlug mit dem Schwert nach dem Zauberer und seiner Harfe. Der Zauberer, der Graubart, sprang geschickt zurück und lachte.

»Ich fessle dich, ich, der ich die Macht habe!
Mit der Grabrune fessle ich dich!
Hör mir gut zu!
Ein kalter Regen wird fallen –«

Bittere Kälte trieb das Blut aus den Fingern, bis sie steif wurden und blauweiß anliefen, regungslosem Marmor ähnelnd. Elfling kämpfte mit all seiner Kraft und setzte Fuß um Fuß vorwärts, um den Zauberer zu erreichen. Niemand sonst bedrohte ihn mehr.

»Schnee wird fallen, dein Grab bedecken;
Tau wird durch dich fließen, endlos wie die Zeit!«

Elflings Schwertspitze senkte sich. Sein Arm versagte ihm den Dienst. Er konnte seinen Kopf nicht mehr heben, um zu sehen, wo der Zauberer stand.

> *»Ich fessle dich mit der Grabrune!*
> *Starr sei dein kalter Leichnam.«*

Elfling brachte die Zähne nicht mehr auseinander. Er versuchte, sich zu bewegen, stürzte aber zu Boden wie ein gefällter Baum.

Ud schaute sich um, und aus seinem fehlenden Auge verströmte Dunkelheit. »Ihr braucht keine Angst mehr vor ihm zu haben. Wo Schwerter und Speere nicht obsiegen konnten, hat der Zauber der Harfe triumphiert.«

Daraufhin bewegten sich die Männer vorwärts und sammelten sich um Elfling. Seine Augen bewegten sich und schauten sie an, aber sie hatten ihre Kräfte verloren. Sie konnten sehen, wie sich die Muskeln unter seiner Haut bewegten, als er sein Schwert zu heben versuchte, doch sein Arm verweigerte sich dem Befehl. Sie lösten seine Finger einen nach dem anderen vom Schwertgriff, doch weder traten noch schlugen sie ihn. Zu groß war ihre Angst vor ihm, selbst jetzt.

Die Zuschauer verließen die Mauer des Gräberfelds. Ebba eilte an Uds Seite, und Godwin lief zu Unwin. Beide schauten auf Elfling hinab, der im aufgewühlten Schlamm lag, auf Schnee und Graberde. Godwin lachte seinen Vater an, der lächelte und ihm die Hand auf den Kopf legte. Ebba verbarg ihr Gesicht in Uds Mantel, und er streichelte ihren Kopf, ohne seinen Blick von Elfling zu nehmen.

»Hebt ihn auf«, sagte Unwin.

Die Männer packten Elfling an den Armen und stellten ihn auf die Beine. Der Lichtschein einer Laterne fiel auf sein Gesicht. Unwin betrachtete es eingehend und bemerkte gelassen, wie ähnlich es seinem Bruder sah, und er war froh, dass er sich seiner bald entledigen konnte. »Ich werde dich zu Woden schicken. Danke mir.« Als Elfling ihm nicht antwortete, schlug Unwin ihm mit dem Handrücken quer über das Gesicht. Dann nickte er den Männern zu, die Elfling vom Gräberfeld wegzerrten, zurück zur Burg.

Ud nahm Ebba an die Hand und zog sie mit sich, als er den Soldaten folgte. Niemand sah, als sie gingen.

ZEHNTES KAPITEL

WODENS VERSPRECHEN

Eine sächsische Frau lag, in ihren Mantel gehüllt, tot auf der kalten Erde. Unwin zerrte daran und rollte die Leiche mit dem Fuß weg. Er trug den Mantel hinüber zu Wulfweard, der immer noch nackt an der Gräberfeldmauer stand, von walisischen Wachen umringt. Unwin hielt ihm den Mantel hin.

Wulfweard betrachtete Unwins Gesicht: die Falten auf seiner Stirn, die Strenge seiner Wangenknochen und wie der Bart den Umriss der Lippen betonte. Er erkannte die Ähnlichkeit zum Gesicht seines Vaters, und die ganze Zeit dachte er: Wie kann dies mein Bruder sein? Er liebte seinen Bruder. Nicht diesen Mann.

»Zieh ihn an«, sagte Unwin.

Wulfweard wandte sich ab.

Unwin warf der nächsten Wache den Mantel zu. »Sorg dafür, dass er ihn anzieht.«

Die Wache schüttelte den Mantel aus und hielt ihn Wulfweard hin. Der wich ihm aus, doch ein weiterer Krieger hielt ihn fest. Er blieb stehen und ließ sich den Mantel umlegen. Was immer er auch tat, es wäre ohnehin geschehen. Ihm wurde sofort wärmer, und er starrte zu Boden, wütend, dass er solche Behaglichkeit genoss – und dass sie von Unwin kam.

»Bist du verletzt?«, fragte Unwin.

Wulfweards Faust raste auf ihn zu. Unwin wich ihm aus. Die Wächter packten ihn an den Armen und rissen ihn zurück. Der Mantel fiel zu Boden.

»Verhext«, sagte Unwin.

Godwin blickte um seinen Vater herum auf Wulfweard. Da war keine Hexerei zu sehen, dachte er sich. Wulfweard war ein Verräter und ein Feigling, der sein eigenes Blut verraten und sein Gelübde dem Herrn gegenüber gebrochen hatte, weil er glaubte, die Elfenbrut könnte ihn besser schützen. Er verdiente den Tod, genau wie der Elfengeborene. Godwin fragte sich, ob solche Worte ihm Lob einbrächten. Doch sie auszusprechen fehlte ihm der Mut.

Eine Gruppe Männer näherte sich aus der Dunkelheit jenseits der Fackeln: Männer aus Unwins altem Heer. Sie trugen eine Leiche bei sich, die sie Unwin vor die Füße warfen.

Es war Athelric. Godwin stellte sich neben den Kopf und schaute neugierig auf die blutbespritzte Tunika und die starr dreinblickenden Augen. Kendidra versuchte, nach ihm zu greifen, als ob sie ihn zu sich rufen wollte, doch ihre Wachen drängten sie zurück.

Godwin starrte sie wütend an. Sie würde lernen müssen, dass er nun kein Baby mehr war und nicht mehr mit den Frauen leben konnte. So schlimm war es gar nicht. Er konnte es sich anschauen. Es war merkwürdig, Athelrics Gesicht so zu sehen. Er hatte immer schnell gebrüllt. Jetzt war er tot. Aber Athelric war ein Verräter.

Als er aufblickte, sah Godwin Wulfweard, dessen Lippen in einer Art zurückgezogen waren, dass es nichts mit einem Lächeln zu tun haben könnte. Innerlich triumphierte Godwin. Wulfweard konnte den Anblick einer Leiche nicht halb so gut ertragen wie er selbst. Feigling!

Unwin nahm eine Axt von einem Dänen neben sich und kauerte dann über der Leiche, als ob er ihr die Augen schließen wollte. Er nahm den rechten Arm, der noch nicht steif geworden war, und zog ihn lang. Er hob die Axt und schlug auf das Handgelenk.

Godwin zuckte zusammen und wich einen Schritt zurück. Kendidra bedeckte ihr Gesicht mit einem Schrei. Wulfweard schaute ungläubig zu, als die Axt ein zweites Mal herabsauste, bevor er rief: »Hör damit auf!« und nach vorne sprang. Die Wachen rangen mit ihm.

Unwin schaute nur kurz hoch und sagte: »Bringt ihn zum Saal zurück. Bringt sie alle zum Saal zurück.«

Wulfweard wollte Unwin die Axt entreißen und ihn damit niederschlagen. Dass ihn Fremde, Waliser, von einem Streit mit seinem Bruder zurückhielten, erzürnte ihn, aber obwohl er einen abwehrte und sich fast von einem zweiten befreien konnte, konnte er doch nicht gegen alle kämpfen. Man brachte ihn weg.

Kendidra hatte es eilig, den Wachen zu folgen. Sie hatte die Hände vor die Augen geschlagen, aber dennoch hatte sie die Metzelei hören können, als die Axt auf Knochen hackte. Sie schämte sich zutiefst, als sie den Weg zur Burg zurücklief, ihren Kopf gesenkt hielt und bei jedem Ruf der Wachen zusammenzuckte. Aber ihre Kinder waren in der Burg, und welchen Sinn hatte es schon, heldenhaft zu sterben? Sie schaute zu ihren Mitgefangenen und hatte genauso viel Angst um sie wie um sich selbst. Könnte sie etwas sagen, was die Menschen vor Schaden bewahrte, oder würde das nur Unwins Zorn auf sie herabbeschwören? Oder, noch schlimmer, auf ihre Kinder?

Es kam ihr der Gedanke, wie sehr sie sich alle auf die Zeit des Julfriedens gefreut und wie viel Vertrauen sie in Elfling gehabt hatten. Und wie vollständig Unwin beides zerstört hatte.

Ein Gefühl der Hilflosigkeit, wie ein Fall aus großer Höhe. Obwohl Elflings Muskeln zuckten und sprangen, gehorchten sie ihm nicht, und er wurde wie eine Strohpuppe getragen. Er kannte den Bann der Musik, die ihn besiegt hatte: Er kannte die Musik Freyas. Der Tag seines Todes und die Art seines Sterbens waren bereits vor langer Zeit bestimmt worden. Sie hatte ihn in die Hände Unwins gegeben, und er kannte den Schwur, den Unwin geleistet hatte. Er kannte seinen Tod.

Er bot seine ganze Kraft auf, strengte seinen Willen an, um sich zu befreien, doch je mehr er sich wehrte, umso enger schlang sich das magische Netz um ihn, umso kälter und schwerer wurde sein Leib. Sein Wille glich einem Leichnam in seinem Grab: gefangen in kalter Erde.

Ud mit der Harfe schob die Türflügel des königlichen Saales auf. Auf den langen Tischen stand noch reichlich Essen, die Feuer knisterten immer noch vor sich hin; die Kerzen brannten noch, aber die Menschen waren verschwunden.

Aus dem Dunkel über ihnen ertönte das Zwitschern schläfriger Vögel, während der Feuerschein hell aufflammte und die Schatten sich näherdrängten. Die großen Holzsäulen, die Dachbäume, tauchten kurz aus der undurchdringlichen Schwärze auf, als das Licht um ihren Stamm glitt, nur um wieder in Finsternis zu versinken, als es erlosch.

Das Podest des Ehrentischs wurde auf beiden Seiten von den Dachbäumen umrahmt. Mit einem Nicken deutete Ud den Männern, Elfling zu dem linken Dachbaum zu bringen, und es war Ud, der Elflings Hände über seinem Kopf an den Baum fesselte. Das Seil hielt ihn aufrecht – seine Beine konnten es nicht mehr. Er konnte nicht einmal seinen Kopf hochhalten, der trotz seiner Anstrengungen immer wieder nach vorne fiel, schwer wie Blei.

Jemand war bei ihm, wischte ihn mit einem Tuch ab, das

nach Erde und Regen roch. Grobe Hände packten sein Kinn und hoben seinen Kopf gegen seinen Willen hoch. Eine Männerstimme fragte: »Kennst du mich?« Der Duft, der über sein Gesicht strich, roch nach Erde.

Elflings Augen öffneten sich mühsam, als ob sie gegen die Müdigkeit von Jahrhunderten anzukämpfen hätten. Verschwommen erkannte er Kerzenlicht und Dunkelheit und, nah bei ihm, das Leuchten und die Bewegung eines lebenden Auges und die tiefe, unbeleuchtete Finsternis eines Ortes, an dem einst ein Auge war. Er versuchte, den Namen des Einäugigen auszusprechen, doch seine Lippen konnten das Wort nicht formen.

»Bist du bereit für die Reise?«, fragte der Einäugige. »Es ist ein harter Weg, aber du hast ihn gewählt, als du mir Wulfweard nahmst. Und am Ende des Weges werde ich auf dich warten.«

Elfling versuchte, tief einzuatmen, doch die Macht der Grabrune umfing ihn. Ebba stand neben ihm und sah, wie sich seine Augen weiteten, vielleicht vor Angst, und sie das Licht wie grünes Glas spiegelten.

Meine Gebete wurden erhört, dachte Ebba und hatte Angst. Sie war sich nicht einmal sicher, zu wem sie gebetet hatte – Christus oder Woden oder Ing. Und noch weniger wusste sie, wer ihr geantwortet hatte.

»Das Grab ist allen Menschen verhasst«, sagte der Einäugige. »Euer ganzes Leben lang erwehrt ihr euch des hochbetagten Weibs, des Alters, und selbst den Stärksten ringt es nieder. Doch der Segen des Grabes lautet: Sei mutig, und dein Ruhm wird einer Fackel gleich denen den Weg leuchten, die nach dir kommen.«

Elfling wollte seinen Kopf schütteln, um dies zu verneinen, aber er konnte sich weder bewegen noch sprechen. »Ich gebe dir diese Rune«, sagte der Einäugige und zeichnete mit dem Zeigefinger seiner freien Hand auf Elflings Stirn.

Ebba verfolgte die Bewegung mit ihren Augen und erkannte die Rune: die Form eines Diamanten, mit kleinen Linien nach unten und oben. Die Rune Ing. Sie sprach die Bedeutung der Rune aus, wie es ihr Ud beigebracht hatte.

»Jeden Winter verlässt uns Ing und überquert die Straße der Wale. Doch Knochenfeuer und Freude und brennende Stechpalmen erwecken ihn aus seinem Schlaf im Eis, und er kehrt mit Weizengarben in seinen Armen zu uns zurück. Er ist es, Ing, der die Runen des Frosts löst und den Winter vertreibt: Er ist es, der das Gras auf die Felder bringt und die Bäume begrünt.«

Der Einäugige ließ Elflings Kopf herab, und Elfling konnte ihn nicht heben, konnte die Seile, die ihn fesselten, nicht sprengen und sich nicht aus der Umklammerung des Grabes befreien.

Meine Gebete wurden erhört, dachte Ebba erneut und starrte mit verschränkten Händen in ein entsetztes, vollkommenes Erstaunen.

Von draußen waren lautes Kreischen und Schreie zu hören. Ud zog Ebba mit sich in eine Ecke und verschmolz mit den Schatten.

Die Saaltür wurde aufgestoßen, und Wächter trieben Menschen hinein, stießen sie gegen Tische und Stühle. Kendidra wurde zur Seite gezerrt, stolperte, und versuchte, nah an den Ehrentisch zu gelangen. Sie sah Elfling an den Dachbaum gefesselt und wandte schnell ihren Blick ab, als sie an der Wand hinter dem Podest das schwarze Schwert sah: Wodens Versprechen. Der Anblick schnürte ihr die Kehle zu. Wodens Versprechen wurden immer gebrochen.

Wulfweard wurde zum Podest gebracht und von vier Walisern zu Boden geworfen. Er kämpfte sich auf die Beine, blieb aber ruhig stehen. Kendidra sah, wie er nach Luft rang, als er sich im Saal umschaute, die Menschenmenge zu seinen Füßen betrachtete, die Dachsparren, die Wände, als ob er diesen Ort noch nie zuvor gesehen hätte. Auch für Kendidra hatte sich der ihr vertraute Saal verändert – von einem Ort der Ordnung und des Anstands zu etwas Merkwürdigem, Angsterregendem. Die Luft knisterte vor Angst, kratzte an ihrer Haut, zerrte an ihrem Körper. Unwins Nordwaliser standen an der Tür und an den Wänden und lachten.

Die Menschen, die im Saal zusammengepfercht waren, schoben sich gegenseitig hin und her im Versuch, einen Platz für die eigenen Füße zu finden, versuchten, nicht in die Feuer gestoßen zu werden, aber als sie Elfling erblickten, schrien sie wie ein Mann. Sie drängten nach vorne, in Richtung des Podests. Die Wächter warfen sich mit ihren Schilden auf die Menge und schoben sie zurück.

Der Lärm und die Bewegung fanden ein Ende, als Unwin das Podest betrat. In seiner blutverschmierten Hand hielt er ein blutverschmiertes Objekt, das Kendidra in demselben Augenblick erkannte, als sie sich abzuwenden versuchte: Athelrics Kopf.

Unwin hielt den Kopf hoch, bis Totenstille eingetreten war, bis man sogar hören konnte, wie Flammen sich begierig durch Holz fraßen. Ein lautes Ausatmen oder ein über Stroh kratzender Fuß klangen in dieser Stille erschreckend laut.

Dann sprach Unwin. »Ein König sollte seine Versprechen halten und seine Eide ehren. Ich habe geschworen, den Verräter zu töten, der mir die Krone vorenthalten und meinen Bruder getötet hat –«

»Lügner!« Unwin wurde vor Wulfweard durch seine Wachen geschützt.

»Meinen Bruder Hunting –«

»Lügner! Hunting hat –«

Unwin wandte sich an die Wachen. »Stopft ihm das Maul.«

Ein Wächter brachte Wulfweard mit einer Handvoll Mantel zum Schweigen, andere hielten ihn an den Armen fest. Die Menge schaute zu und verstand, dass nicht einmal die königliche Familie sicher war.

»Ich habe geschworen, die rechte Hand und den Kopf des Verräters zu nehmen«, sagte Unwin. »Ich halte meine Versprechen.« Er ließ den Kopf auf das Podest fallen. Jeder hörte seinen Aufprall auf den Holzbrettern.

»Ich habe ein weiteres Versprechen gegeben.« Unwin schritt an den Podestrand und stellte sich neben den Dachbaum, an dem Elfling festgebunden war. Er packte Elflings Haare und zog seinen Kopf nach oben und hinten. »Dies ist der König, den Athelric euch gegeben hat. Der ›Auserwählte der Göttin!‹« Er schaute sich um, als ob er Lachen erwartete, aber die, die ihn verstanden, Sachsen und Dänen, schwiegen. »Ihr seht, welcher Gott den Sieg errungen hat, welcher Gott der eine, wahre Gott ist. Doch meine Freunde, die Dänen, haben den Weg zu dem einen, wahren Gott noch nicht gefunden, und ich versprach ihnen ein Opfer für ihren Gott. Ingvald, hier ist dein Opfer! Odin sollte zufrieden sein.«

Die Stille wurde durch hörbares Einatmen unterbrochen, und die Menge wankte, als alle Ingvald zu sehen versuchten.

Ingvald stand direkt neben dem Podest, und neben ihm stand sein dunkelhäutiger Bruder. Beide standen mit verschränkten Armen da, die Lippen schmale Striche in ihren Gesichtern.

»Ingvi!«, rief Unwin. »Ich weiß, du hast den Blutadler schon geschnitten. Hier – gewinne Odins Gunst!«

Ingvis Arme öffneten sich, wie sein Mund, aber Ingvald

packte ihn am Arm, bevor er sprechen konnte, und schüttelte den Kopf. Wenn sie Unwin wütend angingen, würde dies dem Elfengeborenen nichts nutzen, und es würde ihre Lage als Unwins Verbündete nur erschweren. Doch Ingvi ließ sich nicht so leicht zum Schweigen bringen. Er rief laut: »Sei dein eigener Schlächter!«

»Ich bin Christ.« Unwin sprach über die Köpfe der Menge hinweg zu den Wächtern an den Wänden. »Gibt es hier keinen Mann, der sich die Gunst Wodens sichern will?« Er sah, wie sich ihre Blicke abwandten.

Hinter Unwin hatte der Wächter Wulfweards Knebel wieder entfernt. Er hatte aufgehört, sich zu wehren, als er halb erstickt war. Sein Blick glitt über die Menge, und er hörte aufmerksam zu, während er krampfhaft nach Luft rang.

»Gibt es hier keinen Mann, der *meine* Gunst erringen will?«, fragte Unwin. »Ich werde dem Mann, der mir mein Versprechen hält, Gold und Ländereien geben.«

Nun schauten sich die Männer an und flüsterten. Zwei Dänen kamen nach vorne und hoben die Äxte, die sie trugen. Sie sahen, wie Ingvald düster dreinschaute, aber was machte das schon? Sie waren landlose Männer, hier, um Land zu erringen, und wenn sie auch noch die Gunst eines Königs erringen konnten, dann war das fast alles wert.

»Könnt ihr den Blutadler in seinen Rücken schneiden?«, fragte Unwin.

»Dafür braucht man nur einen starken Arm«, sagte der eine und hob seine Axt. »Und einen tüchtigen Magen.«

Unwin wich zurück. »Dann fangt an.«

»Unwin, nein!« Wulfweards Wächter hielten ihn nur an einem Arm fest. Er drängte sich zu seinem Bruder und streckte die freie Hand nach ihm aus. »Bitte, Unwin! Nein!«

Die Dänen zögerten, aber Unwin nickte in ihre Richtung,

und sie hoben die Äxte erneut. Die Wächter zerrten Wulf-weard zurück, doch seine Schreie hörten nicht auf und hall-ten durch die entsetzte Stille im Saal.

Der Lärm und Unwins Worte waren für Elfling kaum mehr als ein Summen in seinen Ohren gewesen, doch Wulfweards panische Schreie, als er nach ihm rief, durchbrachen den eisigen Griff der Grabrune. Er erwachte und spürte den Schmerz seines Gewichts an seinen Armen, und mit letzter Kraft und letztem Willen hob er seinen Kopf und versuchte, den Dänen in die Augen zu sehen, als sie auf ihn zukamen. Doch vor ihm tanzten nur verschwommene Schatten in verschwommenem Licht. Dies war der Tag seines Todes, und dies war die Art seines Sterbens. Es gab keinen Ausweg.

Als die Menge bemerkte, dass er seinen Kopf bewegte, seufzte und bewegte sie sich. Ein Murmeln erhob sich, erst leise, dann lauter werdend, und Schreie brachen aus. Die Wächter schlugen mit den Speerschäften zu und drängten sie zurück.

Die ersten Axtschläge spürte Elfling: Erschütterungen an seinen Rippen, die wie Feuer brannten, immer heißer, und sich in seinem Körper ausbreiteten. Er stieß einen Schrei aus, der sich in die Lüfte erhob und in den Dachsparren widerhallte, was die dort sitzenden Vögel aufschreckte und kreischen ließ. Als er nach oben unter das Dach schaute, erkannte Elfling das Feuer, das ihn verzehrte, ein See aus Flammen. Er spürte seine Hitze und fiel hinein, nach oben.

Sein Schrei hatte die Menge wieder zum Schweigen gebracht. Das atemlose Keuchen der Dänen, die ihr blutiges Handwerk verrichteten, klang in dieser Stille sehr laut. Einige der Waliser versuchten zu jubeln, aber ihre Versuche scheiterten kläglich im Angesicht der tiefen, allumfassenden Stille, die sie umgab, und auch sie schwiegen bald. Und alle im Saal atmeten den Gestank der Schlachtbank.

Kendidra senkte ihren Kopf, um nichts sehen zu müssen, und presste ihre Finger in die Ohren und zitterte und weinte und schüttelte unaufhörlich den Kopf.

Wulfweard versuchte hinzusehen. Es schien ihm ein Beweis für seinen Glauben an Elfling zu sein, das Geschehen mit ansehen zu müssen. Aber bald senkte auch er den Kopf. Seine Arme hielt man immer noch fest: Er war gezwungen, den Aufprall der Äxte und das Geräusch splitternder Knochen zu hören.

Ebba verbarg ihr Gesicht an Uds Seite und bedeckte ihre Ohren. Sie hatte für diesen Tod gebetet, aber in ihrer Vorstellung war es nie wie das hier gewesen. Sie hatte sich niemals solche Geräusche vorgestellt und dass es so lange dauern würde.

Unwin folgte jedem Schlag mit den Augen und nickte dabei zustimmend. An seiner Seite versuchte Godwin zuzuschauen, und er zitterte am ganzen Körper. Seine Hand suchte nach dem Ärmel seines Vaters, zog sich aber wieder zurück, denn er wollte nicht dabei gesehen werden, wie er sich an ihn klammerte. Sein Gesicht war fest auf das Gemetzel gerichtet, selbst als er es nicht mehr ertragen konnte, doch versuchte er, zur Seite zu schauen. Er wusste, diese Hinrichtung war richtig: Es konnte nur einen König geben. Tränen brannten aus Scham vor seiner eigenen Feigheit in seinen Augen. Wenn er ein Mann war, dann musste er solche Dinge sehen, wie es sein Vater tat. Er musste sich abhärten – aber er konnte diesen Anblick nicht mehr ertragen.

Ingvi schaute bis zum Ende zu, während Ingvald mit verschränkten Armen und gesenktem Kopf dastand. Seine Nackenhaare stellten sich auf. Er konnte kaum noch atmen. Dieser Anblick, wie lebende Knochen zerteilt wurden, dieses Blut, war etwas, das das Herz an seine Grenzen brachte und die Haut erschaudern ließ. Er erinnerte sich an scharlachroten Klatschmohn, mit zerbrochenen Stängeln, der aber dennoch einen langen, heißen Tag überlebte. Weizen wird niedergemäht, um Brot daraus zu machen, Tiere werden für die Feste geschlachtet. Ohne Tod gibt es kein Leben. An den Bäumen rund um die Gotteshäuser von Ingvis Volk hingen geschlachtete Pferde, Ochsen, Eber und Menschen, und Ingvi hatte bereits Menschen in der Schlacht sterben sehen. Es war etwas anderes im Saal, das ihm Angst machte.

Als alles vorbei war, sagte Unwin: »Karrt die Innereien hinaus, und werft sie in den Graben.«

Die beiden Dänen schnitten die Leiche ab und zerrten sie hinaus. Als sich die Tür öffnete, wehte ein kühler Lufthauch durch den Saal und ließ das flackernde Fackellicht wirre Bilder über die Dachbäume und die vielen schweigsamen Menschen werfen.

Ud zog Ebba auf die Beine. »Wir müssen ein Lied schreiben.«
Niemand bemerkte sie, als er sie aus dem Saal führte.

Auf dem Podest schaute Unwin auf das Blut, das den Boden und den Dachbaum bedeckte. Er wandte der Menge seinen Rücken zu und nahm das Schwert herab, das in der Wandmitte hinter dem Podest hing. Wodens Versprechen.

Als er das Schwert mit einem lauten metallischen Kratzen aus seiner Scheide zog und es durch die Luft pfeifen ließ, sagte er: »Das Schwert, das von Woden geschmiedet wurde, darf nicht zurück in seine Scheide, ehe es nicht Blut gekostet hat.« Mit großer Kraft trieb er es in die Scheide zurück. »Mich kümmern die alten Götter nicht. Sie sind tot. Nun habt ihr einen Gott über euch und einen König unter ihm. Ich bin euer König.«

ELFTES KAPITEL

DAS GING VORÜBER,
AUCH DIES GEHT VORBEI

»Ich würde es ja niederbrennen«, sagte Unwin, »aber das Feuer würde sich ausbreiten.«

Männer kletterten hoch oben auf dem Dach des Götterhauses und lösten die Schindeln. Godwin verrenkte sich den Hals, um ihnen zuzuschauen, und drehte sich grinsend zu seinem Vater um. Es waren bereits Löcher im Dach zu erkennen, und der Schnee fiel hinein in das Götterhaus und legte sich über die Götterstatuen.

Einige der Männer auf dem Dach weinten und hielten regelmäßig inne, um sich die Tränen wegzuwischen. Alle arbeiteten langsam. Das Götterhaus war alt. Der Legende nach hatten die Sachsen, die Söhne Wodens, die dieses Land als Erste betraten, es errichtet. Es wurde jeden Tag von vielen besucht, die in die Dunkelheit hineintraten, in die nach Wald duftenden Schatten, um zu den Götterstatuen aufzublicken, die im Schein ihrer Altarfeuer leuchteten. Niemand von ihnen hätte gedacht, dass das Götterhaus jemals zerstört werden würde – werden könnte. Sie hatten nicht gewusst, wie inniglich sie es liebten, bis ihnen befohlen wurde, es Stück für Stück abzutragen.

Unwin hatte befohlen, seine hölzernen Fugen auseinanderzunehmen, seine Dunkelheit dem Licht zu öffnen, die heilige Luft der Jahrhunderte hinfortwehen zu lassen. Die großen Dachbäume, die Schindeln, die Vertäfelungen, sollten alle aus der Burg gekarrt und zu Asche verbrannt werden. Es reichte nicht mehr, dass die Gemälde der Götter übermalt und die Götterstatuen zerstört wurden und christliche Gemälde und Statuen ihren Platz einnahmen. Nichts von dem alten Holz, das jahrhundertelang dem Wetter getrotzt hatte, sollte jemals wieder verwendet werden. Jede noch so kleine Spur des Götterhauses sollte vernichtet und den Kindern gesagt werden, dass dort Dämonen gehaust hatten. Deren Kindern würde man beibringen, dass es nie existiert hatte.

Viele Waliser schauten zu. Es geschah nicht oft, dass ein Gebäude solcher Größe und Bedeutung abgerissen wurde. Zwischen ihnen standen deprimiert dreinblickende Dänen. Sie verehrten ihre Götter in Gotteshäusern, die diesem sehr ähnlich sahen: Die Götter, die hier entehrt wurden, waren auch ihre Götter, wenn auch mit leicht anders klingenden Namen.

Kendidra stand neben Unwin. Er hatte sie mitgezerrt. Sie schluchzte und vergrub ihr Gesicht in ihren Händen. Godwin dachte nur: Dumme Frau! Sie hob ihren Kopf, als ein Haufen Schindeln auf den Boden krachte, und er sah die dunkel verfärbte Haut um ihr Auge und ihre aufgeplatzten und geschwollenen Lippen. Dumme, ungeschickte Frau! Sie war in den Bettpfosten gelaufen, hatte sie gesagt, als er sie fragte, was geschehen sei.

Kendidra hatte das Götterhaus geliebt. Als sie ihre Kinder zu den Altären geführt hatte, hatte sie ein Gefühl der Sicherheit empfunden, dass sie lange genug leben würden, um auch ihre Kinder hierher bringen zu können, und dass eine Erinnerung an sie im Rauch des Götterhauses verbleiben würde. Aber nun wurde das Götterhaus abgerissen, ihre Kinder wurden ihr weggenommen, und Elfling war Abfall, der in den Graben der Burg geworfen worden war. Wie schnell sie ihm geglaubt hatte, und wie leicht sie sich hatte täuschen lassen. Ihre Schande ließ sie nur noch lauter schluchzen, und mit Entsetzen stellte sie fest, dass sie nicht aufhören konnte.

Godwin seufzte, als er seine Mutter immer noch weinen sah, und wäre zu ihr hinübergegangen, egal, wie dumm sie war. Doch bevor er sich bewegen konnte, hatte sein Vater seine geballte Faust in ihr Gesicht geschlagen. »Hör auf zu heulen!«

Sie versuchte, aufrecht zu bleiben, ging einige schnelle, stolpernde Schritte, fiel dann aber auf die Knie und prallte mit den Händen auf den Boden. Godwin rannte zu ihr und half ihr auf. Die Erkenntnis, dass seine Mutter nicht gegen den Bettpfosten gefallen war, erschien ihm wie ein Schlag ins eigene Gesicht.

»Lass sie in Ruhe!«, sagte Unwin und winkte Godwin zu sich. Unwin legte ihm die Hand auf die Schulter. Godwin wandte sein Gesicht von seiner Mutter ab. Sie *war* eine dumme Frau. Und noch schlimmer als eine Heidin: Sie war eine Abtrünnige.

Kendidra wankte, stand aber auf. Ihr Kopf schmerzte. Die Leute wichen vor ihr zurück. Niemand würde sich einmischen. Sie war Unwins Ehefrau. In der letzten Nacht hatte er ihr gesagt und gezeigt, dass sie noch seine Frau war. Er kümmere sich nicht darum, welche heidnischen Worte sie von sich gegeben hatte, meinte er. Vor Christus gab es keine Auflösung der Ehe, sagte er.

»Jetzt, wo ich König bin«, hatte er gesagt, »werde ich zu Ehren meiner Mutter ein Kloster gründen – und dort wirst du den Rest deines Lebens verbringen. Du wirst als meine Frau sterben und in meiner Kirche begraben werden.«

Ihr Kopf hatte nach seinen Schlägen gepocht und geschmerzt, und Blut war ihr das Gesicht hinabgelaufen. Sie hatte es nicht gewagt, etwas zu sagen, denn sie hatte Angst davor, dass er sie umbrachte, wenn er sie noch einmal schlug. Aber seitdem waren Stunden vergangen, Stunden, in denen sie sich hatte fragen können, wie viel Zeit ihr zwischen dem Betreten des Klosters und ihrem Begräbnis bleiben würde. Vielleicht ein Jahr? Zeit, um ihrer Familie mitteilen zu lassen, dass sie eine fromme, christliche Priesterin geworden sei – und dann würde sie plötzlich sterben und mit den königlichen Ehren bestattet werden, die ihre Brüder erwarteten. Unwin würde wieder heiraten: irgendeine christliche Prinzessin von der anderen Seite des Meeres.

Wie kann ich nur meinem Bruder eine Nachricht zukommen lassen? fragte sie sich. Wem kann ich trauen, eine solche Nachricht zu überbringen? Wen kann ich darum bitten, sich in eine solche Gefahr zu begeben? Sie schaute sich um und betrachtete die Männer, die betont viel Abstand von ihr hielten – und dann sah sie ihren eigenen, ältesten Sohn neben seinem Vater, mit dem Rücken zu ihr. Wut kochte in ihr hoch, ließ ihr Gesicht erröten und es in ihrem Kopf schmerzhafter pochen. Warum? Warum hatte Elfling sich nicht als der Auserwählte der Göttin erwiesen, sondern nur als der Jüngling, der er war?

Ein lautes Krachen und Beben unter ihren Füßen schreckte sie auf. Die große Tür des Götterhauses – aus Eiche, mit ineinandergreifenden Drachen, Wölfen und anderen grausamen Kreaturen verziert – war aus ihren Scharnieren gerissen und zu Boden geworfen worden. Männer standen nun auf der Tür, und ihre Stiefel beschmutzten die Schnitzereien auf der

Innenseite. Sie hackten mit Äxten auf sie ein und zerstückelten sie in Teile, die klein genug für den Karren waren. Kendidra traute sich nicht, ihren Platz zu verlassen, bis Unwin ihr dazu die Erlaubnis erteilte, aber sie senkte erneut den Kopf, bis sie nichts mehr sehen konnte.

»Was seid ihr?«, fragte Ingvald. »Milchmädchen? Was habt ihr erwartet, als ihr in den Krieg gezogen seid?« Er saß auf einer Bank im Saal seiner Unterkünfte, wo er jeden Tag Ratsversammlungen abhielt, um Streitereien zwischen den Männern zu schlichten, kleine Belohnungen auszuteilen, Lob und Tadel auszusprechen. Aber nun stand eine Abordnung vor ihm, die ihn dazu drängte, ausgerechnet seinen Schwur gegenüber Unwin zu brechen. Und Ingvi führte die Abordnung an.

»Du!«, sagte Ingvald und zeigte auf seinen Bruder. »Du hast den Raben gefüttert, du hast den Wolf gespeist – wolltest du das etwa nicht? Was flennst du also nun?«

Die anderen Männer blieben im Hintergrund, Ingvi aber beugte sich über seinen Bruder und fragte ihn: »Gefällt dir etwa, was hier getan wird? Von diesem – Christen?« Die Männer nickten mit verschränkten Armen und murmelten Zustimmung in ihre Bärte. Niemand von ihnen sprach das deutlich aus, bemerkte Ingvald. Das überließen sie Ingvi.

»Du bist der Freund der Christen, Bruder«, antwortete Ingvald. »Warst du es nicht, der damals wütend auf mich war, weil ich nicht schnell genug an die Seite Unwins gerannt bin, in die erste Schlachtreihe? War er nicht der großartige, stolze Atheling, der Rache für seinen Bruder nehmen wollte? Und ich bloß ein geiziger Bauer, weil ich nicht für ihn kämpfen wollte?«

Ingvi ließ sich auf das Ende der Bank fallen. »Ich war im Unrecht.«

Ingvald schlug ihm auf den Rücken. »Es hat sich gelohnt, in den Krieg zu ziehen, um das zu hören!« Einige der Männer lachten.

»Unwin hat den Julfrieden gebrochen!«, rief jemand, und viele pflichteten ihm lautstark bei.

»Und nicht im ehrlichen Kampf«, sagte ein anderer. »Er hat unbewaffnete Leute in einen Hinterhalt gelockt!«

Ingvald deutete auf den Mann, der gesprochen hatte. »Du hattest deine Axt dabei! Du hast angegriffen!«

Der Mann breitete seine Arme aus und rief: »Ich habe Unwin einen Eid geleistet! Was sollte ich tun – meinen Eid brechen?«

»Und trotzdem erwartet ihr, dass ich genau das tue«, meinte Ingvald.

»Nun«, sagte der Mann und blickte dabei zu Boden, »Ihr seid ein Jarl. Es ist was anderes, wenn Ihr es tut.«

Er hatte sich damit einige Lacher verdient, doch ein Dritter unterbrach die gute Stimmung und sagte, fast vorwurfsvoll: »Ihr habt die beiden auf dem Gräberfeld doch gesehen!«

Das Lachen fand ein abruptes Ende. Köpfe hoben sich. Sie schauten sich gegenseitig an, und aus vielen Mündern kam ein »Ja, natürlich«. Ingvald erkannte den eigentlichen Grund für ihre Anwesenheit: Die Erinnerung an die beiden auf dem Gräberfeld, die in der Dunkelheit und dem Fackellicht aussahen wie die geisterhaften Krieger an den Wänden des Götterhauses.

»Wie sie gekämpft haben –«

»– der eine schützte den anderen –«

»– wie die Auserwählten Odins –«

»–die Brüder –«

»–schlugen sie zurück, nicht nur einmal ...«

Die Männer scharrten unruhig mit den Füßen, wichen den Blicken der anderen so schnell aus, wie sie den Augenkontakt herstellten. Es lag ein Unbehagen über allen, hervorgerufen durch die Erinnerung an die Schwerttänzer, doch ob es aus einem Schuldgefühl heraus oder aus Abergläubigkeit geschah, das wusste Ingvald nicht zu bestimmen.

»Habt ihr seinen Schrei gehört?« Sie hatten ihn alle gehört. Der Sprecher beugte sich vor, und alle Männer kamen näher. »Wie Ing vor den Speeren.«

»Ja«, sagten sie und tauschten untereinander Blicke aus. »Ja, genau ...«

»Loverns Männer konnten ihn nicht besiegen. Das war irgendein christlicher Zauber, der ihn besiegt hat.«

Ingvald weigerte sich, wie sie zu flüstern. »Oder Odin hat ihm das Vertrauen aufgekündigt – was er mit uns allen tun wird.«

Das war nicht, was sie denken wollten, und sie schwiegen, bis jemand »Christen!« ausspuckte.

»Ihm das anzutun!«, brach es aus Ingvi hervor. »Ihn wie ein Schwein abzuschlachten! Eine Schande!«

»Hast du, mein lieber Bruder, nicht diesem Gefolgsmann von – wo war das noch mal – den Blutadler in den Rücken geschnitten?«, fragte Ingvald.

Peinlich berührt errötete Ingvi, was seine ohnehin dunkle Haut noch düsterer wirken ließ. »Das war für unseren Erfolg in der Schlacht – und als Dankesgabe!«

»Aber nun missgönnst du Odin sein bestes Opfer, den gefangenen König?«

Ingvi wusste darauf keine Antwort, doch einer der Männer sprang für ihn ein. »Unwin hätte den Adler verdient gehabt!«

»Also«, fasste Ingvald zusammen, »würdest du nicht nur deinen Eid gegenüber deinem Anführer brechen, du würdest ihn auch noch umbringen?« Die nächsten Worte schrie er in den Saal. »Was denn? Wart ihr alle in diesen Elfling verliebt? Warum seid ihr alle wegen ihm so aufgeregt? Er war bloß ein Bauer und außerdem noch ein Bastard – kaum mehr als ein Leibeigener. Über Leibeigene zerbrichst du dir doch normalerweise nicht den Kopf, kleiner Bruder. Wie viele Leibeigene und Bauern hast du seit Kriegsbeginn schon getötet?«

»Werdet Ihr etwa Christ?«, fragte einer der Männer, wandte sich aber schnell ab, als Ingvald ihn schräg von der Seite ansah.

Ingvi sprang von der Bank auf, um über Ingvald zu stehen. »Er war der Sohn des alten Königs und der Auserwählte der Göttin und ein Elfensohn!«

Selbst der beschämte Mann hob wieder seinen Kopf, und sie nickten alle und pflichteten ihm bei. Sie alle kannten das Lied über die wunderschöne Elfenfrau, die Mutter Elflings, und die Geschichte, wie der Stein für ihn geschrien hatte. Unwin mochte ihn als Teufel bezeichnen, aber die Dänen wussten, dass die Elfen die Geister der Felder, Wälder, Flüsse und Berge waren, und die Macht ihrer Zauber war denen der Götter fast ebenbürtig.

Ingvald seufzte. »So sagt man. Aber eines habe ich mit Sicherheit gelernt: Jede Geschichte wird mit jedem Erzählen länger, und ihr seid genau solche Dummköpfe wie die Dichter. Ein hübsches Gesicht, und schon ist es aus mit euch.«

»Also bist du auf Unwins Seite!«, rief Ingvi.

Ingvald stand auf, packte ihn am Kragen und schüttelte ihn. »Ich habe Unwin Eadmundssohn nie gemocht. Ich wollte mich nie mit ihm einlassen. Das ist deine Schuld –

und die von Lovern. Aber ich habe mein Wort aus freien Stücken gegeben, und ich werde es auch halten. Du! Ja, genau, du! Was willst du?«

Seit einigen Minuten hatte sich ein Neuankömmling hinter den Männern herumgedrückt, der offensichtlich Neuigkeiten zu überbringen hatte, sich aber nicht traute, sie zu stören. Als sich alle Augen auf ihn richteten, sagte er: »Die Leiche des Elfengeborenen! Sie ist aus dem Graben verschwunden!«

Ingvis Kopf drehte sich blitzschnell zu seinem Bruder um, und alle starrten Ingvald an, als ob diese Neuigkeit ein bedeutsames Ereignis wäre.

»Schaut euch eure Gesichter an!«, lachte Ingvald. »Was habe ich bloß getan, um von solchen Hohlköpfen umgeben zu sein! Die Leiche wurde gestohlen, um sie ordentlich zu beerdigen. Mögen die Götter denen ihre Gunst erweisen, die das getan haben – und mögen die Götter ihnen beistehen, wenn Unwin davon erfährt!«

Der Wächter öffnete Unwin die Tür, die in das kleine Zimmer führte. Am hohen Fenster waren die Läden geschlossen und ließen nur wenige dünne Lichtstrahlen herein. Nur eine Kerze brannte in ihrem Ständer und warf ein vages flackerndes Licht auf den Holzboden und die Wände. Die Ecken lagen im Schatten.

In der Raummitte bewegte sich ein Klumpen aus Dunkelheit – ein sich erhebender, Schwarz tragender Priester. Unwin blieb mit verschränkten Armen stehen und schaute auf die Schlafbank hinab, auf der Wulfweard lag. Er hatte einen Arm unter seinen Kopf gelegt und die Augen geschlossen. Er trug nur eine dünne Wolltunika, und es musste ihm kalt sein.

»Atheling, ich habe mit aller Kraft gebetet«, sagte der Priester, »aber der Teufel steckt immer noch in ihm. Er hat weder gesprochen noch gegessen.«

Unwin drehte sich um und schaute auf die andere Bank im Raum, wo ordentlich gefaltete Kleidung neben einem Teller Brot und einem Bierkrug lag.

»Ich fürchte, Atheling, dass Gebete allein hier nicht ausreichen werden.«

Unwin betrachtete Wulfweard eingehend. »Leg eine Hand an meinen Bruder, und deine Hand wird nichts mehr anfassen!«

Der Priester senkte den Kopf. Er gehörte zum Hof Unwins, seit sie König Lovern verlassen hatten, und wusste, dass seine Worte keine leere Drohung waren.

»Lass uns allein!«, sagte Unwin.

Als sich die Tür schloss, setzte sich Unwin neben die zusamengefaltete Kleidung und betrachtete den langen regungslosen Umriss seines jüngeren Bruders. Vor allem sein Gesicht, das sich ihm verschloss. Es sollte ihn nicht mehr an Elfling erinnern, tat es aber doch.

Wulfweard wusste von Unwins Anwesenheit. Er hatte alles gehört. Es verlangte ihn nicht danach, Unwin zu sehen oder mit ihm zu sprechen, und daher hielt er die Augen geschlossen, obwohl er immer wieder vor seinem inneren Auge das Bild von Athelrics Leiche sah, wie man sie zu Boden fallen ließ, wie sie sich wie ein Schwein im Schlamm wälzte. Wenn er sich von dieser Vorstellung freimachte, sah er die Äxte auf Elfling einschlagen. Es schien ihm fast, als ob er ihr Gewicht und ihre Klingen auf den eigenen Rippen spürte. Je länger er seine Augen geschlossen hielt, umso heller und lebensechter erschienen ihm die Bilder, bis die Schmerzensschreie in seinen Ohren nachdröhnten. Vor Unwins Ankunft hatte er zuweilen die Augen geöffnet, um mit leerem Blick das goldene Herz des Kerzenlichts anzustarren, denn dann verklangen die Geräusche, verblassten die Bilder ein wenig. Er hörte das eintönige Gemurmel des Priesters, ohne seine Worte zu verstehen. Das Gemetzel hatte sich in verblassten Farben vor seinen Augen fortgesetzt.

Unwin war für dies alles verantwortlich. Es war schlimmer, als wenn er es selbst getan hätte. Denn dann hätte er es wenigstens verstanden, wie es geschehen konnte.

Elflings Scheitern schürte keinen Zorn in ihm, nur Trauer, dass er nicht mehr war. Die treuesten Menschen, so sangen die Dichter, verraten ihren Freund, wenn seine Haut erkaltet und seine Leiche die kühle Erde als Begleiter erwählt. Doch der Verrat war von Freya ausgegangen, nicht von Elfling. Wulfweard betete, dass sie ihm den Mut geben würde, zu sterben, wie es schon Athelric und Elfling getan hatten.

Er wusste, dass sein eigener Tod nicht mehr fern war. Unwin würde ihn töten, so viel war klar. Sie waren beide Athelinge, Söhne desselben Vaters. Beide könnten zum König gewählt werden. Lebend wäre er Unwin immer ein Rivale, ihm immer eine Bedrohung, und Unwin würde ihn nur so lange tolerieren, solange er der verhätschelte, geliebte jüngere Bruder war, der sich bei Unwin einschmeichelte, genau wie Godwin.

Er legte seinen Arm über die Augen, als ob er die Erinnerung an die Zeit, da er Unwin noch bewundert hatte, verdrängen könnte. Diese Zeit war Vergangenheit. Dass er und Unwin Brüder waren, ließ sich nicht ändern, aber sie würden sich nie wieder vertrauen. Also würde Unwin ihn umbringen – oder den Befehl dazu erteilen.

Er könnte höchstenfalls darauf hoffen, ein Schwert in die Hand gedrückt zu bekommen und im Kampf zu sterben. Vielleicht würde er dann, wenn er sich auf dem trostlosen dunklen Heidemoor wiederfand, endlich die Halle erreichen, wo sein Bruder Hunting an der Tür auf ihn wartete. Athelric wäre auch dort. Und Elfling?

Unwin, der mitbekam, dass Wulfweard sich den Arm über die Augen legte, setzte sich aufrecht hin – aber nach dieser Bewegung lag Wulfweard wieder still.

Unwin verspürte die Qual der Unentschlossenheit, die ein Jäger auf der Spur eines Hirschs im Waldgebiet empfand, wenn er sich vor jedem Zweig und jedem Ast in Acht nahm, die unter seinen Füßen zerbrechen oder rascheln könnten. Würde eine zu langsame und vorsichtige Verfolgung die Gelegenheit zunichte machen und der Beute die Flucht ermöglichen? Würde eine zu plötzliche Bewegung sie in Panik versetzen und in die Flucht jagen?

Ohne ein Wort zu sagen, nahm er den Brotteller und durchmaß leise den Raum, bis er vor Wulfweard stand. Er stellte den Teller auf der breiten Bank vor dem Kopf des Jungen ab. Ein leichtes Aufflackern der Augenlider war Wulfweards einzige Reaktion.

Unwin dachte nach. Er konnte einen Befehl bellen, sich hinzusetzen und zuzuhören oder den Namen des Jungen sagen und ihn fragen, ob er Hunger hatte. Was immer er auch sagte, Wulfweard würde nicht darauf reagieren. Der abweisende Gesichtsausdruck verhieß das zumindest. Also beugte Unwin sich nieder, riss die Beine des Jungen von der Bank, packte seinen Arm und richtete ihn mit Gewalt auf. Überrascht öffnete Wulfweard die Augen und erblickte seinen Bruder.

Wulfweard hätte sich von ihm abgewandt, aber Unwin packte ihn an den Schultern und drückte ihn vor sich auf die Bank. Als er sich ruhig verhielt, nahm Unwin den Brotteller, setzte sich hin und hielt ihn ihm entgegen.

Wulfweard war hungrig, und es war ohnehin alles sinnlos. Er nahm ein Stück Brot und aß.

Unwin verzog keine Miene, doch Wulfweard kannte ihn zu gut und erkannte den Triumph in seinen Gesichtszügen.

Wulfweard griff mit seiner linken Hand nach einem weiteren Stück Brot. Mit seiner Rechten suchte er zwischen ihren Körpern nach dem Dolch an Unwins Gürtel. Sie saßen so nah beieinander, dass er, wenn er die Finger um den Griff bekam, den Dolch in einer senkrechten Linie nach oben führen musste, um ihn aus der Scheide zu ziehen. Sein Arm glitt an Unwins entlang, und er sah, wie sich sein Gesichtsausdruck verhärtete.

Wulfweard sprang auf und von ihm weg und schnappte sich dabei den Dolch. Sofort griff er an, den Dolch stoßbereit. Unwin warf ihm den Teller ins Gesicht.

Wulfweard scheute zurück und schlug den Teller zur Seite, wodurch sich das alte Brot im gesamten Raum verteilte. Unwin war aufgestanden und hielt die Hände nach oben, mit den Handflächen nach außen. An seinem Gürtel hing ein Schwert, matt und unansehnlich – Wodens Versprechen. Er hatte nicht das Recht dazu. Wulfweard wechselte geschmeidig seinen Schwerpunkt, jederzeit bereit, sich auf ihn zu stürzen, und wartete auf die Lücke, die Gelegenheit, ihm den Dolch in den Körper zu treiben.

»Wulf, gib mir meinen Dolch zurück.«

Unwin sah, wie der Körper des Jungen von Schaudern geschüttelt wurde. Er starrte Unwin ins Gesicht, mit offenem Mund und weit aufgerissenen Augen. Unwins sanft klingende Stimme hatte viele Erinnerungen an vergangene Freundlichkeiten geweckt. Sein Arm, der eben noch bereit war, den Dolch einzusetzen, verlor nun seine Kraft.

»Wulf, was ist los mit dir?« Eine Frage, die er ihm schon mehrfach gestellt hatte.

»Du schuldest mir ein Leben! Du hast meinen Bruder getötet!« Er wollte den Dolch verwenden, um Unwin zu verletzen, schreckte aber im letzten Moment immer wieder zurück. Der Druck der sich widersprechenden Gefühle ließ ihn erzittern, und sein Atem ging in schweren, unregelmäßigen Stößen.

Die Haut auf Wulfweards Gesicht war so angespannt, so bleich, dass der Umriss seiner Lippen zu verblassen schien, während seine Augen dunkler wirkten und ihn fixierten. Unwin hob seine Hände noch höher, denn er kannte die blinde Wut, die keine Schmerzen kannte. Wodens Wut hätte er sie genannt, wenn er ein Heide wäre. Er wusste, dass er sehr vorsichtig vorgehen musste.

»Wulf, du bist jetzt sehr wütend auf mich. Aber das wird vorübergehen.«

Der Junge griff ihn an.

Unwins Körper hatte so viele Übungsstunden hinter sich, dass er instinktiv reagierte, aber dennoch war seine Bewegung nicht schnell genug, und es hätte ihn fast das Leben gekostet. Die Dolchspitze durchstieß seine Tunika und seine Haut, prallte an einer Rippe ab und verursachte eine schwer blutende Wunde. Der Schwung des Angriffs hatte Wulfweard vorbeistürmen lassen, und Unwin folgte ihm sofort, um ihn in den Schwitzkasten zu nehmen. Mit der freien Hand packte er die Dolchhand Wulfweards.

Wulfweard stieß sich mit den Füßen vom Rand der Wandbank ab und warf sein gesamtes Gewicht nach hinten, was Unwin aus dem Gleichgewicht brachte. Er fiel und riss dabei Wulfweard mit sich, ließ aber nicht los – instinktiv packte er noch fester zu. Er rollte sich auf ihn und nutzte sein größeres

Gewicht, um den Jungen auf dem Boden festzunageln. Er löste den Arm von Wulfweards Hals und benutzte beide Hände, um den Daumen des Jungen zurückzubiegen und ihm den Dolch zu entreißen. Dann warf er ihn in die gegenüberliegende Ecke.

Unwin atmete tief ein, denn er glaubte, der Kampf wäre vorbei, doch Wulfweard wand sich unter ihm, befreite sich und rannte zum Dolch. Es folgte ein verzweifelter, brutaler Kampf auf dem harten Fußboden, der Staub und Stroh in die Luft wirbelte – mit aufgeplatzten Knien, geprellten Hüft- und Handgelenkknochen, Schlägen mit Fäusten, Ellbogen, Knien und tiefem Grunzen, wenn die Schläge landeten. Unwin schnappte nach Luft, schmeckte das Blut einer gebissenen Zunge in seinem Mund und spürte, wie Feuer in seiner Lunge brannte. Seine Arme wurden schwächer, und überrascht stellte er fest, dass er vielleicht diesen Kampf nicht gewinnen würde. Nach dieser Erkenntnis trieb er sein Knie hart in Wulfweards Unterleib. Wulfweard blieb der Atem weg, und sein Körper erschlaffte. Er warf verzweifelt den Kopf nach hinten und schnappte nach Luft, die nicht in seine Lunge wollte.

Unwin brach neben ihm zusammen und keuchte schwer. Als das Gewicht von ihm herabfiel, rollte sich Wulfweard zusammen, zog die Knie an und schlang die Arme um seinen Bauch. Sein Atem ging nur stoßweise und keuchend. Unwin legte dem Jungen die Hand auf den Kopf. Er wusste, wie es sich anfühlte, so einen Schlag abzubekommen: wie die Luft, die man mit aller Kraft einsog, einem im Hals stecken zu bleiben schien und nie die schmerzende Lunge erreichte. Seine Arme und Beine zitterten von der Anstrengung, sein Herz schlug viel zu schnell. Er schüttelte den Kopf, und hätte er frei atmen können, er hätte fast gelacht. Er hatte nie geglaubt, dass dieses dünne Hemd von einem Bruder jemals auch nur den Hauch einer Chance gegen ihn gehabt hätte – bis jetzt. Und das alles mit der Absicht, ihn umzubringen. Das Temperament hatte er von Woden – oder von dem Elfenjüngling.

Unwin kniete sich hin, packte Wulfweard unter den Armen und stemmte ihn hoch. Er hielt ihn fest, während er sich rückwärts über den Boden schob, bis er an der Wandbank lehnte. Wulfweard zerrte an Unwins Händen, die um seinen Hüfte geschlungen waren, obwohl sein Hinterkopf noch auf Unwins Schulter lag. Er atmete immer noch unregelmäßig.

Unwin sagte: »Ich konnte es dir kaum gestatten, mich niederzustechen, aber –«

Wulfweard hörte auf, sich aus Unwins Griff befreien zu wollen. Er legte seine Arme über Unwins und zog die Knie an. Er lehnte sich an Unwin, drehte aber den Kopf zur Seite.

»Komm zurück zu mir, Wulf.« Unwin schob Wulfweards verschwitzte Haare aus seinem Gesicht. »Leiste mir den Eid.« Keine Antwort, aber der Junge konnte ja auch kaum atmen. »Es war ein Teufel, Wulf. Du hast das nicht sehen können – du warst verhext. Ich musste es töten. Hör mir zu. Ich werde eine Kirche errichten lassen, und ich werde sie zur Messe segnen lassen. Nimm die Hostie an, und dann leiste deinen Eid.« Er hielt inne, denn er hoffte auf eine Antwort – wenn nicht das Gewicht seines Bruders, der sich an ihn lehnte, die Antwort war. Wulfweard schien wieder regelmäßiger zu atmen. »Wulf. Ich will dich nicht töten.«

Wulfweard rollte seinen Kopf auf der Schulter und wandte ihm den Blick zu. »Tu es selbst.«

Unwin versuchte, nicht vor Freude zu lachen, weil Wulfweard mit ihm geredet hatte. »Was tun, Wulf?«

»Bezahl keinen der Dänen dafür.«

Unwin schob ihn zur Seite und stand auf. Seine Knie zitterten, als er durch den Raum und hinaus in den Vorraum ging. Der Priester wartete und wirkte entsetzt, als er das Blut auf Unwins Tunika und sein geprelltes Gesicht sah.

»Was würdet Ihr tun«, fragte Unwin, »um diesen Fluch aufzuheben?«

Der Priester verschränkte die Hände in seinen schwarzen Ärmeln. »Es gibt nur einen Weg, Atheling. Der besessene Körper darf kein leicht zu beherrschender Platz für den Geist sein, der ihn übernommen hat. Verweigert ihm das Essen – das wäre zumindest ein Anfang.«

»So soll es geschehen«, sagte Unwin und ging.

Wulfweard war allein. Er drehte sich auf die Seite, zog die Knie an und schlang die Arme um seinen Bauch. Ein altes Lied ertönte in seinem Kopf.

Wieland kannte Schmerz, in Banden geschlagen:
Störrischer Jarl, dem Unrecht geschah,
In Eiseskälte, in der Verbannung wärmten sich
Leid und Sehnsucht an seinem Feuer –
Doch das ging vorüber, auch dies geht vorbei.
Es ging vorüber. Dies, mag sein, auch.

ZWÖLFTES KAPITEL

DAS RUNENLIED

Elfling fiel hinauf in flammenumtostes Licht, tauchte tief ein und stieß mit dem Kopf durch die schillernde Oberfläche eines brennenden Sees, dessen leuchtende Wellen gegen ihn brandeten, aber ohne seine Haut zu verbrennen. Über und um den See herum befand sich nichts. Die Helligkeit des Feuers ließ die Dunkelheit undurchdringlich werden.

Er watete auf festem Boden, der sich unter seinen Füßen hart und kalt anfühlte. Als er zitternd dort stand, erlosch das Feuer und ließ einen ruhigen See dunklen Wassers zurück. Um ihn herum war alles schwarz: unwirkliche Umrisse aus tiefster Finsternis vor dunklem Hintergrund.

Er wartete auf Licht, jenseits menschlicher Erkenntnis von Zeit und Raum. Er hörte keine Geräusche, er sah keine Bewegung. Nicht ein einziger Vogel sang.

Er stand dort und rief hinaus in die Dunkelheit, doch er störte nichts auf, hörte kein Echo, erhielt keine Antwort.

Es war kein Tag zu erwarten. Er betrat die Dunkelheit.

Die Sterne schimmerten an einem schwarzen und eisig kalten Himmel. Unter ihren Füßen glitzerte der Frost wie Eis.

blumen auf dem harten schwarzen Boden. Ebba versuchte, sich in ihren Mantel zu hüllen, während sie Ud folgte, doch immer wieder blies der Wind den Stoff auseinander und ließ ihre Haut unter Speerspitzen aus Eis erzittern.

Hinter ihr lagen das Licht, der Lärm und die Wärme des Festsaals, und es verlangte ihr danach.

Das Tor der Burg war verschlossen, doch Ud sprach nur ein Wort und strich mit der Hand über die Schlösser, und schon öffneten sie sich mit einem Klicken, als ob Angst die Torflügel auseinandertriebe. Sie traten hindurch und überquerten die Holzbrücke über dem tiefen Graben, der die Burg umgab, wobei ihre Füße leichte dröhnende Geräusche verursachten.

Ebba mochte die Dunkelheit nicht. Es gab so viel von ihr, und sie ergoss sich aus der Burg über die Felder und Obstgärten und weiter hinaus in die Wildnis. Gefahren schlichen leise und unsichtbar durch die Dunkelheit. Krallenbewehrte, immer hungrige Bären, schneller als jedes Pferd. Wölfe, ganze Rudel von ihnen, gelbäugig. Hexen, Walküren, Geister, alle Arten von Nachtgängern. Bei Ud war sie in Sicherheit, aber sie fürchtete, dass er sie verließ und die lauernden Kreaturen sich um sie scharen würden.

Ud führte sie an den Grabenrand. Sie konnte kaum erkennen, wo sie hintrat, und sie spürte, wie der Graben sie hinabzuziehen versuchte, hinunter auf die angespitzten Pfähle an seinem Boden. Ud ging weiter, als ob es heller Tag wäre.

Dann nahm er sie bei der Hand, trat in den Graben und rutschte seinen steilen Rand hinab. Sie kreischte, als sie hinter ihm hinabgezogen wurde, denn sie fürchtete die spitzen Pfähle und die Geister, die auf ihren Schrei herbeieilen würden. Doch Ud zog sie an sich und hielt sie fest, und obwohl sie hart gegen die Pfähle prallten, wurden sie doch nicht verletzt.

Viel Unrat landete im Graben: Schalen, zerbrochene Töpfe, Stofffetzen und Knochen, alles mit silbernem Frost überzogen. Der Gestank von Fäulnis war trotz der Kälte überwältigend. Dicht bei ihnen erhaschte sie einen Blick auf etwas Großes, Bleiches und roch den frischen blutigen, üblen Geruch der Schlachtbank. Sie wollte es nicht sehen und drehte ihren Kopf weg.

»Hier werde ich ein Feuer anzünden«, sagte Ud. »Hier werden wir unser Werk verrichten.«

Ein Feuer war gut. Wenn sie stundenlang hier sitzen und ein Lied singen sollten, dann war ein Feuer sehr gut, aber warum sollten sie es mitten im stinkenden Dreck des Grabens anzünden? Doch Ud tat das, was er wollte, und sie widersprach ihm nicht. Sie schlang lediglich die Arme um sich und zitterte.

Sie hörte kein Schlagen von Feuerstein, doch von einem Augenblick zum anderen schoss eine gelbe Flamme und dann ein hoch flackerndes Feuer aus mächtigen Ästen hervor, die niemals im Graben gefunden worden waren. Ihr Saft knisterte und spuckte glühende Funken aus Rinde in die Luft: Das Holz platzte im Feuer auf, und die Bruchstücke glühten golden und rot. Der beißende Geruch brannte in den Augen und reizte den Hals.

Ud und Ebba hockten sich in der lebensspendenden Wärme und dem Licht des Feuers auf eine dünne Blätterschicht. Über Ebba ertönte ein Seufzen und Knarzen, und sie schaute nach oben. Feuerbeschienene Äste und raschelnde Blätter bildeten weit über ihnen ein gewaltiges grünes Dach. Sie sah einen Baum, der größer war als jeder, den sie jemals zuvor gesehen oder sich vorgestellt hatte. Die Blätter verrieten ihr, dass es sich um eine Esche handelte. Aus dem starken, leichten Holz dieses Baums wurden Holzschilde und

Speerschäfte hergestellt. Aus diesem Baum waren die Menschen entstanden. Seine Wurzeln wirkten größer als Fuhrwerke und erhoben sich aus den angehäuften Blättern vergangener Jahrhunderte. Sein Stamm war so weit vom Feuer entfernt, dass er im Schatten lag, und so breit im Durchmesser, dass ihr das, was sie sehen konnte, als flache graugrüne Mauer erschien. Der Gestank des Unrats war verschwunden. Nun stieg ihr der Duft von feuchter Erde, alten Blättern, Wasser und Moos in die Nase.

Ein ständiges Rauschen und Knistern, Knarzen und Ächzen ging von dem Baum aus. Unter sich spürte sie das Heben und Senken der Erde, als die riesigen Wurzeln an ihr zerrten. Sie erkannte den Baum sofort: Niemand konnte ihn sehen und hören und riechen, ohne ihn zu erkennen – Odins Ross, der Baum, an dem er hing, der Weltenbaum. So aufmerksam betrachtete sie die wechselnden Muster aus Feuerschein und Dunkelheit zwischen den Blättern, und so entschlossen lauschte sie dem Baumlied, dass sie die große blutverschmierte Gestalt neben dem Feuer fast nicht sah.

Nur am Rande nahm sie wahr, wie das flackernde Licht über die angespitzten Pfähle und steilen Grabenwände tanzte.

»Hol meine Trommel«, sagte Ud und wies ihr den Weg.

An einer der riesigen Baumwurzeln lehnte eine Trommel. Ebba schritt knietief durch raschelnde Blätter und entlockte ihnen den Duft von Lehm und Pilzen. In der Nähe der Trommel entdeckte sie das Glitzern dunklen Wassers. Unter der Wurzel lag ein tiefer, dunkler Teich, und daneben lag der Kopf eines Manns. Nichts außer dem Kopf, aber er wirkte wie lebendig. Die Augen bewegten sich und betrachteten sie eindringlich, als sie sich nach der Trommel bückte.

Sie schnappte sie sich, rannte über die knirschenden Blätter zurück zu Ud und versteckte sich hinter ihm.

Er nahm die Trommel und lehnte sie an sein Knie. Sie war flach, nur Haut, die über einen ovalen Rahmen gespannt war. Ein Knochenhammer war an einem Lederband daran befestigt, und damit schlug Ud den Rhythmus für das Baumlied.

»Die dornenberankte Heide dein letztes Ziel wird sein . . .« Hohe Berge zeichneten sich vor einem schwarzen Himmel ab und beugten sich über das schmale dornige Tal, durch das er sich quälte. In der Dunkelheit glitten unsichtbare Dornen über seine Haut und entlockten mit kaltem Stich seinem Körper Blut. Die einzigen Geräusche entstammten seinen Bewegungen. Nicht eine Eule schrie, nicht ein Fuchs jaulte.

Dann rief ihn die Trommel. Lange Zeit stand er einfach nur da und hörte zu, und dann folgte er ihrem Klang in der Dunkelheit, über Fels und an Dornen vorbei.

Die Hitze des Feuers ließ den Gestank des Unrats noch schlimmer werden. Ebba kauerte neben Ud, während er in die Hände klatschte und sang.

»Neun lange Nächte ritt ich mein Pferd mit dem Wind; von meinem Speer getroffen ritt ich weiter. Niemand speiste mich; niemand gab mir zu trinken. Ich ergriff die Runen und fiel schreiend zurück –«

Er schrie, und Ebba umschlang die Knie mit den Armen und senkte den Kopf und hoffte, die Geister, die sich jenseits des Feuerscheins in der Dunkelheit versammelten, würden sie nicht sehen.

»Ich kenne eine Rune: Sie nimmt den Schmerz, sie heilt Krankheiten, sie macht wieder ganz. Selbst den Schmerz der Trauer und

Sehnsucht lindert sie! Ihr Name ist –« Ud beugte sich direkt über die Leiche und flüsterte in ihr Ohr. Dann hob er den Kopf und lachte lange und laut in die Dunkelheit hinein.

Das Lachen verwirrte Ebba, und sie sprang auf und schaute sich um, versuchte, die Dunkelheit am Rand des Grabens über ihnen mit ihren Blicken zu durchbohren. Zu einer solchen Zeit, an einem solchen Ort, klang Lachen wie Wahnsinn.

»Ich kenne eine zweite Rune: Jeder Mann, der heilen will, muss sie kennen – nur ich kann sie lehren! Der Name dieser Rune ist –« Und wieder beugte sich Ud zum Ohr der Leiche hinab, und als er sich wieder aufrichtete, lachte er laut auf.

Das Trommelgeräusch verlor sich fast in einem durchdringenden stetigen Lärm, der dem Wogen der See oder Regen ähnelte, der nach seinem langem Weg durch Windstöße endlich auf harten Boden prallt. Er erkannte es als das Rascheln des Winds durch einen Wald: das Heben und Senken unzähliger Blätter und das Knarzen der Äste, das Ächzen der Bäume.

Der Schein eines Lagerfeuers erhellte die Dunkelheit, und dessen Flammen enthüllten keinen Wald, sondern nur eine einzelne gigantische Esche.

Eine Wurzel bahnte sich ihren Weg durch das herabgefallene Laub, und er musste sie wie einen Berghang erklimmen, indem er seine Füße in die tiefen Furchen der Rinde stemmte. Er spürte, wie die Wurzel unter ihm in dem Versuch pulsierte, der Erde nahe zu sein, und sein Kopf war mit dem Duft frischen Holzes erfüllt.

Als er die Wurzelspitze erreicht hatte, blickte er hinab auf feuerbeschienene Wellen schwarzen Wassers. Der Kopf eines

Mannes – nur sein Kopf – schaute ihn von der anderen Seite der Wasserfläche an. Er kletterte hinab und trat dabei auf große Klumpen weichen, feuchten Mooses.

Im Zwischenraum zweier riesiger Baumwurzeln knisterte ein Feuer. Vor seinen Flammen zeichneten sich zwei schwarze Umrisse ab: ein kauerndes Mädchen und ein Mann mit einer Trommel. Er ging zu ihnen und schützte seine Augen mit der Hand vor der Helligkeit und spürte, wie Wärme über seine Haut glitt. Das Mädchen blickte auf. Sie hatte ein merkwürdiges kleines Gesicht mit schräg stehenden dunklen Augen. Er kannte sie.

Der Mann war alt, doch kräftig gebaut. Er hatte breite Schultern und mächtige Arme. Die Hände an der Trommel waren riesig. Sein Gesicht war von vielen Furchen und Falten durchzogen, wie abgetragenes altes Leder. Seine Haare trug er lang, und sein Bart war grau. Ein Auge glitzerte im Feuerschein, das andere war ein finsteres Loch. Auch ihn kannte Elfling.

Als er das Feuer umkreiste, schaute er auf seinen eigenen Leichnam hinab. Der Körper war zerstückelt, verunstaltet, doch das Gesicht unberührt, und er betrachtete es eingehend, denn sein eigenes Gesicht hatte er nie zuvor gesehen. Einen Augenblick glaubte er, es wäre Wulfweard.

Ebba suchte hinter Uds Schulter Schutz und sah, wie der Geist sich über seinen eigenen Leichnam beugte. Er zitterte wie ein Spiegelbild in gekräuseltem Wasser und verschwand im ewigen Wechselspiel der Schatten und Flammen. Sie bohrte ihre scharfen Fingernägel in Uds Schulter – doch der Geist erschien wieder, und dann lief ihr ein Schauer über den Rücken, während sie dachte: *Was sehe ich da?*

Das Feuer verbrannte Ebbas Haut auf einer Seite, doch auf der anderen zitterte sie vor Kälte. Ud setzte sein Lied fort.

»*Ich kenne eine dritte Rune: Mit ihr mache ich die Klinge des Feindes stumpf, mit ihr wird sein Stab weich wie Gras. Ihr Name ist –*« Ud flüsterte sie in Elflings Ohr, wo sie ungehört verhallte.

»*Ich kenne eine vierte: Schlagen mich meine Feinde in Ketten und sperren mich hinter mächtigen Türen ein, wird dieser Zauber die Ketten zersprengen, die Schlösser öffnen. Ich werde mich immer befreien. Ihr Name ist –*

Eine fünfte kenne ich: Ich kann einen Pfeil im Flug mit nur einem Blick meines einzelnen Auges aufhalten. Und der Name der fünften ist –«

Der Einäugige erhob seine Stimme über das laute Tosen der Blätter im Wind. »Du hast lange gebraucht. Hast du Hunger? Hier – mach das Fleisch für den Topf fertig.« Er hob ein Küchenbeil aus den Blättern neben sich auf und warf es vor Elflings Füße. Seine breite Klinge strahlte golden im Feuerschein.

Das einzige Fleisch, das sich zubereiten ließ, war Elflings eigener Körper. Er schaute den Einäugigen an, und der alte Mann nickte.

Also nahm Elfling das Küchenbeil und kauerte sich neben sich selbst. Ein kleines scharfes Messer fiel neben ihm auf die Blätter. Er hackte und schnitt wie ein Jäger, der seine Beute zerlegte und die Knochen voneinander trennte.

Als er wieder aufschaute, sah er ein Dreibein über dem Feuer stehen, unter dem ein Messingkessel glitzerte. Das Mädchen kämpfte sich durch die Blätter zum Wasser und zurück, um den Kessel mit Wasser zu füllen.

Wasser zu holen war in dieser Welt genauso harte Arbeit wie in jeder anderen, und mit jedem Gang fürchtete sich Ebba mehr vor dem Kopf neben dem Teich, der sie offensichtlich einzufangen versuchte, so aufmerksam beobachtete er sie. Ihre Arme schmerzten, und es war schwer, den Eimer so hoch zu heben, dass sie ihn in den hängenden Kessel entleeren konnte. Doch je müder sie wurde, umso mehr bemühte sie sich. An einem solchen Ort, in einer solchen Gesellschaft, hatte sie Angst davor, sich zu beschweren.

Elfling warf seine eigenen Gelenke in den Kessel. Selbst den Kopf warf er dazu, als ob er Sülze machen wollte.

Im Graben der Burg sang Ud: »*Ich kenne eine sechste Rune: Schickt mir jemand Ruhmeszweige mit Runen, so kann ich ihre Kraft gegen ihn einsetzen. Und der Name der Rune lautet –*

Ich kenne eine siebte: Wenn die Halle Feuer fängt, in der meine Freunde Schutz suchen, so kann ich sie mit einem Wort löschen. Und das Wort lautet –

Eine achte kenne ich: Alle Menschen wollen sie lernen, doch nur ich verstehe sie zu lehren! Wenn der Hass in den Herzen der Menschen brennt, kann ich sein Feuer löschen – wenn ich mich dazu entscheide! Und der Name lautet –

Ich kenne eine neunte: Wenn Schiffe in Gefahr sind, so kann ich den Sturm beruhigen, der die Gischt sprühen lässt: Ich kann die See beruhigen – wenn ich mich dazu entscheide! Und die Rune heißt –«

Uds Gelächter verlor sich in der Dunkelheit. Ebba kauerte sich an seinen Rücken und verbarg ihr Gesicht unter seinem Mantel.

Über ihnen wogten und ächzten die gewaltigen Äste. Der Einäugige nahm eine Holzschüssel und füllte sie mit einer Holzkelle aus dem Kessel, der über dem Feuer vor sich hinköchelte. Er reichte sie Elfling. »Lass es dir schmecken!«

Ebba schaute Ud über die Schulter und sah zu, wie der Geist mit jedem Bissen sich selbst aß.

Was sehe ich da?

Sie fragte sich, ob sie sich nach dem Aufwachen an alles erinnern würde. Würde sie in ihre eigene Welt zurückkehren und einfach weiter essen und reden, während sie sich an dies hier erinnerte?

Im Graben der Burg sang Ud: »*Eine zehnte Rune kenne ich: Ich kann einen Gesang anstimmen, der Hexen verbietet, ihre Form zu wandeln, und sie finden auch nicht mehr den Weg in ihr eigenes Haus zurück. Ihr Name lautet –*

Ich kenne eine elfte: Wenn ich meine Freunde in die Schlacht führe, kann ich so hinter meinem Schild singen, dass sie kämpfen, ohne verletzt zu werden, und siegen, ohne verletzt zu werden, und nach Hause zurückkehren, ohne verletzt zu werden. Und ihr Name lautet –

Eine zwölfte Rune kenne ich: Wenn ich einen der meinen treffe, einen Gehängten, so kann ich ihm befehlen, mir alles zu erzählen, was er weiß. Und ihr Name lautet –

Ich kenne eine dreizehnte: Wenn ich sie über einen neugeborenen Jungen spreche, so wird sein Mut niemals wanken, und er wird auch niemals in der Schlacht fallen. Und ihr Name lautet –«

Der Einäugige bat Elfling um Hilfe, und gemeinsam hoben sie den Kessel vom Feuer. »Raus damit!«, sagte der Einäugige, und sie warfen den Kessel um.

Die Brühe strömte in einer schäumenden Welle hervor, ergoss sich dampfend in die Blätter. Knochen klapperten und flossen heraus. Ein langer Schenkelknochen lag auf dem Kesselrand, als ob er nur halbherzig aus einem Messingmund gespuckt worden wäre. Der Schädel rollte und klapperte am Kesselboden herum.

»Jetzt nimm deine Knochen«, sagte der Einäugige. »Füg dich zusammen!

Eine vierzehnte kenne ich – den Narren ist sie unbekannt! Nur ich kann sie lehren, und ihr Name lautet –

Ich kenne eine fünfzehnte –«

Elfling kauerte neben dem heißen Kessel und verwendete seinen eigenen Schenkelknochen, um seinen eigenen Schädel aus den Tiefen des Kessels zu bergen. Es gelang ihm mit Leichtigkeit, seinen Schädel auf die Blätter zu legen, die vielen Knochen seines Rückgrats darunter, die Schulterblätter, die zersplitterten Rippen, die Armknochen und die geschwungene Form der Hüfte, die langen Knochen der Beine. Doch die vielen kleinen Knochen der Hand- und Fußgelenke, der Hände, Füße, Finger und Zehen ließen sich in den Blättern nur schwerlich entdecken.

Ebba half ihm dabei. Sie kniete sich neben den Geist, durchwühlte die feuchten Blätter mit ihren Händen und weckte deren erdigen Duft. Ihre Finger schlossen sich um glatte Knöchelknochen, die vom kochend heißen Wasser noch gewärmt waren.

Ihre Haut kribbelte, als sie die glatte, schlüpfrige Oberfläche der nassen Knochen ertastete. Sie hielt sie dem Geist hin, und er entnahm seine eigenen Knochen ihrer Hand. Sie spürte seine Berührung, die wie die Berührung eines Lebenden war, und sah zu, wie er die Knochen seiner Hand zusammenlegte.

Ihr gesamtes Leben lang hatte sie Elfling nahe sein wollen. Nun saß sie zwischen seinen Knochen, was komisch war, und sie verspürte das Bedürfnis zu lachen, aber sie hatte Angst.

Schwindel ergriff sie, als der Geist sie anlächelte. Es schien ihr fast, als ob der Wind, der durch die großen Äste von Odins Pferd pfiff, auch durch ihren Schädel blies und jeden einzelnen Gedanken, jede einzelne Erinnerung durcheinanderbrachte.

Wie kann ich das in meinem Kopf behalten und weiterleben? Wie kann ich das träumen und nicht erwachen?

Die Leute in Julsburg – zumindest die Wachen – mussten Uds kräftige Stimme gehört haben, als er sein langes Lied in der Dunkelheit sang. Sie mussten sein lautes, herzliches Lachen gehört haben. Niemand erschien. Vielleicht wussten sie, dass es ein Zauberlied war, und hatten Angst.

»Ich kenne eine sechzehnte Rune: Wenn mich die Lust treibt, so kann ich die Liebe einer weißhäutigen Frau erringen. Und der Name dieser Rune lautet –

Ich kenne eine siebzehnte: Sie ist so mächtig, dass die Frau an mich gebunden ist, bis ich sie wieder befreie. Und ihr Name lautet –«

»Leg dich hin«, sagte der Einäugige, und Elfling legte sich zwischen seine eigenen Knochen. Der Einäugige häufte die kräftig duftenden Blätter der großen Esche über ihn.

Ebba half ihm. Aus einer Esche hatte Woden den ersten Mann erschaffen und aus einer Ulme die erste Frau. Ich erschaffe einen Menschen, dachte sie, aus Eschenblättern und

Eschenholz und Knochen. Sie hielt kurz inne und hob ihre Hände, um nachzufühlen, ob sie zwei Augen hatte oder nur eins. Ihre Hände waren voller Walderde.

Elfling lag zwischen seinen eigenen Knochen und streckte seine Arme und bewegte seine Hände und spürte, wie die Knochen sich unter seinem Fleisch bewegten. Er schaute zu den weit ausufernden Ästen des Baums hoch und nahm die Dunkelheit und das goldene Flackern des Feuerscheins in den rauschenden Blättern wahr. Er hörte das Ächzen des großen Baums, wie er sich ständig bewegte, und spürte, wie die Erde unter ihm pulsierte, als seine Wurzeln ihre Kraft aufsaugten.

Der Einäugige beugte sich zu ihm hinab, und er sah das Glitzern im lebendigen Auge. Der Einäugige kam noch näher, legte seine Lippen auf Elflings Lippen und blies in ihn hinein. Sein Atem stank nach Wolf, und seine Lippen waren kalt wie Lehm.

»Eine achtzehnte Rune kenne ich, doch werde ich sie nie weitergeben, weder der weißen Frau in meinen Armen noch meiner eigenen Schwester! Das Geheimnis allein ist mächtig – nur ich kann es lehren, und das werde ich niemals tun!

Neun Runen und neun habe ich am Baum gelernt, eine harte Schule! Diese Worte sprach ich aus, bevor es die Menschen gab, und dies waren meine Worte nach meinem Tod, als ich mich wieder erhob!«

Das Feuer knisterte. Der Wind blies ihnen Wolken stechenden, atemraubenden Rauchs ins Gesicht. Der Feuerschein warf einen blendend hellen Lichtkreis. Für wenige Sekunden war ein Pfahl in der Nähe zu sehen oder ein Bruchstück eines zerbrochenen Topfes oder die Zahnreihen eines Schweinekieferknochens, der aus dem Unrat des Grabens herausragte. Augenblicke später flackerte das Feuer kurz auf, und alles versank wieder in Finsternis. Jenseits lag eine Mauer aus Dunkelheit, und vor dieser Dunkelheit wirbelten tanzende scharlachrote Funken, und kleine Schneeflocken fielen nun sachte herab und hauchten im Feuer zischend ihr Leben aus.

Ud ergriff die Hände der Leiche und zog sanft an ihnen. Als die Leiche sich dank seiner Kraft erhob, bedeckte Ebba ihren Mund mit der Hand und schloss die Augen. Doch als sie einen Seufzer hörte, der weicher als der Wind in den Bäumen klang, blickte sie wieder auf.

Ud und Elfling saßen sich gegenüber, und Ud hielt Elflings Hände fest umschlossen. Sie saßen wie in einem kleinen Boot, die Beine ineinander verschlungen, und sie lächelten einander an.

Ebbas Blicke huschten zwischen den beiden hin und her. Der eine bekleidet, die nackte Haut des anderen wie poliertes Elfenbein im Feuerschein glänzend. Der eine grau und bärtig, der andere bartlos und wunderschön. Das flackernde Licht spielte über die Falten des alten Gesichts, ließ die Runzeln auf Stirn und Nase tiefer wirken, machte aus dem verlorenen Auge einen Abgrund, entblößte jede einzelne Furche auf den ledrigen Wangen und um die Augenhöhlen.

Das Licht ließ Elflings Gesicht goldbraun erglänzen. Seine Augen blitzten silbern auf.

Ud streckte eine große adernüberzogene, faltige Hand aus und glitt mit seinem dicken Zeigefinger von Augenbraue zu Kinn, wie ein Künstler, der seine Arbeit bewundert.

Ebba zitterte am ganzen Leib, wie eine Stoffpuppe, die an ihren Fäden wild gezogen wird. Sie schlang die Arme um sich und zitterte nur noch mehr. Sie dachte: Niemand sollte dies sehen.

Ud sagte: »Antworte mir, wenn du es kannst. Wie wurde die Erde erschaffen?«

Ebba stopfte sich die Finger in die Ohren, um nichts zu hören, konnte es aber nicht verhindern.

»Vom Ersten«, antwortete Elfling, »der Frau und Mann war, Mutter und Vater von allem. Die Berge entstanden aus den Knochen des Ersten, die Erde aus der Haut des Ersten, der Himmel aus der Rundung des Schädels des Ersten –«

»Genug!«, sagte der Einäugige. »Doch beantworte mir auch dies. Wer waren die ersten Lebewesen, und woher stammten sie?«

»Die Zwerge vermehrten sich wie die Maden aus dem Fleisch des Ersten. Und dann –«

Ud grinste. »Genug! Doch beantworte mir das, wenn du es kannst. Als mein Sohn, Ing, auf dem Scheiterhaufen lag, was habe ich ihm ins Ohr geflüstert?«

Ebba schüttelte den Kopf, denn sie wollte die Antwort nicht hören. Elfling beugte sich weit nach vorne, damit er in Uds Ohr flüstern konnte.

Sie sah, wie sich in Uds faltenreichem Gesicht ein Grinsen ausbreitete. Sie sah ihn während des Flüsterns nicken und nicken und nicken.

Zwischen den trockenen Blättern raschelte es plötzlich, und etwas bewegte sich im Baumschatten. Sowohl Ebba als auch Ud schauten in die Richtung des Geräuschs: Elfling drehte sich um.

Eine Frau trat ins Licht, eine große, wunderschöne Frau. Ihre langen Haare fielen ihr über die Schultern und ihre Brüste bis über die Hüfte hinab. Es schien zuerst dunkel zu sein, doch es blitzte rot auf, als sie sich dem Feuer näherte. Es war von langen grauen Strähnen durchzogen. Um ihren Hals lag eine breite goldene Halskette, die helle Lichtblitze von sich gab, und an ihrer Hüfte trug sie noch mehr Gold.

Elfling erblickte sie, erhob sich und ging zu ihr. Ebba sah, wie sie sich begrüßten und umarmten, und spürte einen Stich, als ob ihr Herz zwischen zwei Mühlsteinen zermalmt wurde. *Was sehe ich da!* Dass Elfling niemals ihr gehören würde, gehören konnte. Es war bedeutungslos, wie lange sie ihm folgte, was sie plante, was sie träumte. Sein Schicksal und auch das ihre waren vor langer Zeit bestimmt worden. Sie konnte nicht einmal eifersüchtig sein – das traute sie sich nicht.

Elfling ging mit Freya zum Baum und verschwand mit ihr in seinem Schatten. Ebba schaute ihnen schmerzerfüllt hinterher, bis sie bemerkte, dass Ud sie anschaute. Sein Auge funkelte, und er lächelte.

Sie atmete tief ein, legte den Kopf in den Nacken und schaute hinauf. Über ihr lag der sternenübersäte Himmel und seine Eiseskälte, über dem Graben der Burg, der mit Unrat übersät war. Sie erkannte auch die Blätter und Äste der großen Esche.

Ud lachte und machte eine Handbewegung. »Geh schon, meine Kleine – fort mit dir!« Ihr wurde schwindlig, als ob sie sich rückwärts bewegte, obwohl sie noch saß. »Geh zu ihnen, berichte ihnen, wie ich meine Runen gesungen habe. Sage ihnen, was ich aus ihm gemacht habe. Sage ihnen, was ich ihnen schicke. Sag ihnen, sie sollen ihn in neun Tagen erwarten. In neun Tagen!«

Was habe ich nur gesehen?, dachte Ebba und legte sich im Graben nieder.

DREIZEHNTES KAPITEL

STECHPALMENFEUER

Wo das Götterhaus einst gestanden hatte, war der Boden sauber gekratzt worden, unterbrochen nur von schwarzen Pfahllöchern. Einige der Holzpfähle standen noch und wurden zum ersten Mal seit Generationen von der Sonne beschienen. Das gräuliche Winterlicht glänzte auf der Fläche, die das Werk der Äxte freigelegt hatte. Einen Blick über diese Stelle auf Häuserwände zu werfen, die zuvor immer vom Götterhaus verdeckt gewesen waren, ließ Ebba frösteln. Alle Winkel in ihrem Blickfeld schienen nicht mehr zu stimmen, die Schatten fielen nicht, wie sie es sollten. Sie schrak zurück und schaute mit dem unbestimmten Gefühl nach oben, dort den Stamm und die Äste eines riesigen Baums vorfinden zu müssen.

Doch sie sah nur die Straßen der Burg und lachte und tanzte über den Boden, auf dem das Götterhaus gestanden hatte. Was sie gesehen hatte! Im Vergleich dazu schien Unwins radikaler Abbruch des Götterhauses reine Zeitverschwendung zu sein. Sie drehte sich wild im Tanz und klatschte in die Hände. Menschen, die an ihr vorbeikamen, wichen vor ihr zurück. Jeder kannte das wahnsinnige Mädchen.

Ihre Angst ließ sie nur noch lauter lachen. »Heute ist der achte Tag!«, rief sie. »Morgen – ach, was ihr nur sehen werdet!«

Die Menschen wandten ihren Blick ab und gaben vor, sie nicht gehört zu haben, doch sie hatten jedes Wort vernommen. War sie wieder fort, so redeten sie miteinander, die Sachsen und die Dänen. Neun Tage. Das wahnsinnige Mädchen, Wodens Mädchen, plapperte die ganze Zeit von neun Tagen. Die Zahl hatte etwas Magisches an sich. Neun Tage hing Odin am Baum …

Und Jul wurde nicht gefeiert, denn Unwin bereitete sich auf das Fest seines neuen Gottes vor, Christus. Den Leuten gefiel das nicht. Ebba bekam mit, was sie sagten, Unwin aber nicht. Ein altes Gästehaus sollte als christliches Gotteshaus gesegnet werden, und diejenigen, die dort untergebracht gewesen waren, wurden hinausgeworfen und mussten sich in die anderen Häuser quetschen. Die meisten von ihnen waren Dänen, denn Unwin kümmerte sich weniger um deren Zufriedenheit als um die seiner walisischen Verbündeten. Ebba hörte, wie sie sich beklagten. Unwin nicht.

Sie hatte zugeschaut, wie alle Waffen von den Wänden des alten Hauses hinausgetragen wurden. Der christliche Priester hatte gesagt, sie dürften nicht in einem Hause Gottes hängen. Ing trug ein Schwert, Thunor eine Kriegsaxt und Woden einen Speer, doch Christus hasste Waffen und Krieg – außer natürlich, wenn der Krieg von Unwin geführt wurde.

Innerhalb eines Tages war Jul »heidnisch« geworden und sollte in Vergessenheit geraten. Das Haus musste ab sofort »Kirche« genannt werden, nach einem fremdländischen Wort. Wandteppiche wurden herabgerissen, weil sie »heidnische« Bilder zeigten. Wunderschöne, uralte Schnitzereien wurden von den Säulen und Wänden abgeschlagen oder entstellt.

Es erging der Befehl, in jedem Haus die grünen Zweige zu entfernen, nicht nur in der »Kirche«. Dieselben Frauen, die mit großer Freude Girlanden geflochten hatten, mussten nun jeden einzelnen Zweig, jedes Blatt und jede rote Beere entfernen und hinausfegen. Aber es reichte nicht, sie auf den Misthaufen zu werfen; sie mussten auch noch alle verbrannt werden. Auf den Höfen wurden Feuer entzündet, und alles Grüne wurde in ihnen verbrannt. Der Rauch hatte sich wie tief hängende Wolken über die gesamte Burg verteilt, ein Rauch, der Augen tränen ließ und Kehlen zuschnürte, und das stundenlang.

Während Ebba durch die Straßen schlenderte, war sie auf ein niedergebranntes Feuer gestoßen. Vor einem Gästehaus befand sich im offenen Hof ein Rund aus grauer Asche, umgeben von einem Ring schwarzer Erde, wo die Hitze der Flammen den Schnee hatte schmelzen lassen. Der schwarze Schlamm war noch in derselben Nacht wieder gefroren.

Dänen und Waliser saßen auf der Bank vor dem Haus, und die Frauen der Burg eilten mit gesenkten Köpfen an ihnen vorbei. Ebba beachtete sie gar nicht, tanzte in die Asche und trat eine Wolke feinen grauen Staubs auf, und es roch erneut verbrannt. An ihren Fußgelenken fühlte die Asche sich weich an, ließ sich auf ihrem Rock nieder, färbte ihn grau. Ein Teil davon flog so weit hoch, dass sie ihre dunklen Haare bedeckte und sie in eine alte Frau verwandelte.

Was sie gesehen hatte! Wenn sie sich daran erinnerte, dann schien ihr der Brand so lächerlich zu sein, dass sie laut auflachte – und dann erinnerte sie sich an Elfling in Freyas Armen. Ihr wurde schmerzhaft bewusst, dass sie niemals auch nur den kleinsten Teil dessen erhalten würde, was sie sich vom Leben erhofft hatte. Es tat weh, es schmerzte – und trotzdem konnte sie nicht aufhören zu lachen, vor Verblüffung über das, was sie gesehen hatte, was sie wusste. Es war die Art Wissen, die wie langsam über Haut züngelnde Flammen Schmerzen verursachte und sie wie trunken schwanken ließ. Dies war der Grund, das wurde ihr klar – und immer mehr Wissen schlug wie eine heranbrandende Welle über ihr zusammen –, warum Woden sich sein eigenes Auge herausgeschnitten hatte: für einen Schluck des Wissens. Dies waren der Schmerz und die Trunkenheit, die ihn wie Speere durchbohrt und schwindelnd am Baum hatten hin- und herschwingen lassen.

Sie wirbelte in der Asche, klatschte in die Hände und gab ein Geräusch von sich, das weder Weinen noch Lachen war. Durch den Aschenebel um sich herum erkannte sie den Dänen, den Dunkelhäutigen, den sie »Troll« nannten. Er saß bei den anderen auf der Bank und starrte sie mit offenem Mund an. Sie stampfte mit den Füßen auf, verschwand in einer Aschewolke und sang ihr Lied zum Tanz:

> »Jeden Winter verlässt er uns, folgt den Walen auf ihrem Weg,
> Doch Stechpalmenfeuer, Stechpalmenfeuer wecken ihn aus
>   seinem Schlaf,
> Und er kehrt zurück, er kehrt zurück,
> Mit Weizengarben, Weizengarben in seinen Armen.«

Die Asche stob wirbelnd um sie nach oben, und weil sie husten oder lachen musste, konnte sie nicht mehr singen. Wie lustig, dass Unwin die Stechpalmenfeuer befohlen hatte!

Als sich die Asche wieder legte, erkannte sie, dass die Dänen mit dem Polieren und Ölen ihrer Rüstungen aufgehört hatten und untereinander zaghafte Blicke austauschten. Sie hatten ihr Lied verstanden.

474

Ebba lächelte ihnen zu und erkannte dann am Rande des Aschekreises einen perfekten unangerührten, grünen und scharlachroten Stechpalmenzweig. Sie schnappte ihn sich, tanzte erneut, sprang und drehte sich und hielt ihn über den Kopf.

»*Oh, die Stechpalme und der Efeu,*
Wenn sie erst in voller Blüte stehen,
Von allen Bäumen in den Wäldern
Ist die Stechpalme die wahre Königin!
Oh, der Sonnenaufgang
Und die Flucht des Hirschen . . .«

Ingvi sprang von der Bank auf und rannte durch die Asche zu dem Mädchen, ohne auf seine frisch gereinigten Stiefel zu achten. Das Mädchen war ein so unheimlicher Anblick, mit ihren Luftsprüngen und ihrem Gejaule, völlig verrückt und von Kopf bis Fuß in Asche eingehüllt. Aber sie war Odins Wahnsinnige, und es war Odins Jahreszeit. Ingvi packte sie an der Hand und stimmte in ihren Tanz und ihr Lied ein.

»*. . . und süßer Gesang rund um das Feuer!*
Oh, die Stechpalme erblüht,
So weiß wie Schnee,
Als Frigga ihn gebar, unseren süßen Ing,
Und ihn in Seide hüllte, juchhe!
Oh, der Sonnenaufgang!«

Weitere Dänen gesellten sich zu ihnen, und schnell formte sich ein großer Kreis, der sich auf der Asche und um die

Asche drehte. Ihr lauter, fröhlicher Gesang und ihr Gelächter stiegen in der kalten Winterluft empor und wurden über die Hausdächer hinfortgetragen.

Atemlos beendeten sie ihren Gesang, und ihr Kreis zerfiel. Gemeinsam trafen sie sich in der Mitte, umarmten sich, klatschten und jubelten sich zu. Waliser waren aus den anderen Häusern herbeigeströmt und schauten ihnen zu, doch nur einige von ihnen lächelten.

Ebba zog an Ingvis Arm, bis er seinen dunklen Kopf zu ihr herabbeugte. Er war sogar noch dunkler als sie, doch seine Haare starrten nun genauso vor Asche wie die ihren. »Morgen ist der neunte Tag«, flüsterte sie. »Nach neun Tagen kehrt er zurück.«

»Sie ist wahnsinnig«, sagte jemand, doch in Ingvis dunklen Augen erkannte sie, dass er ihr Glauben schenkte.

»Und wenn er zurückkehrt«, sagte er, »werde ich an seiner Seite sein! Darauf kannst du dich verlassen, meine Süße.«

Sie lächelte und küsste ihn anschließend. Als er überrascht zurückwich, flüchtete sie und schrie: »Heute ist der achte Tag!«

»Wahnsinnig«, wiederholte der Mann.

»Ja«, pflichtete ihm Ingvi bei. »Odins Wahnsinnige.«

Wulfweards Schmerzen waren so unerträglich, dass es ihm schien, als ob es in seinem Kopf nur Krach gäbe. Manchmal dachte er, der Lärm wäre nur der christliche Priester, der auf dem Holzfußboden umhertrampelte, ihm Vorhaltungen machte, ihn dazu ermahnte, Unwin und Christus die Treue zu schwören. Manchmal, wenn er die Augen öffnete, war dem wirklich so, denn die ruckartigen Bewegungen des Priesters bereiteten ihm Übelkeit. Manchmal war der Raum leer.

Ob er nun von grauem Tageslicht durch den hohen geschlossenen Fensterladen erhellt wurde oder durch eine einzelne Kerze, oder im Dunkeln lag – es war egal. Der Lärm in seinem Kopf nahm kein Ende.

Nachzugeben war ihm unerträglich erschienen, zu widerstehen ein Zeichen von Stärke gewesen. Doch die Kraft seines Körpers war schneller geschwunden als die Entschlossenheit seines Willens. Sein Kopf hatte derart zu schmerzen begonnen, dass klares Denken unmöglich geworden war. Den Wasserkrug zu heben wurde schwer. Er konnte seine Hand kaum zu einer Faust ballen. Sein Magen schien in seinem Inneren an etwas zu nagen, als ob er sich, völlig ausgehungert, dazu entschlossen hätte, sich von seinem Körper zu ernähren.

Merkwürdigerweise hatte die Hoffnung, Unwin würde wiederkommen, ihm dabei geholfen, stark zu bleiben. Unwin konnte dies nicht angeordnet haben. Aber dennoch wusste er, dass Unwin ihn tot sehen wollte. Er konnte nicht mehr klar denken. Unwin würde kommen ...

Die Schmerzen an seinem Hals, seinem Rücken und in seinen Gelenken machten ihm das Leben zu einer solchen Qual, dass er zu spüren glaubte, alle Knochen in seinem Leib würden langsam zermahlen. Seine Fingerspitzen wurden so empfindlich, dass der leichteste Druck zu blauen Flecken führte.

Einmal hatte er beim Öffnen seiner Augen den Priester über sich gesehen, wie er ihn mit großer Besorgnis anstarrte. Der Priester war mit schwindelerregender Geschwindigkeit aus seinem Blickfeld entschwunden und war Ewigkeiten später mit Käse und Brot zurückgekehrt.

Der Käsegestank hatte Wulfweard auf leerem Magen erbrechen lassen. Er dachte, sein Innerstes würde sich nach außen stülpen, wie beim Ausziehen eines Hemds. Bei diesem Gedanken hätte er normalerweise gelacht, wäre es ihm nicht so schlecht gegangen. Er hatte den Brotteller mit dem Käse von sich geschoben, und der Krach, als er zu Boden fiel, bereitete ihm Schmerzen. Er wusste, er würde sterben, wenn er nicht aß, aber er konnte das Essen einfach nicht zu sich nehmen. Er wusste, er lag im Sterben, aber es bedeutete ihm nicht viel. Wenn es bedeutete, die Schmerzen würden ein Ende finden, dann sollte es ihm recht sein.

Die harte Wandbank fügte ihm blaue Flecken zu, wenn er sich auf ihr bewegte. Er versank in seinem Schmerz, der seinen Kopf und seinen Körper gefangen hielt, als ob er wie ein Stück Holz in einem tosenden Fluss fortgespült wurde, und lag regungslos in der Dunkelheit. Der Fluss trug ihn in eine Welt, die er bereits kannte. Er war schon einmal dort gewesen.

Der Schmerz in seinem Kopf ließ leicht nach, und als sein Bewusstsein stückweise zurückkehrte, spürte er eine Berührung auf seiner Stirn. Der Schmerz ließ weiter nach, und er erkannte die Berührung als Finger, als eine Hand. Ein Gefühl von Kälte und Klarheit schnitt wie ein eisiger Gebirgsbach durch den unerträglichen Lärm in seinem Kopf: ein Segen.

Seine Augenlider waren schwer und zuckten einige Male, bevor er sie öffnen konnte. Er blickte in ein umschattetes Gesicht, das von langen, schwungvollen Haarsträhnen umrahmt wurde. Er starrte es an, blinzelte ein paarmal, bevor er erkannte, dass es nicht der Priester war, auch nicht Unwin, sondern Elfling.

Wulfweard lächelte. Er war endlich an die Küste der Anderswelt gespült worden. Deswegen hatten die Schmerzen nachgelassen. Und sein Bruder hatte auf ihn gewartet. Wärme und Linderung flossen durch seine Gelenke und ließen ihn die Schmerzen in den kalten Händen und Füßen kaum noch spüren. Sein gesamter Körper entspannte sich. Es war gut, endlich gestorben zu sein.

Die Augen fielen ihm vor Müdigkeit wieder zu, und ob er nur kurz eingenickt war oder stundenlang geschlafen hatte, das wusste er nicht. Was ihn aber weckte, war das Geräusch von Regen – nein, der Wind, der durch unzählige Blätter fuhr und sie rauschen ließ. Er spürte immer noch die Berührung einer Hand auf seiner Stirn, und als er die Augen wieder öffnete, beugte sich Elfling immer noch über ihn, als ob nur ein Wimpernschlag vergangen wäre.

Sein Kopf bewegte sich unter Elflings Händen, und er schaute sich um. Er lag unter wuchtigen Ästen und sich kräuselnden Blättern, die sein gesamtes Blickfeld ausfüllten, seinen Horizont, dem Himmel gleich. Für einen Augenblick wurden sie von den züngelnden Flammen eines Feuers erhellt, nur um in jäher Dunkelheit wieder zu verschwinden. Die Blätter und der Feuerschein schienen ein Duett zu tanzen, bei dem keiner von beiden jemals stillstand, und ihre Bewegungen zauberten tiefe Täler aus Schatten herbei, die zugleich in feinsten, wechselnden Mustern aus Licht und Finsternis erstrahlten. Hier die mächtigen Äste, dort ein lichtumhülltes Blatt. Das Wechselspiel aus Licht und Dunkelheit war ein großartiger Anblick, doch erst durch das unaufhörliche Flüstern der Blätter und das Seufzen des Windes erhielt es seine Vollkommenheit.

Wulfweard bewegte seine Hand, und er spürte getrocknete Blätter zwischen den Fingern. Er lag auf weichem Untergrund, auf den gefallenen Blättern der vergangenen Jahrhunderte. Der Duft des Waldbodens umgab ihn, und er spürte unter sich, wie die großen Baumwurzeln die Erde durchwühlten, sich hoben und senkten, fast wie regelmäßige Atemzüge.

Sein ständiger Schmerz verging, und er wusste nicht, ob Elflings heilende Berührung dies ermöglichte oder die Anwesenheit des Baums.

Er legte den Kopf in den Nacken, um Elfling anschauen zu können, und Elfling grinste über seine Verwunderung, als er einen Arm unter seine Schultern schob. Wulfweard versuchte, sich aus eigener Kraft aufzurichten, doch sein Körper war schwach und schwer zu kontrollieren, und das machte ihn wütend.

Das flackernde Licht stammte von einem Lagerfeuer in ihrer Nähe. Er konnte dessen sanfte, wärmende Berührung spüren. Ein Kessel hing an den Ketten eines Dreibeins über dem Feuer. Daneben kauerte ein alter Mann, der sich in einen Mantel gehüllt hatte, und eine Kapuze bedeckte sein Gesicht. Der Mantel war an den Stellen, an denen das Feuer ihn anstrahlte, blau. Als der Alte sah, wie Wulfweard sich aufsetzte, nahm er eine Holzschale und eine große Holzkelle von einem Stein neben dem Feuer und füllte die Schale am Kessel.

Er trug die dampfende Schale zu ihnen, und Wulfweard schnupperte den Duft eines saftigen, mit Fleisch gekochten Eintopfs, als er ihnen näherkam. Es rumorte in seinen Eingeweiden, und er begann unter großen Schmerzen zu würgen.

Elflings Hand legte sich auf seinen Bauch. »Nein«, sagte Elfling und flüsterte ein weiteres Wort in sein Ohr, das er weder hörte noch verstand – doch die schmerzhaften Krämpfe ließen nach, und die Übelkeit verschwand. An ihre Stelle trat Hunger, reiner, unwiderstehlicher Hunger, wie er ihn schon seit Tagen nicht mehr verspürt hatte. Das Wasser lief ihm im Mund zusammen, als er nach der Schale griff. Das ausgehöhlte Auge verzerrte das faltige Gesicht des Einäugigen, als er ihm mit einem Grinsen die Schale reichte.

Sie war bis zum Rand gefüllt und schwer, doch Elfling hielt sie für ihn fest, während ihm der alte Mann einen Holzlöffel gab. Das Essen war kochend heiß. Die Hitze durchströmte ihn, stärkte und wärmte ihn. Der Fleischgeschmack in seinem Mund, seine salzige Würze, seine kräftige, blutige Note, verliehen ihm Kraft. Elfling war hinter ihm, stützte ihm den Rücken, und Wulfweard konnte sein Lachen nicht nur hören, sondern auch spüren. Der alte Mann kauerte zwischen den Blättern und grinste, als er ihn ordentlich zuschlagen sah. Die gute Laune, das wärmende Feuer und der Schutz des großen Baums verliehen ihm genauso viel Kraft wie das Essen. Nachdem er gegessen hatte, legte er sich auf die Blätter und schlief wieder ein. Das sanfte atmende Heben und Senken der Erde unter ihm wiegte ihn in den Schlaf: der Herzschlag der großen Esche.

Er erwachte auf einer harten Bank. Es war totenstill, eiskalt und dunkel bis auf schwaches, grau schimmerndes Licht. Ihm wurde schwindlig, als er sich aufsetzte, doch es ging ihm bald besser, und er war dankbar dafür, wieder klar denken zu können und keine Schmerzen mehr zu empfinden. Aber er befand sich wieder in dem Raum, dessen Holzwände ihn so bedrohlich umklammert hielten. Helles, klares Mondlicht ergoss sich in langen Strahlen von den Rändern der Fensterläden hinab in den Raum und erhellte ihn. Ein Gefühl der Einsamkeit und der Sehnsucht nach der Schönheit des Baums trieben ihm stechende Tränen in die Augen, und er hielt den Atem an.

Lachen ließ ihn blitzschnell seinen Kopf drehen. Elfling saß nackt im Schatten auf einer Ecke der Wandbank, und seine Haut spiegelte das schwache Licht wie poliertes Elfenbein wieder. Seine langen Haare und seine Augen schimmerten silbern.

Wulfweard sprang auf und hielt dann inne, denn die Kraft, die er verspürte, verwunderte ihn. Elfling stand auf, ging an seinem Bruder vorbei und ergriff dabei seine Hand. Das Türschloss öffnete sich auf eine Berührung seiner Hand mit einem sanften rollenden Klicken, und die Tür schwang nach innen. Wulfweard überraschte es nicht – oder er war zu sehr überrascht, um dies noch als bemerkenswert zu empfinden. Er wurde durch die Tür in den Vorraum geführt.

Vor der Tür standen Wachen mit Speeren in der Hand, doch ihre Schilde standen neben ihnen an der Wand. Der eine starrte geradeaus, während der andere mit geschlossenen Augen an der Wand lehnte.

Elfling und Wulfweard blieben vor ihnen stehen, doch weder sahen die Wachen sie an noch schienen sie das geringste Geräusch zu vernehmen. Eine unmittelbare Gefangennahme war unausbleiblich, aber zugleich kam Wulfweard sich so wenig greifbar vor wie die Zugluft, die um ihre Ohren pfiff. Der Gedanke ließ ihn erzittern. Er wollte Elfling fragen: Sind wir nun beide Geister? Bin ich tot?

Elfling lachte leise, griff nach dem Bart des einen Wächters und zog daran. Der zuckte mit dem Kopf zur Seite, hustete, verlagerte sein Gewicht – blieb aber dann mit offenen Augen wieder ruhig stehen. Elfling grinste immer noch, als er Wulfweard bereits weiterführte.

Sie durchquerten den Saal bis zur Tür, wuchteten den Riegel hoch und stellten ihn an die Seite. Dann schoben sie die Türflügel auf und traten hinaus in die Winternacht.

Der Schock war wie der Sprung in kaltes Wasser. Über ihnen schillerte ein Sternenhimmel auf tiefschwarzem Grund, und jeder einzelne Stern glitzerte eisig und hart. Der Mond wirkte riesig, fast voll, eine knochenweiße Scheibe, deren Rand abgeschnitten war. Unter ihren bloßen Füßen spürten sie den har-

ten Boden, der von einer dünnen Decke gefrorenen knisternden Schnees überzogen war. In einer solchen Nacht blieb man
nicht stehen.

Elfling stieß einen Jagdschrei aus und rannte in Richtung
Tor. Wulfweard stimmte mit ein und folgte ihm. Sie liefen
auf unterschiedlichen Wegen zwischen den Gebäuden hindurch, riefen sich über die Dächer hinweg zu, trafen sich auf
Innenhöfen, nur um sich erneut zu trennen. Am Tor kamen
sie wieder zusammen, das zwischen unaufmerksamen Wachen offen stand. Wulfweard wunderte sich darüber, war Elfling aber schon über die Brücke gefolgt, bevor er einen weiteren Gedanken daran verschwenden konnte. Dann rannten
sie die schneebedeckten Abhänge in Richtung Obstgärten
und Felder hinab, und er musste seine gesamte Aufmerksamkeit darauf verwenden, nicht hinzufallen. Die kalte Nacht-
luft zischte wie Peitschenhiebe über seine Haut.

Die Eiben standen im grauen Mondlicht wie eine schwarze
Masse um das Gräberfeld. Ein goldenes Licht blinkte hinter
ihnen auf, als Elfling und Wulfweard auf die Mauer sprangen.

In der Mitte des Gräberfelds brannte ein Feuer. Dunkle
Gestalten kauerten dort. Das golden schimmernde Licht erhellte die grauen Steine des inneren Mauerrings und glitt
über schneebedeckte Grabhügel und Holzpfosten, deren ein-
geritzte Runen verrieten, wer dort begraben lag und wer die
Toten bestattet hatte. Wo der Feuerschein nicht hinreich-
te, lauerte tiefste, rabenschwarze Dunkelheit oder das kühle,
verräterische Halblicht des Mondes auf glitzerndem Schnee.

Der Wind fegte ihnen die Haare ins Gesicht, während sie
auf der Mauer standen, und die Kälte wehte widerstandslos
durch Wulfweards einziges Kleidungsstück, eine dünne Tunika. Die schwarzen Gestalten am Lagerfeuer erhoben sich,

wuchsen zu großen und erwartungsvollen Umrissen heran. Die Brüder sprangen herab und überquerten die Gräber, um sich mit ihnen zu treffen.

Ein Vogel flog flatternd an Wulfweards Kopf vorbei, um auf einem Runenholz am Feuer zu landen. Selbst im Lichtschein war er noch schwarz. Ein Rabe, dessen kräftiger Schnabel dazu gedacht war, Aas zu zerreißen. Ein Leichenfledderer, ein Vogel des Schlachtfelds.

Die zwei, die am Feuer warteten, waren ein alter Mann und ein hoch gewachsener Junge. Der Graubart ging Elfling mit offenen Armen entgegen und drückte ihn an sich, und als er sich umdrehte und auch Wulfweard umarmte – und das mit überraschend großer Kraft –, erkannte Wulfweard ihn wieder, als den alten Einäugigen, der ihm unter der Esche Fleisch zu essen gegeben hatte. Nun trug der Einäugige Rüstung, und zu seinen Füßen lag ein funkelnder Helm.

Der Junge umarmte Elfling und küsste ihn. Lange rote Haare fielen am Kettenhemd hinab, doch als der Junge sich zu Wulfweard umdrehte, bemerkte er graue Strähnen in seinem Haar und stellte fest, dass es sich um eine Frau handelte, keinen Jungen. Eine Schildmaid in voller Rüstung und mit einem Schwert. Er erkannte sie. Sie drückte ihn fest an sich, ihre Wange an seiner. Sie wich zurück und zog einen langen Dolch aus ihrem Gürtel, um ihn ihm anzubieten, den Griff in seine Richtung, die Klinge auf ihrer Handfläche.

Elfling nahm das Messer entgegen, das der Einäugige ihm entbot.

Wulfweard fragte: »Was nun? Sollen wir mit dem Schwerttanz weitermachen?«

Elfling grinste. »Wir sollen ihn diesmal zu Ende bringen.«

Wulfweard zog sich die Tunika über den Kopf und warf sie zur Seite. Nun war er so nackt wie Elfling, aber ihm war auf jeden Fall viel kälter. Er ergriff den langen Dolch der Schild-maid. Die Raben flogen krächzend auf und kreisten über ihnen.

Wulfweard bewegte sich in die Kampfstellung, von der aus der Schwerttanz begann, doch Elfling schüttelte den Kopf und hielt ihm die linke Hand hin. Wulfweard legte seine eigene linke Hand hinein. Elfling wich zurück, bis ihre Arme gestreckt waren, und setzte die Spitze seines Messers neben dem Ellbogen auf Wulfweards Arm. Sein Blick, der sich wie ein leichter Schlag ins Gesicht anfühlte, hieß Wulfweard, ihn nachzuahmen.

Wulfweard setzte die Messerspitze auf Elflings Arm. Er erinnerte sich an die eigentliche Bedeutung des Schwerttan-zes – um den Toten Blut zu schenken, sie aufzuwecken und an Jul teilhaben zu lassen. Er hatte versucht, seinen Bruder Un-win niederzustechen, und hatte es nicht geschafft. Er hielt es für noch unwahrscheinlicher, dass er seinen Bruder Elfling schneiden konnte.

Der Druck der Messerspitze auf seiner kalten Haut wuchs zu einem tiefen, quetschenden Schmerz an, der ihn die Zäh-ne zusammenbeißen ließ, aber er war nicht unerträglich. Er war nichts im Vergleich zum erbärmlichen, elendigen Schmerz des Verhungerns. Dann folgte der lange, glühend heiße und reißende Schmerz der scharfen Klinge, die sein Fleisch vom Ellbogen bis zum Handgelenk teilte.

Er biss die Zähne noch fester zusammen und drückte die Spitze seines eigenen Dolchs tiefer in Elflings Haut hinein, die nachgab, sich aber des Drucks erwehrte. Seine Hand zit-terte, aber Elflings Hand griff fester zu. Er hielt kurz den Atem an, veränderte den Winkel der Klinge und trieb sie in das Fleisch hinein, tiefer, als er es vorgehabt hatte – und zog sie schnell Elflings Unterarm entlang bis zum Handgelenk hinab. Er glaubte, die Haut reißen zu hören wie das Reißen von Seide.

Elfling ließ seine Hand los und wechselte den Dolch von der rechten in die linke Hand. Dann hielt er Wulfweard seine rechte Hand hin. Sie schnitten sich in ihre rechten Arme, während Blut an ihren linken Armen entlanglief und auf den Boden tropfte.

Elfling hob seine Arme und spannte die Muskeln an, damit das Blut schneller an den Armen herab über seine Schultern auf seine Brust fließen konnte. Dann breitete er schwungvoll die Arme aus, und das Blut spritzte in kleinen Tropfen umher.

»Gib uns den Gerstenmann, Wulf!«

Wulfweard rieb mit den Händen über die Schnitte an seinen Armen und verspritzte anschließend das Blut. Er bemerkte, wie Elfling sich von ihm entfernte, sich drehte und dabei sein Blut von den Armen auf viele Gräber fallen ließ; es wirkte fast wie ein Tanz.

Wulfweards Stimme klang in der Kälte heiser und unmelodisch, aber würden sich die Toten daran stören?

»Es kamen drei Könige von Westen her,
Einen Sieg sie wollten erringen,
Und sie schworen einen heiligen Eid –«

Elfling stimmte von der anderen Seite des Gräberfelds in das Lied ein.

»Der Gerstenmann, unser Gerstenmann,
Der Gerstenmann muss sterben!«

Sie rannten über das Gräberfeld, drehten sich dabei mit weit geöffneten Armen, und ihre beschwingten Bewegungen ließen ihr Blut schneller fließen. Es fiel hinab und hinterließ dunkle Flecken auf dem Schnee, doch es gefror sofort und konnte nicht in der Erde versickern.

>*Sie pflügten, sie säten, sie eggten ihn ein,*
Häuften Erde auf sein Haupt,
Und sie schworen einen heiligen Eid,
Der Gerstenmann, unser Gerstenmann,
Der Gerstenmann ist tot!«

Elfling stach mit seinem Messer auf die Grabhügel ein, um Löcher in sie zu graben und das Blut von seinen Armen in sie hineinfallen zu lassen. Wenn die Kälte die Blutung stillte, dann öffnete er seine Wunden wieder mit der Messerspitze.

>*Und tot lag er da, viele Monde lang,*
Bis der erste Frühlingsregen niederging,
Da hob der Gerstenmann den Kopf,
und reckte sich hoch zum Licht!
Und so stand er bis zur Mittsommernacht,
Und sei er auch blass und fahl.
Der Gerstenmann, unser Gerstenmann
Der Gerstenmann hat 'nen Bart!«

Elfling kniete auf der festgefrorenen Erde und spürte weit unter sich, wie sich etwas verschob. Er stützte seine Hände auf, ließ das Blut seine Arme hinablaufen, wo es um die Handgelenke zusammenfloss. »Sing!«

Wulfweard spürte ebenso die Bewegung unter seinen Füßen, und seine Stimme nahm einen höheren, kräftigeren Ton an.

>*Sie schickten Männer mit scharfen Sicheln,*
Um ihn am Knie abzuschneiden,
Und sie rollten ihn und banden ihn –«

Seine Stimme schwankte und brach ab. Eine schwarze wachsende Linie durchzog die dünne Schneedecke auf dem Gräberfeld. Das Gräberfeld schlug aus.

Elfling sprang auf, und sein Blut lief ihm in Streifen die Arme entlang und tropfte herab, und er stimmte in das Lied ein:

>*Und sie rollten ihn und banden ihn fest,*
Und ließen ihn noch mehr leiden!«

Wulfweard fand seine Stimme wieder, wenn ihm auch der Atem oft wegblieb, und während der Wind an ihnen zerrte und ihre Haare fliegen ließ, sangen sie gemeinsam weiter, und der Boden unter ihnen ächzte.

>*Sie schickten Männer mit scharfen Gabeln,*
Um sie ihm ins Herz zu jagen,
Und ließen sie ihn noch mehr leiden,
Denn sie banden ihn auf den Wagen.
Sie trugen ihn um das Feld herum,
und brachten ihn in die Scheuer,
Und dort schworen sie einen heiligen Eid,

Den Gerstenmann, unseren Gerstenmann
Den Gerstenmann zu richten.

Sie schickten Männer mit Holzapfelstöcken,
Ihm die Haut von den Knochen zu schinden,
Und ließen sie ihn noch mehr leiden,
Denn sie mahlten ihn zwischen zwei Steinen.«

Lange, gerade Stöcke aus Eschenholz wuchsen aus der Erde. Eiserne Speerspitzen glitzerten an ihren Enden, golden im Feuerschein, silbern im Mondlicht. Die Erde hob sich, und wie Pilze schossen breite Schilde hervor, auf denen eiskalt schillernde Eisenbuckel wuchsen. Der harte Boden wich zurück, als ob er von einem Pflug geteilt würde – aber dieser Boden wurde von unten gepflügt.

Helme, auf denen sich das Mondlicht spiegelte, durchbrachen den Boden. Barhäuptige Köpfe erschienen, und Knochen glänzten. Hände griffen nach oben und tasteten umher, Schultern stemmten nach oben, die Knie gebeugt. Sie kletterten in der Kleidung hervor, in der sie begraben worden waren – in Leder, Tuch und in Kettenhemden. Sie drehten sich um, griffen in ihre Gruben hinab, suchten nach den Schwertern, die neben sie gelegt worden waren, nach ihren Äxten. Sie hoben geschrumpfte Köpfe und schauten sich um. Der Feuerschein fiel auf nasenlose Gesichter, die mit harter, lediger Haut überzogen waren, auf Gesichter, die nur zur Hälfte mit aufgedunsenem Fleisch überzogen waren, auf Gesichter ohne Augen, die nur aus Knochen bestanden.

Sie waren direkt bei Wulfweard, und seine Worte blieben ihm in der Kehle stecken. Er konnte kaum noch atmen. Das Messer fiel ihm aus der Hand. Er war im Geiste in die Welt der Toten gereist, aber er hatte niemals geglaubt, jemals Gebeine aus ihren Gräbern steigen zu sehen in seiner eigenen, lebendigen Welt. Das war Wodens Zaubermacht: Todesmagie – angsterregend.

Elfling kam herbeigelaufen, wand sich an den Knochengestalten vorbei, bis er an Wulfweards Seite war. Er umschlang Wulfweard mit seinen Armen, und die Faust, in der sich das blutverschmierte Messer befand, legte er Wulfweard auf die Schulter. Elfling sang den restlichen Text des Lieds, schüttelte Wulfweard in seinen Armen, um ihn aus seiner Angst zu befreien.

> *Und nun gieße ich in die nussbraune Schale*
> *Das Blut vom Gerstenmann!*
> *Und nun trinken wir auf die Jahreszeit*
> *Mit dem Blut vom Gerstenmann!«*

Wulfweards Kehle war ausgetrocknet, seine Stimme kaum mehr als ein Flüstern, aber er stimmte in die letzten Worte ein:

> *»Es geht der Jäger nicht auf die Jagd,*
> *Der Krieger bricht nicht den feindlichen Bann,*
> *Der Ackermann bringt nicht aus die Saat,*
> *Ohne Blut vom Gerstenmann!«*

Die Toten kamen ihnen näher, und mit jedem Atemzug mussten sie gegen den üblen Geruch verbrauchter Erde und den überwältigenden Gestank der Gräber ankämpfen.

Hände – Knochenfächer, auf die Hautfetzen gespannt

waren – griffen grüßend nach ihnen. Knochen packten ihre Schultern, berührten ihre Köpfe.

Elfling reichte ihnen die Hand, doch Wulfweard hob seine Hände, um sie abzuwehren. Schnell wie Bisse schlossen sich knöcherne Hände um seine Hände und um seine Arme, schlossen sich und hingen mit einer Grimmigkeit an ihm, die ihre Knochen in seine zu jagen, sie miteinander zu verbinden drohte, bis sie nicht mehr zu trennen wären. Gesichter taumelten auf ihn zu, als ob sie sich für den Begrüßungskuss nähern wollten, Zähne gebleckt unter dunklen, leeren Augenhöhlen. Wulfweard wäre hingefallen, hätte Elfling nicht den Arm um ihn gelegt.

Doch die Toten sammelten sich aus Liebe um sie, um sie zu begrüßen. Elfling ließ sie seine Hand in ihre nehmen, umarmte ihre verkümmerten Körper, entbot seine Wangen der Berührung erdbedeckter Zähne, ihrer lehmkalten, lehmfeuchten Lippen. Wulfweard vergrub sein Gesicht in Elflings Schulter und verbarg sich vor ihnen, obwohl er ihre Berührungen auf seinem Kopf und Rücken spürte und hörte, wie um ihn herum leise geflüstert und geraschelt wurde. »Die Brüder«, sagten die Toten. »Die Zwillinge.«

Dann drängten sich der alte Einäugige und die Schildmaid durch die Menge zu ihnen, und die Totenarmee begann ihre Speerspitzen auf die Schildbuckel zu schlagen, und ihr Klappern und Klirren hallte in der Kälte wieder. Sie wandten sich ab und setzten sich in Bewegung, hinauf zur Burg, und auf ihren Helmen und Speerspitzen spiegelte sich das Mondlicht.

VIERZEHNTES KAPITEL

DAS TOTENMAHL

Unwin warf einen Blick durch den Festsaal. Im goldenen Fackelschein glitzerte die erbeutete Pracht der Gäste ebenso wie die Waffen an den Wänden, und die Hitze sorgte für errötete und verschwitzte Gesichter. Auf allen Seiten und an jedem Tisch waren helle Kronen aus grünen Blättern und scharlachroten Beeren zu sehen: Stechpalmenkränze. Die Dänen trugen sie, die Heiden.

Selbst Ingvi Troll, der zu Unwins Linken saß, trug eine Krone in Grün und Scharlachrot auf seinen schwarzen Haaren, dem Befehl, Jul nicht zu feiern, zum Trotz. Ingvi hatte Erntefiguren auf den Tisch vor sich gestellt – kleine Strohpuppen von Wodens Ziegen und Ings Wildschweinen.

Unwin ließ sich sein Missfallen nicht anmerken. Einen offenen Streit mit den Dänen konnte er sich nicht leisten. Seine Männer, sowohl die christlichen Sachsen als auch die Waliser, waren seinem Vorbild gefolgt und hatten sich zum Fest mit den Dänen an dieselben Tische gesetzt, ohne auf die Julkränze und Julfiguren einzugehen.

Godwin war wütend darüber, dass die Dänen den Befehl seines Vaters missachteten, aber es war ihm erlaubt worden, an einem der weniger bedeutsamen Plätze am Ehrentisch zu sitzen, anstelle bei den Frauen auf der Wandbank dahinter, und er traute sich nicht, seine Meinung kundzutun, weil er fürchtete, vom Tisch fortgeschickt zu werden.

Es wäre für ihn einfacher zu ertragen gewesen, wenn er hätte verstehen können, warum sein Vater nichts sagte. Hatte er Angst vor den Dänen? Dieser Gedanke erschien ihm unerträglich. Vielleicht – zumindest hoffte er das – versteckten alle Männer seines Vaters Messer unter ihrer Kleidung und würden sich auf ein Zeichen auf die Dänen stürzen und sie alle umbringen, wie in einer der alten Geschichten. Er würde diesen grinsenden Troll am liebsten selbst umbringen. Man würde von Verrat und Mord reden, aber wenn die Leute die Wahrheit erfuhren, dann würden sie ihre Meinung schon ändern. Die Dänen waren die Verräter, weil sie zuerst seinem Vater die Treue geschworen und sich dann von ihm abgewandt hatten.

Aus dem Augenwinkel bemerkte er eine Bewegung, und er erkannte ein Mädchen, das hüpfend den freien Bereich vor dem Ehrentisch erreichte und offensichtlich im Rhythmus ihres eigenen Gesangs tanzte. Angewidert sah er, dass es sich um das wahnsinnige Mädchen handelte. Ihr kleiner ausgemergelter Körper steckte in einem dreckigen grauen Wollkleid, und ihre verfilzten dunklen Haare waren mit einem Kranz aus dunkelgrünen Efeublättern und schwarzen Beeren gekrönt – ihr Gegenstück zu den Stechpalmenkränzen der Dänen. Man hielt sie für eine Sächsin – eine weitere Verräterin! Sie sah aber nicht aus wie eine Sächsin. Ihr kleines weißes Gesicht war dreieckig wie das einer Katze, spitz zulaufend am Kinn, mit hohen Wangenknochen, und ihre Augen erinnerten ihn an die Früchte der Schlehe – lang, schräg und schwarz. Sie wirkte mehr wie eine Elfe als die Elfenbrut selbst. Vielleicht steckte noch altes walisisches Blut in ihr.

Jeder am Ehrentisch hatte die Augen nur auf sie gerichtet, doch sie, wahnsinnig, wie sie war, hatte nur Aufmerksamkeit für die Haltung ihre Füße und ihrer Arme ... Aber als ihr Blick auf den Troll fiel, lächelte sie und rief: »Heute Abend kommt er!«

»Wer?«, fragte Unwin.

Ingvi grinste, und seine weißen Zähne bildeten einen deutlichen Kontrast zu seiner dunklen Haut. Er hielt eine seiner Erntefiguren hoch – eine grobe Darstellung eines Manns, der seine Arme ausgebreitet hatte.

»Christus«, sagte Unwin, ihn mit Absicht falsch verstehend. »Der Gekreuzigte. Christus wird am Jüngsten Tag wiederkehren, so steht es geschrieben.«

Ingvi lachte und stellte seine kleine Figur an einer Schüssel auf. Unwin wandte sich ab. Er wusste, dass die Figur Ing darstellen sollte, dessen Arme ausgebreitet waren, um die Speere in sein Herz zu empfangen.

Im Saal war es laut: Das Knistern und Zischen der Feuer und Fackeln, das Geklapper des Geschirrs, das Trampeln von Füßen, der Lärm der Gespräche, Gelächter, Messer auf Tellern – all dies fand seinen Weg nach oben zwischen die Dachsparren, zusammen mit der Hitze, und da es so unaufhörlich auf jeden einprasselte, wurde es kaum deutlicher wahrgenommen als die Luft, die sie einatmeten. Durch diesen Lärm schnitt eine plötzliche, gellende Stimme: »Hört! So hört mir zu!«

So klang der Befehl eines Sängers, der ein Lied vorzutragen gedachte, und die Höflichkeit gebot Stille. Langsam wurde es leiser, und die Menschen reckten die Hälse, um einen Blick auf den Sänger zu erhaschen. Unwin blickte sich ebenso um, denn er war verwirrt. Er hatte keinem der Barden befohlen, ein Lied zu singen.

Eine Gestalt sprang über ihren Köpfen herum – das wahnsinnige Mädchen sprang herab auf eine gut besetzte Bank und von dort auf den Tisch. »Hört!«, rief sie erneut, erhob ihre Hand, und im schweigsamen Saal konnte jeder ihre Stimme hören.

Die letzten Geräusche verstummten, als ob sie einen Zauberspruch auf sie gewirkt hätte. Die Bediensteten hielten inne, Hände blieben auf Tischen liegen, alle hielten den Atem an. Von draußen, doch innerhalb der Mauern, ertönte ein Geräusch, wenn auch nur leise, von Metall, das auf Metall schlug – Klingen schlugen auf Schilde, Klingen schlugen auf Klingen. Die Musik der Äxte. Das Lied der Schwerter.

Es waren Feinde innerhalb der Mauern! Die Wachleute bekämpften sie bereits. Wer sie waren und wie sie hineingelangt waren, war nicht zu sagen, und es war auch unbedeutend. Alles, was zählte, war, dass man sich den Feinden entgegenstellte und sie vernichtete.

Unwin sprang auf und schaute sich um, auf die Waffen und Schilde an den Wänden, betrachtete die Männer an den Tischen. Waffen wurden bei der Weihnachtsfeier nicht getragen. Obwohl der Saal voller Männer war, trugen sie keine Kettenhemden und keine Helme. Sie hatten nur ihre Fleischmesser für das Essen bei sich.

Unwin füllte seine Lunge und schrie mit einer Stimme, die nach langen Jahren der Schulung über ganze Täler trug: »Bewaffnet euch!«

Die Männer sprangen auf, warfen Bänke um und stießen Teller und Hörner von den Tischen. Sie sprangen auf die Wandbänke, rissen die Schilde herab und packten die Äxte. Selbst die Dänen, selbst Ingvi Troll, gehorchten dem Befehl: Niemand konnte wissen, welcher der Feinde vor der Tür stand. Unwin selbst nahm das große schlichte Schwert von der Wand, Wodens Versprechen. Er verschwendete keine Zeit damit, sich den Schwertgurt anzuziehen, sondern zog es einfach aus seiner Scheide. Mit dem verhängnisvollen Zischen einer Schlange glitt es hervor.

Die Männer hatten nur Augen für die Waffen an der Wand, und in ihrem Bestreben, daran zu gelangen, verscheuchten sie Kendidras Kammerzofen von der Wandbank. Kreischend flüchteten die Frauen die steile Treppe zu den privaten Gemächern hinauf.

Kendidra selbst sprang von ihrem Platz auf, packte Godwin am Arm, um ihn in Sicherheit zu bringen. Doch er machte sich los und schlug nach ihr. »Lass mich in Ruhe, Frau!« Er kletterte auf die Wandbank und griff nach einem Schwert, das für einen Mann geschmiedet worden war, viel zu lang und schwer für ihn.

»Herrin!« Eine verängstigte Dienerin zerrte an ihrem Arm, und ihr standen Tränen in den Augen. Kendidra musste zusehen, wie Godwin mit einem Schwert von der Bank heruntersprang, das er kaum heben konnte, und konnte sich nicht entscheiden, ob sie lachen oder ihn anschreien sollte. Sie war so stolz auf ihn, dass es ihr die Tränen in die Augen trieb. Es war die Pflicht eines Mannes, für seinen Herrn zu sterben, wenn es sein musste, und Godwin – dessen Entschlossenheit an seinem jungen Gesicht abzulesen war – suchte nach seinem Vater, um an seiner Seite zu kämpfen. Mutig wie sein Großvater und sein Vatersbruder! Er war der fleischgewordene Mut, der durch ihre Adern floss und den ihre Familie von Generation zu Generation weitergab.

»Herrin, ich bitte Euch!«

Das Podest lag verlassen da, denn die Männer waren in die Saalmitte gesprungen. Als Kendidra erkannte, dass sie von wenig Nutzen sein würde, rannte sie zur Treppe und zerrte das Mädchen mit sich. Tränen liefen ihr übers Gesicht. Die Trauer ob des Verlusts ihres Sohnes versenkte bereits ihre unbarmherzigen Klauen in ihr Herz, aber dafür war er geboren und erzogen worden. Auf dem ersten Absatz blieb sie stehen und starrte in den Saal hinab. Die Dienstmagd zerrte an ihr und weinte, konnte sie aber zu keinem weiteren Schritt bewegen.

Godwin lehnte seine Schulter an die Seite seines Vaters, um seinen Platz im Schildwall einzunehmen. Sein Herz schien ihm bis zum Hals zu schlagen, das Blut rauschte in seinen Ohren, sein Körper zitterte vor Erregung, aber zugleich durchströmte ihn auch Erleichterung. Er brauchte sich nicht länger zu fragen, ob er jemals Mut für den Kampf haben würde. Jetzt war der Zeitpunkt gekommen: Er musste nur handeln. Er hatte Angst. Er konnte sich nichts vormachen, das war die Wahrheit, aber seine Wut und die Aufregung hatten ihn über sich hinauswachsen lassen, und er wusste, dass er sich dieser Aufgabe stellen konnte.

Unwin schaute hinab, und als er seinen Sohn neben sich stehen sah, schob er ihn mit einem Beintritt zur Seite.

»Geh zu deiner Mutter!« Er wollte keine Kinder zwischen den Füßen haben.

Godwin zog sich gekränkt bis zum Podest zurück und stieg hinauf, bis er über die Schultern der Männer blicken konnte. Wenn er die richtige Gelegenheit abwartete, konnte er immer noch das Leben seines Vaters retten.

Die Türflügel des Saales sprangen nach innen auf. Eisige Windstöße bliesen herein, fegten an Feuern und Fackeln vorbei und ließen ihr Licht flackern wie eine Welle, die an den

Wänden und Sparren vorbeifloss. Schatten brachen hervor, verschlangen alles, verschwanden wieder. Durch die Tür kamen die Wachmänner hereingerannt, Waliser und Sachsen. Sie liefen um ihr Leben, mit vor Angst entstellten Gesichtern, die Münder in wildem Grinsen verzerrt, ohne Verstand. Godwin stellte mit Entsetzen fest, dass sie ihre Schilde und Waffen fallen gelassen hatten, um schneller rennen zu können.

Sie stürmten gegen die Reihen der Verteidiger an und durchbrachen ihre Linien, da die Männer zögerten, auf ihre eigenen Freunde einzuschlagen.

Der Lärm von Wodens Musik wurde lauter, drängte sich schmerzhaft in jedes Ohr. Die nächsten Krieger, die durch die Tür hereinkamen, bewegten sich kämpfend rückwärts und rangen nach Luft. Der Schildwall der Verteidiger öffnete sich erneut, um die schwer bedrängten Männer durchzulassen.

Dann erschienen die Angreifer. Einer rammte einen Speer durch einen erschöpften Mann, der zu Boden gegangen war, ein anderer führte einen Beinstreich mit einer Axt. Der kalte Wind trug ihren Gestank in den Saal. Er wirbelte durch den Rauch und ließ die Feuer kalt und bläulich flackern. Und als jeder lebende Mann im Saal diesen Gestank einatmete, ertönte in ihren Ohren ein langer, wilder, frohlockender Schrei, der jedes Gelenk erstarren ließ. Der Schrei einer Walküre. Der Schlachtruf.

Und dann der Anblick der Angreifer, als sie im Licht zu erkennen waren! Hände, die nur noch aus Knochen bestanden, hielten blutverschmierte Waffen. Zwischen den Knochen von Armen und Beinen hingen Fleischfetzen. Über nasenlose Gesichter spannte sich lederne Haut, und gebleckte Zähne ohne Fleisch erstreckten sich unter leeren, dunklen

Höhlen, wo einst Augen waren. Der Mut eines jeden lebenden Mannes löste sich in der nahenden Kälte in Luft auf. Waffen fielen zu Boden. Wille versiegte.

Die Krieger der ersten Schlachtreihe drehten sich um und bekämpften die Männer hinter sich – diejenigen, die noch nicht in aller Klarheit gesehen hatten, wem sie gegenüberstanden. Sie warfen sich im verzweifelten Versuch, das andere Saalende zu erreichen, auf scharfe Klingen und Waffenspitzen, um so weit wie möglich dem entfliehen zu können, was aus der Nacht zu ihnen hereingekommen war. Sie stürzten zu Boden, krabbelten über Bänke und unter Tischen hindurch. Auf einem Tisch tanzte das wahnsinnige Mädchen und kreischte laut. »Füllt die Hörner! Bringt das Brot herein! Die Toten sind zum Julfest gekommen!«

Ingvi stand wie angewurzelt da, denn die Kälte hatte sich auch in seine Adern geschlichen, aber dennoch verdiente er sich den Ruf eines mutigen Manns. Seine Schulter war an Ingvalds mächtigen Arm gelehnt, und er konnte das Zittern spüren, das den Körper seines Bruders im eisigen Griff hatte. Er hörte, wie Unwins Atemzug zitternd durch die Kehle strich.

»Bleibt stehen!«, schrie Unwin. »In diesem Saal habt ihr mit eurem Mut geprahlt! Nun beweist, dass ihr nicht gelogen habt!«

Die Reihen der Männer gerieten ins Wanken, als die Mutigsten unter ihnen sich wieder umdrehten. Die Schildträger brachten sie zu einem Wall zusammen. Doch als sich die Toten näherten und ihren atemberaubenden Gestank den Lebenden ins Gesicht bliesen, erzitterte der Schildwall.

Aus der Dunkelheit schritten zwei Männer ins helle Licht, die nicht tot waren. Sie kamen so leichtfüßig und schnell herein, dass sie in der Luft zu schweben schienen. Ihre langen Haare wehten um ihre Gesichter. In ihren Händen trugen sie Schwerter, aber ansonsten waren sie nackt. Sie glichen einer dem anderen wie Zwillinge.

Nachdem sie die Tür durchschritten hatten, blieben sie stehen. Die toten Krieger wichen zu ihnen zurück und sammelten sich zu einer Leibgarde um sie. Im Vergleich zur erdfarbenen Haut und den erdbefleckten Knochen der Toten schimmerte das lebende Fleisch der beiden, wirkte sanft, wenn es auch mit dunklem Blut verschmiert war.

Alle Dänen stimmten zugleich einen Schrei an, der sich ungehindert Bahn brach. Sie erkannten die Brüder, die auf dem Gräberfeld getanzt hatten: Die Geisterkrieger von den Wänden des Götterhauses, Odins Auserwählte, waren erschienen, um denjenigen ein Ende zu bereiten, die vom alten Graubart und seinen Kriegsmaiden erwählt wurden. Sie hatten alle gesehen, wie Elfling niedergemetzelt worden war, doch nun stand er makellos vor ihnen, abgesehen von den langen Schnitten an seinen Unterarmen.

Ingvi starrte sie verzückt an, ungläubig, aber dennoch an diese Wahrheit glaubend, und rund um ihn herum hörte er das Keuchen und Ächzen und lange Stöhnen derjenigen, die genauso wie er fassungslos waren, glaubten, obwohl sie eigentlich nicht glauben konnten. Er wusste, dass kein Einziger von ihnen gegen diese Armee die Hand erheben konnte. Er wusste, dass er selbst es nicht konnte.

Kendidra stand oben auf dem Treppenabsatz, stützte sich schwankend an der Wand ab und starrte und starrte. Ihre Seele schrie vor Verzweiflung auf, aber nichts ergab einen Sinn. Sie verstand sich selbst nicht mehr.

Ebba sprang vom Tisch herab und lief hinüber zu Elfling, warf sich ihm an den Hals und umarmte ihn inniglich. Seinen Schwertarm hielt er sich frei und schob sie dann hinter sich, wo sie lachte und in die Hände klatschte und zwischen den Toten tanzte.

Ingvi ließ sein Schwert fallen. Er wich von der Seite seines Bruders und schob sich durch die wenigen Männer vor ihm. Als er den Platz zwischen den Schlachtreihen der Lebenden und der Toten erreichte, hob er seine Hände hoch, um zu zeigen, dass er unbewaffnet war, und ging langsam weiter.

Elfling wandte das Haupt und sah ihn an, und Ingvi stolperte, als sein Kopf nach hinten zuckte. Elflings Blick hatte die Kraft eines Schlags. Ingvi blieb stehen und war sich seines laut polternden Herzens wieder bewusst. Der Druck dieses Blickes wich nicht von ihm, und er musste seine ganze Kraft aufbringen, um nicht zurückweichen zu müssen. Er senkte den Blick, als er die Stechpalmenkrone von seinem Kopf nahm, und ging wieder vorwärts. Er setzte sie Elfling auf den Kopf, immer bemüht, nicht in seine Augen zu schauen – und dann gab er dem Druck nach und kniete vor ihm, als ob er einen Schwur leisten wollte. »Mein Schwert, mein Schild, meine Treue, Elfling – sie sind dein.«

Jeder Däne schrie laut auf und stimmte in seine Worte ein. Sie wichen von den Sachsen und Walisern zurück und stellten sich an die Seite der Toten. Selbst der behäbige Ingvald verließ Unwin, um sich seinem Bruder anzuschließen. Unwin sah, als er ging, und hatte nicht die Kraft, um sein Schwert gegen ihn zu erheben.

Die Welt um Unwin war kleiner geworden, bis es nur noch das widerwärtige Ding zu sehen gab, das im Feuerschein stand und seinen stechpalmenbekrönten Kopf nach oben reckte. Wohin er auch schaute, duckten sich die Menschen und verbargen ihre Gesichter, weil sie Angst vor seinem Blick hatten.

Als er es im Feuerschein glänzend stehen sah, die Anmut seiner Bewegungen beobachtete, konnte er die innere Stimme nicht unterdrücken, die sagte: »Wunderschön!« Und er verabscheute es nur noch mehr.

Er fürchtete sich davor. Er hatte es sterben sehen. Sein Blut befleckte den Dachbaum hinter ihm. Ein getötetes Ding sollte tot bleiben – wie sonst sollte man wissen, ob morgen noch die Sonne aufging oder die Welt unter den Füßen bliebe? Die Auferstehung, an die Unwin glaubte, lag in weiter Ferne, räumlich und zeitlich. Nicht diese Auferstehung. Wenn dieses Ding ganz und lebendig war, dann war er ein Niemand, trotz seines Ranges und seines Muts – dann war er nur ein Narr.

Sein Gott stellte ihn auf die Probe!

Mit dieser Antwort auf das Rätsel kehrte auch sein Atem zurück. Gott stellte ihn auf die Probe, wie er so oft schon die Heiligen geprüft hatte, indem er sie folterte, sie fast in den Wahnsinn trieb, um sicherzustellen, dass sie der Aufgabe gewachsen waren, die er ihnen stellte. Er musste die Probe bestehen.

Er schritt an dem wirren Haufen seiner Männer vorbei. Elflings Kopf drehte sich blitzschnell zu ihm um, und sein Blick trafen auf Unwins. Die Wirkung dieses Blicks war wie ein Schlag ins Gesicht, und Unwin wich wankend zurück, bevor er sich wieder aufrichten und ihm standhalten konnte.

»Im Namen des Vaters, des Sohnes und des Heiligen Geistes – und mit ihrer Hilfe – werde ich dich erneut töten, und mit ihrer Billigung werde ich dich diesmal endgültig unter die Erde bringen.«

Elfling drehte sich lächelnd zu ihm, nackt, ohne Schild oder Rüstung.

»Aber ich werde nicht mit diesem Schwert kämpfen! Hier – nimm es zurück!« Unwin warf Wodens Versprechen Elfling zu, und der fing es in der Luft auf. Er richtete sich gerade auf, mit zwei Schwertern in den Händen. Seine langen Haare fielen ihm über die Schultern, und auf seinem Haupt befand sich die Stechpalmenkrone. Einen Augenblick lang konnte sich Unwin nicht daran hindern, ihn anzustarren. Das Ding war das Abbild eines Geisterkriegers, der zwischen Schwertern tanzte, so wie es auf einem Schildbuckel eingraviert war, den Unwins heidnischer Vater mit ins Grab genommen hatte. Und es war wunderschön.

Wütend und angewidert löste sich Unwin aus seiner Starre. Er wollte dieses Ding töten, jede Faser seines Körpers verlangte danach, und er wollte es unter die Erde bringen, wo er es niemals wieder sehen müsste. Aber nur Gott, so schien es zumindest, könnte auch dafür sorgen, dass es fortblieb. Er fing flüsternd an zu beten.

Elfling warf ihm sein eigenes Schwert im Tausch für Wodens Versprechen zu. Unwin ließ es zu Boden fallen. »Ich will ein Schwert, das ein Christ geschmiedet hat.«

Er drehte sich um und hielt die Hand ausgestreckt, fand sich aber allein wieder. Die Dänen waren vor ihm zurückgewichen. Seine Waliser und Sachsen hatten sich weit von ihm entfernt an der Wand verschanzt. Einige kauerten auf dem Boden und verbargen ihre Köpfe. Niemand bot ihm ein Schwert an.

Eine Berührung an seinem Arm ließ ihn nach unten schauen. Dort war Godwin, sein Sohn. Das zu ihm erhobene Gesicht flehte ihn geradezu an, und er hielt das Schwert eines Mannes in der Hand – er musste beide Hände nehmen, um es seinem Vater anzubieten. Der Schwertknauf, wo Klinge und Griff ein Kreuz bildeten, war mit einer Goldscheibe verziert, auf der ein weiteres Kreuz aus Granaten eingearbeitet war. Es war auf jeden Fall für einen Christen geschmiedet worden, vielleicht sogar *von* einem.

Unwin empfand ein neues, verwirrendes Gefühl bei dem Gedanken, dass dieser Junge seinem Leib entsprungen war, und legte ihm die Hand auf den Kopf.

»Ich werde für Euch beten«, sagte Godwin.

Unwin nahm das Schwert, schob den Jungen zur Seite und wandte sich ab.

Godwin blieb, wo er hingeschoben worden war. Nichts hätte ihn dazu bewegen können, diesen Platz zu verlassen.

Unwin trat Elfling gegenüber und wurde erneut durch einen Schlag ins Wanken gebracht, aber ob es nun der Schock seines Blicks oder seiner Schönheit war, vermochte er nicht zu sagen. Es wartete mit aufreizender Geduld auf ihn, wollte weder Schild noch Helm haben. Seine einzige Kampfvorbereitung war, die Stechpalmenkrone wegzuwerfen. Es brachte sich nicht einmal in Kampfstellung. Wodens Versprechen zeigte auf den Boden, da es nur locker gehalten wurde.

Unwin stürzte sich mit all der Kraft und Zielgenauigkeit, die er sich in langen Jahren der Übung angeeignet hatte, auf das Ding, und einen Atemzug lang glaubte er, es getroffen zu haben – merkte aber, wie er stolperte und das Ding nirgendwo zu sehen war. Er drehte sich blitzschnell um, fühlte sich dabei aber schwer und unbeholfen, und erblickte das Ding hinter sich. Es stand mit wehenden Haaren dort, und Wodens Versprechen glänzte in seiner Hand. Das Licht floss in grauen und silbernen Mustern über das Eisen, den Mustern der ineinander verwobenen Dreiecke der Todesfesseln. Unwin spürte den Schmerz in seinem Herzen, die Nadel der Angst, die ihren Weg hineingefunden hatte, und er atmete tief ein. Dann hob er sein Schwert und griff wieder an, bevor die Angst ihm die Kraft nehmen konte.

Elflings Schild war seine Geschwindigkeit. Er tauchte unter Unwins Schlag hindurch, kam hinter seinem Rücken wieder hoch und zog seine Klinge über Unwins Oberschenkel. Wodens Versprechen hatte in seiner Hand kein Gewicht: Es fühlte sich lebendig an, als ob es selbst versuchte, Unwin zu beißen. Er führte es, aber wo sein Wille aufhörte und der des Schwertes begann – oder ob sie ein und dasselbe waren –, das vermochte er nicht zu sagen. Er sah, wie Blut aus Unwins Bein schoss, und es war so, als ob sein Wunsch allein dafür gesorgt hatte, und dann war er schon auf Unwins anderer Seite, während Unwin sich zu drehen und ihn über den ihn hindernden Schild zu finden versuchte. Er wirkte unbeholfen dabei. Sein Blut tropfte auf das Stroh auf dem Fußboden. Augenlose Köpfe drehten sich, und fleischlose Kiefer klapperten.

Das Geräusch ließ Unwins Herz vor Angst zu Eis erstarren. Er fürchtete, dass Elfling ihn von hinten angreifen könnte, denn er konnte das Ding nicht sehen. Er kam sich hölzern und schwerfällig vor, als er sich umdrehte; seine Arme und Beine waren wie gelähmt, und in seinem Inneren wütete der Zorn. Christus schaute ihm zu – er durfte an dieser Probe nicht scheitern! Und da war dieses Ding und wartete auf ihn, als ob er ein solch jämmerlicher Gegner und eines Angriffs nicht wert wäre. Seine Wut kochte weiter hoch, aber das Licht spiegelte sich auf der Klinge von Wodens Versprechen und verwandelte seine Wut in Angst.

Unwins Hände waren klatschnaß. Schweiß lief ihm den Rücken hinab und in die Augen. Er wollte sich auf den Boden werfen und heulen, doch stattdessen führte er einen schnellen, harten Schlag gegen die Beine des Dings. Das lange Krähen eines Hahns hallte in seinen Ohren, als ihn die Kraft seines fehlgeschlagenen Angriffs aus dem Gleichgewicht brachte und im Kreis stolpern ließ.

Elfling war weit über seinen Schlag gesprungen und schien über dem Schwert in der Luft zu hängen und verspottete ihn mit einem Hahnenschrei. Als er wieder herunterkam, schlug er auf Unwins Helm – ein harter Treffer, aber spöttisch mit der flachen Seite der Klinge geschlagen. Hätte er mit der Klinge getroffen, so wären Helm und Schädel gespalten gewesen.

Das Schweigen, das von den Zuschauern ausging, wurde noch tiefer. Der metallische Klang des Schlags waberte in den Dachsparren.

Unwin knickte ein. In seinem Kopf hallte ein dumpfes Klingen. Der Schildrand schlug hart auf den Boden und stauchte den Arm, an dem der Schild befestigt war. Seine Schwerthand, die die Waffe am Griff festhielt, schlug mit den Knöcheln auf die Holzbohlen.

Elfling wich zurück und wartete, wechselte aber Wodens Versprechen von Hand zu Hand. Mit jedem Wurf schimmerte und kräuselte sich das Muster der Todesfesseln.

Godwin musste zusehen, wie sein Vater wieder auf die Beine kam, aber zu langsam. Unwin atmete keuchend. Godwins Augen waren weit aufgerissen. Er konnte nicht wegschauen, nicht einmal blinzeln. Mit seinem Vater wurde Katz und Maus gespielt – und sein Bruder Wulfweard stand daneben und schaute einfach zu. Das Gefühl der Schande und maßlose Wut schüttelten Godwin, als ob ihn jemand am Kragen gepackt und wild herumgewirbelt hätte. Er wollte die Elfenbrut umbringen. Er wollte Wulfweard umbringen.

Unwin stand kaum wieder gerade, als Elfling ihn bereits am Arm oberhalb des Schilds verletzte. Unwin drehte sich in die Richtung des Schmerzes, doch Elfling war schon wieder verschwunden. Seine Bewegungen waren so schnell wie die züngelnden Flammen der Kerzen, und er befand sich bereits an Unwins Rücken, wo er ihm die Klinge in die Rippen trieb. Als Unwin sich erneut umdrehte, warf Elfling Wodens Versprechen hoch in die Luft – und war auf Unwins anderer Seite, um das Schwert wieder aufzufangen. Er warf es von Hand zu Hand und schoss mit der Spitze kurz vor, um Unwins Bein oberhalb des Knies zu verletzen.

Das Licht ließ die Todesfesseln auf der schwarzen Klinge wieder aufblitzen, und die Toten fingen an, mit ihren Speerenden einen Rhythmus zu schlagen: ein sanfter, gemäßigter Rhythmus auf dem harten Boden, der das Stroh flüstern, ihre Knochen klappern und ihre zerfallenden Rüstungen klirren ließ. Erst dann verstand Unwin, dessen Blut laut und hart im Kopf pochte, dessen Brust sich krampfhaft und verzweifelt hob und senkte, dass die Brut *tanzte*. Das war der Schwerttanz, und sein Zweck war es, Blut zu vergießen. Dies war die Vorführung eines Opfertieres, die Hähne, die man bei einem Begräbnis gegeneinander kämpfen ließ, die Hengste, die für Ing kämpfen sollten, die Hirsche, die für Woden zerrissen wurden.

Aber er durfte nicht versagen. Er musste für Christus gewinnen. Während sein Herz sich abplagte und er immer weniger sehen konnte, während seine Beine und Arme sich dahinschleppten, zwang er seinen Körper nur dank der Stärke seines Willens weiter, sammelte all seine Kraft und stürzte sich auf Elfling. Und das Licht spiegelte sich in Elflings Klinge derart, dass er das gesamte Muster der Todesfesseln sehen konnte, vom Griff bis zur Spitze.

Etwas zog sich um sein kämpfendes Herz zusammen, wie der Eisenreifen, den der Küfer um die Dauben eines Fasses legte.

Unwin blutete, und er hatte zu viel Kraft in zu viele Angriffe gelegt. Er stolperte, als er sich zu drehen und stehen zu bleiben versuchte. Elfling erschien immer wieder an der Seite, wo Unwin ihn niemals erwartete, unberührt, ohne zu ermüden. Die Toten wandten ihre augenlosen Gesichter dem Kampf zu und schlugen ihren Rhythmus auf dem Fußboden, doch die Lebenden, die zuschauten, litten in atemlosem Schweigen. Elfling war schnell, geschmeidig, glänzte, wunderschön, aber grausam. Obwohl aller Augen ihm folgten und ihn bewunderten, so wussten sie doch, dass sie alle viel eher dem schwitzenden, stolpernden, versagenden Unwin glichen.

Kendidra packte das Treppengeländer, als sie nach unten schaute. Innerlich drängte es sie, Elfling ihn töten zu sehen, doch sie hatte Mitleid mit Unwin. Sie hätte nie geglaubt, dass sie dergleichen für ihn empfinden könnte, aber es war eher ihre eigene Ungeschicklichkeit, die sie bemitleidete. Unwin war immer ein tapferer Mann gewesen, das stand außer Frage. Wenn auch nicht mehr.

Wulfweard senkte den Kopf nicht und verfolgte den blutigen Tanz, doch ihm standen Tränen in den Augen, und das Licht verwandelte sie in gleißendes Gold. Die Geräusche von Unwins schwer gehendem Atem und seinen stolpernden Füßen bereiteten ihm seelische Qual.

Atemlos, erschöpft, niedergerungen von den Todesfesseln, ging Unwin in die Knie. Doch er biss die Zähne zusammen und kämpfte gegen das Gewicht an, das auf seinen Schild und seinen Körper drückte, und versuchte, wieder aufzustehen. Wenn er diesen Kampf verlor, dann hatte er alles verloren. Er konnte es nicht ertragen, gefangen genommen oder gedemütigt zu werden.

Seinen Kopf konnte er noch heben, doch als erneut die

gesamte Länge der Todesfesseln vor seinen Augen auftauchte, bezwang der Bann auch seinen Geist.

Seine Knie rührten sich nicht mehr. Er konnte nicht mehr aufstehen. Seine Ellbogen rührten sich nicht. Seine Schwertspitze schlug auf dem Boden auf. Sein Herz setzte aus, genau wie sein Atem. Sein Gott war nicht bei ihm, und er war nur ein Narr. Er konnte seiner Kehle nicht einen Ton entlocken. Sein Sehvermögen ließ nach, doch obwohl er seinen Kopf nicht bewegen konnte, rollte er seine Augen, weiß und weit aufgerissen, in Richtung Elfling.

Im gesamten Saal bewegte sich niemand.

Elfling umkreiste Unwin leichtfüßig wie ein Tänzer. Er spürte, wie Wodens Versprechen an seinem Arm zerrte wie ein Hund an der Kette.

Es bestand keine Notwendigkeit mehr, Unwin zu töten. Nun, da er gedemütigt war, würden ihm wohl kaum viele Männer folgen. Aber zwischen ihnen lag die Erinnerung an Rauch, der ihm den Atem nahm, und aufgehäufte Leichen. Unwin schuldete ihm sein Leben. Wodens Versprechen hörte nicht auf, an seinem Arm zu zerren.

Elfling schaute zu seinem Bruder hinüber. Wulfweard spürte, wie der Blick auf sein Gesicht prallte, und musste sich erst die Tränen aus den Augen wischen, bevor er ihn erwidern konnte. Er wusste, welche Frage Elfling ihm wortlos stellte, und schaute zu Unwin und in Unwins verwundetes Gesicht. In ihm regte sich das Mitleid, das man für einen Wolf empfand, der die eigenen Lämmer gerissen und getötet hatte und nun blutverschmiert und verkrüppelt vor einem lag. Doch er erinnerte sich an den Schmerz, als er eingesperrt gewesen war und man ihn hatte verhungern lassen. Der Schmerz zu wissen, dass Unwin dies befohlen hatte und nicht mehr zu ihm gekommen war. Das hatte ihn den Schmerz gelehrt, den Unwin immer gekannt hatte: den Schmerz, einen Bruder zu lieben, aber zu wissen, dass er eine Bedrohung war und ein Feind.

Wulfweard spürte die geschliffene scharfe Klinge eines Schwertes, die in sein Herz gestoßen wurde, und das von zwei Händen – der des Bruders, der ihn verraten, und der des Bruders, dem er die Treue geschworen hatte.

Wulfweard hätte sich am liebsten abgewandt, aber Unwin entließ ihn nicht aus seinem Blick, und daher konnte er ihm nicht den Rücken zuwenden. Es war, als ob er nicht mehr für seinen Bruder tun konnte, als ihm zuzuschauen und diese Erinnerung niemals zu vergessen. Dafür würde er es tun. Er schaute zu.

Elfling erkannte die kleine Bewegung – den Versuch, sich abzuwenden, nur um dann doch stehenzubleiben. Godwin sah sie auch und wusste plötzlich, was geschehen würde, als ob er es schon gesehen hätte. Er erkannte auch, dass niemand seinem Vater helfen würde. Niemand. Nur er konnte ihm helfen! Und obwohl er eine Ameise war, die einen Bären angriff, rannte er los, unbewaffnet, verzweifelt, und warf sich gegen das, was eine feste Mauer zu sein schien, aber nur der große Eschenschild des Mannes neben ihm war, der seine Arme mit dem Schild um den Jungen warf und ihn festhielt. Ein weiterer Mann, der sah, wie wütend der Junge sich loszureißen versuchte, kam herbei und half, ihn festzuhalten. Godwin sah nichts außer der inneren Rundung des Schilds und hörte nur das Echo seiner eigenen Schreie.

Elfling sprang vor den knienden Unwin. Dabei drehte er sich um die Hüfte und schwang Wodens Versprechen nach oben. Der Feuerschein schimmerte in goldenen Strahlen und rötlichen Schatten durch sein wehendes Haar, über seine angespannten Muskeln und die Klinge entlang. Das schwarze Eisen verwandelte sich in Gold und glitzerte entlang des eingehämmerten Musters. Die Klinge summte, als sie die Luft durchschnitt, und das Summen wurde lauter, bis es auf dem Höhepunkt des Schwungs zu einem Kreischen wurde, wie das Kreischen einer scharfen Klinge, die über eine andere scharfe Klinge gezogen wurde. Die Herzen aller, die es hörten, verkrampften sich, und alle spürten, wie ihre Haare zu Berge standen.

Unwin, der unter der Klinge kniete, hörte das Kreischen, und sein Herz blieb stehen, sein Atem endete. Vor seinen Augen breitete sich eine hoffnungslose Dunkelheit aus, und das Kreischen hörte nicht auf . . .

Die Klinge zischte herab, als Elfling aus der Luft herabfiel. Der Sprung wirkte wie die überschwängliche Geste eines Tänzers, doch die Klinge durchtrennte Unwins Hals. Das Geräusch einer Axt, die Holz hackt. Körper und Kopf fielen zu Boden. Der Kopf blieb einen Fuß weit vom Hals entfernt liegen. Blut strömte hervor, hob das Stroh und versickerte im festgetretenen Lehmboden.

Die Lebenden bewegten sich nicht, gaben keinen Laut von sich. Sie verbargen ihre Gesichter und starrten auf ihren gefallenen König und das sich ausbreitende Blut.

Die toten Krieger drängten nach vorne. Ihre Knochen schlurften durch das Stroh, ihre Rüstungen klirrten, sie sammelten sich um Elfling und das Blut. Wulfweard sah, dass einer von ihnen einen Umhang mit Kapuze trug, dessen Farbe dort blau schillerte, wo der Feuerschein am hellsten strahlte. Er lehnte auf einem Speer über Unwins Leiche, und ein grauer Bart quoll unter seinem Mantel hervor. Als er sich aufrichtete, fiel die Kapuze zurück und entblößte ein Gesicht, das, wenn es tot war, erst vor Kurzem verstorben war: Das Fleisch war geschwollen, von Blut noch dunkel, ein hervorquellendes Auge spiegelte das Licht wie Glas, und die Zunge streckte sich aus einem grinsenden Mund hervor. Mit seinem langen grauen Bart und den dichten grauen Augenbrauen wirkte das Gesicht auf grausame Weise fröhlich, als ob der alte Mann die entsetzliche Grimasse zum Spaß zog. Der Graubart schlang seine Arme um Elfling und drückte ihn fest an sich. Sein Speer stand hinter Elflings Rücken.

Die Toten bewegten sich wieder und machten es Wulfweard unmöglich, Elfling oder den Graubart zu sehen, doch dann sah er, wie der blaue Mantel elegant hochgeworfen und um Elflings Schultern gelegt wurde. Und dann war Elfling allein unter den Toten. Überall waren haarlose Schädel zu sehen, Köpfe, die nur halb mit Fleisch überzogen waren und an denen dunkles, schütteres Haar immer noch klebte – aber kein volles graues Haar, kein langer grauer Bart.

Wulfweard ging selbst zu den Toten, und sie legten ihre knöchernen Hände zur Begrüßung auf seine Schultern. Das Blut floss um ihre Füße, und er blickte auf die Leiche seines Bruders hinab. Tränen quollen aus seinen Augen hervor und blieben an den Wimpern hängen, aber nun, wo Unwin tot war, hatte der Schmerz nachgelassen, war betäubt worden, und nur Stille blieb zurück. Ein schrilles Kichern überraschte ihn, und er riss den Kopf hoch. Das wahnsinnige Mädchen tanzte am Rand der Blutlache lachend entlang, weil Unwin tot war. Er dachte, er müsse wütend sein, er müsse sie schlagen, aber er empfand nichts.

Kendidra rannte mit dem Kopf voran die Treppe hinab, so leichtsinnig, dass sie sich einmal nur mit einem schnellen Griff an das Geländer vor einem Sturz bewahren konnte. Ihr Schwung sorgte dafür, dass sie zur Seite rutschte und gegen Geländer und Stufen prallte. Sie empfand keine Schmerzen. In ihrem Kopf war nur Platz für Godwin und Elfling, Elfling und Godwin. Sie musste sie erreichen und das schnell, wenn sie auch nicht verstand, warum. Sie wollte sie in die Arme nehmen, sie schütteln, sie bewachen. Am Fuß der Treppe blockierten Männer ihr den Weg. Sie schlug mit ihren Fäusten auf deren Rücken, schrie sie an, schob sie zur Seite. Godwin, Godwin! Sie spürte, wie sich die Gefahr ihm näherte.

Godwin kämpfte mit den Männern, die ihn festhielten, schlug mit dem Kopf gegen den Schild über ihm, trat und biss so lange, bis sich der Griff lockerte und der Schild hob. Dann konnte er endlich wieder sehen.

Er sah, wie sich das Blut zwischen den Knochenfüßen ausbreitete, die in erdfarbenen und durchtränkten Fetzen gekleidet waren. Der Anblick und der Gestank der Schlachtbank ließen ihn innehalten, und kühle Gelassenheit ergriff Besitz von ihm. Er ging weiter vorwärts, hinein in den Aasgeruch der Toten. In seinen Ohren schien er ein Summen zu vernehmen, und es kribbelte von seinem Kopf hinab zum Rücken. Er erreichte die auf dem Boden zusammengesackte Leiche seines Vaters, und immer noch ergab der Anblick keinen Sinn. Niemand konnte so liegen und seinen Kopf verstecken. Dann sah er den Kopf – er berührte den Körper nicht mehr. Zwischen ihm und den Schultern befand sich Boden. Wirklich seltsam. Jenseits des Kopfs sah er die hingestreckte Hand seines Vaters, die immer noch das Schwert hielt. Das mit einem Granatkreuz verzierte Goldmedaillon flackerte unbeständig im Feuerschein.

Er ging gerade durch die Blutlache seines Vaters. Sein Ziel war das Schwert. Er erreichte es, beugte sich hinab und nahm es aus der noch warmen Hand seines Vaters. Unwin gab es mühelos frei.

Das Schwert war zu lang und schwer für ihn, aber nun gab blinde Wut ihm Kraft. Er hob seinen Kopf und sah Elfling in seiner Nähe stehen, einen blauen Mantel um die Schultern. Seine langen Haare fielen über den blauen Stoff hinab. Ein alter Mann mit einem grauen Bart und einem geschwollenen, hässlichen Gesicht setzte Elfling gerade wieder die Stechpalmenkrone auf.

Godwin war früher schon wütend gewesen, hatte die Kontrolle über sich verloren, sodass er weder sehen noch hatte denken können. Nun suchte er sich die Stelle aus, in die er das christliche Schwert jagen würde – Elflings Unterleib. Er wusste genau, wie er es einmal drehen würde, wenn er es erst einmal hineingejagt hatte. Er ließ seinen Verstand den Körper lenken, sammelte all seine Kraft, die Geschwindigkeit und Geschicklichkeit, die er benötigte. Und dann griff er an.

»God–!« Wulfweard schrie und bewegte sich zu spät. Kendidra, die sich immer noch einen Weg durch die verängstigten, abgestumpften Männer kämpfen musste, hörte seinen Ruf und schrie laut auf, wortlos vor Wut und Entsetzen.

Elflings Kopf drehte sich blitzschnell, und er schaute Godwin direkt in die Augen.

Ein harter Schlag ins Gesicht. Ein schwindelerregendes Gefühl des Fallens. Godwin sah über sich in den Dachsparren den Feuerschein näherkommen und entschwinden, weit über ihm, und hörte das Geräusch des Schwertes, als es auf den Boden prallte. Er versuchte, das Schwert zu heben, und spürte, wie seine Arme durch ihr eigenes Gewicht am Boden festgenagelt waren. Er schnappte nach Luft, und sein Atemzug hörte sich für ihn wie das Reißen von schwerem Stoff an. Seine Lunge verwandelte sich in Holz – sie wollte sich nicht mit Luft füllen, und seine Rippen wollten sich nicht bewegen. Atemlos spürte er, wie sein Herz immer schneller und immer höher schlug. Er wollte um Hilfe rufen, brachte aber keinen Ton hervor. Er wusste nicht, was geschehen war. Er konnte sich kaum daran erinnern, warum sich ein Schwert in seiner Hand befand. Es war so, als ob der Schlag, der ihn niedergeworfen hatte, auch seine Erinnerung weggewischt hätte.

Der Schwertgriff wurde ihm aus der Hand genommen, und Wulfweards Gesicht erschien über ihm, dann das seiner Mutter. Er wurde halb vom Boden hochgehoben, als seine Mutter ihn an sich drückte, seinen Namen plapperte und ihn küsste. Er konnte sich immer noch nicht bewegen. Er bekam keine Luft, konnte weder einen Ton herausbringen noch seine Lippen zu einem Wort formen. Als er aus der Umarmung seiner Mutter um sich blickte, sah er, wie ihn dunkle Löcher anstarrten und nasenlose Gesichter mit breitem erdfarbenem Grinsen. Er sah für einen Augenblick ein geschwollenes Gesicht über sich gebeugt, das ihn mit einem hervorquellenden Auge böse anstarrte und ihm die Zunge rausstreckte.

Und dann erschien Elflings Gesicht, Wulfweards so ähnlich, aber kälter, klarer. Sein Blick lag mit festem Druck auf Godwins Gesicht. In seinem Geist begann sich Godwin zu wehren, mit aller Macht, um dem Gewicht dieses Blicks zu entkommen – aber wie sehr er sich auch bemühte, er konnte sich weder bewegen noch ein Geräusch von sich geben.

Jarl Ingvald und Ingvi waren zu ihnen gekommen, als ob sie schüchtern oder wegen der toten Krieger verängstigt wären. Ingvald kniete neben Kendidra und bewegte zärtlich den Kopf des Kindes, ergriff die Arme und versuchte, sie zu strecken, versuchte, die Fäuste zu öffnen. Er sah Kendidra in die Augen und wandte sich an Wulfweard. Elfling schaute er nicht an.

»Ein Elfenfluch«, sagte er flüsternd, damit nur Kendidra es hören konnte.

Kendidra biss die Zähne zusammen und stand mit Godwin in den Armen auf. Sowohl Wulfweard als auch Ingvi wollten ihr zur Hilfe kommen, aber Ingvald stand ihr näher. Er trug den größten Teil des erschlafften Körpers, aber Kendidra wollte ihn nicht loslassen. Sie wandte sich zu Elfling, ihr Mund öffnete und schloss sich, ihre Augen füllten sich vor Wut und Trauer mit Tränen. Sie wollte schreien, dass sie ihre Treue, ihre Liebe gegeben hatte – sie hatte geglaubt. Wurde ihr das so vergolten?

Nichts von dem sagte sie. Elfling erwiderte ihren Blick, und seine Augenlider senkten sich, bedeckten seine Augen, und dieser Augenblick gab seinem Gesicht den Anschein außergewöhnlicher Zärtlichkeit. In diesem Augenblick schwand ihr der Boden unter den Füßen, und sie kniete erneut neben einem Kamin, schaute in Elflings Gesicht, spürte die wärmende Liebe für ihn und hörte ihn sagen: »Mich zu kennen gewährt keine Sicherheit. Weder Euch noch sonst jemandem.« Als das Gewicht ihres Sohnes sie wieder in die Realität des Gestanks von Blut und Aas zurückholte, wurde ihr klar, dass Woden nicht der einzige verräterische Gott war.

Elfling betrachtete das gelähmte Kind und war verwundert, dass sein Blick ausreichte, um so etwas anzurichten – und er wünschte sich, dass der Bengel tot umgefallen wäre. Ein Kind mehr oder weniger machte keinen Unterschied, und dieses Kind ...

Er hob seine Augen und schaute Kendidra an. Sie wich vor seinem Blick zurück, senkte den Kopf, aber er spürte dennoch ihre Trauer, als ob er seine Hand auf kaltes Metall gelegt hätte und sie dort festgefroren wäre. Die schmerzhafte Kälte wucherte durch seinen Körper. Doch obwohl zahllose Mütter um ihre toten und verwundeten Kinder trauerten, schienen die Sterne immer noch, und auch das Getreide wuchs immer noch. Er sah an Kendidra vorbei. Die Leute, die um sie herum standen, wandten sich ab, denn sie hatten Angst vor seinen Augen. Nur Wulfweard erwiderte seinen Blick, und ihn hatte er gesucht.

Wieder wusste Wulfweard, was er gefragt wurde. »Hilf ihm«, lautete seine Antwort.

Elfling lächelte und wirkte dabei schüchtern und ein wenig traurig. »Wenn ich ihn jetzt verschone, dann wirst du ihn umbringen müssen, Wulf.« Und mit leicht geweiteten Augen stellte er unausgesprochen die Frage: *Hast du den Mut dazu?*

»Hilf ihm«, wiederholte Wulfweard.

Elfling reichte Wodens Versprechen an Wulfweard weiter, lächelte und wollte Kendidra Godwin abnehmen. Sie klammerte sich an ihn – und erwiderte Elflings Blick mit gebleckten Zähnen. Doch obwohl sie seine Augen wie einen leichten Windhauch auf ihrer Haut spürte, so war doch nicht mehr die Kraft eines Schlags dahinter. Sie ließ los, und Elfling nahm Godwin in seine Arme.

Godwin versuchte, seine Hände zu Fäusten zu ballen, als er sah, wie er dem Feind übergeben wurde. Er versuchte zu treten, doch sein gesamter Körper reagierte nur mit dem Beugen eines einzigen Fingers. Ein entsetzter Schrei jagte durch sein Inneres – dieses Ding würde ihn beißen, sich in einen Wolf verwandeln, würde ihn forttragen, ihn umbringen ...

Elfling neigte seinen Kopf, um auf ihn hinabzuschauen. Seine Haare fielen nach vorne und berührten Godwins Gesicht – eine Berührung, die Godwin in seiner Todesangst als brennend und schneidend empfand.

Doch Herzschlag um Herzschlag verging, ohne dass ihm Schaden zugefügt wurde oder er Schmerzen empfand. Er wurde so sicher hochgehalten, als ob er in einem warmen Bett läge. Sein rasendes Herz schlug wieder langsamer. Die Elfenaugen glitten mit einer Zärtlichkeit über sein Gesicht, seine Arme und seine Brust, die der sanften Berührung eines Fingers glichen. Der Mund formte ein Wort, das ihn in noch mehr Wärme hüllte, eine Wärme, die Schläfrigkeit mit sich brachte. Im Dahindämmern spürte er, wie er sich bewegte, als sein Kopf hochgehoben wurde, aber er schlief bereits, als die Lippen Elflings seine Stirn berührten.

Ingvald, Ingvi, Wulfweard – sie alle waren nähergekommen, ohne zu wissen, warum. Kendidra hatte sich so nah an sie gedrängt, dass sie sowohl Elfling als auch Godwin umarmte. Elfling lächelte sie an, als er sich ihr entzog und zur Treppe ging. Sie folgte ihm und hängte sich an seinen Arm. Sie folgten ihm alle – viele Dänen und selbst die Waliser stolperten über umgestürzte Bänke und schritten durch Blut, als ob sie hofften, einen friedlicheren Ort erreichen zu können.

Elfling hielt Godwin in seinen Armen und stieg die Stufen hinauf. Kendidra folgte ihm. Wulfweard blieb am Fuß der Treppe stehen, sah hinauf und hielt die anderen davon ab, ihnen nachzugehen.

Elfling blieb auf dem Treppenabsatz stehen und sah sich um, während er das schlafende Kind an seiner Schulter hielt. Sein Blick wanderte über umgestürzte Bänke und Tische, Essen, Becher, hingeworfene Schüsseln, vergossene Getränke. Waffen und Schilde blinkten, wo sie gefallen waren. Männer kauerten auf den Wandbänken oder starrten ihn an. Die Lebenden standen neben den Toten. Ein blutgetränkter Boden und ein kopfloser Körper. Je mehr er sah, umso mehr musste er lächeln, bis er lachte – und ein alter Graubart schaute zu ihm auf und erwiderte sein Lachen.

Elfling beugte sich vor, und während er das Kind gut festhielt, rief er: »Lasst euch das Fest nicht durch einen Streit verderben!«

Die Lebenden hörten ihm verwirrt und schweigend zu. Die Toten schlugen mit den Speerenden auf den Boden.

»Richtet das Fest für die Toten an! Ist es etwa nicht Jul? Bedient meine Gäste!«

Eine Frau rannte zwischen den schweigsamen Menschen hin und her – Ebba. Sie eilte zu einer Bank und hob sie auf, lief zu einer weiteren und stellte sie richtig hin und winkte anderen, ihr zu helfen.

Wulfweard ging verwirrt von der Treppe zum Podest, stellte Wodens Versprechen am Rand auf und half Ebba. Andere lebende Menschen eilten nun herbei, stellten die Tische wieder auf die Beine, hoben Hörner und heruntergefallene Speisen auf. Ein Mann nahm einen Mantel von einer Bank und warf ihn Wulfweard um die Schultern.

Elfling trug Godwin die Treppe hinauf. Die Tür der privaten Gemächer schlug hinter ihm zu, nachdem Kendidra ihm hineingefolgt war.

Ebba sprang zu den toten Menschen, nahm sie bei der Hand und führte sie zu den Bänken. Wenn sie sich gesetzt hatten, küsste sie ihre Gesichter und drückte ihnen Hörner in die Hand. Die Lebenden beobachteten sie ehrfürchtig: Sie war wahnsinnig.

Wulfweard fand einen Krug, der nicht ausgeleert worden war, und füllte Hörner, die Knochenhände ihm entgegenstreckten. Die dazugehörigen Gesichter hatten anstelle von Augen Löcher, anstelle von Nasen Löcher. Ihre Lippen waren verschrumpelt, dass alle Zähne zu sehen waren, oder sie hatten gar keine Lippen. Aber es waren seine Leute, sein Volk.

»Bringt mehr Getränke. Und Brot.« Einige der Lebenden

eilten sich zu gehorchen. Wulfweard schenkte weiter Wein aus, und als er die Tische entlangblickte, erkannte er am Ende unter den Toten einen Mann, der ihn anstarrte.

Unwin.

FÜNFZEHNTES KAPITEL

EIN NEUES WEBWERK

Es war ein seltsames Julfest. Der Gestank von Graberde mischte sich mit dem Duft von Brot und gebratenem Fleisch.

Es war kurz vor Sonnenaufgang, als Elfling mit Kendidra an seiner Hand herunterkam. Er wirkte müde, und sein Gesicht war angespannt. Tote Männer standen auf, um ihn zu Tisch zu geleiten und ihm ein Horn Met in die Hand zu drücken.

Nun ließ Elfling die Lebenden neben den Toten sitzen, platzierte Ingvald und Ingvi neben Kriegern, die im Kampf gegen ihre Großväter gefallen waren, und lebende Waliser neben längst verstorbene Feinde. Kendidra rief ihre Mädchen zusammen und führte sie die Tische entlang, um die Hörner füllen zu lassen und Brot zu reichen.

Die Trinkhörner wurde von Händen aus Fleisch und Blut an Hände aus Knochen weitergereicht. Lebendige Augen starrten in leere Augenhöhlen. Lippen zogen sich lächelnd über Zähne zurück, um ein Grinsen zu erwidern, das keine Lippen hatte.

Wulfweard sah am Tischende den aschfahlen, kalten Blick seines Bruders Unwin. Nicht einmal Elfling konnte diesen Blick lange erwidern.

Vögel zwitscherten oben im Strohdach und kündigten den nahenden Wintermorgen an. Dann führte Elfling die Prozession hinaus in die morgengraue Kälte, durch die Straßen und an den Obstgärten vorbei zum Gräberfeld. Die Toten legten sich in die Gräber nieder, und die Lebenden glätteten die Erde über ihnen.

Bei Sonnenaufgang legten sich die müden Lebenden auf den Saalboden und schliefen, schliefen fast wie die Toten, um beim Aufwachen zu denken, dass sie seltsame und furchterregende Träume hatten.

Ebba schlief nicht. Sie wanderte vom Gräberfeld zum Wald, und ihre Füße und Hände waren wie erfroren und kribbelten vor Kälte. Sie durchstreifte die Straßen der Burg und kam zu dem geschleiften Grund des Götterhauses. Dort krabbelte sie an die Stelle, wo die große Woden-Figur so lange Zeit gestanden hatte.

Was sie gesehen hatte!

Als sie dort saß, wickelte sie ihre kalten Füße in den Saum ihres Rocks ein, und versuchte, sich die Wände des Götterhauses um sich herum vorzustellen. Sie wusste, es würde wieder aufgebaut werden. Auch die Götterfiguren würden zurückkehren.

Im Götterhaus konnte sie leben, und dort würde das, was sie gesehen hatte, sie nicht entzweireißen.

Das Feuer würde man anzünden und immer brennen lassen, Tag und Nacht, und nie würde man es ausgehen lassen, außer an Jul, um es anschließend wieder anzuzünden. Jeden Tag würde das alte Stroh hinausgekehrt und neues Stroh ausgelegt werden. Das wäre ihre Aufgabe. Hier würde ihr Platz sein, am Fuß der Figur von Woden.

Weit über dem Saal, im oberen Zimmer, lag Kendidra in der Wärme ihres Betts und hielt Godwin an sich gedrückt. Sein Kopf schmiegte sich unter ihr Kinn. Die anderen Kinder schliefen in dieser Nacht bei den Mägden.

Sie hatten zugeschaut, während Elfling seine Heilung gewirkt hatte, und nun, wenn sie Godwin zuflüsterte, ihn küsste und ihm gut zuredete, bemerkte sie, wie er ihre Finger mit seinen packen konnte. Er konnte seinen Kopf drehen und ihr antworten und ein wenig essen und trinken. Seine Beine fühlten sich zwar noch kalt an und konnten sich nicht bewegen, aber immerhin hatte Elfling einiges von dem geheilt, was er angerichtet hatte.

Kendidra konnte nicht ohne Dankbarkeit an Elfling denken. Wo er leicht hätte töten können, hatte er verschont. Er hatte Godwin teilweise geheilt, und wenn sie sich ihm gegenüber dankbar und liebevoll erwies, dann würde er ihn weiter heilen, da war sie sich sicher. Sie konnte nicht sagen, dass er sie nicht gewarnt hatte. »Mich zu kennen gewährt keine Sicherheit.« Aber er vergab. Sie traute sich nicht, Schlechtes von ihm zu denken.

»Du darfst Elfling nicht hassen«, flüsterte sie Godwin ins Ohr und streichelte seinen Rücken. »Du verstehst nicht, warum er ist wie er ist. Du darfst ihn nicht hassen.«

Wenn Godwin an Elfling dachte, verspürte er nur panische Angst.

Ingvald und Ingvi saßen Seite an Seite auf einer Bank am Saalende, und ihre Schultern und Knie berührten sich. Ein Horn machte zwischen ihnen die Runde, und sie hatten keinen Bedarf, ihre Gedanken in Worte zu fassen.

»Auf Lovern!«, sagte Ingvi und brachte einen Trinkspruch auf den christlichen König aus, an dessen Hof er nicht zurückkehren würde. »Auf die Freiheit!«

Ingvald knurrte, nahm das Horn und trank mürrisch. Eine Allianz mit dem Elfengeborenen war nicht das, was er als »Freiheit« bezeichnen würde.

Auf der harten Schlafbank eines kleinen Gemachs schlief Elfling tief und fest, weit entfernt von allen Traumwelten. Über sein Gesicht und seine Schultern fielen die langen roten und grauen Haare der Frau, deren Arme ihn umschlungen hielten. Nichts konnte ihn wecken oder stören. Die Stunde seines Todes und die Art seines Sterbens waren ihm schon lange vorbestimmt.

Wulfweard wachte auf. Eine Stimme hatte klar und deutlich in seinem Traum nach ihm gerufen. »Unwins-weard! Bruderwächter!«

Er hatte seinen Namen gehört und geantwortet.

ANMERKUNGEN

Die Runenverse, mit denen Ud Elfling auf dem Gräberfeld fesselt, und Ebbas »Ing-Rune« basieren in gewissem Maße auf dem »angelsächsischen Runengedicht«, das für jede der dreißig Runen einen Reim aufzählt.

Tatsächlich gibt es im gesamten Buch immer wieder Anspielungen auf das »Runengedicht«, daher zähle ich sie nicht gesondert auf.

Das lange Lied der achtzehn Runen, mit denen der Einäugige Elfling wiederbelebt, basiert zum Teil auf »Die Sprüche des Hohen« aus der *Lieder-Edda*, einem der bedeutendsten Quellenbücher der nordischen Mythologie.

Die Fragen, die Elfling am Ende des Kapitels »Das Runenlied« gestellt werden, sind ebenso in gewissem Maße der *Lieder-Edda* entnommen, und zwar dem »Wafthrudnirlied«. Der Riese Wafthrudnir beginnt unwissentlich einen Rätselwettstreit mit dem Gott Odin, bei dem der Verlierer den Kopf verliert. Odins letzte Frage: »Was sagte Odin dem Sohn ins Ohr, eh man auf den Holzstoß ihn hob?«, ist nicht zu beantworten. Wafthrudnir wird enthauptet.

Das Lied, an das sich Wulfweard am Ende von Kapitel elf erinnert, basiert in gewissem Maße auf dem angelsächsischen Gedicht »Deor«. Dieses Gedicht bezieht sich auf die Legende von Wieland, dem Schmied.

Das Lied, mit dem Elfling und Wulfweard die Toten wiederbeleben, basiert in gewissem Maße auf dem englischen Volkslied »John Barleycorn«. Dieses Lied wurde vor nicht allzu langer Zeit gesammelt, im neunzehnten Jahrhundert, aber die heidnischen Anspielungen seines Textes haben großes Interesse hervorgerufen. Mittlerweile gibt es mehrere Vertonungen.

Das bruchstückhafte Lied, mit dem Ud in Kapitel neun die Wachen in den Schlaf singt, basiert auf einem weiteren Volkslied, das als »Jack Orion« oder »Glasgerion« bekannt ist.

»Das beste Fantasy-Debüt des Jahres!«
FANTASY BOOK CRITIC

Matthew Sturges
MIDWINTER
Roman
Aus dem amerikanischen
Englisch von
Michael Neuhaus
448 Seiten
ISBN 978-3-404-28547-1

Mauritane ist Hauptmann in der Elbenarmee der Seelie. Einst als Kriegsheld gefeiert, sitzt er nun wegen Verrats im Kerker, zu lebenslanger Haft verurteilt. Trotz seiner Unschuld sind seine Tage gezählt. Doch dann unterbreitet die Königin ihm ein einmaliges Angebot: Mauritane soll eine Elitetruppe zusammenstellen und einen geheimen Auftrag für sie erledigen. Hat er Erfolg, will sie ihn und seine Gefährten begnadigen. Doch die Sache hat einen Haken. Der Auftrag ist ein Himmelfahrtskommando …

»Sturges ist ein leuchtender neuer Stern am Fantasy-Himmel.«
LIBRARY JOURNAL

Bastei Lübbe Taschenbuch

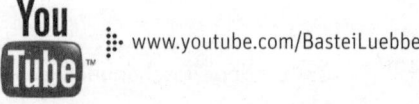